回首烟波
往事长

（下册）

曾兆惠 著

图书在版编目（CIP）数据

回首烟波往事长：全2册／曾兆惠著．-- 广州：花城出版社，2019.8
ISBN 978-7-5360-8931-0

Ⅰ．①回… Ⅱ．①曾… Ⅲ．①电视文学剧本－中国－当代 Ⅳ．①I235.2

中国版本图书馆CIP数据核字(2019)第145020号

出 版 人：肖延兵
责任编辑：夏显夫　周　云
技术编辑：薛伟民　凌春梅
封面设计：李玉玺

书　　名	回首烟波往事长 HUISHOU YANBO WANGSHICHANG
出版发行	花城出版社 （广州市环市东路水荫路11号）
经　　销	全国新华书店
印　　刷	佛山市迎高彩印有限公司 （佛山市顺德区陈村镇广隆工业区兴业七路9号）
开　　本	787毫米×1092毫米　16开
印　　张	58　2插页
字　　数	112,300字
版　　次	2019年8月第1版　2019年8月第1次印刷
定　　价	98.00元（全二册）

如发现印装质量问题，请直接与印刷厂联系调换。
购书热线：020-37604658　37602954
花城出版社网站：http://www.fcph.com.cn

目 录

第二十集　海军欠饷　石峻动情 ···································· 1
第二十一集　思静丧母　拱北娶妻 ································ 24
第二十二集　江浙战争　那青遗言 ································ 46
第二十三集　咏烈含恨　金山大义 ································ 72
第二十四集　兴利除弊　经历"营啸" ··························· 92
第二十五集　三场激战　中秋盛宴 ······························ 125
第二十六集　思静长进　拱南断情 ······························ 153
第二十七集　拱南自杀　长房迁沪 ······························ 180
第二十八集　海军造雷　石峻割爱 ······························ 206
第二十九集　智斗日谍　阻塞江阴 ······························ 234
第 三十 集　女杰入祠　"水鬼"来归 ························· 260
第三十一集　江阴海战　袭击"出云" ························· 287
第三十二集　拱北别妻　师俊牺牲 ······························ 316
第三十三集　湘阴阻塞　长沙大火 ······························ 338
第三十四集　荣官殉难　雷棚爆炸 ······························ 363
第三十五集　放下仇恨　相聚"伴庐" ························· 388
第三十六集　上峰视察　敌后布雷 ······························ 411
大结局 ·· 438

后记　偏僻的小路 ·· 450

第二十集　海军欠饷　石峻动情

1．上海高昌庙海军码头（夜）

夜幕下海军码头远景，影影绰绰地泊靠着几艘舰艇。

字幕：1922年上海高昌庙

画外音：理想很光明，而现实很黑暗。20世纪20年代的中国，军阀混战，国库空虚，北京政府每每无力支付海军经费，致使海军长期欠饷。1922年1月，狗年将至，但粮饷不至，军心浮动。

画外音中，镜头渐渐推近，推成昏灯下寒风中肃杀的岗哨。

2．"海筹"舰舷（夜）

拱北朝舰首走去。

水手长从后面赶上来："纪三副！纪三副！……"

拱北转身："什么事?!"

水手长："纪三副，你快下水兵舱看看！"

3．"海筹"水兵舱（夜）

几个水兵打成一团。

拱北画外一声断喝："住手！"

全体水兵吃了一惊。

水手长出现："立正！"

全体水兵立正。

拱北上前："为什么打架?! 目无军纪！"

1

水手长:"报告三副,阿达找大胡子借钱,大胡子不借,反而骂爹骂娘骂祖宗;二愣子看不过,给了他一拳,就打起来了;旁边的弟兄们好心拉架,谁知竟搅进去打成一团了。"

大胡子:"纪三副,你给评评理,七个月领不到饷了,我哪来的钱给阿达嘛?他找我借,我找谁借去哟,啊?!"

二愣子:"我跟大胡子无冤无仇,只是心里有火,刚好撞到他。纪三副,你不知道我心里有多堵!眼看着这除夕就要到了,糠也罢,菜也罢,总得叫我们家小吃顿年夜饭吧!"

众人喧哗:"总得过个年吧!""再不发饷,我们真他娘的过不去啦!""实在顶不住啦!""走,找陈舰长去!""对,找陈舰长!""找陈舰长!问问他这饷银拖到什么时候才是个头啊?"……

拱北大声劝阻:"静一静,大家静一静,不要莽撞,听我说几句!"

水手长:"不要吵,先听听纪三副的意思!纪三副待弟兄们不错,不会诓我们的!"

水兵们静了下来。

拱北:"我劝你们不必去找陈舰长。其实,你们的苦,陈舰长很清楚,要不然怎么会一次次向上峰请求发饷呢?据我所知,昨天,他又呈递了一份报告催促去了……"

二愣子:"这么说,饷银就快到了,是吗?"

拱北:"饷银什么时候到,我没法回答,但你们如果能够明白两层道理,心里就有底了,也就不那么躁了。"

水手长:"哪两层道理啊?纪三副快给大伙儿开解开解!"

拱北:"实际上,没饷的绝不仅仅是本舰,所有海军机关、舰队都一样。军队无饷不能生。这么大的事,海军各级长官,从舰长到舰队司令到总司令,怎会不闻不问呢,解决是早晚的事。你们想,我说的有没有道理?"

众水兵:"有道理,有道理!""这么大的事,不可能谁也不管!""有人管就有盼头了!"……

拱北:"再者说,陈绍宽舰长爱兵如子,大家有目共睹。虽然一再欠饷,但陈舰长仍千方百计维持伙食,不叫饿着部下,而他自己却经常吃菜脯!这样的长官是我们大家的定心丸,对不对?"

众水兵:"对对对!对对对!"

拱北:"所以,我认为,谁也不必去找陈舰长诉苦了;最该做的是相互扶持,共度时艰。从今往后,你们不准再打架了,听见吗?"

第二十集　海军欠饷　石峻动情

众水兵："听见了！"

拱北扫视水兵一遍："阿达呢？"

众人左顾右盼。

水手长："哦，阿达肯定躲开了。这小子胆小，见惹出拳脚来，可不就溜掉了吗？"

4．"海筹"舰舷（夜）

阿达蹲在舷边嘤嘤哭泣。

拱北走近："阿达！"

阿达一惊立马跳起来："纪三副！"

拱北："你蹲在这里哭什么？像个小媳妇！"

阿达："纪三副，我料不到会惹弟兄们打起架来，我……我不是故意的……我我实在是没办法才借钱的……"

拱北："说说你的难处吧！"

阿达："我是福建连江人，家里很穷，寡母拉扯我们五兄弟艰难度日。我三个弟弟都没能活满10岁，只有四弟老天保佑过了这道坎。四弟小我5岁，今天12岁了，很勤快很懂事的，摸鱼捞虾、担水浇地、打草编席样样来得，谁知最近忽然害了重病，我母亲都快急疯了。我……我只剩下这么个弟弟了，说什么也得求医问药救活他呀！……一连好几个月都没有关饷，不能不伸手管别人借啦！要不然……"他哽住了，使劲忍住不再哭。

拱北摸摸身上，发现没带钱："这样好了，阿达，熄灯前你去我那里取钱救急吧！"

阿达一愣，当即扑通跪下："大恩大德呀，纪三副！大恩大……"

拱北粗暴地拎起阿达："不准跪，男儿膝下有黄金！"

阿达站起来，颤声道："纪三副……"

拱北："别说了，马上回舱去，我还有事！"

阿达："是！"犹疑一下，转身快步离去了。

拱北重重地呼出一口气。

阿达一边走，一边自语："我遇见贵人了，遇见贵人了！贵人相助，有救了，有救了！……"

拱北转身正欲继续走向船首，猛然一怔，止步。

陈绍宽站在拱北几步之外，不动声色地注视着眼前的这一幕。

拱北立正："陈舰长！"

陈绍宽微微点头："你来一下！"

5."海筹"舰长室（夜）

陈绍宽："坐吧！"

拱北："是。"乃就座。

陈绍宽："你上舰才八九个月，便知道关注水兵了，这很好。"

拱北起立："惭愧，拱北还差得很远！"

陈绍宽示意拱北坐下："我父亲和我六叔都出身水兵，因而幼时常常听闻水兵生涯的种种不易，后来自己成了指挥官，更感受到他们经验的丰富和宝贵。这也正是我愿意在舰上颐养一两位老水兵的缘故。"

拱北："拱北受教了。拱北生于望族，不识艰难的滋味，及至进舰队接触到水兵后，才略有体会。"

陈绍宽："说说看。"

拱北："我舰水兵几乎人人都有穷家要养，可是海军欠饷竟愈演愈烈。狗年将至而饷银却不至，他们个个心急如焚，动辄打架泄愤；今日凑巧被我碰上了，可我也只能安抚几句，开张空头支票而已。"

陈绍宽："现在，出现了一个转机。"

拱北："转机？！"

陈绍宽："逼上梁山啊！海军总司令决定，派驻泊上海和长江上下游的 8 艘军舰去解决问题。"

拱北："如何解决？"

陈绍宽："开赴淮盐集散地安徽大通和江苏十二圩（wéi）堵截盐船，向北京政府施加压力！倘若政府再不拨还欠饷，便自行提取盐税充作海军经费，以解燃眉之急。"

拱北眉头不由一皱。

陈绍宽察觉："这是不得已之举啊！我就知道你会不以为然，所以特地找你来谈谈。你有任何想法，尽可直抒胸臆，但不宜与外人道，免生是非。明白吗？"

拱北："是。"

陈绍宽："那你说吧！"

拱北："是，拱北便直言不讳了。拱北以为，截盐船提税，简直就是剜肉补疮；而且，说不好听的，其行径犹如恶棍强索买路钱！海军是公认的 Gentleman（绅士），怎可降格为拦路的盗贼呢？！难道，这就是我们念兹在兹所要复兴的海军吗？！"

第二十集　海军欠饷　石峻动情

陈绍宽迎着拱北愤懑的目光，片刻，很实在地说："你的问题很尖锐，尖锐得我无法回答。你还是继续说吧！"

拱北："我想，难堪的肯定不止我一个；至少，雨轩和石峻就在旁边的两艘舰上，倘若得到消息，也会非常郁结的。"

陈绍宽："你们三个同在烟台海校长大成人，又是结拜兄弟加莫逆之交，心意相通亦属自然。你们都做过我的见习生，我能够理解的。"

拱北："谢谢陈舰长理解！"他停了一下，信任地望着陈绍宽敞开了心扉："有一件事，虽然很小，但我和雨轩、石峻却视若大事，一直坚持着……"

陈绍宽："什么事，看得这么重，还一直坚持着？"

拱北："三年前，1919年，在'通济'见习的时候，得知陈舰长有'三不'——不抽烟、不喝酒、不赌博，我们便决意效仿，作为终生约定。从此，我等无一人碰过哪怕一滴酒、一支烟、一张牌；就连毕业探亲，母亲设家宴接风，我们也是以茶代酒的。我们力求自己既守小节又持大节，做个纯粹的军人，以复兴海军，维护海权，强盛我中华！……可，截盐船却会逼我们与初衷背道而驰，怎不令人愤慨啊！"

陈绍宽："这才仅仅是个开端，你便做此反应，以后又当如何呢？！"

拱北："以后？！莫非更有甚者？"

陈绍宽："海军不同陆军，可以割据地盘，敲诈勒索，扩充饷源；一旦拿不到政府的饷银，它便难以生存，更遑论复兴了，听说，上峰正着手加强陆战队，以便伺机占据福建的一些滨海地区和岛屿，作为长久之计。"

拱北："这样的长久之计岂不是等同军阀割据？！莫非再无其他途径筹饷了吗？"

陈绍宽："有啊。军阀混战，竞相拉拢海军。海军一朝介入，即举足轻重，得以分一杯羹，1920年7月直皖战争，海军第二舰队助直系击败皖系便是一例。当前，直系又与奉系矛盾激化，倘若兵戎相见，海军仍有可能再度被利诱入局，以换取些许经费。——这也正是海军的穷酸和尴尬之处吧。"

拱北："我们海军如何会落到这般地步呢？"

陈绍宽："问得好！追本溯源，症结就在于，我国海权观念委实太过薄弱了！纵观华夏历史，百姓皆视黄土为根，远游为悲，海洋为畏途；习性之重，虽坐拥18 000里岸线，却淡薄海上事业，更不认识海军对控制海洋、运用海洋的重大意义，其负面影响既深且广，代代因袭。这，也导致了国防思想的极度偏颇，直至今日海军仍不受重视。孙中山曾多次呼吁经营海权，发展海军，并且忧虑地说'中国之海军，合全国大小战舰，不能过百只，设如不幸有外侮，则中国危矣'。然而，面对积贫积弱的国家，混乱不堪的政治，要改变海军之窘境谈何容易啊！"

拱北："那么，置身于海军窘境之中，拱北该如何自处呢？"

陈绍宽："海军的窘境不假，而整个中国更是个不折不扣的大窘境啊！因此我问你，你想离开中国归化某个强盛的异邦吗？"

拱北："不，决不！拱北是中国的儿子，拱北的心是中国生的！！！"

陈绍宽："那退一步说，你想放弃海军，另谋职业吗？"

拱北："也决不！拱北从小学的是海军，最爱的职业正是海军，更何况还有甲申、甲午中国海军两次覆亡的刻骨仇恨必须报雪呢？！"

陈绍宽："其实，你自己已经明确地回答了自己的问题，知道在海军的窘境中该如何自处了，不是吗？"

拱北："谢谢陈舰长指引，学生茅塞顿开，相信自己无论多么难堪，也会克服自我，坚守海军！"

陈绍宽点头："很好！"便站起身来。

拱北随即起立。

陈绍宽："命令：明晨6时进江堵截盐船！"

6．上海高昌庙海军码头（日）

"海筹"舰起锚。

7．"海筹"驾驶台（日）

陈绍宽："Slow ahead！（慢车！）"

拱北在车钟旁复述："Slow ahead, Sir！"

8．上海高昌庙海军码头（日）

"海筹"驶离。

9．安徽大通镇长江段（日）

远景：江中有四艘军舰泊在远近不同的位置上。

字幕：安徽大通镇长江段

第二十集　海军欠饷　石峻动情

10. "海筹"前甲板（日）

陈绍宽训话："海军舰船到安徽大通和江苏十二圩筹饷，实属不得已求生计之举。本舰现已抵达大通。为防止滋扰乡镇，停泊期间，无论其他舰只做何安排，我舰官兵一律不准上岸，违者必惩！"

拱北站在舰员之列聆听训话。

拱北内心独白："参与如此尴尬的行动，陈绍宽舰长仍不忘约束部下，这才是好指挥官，我受益不浅！"

11. "海筹"水兵舱（夜）

阿达补完最后一针内衣，走到大胡子身边："补好了，穿上吧！"

大胡子一高兴，粗鲁地按了按阿达的脑袋。

水手长："阿达呀，就是眼里有活！"

二愣子："没错，弟兄们都得了他勤快的好处。"

大牛："可不？阿达就是我们的勤务兵！"

水手长："勤务兵？！——大牛你倒想得美，陈舰长才配使唤勤务兵呢！"

大牛："玩笑话嘛。不过，说真的，挑阿达当勤务兵很合适……"

二愣子："你这样说，越发做了陈舰长似的。"

大胡子穿上补好的内衣："大牛能变作陈舰长就好喽，起码会放我们上岸逛逛嘛！在这里堵盐船都半个月了，也不见政府答应发还欠饷，只怕饷银没到手，人先憋死了！"

水手长："你呀，白长了一脸大胡子，嘟嘟囔囔跟个娘们似的！有陈舰长在怕什么，他不也一起受着的吗？大牛，你说是不？"

大牛："没错！陈舰长哪能不管弟兄们的死活？今天祭灶节，水兵餐厅加了点吃喝，厨房说那都是从陈舰长腰包里掏出来的，官佐餐厅却没份！"

大胡子拔下一根胡茬："可也是啊！"

水手长瞟了大胡子一眼："喂，你的刺猬毛又露头了，赶紧刮啊，别让陈舰长发现啦！他可是个哪怕再热再闷也不解开风纪扣的人，容不得军容有半点不整！"

大胡子下意识地摸了摸下巴："是是是！这就刮，这就刮！"

12. "海筹" 会议室（夜）

拱北等各级官佐端坐会议桌旁。

陈绍宽舰长进来。

全体起立。

陈绍宽来到主位前宣布："北京政府已做出妥协，承诺分期三个月摊还海军欠饷，海军总司令乃命8舰尽速撤离淮盐集散地。明晨5时我舰返航，各自安排去吧！"

众军官立正："是！"

13. 上海高昌庙海军码头（日）

拱、雨、峻在"海筹"舰靠泊的码头前沿聚拢。

三人交会，彼此使劲拍拍肩。

雨轩："总算从淮盐集散地撤回来了，这半个月真不好过啊！"

石峻："是啊，无奈加自责，这才知道报效海军实在不似想象中那么豪迈！未来又将如何呢？"

拱北："陈绍宽舰长预言，未来也许更难走！"

雨轩："那，我们该如何自处才好？"

拱北："这个问题，我已然请教过陈舰长。"

雨轩、石峻："陈舰长怎么回答？"

拱北："陈舰长未直接回答，却反问我，是否会因国家衰败而去国、因海军不兴而离军？"

石峻、雨轩："你怎么说？"

拱北："我说，不，我会坚守中国，坚守海军！你们两个呢？"

石峻："家不如意，我会弃家；但军不如意，我决不弃军；国不如意，我更不弃国！"

雨轩："没错，倘若人人动辄弃国弃军，那么，用不着敌人，自己就先亡国亡军了！至于我，我当然不离不弃！国脉越微弱，海军越窘困，我越是不离不弃！"

拱北："太对了，情义无价！我们的根在中国，我们的命在海军，我们理应忍辱负重，不离不弃；更何况，深孚众望的海军领袖萨镇冰是如此，后起之秀陈绍宽也是如此，他们已然为袍泽树立了榜样。"

石峻："可不是吗？萨镇冰亲历甲午战争，他不因北洋舰队覆灭而颓丧，始终不离

第二十集　海军欠饷　石峻动情

不弃致力于振兴中国海军；他居上将之位而能与部属共甘苦，甚至还把亲生女儿嫁给水兵为妻，这是何等可贵的表率啊！也因此，他的精神品格深刻地影响了陈绍宽。"

拱北、雨轩重重点头。

雨轩："陈绍宽晚于萨镇冰整整30年，甲午战争时才5岁，但长大后却铭记国耻，毅然投身海军。他参加过第一次世界大战，从中思考中国海军的复兴之道，认为必须建设庞大的航母舰队。尽管国运多舛，海军积弱，但陈绍宽依然怀着一个壮伟的航母之梦，不离不弃，还时时激励我们爱国爱军。我们都以做过陈绍宽的学生而十分骄傲，对吧？"

拱北："岂止十分骄傲？我们唯陈绍宽马首是瞻，视陈绍宽为海军生涯的坐标！"

石峻："快过年了，不知陈舰长回不回家？"

雨轩："据一位知情的老勤务兵说，陈绍宽的家就在马尾附近的胪雷乡，舰船过往，探亲很方便；但陈却极少回去，夫人早逝后，他既不续弦，更不纳妾，越发以海为乡，以舰为家了。今年，多半还会留在舰上度岁的。"

拱北："无独有偶啊！萨镇冰也恰恰是夫人早逝，不续弦，不纳妾，如今63岁了，仍孑然一身，以海军为归宿。——你们觉不觉得，仿佛冥冥之中，天意为我们海军安排了一老一少两位苦行僧似的领袖，还都是福州人！陈为汉族，而萨乃色目人的后裔，归入蒙古族。"

雨轩："叫你这么一比较，还真觉得，陈舰长的确是继承了萨上将的衣钵呢！"

石峻："陈舰长果然不回家过年的话，我就有个打算了。"

拱、雨："什么打算？"

石峻："咱们服役还不满一年，没有假，正可以抓住陈舰长讨教嘛！不定哪天，就各走东西了，趁靠泊上海，赶紧'近水楼台先得月'吧！"

拱、雨："Good idea！"

三人不约而同朝"海筹"舰望去。

镜头快速推近，陈绍宽威严地站在舷边。

三人向陈绍宽敬礼。

14. 纪府大门外（日）

红灯笼、新春联渲染出除旧迎新的气氛。

15. 长房正院前厅（日）

大奶奶和钱妈在审视新衣服。

大奶奶："挺好。到底是多年的熟人熟店，不必交代什么，料知孩子们正在蹿高，便加大了尺码，且不用贵的料子，还拣些部位，加密了针脚，这真是信得过的裁缝啊！拱南又出去野了，喊他回来试试新衣吧。"

钱妈："由他野好了，男孩子哪里在乎新衣裳?！说起来，今年还有九少、十少跟他疯，明年这两个小哥哥一上军校，再怎么想疯也不能够了！"

大奶奶："可也是啊。后年，连拱南自己也得受军校的管束喽！"

彩虹画外音："大奶奶，丁管家从福州回来啦！"

丁管家进厅："大奶奶！"

大奶奶："丁管家回来了，快过来坐！坐！"

钱妈："看这样子，还没顾上喝口水吧？"

大奶奶："赶紧叫彩虹上茶！"

丁管家忙客气道："不渴不渴，别忙别忙！"

大奶奶："丁管家，辛苦你了！大冷天的，一把年纪，还要跟着后生们往福州送年礼，真叫我过意不去啊！"

丁管家："大奶奶言重了，言重了！不过是随着跑一趟而已，无须我操什么心的，那班后生早已熟悉礼节，样样办得妥妥帖帖，我只须按你的盼咐，留意叶家奶奶和叶思静小姐的景况，回来如实禀报便是，哪里会辛苦呢?！"

彩虹进茶。

大奶奶："那你先喝口茶再说吧！"

丁管家呷了口茶："大奶奶，恕我说句不吉利的话，叶家奶奶怕是没多少日子了！她自知不久于世，已然从林司令府上搬回家里去了。林夫人不忍违拗自己的妹妹，只好拨出几个得力的人手，跟过去照应了。"

大奶奶叹了口气："那，叶思静怎么样了？"

丁管家："叶小姐非常孝顺，衣不解带，日夜服侍，人也瘦了许多。"

大奶奶："好孩子，真真是个好孩子啊！"

丁管家："叶小姐说，很感谢纪府的厚礼，可惜家事忙乱，无暇回敬，十分歉疚。她向我打听，安丽何时由北京回乡度寒假，会不会来福州一趟？看得出来，叶小姐在焦虑中是格外思念二小姐的。"

第二十集　海军欠饷　石峻动情

钱妈："这就是我们安丽的可爱之处了！打小她就豁达、大方而且温暖，怨不得会思念她。"

大奶奶："那么淘气，那么不用功，也就你偏着她罢了。"

钱妈："淘气归淘气，可人家明事理，从不耍小性子，更不胡搅蛮缠；至于不用功，也是她太聪明，不死读书，那燕京大学预科，不是一考就考上了吗？大少爷小时候就这么个劲，两兄妹像到十足！"

丁管家："钱妈说的没错。——到底是从小在身边长大的嘛。"

大奶奶："你们哪，怎么看她怎么顺眼！"

16．长房正院（日）

拱南飞奔而入，一面大叫："妈，二姐回来了，二姐回来了！……"

17．长房正院前厅（日）

大奶奶笑着对丁管家和钱妈说："瞧，说曹操曹操就到！"

18．纪府餐厅（夜）

小孩桌：拱南三兄弟、奶妈并3岁的安祈。

大人桌：大奶奶、三奶奶、四奶奶、关姨太、安丽、丁管家。翠翠、彩虹等一旁侍立。

大力匆匆进来："奶奶们，峻少爷突然回来了！"

一片惊喜："啊?！果真？"

大力："千真万确！峻少爷刚进大门，正往里走呢。"

安丽："我迎峻哥去！"

拱南三兄弟立马响应："我们也去！我们也去！"

安丽四姐弟争先恐后跑出餐厅。

丁管家："奶奶们慢慢喝茶，我去吩咐厨房加菜。开饭得晚一些了，让孩子们先吃起来吧！"

三位奶奶："好好好！好好好！"

大奶奶："加多点菜，石峻比拱北胃口还大呢。"

丁管家："我有数，我有数，峻少爷爱吃什么我也清楚。"

19. 纪府大门内甬道（夜）

安丽四姐弟奔向石峻，一路大叫："峻哥！""峻哥！"……

石峻急忙迎上，旋即被弟妹们包围。

安丽："峻哥，不承想你会在除夕前突然回来，全家喜出望外啊！"

石峻："舰到琯头，允许上岸，这不是天赐的好运吗？我就赶回来了。"

20. 纪府餐厅（夜）

石峻坐在大奶奶右侧，正喝着茶。

大奶奶："峻儿，你赶巧临近除夕回家，想来有望一起守岁了，是不？"

石峻放下杯子："明日一早必须回舰值班，所以……"

大奶奶不禁失望地"哦"了一声，但旋即克制道："军人原是如此，原应如此啊！子侄辈以身许国，无暇侍奉左右；能在年前见你一面，我们已然很知足了。"

三奶奶："是的，很知足很知足了！现如今，即便女儿，只要念了洋学堂，翅膀一张，也到处飞呢，你大妹安瑞、二妹安丽不都是这样吗？安瑞去了上海，更乐不思蜀，索性留在大姨家度寒假了。"

石峻："三婶，前些日子我见到大妹了。"

众人惊喜："是吗？"

石峻："巧之又巧，我和拱北、雨轩三舰同泊上海高昌庙，就一起去探望安瑞了。"

三奶奶："安瑞如何？"

石峻："大妹全然没想到我们会突然出现，惊喜得简直发蒙了。她一切都好，而且变成上海姑娘了，一口上海话。"

四奶奶："有没有见过荣官？"

石峻："见过见过。"

丁管家："荣官在海军军械厂干得好吗？生活怎样？我们挺挂念他的，峻少爷。"

翠翠眼中射出热切的光。

石峻："我们去了荣官的家。"

三位奶奶惊讶，异口同声："啊？！荣官成家啦？"

关姨太黯然。

翠翠掩饰着内心的波澜，忙拿起茶壶给四奶奶和关姨太添茶。

石峻："荣官跟他的洪师父一起住，师父的家便是他的家。"

第二十集　海军欠饷　石峻动情

丁管家："荣官怎么住师父家呢？莫非师父招婿？"

关姨太紧张。

石峻："荣官的师父大病一场，留下残疾，拄着双拐，行动艰难，独生女和侄女又嫁在外地；荣官顾念师父恩情，便搬来同住，竭力照顾。"

三奶奶："荣官本就是个有良心的好后生，当年对福祥叔也是这样的。"

大奶奶、四奶奶频频点头。

石峻："洪师父对荣官赞不绝口，说他仁厚孝顺，勤奋好学；还说，他已然由厂里顶尖的一名钳工，提升为技师了。"

三奶奶："啊？！荣官从未来信提起过啊。"

大奶奶："这孩子一向不爱张扬。三弟当初推荐他去军械厂当学徒，真是太对了！"

关姨太暗暗牵了下翠翠的衣角。

21．纪府大厨房（夜）

毛大厨正在爆炒，佟妈、周嫂在摆冷盘。

丁管家进来。

佟妈："哟，丁管家来催我们了！"

丁管家："不催不催，奶奶们还在问长问短，听峻少爷说荣官呢。"

佟妈、周嫂："说荣官？！"

丁管家："峻少爷和大少爷、雨轩少爷在上海见到荣官，荣官升技师啦！"

佟妈、周嫂："哇，荣官出息喽！"

佟妈："翠翠傻呀，福祥叔在世时给他俩做媒，翠翠死活不依，这孩子太不懂事，如今……"

丁管家："别说了！你们先把卤蛋、熏鱼、肘花、海蜇端上去，让他们边吃边聊；热菜慢慢上，最后加道甜品。"

周嫂："这竟是过年的吃法了！"

丁管家："这才合了大奶奶的心思，她是真把峻少爷当亲儿子来疼的！你们忙吧，我走了。"

22．纪府餐厅（夜）

四奶奶："安丽，你在北京都吃些什么了，脸蛋红扑扑的，眼睛水灵灵的，那么健康啊！"

安丽:"不过是大锅饭、大锅菜、大锅汤——大锅伙食而已!"

四奶奶:"啊?!竟有如此营养的大锅伙食!快说来听听,也好照样做给你安祈小妹妹吃。你看她,都3岁了,还那么瘦弱!"

安丽:"北方物产少,我们的伙食难得海鲜,远不如在福州文山女校时丰富。冬天常吃大白菜、胡萝卜、海带、粉条、猪肉炖北豆腐或冻豆腐。夏天,花样多些,有黄瓜、豆角、莴笋、西葫芦、圆白菜等等;最美的要数番茄了,又大又饱满味儿又浓,马尾可没见过。"

四奶奶:"菜肴这般单调,从小娇生惯养的,你不厌吗?"

安丽:"厌了怕啥?同学们轮流做东,打些芝麻酱和剁椒,拌成芝麻辣酱来配米饭,这就不厌了。"

石峻赞赏地微微颔首。

丁管家:"除了米饭,还有哪些主食?"

安丽:"面条、饺子、烙饼、火烧做起来比较费事,所以,学校多半供应窝头、馒头、玉米粥和丝糕。"

三奶奶:"据说,窝头很粗、很干、很硬,不太好咽,是吧?"

安丽:"起初不接受,后来越吃越香,觉得挺有嚼头的。"

大奶奶:"丝糕是什么糕,一种蛋糕吗?"

安丽咯咯笑:"丝糕黄黄的,乍看像蛋糕。有个北京学友笑嘻嘻地告诉我:'这是学校自制的蛋糕,切成菱形,又好看又好吃。'我高兴极了,一口咬下去,方知被捉弄了。原来,丝糕跟窝头一样,也是玉米粉蒸的,没有放糖,只不过发了一下,松软一些,表面铺几根红绿丝罢了。其实,什么都是习惯,日子一久,先前不爱吃的,也变得爱吃了。如今,我连生葱生蒜也照吃不误呢!"

石峻对安丽跷起拇指:"想不到二妹这样皮实,适应力这样强!"

安丽得意,晃晃脑袋:"那是!我可不愿意让人说我是'南国小娇娃',更何况'物竞天择,适者生存'嘛!"

石峻:"看来,二妹已读过赫胥黎的《天演论》,学以致用了。"

佟妈、周嫂送冷盘上来。

安丽见熏鱼,眼睛一亮:"哇,有熏鱼呀!毛大厨做的熏鱼最让我念念不忘了!"

周嫂便将熏鱼移到安丽面前:"那就放二小姐面前过过瘾吧。"

安丽:"这个时节,北京有一样好东西,也能叫我馋得慌。"

大奶奶:"什么好东西这样馋你?"

第二十集　海军欠饷　石峻动情

安丽："冻柿子——冻成冰坨坨的柿子！"

丁管家："冬天吃冰坨坨，那不冻掉大牙吗？！"

安丽笑："哪能用牙去啃冰坨坨？是化了冻，使小勺子往里掏着吃，嘿，甜得赛蜜哟，可惜没法带给你们尝尝！"

丁管家："别，别，二小姐，即便能带也不要带啊！在外求学，家里给的生活费很有限，为的是约束子弟。这次回来，你买的东西，上上下下都受用了；虽说是土特产、小玩意，但积少成多，我估摸着已然超支了！你小小年纪便懂得顾家，这很好，但万不可超支，更不可形成习惯啊！"

三位奶奶连连点头。

大奶奶："丁管家说得极是，安丽，你要受教啊！"

安丽："是，丁管家，安丽受教了！"

三奶奶："安丽，你给家里买东西，有没有问人借钱？若有，赶紧还上，知道吗？"

安丽："三婶，我没有借过钱！"

四奶奶："那就是用自己省下的钱买！"

安丽："也没省。"

三位奶奶面色紧张："那你哪里来的钱？！""谁给你的？""给了多少？！"

安丽自豪："钱是我自己挣的！——我挣钱啦！"

众人皆一怔。

大奶奶正色："胡闹！"

安丽："怎么啦？我挣钱有错吗？！"

大奶奶威而不怒："当然有错，大错特错！你放着正正规规的一所名校不好好读，女孩儿家家的居然出去挣钱！你是没吃没喝还是缺衣少穿呢？！嗯？！"

安丽被责蒙了："我……我……不……不缺……"

大奶奶："你从小便想一出是一出，偷偷下池塘游泳什么的；如今远去千里，无人管束越发胆大妄为了。小心上当受骗啊，我的儿！"

丁管家："二小姐，奶奶们怕的就是这！你才16岁，不懂深浅，不知险恶啊！"

石峻："二妹，大人们着急，都是为你好。你快说出挣钱的事来，不准藏着掖着的，明白吗？"

佟妈、周嫂继续上菜。

丁管家忙摆摆手示意退下。

石峻："二妹，你赶紧把事情的原委，一五一十说清楚！"

安丽："是这样的：学友莲儿和母亲突然被父亲抛弃，顿时陷入困境，便打算辍学。我和两位学姐决定利用节假日勤工俭学，支持莲儿渡过难关。我很幸运，用我所长，给两个小妹妹辅导算术。她们的家长对我很满意，给的报酬一个月比一个月高，后来……后来……"

大奶奶："后来如何？怎么吞吞吐吐的？"

安丽："后来，莲儿的母亲找到一份好工作，收入不错，我们也就没必要再勤工俭学了。不过……"她调皮地瞟了大奶奶一眼，语带撒娇："嘻嘻，我还是选择了继续。"

大奶奶："什么?！还要继续！理由呢？"

安丽："理由……理由就是自己挣钱很开心呀！而且，我辅导的那两个小妹妹和她们的父母都不愿意我走。我在他们家挺自在的，还学会了包饺子。我能一只手擀饺子皮，擀得飞快呢！你们看！——"她拿起筷子充当擀面杖演示起来。

大奶奶无奈地白了安丽一眼："行了行了，真是的，擀饺子皮也拿来凑理由！不许搪塞大人！"

安丽："不敢不敢，暂时保点密而已，嘻嘻！"

大奶奶："这么大了，没个正形！"

四奶奶："安丽呀，你帮助同窗是对的，但未成年出去挣钱，理当告诉老师或长辈以策安全。你必须牢牢记住啊！"

安丽："是，安丽记住了！其实，没告诉别人，是因为不爱张扬，好像帮了点小忙，就多了不起似的；更何况，设身处地，倘若我是莲儿，也不愿意让家丑传开去啊！"

大人们皆微微点头。

石峻露出灿烂的笑容。

石峻内心独白："二妹大有长进！我真幸运：上苍给了我一个不堪回首的天伦，却又赐我以如此磊落、如此自信、如此善良的妹妹和诸多亲人，还有那浓于骨血的情义。"

23. 四房偏院（夜）

笑声咯咯。

灯火从窗牖透出，窗纸上晃动着安丽和翠翠的剪影。

第二十集　海军欠饷　石峻动情

24．四房偏院前厅（夜）

安丽和翠翠打打闹闹笑弯了腰。

关姨太正往炭盆里添炭，受到感染，笑道："看把你们乐得！仔细笑折了腰，变成驼背老婆婆哟！快过来烤火吧！"

安丽乃做驼背老妪状趋近关姨太，一面故作嗄声："驼背老婆婆来喽！"

关姨太、翠翠皆大笑。

翠翠笑着过来摁安丽坐下："驼背老婆婆请坐！"

安丽合十："驼背谢坐！"

关姨太、翠翠复又大笑。

关姨太笑指安丽道："你呀，到北京求学，越学越淘气了，竟敢编凑继续挣钱的理由，糊弄大奶奶！"

翠翠："哎，对了，二小姐，不是说莲儿的母亲已经有工作了吗，那你干吗还要一头读书一头挣钱呢？累不累呀，家里又不缺你的！"

安丽："我这么做就是为了经济独立，好兑现我的承诺啊！"

翠翠、关姨太："什么承诺？！"

安丽："你忘了啦？我说过，有朝一日我要接你们上北京，过几天自由自在的日子。'君子一言，驷马难追'嘛！"

关姨太："咳！不过是话赶话，说说而已。什么承诺不承诺的，我们压根儿没往心里去。"

安丽："你们没往心里去，可我是认真的！"

翠翠："快别这么着，我的二小姐！猴年马月才能攒够钱，逼苦了你，我们于心何忍呢？！你若要做说话算数的君子，只一件事便可，而且很容易！"

安丽："什么事？"

翠翠："你还记得吗？姨太让你在北京抽空去看看小月河，还有蓟……蓟什么来着？"

安丽："蓟门烟树碑！"

翠翠："对，蓟门烟树碑！"

安丽："我都去看过啦，还不止一次呢！姨太好姐姐的念想，我能不在意吗？"

翠翠："那你怎么也不来信说说呀？！"

安丽耍赖："我笔拙嘛，嘻嘻，回来当面说多好！"

翠翠揭穿:"你呀,不是笔拙,是笔懒!懒!"

安丽笑:"算你尖!说实话,入燕大预科不几天,学友莲儿便领我到元大都土城,游览蓟门烟树碑了。莲儿家好几代先辈都是土生土长于北京的满族大姓索绰络氏,她知道这座碑的一些掌故,我听了很有收获。"

关姨太:"什么收获?"

安丽:"我原以为石碑正面那'蓟门烟树'四个大字系乾隆皇帝所撰,其实它摘自唐代诗人李益的名句'蓟门烟树远依依',乾隆的功劳只在于御书。还有,我原以为脚下的元大都西土城,便是历史上蓟门的遗址,如今才知道是被170年前乾隆的武断指认所误导呢。"

翠翠揶揄道:"哇,二小姐去北京求学果然大有长进,说的话翠翠我都听不太懂喽!"

安丽:"去去去,你不懂那我就不往下说了!"

翠翠:"别别别,我可受不得你吊人胃口!快说,后来呢?"

安丽:"后来,我和莲儿沿着护城的小月河踏青。在野地里,我望见有一株独木,上面缀满粉嫩的花朵……"

(化入)

25．小月河畔（日）

安丽指向斜前方的一株孤木:"莲儿,你看,那棵树,一树粉花衬着绿地,像……像……"

莲儿:"像一朵粉红的轻云飘落在碧野上!"

26．海棠树下（日）

安丽欣赏着树上的海棠花。

安丽内心独白:"太美了,难怪姨太好姐姐酷爱海棠花:画海棠、绣海棠,还有一枚海棠花形的别针呢!……"

莲儿:"安丽,快看,这树干上有一道道刻痕!"

树干特写:十几道长短不齐的刻痕。

镜头由下摇到上,可见最上面的那道深痕还很新。

安丽:"哟,可不是吗?一道一道,挺明显的!"

(化出)

第二十集　海军欠饷　石峻动情

27．四房偏院前厅（夜）

安丽："奇怪呀，那是个什么人，为何要在海棠树上刻一道又一道痕呢？"

关姨太低下头，一滴眼泪落进炭盒。

翠翠、安丽皆察觉到关姨太的悲伤。

安丽刚要张口问，翠翠示意乃急止。

拱南画外音："二姐！二姐！……"

28．四房偏院（夜）

安丽从门内跨出："什么事，十一弟，气急败坏的？"

拱南："妈叫你快回去！快！"

29．长房正院前厅（夜）

大奶奶、石峻、丁管家坐等安丽。

大奶奶："丁管家，福州来报丧的人，你都给安排好了吗？"

丁管家："放心吧，大奶奶，喝茶、用饭、留宿，一应接待，全都吩咐好了我才来禀告的，绝不会有失礼数！只是，叶家奶奶这一仙逝，却苦了思静小姐啊！"

大奶奶叹气道："可怜的孩子！现在既无父又无母更无兄弟姐妹，十足十的一个孤儿了。——没有人能够暖她的心啊！"

安丽画外音："怎么没有人，不是还有我吗?！"

众人皆回头，只见安丽已然进了厅。

丁管家："二小姐快来看，报丧的人还替叶思静小姐捎了封信给你！"说着递过信去。

安丽展开信。

思静画外音："安丽吾友：静自幼失怙，今又丧母，孤木泣风，情何以堪！命舛福薄，天意难问，茫然四顾，谁与揾泪？呜呼哀哉，万念俱灰！"

思静画外音止。

安丽默然。

大奶奶："思静说什么？"

安丽："她说'万念俱灰'！"

大奶奶忧心忡忡："'万念俱灰'！这便如何是好啊？她该不会做出什么傻事吧？"

石峻："不至于的，妈，你想，她身边还有姨母呢。"

丁管家："峻少爷说的是！我已问过报丧的人了，林司令家一直有人陪着思静小姐的，丧事也由林府包揽了。"

安丽："妈，你不必太担心！思静从小与母亲相依为命，骤然失去她，一时间万念俱灰，也是有的。其实，舅妈一家，还有我们，不都是思静的亲戚吗？更何况，我还是她的发小兼师妹和姻妹，哪能不管呢？"

大奶奶："你又能了！"

安丽："这有什么不能的?！妈，你忘了？星姨病的时候，思静焦虑万分，我曾经去开解过她的嘛。"

大奶奶："那你现在打算怎么做？"

安丽："前往福州吊丧后，我可以趁寒假留下来陪思静，鼓励她继续求学，将来建立自己的事业。妈，你看如何？"

大奶奶："有你宽慰自然最好，但不许撺掇什么'自立'呀，'事业'呀；要知道人家是老派女孩，不像你——新派，更不像雨轩的表妹米娜——洋派！"

安丽欲辩。

石峻以目止之，安丽乃罢。

30. 四房偏院前厅（夜）

关姨太："翠翠，我有些累，想躺一会儿。"

翠翠："哎，哎，我这就铺床，你早点歇息吧！"

31. 关姨太卧室（夜）

翠翠在用汤婆子焐床。

翠翠内心独白："我看出来了，姨太的身世一准跟小月河，跟海棠树有关联。她心中的悲苦，若能哭出来，诉出来，多少也会减轻一些的；可她始终一声不吭，硬是年深月久地藏着，这身体怎能不越来越差呢？我想宽慰她，又怕没个分寸，一不留神反倒伤着了，只得忍了又忍。唉，难哪！"

32. 四房偏院（夜）

窗内透出的灯火相继熄灭。

第二十集　海军欠饷　石峻动情

33．关姨太卧室（日）

画外鸡鸣。

熹微的晨光渐渐透进窗户。

关姨太半卧在床上，望着窗户自言自语："咏烈啊，在海棠树上刻痕的，一定是你，只能是你——是你！你又去过小月河了，而我，却还在梦中寻觅；梦醒之后，一切都是空的。咏烈，我深藏于心底的人啊，自从13岁那年，你离开小月河，随金山叔去烟台谋生，我俩分别已整整15个春秋了！当时的青儿如今憔悴不堪，但不知你竟是何等模样？我多想插翅飞向小月河，去踩一踩你走过的脚印，摸一摸那海棠树上的刻痕啊！然而，纵使生出双翼，我也飞不回从前，飞不回了！……"

关姨太自言自语中，叠出小月河与海棠树。

34．纪府大门外（日）

晨光熹微。

石峻与安丽跨出大门。

石峻："进去吧，二妹，我走了。"

安丽："不，我送你到长桥。"

石峻："别！9点你不是还要跟家人去福州吊丧吗？"

安丽："现在还早着呢，急什么？"

石峻："别别别！天刚有点亮，我走后，你独自返回，我不放心！"

安丽："嘿嘿，这你就不懂了吧？——大榕乡的太阳，什么时辰，走到哪里，它都会向我报告的。不信？上了长桥，太阳就露脸啦！"

石峻："你呀，总是自信满满的！"

安丽："走吧，峻哥，我有要紧话要问你。"

石峻："哪来要紧话？瞎编！"

安丽推着石峻走："走吧！快！"

35．纪府大池塘（日）

天色半明，石峻与安丽一路走着。

石峻："你问我有没有最好的办法，替叶思静排忧解难，老实说，没有！"

安丽："啊?!"

石峻："我丝毫不了解对方，如何对症下药？其实，昨晚你出的主意就很不错嘛。你说，要鼓动叶思静去建立自己的事业，当时我就想：一个无父无母的孤儿，也只有事业才是最大的靠山，特别是女孩子！"

安丽："峻哥，你真这么认为？"

石峻："当然！诓你干吗？！我不就是孤儿吗？不过……"

安丽："不过什么？"

石峻："不过，这原是我们一厢情愿的想法，叶思静认同与否还两说呢！假如她跟你一样崇拜事业那就好办多了。"

安丽："崇拜事业？——峻哥，你真是这样看我的吗？"

石峻："那还有假？！"

安丽大喜："太好了！我就是崇拜事业，坚信事业的力量！——知我者，峻哥也！"

石峻扑哧一笑，打趣道："世上敢有不知安丽者乎？"

安丽："有！"

石峻："何方英雄？"

安丽咯咯笑："母亲大人也！"

石峻："可以理解，可以理解：时代使然，经历使然嘛！从她的角度看，好郎君才是女子一生最大的保障，而相夫教子实为天定的本分。母亲跟女儿观念相左，不能尽知之，这很正常；连我这个被你'诰封'的知音，也有疑惑之处呢！"

安丽："什么疑惑之处？"

石峻："你是大家闺秀，宝贝女儿，完全可以走母亲指引的传统之道，但你却立意求学，奔向事业，这是为何？"

安丽："文山女校的芷郁老师讲过，没有事业，便没有女子独立的人格，再怎么'夫贵妻荣''母凭子贵'，也无非因人成事，失去前者，则一无所有。"

石峻："至理之言，至理之言啊，它深刻地影响了你！"

安丽："其实，家人也给了我很大的启发。"

石峻："谁？"

安丽："姨太好姐姐！"

石峻："姨太？我隐约觉得她不快活。"

安丽："姨太好姐姐是一个谜。翠翠和我都觉察到她定然有着不为人知的痛苦秘密，可我们不敢触动她的灵魂。她虽多才多艺，但若无事业支撑，即便绝代才女，也是软弱的。所以，我打定主意，有朝一日等翅膀长硬了，一定带她飞出去，去女子学

第二十集　海军欠饷　石峻动情

校教艺术，建立她自己的一番事业。我相信，事业会给人力量，使人幸福，到那时姨太好姐姐必会笑得很灿烂。峻哥，你说对吗？"

石峻："二妹你大大地长进了，所思所想很有深度啊！你说绝代才女若无事业支撑，也是软弱的，这话十分精辟！努力吧，安丽，做个事业型的才女！"

36．长桥（日）

天色大明。

安丽与石峻走上长桥。

安丽仰天伸出双臂，挥了挥，得意扬扬："怎么样？我说走到长桥天就大亮了，没错吧！"

石峻无奈地摇了摇头："没错没错，你什么都是对的，行了吧？"

安丽："嘻嘻！"

石峻："你呀，自信固然好，可不要变成自满哟！"

安丽："不会不会，快自满的时候，赶紧想想峻哥的优秀，便不敢了！"

石峻："咄，耍贫嘴！"

安丽："哟，差点忘了……"

石峻："什么？！"

安丽："妈让我嘱咐你，有空常来信，得便就回家，免得她惦挂！"

石峻："我会的！好了，就送到这里吧，别耽误了上福州，叶思静正盼着你呢。但愿她能够听从你的劝慰和鼓励，不至于太灰心！"

安丽："没问题，思静特随和，她会听我的。我将告诉她，丧母固然悲痛，但也不该绝望，只要勇敢面对，不会无路可走；我保证与她携手奋进奔向事业。事业就是力量，就是希望！"她指着太阳补充道："事业就是太阳——太阳啊！"

安丽披一身朝阳，她那青春的容颜、高贵的气质、新女性的奔放，光彩照人！

石峻带笑从旁看着安丽。

突然，石峻的眼神由坦然的欣赏变为深深的爱慕。

石峻咬住嘴唇迅速离开了。

第二十一集　思静丧母　拱北娶妻

1. 福州叶家小厅（日）

叶思静对着桌上的饭菜怔怔地不吃不喝。

仆妇画外音："静小姐，安丽小姐来了！"

思静抬眼见到安丽："安丽，你可来了！"不由得搂住安丽大放悲声。

安丽安慰道："不哭不哭！不哭了，啊？我这不是来了吗？"

思静抽噎道："安丽，母亲走了，我一个人好害怕呀！"

安丽为思静拭泪："不怕不怕，怎会一个人呢?! 最起码，你有姨父姨母一大家至亲骨肉，还有我们这么近的姻亲嘛！你姨母就是我母亲的嫂子，我的舅妈，我们能不管吗？告诉你，丁管家领着一大帮人已经从大榕乡赶来了！"

思静："是吗？这么快？"

安丽："那还有假？我料想你最盼我，就顾不得规矩，抢在母亲和婶娘们之前，先跑来了。"

思静："你能多陪我几天不？"

安丽："当然能！丧事办完我还会留下来，直到寒假快结束才离开。放心吧，我们一起面对，一起承担，你不会是一个人的！"

思静点点头。

安丽："你瘦了许多。等丧事办完，请医生开药调理调理就好了。"

2. 思静卧室（日）

安丽引着一位老中医进来。

思静忙从桌旁站起："谭老伯来了，快请坐！"

第二十一集　思静丧母　拱北娶妻

谭医生坐下："很好，你不躺着了，气色也不错。"

思静："谢谢医生！"

谭医生为思静把了把脉，问："开的药都吃完了吧？"

安丽："吃完最后一剂了，还要再开药吗？"

谭医生："不必了。这病原是过度悲伤，加上劳累，又偶感风寒所致；毕竟年轻，用了药，好得很快。"

安丽："那，思静姐可以出去走走了吗，谭老伯？"

谭医生："可以！到户外活动活动，晒晒太阳，放放风筝，人就豁达了。"

安丽："对呀，思静姐，你要听谭老医生的话，把自己放开才是啊！"

谭医生遂语重心长嘱咐思静："孩子，人生有一些坎是必须过的，无人能免，或早或晚而已；学会坚强地去面对，你就一步一步长大了，成熟了。"

思静："谢谢谭老伯开导，晚辈受益了！"

3. 福州西湖（日）

一只风筝在西湖上空冉冉飘舞。

风筝下，远处是两位少女的倩影。

镜头推近：思静在看安丽放风筝。

安丽："思静姐，我玩好大一会儿了，该你接力啦！"

思静："我接不上力，放不高，还一次次栽下来！"

安丽："已经很有进步了，起初连飞都飞不起来呢，再练多几回，就跟我一样了。给，牵好绳子啊！"

思静接过牵绳。

风筝继续飞。

安丽一旁鼓励："怎么接不上力？这不是飞得很好吗？飞！飞！再高一点！再高一点！……"

一言未了，风筝断了线。

思静："哎呀！就你，高了还要高！"

安丽望着飘走的风筝咯咯笑。

思静："飞了你还笑！"

安丽望着远去的风筝，笑盈盈地说："我为风筝高兴呀，没人管束了，何等自由自在！"

思静："你呀，恨不能变成鸟才过瘾！我可不像你，我就怕没人管，以前有妈……"她突然咽住了。

安丽："瞧瞧瞧瞧，好不容易开朗了一小会儿，又林黛玉了不是?!"

丫鬟画外音："静小姐，该回去了，要不然我们奶奶会不放心的！"

安丽碰碰思静："还愁没人管你?! 这不，你姨妈正盯着呢！"

4. 思静卧室（夜）

安丽、思静靠在床头谈心。

安丽："思静姐，你说，你非常凄楚和彷徨，这我能够理解。我读过《红楼梦》，林黛玉无父无母无兄无弟，如同眼前的你。但我又认为，你不应该像她那么悲怆。毕竟，如今已是民国十一年，'五四'都过去三载了，你会找到出路的。"

思静："什么出路？"

安丽："你忘了吗？母校的芷郁老师教导我们要做事业女性！"

思静："事业女性，我做不来的。"

安丽："怎么做不来?! 你只是数学不好，可我国文也不行嘛；我们一起努力，一准成！将来，你教国文，像芷郁老师那样，听得学生入迷，该多有意思啊！"

思静："你说得太容易了！"

安丽："容易不容易，先跟我去北京求学再说！芷郁老师一再强调，事业必须用知识打底，底子越厚，层次越高啊！"

思静："可我不能去北京，不能去求学，我……"

安丽："这是什么话?! 谁拦着你啦？"

思静："不是拦不拦的问题！"

安丽："那究竟为什么？"

思静欲言又止。

安丽："怎么啦？有啥不能跟我说的？"

思静不语。

安丽："哎呀，快说快说嘛，憋死我啦！"

思静又沉默片刻，才嗫嚅道："先母对我已然做了安排，我怎敢违拗?!"

安丽："什么样的安排呢？合适吗？"

思静："怎可以论合适不合适？——天下无不是的父母嘛！"

安丽："既如此，那就更不怕说出来给我听听了。对不对？"

第二十一集　思静丧母　拱北娶妻

思静："那你不许张扬！"

安丽："我虽直肠直肚，却并不长舌。你不让张扬，我会守口如瓶，不对任何人提起半个字，包括我妈、我大哥、峻哥、轩哥。信不信由你！"

思静："好，我信你！母亲在最后的日子里是这样安排我的……"

思静陷入回忆。

5. 星姨卧室（日）

思静趴在母亲床边睡着了。

星姨渐渐醒来，爱怜地注视思静片刻，吃力地抬起手按在女儿头上。

思静惊醒，自责："妈，我睡着了，我怎么可以睡着呢，不孝啊！……"

星姨："别说傻话，叫妈心疼！你衣不解带，日夜服侍，怎能不困呢？铁也会生锈哟！"

思静："妈，你进点米汤或者白粥好吗？"

星姨："妈不饿，趁这会儿精神好些，扶我坐坐吧。"

思静小心扶星姨靠在床头，用枕头垫好，才挨近坐在床沿。

星姨："静儿，妈有话交代你。"

思静："妈，你素日的教导，儿全记得；好容易精神旺些，就别再累着了！"

星姨："不怕的，妈有数。"

思静："好吧，可也别说得太多了！"

星姨："静儿，你爹死得早，妈不能不格外操心你今生的归宿。天可怜见，纪大奶奶与我十分投契，且热望两家联姻。我们盼了近十年，好容易盼到前年拱北毕业，正准备按礼数为你俩订婚，谁知我竟一病不起！多亏纪大奶奶周全，亲手送上她出阁时陪嫁的那一大盒价值连城的首饰，郑重下聘，这婚才订得虽无排场却毫不逊色呢！"

思静："妈，订婚的事我可一点也不知道啊！"

星姨："不单你不知道，拱北也一样。纪大奶奶立意，只等今年拱北回乡探亲，就接我们母女并你姨妈一行去纪府，置办一席朴素高雅的家宴，才算正式订婚；接着就择日完婚了。为慎重起见，不到一切就绪，不会告知你俩。静儿，你明白纪大奶奶的良苦用心吗？"

思静思忖片刻道："纪伯母是海军世家几十年的长房长媳，深知军人身不由己，军眷应顾及种种变数，乃至婚嫁；也因此，只有拱北哥那头敲定后才能明说。更何况，婚姻要依从父母之命、媒妁之言，待安排停当方告知子女，也是常情常理，合情合理嘛。"

星姨："好孩子，你打小就乖，长大越发懂事了。"

思静："妈，你忘啦，思静也是海军的女儿！父亲虽然去得早，但你仍时时教我要遵从军眷德行和淑女风范啊。"

星姨欣慰地点点头，却又叹道："只可惜，我的病体竟一日不如一日了……"

思静："妈，切莫悲观！这会儿，你不是挺精神的嘛？兴许，就此好起来了呢！"

星姨："但愿吧，可妈还是得交代你一些事，以防不虞……"

思静："别别别，这不吉利！"

星姨："我的儿，为了你，妈不怕不吉利！"

思静："妈！"

星姨："静儿，你必须好生听着，否则妈焦急，妈死不瞑目啊！"

思静："莫焦急！莫焦急！静儿好生听着便是！"

星姨："静儿，妈怕是无福消受你们的订婚宴了！如果我走了……"

思静又悲又急："妈，千万别乱想！你若走了，我怎么活呀？……"便痛哭起来。

星姨忍泪安慰道："莫哭莫哭，哭得妈心碎，病更好不了了。听话，乖！"

思静便用手捂住嘴，强抑悲声。

星姨长叹一声："儿啊，我已跟你姨妈商定：我走之后，你要乖乖待在姨妈家，万不可外出求学求职；待守孝期满，林府必会择日风风光光为你完婚的。你温存娴雅，识文断字，又有可观的遗产、体面的嫁妆，这都是长处，但你仍须……仍须……"便气短语断。

思静赶紧给母亲拍背："妈，歇会儿吧，歇会儿吧，喝点茶润润喉！"

星姨点头。

思静忙端过茶水给母亲润喉。

星姨喝了茶继续道："你仍须牢牢记住：要孝敬婆母如生母，伺候丈夫如君主，珍惜同辈如手足，善待下人如子女！也只有这样的长孙媳，才有望将来当家服众啊！静儿，我的遗言你应深深刻进脑子里，好让我走得安心才是！"

思静边听边流泪，至此完全失控，抱住母亲叫道："妈，我不想当家服众，我只想守着你！你不要走，不要走啊！……"说着哭得浑身颤抖。

星姨无言泪如雨下，却轻轻拍着思静如拍婴儿。

思静回忆止。

第二十一集　思静丧母　拱北娶妻

6. 思静卧室（夜）

思静："安丽，我何尝不想随你赴京求学，但母亲遗命不可违啊！"

安丽："既如此，那你就安安心心待在福州吧。"

思静："可我还是很害怕，很害怕！"

安丽："连终身大事都有了安排，你还愁什么，怕什么呢？"

思静："我……我……我怕……"

安丽："你倒是说呀！"

思静："我怕……我怕拱北哥……"

安丽讶异："怕我大哥？！这从何谈起呀？去年他毕业回乡探亲，你也没赶上见他一面嘛。"

思静："是没见过，可我从小就怕拱北哥，记得他最烦跟我玩了。"

安丽笑："那是因为你胆小，怕虫子什么的。有一回，他故意抓了只青蛙扔你，你大哭起来。"

思静也不由一笑。

安丽："你跟拱北大哥分别的年数比我更长，所以印象还一直停留在童年时代。"

思静："那他到底是怎么个人呢？"

安丽："他呀，中等个子，结结实实，浓眉大眼，头发又粗又硬……反正，反正不像贾宝玉就是了。"

思静："还有呢？"

安丽："还有……还有，他会说流利的英语，非常喜欢运动；可是，对人却冷冷的，不大主动搭话，而且目光犀利，很像……"

思静："像什么？"

安丽眼珠一转，突然伸出十指对思静做捕食状："像大灰狼！……哈哈哈哈哈哈……"

思静："人家心里没底，你反来取闹，真是的！"

安丽："好啦，别杞人忧天了！就算是只大灰狼，我这个大灰狼的妹妹也会向着你的！"

思静："又来了！"

安丽："我要不这么着，你那牛角尖还钻起来没完了，徒增烦恼而已呀！好了，快睡下吧，走过了悲伤，明年，荷花绽放的时候，就另有欢乐了！"

思静："欢乐？明年？荷花绽放的时候？"

安丽："是的，明年，荷花绽放的时候！"

7．纪府大池塘（日）

荷花盛开。

8．纪府大厨房（日）

餐桌上堆着新摘的荷叶。

佟妈和周嫂在包荷叶鸡，另几名厨工正忙着淘米、洗菜、切菜。

周嫂拿着片荷叶闻了闻："真香啊，清香清香的！我们包出来的荷叶鸡只怕比酒楼里做的还要强十倍呢！"

佟妈："三爷、四爷已经好几年都没一起吃家里的荷叶鸡了，若不是为着四爷、四奶奶两夫妻双双过五十大寿，三爷哪能请假回来团聚呢？"

周嫂："也是命中注定的福气啊，四爷、四奶奶的生日只差两天，这回合起来做寿，正好讨个双喜临门哟！"

佟妈："说不定还会来个三喜临门呢。"

周嫂："三喜临门？"

佟妈："方才碰到彩虹，她悄悄告诉我，大奶奶刚刚求到一支上上签，说是府上有三喜临门，奶奶们正乐得合不拢嘴呢！"

9．长房正院前厅（日）

三位奶奶围坐在圆桌旁。

三奶奶眉开眼笑地断定："签上说'一池荷花伴三喜'。除了四弟、四妹的五十整寿，那第三喜自然就应在拱北身上了，这真是天意呀！"

四奶奶："既是天意，我们就该顺应，快把拱北和思静的喜事也一起给办了吧！"

大奶奶："我正有此意，只等拱北日内到家呢。其实，思静今年一除服，我便跟福州我嫂子那边通了气；嫁娶之事两头也都静静地备妥了，单等神佛来指引。方才抽到上上签，预言'三喜临门'，我的心总算有了底，眼下只差如何安排了。"

三奶奶："这有何难？婚礼在寿庆前一日举行就挺合适。洞房第二天新人双双给叔叔、婶婶拜寿，该有多喜兴、多圆满哪！"

四奶奶激动："太好了，就这么定下来吧！"

第二十一集　思静丧母　拱北娶妻

大奶奶笑："你呀！——开心得把一家之主慕贤都给忘了！还有慕达，那也是得听听他的啊！"

四奶奶："慕达这会儿应当正在三哥屋里。——我出来的时候，听他说，要找三哥下棋去。"

10. 纪慕贤书房（日）

慕贤兄弟对弈。

慕达举棋不定，终于泄气："死局！怎么救也救不活了！"随即把棋子扔进盒里："死局——就跟我们海军一样！"

慕贤愕然："如何扯上海军了？！这'死局'是怎么讲？"

慕达："民国建立12年了，乱象依旧，贫困如故。就说我们海军吧，政府既养不起，各系军阀便竞相拉拢。舰队于是各趋其利，流血卖命，介入恩仇，甚至引发海军分裂。这种局面，三哥难道还看不明白？"

慕贤："怎么看不明白？！姑且不提直皖战争中海军第二舰队帮助直系打败皖系的事，单说去年4月的直奉战争吧，这第二舰队跟第一舰队的倾向就很不一样。第二舰队依然支持直系，而第一舰队却打算坚持中立，只是后来架不住海军领袖萨镇冰亲自出马运动，几经商讨，才勉强同意反奉的。当时，萨上将虽已卸任海军总长，却坐镇第一舰队，先是赴秦皇岛、大沽一带布阵，后又指挥炮击入关的奉军；及至张作霖败逃出关，经过秦皇岛，舰队更从海上跟踪追杀，几乎命中。以萨镇冰的地位和声望，卸任后大可赋闲逍遥，又何必重新披挂上阵呢？说得难听一点，无非是为了替他所热爱的海军讨几串活命钱罢了；而这，在你眼里就成海军的死局了！"

慕达反驳："难道不是吗？连德高望重的萨镇冰都不惜参加军阀混战，为海军讨来一杯羹，这还不算死局啊？！"

慕贤："当然不算，困局而已，哪里是什么死局！即便甲申、甲午两次亡军，我也从未这么看；而你竟如此悲观，实在要不得！"

慕达正要分辩，仆人进来添茶，乃止。

仆人添过茶，旋即退下。

慕达："我也不想悲观，可现实越来越令人沮丧！据我所知，为了开辟饷源，海军居然仿效军阀抢夺地盘，已然掌握了长乐、连江、平潭等县，下一个目标便是厦门，由此而控制金门和东山两岛。——这些，你全然不知吗？"

慕贤："怎会不知？！但我仍不悲观。我还就不信了，有五千年辉煌的背景，中国会永远如此贫弱?!海军会永远如此不堪?!"

慕达:"看来,海军的那些不义之举,你是能够接受的嘛……"

慕贤截断:"我何时说过能够接受?!我心里当然接受不了!可我是军人,只要我身穿军装一天,我就理当以服从为天职!"

慕达:"事在人为,完全可以脱去军装嘛。"

慕贤警觉:"你什么意思?!"

慕达:"我的意思是……是……"他终于鼓起勇气:"我要离开海军!"

慕贤勃然大怒:"胡闹!"

11. 纪慕贤书房外（日）

大奶奶妯娌来到书房外。

慕贤画外音传出:"胡闹!"

大奶奶妯娌皆大吃一惊。

大奶奶示意妯娌止步。

12. 纪慕贤书房（日）

慕达不服:"我怎么就胡闹了?!海军这等不义,我又何必效忠?"

慕贤:"借口!完全是冠冕堂皇的借口!"

慕达:"你怎能这么说!"

慕贤:"我还能怎么说?!慕达,你是当年父亲用棍棒打进海军去的。父亲看你特别聪明,很适合技术兵种,对你的期望有过于我。可惜你军人气质少,风花雪月多,晋级自然较慢。你不思检点,只一味表面洒脱,而实际却耿耿于怀,现在可算找到离军的借口了!知弟莫如兄,我有说错吗?啊?!"

慕达:"就算你都对,那也不能怪我呀!"

慕贤:"当然要怪你!如果个个像你嫌弃海军,万里海疆谁来保卫?遭遇外侮谁去抵抗?!"

慕达:"中国海军如此弱势,面对外侮,有甚能耐?甲申、甲午两次亡军,已然证明无所作为!"

慕贤:"谁说无所作为?!凛凛气节便是作为!屡败屡战更是作为!只要代代坚持,我们海军终将由弱势转成强势;就为这,我至死跟定海军,无怨无悔!"

慕达:"那是你!可我不愿意,我要去走商船!"

第二十一集　思静丧母　拱北娶妻

慕贤："你休想！"

慕达："太没道理了！我年已半百，居然连选择职业的自由都没有！"

慕贤："也可以有，不过——"

慕达："不过什么？"

慕贤："你一离开海军，我就禀告族长，登报声明：纪慕达由纪氏族谱除名！"

慕达："你！你！你要什么家长威风嘛，简直是蛮横之极！"

13. 纪慕贤书房外（日）

大奶奶悄悄对两妯娌说："你俩等一等，我先进去一下！"

三奶奶、四奶奶会意，连连点头。

14. 纪慕贤书房（日）

慕贤："我怎么蛮横了？！是你自己把父亲的遗训抛到九霄云外，反倒……"

大奶奶进来截断："三弟、四弟！"

慕贤、慕达连忙站起："大嫂！"

大奶奶四两拨千斤、细语说重话："四弟呀，莫要错怪你三哥了！'守住海军、守住祖业'是父亲当年的遗训，不能不遵啊！倘若宽了你，这四房子弟、族中男儿就都没有依规了。"

慕达无奈，颓然地、慢慢地坐下。

15. 四房正院（夜）

慕达枯坐在藤椅上生闷气。

四奶奶过来递上一把折扇，坐下劝慰道："别生闷气了，慕达！都怪我太愚钝，若不是亲耳听见你跟三哥拌嘴，还浑然不知海军竟如此艰难，你竟如此压抑呢。唉，怪我，全怪我！"

慕达："怎么能怪你呢？——净瞎想！"

四奶奶："往后，你若有什么不痛快，就跟我说说嘛！"

慕达："别瞎操心了！你个妇道人家原不该知道军中事的，便知道了又能怎样？"

四奶奶："至少我可以劝劝你不跟三哥怄气嘛。"

慕达："三哥就是一根筋，非要守着遗训，不叫离开海军，迂！"

四奶奶："你可别再惹三哥了！他若是动真格的，把你从纪氏除名，面对海军界那么多亲朋戚友，你丢得起这张脸吗？你一向和软，急了最多呛呛两句就退了；这回你也不妨再软一次，从此莫生离开海军的念头了，啊？！你是知道的，我从不在意你升什么少将，什么上将，我只盼有个宝贝女儿跟我撒娇；托姨太的福，这已经实现了。如今，我有女万事足，只想一家子和和美美过日子，别无他求啊！"

4岁的安祈过来找四奶奶："妈，西瓜吃完了。"

四奶奶："还吃不？"

安祈摇头。

四奶奶带笑审视安祈的脸："瞧瞧，满嘴满脸的西瓜汁哟！"便从腋下抽出帕子为之擦拭干净："好了，蚂蚁不找你玩了。你过爹身边去吧。"

安祈即赖在慕达膝上："爹，明天你真的带我去野地里跑吗？"

慕达："那还有假？爹说话算数。"

安祈："我妈也一同去玩吗？"

慕达摸着安祈的脑袋："这要问你妈呀！"

安祈："妈，你也去，是不？"

四奶奶："宝贝，妈脚太小了，跑不动。你爹会让姨太陪你的，她天足，跑得快。"

安祈："嗯——！我不要姨太陪，我就要妈！"

四奶奶："这孩子！"

安祈便离开慕达，扑进四奶奶怀里，扭来扭去："妈，我就要你，就要你！"

四奶奶："好啦，别扭来扭去了，再扭就变麻花啦！"

四爷："都是你宠的！"

四奶奶便拍着安祈哄道："乖，安祈乖，要不，叫大哥陪着玩吧？大哥以前在野地里疯跑，谁也跑不过他——像风似的！"

安祈："大哥？！"

四奶奶："对呀，大哥明天就回来啦！"

16．长房偏院（日）

男仆们在打扫院子，浇灌花木。

另一些人在张灯结彩。

17．长房偏院内室（日）

女仆们忙着剪贴喜字，布置新房。

第二十一集　思静丧母　拱北娶妻

18．长房偏院（日）

丁管家兴冲冲进来，见众人已然收尾："都收拾利索了？"

众人："利索了！"

丁管家："这就好，大少爷已经到啦！"

众人："喜气来啦！""该热闹了！""吉祥啊！"……

扶桑花火旺火旺。

19．长房正院（日）

大奶奶在上房阶上急切等待。

拱北进院，一眼望见母亲："妈！"便快步趋前，一面问："妈，你怎么站在这儿啊？！"

大奶奶："我的儿，你可回来了！"

拱北："怎么了？！有什么事吗？"

大奶奶："进屋说吧，快！"

20．长房正院前厅（日）

大奶奶："儿啊，你坐下，坐下再告诉你！"

拱北坐下。

大奶奶喜形于色："喜上加喜啊，你回来得正是时候！"

拱北："不就是四叔四婶五十寿诞吗？"

大奶奶："还不止呢！"

拱北："还有什么？"

大奶奶："前两日，我抽到一支上上签，说是'一池荷花伴三喜'；就想，你四叔四婶的生日自然算作双喜，那么这第三喜呢？当时，我心中虽然有数，但总归还要看看天意才踏实，就又去抽了一签，你猜怎么的？"

拱北一笑，不置可否。

大奶奶："居然又是上上签！签上说：'绿叶盈盈宜室家。'我一下子全明白了，这'叶'，必是指——"

拱北大为紧张："妈！……"

大奶奶："别打断我！"依然兴冲冲说下去："这'叶'，恰恰合了思静的姓啊！天意要你跟叶思静完婚呢，我的儿！"

拱北："妈，签上的话如何能信？我还年轻，不想娶妻！"

大奶奶："又胡说了吧？'不孝有三，无后为大'，你不娶妻，纪氏哪来嫡孙啊？！"

拱北："我连婚都不曾订，怎能娶亲呢？"

大奶奶："谁说没订？民国元年，你临去投考烟台海校前，便要给你订的；偏你不懂事，大吵大闹，我们怕影响你考试，暂时推迟一下而已。幸而两家早已默契，叶思静才能等了你整整十年啊！"

拱北："即便如此，可我小时候就讨厌叶思静，如何跟她过一辈子？！"

大奶奶："小时候归小时候，现在你都当上海军少尉了，还会那么傻吗？人家本来就俊，如今更出落得芙蓉花一般，行事做派也越发淑女了。你若跟她在一起，不定怎么庆幸自己有福呢！"

拱北皱紧眉头："有福没福我都不娶叶思静！"

大奶奶："这可由不得你！亲家母病重时，是我带着当年我最最珍惜的嫁妆，亲自去福州她府上郑重下聘的！"

拱北："可是，妈，你从头到尾都没跟我商量过啊！"

大奶奶："婚姻大事，父母之命。你没了父亲，一切由我做主就是了；你三叔、四叔都尊重我的意愿，我又何须跟你商量啊？"

拱北："可婚姻毕竟是我个人的事嘛！"

大奶奶："什么话？！明明是纪氏延续香火的大事，怎么就成你个人的事了？！"

拱北："当然是我个人的事喽！都民国十二年——公历 1923 年了，婚姻还不得自由吗？"

大奶奶："不管公历哪年、民国哪年，人总该讲信义不是？怎么能悔婚呢？！"

拱北："谈不上悔婚，这婚又不是我要订的！"

大奶奶："然而，已经订了嘛！！！你若不认，今后纪府如何面对四邻八乡？！我又如何面对福州的娘家兄嫂？！将来，更有何颜面见亲家母于九泉之下？！——这些，你不该替我想想吗？！"

21. 长房正院前厅外（日）

钱妈和彩虹侧耳听着大奶奶母子拌嘴。

钱妈想了想便向彩虹招招手。

钱妈对彩虹耳语。

第二十一集　思静丧母　拱北娶妻

彩虹点头，匆匆离去。

22．长房正院前厅（日）

拱北："妈，我知道你很为难，但这件事毕竟关乎我一生的幸福啊，你只要想想石峻就都明白了。"

大奶奶："你怎能跟石峻相比？石峻是被他无良继母所害，我是你继母吗？！石峻娶了个痴呆女，叶思静是吗？！叶思静温婉美丽、知书识礼、不尚奢华，且是海军后代，跟你完全门当户对。——娶了她，便是娶了幸福，一生的幸福啊！"

拱北："妈，这是你的标准，但不是我的，绝对不是！！！"

大奶奶："是与不是，你都得娶叶思静！"

拱北："我就不娶！"

大奶奶："你！你！你忤逆！……"

慕贤进来："大嫂！"

大奶奶颤声："三弟呀！……"

23．纪慕贤书房（日）

慕贤与拱北隔桌而坐。

慕贤："你所说的，我完全理解，我也接受过西学嘛。反观自己，纪、叶联姻，早在十年前我就赞同；后来，知你母亲亲自登门下聘，我也认为十分应该，从未考虑你的权利和意愿。作为一家之主，三叔有不可推卸的责任，对你是歉疚的！"

拱北连忙站起："三叔这样说，侄儿无地自容！"

慕贤："你坐下，坐下！"

拱北坐下。

慕贤："我也很想做点什么替你挽回，因为这桩婚姻对你确实不公平。"

拱北目光热切："那，三叔有办法挽回吗？"

慕贤："你母亲告诉我，叶思静跟我们安丽截然不同。她禀性柔弱，虽说受过新式教育，却很难独立；如今孑然一身，又不可能终生依赖姨母，除了嫁人，别无出路。而她，偏偏是我们纪家郑重下聘的未过门媳妇，如若不娶，人家脸面往何处搁？！我们不但信义尽失，而且等于把孤女送上绝路，谁都会于心不忍！你母亲何等平和大度之人，如此一反常态逼迫你，也是万般无奈啊！"

拱北："那么，三叔你是非要我娶叶思静了？！"

慕贤："我有错在先，又怎能强制于你?！所以，明明知道你是军人，当然应该比叶思静这样的弱女、孤女更能承受痛苦，但我竟开不了口了！你——你自己考虑吧！"

拱北："三叔，侄儿斗胆请问……可以吗？"

慕贤："问吧！"

拱北："假如你是我，你会怎样考虑，怎样选择？"

慕贤不假思索，断然回答："不用考虑，我选择道义！"

拱北重重闭了一下眼睛，但随即又挺起腰，两手放双腿上，恢复了军人惯常的坐姿。

叔侄俩均以军人之姿对坐良久，默无一语。

镜头拉远。

24．纪府大池塘（夜）

远景。繁星点点，长桥轮廓影影绰绰。

镜头推近长桥。

25．长桥（日）

长桥上，黑暗骤失，金光闪射，梦幻般奇异而辉煌。

米娜身穿婚纱从长桥尽头飞奔而来。

长长的婚纱因风飘起。

定格。拱北想象止。

26．纪府大池塘（夜）

星空寂寞。

拱北画外音悠远而感伤："米——娜——！"

镜头推近，拱北的轮廓孤独地站在星空下的池塘边。

27．长房偏院（夜）

灯光从户牖透出映衬着红双喜。

28．长房偏院洞房（夜）

思静独坐床沿，手上攥着红盖头，不安地捏来捏去。

第二十一集　思静丧母　拱北娶妻

思静自言自语："夜深了，拱北哥还不进屋。看来，他真的还像儿时那么嫌我；又或许……或许有了心上人，那就更糟了！我……我可怎么办呢？！倘若妈在该多好啊，妈一定会给我出主意的，可是……可是……"她喉咙发哽："可是妈已经走远了……帮不到我了……"

思静使劲地不断咽口水忍泪。

思静又用红盖头捂住嘴不哭。

思静内心独白："不可以哭！不可以！！！常言道：'哭洞房，一生泪汪汪'啊！"

思静重重吸了一口气，急忙走到茶几旁，端起一杯茶，大口大口喝下去；然后，放下杯子，慢慢地坐下思索。

思静内心独白："拱北哥不理睬我，我若是哭，不但犯忌讳，还会惹人笑话，被人轻贱！……"

烛花爆裂噼啪作响。

思静转头注视花烛。

思静内心独白："无枝可依，无处告求，除非自救，又将奈何！然而，我能自救吗？！我行吗？！……"

烛焰跳动。

思静内心独白："也许……也许应该试试！"

思静面对烛焰站了起来，但旋即又泄气坐下，低头发呆。

烛花再次爆裂作响。

思静再次注视花烛。

思静终于再次站了起来。

花烛火焰顿时亮了许多。

29．长房偏院（夜）

思静自厅门出来，赫然发现，拱北的背影蜷坐在阶下，脑袋埋在双手中。

思静犹豫了一下，轻轻下阶，绕到拱北跟前，鼓起勇气，怯怯地说："拱北哥，对不起，思静让你为难了！"

拱北一震，不禁抬头瞥了思静一眼，旋即便移开视线，十足绅士地应对："不必多疑，谢谢！"

30．纪慕贤书房（日）

慕贤正伏案读书。

拱北一身戎装出现在门口："三叔！"

慕贤闻声："进来吧！"视线并未离开书本。

拱北来到书案前。

慕贤抬眼，讶异道："嗯?!穿军服?!不是要陪新媳妇去福州回门的吗？"

拱北："侄儿奉命速返舰队。"

慕贤顿时神色凝重，站了起来："明白了！海军已占金门，接着便要从闽军总司令臧致平手中夺取厦门；无疑，你这是要参战去了。"

拱北："是的。"

慕贤："据我所知，厦门胡里山炮台有口径28厘米克房伯长身加农炮两门，射程可达1万米，加上嵩屿所设的山炮，火力足以压制海军舰队；而臧致平在厦门至少还有7000守军，且相当强悍，我海军陆战队无论人数或素质均非对手，很难从禾山成功登陆。因此，我判断海军虽志在必得，但夺取厦门却绝非易如囊中探物。"

拱北重重地点点头，遂问："四叔走了，三叔的假也快满了吧？"

慕贤："我明天回去。"

拱北："三叔，那我就先告辞了。"说完，行了个军礼，转身走出。

慕贤移步窗前，目送拱北穿过院子匆匆离去。

慕贤内心独白："国无一统，罪在外夷，亦在萧墙之内。可悲呀，我们屡败屡战、两度死而复生的海军，居然堕落到效军阀割据，以扩充饷源，这简直是逆子饥食母亲的肉，绝非复兴之正道啊！然而，海军复兴之正道又在何方呢?!……"

31．三房正院（日）

拱北的背影一闪而逝。

慕贤依旧站在窗前。

慕贤内心独白："拱北侄儿，三叔平庸，无法在军阀混战、国弱兵穷的乱象中拨云见日，给你指条光明的强军之路，深心惭愧！唯愿你穿越炮火，平安回航。你是纪氏嫡长子，你有国耻家仇必须担当啊！"

第二十一集　思静丧母　拱北娶妻

32. 纪府大门口甬道（日）

拱北匆匆向大门口走去。

思静在后面追赶。

拱北接近大门。

思静追上，一面喊着："拱北哥，等一等，等一等！"

拱北转过身："什么事？"

思静："拱北哥，我送你一程吧！"

拱北又冷又硬但不失礼貌："纪氏一门军人，聚少离多，送别止于宅门内，家风如此，请回吧！"言讫跨出门去。

思静咬着嘴唇站在原地，又委屈又疑惑，直想哭。

钱妈画外音："大少奶！"

思静一怔。

钱妈："回屋吧，大少奶！府里的规矩，女眷送军人，不出大门，更不哭泣！泪水湿军心，最为不祥，这是大奶奶特地让我来关照你的！"

思静默然点头。

33. 长房偏院（夜）

思静坐在阶上看流萤。

小梅香过来挨着坐："静小姐，这里好冷清好冷清，福州可不是这样的！"

思静："这话不要出去乱讲啊！乡间嘛，又是深宅大院，自然比不得城里。城里有街，有夜市，你爱热闹，总是变着法儿抢着替我上街买东西。——以为我不知道啊！"

小梅香："嘻嘻！那你喜欢乡间吗，静小姐？"

思静："我爱静，小时候就断不了来这府里玩。府里有大池塘，有长桥、荷花、龙舟、古榕……朝云晚霞，夏露秋霜……都是诗和画啊！"

小梅香："那……如今，静小姐做了纪府大少奶，这些诗、这些画，你也都有份了，对不对？"

思静："你这么一说，姑且算有吧。"

小梅香："既然这样，为什么静小姐还要坐在这里发愁呢？"

思静："你又口无遮拦了，早晚说漏了嘴，如何是好？"

小梅香："放心吧，跟你才敢这样的！"

思静用扇子轻轻拍了小梅香一下:"你呀!不过,说实在的,我是有点发愁啊。"

小梅香:"愁什么呢?"

思静:"愁大少爷为何结婚三天就奉命走了?连年战乱,军人新婚别,该不会是跟打仗有关吧?!"

小梅香:"打仗?!"

思静:"是啊,就在去年,孙中山的北伐军攻打福建督军李厚基,海军也参战了。记得,当时福州大乱,左邻右舍纷纷逃离,我们不也差一点就投奔大榕乡来了吗?"

小梅香:"是的是的,有一天我还吓得钻进柴堆,不敢伸出脑袋来呢。"

思静:"最最恐怖的是,我表姑的儿子在海军陆战队,李厚基战败时他前去缴械,不幸被流弹击中;听说,尸首抬回家来,竟当着亲人的面,流出了鼻血!……我明白,军人之妻原不该记这些、忆这些的,可我还是管不住自己。真不知道,大少爷究竟奉命干什么去了?!——我能不发愁吗?"

小梅香:"东想西想,越想越愁,你干脆去问问大奶奶,不就结了?"

思静:"谈何容易啊!军眷不得过问军事!大奶奶是几十年的老军眷了,我料定她心里再怎样七上八下,也绝不敢打听什么,即便对儿子也不行,表面还要装出若无其事的样子来!"

小梅香泄气:"哎呀,这可怎么办呢?"

思静怅惘地摇摇头。

小梅香双手托腮无奈地望着流萤飞来飞去,忽然大叫:"有了!"

思静吓一跳:"什么'有了'?一惊一乍的!"

小梅香:"我有办法让你不愁了!你等着!"

34. 长房偏院前厅(夜)

小梅香用白纸折了一个玩意儿,吹开来成为一只纸球。

35. 长房偏院(夜)

小梅香扑流萤。

小梅香把萤虫装入纸球,又用一团纸封口。

小梅香举起发光的萤球,朝思静喊:"静小姐,看!"

思静一笑:"嗬,你拿这个哄我开心呀?"

小梅香过来坐下:"不哄你!小时候,听乡下外婆说,萤火虫有灵性,能帮人解

第二十一集　思静丧母　拱北娶妻

愁，只要心诚，有求必应的。"

思静："当真？怎么个求法？烧香还是……？"

小梅香："萤火生于青草，不爱烧香的气味。"她把萤球置于思静的两掌上："你只须静静地托着这萤球，将藏在心底的话悄悄告诉它就成。——全告诉它吧，我铺床去了，静小姐！"

思静双手托住萤球，在神秘的闪光中默祷。

思静内心独白："青草化出的神灵啊，我夫身为军人，理当不避艰险，驰驱海疆。求你赐予他青草绵延不绝的生命，万里飞舟，万里吉祥！"她把萤球托举过头："万里吉祥啊，拱北哥！"

萤球特写。

36．长房正院（日）

思静进院。

彩虹迎上："大少奶早，大少奶城里人也起这么早！"

思静："从小习惯了。大奶奶梳洗过了？"

彩虹："是的，她在前厅。"

37．长房正院前厅（日）

大奶奶端坐。

思静在厅门口站定："妈！"

大奶奶："进来吧。"

思静恭敬行礼："妈，媳妇来请早安！"

大奶奶："过这边挨着我坐下吧！"

思静知礼，坐下首："妈，我坐这里就好。"

大奶奶："嫁过来没几天，还不太习惯吧？"

思静答得乖巧："思静嫁到这里，这里便是家，婆母便是娘。——没有不习惯的。"

大奶奶："我打算给你再添个丫鬟。"

思静："千万别！跟来的梅香虽只十三四岁，服侍我也才年把，但却很周到、很贴心的。妈固然是疼我，可丫鬟多了，备不住出个懒媳妇呢！"

大奶奶不禁笑了："好孩子，虽说只是句玩笑话，可玩笑话里也能听出禀性、教养呢。——倒让我越发过意不去了！"

43

思静不安："妈，你……你这样说，媳妇如何敢当呢?!"

大奶奶轻轻叹了一口气："昨天原是新妇回门的日子，拱北一走，有失礼数了。如此委屈你，我很不是滋味啊！"

思静连忙站起："妈，言重了，言重了！思静生是军人女，嫁为军人妇，深知军人的天职乃服从。拱北随令而动，这再正当也不过了，就算新婚别，思静有何委屈可言呢？思静只希望他无论身在何方，都能忠勇效命，且平安吉祥。"

大奶奶："难为你如此明事理，妈果然没看走眼：你不但是天生的淑女，更当得了好军眷、好媳妇！妈顾虑的倒是，拱北打小顽劣执拗，如今更冰冷铁硬，难免会慢待了你……"

思静又连忙起身："妈，你又言重了，媳妇惭愧啊！"

大奶奶："坐下，坐下！"

思静依然站着。

大奶奶："往后，拱北若敢委屈你，只管告诉我。你姨母是我嫂，姨父是我兄，你亡母是我友，我能不向着你吗?!"

思静感激，颤声道："感谢婆母厚爱！"随即平复，依然站着说："妈别多虑了。拱北哥很绅士，思静并无委屈。先母遗言'以婆家为天地，丈夫为日月，自身为草芥'，思静必终生谨记，不敢有忘！"

38. 长房佛龛（夜）

大奶奶在虔诚诵经。

39. 大奶奶卧房（夜）

钱妈放下蚊帐。

彩虹进来："钱妈，我去看过了，大奶奶还在念经；一把年纪了，念了那么久，累不累呀？我都困了！"

钱妈："你还看不出来啊？大奶奶有心事！"

彩虹："早晨大少奶来请安的时候，大奶奶不是好好的吗？怎么这会儿就变了?!"

钱妈："什么'这会儿就变了'！大奶奶的心苦着呢！你想啊，大少爷突然新婚别，大奶奶凭几十年军眷的经验，能不怀疑这恐怕是去打仗吗？可面对过门才三天的儿媳妇，她又不好流露出来，只得忍着。你说是不是？"

彩虹："那，大少奶心里也在担心大少爷的安危喽？"

第二十一集 思静丧母 拱北娶妻

钱妈："还用问?!"

彩虹："哦，敢情这婆媳俩是一样的心思，却又都装出敞亮的样子来。——也真难为她们了!"

钱妈："这话聪明!"

40．长房佛龛（夜）

大奶奶跪求观音："大慈大悲观世音菩萨，求你保佑国泰民安不打仗，好让我媳早生贵子，纪氏早降嫡孙，我辈尽享天伦。大慈大悲观世音菩萨，救苦救难，救苦救难……"

41．长房正院（夜）

木鱼声由屋内传出。

镜头慢慢摇过屋舍帘栊。

木鱼声中东方泛出鱼肚色。

第二十二集　江浙战争　那青遗言

1. 厦门港（日）

画外音：木鱼声中硝烟起，可怜慈母一片心！

"应瑞""海容"等大小7舰炮击厦门要塞。

字幕：1923年海军攻打厦门

2. 胡里山炮台（日）

口径28厘米的两门长身加农炮正还击海军舰队。

字幕：胡里山炮台

3. 磐石炮台（日）

两门口径21厘米大炮还击舰队。

字幕：磐石炮台

4. 嵩屿（日）

多尊山炮轰击舰队。

字幕：嵩屿山炮阵地

5. 厦门港（日）

3000吨"应瑞"巡洋舰和2950吨"海容"巡洋舰被炮弹激起的水柱所包围，强攻受阻。

其余小舰亦举步维艰。

第二十二集　江浙战争　那青遗言

6．"海容"舰（日）

岸炮射来，几乎命中舰尾。

舰身剧烈震荡。

7．胡里山炮台（日）

炮兵甲："差一点就命中旗舰了，可惜！"

炮兵乙："水鸭子敢上岸抢我们闽军的地盘，没门！"

炮长："加把劲，预备——放！"

加农炮一声声轰鸣。

8．"应瑞"舰（日）

炮弹在距舰10米处爆炸。

水柱高过桅杆。

9．"应瑞"舰驾驶台（日）

舰长陈绍宽面不改色，沉着指挥。

拱北一旁看在眼里。

传令兵进来："报告舰长，杨司令命令全速退往鼓浪屿！"

10．胡里山炮台上空（日）

台长画外音："海军舰队开始逃跑。我命令，所有主炮、副炮、小炮密集射击，截断退路！"

11．胡里山炮台（日）

两门28厘米主炮、两门15厘米副炮、12门小炮猛轰舰队。

12．厦门港（日）

海军舰队逃离厦门港。

13. 胡里山炮台（日）

炮手们一片嘲笑："水鸭子往鼓浪屿那边逃跑啦！""那边有租界，我们没法轰，便宜他们了！""水鸭子敢再来，煮了吃！""哈哈哈哈……"

14. 鼓浪屿水域（日）

日光岩远景。

海军舰队避入鼓浪屿水域。

字幕：鼓浪屿

15."应瑞"舰会议厅（日）

拱北及官佐们端坐会议桌旁。

陈绍宽进来。

官佐们起立。

陈绍宽宣布："杨司令命令，即日起舰队实行灯火管制，伺机退出厦门海域！"

16."应瑞"舰舷边（夜）

拱北在舷边若有所思。

拱北内心独白："三叔的判断很准确，陆战队果然不敢登岛，舰队则被胡里山要塞火力所压制，付出了伤亡的代价而败北。依我看……"

陈绍宽从黑暗中走来。

拱北察觉到身边的动静，立即挺身："陈舰长！"

陈绍宽："是在想今天打的这一仗吧？"

拱北："是的，陈舰长。"

陈绍宽："有何高见？"

拱北："不敢！妄臆而已……"

陈绍宽："但说无妨！"

拱北："我们'海容''应瑞'两舰四门主炮的口径，都比胡里山主炮小一半，陆战队实力更弱。拱北以为，强攻并非上策，也许……"

陈绍宽："说下去，说下去！"

拱北："也许海军应该改强攻为围困。"

第二十二集　江浙战争　那青遗言

陈绍宽："你的意思是围困厦门？"

拱北："是的。我想，海军大可出动舰队围困厦门，断其海上交通和补给，使之成一孤岛；困它几个月，闽军必定军心动摇，然后再考虑走下一步棋。"

陈绍宽："下一步棋你打算怎么个走法？"

拱北："'不战而屈人之兵'当然是上策，但拱北愚钝，尚不知如何谋划才是。"

陈绍宽略带揶揄："'不在其位，不谋其政'。你年方23，官阶不过三副，谋的竟是总司令、舰队司令之政啊！"

拱北："惭愧！拱北不知高低，妄想能够不战而结束兄弟争利的悲剧。检点自己，未免可笑！"

陈绍宽："不，我倒觉得，军人既要勇于征战，更要勇于思考！"

17．鼓浪屿水域（夜）

夜雾起。

海军舰队悄然起航逃离鼓浪屿。

画外音：第三天夜里，舰队趁雾遁去；此后再度攻厦依然不果，遂行围困之策；又过数月，仰赖于要员斡旋，攻守双方交换利益，到1924年4月，海军才如愿以偿，兵不血刃取得了厦门。

18．鼓浪屿（日）

鼓浪屿远景。

19．鼓浪屿日光岩（日）

镜头推近，仰摄日光岩。

20．日光岩顶（日）

拱北、雨轩、石峻佩中尉衔，抑郁地站在岩顶。

石峻："喂，我说，海军终于拿到厦门了，你俩做何感想？我是很彷徨的。"

雨轩："我也很彷徨，总觉得这是军阀行径，我们海军不该如此低档。拱北，你怎么想？"

拱北："'食髓知味'，我担心，日后海军会更加卷入军阀混战，并导致内部分裂；这样一来，我们复兴海军的梦想，何时才能实现啊？"

雨轩："万一海军分裂，各为其主，而将我们兄弟绑在不同的战舰上枪炮相向，这便如何是好?!"

拱北："别自寻烦恼了，哪有那么巧，跟演戏似的!"

石峻："是啊，雨轩想象力也太丰富了些；就要结婚了，应当想些高兴的事才对!"

雨轩笑了："可也是! 老天岂能如此恶毒，非叫咱们兄弟你死我活?"

21．江浙战场（日）

画外音：不幸的是，雨轩的想象居然变成了现实。1924年9月，正当甲午战争30年祭，直系军阀、江苏督军齐燮元和皖系军阀、浙江督军卢永祥，竟不思民族之辱，为了一己之私，血战淞沪40天，史称江浙战争或齐卢战争。雨轩三兄弟就此遭遇噩梦。

画外音中出现如下场景：

齐军（字幕）炮兵从平原阵地发炮，

卢军（字幕）炮兵由山地炮阵还击；

300名齐军敢死队（字幕）向卢军发起冲锋，

卢军（字幕）以机枪扫射齐军（字幕），

齐军敢死队（字幕）悉数阵亡；

齐军飞机（字幕）轰炸卢军山头阵地，

卢军飞机（字幕）轰炸齐军平原阵地。

22．吴淞口外（日）

画外音：江浙战争导致海军分裂。天意弄人，拱北属于支持齐燮元的杨司令舰队，而雨轩、石峻偏偏就在支持卢永祥的周司令麾下! 一连数日，双方舰队于吴淞口外剑拔弩张，拱北三兄弟的心几乎绷裂。

画外音中出现双方舰队对峙的远景。杨司令方面有：3000吨巡洋舰"应瑞"号、2950吨巡洋舰"海容"号、745吨炮舰"楚同"号、运输舰"永健"号等；周司令方面有：2950吨巡洋舰"海筹"号、700吨驱逐舰"建康"号、"永绩"号、"靖安"号等。

双方炮口相向。

第二十二集　江浙战争　那青遗言

23. "应瑞"舰（夜）

中秋临近，月亮将圆。

"应瑞"的轮廓浮在吴淞口外。

24. "应瑞"军官住舱（夜）

拱北辗转难眠。

闪回（参见第九集《赴考途中　初入海校》第17节）：

拱北、雨轩踏出庙门，迎面走来一个背负行囊、行色匆匆的少年。

拱北一眼望见，立马抢上前去，面对少年："你很像……很像……不，你就是……"

雨轩插进来："你们怎么回事？"

拱北："他就是我跟你说过的马尾码头上的那个武林高手啊！"

石峻："哪里称得上武林高手？不过是趁假期随舅父走江湖而已呀！"

拱北："我们是去烟台海校报到的，顺便进这水神庙看看。你呢？"

石峻："我也是去报到的。"

拱北、雨轩失声大叫："太巧了！太巧了！"

雨轩："有缘千里来相会。我叫夏雨轩，他叫纪拱北。"

石峻："我叫石峻。从今往后，我们就是好同学、好朋友了，对吗？"

拱北、雨轩："对！"

三人不约而同伸出手来搭在一起："我们是最好最好的朋友！"

闪回止。

拱北喃喃："岂止是最好最好的朋友！你们是我比亲兄弟更知心的结义兄弟啊！"

闪回（参见第十一集《捉鬼被罚　中秋结拜》第21节）：

拱、雨、峻同时拔剑出鞘，高高举起，面对大海盟誓："烟台海军学堂学生纪拱北、夏雨轩、石峻，当着黄海盟誓结拜。从今往后，为报甲午之耻，肝胆相照，永不背弃。沧海明月，共同见证！"

远景：月照沧海，汗漫无际。

拱、雨、峻画外音掠过波面，传向远方："共——同——见——证，共——同——见——证……"

闪回止。

拱北翻了个身。

拱北内心独白："自此，我们情胜手足，风雨少年路。我们经历了1914年日军侵略山东，苏恒舅舅牺牲；经历了1916年袁世凯窃国称帝，吕铁教官被捕。——我们是一起嚼着悲恨，艰难成长的！"

闪回（参见第十二集《另类合葬　石峻丧舅》第47节）：

拱、雨、峻冲进老树林，顿时惊呆了。

菊花丛中有座整齐的新坟。

墓碑上赫然刻着六个字：英雄苏恒之墓。

石峻双拳紧握，颤抖起来，继而伸拳向天，发出撕心裂肺的一声长长的"啊！——"，然后扑通跪地，抱着头痛苦地蜷成一团。

拱、雨赶快扶住，但石峻推开他俩，跪爬到墓前，抱住墓碑，一面用脑袋碰着、抵着，一面哭喊道："舅舅！舅舅！这是为什么呀?！为什么呀?！……"

拱、雨一起上前跪在碑前，搂过石峻，抱头痛哭。

闪回止。拱北抱膝闷坐床上。

闪回（参见第十四集《师生情义　反袁风波》第47节）：

吕教官举起手铐大叫："再见了，学生们，你们要记住啊，军人的天职是服从，高于服从的是爱国！爱国！爱国啊！……"

军警打了吕教官一枪托。

吕教官头破血流。

雨、峻忙扶住吕教官。

拱北怒不可遏："你敢打我们教官！"旋即飞腿狠狠踢了那个军警一脚。

警官大怒，恶狠狠对着拱北："再敢袭警！"便举起手枪对准拱北，"老子崩了你！"

说时迟那时快，冷不防虎子蹿出，从后面咬了警官屁股一口。

警官惨叫一声："啊！"转身给了虎子一枪。

虎子猝然倒地。

拱、雨、峻惊叫："虎子！"并扑向这只义犬。

虎子血流满地，竟已气绝！

拱、雨、峻抚着虎子之尸号啕大哭："虎子！虎子啊！……"

警官赶紧命令军警："带走人犯，快！"

拱北站起来，咬牙切齿，以迅雷不及掩耳之势，狠狠地向那警官一头撞去："我跟你拼啦！"

第二十二集　江浙战争　那青遗言

雨、峻也跳起来："拼啦！""拼啦！"疯牛一般撞向警官。

闪回止。拱北痛苦不堪，拳击自己的头。

25．吴淞口外（夜）

月亮偏西。

字幕：吴淞口外

拱北画外音带着锥心之痛划破海空："兄弟，我心心相印的好兄弟啊，我不愿意你们死在我手里，不愿意呀！……"

雨轩、石峻画外音含悲在空中回荡："中秋节就快到了，拱北，我们是1913年中秋结拜的海军兄弟；同生共死、报雪国耻才是我们的心愿啊！"

海面光影晃动。

一个巨大而沉闷的声音响起，仿佛海在叹息。

26．"应瑞"舰会议厅（日）

拱北等官佐端坐会议桌旁。

陈绍宽舰长："中国海军相关领袖已接受外国使团严重警告，公开声明不准支持齐军和支持卢军的双方舰队，在淞沪交战，以免有损各国利益。"

特写：拱北眼睛一亮。

陈绍宽略一停顿，继续宣布："据此，杨司令命令，我舰队于今日9时驶离淞沪，北上浏河，配合齐军攻打卢军。"

特写：拱北目光顿时黯然。

拱北内心独白："莫大的讽刺！今天恰恰是1924年9月17日——甲午战争30周年纪念日；我等不痛定思痛，强国强军，反而要开赴战场，自相残杀，甲午英烈情何以堪啊！"

27．天宇（夜）

中秋圆月临空。

28．马江岸坡（夜）

中秋圆月映着马江岸坡。

岸坡上的小木屋浴着月光。

29. 岸坡小木屋凉台（夜）

金山凭栏望月，喃喃道："甲午战争 30 年了，何满兄弟、那旗兄弟，你们活着的话，应该是儿女亲家，子孙绕膝了。作孽啊，日本强盗！"

浮云遮月，片刻月光又满。

金山高举香火，仰视天宇大声说："兄弟，30 年前公历 9 月 17 日，你们在黄海壮烈牺牲。你们是千秋英雄、万世国魂。天为庙堂海为酒，金山我在月下给你们上香啦！"

特写：香的火头，在黑暗中发射红光。

30. 岸坡小木屋（夜）

金山摆上三份餐具和酒碗以及几盘应节食品。

金山坐下，望望左右两个空位，说："当年 9 月 17 日，是阴历八月十八；今年 9 月 17 日，竟赶上八月十五。兄弟，我正等着你俩跟我一起过中秋呢。这不——"他指指桌面的酒菜，"全齐活了，连何满爱吃的盐水花生、那旗喜欢的五香豆干都没落下！"

金山斟满三碗酒："兄弟，今天岂止是咱哥儿们过中秋？何满，你的儿子咏烈，那旗，你的姑娘青儿，他们凑巧都出生在你俩随'超勇'舰沉没的那个时辰，今天也很该过个而立之年的生日啦。看到没？除了月饼，我还备了长寿面呢！"

特写：月饼和长寿面。

金山举酒："何满啊，那旗啊，你俩最清楚，我沾不得酒。可是今天，兄弟庆团圆，儿女过生日，我有 30 年的心底话，都和在酒里，要跟你们喝个够！好，我先干为敬！"当即满饮一碗。

金山放下碗，抹抹嘴，有点恍惚。

何满、那旗的幻影忽然出现在左右座上。

金山揉揉眼："我没看错吧，何满、那旗，你们果然赶了来！你们海量，快，先喝两碗，完了咱好好唠唠。兄弟呀，我可想死你们了！"

31. 马江岸坡（夜）

月轮在岸坡上空缓缓移动。

第二十二集　江浙战争　那青遗言

32. 岸坡小木屋（夜）

金山对何满、那旗的幻影倾诉："兄弟啊，这么些年，不，这一辈子，我最大的安慰就是咏烈。咏烈从13岁起，当过水手，做过渔民，干过潜海，风浪里逼出一身好胆量、好能耐，是个人尖！咏烈还非常有心，打小他就牢记自己的身世，清清楚楚知道：始祖辉河氏，远在长白山；先祖辉河安巴，是乾隆朝来自北京的第一代福州满八旗；祖父辉河博敦于咸丰年间逃离旗营，落脚烟台；父亲何满在光绪朝投效北洋水师，捐躯甲午战争。咏烈说，甲午之恨，他绝不会忘！他身上的每一滴血都是复仇的火，有朝一日定将倭贼烧成灰烬！——这才叫大孝啊！兄弟，咏烈是个一等一的好后生，也是我的命根子啊！"

何满、那旗的幻影点点头，又抱拳致谢。

金山不以为然："干吗谢我?！这不是生分了吗？兄弟啊，莫说离开30年，便是300年、3000年，我金山照旧是你们的铁哥们，甭管做什么都是应当应分的！我只恨自己无能，没把那青带大，嫁给咏烈！我对不住你们，对不住啊！"说着一阵呜咽。

金山抹去泪，拿起手边的一把壶，咕嘟咕嘟灌进半壶。

何满、那旗幻影做阻止状。

金山放下壶："放心吧，兄弟，我喝的这壶是茶！我可不能醉，那青的事我得跟你们说一说！你们牺牲的第二年，我把那嫂跟两个孩子送往北京城里她娘家，我按月寄些钱帮补。难得那青的外祖瓜尔佳老爷子对这两个小孩一视同仁，教他们读书、写字、画画。那青有天分，画得很好。我每年总去探望他们一两回，心里倒也踏实。想不到十年后，老爷子害病，拖累了家计，只得迁居郊外小月河畔小月庄。更想不到，在小月庄才两年，那嫂跟老爷子竟相继去世了。那青的舅舅瓜尔佳·吉升不准那青随咏烈跟我回烟台，从此我们再没见过她。青儿跟我们分开的时候只有13岁，月缺月圆，今天已经第17个中秋了，还是不能团圆啊！"

33. 岸坡小木屋凉台（夜）

圆月照凉台。

金山画外音从屋内传出："青儿，我可怜的孩子，你性情那么柔，心地那么善，舅舅吉升又那么不地道，我想念你，担心你啊！你在哪里？究竟在哪里啊？"

34. 四房正院（夜）

圆月照院落。

胖嫂在小圆桌上摆放月饼、瓜果。

5岁的安祈过来，哭哭叽叽地问："胖嫂，我妈怎么还不回来呀？！"

胖嫂："我的小祖宗哎，你妈前脚刚出院门，后脚你就催她回来，有这么黏人的吗？快坐下！"

安祈噘着嘴坐下："我要妈！"

胖嫂："不是说好了吗？——你先吃月饼，她去看看姨太，一眨眼的工夫就回来了。"

安祈："你骗人！我都眨了好几回眼了，她还没回来。"

胖嫂："别闹了，安祈！"她指指点点哄着："瞧，这么多款月饼！五仁、豆沙、莲蓉、枣泥，别提多好吃啦！"

安祈："不好吃，不好吃，我要妈，我就要妈！"

胖嫂："安祈乖，听话啊！吃月饼吧，来，先尝尝五仁的，你最爱吃五仁对不对？"

安祈："不对不对，我要去姨太那边找妈！"

35. 关姨太卧室（夜）

四奶奶坐在关姨太床沿上："姨太啊，你抱病多时，能请的良医、能用的好药，我们都试过了；我琢磨着，必得有一两件可心的事，这病才好得快些。"

关姨太："别再劳神了，四奶奶，你那样善待我，我已然知足，不缺什么了。"

四奶奶："不，我想了好几天，有几句肺腑之言要对你讲。"

关姨太："四奶奶请讲。"

四奶奶："将心比心，我知道，你缺的只是……只是安祈！"

关姨太一怔。

四奶奶："虽则安祈一落地就归在我的名下，由我抚养，早已成为我的心头肉，可她毕竟是你亲生的。我想，明天让安祈到你的床前，恭恭敬敬叩个头，叫声妈吧。我指望着，从此你的身体便一日一日有起色了。"

关姨太默然。

四奶奶："我是真心的，决不蒙你。这么些年，你几时见我说过假话来？"

关姨太："不不不，我不是这意思。"

第二十二集　江浙战争　那青遗言

四奶奶："那你的意思是……？"

关姨太："安祈养在四奶奶身边，只知四奶奶是亲娘，心里从未有过我；冷不丁叫她相认，她接受不了，会很委屈、很痛苦的，我不愿勉强她；再者，四奶奶为安祈操碎了心，功劳、苦劳一样大，我也不忍你们因我而生分啊！"

四奶奶感愧交集，握住关姨太的手，颤声道："你这样宽仁，真让我无地自容啊！"

36．四房正院（夜）

安祈扔下半块月饼："胖嫂，我不吃月饼了，我要找妈去！"说着便来拽胖嫂。

胖嫂："安祈，你又不乖了！姨太病着，你这一去，会搅得她不得安生的。"

安祈继续拽胖嫂："不嘛，不嘛！……"

丫鬟提着灯笼陪四奶奶进来。

安祈立即发现，撒下胖嫂，扑向四奶奶："妈——！"

37．关姨太卧室（夜）

安祈画外音："妈——！"

安祈画外音中出现关姨太仰卧昏睡的脸部大特写。

关姨太脸部大特写叠出安祈朦胧的轮廓迎面跑来。

关姨太呓语："妈在这里，安祈，妈在这里，在这里……"

翠翠急忙放下药罐，俯身凑近关姨太。

关姨太仍在呓语："安祈，妈在这里，你快过来，快过来呀！……"

翠翠顿时迸出泪来。

翠翠拭去泪，在关姨太床边坐下，爱怜地摸摸她的脸。

关姨太睁眼。

翠翠："姨太，你醒啦，我喂你喝药吧！"

关姨太摇摇头。

翠翠："要不，尝一小口月饼？今天是中秋节，月亮又圆又大，总得意思意思吧。"

关姨太指指窗户："去窗前看看月亮就好。"

翠翠："哎。"即扶关姨太到窗下的卧榻旁。

关姨太靠着卧榻："靠在这里就靠近了月亮。"

翠翠给关姨太盖上小薄被，拉开小窗帘，隔着玻璃朝外望了一眼："我去端水。你抹把脸，精神精神，咱俩一处赏月吧！"

关姨太："别走开！"

翠翠："怎么了？！"

关姨太："我有几句话对你讲。完后，你且回屋去，我一个人静静地看看月亮，困了就在榻上眯一会儿。"

翠翠："什么要紧的话，改天再说不行吗？日子还长着呢！"

关姨太："翠翠，趁这会儿不太乏力，我有事托付于你，你千万记住啊！"

翠翠顿觉不祥，方寸大乱："姨太，你……你……你别胡思乱想……翠翠我……我承受不了啊！……"

关姨太："好妹妹，对不起，我只能难为你了！明白吗？"

翠翠强忍悲哀，哽咽道："嗯，我明白……我……我听着……听着就是了！"

38．四房偏院（夜）

云影渐渐遮住了月轮。

翠翠掩面自厅内跑出，颓然倒在阶下，爆发出一阵剧烈而又压抑的啜泣。

39．关姨太卧室（夜）

关姨太靠在榻上睡去，臂弯里躺着形似安祈的布娃娃。

40．四房偏院（夜）

夜云散开，月轮再现皎洁。

画外音：关姨太睡醒的时候，月亮，凝聚着霄汉万千寂寞的月亮，正在无垠的清澈中，捧出自己孤独而纯洁的心，映照着关姨太那颗同样孤独、同样纯洁的心。

41．关姨太卧室（夜）

关姨太靠在榻上望月。

关姨太喃喃："好久好久了！自从民国元年来到大榕乡，已然过了十二个中秋。多么思念北京，多么思念小月河，多么思念在小月村的那个中秋节啊！"

关姨太回忆。

42．京郊小月村村口（日）

金山背着一个麻袋走来。

第二十二集　江浙战争　那青遗言

咏烈、那青远远地朝金山奔去。

金山放下麻袋，向这对十来岁的孩子张开双臂。

咏烈、那青扑进金山怀里。

咏烈："叔，你怎么才来呀?!"

金山："好事多磨呗！半路上小毛驴忽然大发驴脾气，连车把式也拿它没治。这不，我干脆自己走来了!"

那青："我们还担心叔不来过节了呢!"

金山："傻孩子，叔几时说话不算数来?!"

咏烈拎起麻袋："走，家去!"

金山："别动别动，太沉了，你扛不住的！弄不好掉下来，里面的莱阳梨就摔烂啦!"

咏烈自信："才不会呢，我力气大着呢!"

那青："我一边托着。"便伸手托住麻袋。

咏烈："好，走喽!"

那青："走喽，走喽!"

金山等三人的背影伴着欢声笑语向画面深处走去。

43．小月村瓜尔佳氏小院（夜）

瓜尔佳老爷子、那嫂、吉升舅舅、金山、咏烈、那青六人围坐过节。

咏烈津津有味地啃着梨："好好吃啊!"

金山笑："那当然，莱阳梨嘛，什么梨也比不过!"又问："好吃吗，青儿?"

那青："好吃!"又望望天："有月亮多好，怎么还不出月亮啊?!"

金山："云层太厚，看样子，今天甭想有月亮啦!"

瓜尔佳老爷子："不但今年中秋无月，就连明年元宵也甭想有月喽!"

咏烈："为什么呀?!"

金山："八月十五云遮月，正月十五雪打灯，这是定数嘛，准着呢。"

那青噘嘴："中秋节偏偏云遮月，多没意思啊!"

金山："这有什么！咱只求人圆，哪怕不出月亮，也有意思。她姥爷，是这个理不?"

瓜尔佳老爷子："正是，正是！反过来，月圆人不圆，那才叫失了意趣呢。"

关姨太回忆止。

44．关姨太卧室（夜）

关姨太喃喃："谁知姥爷竟然一语成谶！那以后，一连两年，娘和他相继过身，舅舅更撵走了咏烈。从此，中秋节再无半点意趣了，月光映照的只是娘临终的面容、姥爷坟上的荒草，还有，还有那个撕心裂肺的春天……"

关姨太回忆。

45．京郊小月河畔（日）

13 岁的那青死死抱住海棠树。

吉升过来撕扯："回去！回去！回家去！"

那青哭喊："不！不！不！……"

吉升用力拉开那青的手，

那青挣扎抱树；

吉升再次拉开那青，

那青又扑向海棠树；

吉升将那青推倒在地，

那青爬向海棠树。

吉升捡起一截枯枝，对着海棠树一通乱打："13 岁了还这么不知好歹，再不回去，我就毁了这棵海棠！"

画外传来咏烈在远处的呼喊："那青——！那青——！那青——！……"

咏烈呼喊声中海棠花纷纷飘落。

咏烈画外音消失。

一地海棠花。

关姨太回忆止。

46．关姨太卧室（夜）

关姨太："咏烈，我常常梦见，你问我究竟去了哪里，可每每还不及回答就哭醒了。现在，我告诉你吧！你跟金山叔离开后，舅舅卖光了姥爷的字画，领着我往北京和天津城里结交八旗子弟，直至挥霍一空。我 15 岁那年春天，舅舅在天津邂逅纪慕达，两人一见如故；从此纪慕达常来小月庄做客。入夏后，舅舅大病一场，纪慕达亲自送他去天津医治，还租下好宅子供我们长住。舅舅乐不思蜀，一住就是两年。不承想，辛亥冬天，他旧病复发，胸口疼痛，纪慕达得知便赶了来……"

关姨太回忆。

47．吉升家小客厅（日）

吉升靠在沙发上，对纪慕达抱拳致谢："你的心意我领了，但这次我不会再去住院，因为我明白，自己的日子不长了。"他环顾客厅："我舍不得这么舒适的房子，多住一日是一日，若能老在这屋子里，那更是天大的造化哟！"

慕达："你想哪儿去了！怎么可以放弃住院呢？"便问正在另一张桌旁缝衣的那青："青儿你说呢？"

那青："四爷您说得对。我也劝过，可他愣不听。"

吉升："四爷别劝了，我有要事相告。"

慕达："什么要事？！"

吉升："我冠汉姓了。不能说这跟大清倒台没有关联，但最最主要的是，辛亥前的那两三年，吉升困顿已极，八旗亲友一个个躲得远远的，反倒是你这位新交的汉人仗义，所以，我冠汉姓心里舒坦！"

慕达："唉，什么仗义不仗义的，慕达愧不敢当啊！"

吉升："青儿也随我姓了'关'，现在不叫那青，叫关青了。吉升我没有子嗣，认个亲外甥做女儿，将来也好有人为我哭一哭，祭一祭啊！"

那青："舅舅，你又说不吉祥的话，青儿听着难受！"

慕达："青儿心软，你再别胡思乱想啦！"

吉升直视慕达，放低声调："青儿17了，还是长不大，我的身体又这样，必得把她托付给一个可靠的人才行。"便吩咐那青："青儿，你咖啡煮得不错了，去，去给四爷备一份来！"

那青："哎。"

关姨太回忆止。

48．关姨太卧室（夜）

关姨太继续喃喃："四爷走后，舅舅叫我坐在他身边，告知我一件大事……"

关姨太回忆。

49. 吉升家小客厅（日）

那青惊愕，霍地站起："什么？！舅舅，你把我许了纪四爷？！"

吉升："千真万确！"

那青："这不可能！纪四爷有妻有子！"

吉升："我何尝不想他无妻无子，你过门就当正经主子，我做丈人也光鲜不是？你以为我前几年带你走亲访友，是专找乐子去的吗？不！就只为给你找一桩富贵好姻缘，连我都有个靠！可惜呀，咱装不了几天阔就露馅了，哪怕你长得再俊再俏，也没一个八旗子弟肯正娶哟！幸而遇见纪四爷，他的大恩大德，便是亲生闺女，我也甘心许他为妾！"

那青："那是你一厢情愿！纪四爷受过西学，才不肯纳妾呢。"

吉升："四爷起初十分推辞，他说知道青儿是甲午遗孤，纳为妾侍，有失道义；是我一再以病情为由，恳请他接受我的生死之托，才肯考虑的。"

那青急了："舅舅你不能这么做呀！娘早就说过，我和咏烈是她跟何婶指腹为婚的小夫妻啊！"

吉升："你娘也就这么一说，连你姥爷都没当回事，我就更不信了！"

那青："可我信，咏烈信，金山叔也信！我跟咏烈同年同月同日同时辰生，又一同长大，除了咏烈，我谁也不嫁！"

吉升："榆木脑袋！四爷要家世有家世，要体面有体面，要洋味有洋味，看起来还很年轻，这样的爷你不嫁，准得后悔一辈子！更何况，他的嫡妻长你一二十岁，等她一死，你不就扶正了吗？"

那青："青儿不做扶正的梦，更不存等人家死的坏心！"

吉升大怒，颤颤地指着那青："你……你……你……你，你大不孝！大不孝！……"便喘作一团。

那青又惊又急又不忍，跪倒在吉升脚下，一面为吉升搓揉胸口，一面哭道："舅舅别气别气，是青儿的错，都是青儿的错！青儿只剩舅舅一个亲人，气坏了，可怎么办呀？！……"

吉升缓过气来，和软地开导说："青儿，你不要因为舅舅撵走咏烈便把舅舅看得那么歪！从古至今，穷人家卖儿卖女寻常事，你摸摸良心，舅舅可曾这么做？！"

那青："没有没有！"

吉升："舅舅孤苦伶仃，只剩你一个亲人，难道还会害你吗？！舅舅要你明白一个

第二十二集　江浙战争　那青遗言

道理：是女人就得出嫁，你嫁四爷，就嫁了富贵；嫁咏烈，就嫁了穷困。"

那青："青儿不怕穷困，咱们不也很穷吗？"

吉升："就算你不怕穷，可还有一个道理，你也必须明白。"

那青："明白什么？"

吉升："是女人就得生子。跟了四爷，即便做小，儿女照样是少爷小姐人上人；跟了咏烈，那儿女就只能是苦命丫头穷小子喽！我问你，世上有哪个狠心的女人，会只顾自己的婚姻不顾孩子的前途呢？你好生想想舅舅的话吧，想通了，就知道怎样选择了。"

关姨太回忆止。

50．四房偏院（夜）

月亮继续西行。

关姨太画外音："还没等我想通舅舅的话，第二天早上，正当纪慕达又来探视时，舅舅竟然猝死了。我举目无亲，唯有跟着纪四爷，而我也就永远失去了小月河，失去了海棠树，失去了咏烈你啊！"

关姨太画外音止。

51．关姨太卧室（夜）

关姨太望月。

关姨太喃喃："小月河还依旧吗？海棠树还开花吗？咏烈去那里找过我吗？……你们离我太远太远了，比月亮更遥不可及啊！月亮还看得见，而你们总是令人望眼欲穿。倘若能把你们搬到月亮上，让我夜夜相望，那该多好啊！……"

52．四房偏院（夜）

月亮移到西面，光华变淡。

53．关姨太卧室（夜）

画外音：月亮快要沉落了，那青感到行将与之同归。她想起翠翠说过，大榕乡远嫁的女儿都会"作法"——临终起来照镜子，灵魂便会见到娘家的亲人。她唯愿此法能为她这个那拉氏的女儿所借用，魂魄一望故乡！

画外音中出现以下画面：

关姨太抚摸和亲吻布娃娃安祈的秀发，然后把她放到枕上；

关姨太从枕下取出海棠花别针，攥在手里，拼尽力气，挣扎到梳妆台前坐下；

关姨太手托海棠花别针，靠在梳妆台上，虔诚地朝镜里望去。

镜子里面：在蓝天和绿茵的映衬下，咏烈与那青携手奔向海棠树；海棠花一朵接一朵开放（慢镜头）。

镜子前面，关姨太托着海棠花别针，嘴角泛出一丝凄美的微笑。

镜头模糊。

54．关姨太画室（日）

镜头摇过关姨太的作品：北京春柳、夏荷、秋枫、冬雪四景图，还有绿野海棠、小月河畔、蓟门石碑、扶摇风筝以及各种绣件。

镜头最后聚焦一枝未完成的海棠花。

慕达坐在画桌旁，双肘支在这幅未完成的画上，掩面而泣。

四奶奶并胖嫂进屋。

胖嫂放下食盘："节哀吧，四爷！过来用点羹好不好？这不吃不喝的，哪儿成啊？！"

慕达："翠翠呢？姨太可曾留下什么话？翠翠贴心，应该是知道的吧？"

胖嫂："翠翠哭死过两次，嗓子都哭得失声了。我方才去看她，发现她还发烧，身上滚烫……"

四奶奶："快去，吩咐丁管家请个郎中来！"

胖嫂："哎！"随即离去，走两步又回头："四爷，羹凉了，快用吧！"

四奶奶："快用吧！"

慕达摇头。

四奶奶："那你给个话，姨太的墓地怎么办？"

慕达："什么怎么办？纪氏坟山处处好风水！"

四奶奶："可是九太公坚持说，姨太为人虽然难得，可惜来历不明，不准进纪氏祖坟，只许擦边葬在界外。这，你能接受吗？"

慕达："你呢？我随你！"

四奶奶："啊？！随我？！我便是一百个不接受，又有何用？以前，我为姨太求个进宗祠的权利都没求到，何况祖坟！你既深爱姨太，又是我们这房的一家之主，总该有点担当嘛！"

第二十二集　江浙战争　那青遗言

慕达："那你要我怎样？"

四奶奶："姨太进府十二年，上上下下怎么看，她都出自良家。果然的话，你去向九太公做个交代，好让姨太生虽不能上族谱，死却可以入祖坟，无论如何也不该变成孤魂野鬼啊。"

慕达："我不去。"

四奶奶："不去？！这么说，我们都看错了？！姨太是……是出身下九流？！……"

慕达厉声："胡说八道！你想叫姨太灵魂不得安生吗？！啊？！"

四奶奶一惊，委屈不已："都……都到这个节骨眼上了，你还是不吐露姨太的身世……我……我……我能怎么想啊……"

慕达吼："'下九流'，亏你想得出！"

四奶奶："我是好意，不忍姨太死无所依！你从不吼人，竟然吼我！我……我有那么坏心，害姨太灵魂不得安生吗？！……"便呜咽起来。

胖嫂回来，见状急忙趋前为四奶奶拭泪："四爷、四奶奶，快别这么着！几十年了，从未见你俩粗声大气过啊！姨太还没走远，这会儿正睡在灵柩里呢；倘若她听见你俩为了她犯急，那才真叫灵魂不得安生哟。"

慕达、四奶奶同时叹了口气。

慕达："胖嫂，三爷回来了吗？"

胖嫂为难："这……四爷你忘啦，老太爷遗训不准纳妾……三爷又怎么会回来送关姨太呢？！……"

慕达："我给三哥发电报，他必会赶着回来的！"说罢拔腿就走。

四奶奶和胖嫂大为疑惑，面面相觑。

55．纪府大门口甬道（日）

安丽朝内宅飞奔而去。

56．关姨太灵堂（日）

安丽奔进灵堂。

关姨太的灵柩赫然停在供桌后。

安丽失声大叫："不！不！不！……"

仆妇递上香火，安丽推开，绕过供桌，扑向关姨太的灵柩。

众人追随："使不得，使不得！""快到供桌前面去，二小姐！"……

安丽扑到灵枢上，自欺欺人："这不是真的！不是真的！不可能是真的！……"

众人："是真的！""是真的，二小姐！"……

安丽犹存侥幸："不，一定是深度休克！会醒的，会醒过来的！……"

胖嫂拉扯安丽："二小姐，快去前面上香吧，待在这里不合礼数啊！"

安丽挣开胖嫂，拍打棺木："姨太好姐姐，你醒醒，快醒醒，赶快醒醒啊！"又吩咐："开棺！开棺！她是会醒过来的！……"

丁管家赶来："二小姐，不可以！万万不可以！这是冲撞死者，犯大忌讳呀！"便急命仆妇："去两个人把翠翠搀来，赶紧的！"

仆妇画外音："翠翠自己来了！"

翠翠扑向安丽，哑着嗓子说："二小姐，你来晚了！晚了！……"

安丽与翠翠抱头痛哭。

胖嫂与丁管家并众仆妇皆落下泪来。

安丽轻抚着棺木喃喃道："姨太好姐姐，我已经上大学了。我说过，等大学毕了业，就接你去北京；你多才多艺，必定会有一番事业的！你为什么要走呢，你才30岁呀！我不甘心你走，我不相信你走！你这么美好的人，怎么可以说走便走呢?！姨太好姐姐，你……你真的走了吗？真的走了吗？……"一阵呜咽。

翠翠抽咽道："不要幻想了，二小姐，姨太她真的走了，是我帮着入殓的！她像生前一样美丽，身边还带着最心爱的两件东西……"

叠出关姨太入殓情景：她穿着淡雅的海棠花绣裙，别着海棠花胸针，枕边陪着个酷似安祈的小布娃娃；她面容栩栩如生，仿佛停留在花样年华！

翠翠、安丽再次抱头痛哭。

57．四房正院（日）

胖嫂匆匆进院，朝上房急叫："四爷，三爷到家了，请你过去呢！"

58．纪慕贤书房（日）

仆人端走洗脸水，正遇慕达进来："四爷！"

慕达："三哥，这么快就回来了！"

慕贤："一接电报，得知关姨太的真实身份，我立马就告假启程了。坐下商议吧。兹事体大，关乎家族认同和逝者哀荣嘛！"

慕达："三哥说的是。我想请求，让姨太以正妻身份载入族谱，葬于纪氏坟山，以

第二十二集　江浙战争　那青遗言

补偿我对她生前的亏欠。"

慕贤："那还等什么，你快亲自去向九太公陈情吧！"

慕达："我……我去怕不合适。催你回来，是想求三哥代为陈情……"

慕贤："代为陈情?! 这就怪了！姨太是你的人，你不陈情谁陈情啊?!"

慕达："我若陈情，九太公必刨根问底，追究我为何隐瞒姨太的身世，训斥一番，信不信还两说呢！"

慕贤："九太公曾经明言，姨太若出自上等人家，尤其英烈血脉，则可抬为'同室'，地位等于正妻。事关家族体统，作为一族之长，他苟细一些，也是难免的。依我看，姨太以英烈之女而流落为妾，对此她讳莫如深，正在情理之中。而你长期隐瞒，却令人费解，莫说九太公，便是我也要'打破砂锅问到底'啊；否则，即便代替你去陈情，又怎样应对九太公呢？总不能瞎编吧！"

慕达："那你到底肯不肯代为陈情？你若应承，我便和盘托出，怎样？"

慕贤："好吧，我应承就是。"

仆人上茶，旋即退下。

慕达："宣统元年，我跟一个名叫吉升的旗人交往，得知他姐夫在甲午战争中阵亡，留下遗腹女青儿。见到青儿时，她年方 15 岁；不怕三哥笑话，我一眼而惊为天人，恨不得自己变回少年，恨不得自己从未婚配！但现实总归是现实，对于甲午遗孤，我必须压抑非分之想，何况家规也不容纳妾，节假日能去北京看看她，已是莫大的福气了。万料不到，辛亥年，吉升病重，竟将青儿许给我做她终身之靠。我虽因'道义'而谢绝，但吉升死后却终于抛弃了'义'字。我本可将青儿送去四奶奶身边做养女，可我不甘心，我做不到，就只能委屈她了。我怕家人骂我不义，所以……"

慕贤："所以你隐瞒了她英烈遗孤的身世！四弟呀，你也太自私，太怯懦，太没有担当啦！"他重重嘘出一口气："不过，你总算良心未泯，在她死后道出真相，好歹给自己，也给我们纪氏一个救赎的机会啊。"

慕达："那，你什么时候去找九太公？"

慕贤站起来："立马就去。哦，对了，你还得告诉我姨太父亲的名讳。"

慕达："他叫那旗。"

慕贤如五雷轰顶："啊?! 那旗?! 哪来的那旗?!"

慕达："'超勇'舰上的那旗。"

慕贤失声："天哪，姨太的父亲竟然是那旗，'超勇'舰英雄炮手那旗啊！"

闪回（参见第五集《福州访师　聆听甲午》第 36 节）：

炮手那旗给重伤的纪慕贤套上救生圈。

纪慕贤:"你们快走,舰要沉了!"

何满冲向炮房爬梯。

那旗随即也冲向炮房爬梯,冲出两步又转身道:"纪三副,我跟何满上去打。愿你吉人天相,吉人天相!"

闪回止。

慕贤沉痛地说:"英雄早已魂归黄海,但不知其血脉流向何方?三十载苦苦思索,岂料那旗之女居然花落纪家!可叹啊,云开之日,斯人已逝,我们连说声'对不起'的机会也没有了,有的只是永远的痛心,永远的愧疚!四弟呀,四弟,你!你!……"

慕达:"三哥,你骂!你骂吧!你骂我不冤!最冤的是,年复一年,我总在期待,期待有朝一日,那青会高高兴兴与我携手,带着我们的安祈,尽情地奔跑,尽情地笑闹……"

慕贤吼:"别说了,你也配?!"随即扇了慕达一记耳光。

慕达痛哭。

59. 三房正院（日）

安丽扶着翠翠朝纪慕贤书房走去。

60. 纪慕贤书房（日）

慕达擦干眼泪:"不知九太公肯不肯在纪氏坟山上给那青一块风水宝地……"

慕贤:"九太公虽然老迈守旧,但不乏原则;他对海军英烈无上景仰,对遗属敬重有加,当年亲自主持二哥夫妇合葬便是一例。毫无疑问,那旗的女儿必将在纪氏坟山上安享祭祀,代代不绝!"

安丽画外音:"三叔!四叔!"

慕贤、慕达朝门边望去。

安丽扶着翠翠站在门边。

慕贤:"什么事?进来说吧!"

翠翠、安丽走到慕达跟前。

慕达:"翠翠,姨太给我留话了,是吗?"

翠翠:"是的,四爷!"

慕达:"她都说些什么了?"

第二十二集　江浙战争　那青遗言

翠翠："八月十五那天夜里，姨太让我转告你，请葬她于福州东门外康山满人墓地，灵魂依傍那拉氏先人，碑上铭刻'长白那青之墓'六个字即可。"

慕达："她就给我这么两句遗言吗？"

翠翠："是的。哦不，她还说……"

慕达急切："还说什么？！"

翠翠："还说'拜托了'。"

慕达大为失落。

61．纪府大池塘（夜）

翠翠与安丽忧伤地坐在池边。

池心映着缺月。

翠翠迷惘地说："无人不说姨太是个长不大的孩子，但她给四爷和给咱俩的遗言，却用心很深，让我捉摸不透啊！"

安丽："比如呢？"

翠翠："比如，谁都稀罕厚葬，可姨太反倒要求简葬；碑文拢共六个字，只表明墓主是满族那青而已。这是为什么呀？"

安丽："我认为，姨太好姐姐是用这种方式，跟纪家来个了断，重新做回有尊严的自己。"

翠翠："哦，原来是这层意思！二小姐进了大学，见解到底不一样了！那你再说说，姨太为啥要托付我们，把她的一绺头发埋在北京小月河畔的一棵海棠树下？"

安丽："我也纳闷啊！……莫非是……是偏爱海棠，生也怀念，死也相随吗？……哎，想起来了，刚上燕大预科的时候，我听姨太好姐姐的话，去蓟门烟树碑那边转过，在小月河畔看见一棵长得很茂盛的海棠树……"

翠翠："对对对，我也记起来了，后来你告诉我们，你发现海棠树干上有十几道刻痕，但不知是谁刻的……"

安丽："现在我猜，那个刻树的人可能跟姨太好姐姐有关联！翠翠，你想想，有没有道理？"

翠翠略一思忖："有道理，有道理！姨太的头发好比姨太本人，埋在海棠树下，就是永远在那里守候……"

安丽："守候她的心上人！"

翠翠："一点没错——守候她的心上人！难怪多少年来，无论四爷如何宠着姨太，

69

姨太却总也焐不热！"

　　安丽："现在我明白了，姨太好姐姐至死心中深藏着两个人：一个是父亲，一个是心上人！她把他们藏在思念之海里，就连咱俩也不告诉啊！"

　　翠翠："你会怨她不信任我们吗？"

　　安丽："怎么会?！这跟信任与否没有关系！姨太好姐姐一辈子天真无邪，却又一辈子死守着一个酸楚苦涩的秘密，她永远是孩子又永远不是孩子啊！"

　　翠翠："让你给说到家了，姨太她就是这么个人！她走了，我的心好痛好气好恨啊！"

　　安丽："我也一样！我气四叔乘人之危，纳甲午遗孤为妾；气四婶自私自利，巧夺安祈为女；更恨封建制度，纳妾成风，无理之极。但我最恨的是倭贼，没有倭贼，就没有甲午战争，也就没有姨太好姐姐的悲剧了！"

　　翠翠："杀千刀的倭贼！"

62．四房偏院（日）

　　黄叶飘飞。

63．四房偏院前厅（日）

　　空寂而整肃。

64．关姨太卧室（日）

　　一派凄清。

65．关姨太画室外（日）

　　翠翠持包袱站在门边朝室内望去。

　　镜头摇过三面空壁。

　　翠翠黯然垂首。

　　安丽持手提箱靠近，感慨油然："空荡荡的叫人难受！"

　　翠翠："四爷哭了一场又一场，后来，天天摆弄姨太所有的墨宝做念想，连用过的笔也没落下；可他哪里知道姨太竟留了一份遗书，嘱托咱俩把她一绺头发带到小月河，去守望一个谁也猜不透的人呢?！"

　　安丽："所以我才觉得四叔又可恨又可怜啊！好了，走吧，到了北京，待你适应了

第二十二集　江浙战争　那青遗言

那里的生活，来年春天，咱们就去完成姨太好姐姐的托付吧。"

翠翠无语，只伸手在画室门框上轻轻地摸了摸。

66．四房偏院外（日）

院门缓缓关闭。

镜头渐渐拉成偏院的远景。

镜头模糊。

第二十三集　咏烈含恨　金山大义

1. 纪府大池塘（日）

大池塘细雨远景。

字幕：1925年

2. 四房正院（日）

安祈画外诵诗声："清明时节雨纷纷，路上行人欲断魂。借问酒家何处有，牧童遥指杏花村。"

3. 安祈书房（日）

案上放着《千家诗》及笔砚等文具。

安祈问坐在身边的四奶奶："妈，我背得对吗？"

四奶奶摸摸安祈的头："安祈真聪明，背得很溜，一字不差！"

安祈："那我该临帖了吧？"

四奶奶："今天不临帖了，乖乖。"

安祈："为什么？"

四奶奶："明日，家人去康山扫墓，你也随着。康山路远，你这么小，必得先休息好了才挺得住啊。"

安祈："妈，我们是去祭拜姨太的，对不对？"

四奶奶："宝贝，不该再叫姨太了，要叫'娘'才是。"

安祈："为什么？"

四奶奶："乖，你还不满6岁，说了也听不懂，等过几年再告诉你好不好？"

第二十三集　咏烈含恨　金山大义

安祈："好。"

四奶奶不禁亲了安祈一下："安祈最可爱，最讲道理了。妈还要嘱咐你一句话，你用心听着啊？"

安祈："嗯，安祈用心听着。"

四奶奶："明天，轮到你祭拜的时候，你必须跪下来说：'娘，安祈给娘叩头了！'然后，恭恭敬敬叩三个头，少一个都不行！记住了没有？"

安祈："记住了，妈！"

四奶奶搂过安祈，轻轻摇着，拍着，如对婴儿："佛赐，好温顺的孩子，你是佛赐给的好女儿，妈的心头肉，妈的命根子啊！"

4. 马江岸坡（日）

岸坡并小木屋远景。

5. 岸坡小木屋（日）

桌上放着饭食。

金山过来摆上三副碗筷，然后走出。

6. 岸坡小木屋凉台（日）

金山伸手试试有没有雨，又抬头望望天，再俯瞰坡下，自言自语："雨也停了，天也晚了，单等他们来了，怎么还没个影呢？！"

7. 岸坡小木屋外（日）

咏烈背着一大袋东西出现了。

咏烈远远望见金山在凉台上，便加快脚步。

8. 岸坡小木屋凉台（日）

金山发现咏烈，喜得直挥手："总算到家了，到家了！"

9. 岸坡小木屋（日）

咏烈重重卸下肩上的口袋。

金山："这么沉！跟你说过多少回了，别带别带，更别寄钱，老也不听，真是的！"

咏烈："叔，咱胜似骨肉，咏烈理当为你养老送终，这点孝敬算什么嘛！"

金山："叔什么都不缺，况且你花的全是血汗钱啊！"

咏烈："瞧，又唠叨了，我还渴着呢！"

金山："怕是也饿了吧，去，先喝口茶，润润嘴，就开饭。这几个菜都是你和宝德最馋的！哎，宝德人呢？怎么迟了？"

咏烈灌进茶去，便贪婪地闻了闻菜："真香啊！宝德没口福，偏偏替朋友捎东西去了，约定明日过来，陪我往康山扫墓。"

10．马江岸坡（夜）

夜雨淅沥。

11．岸坡小木屋（夜）

金山与咏烈在昏晦的油灯下对床夜语。

金山："咏烈啊，叔已 60 多了，有些话原本在去年你 30 岁生日的时候要讲的，只因你特地去黄海边上祭祀父亲，这才拖到了今天。"

咏烈："今天讲也不晚嘛，我好生听着便是。"

金山："咏烈啊，你寻那青寻了整整 15 个年头，人没寻着，青春却给误了。手心手背都是肉，叔再不能丢了那青又毁了你啊……"

咏烈直摇头："哪来什么误啊毁啊的?！为了找那青，咏烈无论怎样都值！"

金山："你可不兴一条道走到黑啊！人哪，总该有自己的归宿。宝德跟你一般大，娶妻都好几年了，虽说一直没生养，可冷了倦了也能奔个窝吧！"

咏烈："叔，你别操心了！那青便是我的归宿、我的窝，除了那青，咏烈这辈子哪怕金窝银窝九天仙女宫都不会要，决不会要！"

金山："这小子，一句话就把叔给噎回去了！倔成这样，痴成这样，有你苦头吃的！"

12．马江岸坡（夜）

远景：小木屋中透出的一星光点熄灭了。

13．康山脚下（日）

清明景色：坟冢累累，杜鹃点染，纸灰纷飞。

第二十三集 咏烈含恨 金山大义

14. 那青墓（日）

墓碑右上方刻着"长白"二字，中央部分为"那青之墓"四字。

四奶奶给那青上香。

四奶奶身后不远，安祈肃立于大奶奶和三奶奶之间；稍远，则是一大帮族人。

四奶奶对着墓碑悔恨不已："青妹呀，都是我的错！是我生不出女儿，千方百计'借腹生女'，这才有了安祈。安祈好俊好乖好可爱哟，我恨不能分分钟把她贴在心上，含在嘴里，便是要我的命，我也甘愿给！可千不该万不该，我只想自己，全然不顾你的感受；我趁你们母女多病，抱养安祈，不再送还，直至你入殓才……"

四奶奶陷入回忆。

15. 那青棺木旁（日）

四奶奶近前，俯首棺内。

16. 那青棺木内（日）

那青身旁放着布娃娃安祈。

布娃娃安祈特写。

17. 那青棺木旁（日）

四奶奶震惊跌坐地上。

众人慌忙扶起。

四奶奶扑向棺木，痛哭流涕，嘶声喊叫："姨太，我对不起你呀，对不起你呀！……"

四奶奶回忆止。

18. 那青墓（日）

四奶奶摸着那青的墓碑，继续道情："青妹呀，你年轻貌美，多才多艺且善良纯真，每每令我自惭形秽；但我并不曾妒忌过你，刻薄过你，在共处的十二年间，更从未有过伤害你的恶念啊！我不明白，怎么想也想不明白，为什么到头来我还是害了你，让你英年早逝，所谓'我不杀伯仁，伯仁却因我而死'！青妹呀青妹，无论你魂归何处，即便是那遥远的长白，姐都希望你能够知道，姐虽然害了你，但姐却总在思念你，记挂你啊！……"

四奶奶愧悔加委屈，抱住墓碑哭得发颤。

大奶奶和三奶奶对视一眼，便一起把安祈送到四奶奶那里。

大奶奶拍了拍四奶奶，作为无声的安慰。

四奶奶收泪，搂过安祈："好孩子，记得该怎么做不？妈教过的！"

安祈点头："记得！"

四奶奶把安祈领到碑前中间的位置："就在这里祭拜吧！"

安祈跪下："娘，安祈给娘叩头了！"随即恭恭敬敬叩了三个头。

19．辉河氏墓群（日）

宝德收拾好纸钱香烛，拍拍正在顾盼周围坟冢的咏烈："别看了，去那边给那拉氏祖先上香吧！"

20．那拉氏墓群（日）

咏烈、宝德进入墓群。

咏烈眼尖，突然有所发现："瞧，那头，边边上起了座新坟！"

宝德一望："可不是？还挺像样的，咱过去看看！"

21．那青墓（日）

咏烈、宝德好奇地朝新坟走去。

镜头渐推，碑刻渐显。

咏烈、宝德疑惑地对视一眼，不约而同疾步向前。

碑刻特写。

咏烈大吃一惊，失声喊道："啊?!"又揉揉眼，定睛再看："正是那青！我没看错吧，宝德？"

宝德："当然没看错，这么大的字哪能看错?!——那又怎么样？同名同姓的人多了去了！眼前的那青，跟你的那青，有啥相干？兴许还是个爷们呢！"

咏烈却反复触摸碑文上"那青"两字的凹痕，又以颊贴文，痛苦自语："是她！一定是她！我感应到了！只能是她！"

宝德："说浑话呢，你！哪有这样巧的事?!"

咏烈突然崩溃，跪倒碑前，猛拍墓碑，狂喊道："那青，你不可以扔下我！不可

第二十三集 咏烈含恨 金山大义

以！我找了你15年，整整15年啊！你为什么要扔下我？为什么?！为什么?！为什么?！……"接着更发出哀号，如同受伤的野兽。

宝德慌了，吼道："咏烈你疯啦?！弄错了人算怎么回事?！快起来！起来！"便拉扯咏烈："起来呀！"

咏烈反抗："不！不！她不可以这样！不可以！"

咏烈、宝德继续拉扯。

一位扫墓的长者过来问："两位兄弟怎么啦?！有话好好说，在墓地不兴这样，犯忌讳啊！"

宝德撇下咏烈："大哥，你知道这墓主是什么人吗？他跟……"宝德指指咏烈，"跟他失散多年的一个亲人刚好同名同姓，所以……"

扫墓长者："哦，原来如此，我还误以为你俩打架呢！"又对坐在地上的咏烈说："兄弟，冷静点，世上同名同姓的人多得很哪！"又扫了咏烈两眼，有点世故地说："这位墓主，他的墓虽不大，却分明关联着大户人家！"他伸手往坡下一指："你们往坡下看，往远处看！看到了吗？那阵势可不一般哪，好几顶轿子，好些个……"

咏烈跳起来，拍了宝德一下："快追！"便狂奔而去。

扫墓长者摇摇头："寻亲寻疯了！"

22．马江岸坡（夜）

远景：油灯的一星光亮从岸坡小木屋中透出。

23．岸坡小木屋（夜）

金山从凉台进来，自言自语："不知望了多少回了，咏烈却还没个影，奇怪呀……"

金山点起烟，烦躁地抽着。

金山内心独白："真真奇怪呀，康山虽远，可扫扫墓也用不着这么久嘛！……莫非是去宝德父母那儿了？……可那也得经过我这里的，不可能不打招呼！……或者，逛什么烂地方？不，骨子里清清白白，哪有这事！……要就是路见不平，跟谁打架了？……唉，明明知道，他俩都是风里浪里显身手的人，上了岸还怕什么？可我心里怎么还七上八下的呢？"

24．岸坡小木屋外扶梯（夜）

金山提着马灯从扶梯上一级级走下。

25．岸坡小木屋外围（夜）

咏烈、宝德在黑暗中默默行进。

前方出现一盏马灯的光。

宝德："一准是金山伯等急了，来迎我们呢。"

咏烈、宝德奔向马灯。

金山伯举着马灯站在前面。

咏烈、宝德奔到金山跟前。

金山："你们怎么半夜才回来?！出什么事了？"

宝德："我们看见那青的坟了……"

金山厉声："哈哈天，30出头的人了，还开这种玩笑，你咒那青啊?！"

咏烈："叔，那青找到了，她——她死了！"

金山惊叫："啊?！"

马灯落地。

一片漆黑。

26．岸坡小木屋（夜）

宝德："金山伯，我们从康山墓地一路追赶，终于追到大榕乡，看见了跟那青有关联的那户人家。"

金山："什么样的人家？"

宝德："大户中的大户！围墙好长好长，得走好一会儿才能到头；大门上高高挂着一对灯笼，上面写着'纪府'两个大字。"

金山顿悟："哦，一准是大榕乡纪府！气派得很哪，我只路过一回就再也忘不掉了。果然是纪府，我的心倒松快了许多。你想啊，天南地北，我们那青怎么会跟这样的大户有关联呢?！再巧也巧不到这个份上吧？"

宝德："就是嘛！所以说，同名同姓的那个那青在坟里，而我们的那青还活着！"便对呆坐在角落里的咏烈说："咏烈，你别再神经兮兮自己苦自己啦！"

咏烈绝望而固执地摇摇头，然后坐到金山身边："叔，我想问你……"

金山："问我什么？"

咏烈："民国元年你从烟台落叶归根回马尾，在'马江'号上干了十来年活，人来人往的，就没听说过纪家的什么事吗？"

第二十三集　咏烈含恨　金山大义

金山："纪家的家丁常来搭船，我跟他们打打招呼，拉呱几句是有的。可大宅门里的生活，离我们这号人实在太远了，我半点兴趣也没有；加上那些家丁口风很紧，不轻易闲话主人，女眷的事更从不提及，所以，我简直啥也不知道。只听说，纪府三代都和海军结缘，他们靠海军开枝散叶，也靠海军报仇雪恨。"

咏烈："报仇雪恨？"

金山："据说，他们参加过甲申、甲午两场海战，跟外国强盗结了血仇。"

咏烈："我们和纪府差天差地，不是因为那青，我也跟叔一样，懒得去理他们；可现在扯上了，不理也得理了。我硬是觉得，康山的那青墓很蹊跷，墓主身份不明，而纪府上坟的排场却不小。——他们为啥要待见一个没名没分的满人？其中必定有缘故啊！"

宝德："咏烈一向多疑，风吹草动都要琢磨，侦察兵似的！"

咏烈："我多疑，可我往往疑对了！这回我也不存侥幸，必得弄个水落石出才行！"

宝德："水落石出？容易！"

咏烈："你嘴上什么都容易！法子呢？"

宝德："咱们直接上纪府问问不就结了？"

金山瞪了宝德一眼："别乱来啊，哈哈天，没轻没重的！"

宝德："金山伯，那你给支个招吧！"

金山："我的朋友老杜手艺很精，常揽福州和马尾大户人家的针线活，想必也出入纪府，多少知道些什么的。明天我去找他打听一下，这总比你们没头没脑闯进别人家好吧。"

27. 岸坡小木屋外（日）

一个小伙计紧张地奔向小木屋扶梯。

28. 岸坡小木屋凉台（日）

小伙计跑上凉台大喊："有人吗？有人在家吗？"

咏烈和宝德相继从屋内出来："谁啊？！""什么事？！"

小伙计："我是杜记成衣铺的伙计。你们是金老伯的家人吧？"

咏烈、宝德："是啊。"

小伙计："金老伯找我师父问事，师父才说了几句，老伯就突然喷出血来，瘫软下去了……"

咏烈、宝德："现在怎么样了？怎么样了？"

小伙计："郎中说是急火攻心，上了岁数，以后不能再受刺激了。我师父又急又怕，派我来报个信。"

宝德懊恼地对咏烈说："果然被你言中了！"

咏烈强忍痛苦："什么也别说了，咱赶紧先把叔接回来吧！"

29．岸坡小木屋（夜）

金山熟睡。

咏烈俯身审视片刻，又给掖了掖被子。

宝德过来，示意咏烈到外面说话。

30．岸坡小木屋凉台（夜）

宝德："金山伯好像没有大碍，到底是风浪里过来的人，一大把年纪了，还经得住打击。你要比他更坚强才是啊！"

咏烈："我会的！你快走吧，一家子都在等你呢！"

宝德："那好，过两天我再来看望老爷子。"

咏烈："提盏马灯走吧，路太黑了！"

宝德："不用，你还不知道啊，我是夜猫子眼！"

31．岸坡小木屋外（夜）

宝德走了几步便消失在黑暗中。

32．岸坡小木屋凉台（夜）

咏烈仰望夜空咬牙切齿低声发愿："那青，我好恨啊！我恨透了纪四爷，恨透了纪家！是他们让你委屈到死，痛苦到死的！老天有眼，叔的身子康复得很快，我可以为你报仇了，你等着吧！"

33．岸坡小木屋外（日）

咏烈在角落里反复磨砺一把尖刀。

咏烈表情狠毒。

第二十三集　咏烈含恨　金山大义

34．岸坡小木屋（日）

宝德坐在桌旁看着金山喝汤药："金山伯，我看这药挺对症的，你的气色亮起来了。"

金山吞下最后一口药，抹抹嘴："那个郎中真好，体恤咱穷人，开的药又便宜又管用！"

宝德："所以说，好郎中是病人的福气嘛。"

金山："宝德啊，我没事了，你和咏烈快点回去吧。你们那份工蛮不错的，轻易不能丢掉；再者说，你已有妻室，应该顾家啊！"

宝德："你别操那么多心，我们没准不走了呢！"

金山："这怎么讲？"

宝德："方才我上来的时候，在扶梯口碰到咏烈；咏烈告诉我，他打算留在马尾了。我一听正中下怀，因为我大伯两年前已在烟台故去，我父母很想让我返回家乡的。"

金山："咏烈还说了些什么？"

宝德："他只没头没脑撂下这么一句，就赶着干活去了。"

金山："那我待会儿问问清楚，到底是怎么个想法？"

35．岸坡小木屋扶梯（日）

咏烈走上扶梯。

36．岸坡小木屋（日）

咏烈进屋。

宝德瞥见："嘿，说曹操曹操就到！"

咏烈："说我什么了？"便坐下。

金山："咏烈，你真的打算留在马尾吗？"

咏烈："千真万确！"

金山："理由呢？"

咏烈："这么些年，我漂在北边，只为方便去小月河寻找那青；如今，那青没了，我觉得应该留在马尾，一来尽孝，照顾你老……"

金山："打住打住，我还没到需要照顾的地步……"

咏烈："你都吐血了，还拒绝照顾！"

金山："吐血只不过一时而已。那杜裁缝跟纪四奶奶的心腹——胖嫂沾亲带故，他的话我能不相信吗?！当我听说那青在纪府没名没分，进不了宗祠，连孩子也归给四奶奶的时候，心像刀扎似的，能不吐血吗？"他挥去眼角的泪："可咱皮实，好得快着呢！我还不算太老，耳聪目明，手脚利索，何苦来因为一两口血就把你拴在身边?！各人该干吗干吗去！"

咏烈："那我也要钉在马尾，为那青报仇！"他双目射出凶光："见到纪四爷，我先捅死他，再来个'血溅鸳鸯楼'，完后放火把纪家大宅院烧个精精光！"说着突然站起，抽出尖刀往桌子上狠狠一戳，咬牙切齿道："此恨不消，誓不为人！"

金山突然发出一声断喝："浑！你浑透了！"

咏烈一震："我?！我怎么浑啦?！我为那青报仇有错吗?！敢情叔不心疼那青！"

宝德赶忙起身把咏烈压坐在板凳上："怎么说话呀，你！金山伯不心疼那青，至于吐血吗?！"

咏烈气咻咻地甩开宝德的手："去！"

宝德使劲按了几下咏烈的脑袋："方才还口口声声说要尽孝，这会儿却没大没小冲撞金山伯！难为他亲儿子似的待你，你居然忤逆！"

咏烈愧疚："叔，咏烈有口无心，胡说八道，你别生气啊！"

金山叹了口气："咏烈，你好糊涂！你糊涂油蒙心啦！杀人偿命，天经地义，何况灭门之罪！"

咏烈："偿命就偿命，反正够本就值！"

金山："你以为你真的值吗？别忘了，你是甲午遗孤！你偿了命，还能等到向日本狼崽子报仇的一天吗？你说，能不能?！能不能?！"

咏烈："不能！那我也没法饶过纪家！"

金山："咏烈啊，做人要明事理。尽管纪家欠了那青，欠了我们，但你无论多恨也必须放过！"

咏烈："为什么必须放过?！"

金山："因为，那也是个献血献命抵御外侮的海军人家啊！听杜裁缝说，甲申年，纪二爷参加马江海战，才17岁就粉身碎骨了；纪二奶奶苦守30载，死后却只能与丈夫的衣冠合葬。——这样的人家，你下得了毒手吗?！下得了吗?！"

咏烈欲言又止。

金山："甲午年，纪三爷在黄海苦战倭贼，身负重伤；后来，为报雪国耻，纪家11

第二十三集 咏烈含恨 金山大义

个男孩全部投入海军。——这样的人家，你想叫它灭门？天理不容啊！"

咏烈低下头，无言以对。

金山："咏烈，叔希望你明白，其实，纪家和咱们一样，都跟小日本结下深仇，这仇是国仇。国仇不共戴天，私仇可以化解。如果你忘国仇，报私仇，便宜了日本狼崽子，即便自己抵了命，也是没脸去黄海见你父亲的英灵的！你好生想想吧！"言毕走开去。

宝德："咏烈，我知道，金山伯的话你都懂，只是过不了心里的坎，可过不了也得过呀！咬碎牙过吧！你命定报不了这桩私仇，那就认了吧！"

咏烈痛苦地咬着嘴唇。

37. 岸坡小木屋神龛（日）

金山拉开布帘。

神龛里供着两个牌位（不聚焦牌位上的字）。

金山插上香，点燃蜡烛。

38. 岸坡小木屋（日）

宝德拔下插在桌上的尖刀："收起刀吧，咏烈！"

金山画外音："你们过来！"

39. 岸坡小木屋神龛（日）

聚焦牌位："甲午英烈那旗之位""甲午英烈何满之位"。

咏烈来到牌位前。

金山："咏烈，你跪下！"

咏烈迟疑。

宝德轻轻推了咏烈一下。

咏烈持尖刀跪下。

金山："叔要你对你父亲和那旗叔发誓，永远也不报复纪家！"

咏烈执拗地迟迟不起誓。

金山进逼："你起誓啊！"

咏烈持刀的手和握拳的手一起颤抖起来。

金山："你不起誓，我怎么对得住你父亲和你旗叔呢？！"

咏烈无奈，痛苦地使劲闭了闭眼睛发誓："父亲在上，旗叔在上，咏烈发誓不报复纪家，永远不！"

咏烈强忍委屈与愤懑，但终于崩溃，双手掩面吞声饮泣。

尖刀落地。

咏烈迅速恢复，狠狠抹了把泪，站起身来。

金山却俯身拾起尖刀，递给咏烈："留着刀，用来杀你真正的敌人吧！"

40．蓟门烟树碑（日）

蓟门烟树碑周围一派春色。

画外音：咏烈做梦也没想到，半个月后，他所深恶痛绝的纪氏门中，竟有一对名为主仆实为挚友的女子，按照那青的遗愿，替她去问候那蓟门烟树、那小月河水，去完成那海棠树下魂已断情犹在的身后之事。

41．小月河畔（日）

安丽与翠翠默默行进。

翠翠双手捧着绣有海棠花的小锦盒。

翠翠脚步愈来愈迟缓。

安丽："怎么了，翠翠，越走越慢？"

翠翠摸摸锦盒，不禁叹了口气："姨太远远地走了，可每天看着她留下的头发，就仿佛还在服侍她梳洗似的。一会儿把头发埋了，往后，不信也得信，姨太她是真的不在我们身边了！"

安丽："翠翠你想偏了，其实姨太好姐姐还在我们身边，而且永远都在！"

翠翠："你是指魂魄吗？"

安丽："也可作如是观。"

翠翠："我不太明白！"

安丽："这么些年，姨太好姐姐教你读书写字，如今你已初通文墨；她还教会你剪纸、绣花，让你的手艺渐渐精巧起来，尤其是绣海棠——"她指指锦盒上的绣品，"瞧，这跟她的绣件相比，简直都以假乱真啦！难怪在北京这半年，你竟然能靠卖绣品养活自己，多了不起啊！"

翠翠："瞧你说的！"

安丽："岂止是你？我的国文基础也多亏她循循善诱才打好的，否则，肯定走偏科，求学之路哪能这么顺当？总之，姨太好姐姐把才艺分给了你我，我俩在彼此身上都看见了她，那她的魂魄不就等于一直在我们的身边了吗？"

翠翠："可也是啊！我们应当这样想，才能安慰自己！"

42．海棠树下（日）

安丽触摸着树上的刻痕："翠翠，你瞧，又多了几道刻痕！咱就把姨太好姐姐的头发，埋在这下面吧！头发即姨太好姐姐，刻痕即她的心上人，愿他俩在海棠树下天荒地老，长相厮守！"

翠翠："嗯，天荒地老，长相厮守！"

安丽用小花铲挖了个小坑。

翠翠跪在坑边将锦盒慢慢放进坑底，喃喃道："姨太，你是我天大的恩人，你是我最好的师父，你更是我最亲最亲的姐姐，你可不要忘记翠翠！……不要忘记呀！……"

翠翠泪落坑中。

43．小月河畔（日）

翠翠与安丽离开海棠树返回。

翠翠回望海棠树，自言自语："我不去上海了，还是留在北京的好。"

安丽盯了翠翠一眼："你留北京我求之不得，可你想过吗？姨太好姐姐给四叔的遗言只有短短那么一句话，为自己交代后事而已；可给你的却大不相同，写了满满一页纸；末尾更再三叮嘱你务必去上海跟荣官成亲，还说你跟了荣官她才能放心。——是这样吧？"

翠翠："是这样！但上海毕竟隔得远，不如北京，我能时常来小月河畔她最最记挂和埋葬头发的地方走一走看一看啊……"说着又不禁凄然。

安丽："瞧瞧瞧瞧，又跟自己过不去了不是？你以前那股坚强劲怎么就没了呢？回想姨太好姐姐刚走那会儿，我也悲痛得都快疯了，硬要把她从棺材里拉出来；可我很快恢复，现在则更加清醒了。为着你好，我必须实话实说，翠翠，你愿意听吗？"

翠翠："怎么不愿意？我听着呢！"

安丽："翠翠，你知道姨太好姐姐走的时候最不放心的人是谁吗？"

翠翠："自然是安祈喽，否则也不会紧紧搂着那个代替安祈的小布娃娃了。"

安丽："你错了！姨太好姐姐固然非常爱安祈，她抑郁而死一半也与安祈有关，但她身份尴尬，是母亲又不是母亲，不便给女儿留言，更何况女儿被四婶命根子般地疼爱着，任何牵挂都多余。而你却不一样，她担心你孤零零地留在世上，所以拼尽最后一点力气，抖抖地写下长长的遗书，安慰你，安排你，千叮万嘱叫你不要错过荣官！她的遗书，你该不会忘记吧？"

翠翠："字字句句都在心上！"

安丽："那你应该尽快从哀伤中自拔，面向未来。荣官无怨无悔等了你那么多年，姨太好姐姐走后还两次到北京看望你，你对他分明也是很有情意的；既如此，为什么不勇敢地去建立属于自己的生活，也好告慰姨太好姐姐啊。翠翠，你想想，安丽的话有没有道理？"

翠翠沉吟片刻，感叹道："进了大学，你飞快地长大啦，二小姐！"

安丽用肘尖顶了翠翠一下："去！又'二小姐'了，总也改不彻底！好朋友理当平等相处相称，更何况你已然离开纪家了嘛。"

翠翠："不管我怎么叫'二小姐'，从来都跟别人不是一个意思。"

安丽："这我明白，我自己不也'姨太好姐姐''姨太好姐姐'地从小叫到现在吗？……哎，这会儿提起来，我觉得，我们对她还是应该改口为好。你说呢？"

翠翠："是该改，再不能'姨太''姨太'的了！那你说怎么改？"

安丽想了想："叫她'那青姐姐'怎么样？——这正合了她自撰的碑文啊。"

翠翠："好，就依你的！"

安丽、翠翠对视一眼，默契地回转身子，朝着海棠树的方向大声呼喊："那青姐姐！——那青姐姐！——那青姐姐！——"

四野回荡着翠翠和安丽的呼声。

在呼声中镜头推近海棠树。

仿佛某种奇特的感应：一树海棠花慢动作灿烂开放！

44．马江岸坡（日）

枯茅在寒风中抖动。

45．岸坡小木屋（日）

金山病危昏睡。

三丁守护床侧："壮壮，米汤不烫了吧？"

壮壮应声而来，把米汤递给三丁，便凑近金山耳边："金山伯，醒醒，三丁喂米汤你喝！醒醒！醒醒！……"又轻轻推了几下。

第二十三集　咏烈含恨　金山大义

三丁大声："金山伯，金山伯，别睡了，睡太久了！金山伯！金山伯！"

金山终于微微睁眼。

壮壮、三丁喜："醒了醒了！"

壮壮托起金山的头。

三丁："米汤很清甜的，金山伯，喝几口就有精神了！来，张嘴！……"便用小勺小心地喂着："嗯，慢慢咽下，小心呛着！好，再来一勺！……再来一勺！"

壮壮用布抹去金山嘴边流下的米汤："别喂了，三丁，他喝不下了！"

金山闭上眼睛，又昏了过去。

三丁把碗递给壮壮："你把碗放回桌上去，我掐人中试试。"便掐金山人中。

金山居然睁开眼。

三丁大叫："壮壮，他醒过来了，醒过来了！"

壮壮抢过来一看，大喜："佛祖保佑，佛祖保佑啊！"

三丁："金山伯，咏烈一准收到电报了，正往这边赶呢，你千万打起精神啊！"

壮壮："是啊，阿隆跟友友已经到外面候着去啦！"

46. 岸坡小木屋外（日）

阿隆和友友焦急地等候着："怎么还不来?!""急死人了，真是的！"

友友忽然发现目标："阿隆，快看，前面有两个小黑点！"

阿隆一看："一准是咏烈和宝德！"

友友："不如迎上去！"

友友、阿隆奔向咏烈和宝德。

咏烈和宝德朝着小木屋拼命奔跑。

47. 岸坡小木屋（日）

金山目光呆滞，动了动嘴唇。

三丁："金山伯，你想说什么？"

壮壮："三丁，你声音太小，老伯听不见！"便贴近大声道："金山伯，你想说什么？"

金山声音微弱："咏烈……来……了……没？……"

壮壮、三丁："就快了，就快了！"

48．岸坡小木屋外（日）

咏烈、宝德继续向小木屋飞奔。

49．岸坡小木屋（日）

金山："我……我……等……等……不……不到……了……"

三丁、壮壮："等得到的，等得到的！金山伯，你要坚持啊！"

金山："我……我……心愿……"

三丁："你的心愿我们都知道了，都记住了！我们一定会告诉咏烈的，你放心吧！"

壮壮："一百个放心吧！"

金山显出一丝欣慰的神色。

50．岸坡小木屋外（日）

阿隆、友友终于迎上飞奔而来的咏烈和宝德："快快快快！"

四人一起朝小木屋狂奔。

51．岸坡小木屋（日）

咏烈等冲进屋来。

三丁泪流满面："金山伯刚刚走！"

咏烈爆发出撕心裂肺的一声惨叫："不！"扑到金山身上，抚尸痛哭："叔，回来，回来！你的恩情，咏烈还没报够啊，你不可以走！不可以走！不可以走啊！……"

宝德忙上前，抚着咏烈的背，哽咽道："别这样，别这样，咏烈！大限一到，谁都要走的，我大伯不是已经走了吗？想开一点！"

咏烈："我想不开，想不开呀！哪怕赶上给叔喂一口水，跟叔说半句话也好啊！怎么就差这一会儿，就差这一会儿呢？！叔啊，咏烈对不住你！……"

阿隆过来劝道："咏烈，你要节哀啊，你这样金山伯走得不安心哪！"便拉咏烈："起来吧，咏烈！"

咏烈硬是抱着金山的尸体不放。

友友过来："兄弟，我们有要紧事必须马上告诉你！"便推咏烈到桌旁："坐下，听壮壮说！"

壮壮："咏烈啊，金山伯在病中嘱托过我们四个，一齐帮你实现他的遗愿。"

第二十三集 咏烈含恨 金山大义

咏烈："什么遗愿？"

壮壮："死后不入棺不造坟。"

咏烈："啊？！不入棺不造坟？！"

宝德："这还不明白？金山伯一辈子不是伴着烟台浪就是守着闽江波，死后能让遗体随江入海，就最合他的心意了！"

壮壮："宝德想差了。金山伯是要让自己的遗体连同何满、那旗的神主牌，跟这座木屋一齐烧化！"

咏烈："啊？！我做不到，无论如何做不到！我是叔从小看到大的，在我心里叔就是父亲！我怎能让他老人家灰飞烟灭，一点念想也不留啊？！"

壮壮："但你必须做到，因为这是他的遗愿啊！"

咏烈："可这样做我心好苦！"

壮壮："所以金山伯才叫我们来帮你嘛！"

咏烈："我不明白，叔为啥要这么绝，他压根不是一个把事做绝的人啊！"

壮壮："我们原先也是不明白的……"

壮壮回忆。

52. 岸坡小木屋（夜）

灯下，壮壮等人围坐金山病榻前。

金山："我的后事就这么办吧，不给咏烈留任何念想，拜托了！"

四人面面相觑。

壮壮："金山伯，你这么绝，是病糊涂了吧？"

金山："糊涂？！——这心愿早在生病之前就有了，趁今天精神好，说出来而已。我才不糊涂呢！"

友友摸了摸金山的额："老伯你不糊涂，倒把我们弄糊涂了！"

三丁等："可不是？"

阿隆："说实话，老伯这样安排后事，会很委屈咏烈的！咏烈他赡养你，孝顺你，亲生儿子也不过如此嘛，有的还做不到呢！"

友友："何苦做绝呢，金山伯？想过吗？一把火烧光容易，可日后咏烈来马尾，既没有你的屋，又没有你的墓，他就没个投奔啦！"

金山："我就是要他没个投奔，就是要他不回马尾！"

四人异口同声："啊？！这是为什么？！"

金山："自打发现那青的墓，马尾就成了咏烈的伤心之源、复仇之地。他来马尾多一次，痛苦就多一分，对纪家的仇恨就深一层。我活着，他还能管住自己；我死了，只怕他会不顾一切，连命也搭进去的！可无论如何，咏烈的命都必须用来报国仇，而不是泄私恨；否则，就算抱着何满、那旗的牌位找到他们的英魂，我金山在兄弟面前，也是个抬不起头来的罪人哪！"

众人皆动容："金山伯，你老深明大义啊！"

壮壮回忆止。

53．岸坡小木屋（日）

壮壮："金山伯还说，除非咏烈你彻底放弃杀死纪家人的念头，否则他不许你回马尾！他再三嘱咐你万不可因私恨而忘国仇啊！"

咏烈："可……可马尾毕竟有辉河氏跟那拉氏的祖坟，尤其是有那青的墓啊！"

壮壮："放心吧，咏烈，我们向金山伯郑重承诺过，你亲人的坟便是我们亲人的坟！"

三丁等："我们说到做到！"

壮壮："金山伯还托付宝德两件事。"

宝德："什么事？快说，我一准照办！"

壮壮："金山伯让你多陪咏烈，去小月河走走；毕竟，小月河是咏烈和那青一起玩大的地方，那里才最最亲切，最最值得留恋！他老人家再三交代你，无论如何不叫咏烈守着那青的墓，因为，守着那青的墓，就是守着私仇！宝德，你明白吗？"

宝德："宝德明白！明白！"

54．岸坡小木屋外（夜）

小木屋燃起火来。

咏烈仰视燃烧的小木屋泪流满面。

宝德友爱地把手搭在咏烈的肩上："快跟金山伯说句让他放心的话吧！"

咏烈大喊："叔，咏烈保证不因私恨而忘国仇！叔啊……"他号啕大哭，跪地叩头。

宝德并壮壮等皆跪地叩头。

小木屋火势大增，火光冲天。

第二十三集　咏烈含恨　金山大义

55．马江岸坡（夜）

远景：夜幕下，小木屋燃烧如火炬，灿烂而庄严。

夜空回荡着亲切而哀伤的呼喊："叔，你走好！走好！""金山伯，你走好，走好啊！"……

第二十四集　兴利除弊　经历"营啸"

1. 罗星塔水域（日）

远景。

字幕：1926 年

2. 马尾港（日）

泊位上停着若干艘军舰。

拱北和雨轩身穿海军中尉夏装，朝着正从跳板上下来的石峻急急招手。

石峻便奔跑起来。

拱北还在一个劲地催促："快！快！"

石峻来到跟前："催什么嘛，真是！"

雨轩："好个冷心冷肠的家伙！打完江浙战争差不多两年了，一直没机会碰头，你却不着急！"

石峻："怎么不急？——我正憋着一肚子话呢！"

拱北："上罗星塔如何？"

石峻："那敢情好！只是，雨轩跟依栏鹣鲽情深，哪能不往家里奔啊！"

雨轩："依栏跟我岳母走亲戚去了，还在外埠逗留呢。"

石峻："那，拱北也得回大榕乡嘛，思静……"

拱北不待石峻说完，撇下二人，拔腿就走："啰唆什么？"

雨轩在后面碰碰石峻，悄声道："糊涂虫！你忘了？拱北是万不得已才娶叶思静的，他心里一直装着我表妹米娜！"

石峻："咳，我总以为他俩不过是闪电恋爱而已！"

第二十四集 兴利除弊 经历"营啸"

雨轩:"大错特错,米娜也好痛苦啊!"

石峻叹了一口气。

3. 罗星塔上(日)

石峻:"我调动了。"

拱北:"去哪里?"

石峻:"去闽厦海军警备司令部当副官。"

拱北:"我也调了,调到连江,任海军陆战队独立团团副。"

石峻:"陆战队用陆军衔,平调的话,那你该是中校团副了。"

雨轩:"近几年,陆战队发展颇快。江浙战争时,在舰队掩护下,陆战队登陆浏河,帮助直系齐燮元把皖系卢永祥赶出了淞沪,从此更加得势,越发不服舰队司令的节制了。听说,还干了些不法勾当,上峰很光火,决意整顿。"

石峻:"哦,这就是调拱北去独立团的原因了。"

拱北:"是的,调我正是为了整顿。"

雨轩:"我还听说,独立团为宋氏兄弟所把持。宋团长是直系军阀吴佩孚、孙传芳的爪牙,极端仇视去年7月在广州成立的国民政府。我等虽身不由己站在直系一边,但内心却是反割据、盼统一的,不是吗?所以,拱北,我要提醒你,进了独立团,万不可暴露自己的倾向,免得招来杀身之祸啊!"

石峻:"雨轩所虑极是,拱北你不要大意啊,明白吗?"

拱北:"明白,明白!当前,国内形势正所谓'山雨欲来风满楼'。倾向广州国民政府的湘军第四师师长唐生智,已经跟湘军第三师师长叶开鑫在湖南打起来了,华夏大地上光明与黑暗决战在即。有决战就有希望,就有打倒军阀,统一中国,振兴海军的一天!为了迎来这一天,我这个身在曹营的人怎能不保护好自己呢?放心吧!"

石峻:"那你几时上任?"

拱北:"明日下午,我舰恰好靠泊琯头;上了岸,即刻去团部报到。只是……"

雨轩、石峻:"'只是'什么?!"

拱北有点吞吞吐吐:"只是人还没去……就……就盼着回舰队了!舰队真好啊,真好啊!也不知为什么,我一上舰,哪怕是上条小艇,心里就舒坦;看那浪涛、风云、岛礁、鸥鸟,仿佛都是为我而生的!"

雨轩略带嘲弄:"今天什么日子,太阳打西边出了!拱北啊,你我从呱呱坠地起就从未分开过;咱们一起长大,一起投军,一起服役,一起打仗。活到26岁,我这还是第一次见你怅离别，像个诗人呢！"

　　石峻正色道："别'湿人''干人'的了！我宁可相信，拱北前面的险途，比想象的更险！所幸，独立团离闽厦海军警备司令部不远。拱北，你可不许一味好胜，强做独胆英雄啊！有事要找我！"

　　雨轩："石峻所言极是！极是！拱北你听见没？"

　　拱北伸出双臂把他俩的脖子一勾："听见啦，我的好兄弟！"

　　塔上风起。

4．陆战队独立团外（日）

　　拱北朝荷枪的门岗走去。

5．团长办公室（日）

　　上校宋团长正和太太撕扯扭打，其弟宋联络官隔在中间替兄长左遮右挡拉偏架。

　　宋太太美艳泼辣，猫也似的抓破了宋团长的脸。

　　宋团长摸了摸脸，见有血，骂道："泼妇！"却败下阵来，气呼呼地坐到一边去拭血了。

　　宋联络官就势推着宋太太坐到另一张椅子上，巧妙劝谏道："瞧瞧瞧瞧，大嫂你失手把大哥的脸给抓破了，待会儿又该心疼了不是？"

　　宋太太："我心疼他？——这没良心的东西！"

　　宋团长："满嘴喷粪！——我怎么没良心啦？！啊？！"

　　宋太太："良心让狗给吃了，还有脸问！老爷子病得不轻，你说要去尽尽孝心，尽了吗？！尽了吗？！"

　　宋团长："当然尽了！"

　　宋太太："狗屁！尽到狐狸精那里去了！要不是被那个家丁看见，我还蒙在鼓里呢！"

　　宋团长："胡说八道！哪个家丁啊？你指出来！"

　　宋太太："指出来？！你弄死他就跟踩只蚂蚁似的，以后谁敢给我报信哪？做了亏心事，还嘴硬，你这烂了舌头的无赖！"

　　宋团长："你，刁妇！悍妇！妒妇！"

　　宋太太跳起来："我刁、我悍、我妒，那你休了我呀！休呀！"便冲到宋团长跟前："我是我家财产唯一的继承人，有种你就休！休！"

第二十四集　兴利除弊　经历"营啸"

宋团长便举起手："醋坛子！我先扇你几巴掌！"

宋联络官急忙挡住："好了好了好了，都少说两句，少说两句！"

宋太太便大哭起来："姓宋的，你的心肝都叫狗给啃光了！想当初，你又穷又丑，是爹好说歹说逼着，你死乞白赖求着，我才勉强嫁给你的！如今你抖起来了，就忘恩负义了！"

宋团长："谁忘恩负义?! ——是你还是我?! 也不想想，你家财宝谁保护？你家罂粟谁保收？你家鸦片谁保运？啊?! 啊?! 你说！……"

宋联络官急跳："打住打住！这些事只能做不能说，你们还嚷嚷！万一纪团副到了，在隔壁等，可就麻烦了！'隔墙有耳'啊，他是奉命来整顿的！"

宋团长："我不怕他！"

宋联络官："我打听到了，这个团副出身海军世家，军中人脉很强，你要客气点，不能像以前……"

宋团长："少啰唆！咱们跟五省联军总司令孙传芳大帅搭连着，还怕啥？"

勤务兵麻三出现："报告团长，纪团副到了！"

宋联络官："快走吧，哥，我跟你去！"

宋太太一把拖住宋团长："不许走，必须跟我一起去，当面撵走狐狸精！"

宋联络官使劲推开宋团长："快走！不能怠慢！"又吩咐麻三："你伺候太太回家，快！"

麻三："是！"

宋联络官推着宋士良夺门而出。

宋太太对麻三耍横："我不回家，我就不回家！……"

6. 团部会客厅（日）

拱北端坐，一派标准的海军风姿。

画外传来女人哭闹声夹杂着摔打器皿声。

拱北内心独白："女人公然闹进团部，太不像话了；可见军纪之差，传闻并非空穴来风啊！"

宋士良兄弟出现。

拱北立刻起立敬礼："海军舰队中尉纪拱北向宋团长报到！"

宋团长回礼："欢迎纪团副助我治军！你在陆战队的军衔是中校。"又介绍宋士英道："这是我弟弟——中尉联络官宋士英。"

宋联络官向拱北敬礼："听说纪团副深得舰队各级长官尤其是陈绍宽的器重，望今后多多提携属下。"

宋团长："坐，都坐下！"

勤务兵送上茶水。

拱北："拱北奉命前来协助宋团长整顿陆战队，想必团长已有筹划，就请示下。"

宋团长："整顿工作有轻有重。广州国民政府自成立以来，就和北京政府对立。我们陆战队是效忠北京的，军中凡有半点'广州乱党'嫌疑的，都要这样——"他做了个砍头手势，"管他三七二十一，砍了再说，乱世就得乱来才能立威嘛！何况，孙传芳自民国十二年入闽任福建军务督理以来，一路飙升，仅仅两年就一飞冲天变成浙闽苏皖赣五省联军总司令了。陆战队既然认孙传芳为靠山，当然要把他的敌人狠狠消灭。——这才是我独立团整顿工作中的第一要务，余者无非鸡毛蒜皮，大可不必在意。"

拱北内心独白："宋团长以灭'乱党'为第一要务，意在转移视线，逃避整顿，可见独立团的水不浅啊！"

宋团长："纪团副对于整顿有何设想？"

拱北："属下初到，并无定见，且容稍后再行禀报。"

宋团长："行！我看团副虎虎有生气，绝非等闲之辈，日后必能大显身手，扩展我团，建功陆战队。眼下，海军陆战队已初具实力，除了连江、长乐、南日、平潭等县都握在手心里了。有了自己的地盘，舰队司令也罢，海军总司令也罢，岂能轻易节制我们？要知道，海军想摆脱穷酸，还非得靠我们陆战队不可呢，舰队那几条破船管什么用啊？……"

宋联络官忙解释道："团长快人快语，难免失言。平心而论，海军舰队虽然老旧，但关键时刻往往举足轻重，各派势力竞相拉拢，辛亥革命是例子，两年前的江浙战争不也是个例子吗？团副来自舰队，可别介意啊！"

拱北："不会的。舰队和陆战队均属海军，左膀右臂各有作用，一样重要。"

宋联络官："团长，天色不早了，我是不是先陪纪团副到住处安顿下来，完后再派勤务兵送陆战队军服过去？"

宋团长："也好。"

麻三出现在门口，欲言又止。

宋团长忙示意麻三走开，便对拱北说："我须按计划外出三五日，团副有什么需要，吩咐联络官即可。"

第二十四集　兴利除弊　经历"营啸"

拱北起身："是。"

宋联络官偷眼观察拱北，内心独白："纪团副少言寡语，目光冷峻，有种说不出的'威'，肯定是个厉害人！"

7. 团副住处（日）

拱北在摆放桌上的文具。

阿达画外音："报告！"

拱北抬起头："进来！"

勤务兵阿达托着陆战队军服走进来。

闪回（参见第二十集《海军欠饷　石峻动情》第4节）：

"海筹"舰舷。

阿达："我是福建连江人，家里很穷，寡母拉扯我们五兄弟艰难度日。我三个弟弟都没能活满10岁，只有四弟老天保佑过了这道坎。……谁知最近忽然害了重病，我母亲都快急疯了。我……我只剩下这个弟弟了，说什么也得求医问药救活他呀！"

拱北摸摸身上，发现没带钱："这样好了，阿达，熄灯前你去我那里取钱救急吧。"

阿达一愣，当即扑通跪下："大恩大德呀，纪三副！大恩大……"

拱北粗暴地拎起阿达："不准跪，男儿膝下有黄金！"

闪回止。

阿达疾步趋前："纪三副，真没想到新来的团副竟是你！这太好了，太好了！"

拱北："我也很惊讶会在这里遇见你。"他指指桌旁的椅子："快过来坐下！"

阿达把军服放到桌上，依旧站着。

拱北："坐下，坐下！"

阿达："阿达不敢！"

拱北："我命令你坐下！"

阿达："是！"这才局促不安地坐下。

拱北："你怎么会进陆战队呢？"

阿达："民国十一年，多亏纪三副救急，我四弟捡回一条命。不料第二年，母亲却害了肺痨，我只好回连江来，就近照料。我给一位老爷当差，不承想他是个大烟鬼，常常欠我工钱。去年夏天，有人告诉我，陆战队比舰队日子好得多，我就想办法进了独立团，前后已经一年了。"

拱北："你在这里过得怎样？"

阿达警惕地望了望门，欲言又止。

拱北立马过去关上门，返身在阿达肩上拍了一下："不用怕，只管告诉我！"

阿达："哎哎！"

拱北坐下，直视对方，加重语气："有事我担着！"

阿达："这里不欠饷，比舰队强点，可我心里总不安生……"

拱北："怎么了？"

阿达："谁都知道鸦片害死人，可宋团长却偏偏在干这种勾当。听一营的雨来兄弟讲，宋团长他老丈人有不少田亩，原本只偷偷摸摸地种些罂粟，自打三年前把水灵灵的独生女儿嫁给团长后，就改天换地了，不但放胆扩大种植，连收割和运输都顺风顺水起来。"

拱北："知道他们是怎么做的吗？"

阿达："知道一点点。比如收割罂粟，是靠陆战队来种植地布岗警戒进行的。去年我刚到团里，不巧正好摊上这件缺德事，心里真不是滋味，仿佛端起一碗很脏的饭，想扔掉，又怕挨饿，思来想去，纠结得很啊！"

拱北："这不是你的错，阿达！继续说吧，那运输又是怎么安排的呢？"

阿达："运输鸦片，没派上我，雨来倒是干过。据他说，鸦片都是装在用光的弹药箱里，贴上团部封条，武装押送的，所以万无一失。宋团长的老丈人赚大发了，在城里开了布店、酒楼，还有几处地下烟馆呢。"

拱北："哦？这么猖狂！"

阿达："纪三副，你千万别说出去啊！宋团长知道的话，阿达立马就没命啦！这个主可不像过去的陈绍宽舰长，半点都不像啊！"

拱北："好，我决不说出去！为了你的安全，我还要你牢牢记住：第一，不可再叫'纪三副'了，免得别人知道我们是旧相识。记住了吗？"

阿达马上起立："是，记住了！从现在起就改口，称'纪团副'！"

拱北示意他坐下："第二，我必须尽快熟悉一切，但你不可处处跟随，除非我叫你！"

阿达又起身："是，纪团副！"

拱北："坐下，我还有话问你！"

阿达："是！"

拱北："团里的弟兄们对鸦片一点不恨吗？"

阿达："也许心里面恨吧？嘴上可没谁敢嘟囔这些烂事。只有雨来告诉过我，说是

第二十四集　兴利除弊　经历"营啸"

离团部最近的欧阳营长，原本书香门第，就因为父亲抽大烟，把个好端端的大户给败了，所以暗地里特恨鸦片。"

拱北："雨来如何知晓营长的家事呢？"

阿达："他们是近亲。"

拱北深深点头。

8. 陆战队独立团（夜）

明月悬空。

9. 团副住处（夜）

拱北无眠。

拱北内心独白："今天巡视了部分营房，所到之处不乏'临阵磨枪'的痕迹，这是宋团长弄虚作假应付整顿的拙劣伎俩。其实，只看士兵们普遍缺乏军人特有的精气神，便知他们背地里少不了赌博喝酒偷鸡摸狗，但我权且看在眼里，不动声色。我认为，我团整顿工作应以根除鸦片为当务之急，不先行铲掉这腐烂的温床，治军的任何努力都不可能收到真正的成效。所以，明日在召集属下训话之后，我最该做的就是：趁宋团长外出期间，立即开始暗查罂粟种植地；以此为切入口，抽丝剥茧，揭开黑底，禀报上峰。毕竟，我官阶尚低，且为副手，单凭个人力量，难以成就兴利除弊净化陆战队独立团的大事啊！"

10. 独立团会议室（日）

拱北对二三十名营、连、排、班官佐训话："列位袍泽，拱北奉命整顿独立团，责任在肩，有几句肺腑之言，不得不说。辛亥革命已历十五载。然而，国家外有虎狼环伺，内患骨肉相残，复兴大业，荆棘满途。即以我海军而言，甲午之耻尚未报雪，卧薪之志竟已渐消，以致蠹虫滋生，危机暗伏。故此，必须断然革除弊端，以期振奋军威，挺进未来。我等身为官佐，尤应严于律己，公正廉明，时时处处表率士卒，方能达到目的。"

全体官佐："是！"

欧阳营长深深地望了拱北一眼。

11. 南坡罂粟地（日）

拱北登上一处偏僻的缓坡。

大面积罂粟花正在开放。

拱北两眼冒火咬牙切齿骂道："无法无天啊，该死！"然后突然转向身后的灌木丛喝道："出来吧！"

欧阳营长由灌木丛中站起来，一脸钦佩地敬了个礼："纪团副你真是机敏过人啊，属下佩服！"

拱北用怀疑的目光盯着欧阳，冷冷地问："欧阳营长，你潜伏于此，是何道理？"

欧阳营长："纪团副，千万别误会！"又望望左右："请进树丛中说话！——这里不时有人查看罂粟，还是隐蔽为好！"

拱北两眼依旧锐利地盯着欧阳，两手却暗暗摸了摸身上的两支枪。

拱北和欧阳在树丛中坐下，彼此保持一段安全距离。

拱北："欧阳营长，有什么话你就说吧！"

欧阳营长："纪团副，属下已许久未闻热血之言了，今日恭听训话，复又心生希望。属下判断，团副在初来乍到、缺乏证据的情况下，出于策略，不便直指鸦片，但早晚必会出手。属下跟踪而来，是要禀告两件事……"

拱北："哪两件事？"

欧阳营长："第一，这里是宋团长的天下，谁敢动鸦片，必须付出代价；而他本人又曾经在孙传芳那里接受过训练，枪法了得且性情暴躁，纪团副你要提防啊！"

拱北："知道了，我会的。"又问："他使双枪还是单枪？"

欧阳营长："单枪，但是很准。团副会双枪吗？"

拱北点点头。

欧阳营长："属下羡慕啊！"

拱北："你要说的第二件事呢？"

欧阳营长："团副！我是军人，不敢有违报国初衷，更不敢沦为鸦片罪人，因此我韬光养晦，暗暗收集和整理了一些材料，比如：宋团长所保护的罂粟地位置和面积，收割季节派兵布岗的次数和人数，烟贩子的人头和联络方式以及烟馆的地点和收入分成，等等。我朦朦胧胧地觉得，指不定哪天，也许会派上用场的。现在，纪团副你来了，属下的冒险和努力总算有了着落！"

拱北感动，一下子挨近欧阳，由衷地赞道："欧阳营长，你是好男儿、好军官！"

第二十四集 兴利除弊 经历"营啸"

画外隐约传来人声。

拱北、欧阳对视一眼。

欧阳营长:"那都是宋团长岳父的家丁。他们管护花、护果,团里管保收、保运。"

拱北拨开树叶向外面瞄了瞄:"祸国殃民,肆无忌惮啊!"

欧阳营长:"我们撤吧?"

拱北:"好,以免打草惊蛇!"

12. 团副住处(夜)

阿达持一食盒进屋,见拱北不在,自言自语道:"纪团副怎么还不回来?"便放下食盒向外走:"我找他去。"

拱北出现。

阿达喜:"团副,你回来得正好!"

拱北:"'正好'什么?"

阿达指向桌上的食盒:"宋联络官特地派人进城买了些可口的点心,给团副当夜宵。"

拱北:"我不需要夜宵。"

阿达:"买都买了,你就尝尝吧!联络官还说,团副新来,难免寂寞,要不要叫戏子?……"

拱北:"什么'戏子'?!岂有此理,这里是团部!谁敢去叫,我必严惩不贷!"

阿达惧:"我……不是……我……我……"

拱北:"我没说你!这跟你不相干!"

阿达松了一口气:"那,那你吃夜宵吧!"

拱北:"明天你告诉联络官,我只用正餐,没有吃零食的习惯,更没有其他爱好。"

阿达:"是。"便斟茶。

拱北坐下喝茶。

拱北内心独白:"萨镇冰的廉洁,陈绍宽的严谨,在这里竟找不到半点影子,长此以往,陆战队就烂了!"

阿达:"团副,你还是尝一两口吧,到底是此地名店五味斋做的啊!"

拱北回过神来:"赏给你了,打开吃吧!"

阿达愣了。

拱北:"嗯?!"

阿达瞟了食盒两眼，欲言又止。

拱北："阿达，你想说什么？只管说嘛！"

阿达："团副，阿达……阿达舍不得吃……"

拱北："这点东西还舍不得吃？天热，不吃就坏啦！"

阿达鼓起勇气："我……我很想拿回去给我母亲！"

拱北的目光骤然间变得异常温和，他由衷地赞道："阿达，你真是个大孝子啊！"

阿达受到赞美腼腆起来："没有没有！……"

拱北："你母亲离这里远吗？"

阿达："很近，不到两里地。可惜，最近母亲已经无力走路了。在这之前，有一天，我和她从五味斋门口过，不知怎的，她忽然说：'我做了一世的人，也没尝过馆子里的东西，想不出那是什么滋味？'我听了很心酸，就说：'妈，这会儿身上钱不够，明天儿一准带你上馆子！'万料不到，第二天她竟再也起不了床了！……"他喉头发哽，说不下去了。

拱北："别难过，别难过，人老了总不免有病的！"

阿达使劲眨了眨眼，颤声继续道："母亲这几句话，一直烙在我心里，我……我不孝啊！……"

拱北拉开抽屉，掏出钱来，塞给阿达："拿去！给你母亲多买些她想吃的，好好孝敬孝敬她老人家吧！"

阿达迸出泪水，便要下跪。

拱北一把拉住："不必如此，我也有母亲！"

13．陆战队独立团（日）

宋联络官匆匆走向团部。

14．团长办公室（日）

宋团长正在喝茶。

宋联络官进来："哥，你回来了！"

宋团长："刚到。坐下说话吧！"

宋联络官："不是说外出三五日吗？怎么一去十来天呢？"

宋团长："我把岳父送到福州后，趁你嫂子陪着住院的机会，赶着查看了几大档新买卖，还给许姑娘找了一处宅子，悄悄地把她迁去了，省得你嫂子成天泼醋，非要拉

第二十四集　兴利除弊　经历"营啸"

着我打上门不可。"

宋联络官:"也好。那许姑娘容貌不逊嫂子,且温婉娴静,哥疲累时到外宅歇一歇倒挺合适的。"

宋团长:"这些日子你跟纪团副熟络一些了吧?这个人怎么样?会不会坏我们的事?"

宋联络官:"此人冷冷的,不容易套近乎。他跟现任的第二舰队司令陈绍宽有师生之缘,陈绍宽以清廉严明甚至不近人情而著称,纪的身上有陈的一些影子。"

宋团长:"哦?!"

宋联络官:"这些日子,纪团副跑遍了班、排、连、营,显然是在为整顿工作做准备。据底下人说,他极为勤勉,极为认真,既不沾烟酒,也不赌博,连夜宵都不吃,更别提混戏子了。我觉得,官兵们已经开始有点怕他了。"

宋团长:"这倒无所谓,我只在意纪团副有没有去过罂粟地?"

宋联络官:"不知道,因为我没派眼线跟踪。"

宋团长:"傻瓜,连这点算计都不懂!"

宋联络官:"算计过的!但是,据接触过纪团副的官兵们说,他身手机敏,枪法了得;我若派人盯梢,必被发觉,反倒不好收场了。"

宋团长不屑:"有这么神?!我才不信呢!"

宋联络官:"其实,就算纪团副看见了罂粟地,也没啥关系。"

宋团长:"胡说八道!"

宋联络官:"哥,你想啊,纪团副在陆战队全无根基,谁会不顾死活把罂粟地的内情透露给他呢?"

宋团长:"你呀,鸭子死了嘴硬!哎,纪团副呢?"

宋联络官:"他去了靶场。我估摸着,这会儿该回来了,说不定正在半道上呢!要催一催吗?"

宋团长:"催个鬼!咱还有要紧的事得赶紧商量着办呢!"

宋联络官:"你指的是收割罂粟吧?"

宋团长重重点头:"还用问?!"

15. 独立团靶场附近（日）

阿达迎着拱北奔去。

拱北紧走几步:"什么事,这么急?!"

阿达："宋团长回团部了！"

拱北："是宋团长命你找我的吗？"

阿达："不是不是！"

拱北："那你赶来做什么？"

阿达往西面指了指："纪团副，你去过西边的那个荒谷吗？"

拱北："荒谷？！——没去过。怎么了？！"

阿达："阿达很想领你到荒谷里看看，行吗？"

拱北一脸讶异。

阿达一脸恳切。

拱北："好吧！"

16．团长办公室（日）

宋团长："今年罂粟长得好，我们得早做打算，多抽调一些兵力布岗才行，还有运输问题也……"

宋联络官打断道："哥，这回不能按往年的办法做了，否则，纪团副必会抓到把柄的，那咱可就栽了！"

宋团长："杞人忧天！跟毒品有关联的何止我们？舰队就干净了吗？上面果然要动真格的，断不会只派纪拱北一个人来；单枪匹马，谅他也掀不起多大的浪！我看，一准是上面假借整顿我团，来杀杀陆战队的霸气，如此而已！"

宋联络官："你这样想也有一定的道理，但我们还是谨慎为好。去年，奉军入关在上海贩卖鸦片，引起一场风波，段祺瑞政府只得下令禁烟并派员查办。虽说那不过是些表面文章，然而万一撞在什么节骨眼上，假戏真做，那麻烦可就大了。所以，我的意思，今年收割罂粟，千万别再派兵布岗啦！"

宋团长："不派兵，单凭家丁是远远不够的。"

宋联络官："我已经想过了，家丁不够，打通关节，借用乡丁怎么样？花点钱就是了。另外，要想方设法拢住纪团副，他入了伙，你就如虎添翼了。我担心的倒是……"

宋团长："倒是什么？"

宋联络官："纪团副目光炯炯，不怒自威，而你偏偏脾气火暴，一点就着，两个人很容易起冲突。哥，我劝你，对纪团副客气些，毕竟，他是海军世家子，背景很硬，不是要打就打得，要杀就杀得的！"

第二十四集　兴利除弊　经历"营啸"

17．荒谷（日）

镜头摇过一处狭窄的干涸了的溪涧，杂草没膝齐腰，阴森恐怖。

拱北随阿达走进荒谷深处。

拱北："阿达，你引我来这里究竟是为什么？"

阿达警惕地四下望了望："这里藏着一个秘密！"

拱北："什么秘密？"

阿达："到了跟前你就明白了。不过，我是偷偷带你来的，可别叫人家发现啊！"

拱北："那你只管领路吧，我在后面警戒。"

阿达顺手捡了根枯枝，一边走，一边左撩右拨，寻寻觅觅。

拱北警惕地看着四周的动静。

突然，阿达手中的枯枝震了一下。

阿达自言自语："就在这儿！"随即扔掉枯枝，弯下腰去。

拱北见状快步近前。

阿达双手扒开野草。

特写：一截锈铁棍直直地插在地上。

拱北："这就是你所说的秘密？！"

阿达不应，却将铁棍周边的几株野草迅速拔除，然后站起来，望着拱北未语先哽咽。

拱北："这铁棍到底是做什么用的？！"

阿达终于崩溃，他朝着铁棍直挺挺地跪了下去，失声哭道："吕团副啊！……"

正在此时，拱北忽有所觉，立即发出警告："不准哭，有动静！"

阿达止哭。

不远处有条蛇游过。

拱北示意阿达原地坐下："不要再哭了，阿达，男儿有泪不轻弹，何况你也算得老兵了！"

阿达："是！"

拱北："告诉我，吕团副是谁？这铁棍又是怎么回事？"

阿达："说来话长啊。去年夏天我奔独立团后，就做了新上任的吕团副的勤务兵。吕团副不赌不嫖不沾烟酒又善待部下，跟你像极了，但和宋团长却不是一路人，没过几个月，两人便闹翻了。"

拱北："怎么闹翻的？"

阿达："记得那是秋末的一天，团部来了个体面的客人；偏巧宋团长兄弟夜里喝高了，起不了身，吕团副便去接待。客人以为这是宋团长安排的，便一五一十详谈鸦片交易。不料，吕团副细细听完，突然拔出手枪，对准客人心口，咬牙切齿骂道：'烂了心的败类，立马给我滚出去！滚！滚！'——这下糟糕了！宋团长知道后，就像冷水倒进滚油，大迸大爆大炸！他恶狠狠地冲进吕团副办公室……"

18．团副办公室（日）

宋团长破门而入，对凭窗外望的吕团副怒叱道："反了你，竟敢用枪逼走我的客人！"

吕团副转过身直面宋团长，愤而反击道："为什么不敢？！这里是陆战队独立团团部，不是鸦片窝点！政府明令禁烟已经好几个月了，你的所谓客人，公然闯入军中进行不法勾当，真是猖狂透顶！我用枪逼走他，也算顾及宋团长，否则大可当即扭送相关部门！"

宋团长哈哈大笑："扭送相关部门？！扭送到天皇老子那里又怎样？！告诉你，现在是乱世，乱世不分黑白，只认权势！你有什么背景、什么能耐可以跟我作对？！知道吗？独立团的今天，完全是我在乱世中苦心经营，谋求发展的结果；我是功臣，不容任何人挡道！"

吕团副："宋团长，你藐视国法，经营鸦片，把独立团引上斜路，还以功臣自居，实在是枉为军人！只要我在独立团一天，我就要挡你一天的歪道！"

宋团长："我叫你一天也挡不成！"当即掏枪。

一只手突然压住宋团长的枪。

镜头拉开，是宋联络官在阻止宋团长动武："别别别，别伤了和气，别伤了和气！这要传开的话，有损长官威严哪！明日，你俩不是还得一同察看二营三连打靶吗？让官兵们乱猜乱想就不好啦！"便推宋团长离开："走走走，走走走，岔岔两句就算了，就算了！"

阿达回忆止。

19．荒谷（日）

阿达："原以为两个大男人恶言暴语吵上一架也就完了，不承想到底出了事！纪团副，阿达后来经常做噩梦啊！……"

第二十四集　兴利除弊　经历"营啸"

拱北："阿达，你都说出来吧，说出来噩梦便不纠缠了！"

阿达："第二天，打靶结束后，宋团长、吕团副、宋联络官带着麻三和几名士兵回团部去。走到这荒谷口上的时候，传令兵突然送来一份公文……"

20. 荒谷谷口（日）

宋团长扫了公文一眼，便怒指吕团副："你暗通广州乱党，现在被捕了！"

吕团副愤然揭露道："你鸦片祸国，反咬……"话音未落，宋团长迅雷不及掩耳地对吕团副开了一枪。

吕团副仰面朝天应声倒下。

阿达奋不顾身扑到吕团副跟前："吕团副啊！……"

宋团长举枪对准阿达："浑蛋，敢同情乱党，我毙了你！"

宋联络官说情："算了，他懂什么？！去年你被毒蛇咬伤，还是他用草药救活的！"

阿达爬到宋团长脚下："宋团长，吕团副眼睛是睁着的，救救他吧！"

宋团长飞起一脚，阿达当即晕倒。

阿达回忆止。

21. 荒谷（日）

阿达："后来，我央求麻三告诉我吕团副埋尸的地方。麻三虽是宋团长的人，得了些好处，但良心不坏；他悄悄带我来这里，说宋团长不许给吕团副起坟立碑，所以什么记号也没留下。"

拱北："那，这截铁棍是你插上的？"

阿达："阿达不忍心吕团副变成孤魂野鬼，就找了这么根铁棍，趁一个雾天偷偷来这里插上，往后逢年过节也好悄悄祭祀啊。我寻思，吕团副姓吕名铁，这根铁棍应了他的名字，就算墓碑吧。"

拱北一震："啊？！他叫吕铁？！你没记错吧？"

阿达："怎么会错呢？！我跟着他也不止一天两天了嘛。再者说，阿达引团副来，就是要告诉团副，吕团副死得太冤了，希望有朝一日能为他申冤，让他瞑目！你想，这样一位长官的名字，阿达能不记得真真的吗？！"

拱北："那你知道吕团副是从哪里来的？"

阿达："这可不敢问！——长官的来历，哪能随便打听呢？不过，我觉得他好像在北方待过很久似的。"

拱北："这怎么讲？"

阿达："有一天，我随吕团副去西村走走，看见几个村童骑着竹马玩，吕团副忽然感慨说：'福建马少，我在保定军校经常骑马，痛快得很；后来去了烟台海校，总想教学生马术，可惜不能如愿！'——保定和烟台，那可是北方地界呀！"

拱北眼里隐隐现出泪光。

闪回（参见第十四集《师生情义　反袁风波》第5节）：

远处，一匹飞马卷雪而来。

马上是一个年轻的陆军中尉。

拱、雨、峻从庙门里冲出。

中尉目不斜视，从拱、雨、峻身边疾驰而过。

拱、雨、峻惊羡不已："哇！"

闪回（参见第十四集《师生情义　反袁风波》第17节）：

大雪。

吕教官正在对学生训话："……爱国理应是军人至高无上的信念和准则。民国以来，风云多变，外有日本豺狼趁欧战侵略山东，进而逼签'二十一条'，内有野心之辈窃取辛亥革命果实，欲收江山于私囊中。我等军人唯有抱定爱国宗旨，方能把握自己，处变不惊，俯仰天地，无愧于心！吕铁誓将高举战刀，直指外敌内奸，不惜一腔碧血，只为爱我中华！"

闪回（参见第十四集《师生情义　反袁风波》第47节）：

夜。

警官转向学生队列："……人犯吕铁大逆不道，在烟台山下大街小巷、港口码头，连连张贴标语，辱骂洪宪皇帝和中华帝国，猖狂之极！……"

吕教官举起手铐大叫："再见了，学生们，你们要记住啊，军人的天职是服从，高于服从的是爱国！爱国！爱国啊！……"

闪回止。

拱北站起来，脱下军帽，对着铁棍深深一鞠躬，洒泪道："吕铁教官啊，自从你因反对袁贼称帝而被捕后，整整十年音讯全无，万料不到今天我们师生会在这荒谷里相见。拱北既不了解你是否是广州国民政府方面的志士，也不知晓你属于国民党抑或共产党；但无论你是有组织的健儿，还是单枪匹马的赤子，你洒尽热血来滋养贫弱的祖国，不愧为忠诚的爱国者，即使无坟无碑，你坚贞的灵魂依然不朽不灭，与天地同在啊！"

第二十四集　兴利除弊　经历"营啸"

阿达采来一捧野花，铺在铁棍周围。

拱北和阿达深深鞠躬。

谷风吹过，野花簇拥着铁棍摇曳生姿。

22．团副办公室（日）

拱北合上卷宗。

卷宗封面特写：《陆战队战术基础训练计划》。

阿达送上茶水。

拱北喝了两口茶，见阿达仍不退下："嗯？还有事吗？"

阿达："纪团副，之前在荒谷里，阿达有句话顾不上说……"

拱北："那你现在说吧！"

阿达："纪团副，阿达很为你担忧！"

拱北："担忧什么？"

阿达："吕团副反对鸦片，遭到宋团长暗算，丢了性命。纪团副，你千万不要大意啊！"

拱北安慰道："放心吧，我会警惕！"

23．团长办公室（日）

宋联络官迎拱北入室："纪团副，请先坐片刻，团长临时有点事，稍后就到。"便斟茶："请喝茶！"

拱北坐下："你也坐吧！"

宋联络官："是。"随即入座，谦卑地恭维道："纪团副奉膺新职不久，便以励精图治赢得敬畏。目前，团里正在执行团副制订的《陆战队战术基础训练计划》，上行下效，无人敢懈怠。说来有趣，如今，士卒之间有句吓唬人的话——'小心，纪团副来啦！'可见团副治军有方，属下真是万分钦佩！"

拱北："太夸张了，我不过恪守本职而已！"

宋联络官："纪团副不必过谦！实际上，宋团长正准备呈报旅部嘉奖团副；他本人则已先行略备薄礼，聊表勖勉之意……"

拱北："万万不可，请转告宋团长，拱北无功，不敢受禄！"

宋联络官转身从宋团长桌上捧过一个精美的盒子，置于拱北面前："团长料定纪团副必不肯受礼，就让太太亲自选购了几件首饰，烦请转给纪太太。"说着便要打开首饰盒:"团副不妨过过目!"

拱北立马挡住了宋联络官的手,愈加严肃地拒绝道:"内人在家,于陆战队绝无功劳可言,恕不敢当!"

宋联络官:"如此,恭敬不如从命,属下就不好再勉强了!"他给拱北添了茶:"然而,属下还有一个不情之请,也是团长的意思⋯⋯"

拱北:"你直说吧!"

宋联络官:"团长在替他岳家做一笔烟土生意,因为太忙,想请团副接个手⋯⋯"

拱北拉下脸来:"这不可能!"

宋联络官:"纪团副,请听我说完!我们团长能有今日,多亏了他岳家之力。人非草木,孰能无情?此事若办不好,恐将失去老泰山之心;还求团副务必为团长着想,帮一回忙吧,这也是人情啊!"

拱北:"你错了!谁无人情?因人情而祸国害民,此情可无不可有!为宋团长着想,就该劝他远离鸦片罪恶,不要为得泰山一人之心,而失连江万千父老之心!"

宋联络官:"多事之秋,穷国穷乡,谁个不图自家富,几人顾得父老心呢?"

拱北愤而起身:"纵然不顾父老心,也应三思国法和军纪!宋团长若是为了鸦片召我来,恕不奉陪!"便要离去。

宋团长画外音:"站住!"

宋团长怒气冲冲出现在办公室门口。

拱北与宋团长对视片刻。

宋团长进屋斥责拱北道:"纪团副,你自命清高,攻击长官,一派胡言,荒谬之极!你开口国法,闭口军纪,仿佛正人君子;其实,这是因为你投胎于世家,不解人间穷愁之故!而我,生于蓬门荜户,深知贫困何等悲哀,金钱何等重要!告诉你,世上无人不贪财,撑死胆大者,饿死胆小者;国法军纪好比神鬼,只能吓唬没种的,也不看看我是谁!"

拱北:"宋团长,君子爱财,取之有道;而你追求财富,不惜害国害民,还振振有词,足令海军蒙羞!"

宋团长:"你以为只有我才令海军蒙羞吗?!老实讲,舰队也不比我清白多少!他们明里是奉命截拿鸦片走私船,暗里却早已成了同伙,'楚谦'和'楚安'等舰就是这么干的。从波斯开来的烟船一到吴淞口鸭窝沙,他们就以'截拿'为名,把鸦片搬上军舰,避过海关检查,安抵高昌庙海军码头或别的地点,等候夜间起货。知道吗?一次运烟土的酬劳就是这个数——"他伸出三个手指,"3000元哪!相当于全舰官兵

第二十四集　兴利除弊　经历"营啸"

一个月的薪饷，多么痛快啊！这可不是我凭空捏造的，不信你问宋联络官，他最清楚了！"

宋联络官："团长所言属实。孙传芳设有办事处，负责联络海军偷运烟土。我经常和他们打交道，所以了如指掌。纪团副啊，你太正了，而世道却是歪的！'水至清则无鱼，人至察则无徒'，你孤家寡人难有作为，跟宋团长一起干吧！"

拱北大怒："住口！真想不到林则徐禁烟都过去八十多年了，还有你们这样的败类在心安理得地蛀食国家，而且恬不知耻，公然怂恿我同流合污！"

宋团长反唇相讥："纪团副，你以为你没有同流合污吗？其实大不然！你和我们吃着一个锅里的饭，想超脱也超脱不了！"他指了指枪架："看见吗？这种步枪，就是陆战队旅长从烟苗项下拨出 30 万元，由德国进口的！你能不用吗？啊？！你同样令海军蒙羞，却无半点自知之明，还站在道义制高点上，一身正气！你好糊涂、好可笑啊！"

宋联络官："纪团副，团长生性直率，快人快语，你别见怪啊！下决心跟团长联手吧，这的确于你，于我们，于陆战队都有利啊！"

拱北："于国家呢？！你回答我！"

宋联络官："这……"

拱北："你必须回答！"

宋联络官："这……这……我们也是……也是饥不择食嘛！"

拱北："饥不择食就该啃咬自己的国家——自己的母亲吗？！好好想想鸦片战争以来中国的深重灾难，好好想想中国海军两次覆灭的奇耻大辱，痛改前非，做个爱国军人吧；否则，后悔莫及！"

宋团长："看来，纪团副是铁定不肯助我一臂之力了！如此桀骜不驯，那就等着'敬酒不吃吃罚酒'吧！"

拱北一字一句掷地有声："很遗憾，纪拱北从不吃酒，敬酒罚酒都不吃！"

宋团长气得失控，突然拔出枪来；说时迟那时快，拱北的双枪已经对准了宋团长。

宋联络官惊得失了声，想喊也喊不出来。

拱北与宋团长彼此举枪对峙着，阿达突然破门而入。

阿达冲到宋团长和拱北之间，张开双臂隔开二人："别！别！别伤了和气！要打就打死阿达吧！"

拱北厉声呵斥："阿达走开，这不关你的事！"

阿达却继续喊："不能打呀，不能打呀！……"

宋团长怒吼："你再挡着，我先打死你！"

阿达依然疾呼："不能伤了和气啊！不能……"

宋团长："你滚不滚？！"一面准备扣动扳机。

拱北突然从背后猛击阿达一下，阿达立刻晕倒。

正在此时突然响起麻三画外音："不好了，团长！……"

宋团长一愣。

麻三扑到宋团长脚下："团长，不好了，亲家老爷归天啦！"

24．荒谷（日）

画外音：当天下午，拱北在吕铁教官的埋骨处坐了很久很久；他头痛欲裂，胸闷欲炸。阿达追来的时候看见，夏日火红的夕阳，正以逼人的光焰，炙烤着纪团副，而纪团副却一动不动，仿佛一尊铜像。

画外音中出现以下画面：

夕阳在荒谷上空烈焰四射。

拱北双手托着脸，苦闷地蜷坐在吕铁埋骨处。

镜头缓缓摇过荒谷：风不起，鸟不鸣，花不动，草不摆，压抑之极。

特写：在夕阳炙烤下，拱北古铜色的脸上布满焦虑和愤怒所逼出的油和汗。

画外音止。

拱北终于站起，抬眼仰望那窄窄的谷中天。（俯摄）

拱北突然呐喊："腐朽的北洋政府，你快快垮台吧！"

山谷回荡起拱北的呐喊："垮台吧！垮台吧！"

25．独立团会议室（日）

各级官佐端坐聆听指示。

拱北："宋团长循人伦大义为岳父举丧，暂不视事军中。身为团副，拱北责无旁贷，理当加紧整顿工作，故此宣布两项新措施：一、迅速筹办士兵轮训班。轮训班由团副并正、副营长兼任教官；每期开学必须首先讲述中国海军战争史，直面两次亡军之羞。先贤曰：'知耻而后勇。'不知耻，不足以悲民族、爱国家、正风纪、敢牺牲，此乃轮训之宗旨，不可不明。二、立即实行出操口号。每日清晨出操前必先三呼'牢记国耻，复兴海军！'以振士气。各位官佐，上述措施及其要义，务必层层贯彻直至士兵，不得有误！"

众官佐起立："是！"

第二十四集 兴利除弊 经历 "营啸"

拱北示意众人归座，遂诚恳剖白："拱北生于马尾大榕乡，与连江咫尺之隔。连江乃福州重要门户和海防前哨，明代抗倭、清代抗法均在此处留下历史痕迹，激励过拱北最初的少年情怀。如今，拱北作为青年军官，奉命来连江整顿陆战队独立团，以期提升战力，防患外侮。抚今追昔，备感责任重大，愿袍泽与共，振兴海军！"言毕敬礼。

众官佐回礼。

拱北："散会！欧阳营长、车营长、郭营长留下！"

26．独立团会议室外（日）

官佐们离去，一面三三两两议论着。

一营副语二营副："纪团副训话虽简短，但大义大爱，磊磊落落，看来这是个热血男儿。二营副，你以为呢？"

二营副："我觉得纪团副不仅热血，而且有勇有谋。这不？就在昨天，他还石破天惊拔双枪与宋团长对峙，令人咋舌，而今日却一副'大事化了'的样子，从容布置团务，不露半点余怒。他还趁宋氏兄弟不在，快马快刀，由强化士兵爱国精神做起，推行自己的整顿理念；办轮训班是一招，三呼口号又是一招，两招内在紧密相连，可谓高招啊！"

一营副："而且，如此雷厉风行，即便宋团长回来，面对既成事实，想公开否定怕也拿不出正当理由，只好哑巴吃黄连啦！"

二营副："但是，有一点我还捉摸不透……"

一营副："哪一点？"

二营副："我奇怪，纪团副的训示中竟没有触及鸦片！莫非胆子还不够大，抑或另有玄机？！"

27．独立团会议室（日）

拱北和欧阳等三位营长开小会。

拱北："经查证，二营一连三班柳以成、吴正，三营二连一班史勤、左贵，沉湎赌博，不顾家小。姑念其接受车营长、郭营长训谕后，皆深表痛悔，故决定暂不重责；除没收赌具，自本月起即行扣除柳以成等四人部分饷银，作为赡养费，由公家派发到户，以观后效。顺便问一句，你等三人有这方面的嗜好否？欧阳营长，你的一营风纪较好。上行下效，看来你能自律。"

欧阳营长："欧阳不敢有忘军校教育，至今未染烟酒赌博。"

拱北："很好。车营长、郭营长，你们呢？"

车营长起立："属下惭愧，无聊时也赌一把！但上有老母，幸未成癖。"

郭营长起立："属下惶恐！赌博虽偶一为之，但好酒，醉过多次。"

拱北也起立："实话实说，不失品格，我敬重你们！现任的第二舰队司令陈绍宽是我在'通济'舰见习时的老师，两年间日日感受他严于律己，近乎苦行，我虽不能望其项背，但决心终生以此楷模引领自己。今后，我将和你们一起，带兵爱兵，言传身教，做个像样的指挥官。"

三位营长敬佩，异口同声："属下定当努力！"

28．团副住处外（夜）

灯光从窗户射出。

欧阳营长的身影走近。

29．团副住处（夜）

阿达给欧阳上茶。

拱北："阿达，待会儿切点西瓜来！"

阿达："是！"便退下。

欧阳营长："纪团副，欧阳见你第一面，就觉得可信。今天有个疑问，不便当众唐突，却又如鲠在喉，只好登门一吐为快了。"

拱北："多谢信任，就请直言不讳！"

欧阳营长："自从上次在南坡罂粟地与你交谈之后，属下便将宋团长经营鸦片的罪证整成可靠的材料，指望有朝一日能够为你所用。然而，你的两项整顿新措施，均不涉及鸦片，训话中也未提过半句。莫非纪团副退缩了？"

拱北："我料定你必因此心生疑惑，本拟日内与你倾谈，你却先来了。欧阳啊，我没有退缩，也决不退缩！退缩等于出卖你，也等于出卖我自己，更有何面目缅怀林则徐？！"

欧阳营长重重点头。

拱北："欧阳，你是个很正直的军人，值得信赖，所以我把我的考虑如实告诉你——只告诉你一人！你要绝对保密，不准泄露半个字！"

欧阳营长："属下定当不负信任，守口如瓶！"

第二十四集　兴利除弊　经历"营啸"

拱北："好，那我就给你交个底吧！独立团几乎所有整顿事宜均可公开进行，唯独取缔鸦片只能暗中操作，至少现阶段必须如此！道理很简单，尽管你我都不同程度地握有宋团长的鸦片罪证，但无权擅自处理，而应据实禀报，由上峰定夺，任何轻举妄动都只会授人以柄，节外生枝；更何况，宋团长自恃有孙传芳做靠山，专横跋扈，他的水究竟多深，我也还不清楚。明白吗？"

欧阳营长："明白了，纪团副，兹事体大，的确不可以过于操切！"他叹了一口气："说句肺腑之言，身为军人，属下屈从宋团长，替他的鸦片保驾护航也不止一次了；本想一走了之的，可我出自军校，割舍不下军职，只得一忍再忍，愧疚不已，纠结不已；后来，便暗中收集他的罪证，指望有朝一日能够除害啊！"

拱北动容："欧阳，不必愧疚！你磊落、勇敢，逆境中能够这样做，已经很了不起了！相比之下，我虽也位卑权小，但毕竟是上峰指派来的，风险远不及你；设身处地，恐怕不会比你做得更好啊！"

欧阳营长："团副过奖了，欧阳不敢当！"说着呈上一个包："这里面是我整好的材料，请收下，看看有没有用。"便要起身："属下该走了。"

拱北一把拉住："等一等，吃过西瓜再走！"

30．独立团外（日）

东方微明中岗哨肃立。

画外传出起床号。

31．独立团一营（日）

起床号声中各班紧张起床，

各班、排、连集合，

各连跑步前往营部。

拱北并欧阳营长看着各连入场，

各连整齐地排列成阵。

欧阳营长向拱北敬礼，

拱北回礼，

欧阳营长转向部属，众人默契地高呼："牢记国耻，复兴海军！"一连三遍。

32. 独立团二营（日）

车营长率部高呼口号："牢记国耻，复兴海军！"

33. 独立团三营（日）

郭营长率部高呼口号："牢记国耻，复兴海军！"

34. 独立团战术训练场（日）

背景：独立团士兵分组进行武装越野、仰卧起坐、俯卧撑、散打等各项战术训练。

背景前，有一组士兵平举步枪，枪上坠着砖块进行暴晒训练。

拱北冷酷地注视着士兵饱受烈日煎熬。

郭营长过来向拱北敬礼："纪团副，今天暴晒两小时了，还没有人晕倒。"

拱北："有进步！一周前，一营二连三排一班牛大群、二营一连二排二班娄高，还有你们营三连三排三班武庆生都晒倒过的。"

郭营长："纪团副记性真好，谁谁谁属于哪营哪连哪排哪班都记得准准的。"

拱北："下星期一士兵轮训班开课，你的讲稿我看过了，很满意！"

郭营长："谢团副鼓励，属下当更加努力！"

阿达跑来："报告纪团副，有人找你！"

35. 团部会客厅（日）

拱北兴冲冲进来："'心有灵犀一点通'啊，我正盼着你能来，你就来了！"

石峻："不知怎的老惦着你，今天说什么也得走这一趟了！"

拱北笑："当年马尾码头上耍棍的小侠，什么时候变得跟雨轩似的，会惦记人了？！"

石峻捶了拱北一拳："咄！"

拱北："你先喝口茶，完后我领你去一个地方，好些事一路走着说。"

石峻："早就喝过茶了，走吧！"

36. 荒谷（日）

石峻、拱北肃立于吕铁埋骨处。

石峻："吕铁教官，学生石峻来拜望你了！当年，你因反对袁贼窃国而被捕；去

第二十四集　兴利除弊　经历"营啸"

岁，更为直系爪牙所戕害。但是，你忠贞、刚烈的军人之魂却依然在指引着我们。你是我们永生的骄傲，永生的怀念啊！"

拱北："吕教官，你用碧血光大了爱国军人的本色，但却无痕无迹地埋没在荒谷中，令学生情何以堪？！请相信，假以时日，我等必将为你立碑，传扬你的精神，绝不让你白死！"

石峻："吕教官，你放心吧！"

二人一齐敬礼。

热风吹过，草叶微微摆动。

石峻："拱北，你的对手心狠手辣，否则我们的吕教官又岂会猝然遇害？！所以，我还得'雨轩'一次，提醒你万不可自恃机敏而大意啊！"

拱北："你说得很对，但也不必太担心！"遂拉石峻一同坐下："宋团长固然狠毒，可我毕竟是派来进行整顿的，他要像除吕教官那样除掉我，至少目前还得掂量掂量。你说是吧？"

石峻："倒也是。"

拱北："其实，宋团长现在多少有些收敛了。我发现，他岳父家的罂粟地已然收割完毕，而并未动用过独立团的兵力，这正是为了避开整顿的风头嘛。"

石峻："跋扈之人竟也审时度势，能屈能伸，实不可小觑啊！时机一到，那是会加倍嚣张的！"

拱北："所虑极是。我已备就一份报告，弹劾宋某，其中附有欧阳营长收集整理的相关材料，翔实可信，十分有力。安全起见，今天你要帮我带走，安排呈送。"

石峻："呈送谁？"

拱北："陆战队名义上归练习舰队司令节制，必须首呈。但我是由舰队派驻独立团的，以此为由，另备一份给我们陈绍宽司令也不为过，而这恰是我最期待的。毕竟他极其严明，与我又有师生之谊，如此一来便不容易走过场了。"

石峻："大有道理！但还有一件事必须防患于未然……"

拱北："什么？"

石峻："国民革命军已经开始北伐，直系吴佩孚首当其冲，如若下一个是孙传芳，那可就在我们身边了！这种形势下，你要小心宋某栽什么罪名给你，把你当作第二个吕教官，你们士兵轮训班也许就是他要找的突破口呢。"

拱北："咱俩想到一处去了。你放心，除了技术课，修身方面只讲海军历史和亡军之痛，重点在甲午战争。教官讲稿，事先均由我审阅，免生纰漏。欧阳营长最为激进，我已私下告诫过了，他会谨言慎行的。"

石峻："不知何时北伐才能成功啊！"

拱北："怀抱希望等待吧！辛亥革命，海军是在最关键的时刻，才迈出举足轻重的一步，倒向革命的，但愿这次能够速速与北洋军阀决裂，早早易帜啊！"

石峻："果然到了这一天，拱北，你最想做的第一件是什么？"

拱北不假思索："是告慰吕教官，你呢？"

石峻："还用问吗？届时，你、我、雨轩，咱们三个一起来告慰他的在天之灵！"

他俩无语，仰天久久沉浸在期望中。

镜头拉远。

37．独立团会议室外（日）

欧阳、车、郭三营长朝会议室走去。

车营长："宋团长一回团就召见我们，真是太阳打西边出了！"

郭营长："稀罕过头，反叫人忐忑起来。宋团长与纪团副不睦，甚至拔枪相向，可别把咱夹在当间啊！——说话得小心点！欧阳兄，你看呢？"

欧阳营长："我不靠人赏饭吃，谁有理服谁，想夹我可没那么容易！"

车营长："我寻思不一定会夹我们。八成是纪团副太能干了，宋团长怕被架空，所以笼络我们一下，如此而已。"

38．独立团会议室（日）

宋团长："听你等所言，半个月来，我团果有新气象。日后，只要继续做出成绩，我必上报旅部，传令嘉奖！"

欧阳等三营长起立："多谢团长栽培！"

宋团长："今晚，我备酒菜犒劳诸位，包括纪团副。"

欧阳等三营长："多谢抬爱！"

39．独立团小餐厅（夜）

宋团长兄弟并拱北及三位营长围坐一桌。

宋联络官为众人满上酒，回到座上。

宋团长："半个月来，各位都很辛苦，今天特地犒劳一下。"便起立："我先干为敬！"便一饮而尽："大家干杯吧！"

第二十四集 兴利除弊 经历"营啸"

众人起身干杯后复坐。

宋联络官陪笑道:"纪团副,恕属下冒犯,团副喝的是茶不是酒!"

拱北:"宋团长,对不住!各位,对不住!恕拱北只能以茶代酒!"

郭营长:"团副是酒精过敏吗?"

拱北:"不是的,是少年知己的彼此约定,郑重承诺。"

车营长:"少时的承诺还未改变吗?"

拱北:"至今未改,将来也不会改!"

欧阳营长巧妙解围:"一诺千金,难得啊!如此,属下便不敢劝酒了。"

车营长、郭营长:"是啊是啊!"

宋团长:"那各位就都随意吧!大家吃好,喝好,带好兵,精诚团结,应对局势。当前,广州的什么国民革命军正在攻打吴佩孚,如若得势,下一个难免不是我们的靠山孙传芳啊!届时,我等定要忠勇效命,挽狂澜于既倒。纪团副,你以为呢?"

拱北:"拱北心心念念只在复兴海军,报雪甲午之耻,对国家政治则向来既无兴趣更无头脑;至于内战,自有总司令、舰队司令、海军元老萨镇冰、后起之秀陈绍宽担当,我位卑权小只尽服从的天职便可。"

欧阳营长内心独白:"纪团副绝口不提国民革命军北伐,应对得体,滴水不漏,宋团长想用'鸿门宴'轻易除掉他,谈何容易,哈哈!"

40. 独立团会议室(日)

宋团长示意全体官佐坐下:"各位官佐:7月初,国共两党联手,由两广出师北上,攻伐我北京政府及各路军事领袖。吴佩孚大帅拥兵30万,控制湖南、湖北、河南、河北、陕西等省并京汉铁路,居然不能抵挡。8月底经湖北汀泗桥、贺胜桥两役,吴军主力被歼;9月中旬武汉三镇全部失守,吴佩孚只得率残部败逃。自此,孙传芳大帅成了主攻目标,现在战火已烧到了他的江西地盘上,后面可能就是我们福建了。'疾风知劲草'。我等一手拿北京政府饷银,一手受孙大帅资助,关键时刻万不可动摇;任何悖逆之心、反叛之举,都将军法从事,决不宽贷!"

众官佐起立:"是!"

41. 团长办公室(日)

宋联络官入内:"哥,找我办事?"

宋团长:"把门关上!"

宋联络官关上门，趋前坐下。

宋团长："九江、南昌接连失陷，孙大帅遭到重创，你都知道了吧？"

宋联络官："知道了。不承想，他也败得如此之快，国民革命军9月中旬才挥师江西的，现在是11月上旬，这还不及两个月呢。"

宋团长："所以，我要做些安排……"

宋联络官："什么安排？"

宋团长："我在福州给你定下一门亲事……"

宋联络官："啊？！"

宋团长："紧张什么？不就是续个弦吗？那姑娘比你的原配俊得多，家境也殷实，是我外室牵的线，放心好了。明天就辞职，名正言顺去完婚。"

宋联络官："何必如此仓促？！"

宋团长："糊涂！平时那么聪明有主意，今日倒成了猪脑子。——战事进展这么快，你走晚了，就是'临阵脱逃'，死罪！听我的，赶紧去福州安家，看好我们的财产！从小没爹没妈，穷怕了，好不容易置下产业，万不可在兵荒马乱中有什么闪失啊！"

宋联络官："还是哥想得周全！"

宋团长："那就快去准备吧！"

宋联络官迟疑着。

宋团长："嗯？！怎么啦？"

宋联络官："从小跟哥相依为命，这次哥一个人留下，小弟有点忐忑……"

宋团长哈哈大笑："哥是什么人？！你少来婆婆妈妈的！"

宋联络官："哥，形势比人强啊！往后，你少在部属面前放那些仇恨北伐的狠话吧！有朝一日，万一海军上层仿照辛亥革命的前事，关键时刻突然反水，你可怎么办？！总得给自己留点转圜的余地嘛。纪团副这家伙才算真厉害，他硬是不动声色；你吃不透他，他却把你看了个底朝天啊！"

42. 团长办公室外（日）

宋联络官走出几步又转身走回来，恋恋不舍地站在团长办公室外，向里望去。

43. 团长办公室（日）

宋团长背着手望着窗外一动不动。

第二十四集　兴利除弊　经历"营啸"

44．团长办公室外（日）

宋联络官在门边喊了一声："哥！"

45．团长办公室（日）

宋团长的头微微震了一下，片刻，他并不转身，只举手摆了两下。

46．团长办公室外（日）

宋联络官悲从中来，迸出了眼泪。

47．独立团外（夜）

星光点点。

大门口岗哨肃立在幽暗中。

48．团副住处（夜）

拱北躺在床上不能成眠。

拱北内心独白："为打倒军阀，统一中国，完成孙中山先生的未竟之业，国共两党联手北伐。从9月7日国民革命军在广州誓师起，战争已进行了四个多月。继吴佩孚一蹶不振之后，孙传芳也日薄西山，气息奄奄了。目前，孙军不但在江西败局已定，而且在福建也同样无力回天；漳州、泉州已被攻下，看来福州很快就要易手啦！北伐形势一派光明，但不知海军决策层做何打算？为什么不趁早跟代表军阀的北京政府决裂？时机还不够成熟吗？快快倒向北伐军，为国家、为民族驱除黑暗吧！"

49．团副住处外（夜）

星空下，树丛朦胧。

50．团副住处（夜）

拱北从床上坐起。

拱北内心独白："北伐影响和制约着一切，上峰是否还能关注独立团，是否有空研究我的整顿报告，是否打算处置宋团长，均不得而知。一旦国民革命军攻打连江，宋必定负隅顽抗并借机铲除我，届时我将如何应付？倘若海军当局依旧支持北洋军阀，则我危险倍增！其实，我与宋团长并无个人恩怨，但我们却形同水火：他胡作非为，我兴利除弊；他死心塌地攀附军阀，我思想深处反对割据；他全然不记海军之痛，我一定要雪家国之恨。因此，我们无法调和，也因此我才绝不能死在他手里！……"

户外忽然传来一片古怪而沉闷的呼啸。

拱北一震。

拱北内心独白："北伐军突袭？！宋团长下手？！士兵哗变？！"

拱北迅速从枕下掏出手枪，翻身下床。

阿达紧张地来到跟前："纪团副！……"

拱北当即示意噤声。

阿达连忙闭口。

拱北持双枪弓身猫到门边，轻轻拨起门闩，趴在地上。

阿达屏息照做。

拱北从下面开启大门，四脚蛇似的，贴着地敏捷地爬了出去。

阿达紧跟。

51．一营营区（夜）

远景：星空下的营区。

镜头渐渐推近。仿佛被某种神秘力量所左右，营房里传出持续的、模糊而沉闷的呼啸，十分瘆人。

营房不远处站着一名老哨兵。

老哨兵极度敬畏，口中念念有词："神明保佑！神明保佑！神明保佑啊！……"

拱北画外音："哨兵！"

老哨兵本能地拉动枪栓："谁？！"

阿达疾步趋前："是纪团副！"

老哨兵松了一口气，向拱北敬礼。

拱北："怎么回事？"

老哨兵嗫嚅："我……我……我怕说错……"

拱北："不用怕，说错了我承担！"

老哨兵望了望仍在发出怪声的营房，怀着极大的敬畏，压低嗓门，颤颤地说："纪团副，这是'营啸'啊！大海有海啸，军营有'营啸'。'营啸'大不吉祥，预示着全军覆没或遭遣散！陆军最忌讳'营啸'，我们是半个陆军啊！"

第二十四集　兴利除弊　经历"营啸"

拱北举枪对天，准备示警，却又停住。

拱北内心独白："不行，鸣枪只能引起混乱！"

拱北收起枪。

老哨兵："对对对，不鸣枪，不鸣枪，鸣枪会惊扰神明！……你听，现在没声了……过去了……过去了……"

霎时间，一片萧森。

欧阳营长率几名官兵赶来。

欧阳营长向拱北敬礼："属下已分派人员查看过营地，并未发现异常！这样的事，我还是第一次经历，而且发生在本营，所以起初有点蒙……"

拱北："不，你行动迅速，处置得当，很沉着，很有效，足为表率！"

欧阳营长："团副谬奖了！"

拱北乃嘱咐众人："这就是所谓的'营啸'吧？其实，它是梦魇引发的一种集体的下意识行为，我算长见识了。你们没有乱开枪，而是服从欧阳营长指挥，冷静应对，做得非常好！现在，都回去吧！记住，要相信科学，不许危言耸听，扰乱军心！"

众人："是！"遂敬礼离去。

欧阳营长内心独白："宋团长居然装聋作哑，不临现场，看来，不是畏惧神鬼，便是害怕北伐军！如此色厉内荏，真真可鄙；反观纪团副，实不能同日而语啊！"

欧阳营长不禁止步，转身向在身后望着众人离去的拱北再次敬礼。

众人也心有灵犀转身再次向拱北敬礼。

52．团长办公室外（日）

画外音：万万想不到，"营啸"次日，海军特派员居然驾临独立团。

画外音中，一队荷枪实弹的水兵包围了团长办公室。

53．独立团会议室（日）

众官佐肃立。

特派员宣布："独立团团长宋士良经营鸦片，滥杀无辜，昧厌天职，秽德日彰。饬令夺官拘捕，以儆效尤。此令。"

54．独立团大门外（日）

一队水兵押着宋团长离去。

55．独立团大门内（日）

官佐们议论纷纷："一夜之间天翻地覆，做梦也想不到啊！""什么叫'迅雷不及掩耳'？——这就是了！""宋团长有今日之祸也是注定的！""可不？人在做，天在看嘛！""任命纪团副为代理团长，欧阳营长为团副，合情合理！""人心所向，我们服！"

拱北和欧阳默默对视一眼。

拱北内心独白："多亏石峻把我们的弹劾材料上报成功，今天总算是见到了一丝光明啊！"

56．团副住处（夜）

拱北熟睡。

拱北脸上叠出：吕铁教官在朦胧中向他挥手。

拱北随即醒来，定了定神，披衣而起。

57．团副住处外（夜）

星光灿烂！

拱北仰望星空喃喃自语："吕教官啊！"

58．荒谷（日）

吕铁教官的埋骨处竖起一座朴素的纪念碑，碑前无墓。

碑的正面刻着六个字：吕铁教官永生。

拱北献上野花。

拱北："吕教官，你的纪念碑刚落成，学生纪拱北却要调往'江元'舰了。拱北虽不能时时守在你的身旁，但会时时守着你的精神，永不放弃！"

镜头久久聚焦纪念碑背面的两行铭刻："军人的天职是服从，高于服从的是爱国。"

第二十五集　三场激战　中秋盛宴

1. 琯头码头（日）

字幕：连江琯头

欧阳和拱北分别穿着陆战队上校冬装和舰队中尉冬装，在码头前沿话别。阿达随侍一旁。

欧阳："拱北兄，此地一别不知几时方能再见？"

拱北："欧阳兄何出此言？我上'江元'舰驻闽服役，你调混成旅任职团长，同在一省，聚首不难嘛！"

欧阳："欧阳有一肺腑之言……"

拱北："请讲！"

欧阳："欧阳何德何能，竟在短时间内，出乎意料，连升两级，深心怎不感激拱北兄的无私提携呢？君子之交兼袍泽之情，唯有军礼可以表达。"便举手致敬。

拱北连忙却之："万万不可，拱北愧不敢当！事实上，拱北位卑权小，并无资格提携他人，只是出于责任和道德，不敢无视部属之功而已。当下，国民革命军风头正劲，东路军已深入福建，不论我海军当局在顽抗与倒戈间做何选择，均须加强陆战队。值此用人之际，上峰慧眼识才，赏识你，提携你，固然是为将之道，但真正提携你的还是你自己所具备的条件嘛！"

欧阳感佩交织："拱北兄，与你同袍，欧阳三生有幸啊！"

拱北："和你相识相知，又何尝不是拱北之幸呢！"

欧阳："但愿有朝一日能够与你并肩战斗，迎接光明，复兴海军！"

拱北："这正是拱北的期望啊！"

阿达望着拱北依依不舍。

拱北走到阿达跟前："阿达，常去看看吕教官的纪念碑吧！"

阿达哽咽道："阿达会的！荒谷里一年四季都有花……"便抹泪。

拱北亲切地按了按阿达的头以示安慰，即转向欧阳："欧阳兄，我走了！"

欧阳急止之："等一等，欧阳还有一个不情之请！"

拱北："但说无妨！"

欧阳："拱北兄今年26，欧阳小一岁，如不嫌弃，待福州易帜后，让我称你为'哥'吧！"

拱北："好，这是你我的约定！"

2. 闽江下游乌龙江（夜）

拂晓前的乌龙江。

字幕：1926年　福州乌龙江

画外音：正当拱北等青年军官亟盼易帜之时，海军上层的有识之士，乃至任职福建省长的海军元老萨镇冰，均已判明形势，或暗中或间接地拥护北伐了，但首先公开转向的则是驻闽海军。1926年11月底，为支持国民革命军东取福州，"江元""海鸿""海鸥"等驻闽炮舰，聚歼了抢渡乌龙江进逼福州的北洋军张毅旅先头部队。

画外音中出现以下画面：

千余名北洋军张毅旅先头部队将士分乘木筏趁黑离岸。

木筏悄悄划向江心。

800吨的"江元"号炮舰率120吨的"海鸿""海鸥"等小炮艇疾驰而来。

诸炮舰炮击半渡木筏，炮火在黑暗中分外刺眼。

木筏纷纷中弹翻沉。

东方渐晓，枪炮已歇。

江面上漂浮着木筏的残片。

3. "江元"号炮舰（日）

拱北站在"江元"舰甲板室顶部甲板上，望着旭日东升。

拱北内心独白："欧阳，我在'江元'舰上等待你们陆战队的捷报！曙光就在眼前，好兄弟，别忘了你我的约定啊！"

第二十五集　三场激战　中秋盛宴

4．瓜山战场（日）

海军陆战队正在和张毅旅主力激战，大炮轰、机枪扫，不可开交。字幕：瓜山战役

画外音：先头部队被歼后，张毅旅主力败退福州南面瓜山村一带，据险顽抗。海军陆战队会同北伐军与之血战，伤亡惨重，但终于取胜。

画外音中出现如下画面：

欧阳亲率部属冲向敌阵；

欧阳腹部中弹，一小兵前来搀扶；

欧阳站起，继续战斗；

欧阳再次中弹，（慢动作）仰面倒下；

又一士兵过来，跪下查看："团长！团长！……"

队伍像铁流一般从欧阳身边涌过："杀啊！杀啊！杀啊！……"

5．福州街巷（夜）

福州街面张灯结彩。字幕：福州

儿童们奔来跑去，狂呼："张毅完蛋啦！""庆祝胜利啦！""提灯游行啦！"……

鞭炮响起。

福州各界群众提着灯笼，拉着横幅，举着小旗，敲锣打鼓游行。横幅上书"庆祝福州易帜"；小旗上书"打倒军阀！统一中国！"等口号。

学生队伍边走边唱："打倒列强，打倒列强，除军阀，除军阀，国民革命成功，国民革命成功，齐欢唱，齐欢唱！"……

学生队伍从拱北身边走过，拱北情不自禁举手敬礼。

画外传来一声呼唤："哥！"

拱北一怔，左右顾盼。

画外传来又一声呼唤："哥！"

拱北挤出人群。

欧阳站在灯火阑珊处！

拱北揉揉眼，定睛再看，欧阳竟已消失。

特写：拱北眼里噙满泪水。

6. 九江江面（日）

九江（字幕）江面泊着"楚有""楚同""楚谦"炮舰（字幕）及其他舰船。

画外音：1927年3月14日，北京政府海军总司令杨树庄宣布海军易帜，归附国民革命军。拱北终于在九江，在"楚有"号炮舰上迎来了这久久渴盼的一天。

画外音中出现以下画面：

九江江面，所有军舰降下北京政府五色国旗，然后升起青天白日满地红国旗。

"楚有"舰甲板上，拱北仰天长舒一口气。

7. 长江北岸渡江点（夜）

画外音：然而，北洋军阀不甘退出历史舞台。时隔不及半年，孙传芳便集中江北七万优势兵力，大举反攻江浙地盘。1927年8月下旬，孙军趁江面浓雾，由长江北岸向南岸通宵抢渡……

画外音中出现以下画面：

划子口渡江点（字幕），孙军在浓雾中悄然登上木帆船。

大河口渡江点（字幕），孙军趁雾起航偷渡。

8. 长江南岸登陆点（日）

画外音：南渡孙军虽遭国民革命军海军的炮击，但三日后仍成功登陆，并攻占了栖霞山和龙潭一带。孙传芳更亲自过江坐镇龙潭，剑锋直逼近在咫尺的南京国民政府。

画外音中出现以下画面：

孙军木帆船纷纷在龙潭靠岸（字幕）。

孙军蜂拥登陆。

孙军在栖霞山麓（字幕）炮兵阵地开炮。

9. 龙潭江面（日）

字幕：1927年　南京龙潭

画外音：为了将孙军逐出龙潭保卫首都，国民革命军陆军与孙军血战五昼夜未决胜负。关键时刻，海军再度发力。第二舰队调派"楚有""楚同""楚谦"等舰，冒着两岸孙军炮火的夹攻，往返龙潭江面勇猛进击。北岸孙军因此无法继续渡江，陷入被动。

第二十五集　三场激战　中秋盛宴

画外音中出现以下画面：

龙潭江面（字幕），"楚有"旗舰（字幕）率"楚同"（字幕）、"楚谦"（字幕）疾驰而来。

三舰往返江面，来回炮击。

孙军后续渡船纷纷中炮。

其余渡船掉头逃向北岸。

10. 龙潭江滨（日）

画外音：南岸孙军失去后援和补给，退路又被切断，加上陆军合围，只得败出龙潭，逃往江滨求生。

画外音中出现以下画面：

大批孙军冒着舰炮溃逃至江滨。

孙军纷纷钻进江堤后面的芦苇带。

画外音止。

11. 龙潭江面（日）

"楚有""楚同"两舰加大火力轰击龙潭江滨。

12. 龙潭江滨（日）

芦苇带上白旗摇成一片，越摇越急。

13. "楚有"旗舰驾驶台（日）

拱北一旁注视着舰队司令陈绍宽，等待他的决定。

陈绍宽（字幕）看了舰长林元铨（字幕）一眼，随即发出指示："命令舰队停止射击！"

14. 镇江江面（日）

旭日东升。

画外音：在第二舰队主攻、第一舰队和练习舰队策应下，9月上旬，海军终于配合陆军，以完胜造就了北伐史上著名的龙潭战役。当第二舰队离开龙潭下行镇江时，拱北和他年轻的袍泽们，无不充满豪情和期待。

画外音中,"楚有""楚同""楚谦"等舰迎着旭日驶进镇江。

15. 镇江金山寺外（日）

拱北、雨轩、石峻着中尉秋装来到金山寺外。

石峻:"有四小时可用,你们说上哪儿好?"

拱北:"自然是金山最高处留云亭喽!"

雨轩:"对,留云亭最可心!我第一次登临就喜欢上了,连亭名也觉得很有意趣。"

16. 金山寺留云亭（日）

雨轩兴致勃勃:"纵目江天,一览无余,何其开阔,何其壮美,真个百览不厌啊!"

石峻:"可惜我无文才,不能附庸风雅,吟诗言志!"

拱北:"记得吕铁教官讲过,曾国藩、李鸿章、左宗棠跟长江水师的缔造者彭玉麟曾经在金山寺联诗。你俩还有印象吗?"

雨轩:"怎么没印象?记得牢牢的!——'长江滚滚砚池波,抓起金山当墨磨。宝塔倒生权作笔,青天能写几行多?'"

石峻:"这首绝句视长江为砚,金山为墨,宝塔为笔,青天为纸,足见这四位清朝重臣压倒山川的气概!"

拱北:"可悲的是,他们跟海军有很深的渊源,却都遭逢末世,虽心比天高而事与愿违;甲午一战,全部心血付之东流,令世人扼腕叹息!"

雨轩:"好在国家虽然发展缓慢,但总算有所改变并正在改变;国人过去寄希望于辛亥革命,如今又期待北伐成功,不是吗?"

拱北:"没错。我想,孙传芳已无回天之力,张作霖割据也必被铲除;将来,内战结束之日,便是国家大一统、海军大发展之时了。"

石峻:"我相信,这不是遥遥无期的空想,而是可望可即的明天!"

雨轩:"明天,我们这代人一定会比李鸿章、彭玉麟那代人幸运,可以施展建设海军的大抱负了!"

拱北三人会心一笑,俯瞰留云亭下长江远景,齐诵:"长江滚滚砚池波,抓起金山当墨磨。宝塔倒生权作笔,青天能写几行多?"

炮声顿起,硝烟涌过画面。

画外音:豪情饱受现实的嘲弄。龙潭战役胜利仅一个月,北伐阵线的内斗,就先后酿成了两场内战。海军方面,继1927年秋参加"宁汉战争"之后,1929春又投入

第二十五集　三场激战　中秋盛宴

"蒋桂战争"。

17．湖北马家寨江面（日）

字幕：1929年　湖北马家寨江面

画外音：在这场蒋介石与北伐名将、桂系统帅李宗仁、白崇禧的对决中，海军攻克武汉，西指宜昌，其间须连破桂军三道重要防线，而拱北因此险些丧命。

画外音止。

"楚有"（字幕）旗舰率"咸宁"（字幕）、"江犀"（字幕）、"江鲲"（字幕）等炮舰一面射击一面冲入湖北马家寨江面。

18．湖北马家寨桂军防线（日）

桂军指挥官画外音："瞄准'楚有'旗舰，放！放！放！……"
岸炮阵阵轰鸣。

19．湖北马家寨江面（日）

岸炮密集射来，在"楚有"周围炸开，激起重重水柱。
"楚有"猛烈还击。

20．湖北马家寨桂军防线（日）

桂军在"楚有"旗舰的炮击中猛烈还击。

21．"楚有"旗舰右舷（日）

76毫米速射炮故障。
炮手甲："怎么办?！枪炮三副偏偏受了伤！"
炮手乙："我去驾驶台找纪副长！"

22．"楚有"旗舰驾驶台外（日）

拱北并炮手乙冒着炮火冲向右舷。

23．"楚有"旗舰右舷（日）

拱北指挥抢修速射炮。

速射炮发射成功。

24. "楚有"旗舰驾驶台（日）

拱北刚迈进驾驶台，一块开花弹的弹片，从未及关闭的舱门射入，又奇迹般经过两面舱壁的反弹，擦过拱北的头，从舱门口射了出去！（慢动作）

拱北镇定地关上舱门。

舰队司令陈绍宽不无嘉许地盯了拱北一眼。

25. 湖北马家寨江面（日）

"楚有"等舰猛轰桂军防线。

26. 湖北马家寨桂军防线（日）

马家寨防线被毁。

桂军败逃。

27. 南京下关江面（日）

"楚有"等舰泊在江面。字幕：南京下关

舰队司令陈绍宽画外音："自4月初我海军舰队接战桂军起，在湖北境内先后扫清阳逻、刘家庙等地，克复武汉重镇；又连破郝穴、马家庙、观音寺三道防线，西进宜昌；几经转战，历时两个月，终于将桂系逐出两湖并结束两广战事。'文武之道，一张一弛。'各舰宜酌情安排休整。"

28. "楚有"旗舰舰首（日）

拱北监督几名舰员检查舰船损坏处。

陈绍宽出现，众人肃立："陈司令！"

陈绍宽："你们都不选择上岸或休假？"

拱北："连年征战，'楚有'旗舰受损尤其重，更何况舰龄已达23年，必须尽快做出修理计划付诸实施才行，别的都不着急。"

舰员甲："纪副长说，海军理当视舰如命，乃至与舰共存亡，其余都是次要的。"

陈绍宽赞许地连连点头："很好，可见你们没有泯灭对海军的希望！"

舰员乙："绝不会泯灭的！纪副长告诉我们：十年前在'通济'练习舰上，陈司令

第二十五集　三场激战　中秋盛宴

就说过，中国海疆广阔，滨海之地绵延七省，国人必须认识海权立国、海上事业、海军实力的极端重要和相互关系；如无海军实力，便不能维护我们应有的海权，发展自己的海上事业，赢得中华民族的尊严！——这个道理我们都记在心里了！"

陈绍宽再次点头。

舰员丙："陈司令，中国海军要有多大的实力才行呢？"

陈绍宽："除了人才第一，舰船是海军不可或缺的物质基础，我们最起码要造60万吨新舰才行；而目前，我们每年的海军经费仅为日本一百一十五分之一，舰艇大大小小加起来不过3万多吨，还顶不上海洋大国一艘大型战舰的规模呢！这样的实力只够应付内战，但我们神圣的使命理应是抵御外侮——抵御外侮啊！"他停顿了一下，转眼望着远方："今年是20世纪20年代的最后一年了，一齐咬紧牙关朝着30年代奋进吧！"

众人："是！"

29. 天空（日）

大雁南飞。

字幕：1930年

30. 马尾罗星塔（日）

大雁飞向罗星塔。

31. 纪府大池塘（日）

丫鬟彩虹和秀秀一面采菱，一面拉家常。

秀秀："彩虹姐，今年菱角长得多旺啊，采了一回又一回，都到中秋了还这么多！"

彩虹："听老一辈的人讲，万物都和人事有感应。你说菱角旺，我立马想到这就是'感应'了。"

秀秀："什么是'感应'？我不明白。你叫菱角，菱角会应你吗?!——压根不出声！"

彩虹："出了声，那就不是'感应'了。"

秀秀："有这么神吗？"

彩虹："神着呢！拱北大少爷娶亲那年，我们长房的花花草草就格外光鲜，格外繁茂。你来府里晚，没能见识到罢了。"

秀秀："那你告诉我，眼前这一大片菱角感应到什么了会这么旺？没谁娶亲呀！"

彩虹："傻！非得娶亲才能感应草木啊？！一年来，府里好事一桩接一桩，喜气大着呢，桩桩都能感应，你自己数一数嘛！第一桩……"

秀秀："第一桩：思静大少奶进门六七年都没动静，今年到底开花结果，生下了长房长孙！"

彩虹："好，往下数！"

秀秀："安瑞大小姐在上海嫁得海军婿，不巧两次滑胎，这回总算保住了。三爷、三奶奶要抱外孙子啦！"

彩虹："接着数！第三桩……"

秀秀："拱南少爷从海校毕业，成绩特好，选送留学，就快成行了……还有第四桩呢！"

彩虹："第四桩？我怎么不知道？！"

秀秀："哪能不知道？！三爷退役了呀！……"

彩虹："什么什么，退役也算一桩喜事？！秀秀你还真能算！"

秀秀："当然算喽！三爷退役了，回家了，家里就有主心骨了嘛！今天有四位子侄，加上石峻少爷、安丽小姐，还有荣官和翠翠，他们都是奔着三爷而从各地赶来过中秋的！这能不算喜事吗？"

彩虹："对呀对呀，是喜事，大喜事啊！"

秀秀："出来采菱前，听到丁管家跟大厨说，三爷发话了，今晚要在弘毅堂外摆几席家宴，连下人们都上台面呢！"

彩虹大喜："太好了！我就说嘛，这菱角，它没法不旺！快摘吧，秀秀，咱赶紧给厨房送去！"

32．纪府大厨房（日）

男女厨工们正在剥菱角，洗芋头，摘菜，剁肉，刳鱼，剥虾仁，捆螃蟹等，忙成一片。

毛大厨在上笼屉。

丁管家来到灶旁："大厨啊，今日家宴不比往常。怕你忙不过来，我特地从梅村咱们四爷的老朋友松声那里借来了李师傅，专做斋菜和素月饼什么的。一会儿他到了，你指点一下，别怠慢了才是！"

毛大厨："大奶奶自拱北大少爷1913年入学海校起便吃长斋，于今已然17个年头

第二十五集 三场激战 中秋盛宴

了，向来简简单单的，节庆也不例外，怎么忽然铺张开了呢?!"

丁管家："今年府上好事连连，三奶奶、四奶奶想在中秋吃一次斋，好跟大奶奶一起祈求岁岁花好月圆。思静大少奶懂事，便恳请陪着三位婆母，这不就得备下四个人的斋食了吗？还不止呢……"

毛大厨："还不止？莫非安丽小姐也……"

丁管家连连摆手："安丽打小淘气，不理会这些；倒是拱华、拱宇的茜少奶和琦少奶，我们要预备齐全才好。"

毛大厨："听说茜少奶、琦少奶都是安丽去上海工作后交的朋友，她们一样念过大学，一样是职业女性，想来这两个新派少奶是不会学大少奶陪着婆婆中秋吃斋的。"

丁管家："新派归新派，可你别忘了，不还有入乡随俗这一说吗？我料定，她们必会跟着她们的婆婆三奶奶和四奶奶的，这就要备足六个人的斋食了。对不对？"

毛大厨："还是丁管家想得细，这刚好凑成不大不小的一桌斋席呢。"

丁管家："安丽姑嫂并荣官夫妇一行五人方才已经到了，正在向长辈们请安，我得再去照应一下。这里，毛大厨你就掂量着办吧！"

翠翠兴冲冲进来，后面跟着荣官。

翠翠激动道："我们回来啦！"

厨工们喜不自胜，迎上去："一走六年，到底回来了！""我们可想你们了！""瞧瞧瞧瞧，出息了，出息了！""快，快过去坐下喝口茶！"……

荣官："不渴不渴，一起干活吧！"

丁管家："大老远回来一次不容易，快歇着去吧！"

翠翠："歇什么?! 越远越想家，回家帮着干点活，心里舒坦！"

众人喜悦道："这话亲热！"

丁管家："那好，就一起干活吧！今天三台荤席、一台素席，合共 30 人，够你们忙的。"

33. 三房正院（日）

纪慕贤在院中来回踱步，不时向院门口飞去一眼。

三奶奶走近："回书房去吧，慕贤，拱北、拱华、拱国、石峻他们一大帮人，都拥到大门口迎接拱南去了。你稳稳地坐在屋里喝喝茶翻翻书岂不好？"

慕贤半是回应半是自语："时间过得太慢了，在屋里坐等就更慢，不如踱步舒坦些。"又问："是老了吧？变得婆婆妈妈起来。"

三奶奶："瞧你说的！刚过60，老得了哪儿去嘛？你呀，自打拱北自立后，心思就都落到拱南身上了，好不容易盼得他出息，格外急于见面也是有的，跟婆婆妈妈压根挨不上边！"

慕贤："只有亲眼见到阔别八年半的拱南，我的心方能踏实，大哥的在天之灵方能真正宽慰啊！"

三奶奶："大哥是1911年亡故的，当时拱南尚在大嫂腹中。19年来，你肩负一家之主的重担，又长年供职军中，能把纪府11个男孩个个送进海校，培养成海军之才，也委实不易啊！而凑巧的是，11个男儿，长房恰好占了一头一尾，这就好比……"

慕贤："好比什么？"

三奶奶："好比画个圈，单等拱南学成，这圈才算合拢了，圆满了，你的家长之责才算尽到了，不是吗？"

慕贤："果然知夫莫如妻啊！"

三奶奶："结缡数十载，妻竟不知夫，岂非傻妻？！"

慕贤微微一笑，自嘲道："妻并不傻，倒是夫傻呢！"

三奶奶："其实，我还知道，纪府11个男儿中，慕贤你最疼的既不是亲子拱华、拱国、拱群，也不是家族嫡长子拱北，而是尾仔拱南！——这可瞒不过我！"

慕贤："冤哉枉哉！慕贤深知，你绝非那种唯亲生是宝的狭隘之妇，又何须隐瞒？我只不过从未表达而已；况且，军务在身，即便回乡，也是来去匆匆，无暇倾诉肺腑之言嘛。"

三奶奶："此言可谓知妻莫如夫矣！"

慕贤："说实在的，拱南比他十个兄长的投军年龄都小，进海校那年才11岁呀！我担心他承受不了，而他却大大出乎意料，不但海军课程门门俱佳，还喜欢写诗填词，人称'海校才子'。难得的是，拱南跟我一样，偏好辛弃疾的词；去年，适逢甲午战争35周年，他以词代书，吟啸国耻之痛，其慷慨豪壮，令我自叹弗如。相形见绌，从拱北开始，我们那十个子侄，竟都缺少文墨，更遑论才气了。你想，我能不偏拱南一点吗？"

三奶奶："那是那是！再说了，拱南还特重感情。小时候，水生常领他游泳，有一回水生崴了脚，他每天都要去看望好几次，把自己的糖果一个劲地往水生嘴里塞。——小小年纪，心就那么热，情就那么深，多可爱啊！……"

拱南热情的画外音响起："三叔！"

慕贤夫妇立马转身。

第二十五集　三场激战　中秋盛宴

拱南在拱北、拱宇、石峻、荣官、翠翠、安丽、安祈（11岁）的簇拥下，由院门口直奔近前："三叔、三婶，拱南回来了！"即致以标准军礼。

慕贤喜形于色，端详拱南片刻："嗯，很有精神！"

众人相视而笑。

34．长房正院前厅（日）

大奶奶拿起小圆桌上的两碟点心，嗅了嗅，自言自语："拱南少时最喜核桃糕和花生酥，这么多年了，也不知口味变没变？——海校是不准吃零食的！"

彩虹近前："大奶奶，十一少的房间都收拾出来了，你还有别的吩咐吗？"

大奶奶："见了拱南的面，我立马去家庙上香，你陪着吧！"

钱妈执一朵小红绢花从里屋出来："今日大团圆，你插朵红花，多些喜气不是？"

大奶奶："一大家子军人，大团圆谈何容易？！能像今天这样，也就知足了。簪上吧，簪上吧！"

钱妈为大奶奶簪花。

拱南冲进来，声音里满是喜悦："妈！"

大奶奶抬眼望见拱南，不禁老泪盈眶，颤声道："儿啊，你回来啦！"

拱南疾步趋前，摘下军帽，投身大奶奶膝下，磕头道："妈，孩儿劳你牵挂了！"

大奶奶盈眶之泪顿时泻下。

拱北、石峻赶过来，拍拍大奶奶，以示抚慰。

拱南跪在大奶奶膝下，温情地哄着："妈，不哭不哭，拱南毕业了，你要高兴才是啊！"

大奶奶："儿啊，妈高兴，高兴着呢！妈只是觉得……觉得倘若有你爹在，该多好啊！"

拱南："妈，莫悲伤！拱南虽然生而无父，但落地便有十位兄长，后来又添轩哥、峻哥，我等既是手足又是袍泽，如此幸运，何其难得啊！"

拱北、石峻："说得好！说得好！"

大奶奶拭泪："起来吧，我的儿！"

35．长房正院（日）

彩虹匆匆进院，朝厅里喊道："大奶奶，凉轿来了！凉轿来了！"

大奶奶和钱妈从厅里出来。

彩虹迎上去："大奶奶，凉轿在院外候着呢！"

大奶奶："钱妈，我进了香很快就回来。你跟丁管家说一声，挑几碟精致的素食，还有月饼，晚上派人送到家庙里，算是给庙祝的一点心意吧。"

钱妈："哎，我这就去。"

36. 长房正院前厅（日）

拱北、拱南、石峻围坐倾谈。

拱北："十一弟，说了半天留学的事，我怎么觉得，你从头到尾淡淡的，仿佛兴致不高嘛！"

石峻："我也有同感。留学生千挑万选，来之不易，你是怎么回事？！"

拱南："留学机会，谁不珍惜？可偏偏派去留日，我又不得不服从，哪来什么兴致嘛？！"

石峻："其实，留日也不错啊！日本虽不是老牌海洋强国，但甲午战后，利用中国赔款大肆扩军，军力飙升，已称雄亚洲，更觊觎全球。日本海军大学也还差强人意，又何必非抱定英国皇家海军学院不可呢？"

拱北："抱定也没用，军人以服从为天职，别无选择！"

拱南："你们误会了！"

拱北、石峻："这怎么讲？"

拱南："我不喜欢留日，那是因为：日本之于中国可谓千年老徒害师父，如此不仁不义之邦，我一天也不想待！更何况，更何况……"

拱北、石峻："说下去！"

拱南："日本海军大学设在东京，东京上野公园里有他们恶意展出的'镇远'舰遗物。作为中国军人，我情何以堪啊？！换了你们，你们会怎样？难道会对留日兴高采烈吗？"

拱北："你有文学气质，容易情绪化；我没有，所以我告诉你，倘若我留日，我只会去想一个人……"

拱南："什么人？！"

拱北："越王勾践！"

拱南一怔。

拱北："越王勾践是中华民族镂心刻骨的永恒记忆！在我心目中，真正的千秋王者，不是秦皇汉武，不是唐宗宋祖，而是卧薪尝胆、忍辱负重的勾践！十一弟，你应

第二十五集　三场激战　中秋盛宴

该好生追思勾践，把他化作自己的血液，须臾不可离啊！"

石峻："大哥说得极是。十一弟，你聪颖过人，一点即通，愿你心怀勾践，不负国家栽培！我想借花献佛，送你一句格言；这句格言是当年烟台海校严学监命我们用中英文背诵的。"

拱南："峻哥，十一弟敬听格言！"

石峻："格言说：'生活之秘诀在于，不是做你所爱的，而是爱你所做的。'The secret of life is not to do what you like, but to like what you do."

拱南听毕思忖片刻，抬起头来，爽朗地说："大哥、峻哥，你们的教诲如醍醐灌顶，十一弟认识到自己脆弱，明白该怎样纠正了。"

拱北："这就好！三叔培养我们殊不容易，今年是20世纪30年代第一年，又适逢他退役后第一次在家度中秋，你须立即调整自己，别让他觉察出什么，扫兴又费神啊！"

拱南："放心吧，大哥，我会的！"

37. 纪府大池塘（夜）

水面上浮着彩色河灯。

38. 弘毅堂外（夜）

圆月升起。

古榕树旁，以第一桌为中心，第二、三、四桌呈扇形布置。

第一桌12人，慕贤起依次为：荣官、翠翠、安丽、安祈、拱北；慕达起依次为：石峻、拱华、拱宇、拱南、丁管家。

第二桌6人：大奶奶、三奶奶、四奶奶、思静、茜少奶、琦少奶。

第三桌6人：大富、大贵、大勇、大力、海海、水生。

第四桌6人：钱妈、胖嫂、佟妈、周嫂、彩虹、秀秀。

丁管家来第二桌照应："各位奶奶、少奶奶，这斋食还可口吧？"

众人皆盛赞："可口可口！""太可口了！……"

大奶奶："丁管家，难为你找到这么好的师傅帮忙！"

三奶奶："你也快去入席吧，一会儿菜该凉啦！"

丁管家："这就去，这就去，你们慢慢用！"便来到第三桌、第四桌之间："三爷有十年没在家里赏月了，今天比过年还热闹还喜兴呢，大伙儿敞开吃啊！"

仆妇们皆大欢喜："别光顾我们，你也吃，你也吃！"

丁管家："好好好，好好好！"便往第一桌去了。

第三桌。大富指指坐在第一桌的荣官，感慨道："荣官真是出息了，紧挨着三爷坐，多大的面子啊，这是拿他当子侄呢！"

大贵："荣官就是争气。他在上海海军军械厂没黑没白地干，还自学成才，当上了技师，难怪三爷另眼相看啊！"

第四桌。钱妈也感慨道："我就说过，翠翠命相好，这不？到底出头了！"

胖嫂："善有善报嘛。那些年，翠翠守着姨太，死活不嫁。姨太过身后，她跟着二小姐去北京，隔了好长时间，才和荣官在上海成亲的，如今合该光鲜啊！"

钱妈："听二小姐说，翠翠对荣官的师父也非常好，管着吃喝拉撒直到送了终。现如今，她在成衣铺当绣工，准备攒钱开绣坊，把姨太的技艺传下去；绣坊的名字已经取好了，就叫那青绣坊！——这翠翠真有心啊！"

第一桌。三爷给荣官搛菜。

荣官受宠若惊，连忙起身："谢三爷！"

慕贤："不必起身，快坐下，坐下！"

丁管家内心独白："在府里几十年，从未见三爷给谁，哪怕亲生儿女搛过菜，今晚可谓破天荒，足见他是个公正、严格、开明而又大气的一家之主，令人不能不拜服！"

慕贤："拱南啊，你是继拱宇、拱威留学英国皇家海军学院后，家里的第三个留学生，你要向这两位兄长看齐，学出好成绩，报效海军！"

拱南："是！"

慕贤："你更要向荣官学习！"

荣官一怔，低下头去。

慕贤："荣官不比纪家子弟，从小好吃好喝好学堂；人家原是山娃子，全靠不懈努力，滴水穿石，自学成才啊！海军军械厂厂长告诉我，荣官不但手艺精湛，而且设计、计算、绘图、英语，样样不含糊，是个一等一的技师，实际上已达工程师的水准。你的刻苦还差他很远，不要以为留学就到顶了。"

拱南起立："荣官哥，拱南一定向你学习！"

荣官忙起身："荣官惭愧！荣官没有三爷提携、师父教导是啥也不会的！"

第二桌。大奶奶："荣官的浦生、拱北的榕儿都在等着三弟赐大名，看来就在今晚了。"

三奶奶："下午在等待拱南的时候，慕贤忽然说，今晚有要事告诉家人，拱南不可

第二十五集 三场激战 中秋盛宴

或缺。我不敢随意打听，也不知跟命名有无关联。"

第一桌。慕贤："经族长俯允，趁今宵各房有一二子侄在场，我宣布一项酝酿已久的决定：自民国十九年，1930年起，我四房后人，除保留族谱中按排行命名，特许另以中国军舰为学名：甲午沉舰属第一轮，民国主力舰继之，未来的国产大舰、强舰又相续。如此，我海军命脉无穷尽，我子孙命脉永绵延。今日，拱南代表长房，拱北代表所嗣之二房，拱华、拱宇代表三房、四房，就算齐全了。我的话你们都听明白了吗？"

拱南四兄弟："都听明白了！"

拱北："三叔的决定意义重大，即请赐名给榕儿吧！"

慕贤："我意取名'致远'，好让他从小就知道'致远'舰的真实故事，长大后胸怀海疆，勇于担当。"

拱北："三叔用心良苦，拱北铭记不忘！"

慕贤："荣官啊，我视你如子侄，何况你已是海军的一部分，你的浦生就叫'定远'吧。希望定远将来能够就读海校，出身正规海军，代代相续，并以国产的强舰冠名！"

荣官："荣官谨遵三爷嘱咐，一定教育子孙追求海军强大！"

慕贤："石峻，你早就是纪氏的异性骨肉了，将来，你的后代也按我定的规则起名吧！"

石峻："是，三叔！"

慕贤喜："来，以茶代酒，大家干一杯吧！"

众人起立："干杯！"

39．纪府大池塘（夜）

月上中天。

月光与池中河灯相映。

40．弘毅堂外（夜）

第二桌。四奶奶："从未见三哥笑得这般灿烂过，他是打心眼里笑出来的啊！"

三奶奶："可不是吗？话也多了，笑也多了，变了个人似的！"

大奶奶："三弟他乡望月十年，今夕何夕，子侄成立，满堂欣荣；身为一家之主，能不格外舒畅吗？"

第一桌。慕贤抬头望月："'月是故乡明'啊！十年都不曾看到如此明媚、如此诗意的月亮了！"

安丽："三叔何不即景抒情？安丽虽无文才，但多少也还听得懂的。"

众人皆附议："对对对！""对对对！"

慕贤略一沉吟："好吧，我来一首《采桑子》：'十年好月他乡望，忆也无穷，思也无穷，好月今宵梓里中。金风为我兴诗意，月在诗中，人在诗中，笑看诗中一古榕。'"

众人一时无语皆望月。

拱南诗情涌动，形之于色。

慕贤："拱南在兄弟中最富诗人气质，极易动情，方才三叔抛砖引玉，现在该你啦！"

拱南："侄儿遵命，献《沁园春》一首：'碧海青天，一驾冰轮，万点霜雪。正琉璃世界，晶莹剔透；桂花院落，馥郁芳香。美景良辰，赏心乐事，游子今朝在故乡。情长久，伴健儿来日，留学东洋。伤怀只为孤光，照甲午、甲申旧战场。问轩辕苗裔，几时洗恨；世家子弟，何日图强？要塞千重，楼船十万，沸浪飞涛击阵樯。功成后，蘸狂酋膏血，笑赋新章！'"

慕贤听完连声赞道："好词，好词，这是一份很别致的中秋礼物呢！"

拱南："三叔，《沁园春》只是即兴之作，不能算数。侄儿特地备下一份小礼物孝敬一家之主，愿你喜欢！"

慕贤："什么样的小礼物啊？"

拱南掏出一只小盒子：一方印章石。

安丽悄声跟翠翠说："聪明人干傻事！咱们福州的寿山石便是中国四大印章石之一嘛！除非拱南弄到奇石，否则送什么印章都不稀罕啊。"

拱南："三叔，拱南是军人，不该奢侈，也不敢奢侈；敬赠的只是一方很廉价的练习石，在上面刻了几行字。"

慕贤喜："什么字？先念出来给大家听听，再敬我也不迟啊！"

拱南："这方印章石的一面，刻有'尊前要看　儿辈平戎'两行字。另一面则是它的出处——辛弃疾词《朝中措·为人寿》：'年年黄菊艳秋风，更有拒霜红。黄似旧时宫额，红如此日芳容。青春未老，尊前要看，儿辈平戎。试酿西江为寿，西江绿水无穷。'"

拱宇："十一弟，辛词不乏名篇，你为何单挑这首孝敬三伯呢？"

第二十五集　三场激战　中秋盛宴

拱南："三叔曾在信中说，《朝中措·为人寿》虽算不得上乘之作，但'尊前要看，儿辈平戎'这八个字，简直超越时空，道出多少甲午老兵宿将的未了之志啊！我找来一读，果如其言，就记在心里了。"

慕贤："这份礼物很珍贵，三叔非常欣慰！"

拱南遂上前献礼。

慕贤端详印章的一面赞道："在这么小的一个平面上清清楚楚刻下几十个字，不易呀！是特地请人做的吧？"

拱南："不，拱南喜欢篆刻艺术，这是课余之作。"

慕贤点头，便又端详另一面："这八个字刻得最好，刻进三叔心里了！"

印章石一面特写（四字一行，无标点）：尊前要看　儿辈平戎

41．三房正院（夜）

三奶奶在小桌上摆放茶具。

慕贤进院。

三奶奶："你这么快就离席了？"

慕贤："一见你和四弟妹随大嫂退了，我便也跟着出来了。"说着在小桌旁坐下："这一退，子侄和家丁们乐得自在，指不定要尽兴到什么时候，通宵达旦也未可知啊！"

三奶奶："难得如此热闹的一次家宴，随他们乐翻天去吧，我正想跟你商量件事呢！"

慕贤："什么事？"

三奶奶："安瑞两度滑胎，这次虽说保住了，可姑爷是海军婿，常年在外，难免照顾不周。所以，我想等女儿平安生产后，继续留在她身边三五个月，让她彻底养好身子，将来能多生几个。可我又牵挂你这一头……"

慕贤："这是何苦！我是军人，你我聚少离多，早已习惯成自然，怎么老了老了反倒多愁善感起来了？！想当年，甲午海战我都挺过来了，现如今全身而退，也算幸运，你应该轻轻松松去上海多住些时日才对嘛。"

三奶奶："这我当然知道。我只是怕你退役不久，一人在家，会很寂寞啊！"

慕贤："你想差了！慕贤身在军外，心留军内，何来寂寞之有？！倒是你，离乡赴远，路上不要动了旅愁才好！"

三奶奶："瞧你说的！这一路，除了安丽，琦少奶、茜少奶、翠翠、荣官、拱南去上海候船赴日，不也在随行之列吗？七个亲人一处相伴，高兴都来不及呢，哪里还有

旅愁可生哟！"

慕贤："可也是啊。对了，上海花销大，你别忘了，要多带些钱去；若还不够用，我再给你寄去。"

三奶奶："花销要看自己嘛。我跟大姐做了半辈子妯娌，情同姐妹，她有一句话最为至理，足够我一世受益……"

慕贤："大嫂怎么说？"

三奶奶："她说，'人不可过福'！——这本是她母亲宋太夫人的遗训，大姐铭记不忘，连我都受教了。凭你花花世界如何光怪陆离，我只守住'人不可过福'这个理，也就没什么大花销了，更何况身为军眷呢！"

慕贤赞叹："有妻如此，是慕贤之福啊！"

拱北进院："三叔、三婶！"

慕贤："拱北来了！都散席了吧？"

拱北："哪里！除了石峻和我走开，弟弟妹妹，尤其家丁们还正在兴头上呢。"

三奶奶："拱北你坐下说话吧，三婶有点凉，进屋拿件披肩去。"

拱北："是。"便给慕贤酙了一杯茶，坐下道："三叔，拱北有事禀告！"

慕贤喝了口茶："什么事？"

42. 弘毅堂外（夜）

安祈问安丽："二姐，你后天就回上海去了，是吗？"

安丽："当然是啊。下次回来再给你带好吃的，等着啊！"

安祈："我不要好吃的，我要跟你去上海！"

安丽："咳，胃口还不小！在福州好好读书是真的，去上海干吗？"

安祈："二姐、翠翠姐、荣官哥、琦嫂、茜嫂、十一哥还有三婶，你们都去上海，我也要跟着！"又央告翠翠："翠翠姐，要不你带我去吧！"

翠翠笑："你问四爷，四爷让带，就带！"

安祈立马赖上慕达，哭哭叽叽地："爹，我要上海！我就是要去！……"

慕达搂着安祈，百般娇宠："安祈乖，爹以后一定让你去……"

安祈："安祈不要以后去……"

慕达："可现在不行啊，你才 11 岁，在上海谁来照料你呀？"

安祈："二姐他们呀！……"

慕达："他们都有自己的一番事业，顾不到你的！"

第二十五集　三场激战　中秋盛宴

安祈："我有三婶……"

慕达："三婶要伺候你安瑞大姐坐月子嘛！乖乖的，别闹了，啊？你呀，用功读书，好好画画，才是最要紧的，知道吗？"

安丽："对了，三叔，上海美术专科学校名气很大，安祈将来若能考进这所学校，做刘海粟的弟子，那真是大造化呢。"

慕达："你四婶保存了安祈自5岁起的每一张画。半年前，我去梅村，拿给发小松声、伯宁、敬宗看。这三个人都是风雅之士，他们一致认为安祈天赋很高，倘能努力，是可以造就的。"

翠翠内心独白："安祈是那青姐的血脉，所以才有很高的绘画天分。姐啊，你一走六年了，想今夜圆月照孤坟，翠翠心里依旧难过，却又不能流露，免得大煞风景啊！"

43．三房正院（夜）

拱北："三叔，陈绍宽代部长即将兼任江南造船所所长了，这是个好兆头啊，你以为呢？"

慕贤："当然是好兆头！陈绍宽从海权高度一次次呼吁打造60万吨的中国海军，可惜曲高和寡。不承想，前年8月16日在'咸宁'舰下水仪式上，蒋介石会当着海军总司令杨树庄、第一舰队司令陈季良、第二舰队司令陈绍宽、游击鱼雷队司令曾以鼎这四位海军大头的面，慨然承诺十年建设60万吨中国海军！当时，我忝列嘉宾，精神不禁为之一振。回首民国建立17年来，内战不断，国无一统，除了已故的孙中山先生，还有哪个当权者能以海权观念、战略眼光看待投入大、收效慢的海军建设呢？正因此，我们海军实力迄无增长，竟然可怜可叹地停滞在晚清3万吨的水平上；反观以中国为既定征服对象的日本，则达到了100多万吨，其新舰利炮，气势汹汹，直逼130万吨的老牌英国海军！我多么希望'咸宁'舰的下水，能够真正成为中国海军建设的新起点，多么希望三军总司令蒋介石能够真正认识海权的极端重要，理解并支持以陈绍宽为代表的海军将士所做的努力啊！"

拱北："三叔心中有些忧虑，是吗？"

慕贤："是的。我担心蒋介石囿于陆军出身，不太明白中国海军的历史进程和作为技术军种对于物质的高度需求。倘或其政治胸怀偏狭，则我们60万吨的海军梦难免化为泡影。"

拱北："三叔这样说，莫非是看出了什么端倪吗？"

慕贤："端倪很明显。在张学良易帜，中国形式上达成统一后的第三天，为实现全国军队统一编成，1929年1月1日国军编遣会议及时开幕了。这本是海军发展的一次机遇，却不料有关海军建设的五个提案均遭冷遇，致使与会的陈季良和陈绍宽双双愤然辞职。设如蒋介石能够施加影响以利海军，又怎会如此令人扼腕叹息呢？"

拱北："有件事拱北至今不能释怀，这会儿说出来只怕会给三叔添堵……"

慕贤："今夜风清月朗，'堵'不了的，但说无妨！"

拱北："侄儿的王学长担任陈绍宽的副官。去年春天，他愤愤然告诉我，张学良易帜后，蒋介石亲口答应陈，让海军部接管张的渤海舰队，以利海军统一；但不久便借口少师拒绝而自食其言，使得陈绍宽统一海军的理想化成了泡影。我听了也十分郁闷。我想，蒋之所以如此不顾海军统一大局，归根到底还不是因为杨树庄、陈绍宽这些闽人掌权海军部吗？倘若黄埔的人当家，必定另眼相看。身为三军总司令，只有私心、机心却无大海胸怀，永远也做不了我们海军的领袖！"

慕贤："你的话一针见血。三军统帅原应大气，用人不疑，而蒋偏要猜忌自晚清兴办船政起，便以实力主导中国海军的所谓闽系海军。闽籍海军何辜？！闽籍将士何辜？！回首两次血海御侮，闽人牺牲何其多，何其烈！甲申海战，马江英烈中许寿山、陈英、叶琛、林森林等管带，以及留美幼童薛有福，皆为闽人；十年后的甲午海战也如此，不是吗？"

拱北："没错。甲午海战牺牲的管带刘步蟾、林泰曾、杨用霖、黄建勋、林履中、林永升，帮带大副翁守瑜、大副郑文超、二副黄乃谟、陈京莹、杨建洛、柯建章，大管轮郑文恒、陈景祺、陈国昌等等也是闽人；三副、三管轮以下就不说了。"

慕贤："闽籍士兵阵亡者更可观，只不过我们难以一一列举姓名罢了。"

拱北："三叔所言极是。侄儿从巨大的牺牲中认识到，闽籍将士一贯勇于献身，开启了中国海军前仆后继的铁血传统，精神贡献何其辉煌，何其深远！甲申海战中，'福胜'大副翁守恭，年仅18，为国捐躯；堂兄翁守瑜哀而不惧，十年后以'超勇'帮带大副之职献身甲午海战。——这就是无形的力量，代代相续的力量，永远不灭的力量！不知拱北此论得当否？"

慕贤："岂止得当，还很精准！甲申海战，福建水师魂断马江，闽人并未吓破胆；甲午海战，北洋水师力竭而亡，福建男儿依旧血性；战后，一批又一批甲午牺牲者、幸存者的子孙后代在国耻中崛起，毅然选择了他们先辈的血路，甘愿一走到底！什么叫铁血传统？这就是铁血传统，用钢铁意志和英雄热血铸成的传统啊！"

拱北："拱北还认为，闽籍将士不但有前仆后继的铁血传统，而且以复兴海军、伸张海权为己任。海军元老叶祖珪、萨镇冰是甲午海战的幸存者，他们不因惨败而气馁，

第二十五集　三场激战　中秋盛宴

咬紧牙关肩负起重建北洋海军的重责，军界无不钦佩；如今，以陈绍宽为代表的一批后起之秀，已经担纲中央海军，胼手胝足继续复兴的大业。对这样的中坚，这样的主流，竟然诉以派系，加以限制，真是岂有此理！"

慕贤："福州是中国海军的摇篮，军中多闽人亦属自然。闽籍将士彼此关照是有，朋党为奸则无。说什么闽人抱团成派系，那他黄埔就不是派系吗？中国是贫穷的农业国，派系林立，不足为怪；我等置身其中，难以超脱，深感无奈，也是实情。"

拱北："那，我们该如何自处呢？"

慕贤："我们只跟定真正的海军领袖，兴海军，振海权，千难万险，在所不辞！"

拱北："拱北明白了。"

三奶奶拿着一件衣裳走来，拱北忙起身。

三奶奶："慕贤，你也披件衣裳吧。"

慕贤："不用不用，一点不凉。"

拱北便从三奶奶手中取了衣裳，给慕贤披上："还是披上好！"

三奶奶坐下："中秋良辰，爷儿俩如何说得沉重起来了？"

拱北："没有没有！话赶话，赶到这上头而已。"

三奶奶："拱北，你坐呀！"

拱北坐下："三叔三婶，侄儿本是来禀告一件事的……"

慕贤："什么事？"

拱北："我的工作即将有所变动。"

慕贤："莫不是跟陈绍宽60万吨海军梦有关？"

拱北："三叔说中了。11月起，我被派驻上海江南造船所监造新舰，估计需数年之久，而副长一职还要继续担任。也就是说身兼两职吧。"

慕贤："看来，陈绍宽代部长是器重你这个学生的，他在你的肩上又加了一副担子啊。只是，你酷爱舰队生活，在厂里待长了，不要烦躁才好！"

拱北："放心吧，三叔，有军人天职管着，有60万吨海军梦引着，侄儿不会，也不敢浮躁的！"

三奶奶便笑慕贤："人家都'三十而立'了，你还只管当成孩子！"

拱北："三叔是拱北的叔，更是拱北的父母；在父母眼里，莫道30岁，便60岁，也是叫人操心的孩子嘛！"

慕贤和三奶奶皆欣慰地点头。

44．长房正院（夜）

安丽进院。

安丽走近东厢，朝屋里喊道："峻哥！峻哥！……"

45．长房正院前厅（夜）

大奶奶在给毛衣收针。

安丽进厅："妈，峻哥呢？"

大奶奶："你不是跟他一桌吗？反来问我！"

安丽："安祈缠着我非让带她去上海不可，就没注意峻哥了嘛。"便挨着大奶奶坐下，瞥了毛衣一眼："妈，你早早退席，原来是赶织毛衣呀！"

大奶奶："一入秋就开始织起，这会儿总算成了，正好明天让石峻带走。过了中秋，一日凉似一日啦！"

安丽："妈，你真是自找辛苦！峻哥都30岁了，冷了还不会自己买衣服去？"

大奶奶："买的不容易合身……"

安丽："你呀！我看你对大哥都没这么操心……"

大奶奶："你大哥有贤妻体贴，峻哥有吗？他误娶傻女，一辈子心无归宿，身无暖巢啊！妈怎能不牵肠挂肚呢？"

安丽："妈，你爱峻哥胜于己出，不愧是个伟大的母亲，应该旌表乡里呢！"

大奶奶："又胡说了，爱是心里的，自然的，奖也奖不来，惩也惩不得。亏你一肚子学问，连这都不懂！"

安丽打趣："妈，你这番爱的奖惩之说实在太妙啦，嘻嘻！"

大奶奶无奈地白了安丽一眼："在上海大肥皂厂干事的人了，还猫皮狗脸的！哎，对了，我还没问你呢……"

安丽："我知道你要问什么，不就是'上海这么大，怎么就找不到可心的人？24岁不小啦！'——我呀，都背下来了。"

大奶奶收完最后一针："没正形！去，快把毛衣拿给你峻哥！"

46．长房东厢石峻卧室（夜）

安丽将毛衣置于石峻枕边，正要离去，忽见床头柜上放着一本英文书。

安丽不经意地拿起书，一张照片从书里掉出。

第二十五集　三场激战　中秋盛宴

安丽拾起照片。

照片特写：石峻站在一座灯塔下。

安丽翻到照片背面。

背面两行题字特写：灯塔孤影，谁是天涯飘零人？

安丽再次端详照片的正面。

安丽内心独白："峻哥鬈发黑眼，气质强悍，俨然中东美男子；再加上舞棍助学的艰苦经历和高贵刚毅的海军风范，愚钝的我竟一向视其如铁如石，从未觉察他那不为人知的寂寞。直到今天，不，直到此刻，我才知道，却原来强者还有另一面啊！"

47．长房正院（夜）

安丽从东厢出来，朝上房走了几步又停下，转身朝院门望去。

安丽内心独白："峻哥上哪儿了？……大哥院里吗？不，不可能！明知大哥对思静姐至今依然冷淡，好不容易回来过一次中秋，傻瓜才会去打扰呢！……跟拱南一起吗？拱南还在席上玩呢。那……那，峻哥到什么地方溜达去了？"

48．纪府大池塘（夜）

石峻将一盏河灯送到池里，然后在池边坐下。

晚风吹过，河灯轻漾。

石峻望着河灯出神。

安丽走近，悄然蹲在石峻身边。

石峻这才察觉："二妹，你怎么来了?！"

安丽："找你呀！妈命我给你送毛衣，你不在，我就找来了嘛。"便挨着石峻坐下："峻哥，你怎么一个人到这里放河灯呢？"

石峻："多少年都是在舰上过的中秋，今天机会难得，又有池塘，所以就来了。"

安丽："你送河灯给谁呀？也不带上我！是秘密吗？"

石峻："除了军务，我对二妹没有秘密。"

安丽："不见得吧！"

石峻："那你举出来好了！"

安丽："举就举！"她逼视着石峻："你夹在英文书里的那张照片，不给我看，就证明是秘密！照片背面的那两行题字，更是秘密！你敢说不是?！"

石峻窘："并非有意瞒你，只不过……只不过……我……我承认，有时我也怕寂寞，也思念家乡，也怀想亲人……实在羞于流露……"

安丽："那你得告诉我，这河灯是为了怀念谁？"

石峻凝视他放的那盏河灯，一时无语。

安丽："怎么了？峻哥！如果很伤心，那就不要说了。"

石峻："不，完全可以说的！我送河灯，是为着藏在我灵魂最深处的一个人。"

安丽："一个女子，一个绝美的女子，对不对？"

石峻："对！"

安丽："她是谁？告诉我好吗？"

石峻："她是我最最亲爱的母亲！"

安丽一愣，半晌才问道："峻哥，你母亲是怎样的一个人？"

石峻仰头望着天上的明月，脸上浮出梦幻般的微笑。

安丽被石峻的神情深深吸引，遂抱膝望月，孩童一般痴痴地、静静地倾听者。

石峻："我母亲很美丽，粉嫩粉嫩的瓜子脸，乌亮乌亮的天然鬈发，眼睛柔柔的，像明媚的秋水。她很调皮，经常装猫扮狗寻开心，我们在外婆家打打闹闹乐翻天。外婆说她是个永远也长不大的淘气包。……"

安丽："外婆家在哪里？"

石峻："在福州市区小小的安泰桥畔，那里，每天都有畲婆撑船打门前过。畲婆个个爱干净，小船洗得一尘不染，我母亲还让我认了个畲婆做干娘呢。桥畔有一棵榕树，树干歪着长，刚好伸过安泰河，变成一架天然的独木桥；我常常在上面舞棍逞能，母亲不但不阻拦，反倒在水边拍手叫好，乐不可支。外婆门前有棵龙眼树，很能结果，母亲竟突发奇想，说那是天上万龙齐下，密密麻麻挤在枝叶间，瞪着圆鼓鼓的龙眼，好奇地探看附近的街市；她还哄我说，龙眼核是龙的眼睛，吞进肚子里便会发光，把五脏照得通亮，怪怪的、丑丑的，所以吃龙眼必须小心。我至今仍保留着儿时母亲给我的两颗龙眼核——那是龙的眼珠，更是故乡的眼珠；无论走向何方，故乡总在看着我，而这全拜母亲所赐啊！"便从怀里掏出两粒龙眼核。

特写：石峻掌上的两粒龙眼核。

安丽："峻哥，你的母亲多么可爱啊！"

石峻："可惜呀，母亲16岁生下我，只陪了我5年，便一病而亡了。她留下一枚银戒指、两粒龙眼核，伴我度过一年又一年。25年来，母亲日日夜夜都在天上笑眯眯地俯瞰着我，头发鬈鬈的，眼睛黑黑地端详着我。——我那美丽欢乐的小妈妈，我那充满奇思妙想的小妈妈呀！"

第二十五集　三场激战　中秋盛宴

　　石峻言毕，转眼望着河灯。

　　河灯映着石峻刚毅而俊美的轮廓、甜蜜而陶醉的神情。

　　安丽怦然心动，眼里突然燃起爱慕。

　　河灯轻漾。

　　石峻望着河灯喃喃道："其实，我可爱的小妈妈并未真正故去，她一直都在陪着我；此刻，她也一定看到了我献上的河灯，你说呢，安丽？"

　　安丽泪流满面，哽咽道："是……是……是看到了……看到了……"

　　石峻这才回过神，惊慌地问道："你……你……你怎么了?!"

　　安丽再也忍不住了，嘤嘤地哭出声来。

　　石峻更慌了："别哭别哭，峻哥正在说小时候很快乐的事，你怎么倒哭起来了呢？"

　　安丽犹呜咽不止。

　　石峻："不哭了，不哭了！"他掏出帕子欲为安丽拭泪，复又犹豫再三，竟就作罢，乃继续哄道："你从不多愁善感，从来'巾帼英雄'，好端端地听峻哥闲说，怎么就'林黛玉'起来了呢，嗯?!"

　　安丽哽咽道："安丽心里很是难受啊！"

　　石峻："有什么可难受的嘛！"

　　安丽抽噎着答道："安丽是想……假如……假如能使峻哥……不……不再'灯塔孤影'……不再'也怕寂寞'……不再……不再只有一个已经故去……故去25年的小妈妈……那……那该多好啊！……可……"竟越发呜咽，说不下去了。

　　石峻激动不已，伸手想把安丽搂进怀里，但旋即握拳克服自我，只在她头上拍了两下："傻不傻呀，你！峻哥有你，有拱北，有诸多弟妹，更有视峻哥如亲生骨肉的义母，岂会真正'灯塔孤影'呢?!再不许胡思乱想，自寻烦恼了，啊！快把眼泪抹干，快！中秋佳节原应高高兴兴的！"

　　安丽拭泪。

　　石峻："这就对了嘛！"他指了指塘里的河灯："安丽，你看，这塘里的灯影，五光十色，一漾一漾的，多么炫丽啊！是不是？"

　　安丽："是的，今天格外炫丽！"

　　石峻："格外？为什么？"

　　安丽突然口吃："因……因……因……"但旋即急中生智："因为多了一盏峻哥献给小妈妈的河灯嘛！"

　　石峻觉察，但佯作不知，打趣道："答得好，一下子由傻变聪明了，而且是太聪明，太聪明了！"

安丽以为掩饰成功，不再尴尬，调皮地反问："那我也要问你，看看你比我如何？"

石峻："你又好胜了，问吧！"

安丽向上指了指："你看到了什么？"

石峻仰视月亮："我看到明月如霜，天宇如水。"

安丽咯咯笑："俗！俗！不及格！不及格！"

石峻："明月如霜，天宇如水，如此清，如此洁，竟还嫌俗？！"

安丽："当然俗，再给一分钟思考，快！"

石峻复又望月，略一思忖，道："我看见了明净、浩瀚，看见了宇宙的胸怀！"

安丽惊喜："好一个'宇宙的胸怀'，简直是哲人之言哪！"

石峻："调皮鬼，又拿我打趣！"

安丽："真的嘛，并没有打趣！"

石峻犹不信："瞧你，一脸坏笑！"便站起来："好了，真也罢，假也罢，咱们都该走啦！"

安丽："走？！往哪儿走？！"

石峻："咦，你怎么给忘了？拱南他们还在等我们通宵玩月嘛！"

安丽一怔，再度口吃："哎呀，我……我……我……我还真给忘了，光……光顾……光顾着斗嘴……"

石峻又一次觉察，不禁痛苦地悄悄瞥了安丽一眼，理智地、断然地说："走，跟大家猜谜去！"

49．塘边小路（夜）

画外音：石峻和安丽那迟到的初恋，不能表白，不能绽放，既深沉又无望。但是，在1930年中秋这个如梦如幻的池塘之夜，他们的心底竟不约而同都有一丝甜蜜，从苦涩的压抑中隐隐渗出。可恨，良辰不久，美景难留，第二年便爆发了"九一八"事变。自此，14年血雨腥风，金瓯碎，家族散，中秋盛宴不再，池塘之夜永逝。对于石峻和安丽而言，正所谓"此情可待成追忆，只是当时已惘然"啊！

画外音中，石峻和安丽的背影，渐行渐远，融入夜色。

50．纪府大池塘（夜）

夜雾悄然而起，河灯失色，池塘一片迷离。

第二十六集　思静长进　拱南断情

1. 家庙普光寺（日）

大奶奶并叶思静双双跪在菩萨前祈祷。

大奶奶默祷："菩萨啊，'九一八'事变已历两月有余，我儿拱南迄无音讯；此儿年仅20，血气方刚，又身处倭穴，若不能自持，后果难测啊！求菩萨多多保佑，多多保佑吧！"

大奶奶婆媳虔诚叩首。

2. 家庙普光寺外（日）

丫鬟彩虹飞奔而来。

3. 家庙普光寺（日）

庙祝安慰大奶奶："大奶奶切莫太过焦虑！传说，日本国是那徐福东渡求仙的去处，可想而知多么遥远，书信往来有些耽搁，也说不定的，对不对？我看大奶奶、静大少奶天天来拜佛，佛必会保佑的……"

彩虹破门而入："大奶奶，大奶奶，十一少来信啦，你和三爷一人一封！"

大奶奶二话没说，便拜倒佛前："菩萨慈悲啊，大慈大悲啊！……"

4. 纪慕贤书房（日）

慕贤审视桌上的东三省地图，喃喃自语："'九一八'才两个多月，沈阳、鞍山、抚顺、安东、长春、齐齐哈尔等重镇已相继沦陷，"他重重地戳了戳地图上的一处地方，"下一个无疑就是哈尔滨了。照此下去，不消半载，我东三省行将丢失殆尽矣！"

大力手持信件进来:"三爷,十一少来信了!"

慕贤接了信:"来信就好,来信就好!这下,大嫂可以安心了。"

大力:"何止大奶奶?全家都会松一大口气的。三爷快读信,大力这就端茶去!"

慕贤读信。

拱南画外音:"……倭贼悍然制造'九一八'事变,人神共愤。侄儿乃炎黄苗裔,怒火中烧,几不能自持;然而,作为中国军人,使命所系,且置身敌穴,又只得一次次强压自己,消歇了种种玉石俱焚之念。在东京就读日本海军大学以来,迄未去过上野公园,日前始逼迫自己前往该处……"

5. 东京上野公园(日)

"镇远"舰锚、锚链、炮弹等遗物展示处。

拱南来到展示处。

拱南含恨看着"镇远"遗物。

拱南内心独白:"甲午战败,'镇远'被掠往日本,奴役十七载,终遭肢解,骸骨更被示众,以激发侵华野心。一个国家,居然如此阴毒下作,国格卑劣无以复加!我就不信,它能永远得逞!天理难容,看它横行到几时!"

拱南抬眼望天。

拱南内心独白:"万世之王勾践啊,总有一天,你的子孙要夺回'镇远'遗物,要光复东北失土;要碾碎邪恶,血洗国耻,让公理和正义再现辉煌!为了这一天,中国军人赴汤蹈火甘之如饴,粉身碎骨面不改色。我——纪拱南以中国军人的尊严起誓,不惜一切,拯救祖国!"

拱南内心独白止。

6. 纪慕贤书房(日)

慕贤读罢信,喃喃赞道:"这才是我最钟爱的小侄子纪拱南啊!"

7. 长房正院(日)

彩虹往外走,正遇到钱妈。

钱妈:"你上哪儿去?"

彩虹:"大奶奶命我去请三爷过来。"

第二十六集　思静长进　拱南断情

8. 长房正院前厅（日）

大奶奶与慕贤对话。

大奶奶："看来，拱南身处敌国，面对'九一八'事变，尚能克制自己，总算长大了，是吧？"

慕贤："的确长大了。拱南极富诗人气质，远不如拱北冷静，我原也十分担忧，直至读了信，到底宽怀了。我想，拱南心里装有一杆很大的秤，令他知道轻重，而这正是海校多年的教育之功啊。"

大奶奶："这就好，这就好。我还有两件事放不下，要讨三弟的主意。"

慕贤："大嫂请讲。"

大奶奶："安丽老大不小了，至今不肯谈婚嫁。心气如此之高，怎么得了啊！"

慕贤："大嫂没提醒过吗？"

大奶奶："怎么没有？！大学一毕业，就让她考虑了，可她却说，事业尚未起步，余者皆为次要。去年中秋在家，又再三催促，她只管嬉皮笑脸，顾左右而言他。'九一八'后我更捎信说，日寇作孽，国难临头，女子应该早寻归宿，不料反被她回信顶撞！唉，忤逆呀！我恼了许久，又挂着拱南，所以不曾告诉你。"

慕贤："哦，待我看看她的信吧。"

大奶奶即向里间喊道："彩虹！"

彩虹应声而出。

大奶奶："去，把我放在床头柜里的那封信拿给三爷！"

彩虹："是。"即退下。

慕贤："大嫂不必气恼。安丽打小便十分自信，十分开朗，从不胡搅蛮缠，连调皮也往往沾着些理，四弟和我又都不主张束缚女儿家；所以，她独立性很强，事业心很强，不把婚姻放在第一位。这就是新派嘛！"

大奶奶："都是你俩惯的，竟没有一星半点安瑞的影子！"

慕贤："幸而没有安瑞的影子！安瑞天生的一个乖乖女，就算我这当爹的给她安一副翅膀，她也不敢飞哟，顶多当个贤妻良母而已！"

9. 大奶奶卧室（日）

彩虹从床头柜里取出安丽的信。

彩虹内心独白："大奶奶虽然气二小姐，可拿着她的信却早起就看，晚上躺床上还看，天天一遍又一遍地看个没够；归齐，是稀罕二小姐出色呀！"

10. 长房正院前厅（日）

慕贤从彩虹手中接过安丽的信。

安丽画外音："……母亲大人所虑，安丽无不会意。然，国难临头，若家家户户急于嫁女，则凭谁力挽狂澜?！果如此，恐喜事未办而日寇先至矣。更何况，安丽既能自立于世，便能自主婚姻，虽非皇帝女亦笃定不愁嫁；要嫁则必须真正心仪之人，唯一倾慕之人，舍此决不俯就。"

安丽画外音止。

慕贤含笑若有所思。

大奶奶看到慕贤的表情："安丽变得这般忤逆，翅膀硬了，说话硬如石头，三弟如何不怒反笑呢？"

慕贤："三弟何以要怒？——笑还来不及呢！"

大奶奶："这怎么讲？"

慕贤："安丽自幼既非乖乖女，亦非刁蛮女；长辈之言如不入耳，往往调皮反诘无所惧，令人发噱且无奈，细想起来竟也有几分道理……"

钱妈过来摆放秋果盘，忍不住插嘴道："三爷真真说到家了！二小姐正是这样的。记得有一回我告诉她，男人是天，女人是地，男人不可以跪女人；她听了眨眨眼，忽然小脑袋一歪一歪说：'不对呀，妈祖是女人，男人个个跪她，还叩头呢。——我在妈祖庙里看见过的！'"

慕贤和大奶奶摇着头笑。

钱妈："还有一回，二小姐偷偷跟翠翠学游泳，把大奶奶给气得！可她分辩说：'女孩子游泳怎么不好了?！万一不留神掉水里，没人来救，自己可以漂起来的！'"

慕贤："你还别说，她那小脑瓜还真会想，想了还真敢做！"

大奶奶："都是你们上上下下给宠坏的！"

钱妈："哪里宠得坏?！她天生明事理着呢。有一天，海海聊起妈祖，说，妈祖本是民女，后来才加封天后娘娘的；海海家乡的渔民很少管妈祖叫'娘娘'，一般只称'妈祖婆婆'，有难时更绝对不喊'娘娘'，而要大呼'妈祖婆婆救命啊！'因为，叫'娘娘救命'，那妈祖必得去换天后的官服，时间就耽误了。二小姐听了立刻补充说：'对呀对呀，就算没耽误，妈祖戴着凤冠霞帔，自己都游不动，又怎么能救人呢！'惹得我们哈哈大笑。如今，二小姐已然出息了，可她小时候的那股子劲却没变，也没有

第二十六集　思静长进　拱南断情

忤逆……"

彩虹画外音："钱妈，你快出来呀！……"

钱妈："哟，我这一多嘴，忘了事了！"便匆匆离去。

慕贤："大嫂啊，安丽是钱妈看着生，看着长的，钱妈没看走眼！其实，安丽的信句句在理，只不过口气硬了些。"

大奶奶明显消了气，却又顾虑道："女儿家如此硬腔硬调，以后谁敢娶？"

慕贤笑："像安丽这样光彩照人的职业女子，你还用发愁？！两年前我曾向安瑞了解过她，安瑞告诉我，追求安丽的青年才俊很多，军界、学界、企业界都有，其中也包括拱北的学弟们，而安丽却冷若冰霜，没准已然心有所属了。"

大奶奶："那她属意谁呢？"

慕贤："连安瑞做姐姐的都摸不到底，长辈们又怎能得知？再敞亮的人也有隐私，何况姑娘家，是不？"

大奶奶："正是。所以，我很担心安丽遇人不淑，那就糟了。——'男怕入错行，女怕嫁错郎'嘛，倒不如我们给她选定一个来得保险。三弟，你说呢？"

慕贤："大嫂的想法固然不无道理，但安丽并非一般的女孩子。她事业上走一步看三步，一当工程师就立总工的目标了；生活上则是未成婚先成家，寓所虽简朴，却留有好房间敬奉长辈们，其孝心可嘉，能力可见，勤奋更可赞！如此特立独行的女儿，怎肯接受包办婚姻？！再者说，无论多么般配的佳偶，少了缘分，也枉然啊！"

大奶奶受到触动，不禁发出一声叹息，垂下眼。

慕贤："去年中秋之夜，拱北在我身边，迟迟不回屋去，直到我发话。至此，我才顿悟，他们尽管已育有儿子，夫妻也并不恩爱！大嫂，你平日是否觉察到这点？"

大奶奶："当然觉察到了！但这不怪思静，是拱北对人家始终淡淡的，迄今为止，还从未单独给对方写过一封家书，顶多两句附言罢了。三弟呀，当年我硬逼拱北娶思静，其结果，贤媳遂我愿了，小夫妻相敬如宾遂我愿了，含饴弄孙也遂我愿了；只可惜，天意弄人，缘分太浅，从不见他俩卿卿我我。久而久之，便觉门庭生冷，少了许多旺气！唉，如今后悔已来不及了！……"

慕贤："大嫂切莫太过自责！千错万错，都是慕贤之错！是我这个当家长的没有把握好，害了这对年轻人的。'前事不忘，后事之师'。安丽的婚姻，我再也不包办了！大嫂，你也放弃吧！"

大奶奶叹道："总之，还是有了事业翅膀硬了，不让我提婚事；动不动就搪塞说事业就是佛，就是教，她信'事业教'！——满嘴的歪理呀！"

11. 长房偏院（日）

思静正哄着两岁的致远玩活动的木头小鸭子："小鸭鸭走得快，要跟致远来比赛。比一比，赛一赛，谁快谁是小乖乖！嘿，比赛开始喽！开始喽！"

梅香进院："大少奶，方才听彩虹姐说，十一少到底来信了！"

思静："真的?!"

梅香："这还有假?!"

思静："太好了，太好了，全家就都放心了。但不知十一弟信里说什么？"

梅香："过大奶奶那边看看不就知道了吗，也省得叫人送过来。"

思静："致远，你跟梅香陪鸭鸭玩吧，妈妈去去就来，好不好？"

致远："好。"

思静："哎，致远真乖，一点也不磨人！"

12. 长房正院前厅（日）

大奶奶："这么些年来，为着安抚思静，我每每借题发挥，贬损拱北；而思静总是为丈夫开脱，从无半句怨言。"

慕贤："真真难为她了！"

大奶奶："唯其如此，我更怜爱，便时时企盼，有朝一日能从旁拨一拨，好叫拱北回心转意。眼下，终于看到一线希望了！"

慕贤："怎样的一线希望？"

大奶奶："我也是胡思乱想的，成与不成还要三弟给个主意。"

慕贤："那好，就请大嫂明示吧！"

大奶奶："从去年开始，拱北不是有一半时间驻上海海军江南造船所监造军舰吗？既如此，何不让思静去上海安个小家？日子一长，双方就融洽了。三弟以为可行吗？"

慕贤断然否定："不可行！"

大奶奶："不可行?! 为什么?!"

慕贤："海军领袖萨镇冰和陈绍宽一脉相传，向来不允许军眷在驻地安家；他们自己身体力行，始终远离眷属。所以，虽然没有明文规定，部下也多心悦诚服，竞相效之。拱北既以萨镇冰、陈绍宽为楷模，又怎肯在身边安家呢？更何况，他对思静至今依旧很勉强啊。"

大奶奶："正因为勉强，才要多多接触，才要在上海安家嘛。"

第二十六集　思静长进　拱南断情

慕贤："方才不是说了吗，拱北他不会接受的。"

大奶奶："我着人把思静送去上海，拱北他能怎样？总不至于驱逐吧。"

慕贤："驱逐倒不会。海军乃绅士，习惯于对女士彬彬有礼。"

大奶奶："那我就达到目的了。"

慕贤："不，你达不到！"

大奶奶："何以达不到？"

慕贤："拱北的脾气，大嫂最了解。你越变相强制他，他越冷落思静；到那时，思静必会异常尴尬，自求返回大榕乡来，毕竟，大榕乡才是她真正的家，这里有她熟悉的一切和胜似娘亲的好婆母啊。果然到了这一步，大嫂莫见怪，那可就真是'偷鸡不成蚀把米'啦！"

大奶奶："这么说来，三弟是不赞成送思静去上海的了？"

慕贤："当然不赞成啰，明摆着有害无益嘛！"

大奶奶："那你先把我一个人送到上海，怎么样？"

慕贤："大嫂打算先去说服拱北，是不？"

大奶奶："试一试嘛。我住安丽那边，不妨碍拱北，这总可以了吧？"

慕贤："大嫂一定要试一试的话，三弟怎敢不允？但求务必三思而后行啊！"

大奶奶："有这么严重吗？"

慕贤："大嫂，你不知道，监造新舰是何等艰辛繁杂，何等责任重大的工作啊！分不得半点心，出不得半点错，而拱北又偏偏是个新手。'万事开头难'，新手则更难。一年来，拱北承受着巨大的压力，我们应该让他集中精神才好，余者皆不重要。大嫂，你再掂量掂量轻重，然后做出行的决定也不迟啊，来日方长嘛！"

大奶奶默然。

13. 长房正院（日）

思静进院，朝上房走去。

14. 长房正院前厅（日）

大奶奶："三弟所言，我都明白。只是——"她叹了一口气，"这么些年来，眼见拱北夫妇异常疏离，子嗣不旺，深感愧对你大哥；再看思静备受冷落，更觉万分不忍！好容易碰上拱北驻上海的大好机会，我犹豫了一年，方始开口。三弟呀，机不可失，时不再来，就让大嫂利用一次吧，成与不成只这一次。你可知道，他们的婚姻是我的一大块心病，是我害了他们啊！"遂不禁哽咽欲泣。

思静站在厅门口泪如雨下，又忙掩口噤声。

慕贤："大嫂莫悲伤，莫悲伤！容三弟再想想，再想想……"

一语未了，思静突然疾趋近前跪下。

慕贤和大奶奶皆吃一惊，急止道："什么事？什么事？""起来说！起来说！"

思静依旧跪着："媳妇不敢起！媳妇有一请求，仰冀长辈俯允！"

慕贤与大奶奶对视一眼。

慕贤："你说吧，我们先听一听。"

思静："思静虽然见识浅，但身为军人之妻，还是懂得先有国后有家，先有军后有眷的道理的。'九一八'以来，日寇横行东北，国人无不切齿。海军每增添一艘军舰，便是增添一分御敌之力，思静又岂能因一己之私而妨碍丈夫为国效忠？恳请三叔，恳请婆母切莫再为思静劳神！思静有致远已是福气，应该知足；而思静必须做到的，则是恪守军眷本分，支持丈夫御敌啊！"

慕贤不禁肃然起敬，起身赞道："贤媳啊贤媳，你让我这个老家长都不能不对你刮目相看哪！快快请起，快快请起！"

思静恭恭敬敬叩头到地。

15. 海军江南造船所（日）

厂区俯瞰。

字幕：1934 年

画外音："九一八"事变次年，日寇在上海发动了举世震惊的"一·二八"事变。我十九路军奋起抵抗，可歌可泣，而海军竟无力驰援，备受诟病。拱北强咽难堪，夙兴夜寐近三载，终于完成了 10 艘炮艇的监造工作，但心头却并无半点松快。

16. 海军江南造船所大门内（日）

画外音：拱北离开江南造船所重返舰队那天，正值甲午战争 40 年祭。40 年前，北洋海军被日本消灭；40 年后，国势更江河日下，不仅东三省早已全部沦陷，伪满洲国早已公然成立，且热河、察哈尔两省及河北北部大片国土，也都落入魔爪。日寇侵略野心之大，罪恶计划之周密，推进速度之快，令中国军人义愤填膺，难解难消。

画外音中，拱北身穿海军少校秋装，拎着一只手提箱，朝大门外走去。

第二十六集　思静长进　拱南断情

17. 海军江南造船所大门外（日）

拱北凝视造船所片刻，举手敬礼告别。

拱南画外音："大哥！"

拱北一怔，转过身来。

拱南佩少尉衔，抢上前来，喜形于色："大哥！"

拱北却平静地笑问道："你怎么在这儿？"

拱南："想你了呗，留日归国快一年了，却没机会见面。今天寄泊吴淞口，补充燃料、淡水、水菜，明日拂晓便起航了，好在会经过马尾的。听二姐说，大哥上午离开江南所，就索性跑到这里等。哎，方才见你默默站着，若有所思，可以告诉十一弟你在想什么吗？"

拱北回眸江南所："我在想，江南所既然能在1918年就为美国建成4艘4750吨级、满载达万吨的大型运输船，那么总有一天，它会为恢复中国海权，振兴中华民族而造出一批又一批举世瞩目的艨艟巨舰的！不是吗？"

拱南："当然是！'乘风破浪会有时，直挂云帆济沧海'……"

拱北好笑地看了拱南一眼："你又要发诗兴了！走吧，别叫安丽等急了！"

18. 上海安丽寓所入户花园（日）

入户花园小巧玲珑，仅容几把椅子而不配桌子；小花园紧接着客厅，厅门敞开。

拱北、拱南、安丽正在闲话。

拱南："大哥，你驻江南所这几年有什么收获吗？"

拱北："从驾驶军舰到监造军舰，我所获得的知识和经验，丰富了我的海军生涯，但最最重要的是，我看到了江南造船所有一笔巨大的财富……"

拱南："什么财富？！"

拱北："这财富就是：中国顶尖的舰船设计师叶在馥、称职的工程师和技术员队伍以及一大批熟练工人，而他们的爱国热忱更是无价之宝！"

安丽："大哥，你是怎样发现这无价之宝的？快讲来听听，也好让我从中受益！——我正是身在企业嘛。"

拱南便打趣道："嘀，看来二姐不满足于工程师，还想当企业家呢！"

安丽："咄，瞎捣乱！大哥快说！"

拱北："我发现宝藏，全拜日寇所赐！"

拱南、安丽："啊？！"

拱北："10 艘炮艇中，'江宁''海宁'最先建造，两艇的第一颗铆钉都是著名设计师叶在馥亲手砸下的；不料开工仅 12 天，日寇就发动了'一·二八'事变，工程因此中断近半年。我原以为下水必会延期，想不到复工后，众人怀着国仇，上下一心，拼命追赶，终于追回了失去的全部时间，赶在'双十节'成功下水。下水仪式十分隆重，陈绍宽部长百忙中亲任主席，可见他对江防战略的重视和员工爱国热忱的嘉许。仪式结束后，我回监造室去，半路上忽然瞥见铸造车间外的墙角下有一个人……"

19. 海军江南造船所铸造车间外（日）

年过半百的陈师傅在墙角下偷哭。

拱北近前："陈师傅！"

陈师傅一怔，连忙拭泪。

拱北："陈师傅，你怎么哭了？！方才，'江宁'下水前撤掉木撑的时候，你不是也在场，很高兴的吗？"

陈师傅又不禁掉下泪来。

拱北："告诉我，到底出什么事了，看我能不能帮上忙？"

陈师傅摇摇头："谁也帮不到的，纪少校！"

拱北："有这么绝望吗？！"

陈师傅重重叹了一口气："不瞒你说，纪少校，我 40 岁才生了个儿子，叫宝根。宝根今年 12，又聪明又孝顺；每次我回宁波，大老远就能看见，他在码头上盯牢我，一蹦一蹦，弹簧似的。想不到，上个礼拜，宝根突然发病，病得不轻。当时，工友们都在拼死拼活赶工，我就决定，等'江宁'下了水再回宁波。谁知道，今天一大早，又接电报……宝根……宝根他……他半夜里走了！……我……我再也看不到他……他弹簧的样子了！"至此，禁不住号啕大哭起来。

拱北拍拍陈师傅的肩："节哀吧，陈师傅，你如此深明大义，真是了不起啊！了不起啊！"

拱北回忆止。

20. 上海安丽寓所入户花园（日）

拱北："要不是日寇逼得我们停工又赶工，说实在的，我还真的有眼不识泰山，看不到江南所员工的爱国心呢！不过话又说回来，由于去年日寇逼签了《塘沽协定》，华

第二十六集　思静长进　拱南断情

北大门已然洞开，中国国防压力、财政压力越来越大，国人多少事想干却是心有余力不足，空留一腔热忱啊！"

安丽："大哥，你不会泄气吧?!"

拱北："笑话！大哥为什么要泄气?!泄气就不是中国军人了！成败不在一时，胜负不拘一事。我坚信，以掠夺为生者必死于掠夺，以掠夺立国者必亡于掠夺！将来，泄气的只会是日本，而……"

拱南抢话，热烈地说："而从血泊中站起来的，一定是劫后重生、紧握海权的伟大中国！"

安丽："好，这才是铁骨之声，傲骨之气啊！"便起身："我给你们煮咖啡去。"

21．上海安丽寓所客厅（日）

客厅陈设简洁。

安丽端上咖啡，又在杯中放进方糖，便朝入户花园喊道："咖啡好啦！"

拱北、拱南应声而入，不约而同道："好香啊！"遂入座。

安丽在拱北的杯中又夹进两块方糖："大哥还是喜欢躺甜躺甜的。"

拱南喝了一口赞道："咖啡煮得不错嘛，想不到二姐也会做家务了！"

安丽得意："那当然，'士别三日当刮目相看'嘛！他乡谋生岂能照搬故乡的日子?!况且，既已安了家，就得做好家务才对得起家呀！若不是你须按时回舰上去，今天晚餐我大可献艺，来几道本邦菜呢。"

拱南："嘀，还本邦菜，这么厉害啊！"

拱北不屑："什么本邦菜？你也信！一饭一汤而已！"

安丽狡辩："饭，是上海菜饭；汤，是腌笃鲜。——还不够意思吗？须知，我专攻这两样，厨艺日进，已然练成我的招牌菜啦，嘻嘻！"

拱北、拱南皆忍俊不禁。

安丽："不管怎么说，至少三叔来小住时，我有两样招牌菜垫底，也能显出孝心了，对不对？"

拱南："三叔何时来上海？"

安丽："三婶仙逝这一年多来，我封封信催，而三叔迄未作答，只吩咐过我，将安瑞母子送往苏州她婆家那里散散心。荣官也一次次去信邀请，三叔往往顾左右而言他，实在叫人捉摸不透了，莫非……莫非有什么令他失望的地方?!"

拱北："糊涂虫！想哪儿去了？三叔是唯恐给你们添麻烦，分散精力嘛。纪氏家族中，你是女大学生出身的第一位工程师；荣官尤其不易，是自仆人而学徒而师父，最终破格升为工程师的。如果没有三叔这个开明家长的公正、识才和决断，你俩也难有今日啊。三叔既造就了你们，当然格外珍惜你们的事业，一分一秒都舍不得耽误，不是吗？"

　　安丽："三叔用心如此良苦，我都不知道该怎样孝敬他、报答他才好啊！"

　　拱南："三叔又当叔，又当爹，又当教师，又当长官，实在太无私，太伟大了！如今，他老年丧妻，我们又不能随侍，真不知该如何是好；也只有等，等我一旦成家，就把他接来，会有人侍奉的！"

　　安丽眼睛一亮："嘿，一语泄露天机！听这口气，十一弟你好像有人了！"

　　拱北立即追问："确实有吗，拱南？"

　　拱南迟疑了一下，坦诚回答："确实有。"

　　拱北："那你禀告过三叔和母亲吗？"

　　拱南："还没有。"

　　拱北："家里已然不包办婚姻了，但终身大事你仍应尊重长辈，恭听教诲，适时偕心仪之人来家中见面才是。"

　　拱南："十一弟何尝不希望如此，只不过……只不过……"

　　安丽："'只不过'什么？吞吞吐吐的！有难处，直说嘛，哥姐又不是外人。"

　　拱北忽有所察，立即逼视拱南，一针见血道："索性我来挑明了吧。毫无疑问，拱南之所爱，乃一东洋女子，因此才有难言之隐！"

　　安丽："真的吗，十一弟？"

　　拱南默认。

　　安丽："你们怎么认识的？"

　　拱南："三年前，我们在东京一间书屋偶遇。小川芳子付账时不留神掉了钱，我捡起来追出去给她，就这么认识了。当时，樱花开得好灿烂啊！"

　　安丽："芳子是怎样的一个女子？"

　　拱南："芳子娴静而歌声柔美。她小我三岁，今年满20，在东京女高师求学，明年毕业。由于双亲早早过世，她家境贫寒，人口很少，虽然有个哥哥，可惜脾气太坏。知道我有十几位兄弟姐妹，她羡慕地说：'多幸福啊！'我和芳子虽背景不同，文化各异，且约会甚少，但彼此却十分珍惜。不料，日本制造了'九一八'事变，我俩深陷痛苦；然而愈苦愈分不开，我归国那天，芳子哭着说，无论发生什么，她一毕业，就会追随我到中国，海枯石烂，永远相守！"

第二十六集　思静长进　拱南断情

安丽:"你相信她的话、她的心吗?"

拱南:"当然相信,如同相信我自己一样!"

安丽感动,爽朗地说:"既如此,还不赶快去信三叔和母亲!待明年娶进门来,芳子在上海找份工作,我又多了一个姐妹兼弟媳妇,多好啊!再者说……"

拱北越听越不屑,终于勃然大怒:"住口!愚蠢之极、幼稚之极、可笑之极!"

安丽大为尴尬,颤声道:"我……我怎么了?!怎么了?!"

拱北:"什么时候了,你还添红加绿,帮着拱南描画跟日本女子的爱情美梦!"

安丽抗辩:"这美梦有何不妥?!那芳子无父无母,嫁过来必会把纪家当自家的。妈又多了个好媳妇,岂不快哉!"

拱北:"拱南,你也这么认为?"

拱南:"我不会看错芳子的!莫道无父无母,便是父母双全,她也会是个好媳妇的;而我顾虑的倒是,中日局部战争早就开始了,我们的婚恋将得不到任何祝福。"

拱北怒:"祝福?!你居然奢望祝福!糊涂油蒙心!!!当今形势,日寇已占东北并河北局部,剑指京津,意在迅速亡我中华。作为军人,和平时期尚且回避跨国情缘,何况眼下!眼下,连平民百姓都忌惮结交日本人,你却毫无警惕,实在枉读军校,枉为军官!"

拱南:"大哥怎么教训我都可以,但不要怀疑芳子!芳子纯真而孤独,十分依赖我,她绝不会成为我身边的定时炸弹的,你放心好了!"

拱北:"放心?!我不认识,更不了解这个日本女人……"

拱南霍地站起来:"请你称'芳子'!她是我今生所倾慕的第一个姑娘,而不是什么'这个日本女人'!"

安丽忙拉拱南坐下:"站起来像什么样子,要打架啊?!"

拱南气恼地坐下。

拱北改了口,却冷冷地说:"我不了解小川芳子,无法相信你打的包票,但绝对相信日本间谍无孔不入;他们必然千方百计利用中国军人身边的日本妻子,到那时,后果将不堪设想啊!"

安丽顿悟,坦荡认错:"一语惊醒梦中人,大哥是对的!"

拱南低下头去。

拱北:"十一弟,这段感情,必须快刀斩乱麻,早早了断,你自己好好想想吧!"

22. 上海安丽寓所入户花园（日）

安丽在拱南旁边坐下："想明白了吗，十一弟？"

拱南："我是军人，不会想不明白的。我知道，在军人责任的天平上，国家利益和个人爱情永远无法平衡，后者不管怎样加码也轻如鸿毛；我更知道，军人不仅在战场上，而且在人生的方方面面，都应该比百姓更勇于牺牲。然而，一旦真的要割舍吾爱时，刀却锈钝了，难以按大哥的要求速速了断。我觉得，大哥之所以如此冷酷决绝，那是因为他没有爱过！"

安丽："错！大错特错！大哥深深地爱过一个人，却被迫娶了叶思静为妻。当时你年纪小，不知情罢了。"

拱南："哦，难怪他对大嫂总是淡淡的……"

安丽截断："打住打住，言归正传！大哥固然不幸，但他的爱并无危险，你却大不相同：你以军人之身而爱敌国之女，正如大哥所言，后果不堪设想。我很为你捏把汗，毕竟，这是一种危机四伏的爱情啊！快下决心吧，越快越好！"

拱南："大道理我都懂，但我怎能不顾芳子?！芳子从小缺乏家庭温暖，她一心一意等着我给她一片小天地，一个温馨可爱的安乐窝。我郑重承诺过，要跟她一起圆梦；还告诉她说，她未来的天地比想象的大得多，那里有大海滩、大榕树、大池塘，有长桥、家庙、龙舟坞，春日满山杜鹃争艳，夏季满树荔枝龙眼……她听得如痴如醉。现在，叫我如何挥刀砍断我俩共同憧憬的未来啊?！说实话，二姐，我真不敢想，不忍想……"

站在客厅门口的拱北，怒不可遏，冲到拱南跟前，指着鼻子吼："拱南！你还在诗里缠绵，执迷不悟！我告诉你，你们的未来早就被日寇炮火轰碎了，你还死抱着碎片不肯撒手，而且莫名其妙地自责，何其不堪！海军世家子如此没出息，三叔白疼了你，我替你害羞！"

安丽忙拉拱北坐下："大哥，拱南明白道理，缺的只是一点点决断。诗人气质，从来多情，你该给他些许时间嘛！"

拱北："我何尝不想给他多多时间，慢慢解决？但形势逼人！继1932年十九路军淞沪抗战之后，去年，中国军队又接连进行了榆关抗战、热河抗战、长城抗战，而拱南却沉湎于儿女之情，不能自拔！"又警告道："拱南，你若不能猛醒，犹豫拖延，最终还会害了小川芳子！"

拱南："这，这怎么会?！"

第二十六集　思静长进　拱南断情

拱北:"当然会,你会误了小川芳子的青春,甚至危及她的性命!"

安丽:"大哥的警告很震撼!长痛不如短痛,拱南你要珍惜芳子的青春,这,才是真爱啊!"

拱南低下头去。

23. 吴淞口(日)

吴淞口眺望,画面中可见标志性建筑——灯塔。

24. 吴淞口岸边(日)

黄昏。

拱南在徘徊。

拱北画外音:"今天是甲午战争40周年,明天是'九一八'事变3周年,旧恨新仇皆未报雪,华夏子孙怒火难消。中国军人可以放弃儿女之情,但绝不放弃责任和荣誉。大爱小爱,大义小义,孰轻孰重,十一弟,你必须当断则断,做出理性的选择!"

25. 吴淞口(日)

波浪涌动。

拱南画外音:"芳子,我的心好痛好痛,好重好重,重得沉进了海底!什么时候才能再见你信赖的目光?什么时候才能再听你婉转的歌声啊?"

26. "应瑞"号舷边(夜)

拱南凭舷凝望闪烁的灯塔。

一位三副经过,看见拱南,遂上前拍了他一下:"喂,我们的'海军小诗人',你独自凭舷,所为何事啊?"

拱南望了他一眼,苦笑一下:"什么'海军小诗人',别笑话我啦,不过是一介庸才,哪里当得起?"

三副:"并没有笑话你!中国自古军旅诗人辈出,唐代的王昌龄、王翰、高适、岑参,宋朝的范仲淹、岳飞、陆游、辛弃疾等等不胜枚举,可惜均非水师情怀。你的诗词在军中传诵甚广,尤其是《沁园春·中秋》,抒发了甲申、甲午海军的亡军之痛和慷慨激昂的复兴之志。袍泽们怀着对海军文化的期望,'加封'你为'海军小诗人',也是情理所至,意在鼓励啊!"

拱南："听君一席言，拱南更觉惭愧！"

三副："不必过谦，方才你凭舷伫望，定然在酝酿新作。今天正是甲午40周年嘛！"

拱南："没有新作，真的，我只不过在看灯塔。"

三副："灯塔?！无千无万次了还要看！莫非有新的感触？何不与我分享？"

拱南："灯塔孤独而坚强、清醒而慷慨，无论风朝雨夕、阴晴圆缺，都美得让我看不够，也想不够啊！"

三副："嘿，你准确地表达了对灯塔的感觉！这感觉我也有，偏偏说不出，所以得不到'海军小诗人'的桂冠。"

拱南："你又来了！"

三副："真的嘛！你总是想入非非，而且善于表达，我就不行。你接着说，接着说，我爱听！难得咱俩都不当班，明日拂晓一起锚就又紧张了。"

拱南："那好，我继续说灯塔。前面所说的灯塔，是有形的；实际上，还有一种灯塔，它是无形的……"

三副："无形的灯塔?！"

拱南："无形的灯塔耸立在心底，它由千百万英烈的血肉铸成；有了它，我们的灵魂才能永不迷航，而这无形的灯塔就叫——"

三副："叫什么？"

拱南："叫忠诚！忠诚是照耀灵魂的灯塔！"

27. 吴淞口（夜）

灯塔在闪射。

28. 三房正院（日）

大力匆匆进院，一面朝书房喊道："三爷，电报！二小姐来电报了！"

29. 纪慕贤书房（日）

慕贤拆看电报。

大力关切道："二小姐怎么了?！没事吧？"

慕贤："没事没事。你把电报给大奶奶送去，我稍后便到。"

大力："哎哎！"接过电报，急忙走了。

第二十六集　思静长进　拱南断情

慕贤端起茶杯，沉吟片刻。

30．长房正院（日）

钱妈看见慕贤："三爷来啦！大奶奶在前厅候着呢。我这就给你沏茶去。"

慕贤："不用了，我刚刚才喝过。"

31．长房正院前厅（日）

大奶奶放下电报："三弟呀，安丽的电报令我一则以喜，一则以忧。知道拱南明日寄泊马尾，可以短聚，当然欢喜；但没头没脑，说什么'十一弟或与日女绝交'，语焉不详，又觉十分蹊跷，不安得很！"

慕贤："大嫂勿忧！我原也一头雾水，但琢磨一下，便猜到七八分了。无非是拱南瞒着家里，与日本女子相恋而已。他23岁，正当青春鼎盛时期嘛。至于'绝交'，那必是拱北干涉所致。"

大奶奶："你的意思是，拱南在上海见到拱北，泄露了恋情；拱北清醒，来了个'棒打鸳鸯'？"

慕贤："一点没错！而安丽机灵，她匆匆电告，意在提醒我们，慰勉拱南，快刀斩乱麻不缩手！"

大奶奶："果然如你所判定的话，那拱南是要痛苦很久的。他天生热烈多情，诗啊词啊的，完全不像拱北那么冷，那么绝，否则，哪能爱上敌国女子呢？唉！"

慕贤："岂止拱南痛苦？可想而知，他心上的日本女子也在为情所困，备受煎熬呢！说起来，这次也亏了拱北的冷和绝，不然的话，悲剧愈演愈悲，伤痕越积越深，就很难收拾了。拱北这大哥当得很像样嘛！"

大奶奶："拱南该不会离开拱北就走回头路吧？"

慕贤："拱南虽然诗人气质，但他首先是军人！军人为国一切均可抛弃，何况国难之时？这个道理，他是懂得的。"

大奶奶："我是说万一！"

慕贤正色："那，他就是纪氏的逆子！族规不容，家法不容，恩断义绝，逐出门去！果然到了那一步，大嫂你，还有我，我们可要把持住啊！"

大奶奶点头认可。

慕贤："其实，不会有'万一'。"

大奶奶："为什么？"

慕贤："因为，拱南背后有族人，更有家人；家人当先，堵住了他的回头路！"

大奶奶："但愿吧！"

32. 大奶奶卧室（夜）

大奶奶坐在窗旁想心事。

钱妈进来关窗户："虽然入秋以后还很热，但毕竟 9 月下旬了，晚间早些关上窗户好，免得不知不觉着了凉。"

大奶奶只是抬了抬眼，无所反应。

钱妈："大奶奶，上床歇息吧，莫再想心事了。"

大奶奶不由得叹了一口气。

钱妈："十一少好容易临时回来一趟，家里上上下下高兴着呢，你怎么反倒心事重重的呢？"

大奶奶："拱南糊涂啊！"

钱妈："不就是跟个日本姑娘好吗？丁点大的事！况且，既然三爷断定他们会分手，你又何苦思来想去呢？"

大奶奶："我硬是弄不明白，中国自古出美女，西施、貂蝉、王昭君、杨贵妃，个顶个的闭月羞花之貌、沉鱼落雁之容；就说我们福州吧，那也是山清水秀养美女，比如大少奶、安瑞、安丽、安祈，哪个不俊俏明艳？钱妈，你年轻的时候，也光彩着呢！……"

钱妈笑："瞧你说的，连我也扯上了！"

大奶奶："是嘛，中国女孩无千无万，哪里挑不出个人尖?！有何道理急急忙忙，也不禀告长辈，就看上了世仇之女？偏偏还是那日本种！"

钱妈："道理哪能没有？'情人眼里出西施'嘛！世上丑男娶美女，有很恩爱的，丑女嫁美男，也有很恩爱的，这全是'情人眼里出西施'的缘故啊；何况拱南英俊，那日本丫头又很可能是个'日本西施'呢！"

大奶奶："我就怕拱南被'日本西施'迷住了，不能快刀斩乱麻；又或者，不顾一切，跨国定亲，那就糟而又糟啦！你说是不是？"

钱妈："是的话，当然糟透了。这个年月还跟日本人结亲，不被骂死才怪呢！"

大奶奶："我们整个家族多少年的声望就都毁啦！"

钱妈："别多想了，多想也无益，越想越严重。横竖明天就能见到十一少，到时候细细问一问不就清楚了吗？"

第二十六集　思静长进　拱南断情

33．纪府大池塘（日）

远景。长桥上出现拱南的轮廓。

34．长桥（日）

拱南一身海军少尉秋装，行进在长桥上。

突然，拱南一怔，随即止步。

35．长桥桥头（日）

慕贤偕4岁的致远在桥头等候，致远身穿水兵童装；他们的后面，丁管家率海海、水生等十余名家丁皆翘首以待。

36．长桥（日）

拱南内心独白："三叔从未亲自迎接晚辈于宅门外，更遑论来长桥了；今日大大破例，必是得知我和芳子之事，故而特以超常礼遇逼我深刻反思，又以水兵童装促我维护门第。三叔用心良苦啊！"

拱南内心独白止。

拱南奔下桥去。

37．长桥桥头（日）

拱南冲下桥头，激动不已："三叔！三叔如此礼遇，拱南当不起啊！"便要下跪。

慕贤一把拉住，意味深长回应道："你，应该当得起！能够当得起！"

拱南低下头。

38．长桥下小路（日）

慕贤、拱南一干人等沿小路回家。

丁管家上前："难得十一少路过家门，三爷，你俩边走边聊，我还有些事要快走几步回去张罗张罗。"

慕贤："好，你——你们忙去吧，太阳也快偏西了。"

致远抬头问丁管家："丁爷爷，你是赶着给十一叔办接风宴，准备好吃的，对吧？"

众人皆笑。

拱南往致远鼻子上一刮："小馋猫！"

致远："丁爷爷，致远也能有接风宴吗？"

众人又笑。

丁管家："看把你急得，你才4岁呀！"便正了正致远的海军帽："等你长大，当上海军，回家就有接风的待遇啦！"遂牵了致远的手招呼海海等人："走！"

众人离去。

拱南沉默片刻，欲言又止："三叔，拱南……拱南……"

慕贤摆摆手："不必为难！三叔尊重隐私，不要求知道你和日本姑娘的恋情。"接着又深深盯了拱南一眼："但是，三叔不能尊重你们危险的婚姻！想想吧，中日两国已成世仇，而纪氏一族，单说我们这四房，就有11名现役海军；国难当头，你若爱情至上，娶了敌国女儿，那必定会为家人、族人所不齿，在军中同样无立足之地啊！爱，有大爱、小爱；义，有大义、小义。孰轻孰重，你认真想过吗？"

拱南："想过了。9月17日，甲午40周年那天，在吴淞口灯塔旁，拱南认认真真想过了。拱南觉得，自己的理智已经战胜了情感。"

慕贤尖锐地问道："完全战胜了吗？你可不要动摇啊！"

拱南无语。

39．长房正院（日）

大奶奶在上房阶上倚柱而望。

丁管家进院："大奶奶，十一少到了！"

大奶奶的目光越过丁管家："人呢？"

丁管家："十一少随三爷正在池边走着，快了。我赶回来，有件事要请大奶奶示下。"

大奶奶："什么事？"

丁管家："十一少和安祈小姐是家中难得的一对艺术兄妹。十一少明天就得走了，偏偏安祈小姐正由四爷陪着，在松声爷府上拜会几个画家。我寻思，即刻就去接安祈的话，还赶得上叫他俩聚一聚。或许，这多少会让拱南心情好一些，毕竟，少男少女断情是会很痛苦的啊！大奶奶，你看要不要接安祈？"

大奶奶平静中透出冷峻："不，不接！"

丁管家："为什么？"

大奶奶："因为，眼下，拱南必须做他最最应该做的事！"

第二十六集 思静长进 拱南断情

丁管家一怔。

丁管家内心独白:"别看大奶奶从来平和大度,可一旦较起真来,竟然一点也不含糊呢!"

40. 长房正院(夜)

灯光从上房透出。

41. 长房正院前厅(夜)

拱南站在大奶奶座前:"妈,拱南来请晚安!"

大奶奶:"坐!方才你在四婶那里吧?"

拱南:"是的。四婶给我看安祈的画。安祈画得真好,才15岁就画得这么好,前途无量啊!"

大奶奶:"安祈的绘画,先天来自生母那青,后天有赖养母督促。你四婶收藏安祈习作已逾十年,连4岁时的涂鸦都当成宝贝,送呈老师指教;每逢那青忌日,更命安祈选得意之作上供。"

拱南:"四婶用心良苦啊!"

大奶奶话锋一转:"这便是'可怜天下父母心'的道理了。为子为女者,须知感念方为孝顺。安祈应如此,你也应如此啊!"

拱南起身:"是。"

大奶奶:"坐下,坐下,妈还有几句话对你说。"

拱南:"妈,拱南敬听教诲!"乃坐。

大奶奶正色:"儿啊,你已二十有三,读过海校,留过学,早就不是需要百般呵护的蒙童,而是正正规规的海军人了。军人离家寻常事,明日你回舰队,妈不用叮嘱什么,但有一句话,今晚必得问个明白。"

拱南:"妈,你问吧!"

大奶奶:"拱南,告诉妈,你跟日本姑娘了断了吗?"

拱南:"了断了。"

大奶奶:"如何了断的?"

拱南面有难色:"妈,'如何了断',这涉及拱南的隐私,就不交代了吧?"

大奶奶:"隐私很了不起吗?!"

拱南:"不是这意思!我是说,是说……"

大奶奶："说呀！"

拱南："咳，反正怎么说你也不可能明白！唯有三叔懂得，所以他不碰拱南的隐私。"

大奶奶不悦："三叔归三叔，妈归妈！三叔知西学，不问隐私，妈不一样。妈牢记先贤之道：'无事不可对人言。'你是儿子，还有什么不能对自己的亲妈和盘托出的？！"

拱南："咳，这……这真是鸡同鸭讲话！"

大奶奶生气："什么鸡同鸭？！——出言不逊！"

拱南慌了："对不起，对不起，拱南比喻不当，失言了，大大失言了！妈不要生气啊！"

大奶奶白了拱南一眼："记住，子与母应无所不言才对！"

拱南："然而，拱南毕竟已经成人了！"

大奶奶："如此，就更该谨守先贤之道，坦荡做人。——什么隐私不隐私的！"

拱南："妈，坦荡做人跟尊重隐私，完全是两码事，扯不到一处的！"

大奶奶："怎么扯不到一处？！不要狡辩了，快把你们如何了断的，给我说清楚！"

拱南："妈，这是往儿的伤口上撒盐哪！"

大奶奶："撒盐总比捂烂了好！"

拱南："妈，我不想说，你别逼我了，行不行？"

大奶奶："倘若你跟中国女孩了断，我或许可以不问，但你是跟日本女子！这样的隐私，我管定了！"

拱南："妈！"

大奶奶怒形于色，指着拱南："你说不说？！说不说？！"

拱南赶紧站起来："妈，别生这么大气嘛，气坏了身子怎么办？"

大奶奶："那你就该一五一十讲清楚！坐下吧，坐下讲！"

42．长房偏院前厅（夜）

思静摸摸致远的头："致远给妈请了晚安，现在该干什么了？"

致远："该睡觉了。"

思静："没错，好孩子要早睡早起，生活有规律才是！"

致远："三叔公说，生活散漫，当不了海军！"

思静："三叔公还说，胆小如鼠，也当不了海军！致远胆小如鼠吗？"

致远："才不呢！"

第二十六集 思静长进 拱南断情

思静："那太好了！妈告诉你，十一叔明天一早走，妈这就过去看看他。你一个人先睡，怕不怕？"

致远："不怕！"

思静："好孩子，那你自己进里屋睡吧，妈走了！"

43．长房偏院外（夜）

思静跨出偏院，掩上院门。

44．长房正院前厅（夜）

拱南："妈问我是如何跟芳子了断的？其实很简单。归国以来，我原本每日必写一信，积存起来，得便时就给芳子寄去厚厚一沓；如此，从未间断过。但9月17日至今，因在上海听了大哥的规劝，就再没有主动写过片言只字了。"

大奶奶："这能算'了断'吗？"

拱南："难道不算？！"

大奶奶："当然不算！"

拱南："那还要怎么样呢？！"

大奶奶："你要正正式式写封绝交信才行！"

拱南："这对芳子刺激太大了，我做不到！"

大奶奶："你必须做到！别自作聪明，以为不了了之最最可行！我告诉你，那才是对芳子极大的不负责任！试问，不去信，也不绝交，不明不白的算怎么回事？你唯恐刺激芳子太深，却不怕误她青春吗？！即便你不怕，我还有怕的呢！"

拱南："妈怕什么？有什么好怕的呢？"

大奶奶："我怕，万一芳子熬不住了，跑到大榕乡来打听你，那可怎么收拾啊？啊？！"

拱南："妈，你未免太过虑了！芳子她一个弱女子，怎可能跑到如此遥远、如此陌生的大榕乡来呢？"

大奶奶："弱女子又怎样？古时候还有孟姜女千里寻夫到长城呢，何况当今？你怎敢断言芳子不敢来？！"

拱南："果真的话，那倒好了！"

大奶奶："你什么意思？！"

拱南："我是说，芳子果真隔海相寻的话，纪氏的宗亲乡党必会大为感动，转而支

175

持我俩的姻缘啦！"

　　大奶奶动怒，颤声斥责道："原来，你竟存了这种心思！逆子啊逆子，你！你休想！"

　　拱南："不是的，不是的！妈，我哪里敢存这样的心思？这不过是话赶话赶出来的！"

　　大奶奶："你若坚定，再怎么话赶话，也赶不出'宗亲乡党支持姻缘'来！"

　　拱南："妈，你误会了！"

　　大奶奶："我没误会！实际上，你心存幻想，这幻想只能害人害己；所以，你必须郑重其事写下绝交信，方能断了退路！"

　　拱南："妈，你听我解释，听我解释！"

　　大奶奶："解释什么?! 有什么可解释的?! 你这个人，头脑一热什么都做得出来，否则，哪能跟日本女子说好就好，对家里一声也不吭呢？你若不断退路，没准哪天头脑又一热，和芳子私订终身结了亲，那事情可就大啦，后果不堪设想啊！"

　　拱南："妈，你又过虑了，没那么严重吧？"

　　大奶奶："怎么不严重?! 弄得不好，我这长房长媳在纪府几十年的脸面就丢光啦！想想看，鬼子已然打进中国，我儿还娶倭女为妻，如此母教，不被家人、族人、乡人骂死才怪呢！拱南啊，就算为了妈，你也必须快刀斩乱麻，一了百了，刻不容缓！"

　　拱南："妈，你再听我说几句，行不行？儿子求你了！"

　　大奶奶再不理会，断然朝里屋喊道："钱妈，笔墨伺候！"

45．长房正院（夜）

　　思静进院。

　　钱妈正往外走，望见思静，急忙趋近，悄声道："大少奶，我正要找你去呢！"

46．长房正院前厅（夜）

　　拱南为难地对着桌上的笔墨："妈，绝交信拱南不能就写！"

　　大奶奶："必须就写！"

　　拱南："妈，你不要苦苦相逼嘛，再逼我也不写！"

　　大奶奶："那好，你跟我去祠堂，给列祖列宗下跪，发誓与芳子断绝书信，永不反悔！"

　　思静画外音："妈！"

第二十六集　思静长进　拱南断情

　　大奶奶、拱南一起朝思静望去。

　　思静快步趋近拱南为之解围："十一弟，你先出去独自反省一会儿，别在这里惹妈生气了！快走，快走！"

　　拱南得救似的回应道："我走我走，我走就是了。"遂赶紧溜走。

　　钱妈端茶上几。

　　思静扶大奶奶到几旁坐下并奉上茶："妈，你先喝点茶缓一缓，缓一缓，好不好？身体要紧啊！"

　　大奶奶叹了口气，呷了口茶。

　　思静："妈，十一弟不禀告长辈私自结交日本女子，的确不妥，妈教训得是！十一弟青春鼎盛，又富诗人气质，妈担心他不能断然放弃芳子，也完全在理。然而，思静有几句肺腑之言，不知道妈愿不愿听？"

　　大奶奶："既是肺腑之言，岂有不愿听的？说吧！"

　　思静："妈，芳子虽为日本姑娘，但她在日寇已然杀进中国的时局下，还是死心塌地愿意嫁给拱南，嫁到中国，由此可知其人多么无邪，多么深情啊！想着想着，思静就觉得很不安，很担心了……"

　　大奶奶："担心什么？"

　　思静："思静担心，倘若十一弟不做些铺垫，便突然提出绝交，后果将不堪设想！万一芳子一下子承受不了，有什么三长两短，我们对如此天真可爱的一个姑娘，心里能过得去吗？恐怕今生今世，来生来世都会无比内疚，追悔莫及啊！妈，你说呢？"

　　大奶奶脱口而出："那倒也是啊！阿弥陀佛！芳子她也是爹生娘养的啊！"

　　思静："妈，依思静所见，十一弟从小内承长辈严教，外受海校培育，绝非不识大义之人；他之所以不肯快刀斩乱麻，那也只是为了减轻对芳子的打击。毕竟，芳子是无辜的、不幸的，何况又是自己心爱的姑娘，怎么可能丝毫也不为之着想呢？对不对？"

　　大奶奶点头叹息。

　　思静："妈，思静将心比心，觉得十一弟很不容易，非常不容易！作为军人，他以国家为重，宁肯割舍小爱，决不割舍大爱，因此而放弃了芳子。但作为男人，他又很侠骨柔情，懂得怜香惜玉，所以必须强忍自身之痛，去抚慰芳子之痛；仅仅这份担当，就好沉重、好沉重啊。妈，拱南之事来得太突然，全家都大为错愕，思静左思右想也还没个头绪。思静一向浅薄，难免言不及义，妈，你可别见怪啊！"

　　大奶奶："怎么会见怪呢？"

思静:"思静还有一言,不知当讲不当讲?"

大奶奶:"尽管讲,尽管讲!"

思静:"妈,十一弟是你的亲生儿子,你若还能相信他的品格,就请放手让他以自己的方式了断自己的情缘吧!毕竟,最最了解芳子的是十一弟,'解铃还须系铃人',妈以为如何?"

大奶奶目露赞许:"思静,从来都是你听我的,今天我就听你的吧!"

思静:"真的吗?"

大奶奶:"当然是真的!思静啊,不知不觉中你长进了许多许多,妈越发觉得,你是拱北的福气啊!"

思静:"这是妈疼我呢!"

47. 长房正院（夜）

帘栊幽暗。

繁星点点。

48. 长房正院西厢外（夜）

拱南披着睡衣从西厢出来。

拱南仰望星空。

拱南内心独白:"芳子,你安睡了吗?可曾梦见我吗?我好想好想你啊!我们是在樱花灿烂的日子里相遇的。什么时候,樱花如旧,情人长相守?什么时候,什么时候啊?……"

49. 长房正院西厢（夜）

拱南入睡。

小川芳子轻柔的画外音:"拱南君,拱南君,你快醒醒,快醒醒!你看,你快看,樱花如旧,樱花如旧啊!……"

梦起。

50. 拱南梦境（日）

一座深绿色的板桥,夹岸樱花似锦。

桥的一端,芳子飘然而至。

第二十六集　思静长进　拱南断情

芳子举袂召唤拱南。

拱南奔向芳子。

拱南、芳子即将相拥。

狂风骤起,樱花乱飞,一派迷离。

芳子寻找拱南,拱南寻找芳子。

拱南、芳子皆隐没,只剩下狂舞的樱花织成了烟雾。

51．长房正院（夜）

一天星斗无比寂寥。西厢传出拱南画外音:"芳子!芳子!芳子你在哪里,在哪里啊?……"

第二十七集　拱南自杀　长房迁沪

1. 南京下关江面（日）

江面上泊着数艘军舰。

字幕：1935 年 南京下关

2. 南京下关江边（日）

拱北、拱南在踱步，一个穿少校夏装，一个穿中尉夏装。

拱北："十一弟，凑巧得很，同时泊在下关，且不当值，可以聊聊，怎么你倒一声不吭，变了个人似的？"

拱南瞥了拱北一眼，没有反应。

拱北："看来你还没有走出失恋的阴影！从去年秋天到如今，已然八九个月了吧，你那儿女情长还没完没了，堂堂军人怎能如此！"

拱南终于开口："大哥这么说我，是只知其一，不知其二啊！"

拱北："什么意思？"

拱南："去年 9 月 17 日，甲午 40 年祭，在上海，大哥劝我跟芳子断交；道理摆得很透彻，我也想得很明白，可就是没有快刀斩乱麻，也不能够快刀斩乱麻……"

拱北："为什么？！"

拱南："不为别的，就因为我是男人，男人理当保护女人！对于芳子，我虽逼不得已要伤害她，但责任和情感都要求我尽量减少伤害。"

拱北："那你是怎么做的？"

拱南："还能怎么做？！想来想去，也只有给芳子一点思想准备这一招了。于是，我先减少联系，令其生疑；最后才去信，谎称自己已然为家族利益而联姻，请求她原

第二十七集　拱南自杀　长房迁沪

谅我负心，希望她另择佳偶。"

拱北："后来呢？"

拱南："没有'后来'啊！当年，芳子说，她爱我一切的一切，但最最爱的是我的真诚。可恨天意弄人，如今欺骗她的居然是从不说谎的我！芳子由此再无音讯，而我却只能吞下苦果，一骗到底。你想，都这样了，哪有什么'后来'可言呢？不过……"

拱北："'不过'什么？"

拱南："不过，我心灵深处还真是藏着一个'后来'！"

拱北："啊？！怎样的'后来'？"

拱南望着江水："这'后来'便是：有朝一日，倭寇灭亡，我得以实现承诺，在大榕乡银色的沙滩上迎娶芳子；苍穹做礼堂，白云为婚纱，涛声是鼓乐……梦幻般的美啊！"

拱南眼睛闪闪发光。

拱北欲言又止。

画外音：拱北想说，"十一弟你又在作诗了"，但他于心不忍，只好把话咽进肚里。

画外音止。

拱南："大哥以为我走不出失恋的阴影。如果我心中藏着的那个'后来'，也算是阴影的话，那十一弟恐怕永永远远也走不出来了！大哥要责怪，十一弟也只能认了。"

拱北："什么认不认的！大哥有这么苛刻吗？大哥知道你和芳子都很不幸，而一切不幸来自日寇，那就把不幸变成一种动力，去铲除日寇这个万恶之源吧！十一弟啊，你要重新开朗起来，做回过去的自己！"

拱南："可十一弟做不到啊！"

拱北怒："什么？！做不到？！那，方才不都白说了吗？！十一弟啊十一弟，你，你何时才能成熟起来，现实起来啊！"

拱南："大哥，你又只知其一，不知其二了！"

拱北："又来了！什么其一其二的！你就是一个只知幻想，不知现实的人，枉费了一身学养和才气！"

拱南："大哥你又误会了，拱南正因为关注现实，才越来越难以开朗的。"

拱北："那你所谓的现实是指什么？"

拱南："现实有个人小现实与国家大现实之分。小现实，比如失恋，再怎么痛苦，拱南也能熬；而面对大现实，拱南的愤慨却有增无减，难以自制，又谈何开朗起来，做回过去的自己呢？！"

拱北恨铁不成钢，厉声批评道："怎么就难以自制了?！国人的小现实各有不同，大现实却是相同的。日本豺狼，贪得无厌，中国山河寸土寸血，华夏儿女个个承受，人人愤慨，岂独你自己？愤慨，更应当转为坚不可摧的抗战意志和泰然自若的乐观精神嘛。拱南啊，四万万同胞皆能做到，为何你却难以自制，无法开朗呢?！其中的缘故你必须一五一十说清楚，不许隐瞒！"

拱南："拱南何时隐瞒过什么?！"

拱北："那你说吧！"

拱南："日本侵华只是大现实的其中一面，它固然令我愤慨，但我并不悲哀。我悲哀的是大现实的另一面。"

拱北："你指的是……？"

拱南："是内战！"

拱北一怔。

拱南："大哥，你不觉得这是中华民族之大不幸、大悲哀吗？"

拱北："怎么不觉得？我又不是木头！20 世纪 20 年代且不说，单从 1930 年计起，在幸灾乐祸的日寇面前，我们的内战已历五年有余，而和平之光迄未出现，怎不令人又羞又痛?！我也算参加过一次了。"

拱南："啊?！是哪一年？"

拱北："1930 年。当时，蒋介石一方面和冯玉祥、阎锡山在中原地区混战，另一方面又和共产党在湘鄂赣大打出手。7 月底，赤军攻下长沙，海军命舰队火速前往镇压。我恰在第二舰队司令座舰'楚有'号上任职上尉，当即随舰从汉口急驶长沙。到了那里才知道赤军已于前一日自行撤出，我暗暗松了一口气，至今仍感很庆幸。"

拱南："1930 年在故乡过中秋时，怎么没听你提及此事？"

拱北："好容易 11 个兄弟回来 4 个，赶巧还有荣官和石峻，全家老少乐翻天，我何苦提及骨肉同胞自相残杀，弄出个大扫兴来呢？"

拱南："大哥，如果再摊上这类战事，你会怎样？"

拱北："军人以服从为天职。我是正规的职业海军，理当服从海军领袖。过去，三叔唯萨镇冰马首是瞻；如今，我唯陈绍宽之命是从。何况，他们品格高尚，在军中享有盛誉。"

拱南："不论是谁，品格再高，命我萁豆相煎，我也不能服从！骨肉同胞理当真诚相待，怎忍痛下杀手?！"

拱北："不忍又能如何？军令如山，岂容动摇？"

第二十七集　拱南自杀　长房迁沪

拱南："也不尽然！比如，1932年日本制造'一·二八'事变，我十九路军奋起激战，抗日有功，不料次年却被调往福建剿共；他们忍无可忍，终于抗命，并且还与共军签下了停战协定。尽管十九路军的抗命之举遭到失败，蔡廷锴、蒋光鼐等将领被迫逃亡，连部队番号都取消了，但他们反内战、求抗日的精神却光照全民族！"

拱北："十一弟，你的这些想法，千万别跟外人讲！前年，蒋介石已经说过，'攘外必先安内是古来立国的一个信条'；去年，更强调'安内是攘外的唯一前提和必要准备'，由此可知其反共决心有多大！你还太年轻，大哥要告诫你，以我们闽人为主体的第一、第二舰队，虽贵为中央海军，握有三分之二的海军实力，但并非蒋所信赖的嫡系；作为其中一员，你必须冷静，不可过激，免得招惹通共之嫌，引来大祸！"

拱南："大哥，我何尝不想冷静，可我冷静不了！你还不知道吧，我有个很好的朋友，叫立新，是陆战队的，去年7月调去江西剿共，结果死于非命。他的哥哥便是我们舰上的郑医官啊！那段时间我常去安慰郑医官，分担失去立新的悲痛。"

拱北："郑医官我也认识，不承想他竟遭遇这样的不幸。同根相煎，根损脉残，炎黄哭，倭贼笑！真担心，当局再不改弦更张，外敌必然得逞，以致山河沉沦，万劫不复啊！"

拱南："《红楼梦》里有一段话，精辟之极，沉痛之极，简直是在警告当今中国，令我刻骨铭心！"

拱北："你又'文学'了！"

拱南："'文学'怎么了！只有文学才能表达得如此耐人寻味！我早已背得烂熟，你信不信？此刻不妨再背它一遍，你肯不肯听吧？"

拱北："我肯我肯，你背就是了！"

拱南："那是探春的原话。探春讲：'……这样大族人家，若从外头杀来，一时是杀不死的，这是古人曾说的，百足之虫，死而不僵，必须先从家里自杀自灭起来，才能一败涂地！'——大哥，你认为探春的话是否很有现实意义？"

拱北："不是很有，而是太有现实意义了！联想起来，我们这样的国家，日本要灭，一时的确是灭不了的；只有内部手足相残，自杀自灭，才能一败涂地，亡国亡族！眼下，当局正在大规模追剿共军主力及其留在湘鄂赣的队伍，必欲彻底歼之灭之而后快。中国人杀中国人，日寇省财省命，坐收渔翁之利；其结果，取我华夏就真是易如探囊取物了！"

拱南："大哥，你的联想再恰当不过了，我也是。但我一直苦于不知如何制止中国人自相残杀，你有办法吗？"

拱北："没有！早在20年代，海军就参加过军阀混战，以期分得一杯羹。1924年江浙战争中我还偏偏属于石峻和雨轩的敌方，彼此炮口相向；那种痛苦，摧肝断肠，后来侥幸休兵，但至今仍不堪回首。不幸得很啊，30年代中期了，中华儿女还在内战的怪圈里替敌人扑灭自己的同胞；而这敌人，恰恰是业已夺取东北、华北大片河山，力图鲸吞全中国的甲午宿敌日本！十一弟啊，大哥我何尝不想制止内战，但我过去没有，现在也没有办法！"

拱南："你真的没有办法吗？"

拱北："你要明白，大哥我既非政治领袖，又非军事统帅，只是一艘主力舰的少校副长；我连蔡廷锴式的抗命都做不到，谈何力挽狂澜，扭转大局?！你就更别不自量了！"

拱南："我固然起不了大作用，但以个人绵薄之力抵制一下还是应该的。虽说我不了解共产党，但他毕竟是孙中山先生决心联合的一个政党，而且人家参加北伐也是做出了牺牲的嘛，对不对？"

拱北："那你打算怎么抵制？"

拱南："拿不定主意，否则也不来烦大哥了。要不然……要不然，干脆离开海军，就跟内战不沾边了……只是……只是太舍不得海军了！要痛下决心，方能割爱……"

拱北怒吼一声："胡说八道，匪夷所思！军队最神圣、最重要的作用是抵御外侮，保家卫国。倘若军人皆为逃避内战而解甲归田，那谁来为国牺牲啊?！拱南啊拱南，你因噎废食，竟至如此荒谬，如此可笑的程度！你忘了马江海战，忘了甲午战争，忘了国仇家恨，忘了为何学海军，为何去留学，甚至忘了日寇正在践踏我大好河山啊！"

拱南："大哥！我，我……我没忘！我只是……只是找不到出路啊！"

3. 南京下关江面（日）

烟波迷茫。

画外音：拱北两兄弟在下关江边聚散匆匆。他们的军人之心，纠结着外侮和内战的双重忧患，迷茫如烟波。

4. "楚谦"炮舰舷梯（日）

拱南踏舷梯而上，脚步沉重。

画外音：拱南即将上溯九江候命，那一带战况很激烈。六十多团陆军，外加海军舰队和陆战队，正合力围剿湘鄂赣苏区，追击红军将领徐彦刚率领的部队。

第二十七集　拱南自杀　长房迁沪

5．"楚谦"炮舰舷边（日）

拱南朝船首走去。

画外音：怀着不祥之感，真诚而重情的拱南正走进不祥。

6．"海筹"巡洋舰舷边（日）

拱北心情沉重地注视着近旁的"楚谦"舰。

画外音：拱北深深责备自己不去化解拱南心中的块垒，反倒痛加训斥；他很想做些弥补，只可惜稍后便要下行江阴，一切都晚了。

7．"楚谦"炮舰驾驶台外（日）

拱南突然止步，回眸"海筹"舰。

8．"海筹"巡洋舰舷边（日）

拱北挥手送别。

9．"楚谦"炮舰驾驶台外（日）

特写：拱南泪光闪闪。

10．南京下关江面（日）

"楚谦"舰泛着尾浪离去，直至消失。

画外音：江天寂寥。一句空前温存的话，却从拱北坚硬的心底挣出，拼命追赶着，呼喊着："十一弟，南京一别，何处相见？何处相见？"……然而，他的十一弟还能听到吗？

11．纪府大池塘（夜）

上弦月下的长桥朦朦胧胧。
池边萤火虫在飞舞。

12．长房正院（夜）

钱妈坐陪大奶奶纳凉。

钱妈："吃不吃西瓜，大奶奶？"

大奶奶："你吃吧！我晚餐喝多了半碗绿豆粥，饱着呢。"

钱妈："我也不想吃。不如把屋里的白兰花拿来，晚风散香岂不好？"

大奶奶："好主意，今夜风清风朗花儿更香。"

钱妈便起身进屋。

大奶奶摇了摇竹扇，不经意地望了望天，喃喃道："月盈月亏，周而复始，天道如此；唯独慈母思儿无盈无亏，无年无月啊！"

钱妈将一具精致的器皿放到藤几上："今年，府里白兰花特盛。早起摘了好多，整整一天了，香气还散不尽呢。"

大奶奶拈了一朵，嗅了嗅，若有所思。

钱妈："大奶奶想什么呢？"

大奶奶："钱妈，日子过得真快哟！记得辛亥年，府里的白兰花也这么旺，转眼已经24载了！"

钱妈："可不吗？十一少生下来的模样仿佛就在昨天，谁知一不留神竟然变成海军军官了！"

大奶奶："想当年，有经验的奶奶们都断定我怀着双胞胎，大爷还美滋滋地对我说：'最好是一对龙凤；龙，起名拱南，凤就叫安兰吧。'可惜呀，生出来的只有拱南一胎，而且是个从未见过父亲的遗腹子！"

钱妈："24年都过去了，大奶奶还在遗憾吗？！其实，老天虽未送你双胞胎，但拱南天生火热、重情重义，一个顶得一对龙凤呢！说句掏心窝子的话，我呀，自从带大拱北和安丽，便不觉得自己没儿没女了；后来，又带拱南，他那些可爱之处，叫我怎么疼也疼不够，这也是我钱妈的福分哪！何止我？海海、水生他们，没一个不把拱南疼得哟！"

大奶奶："我最疼的也是拱南！有时候我很想很想对他说：'儿啊，常回家看看！'可我不敢、不能也不该说啊！毕竟，军人理当国字为先、移孝作忠，岂容常回家？！如果我，我们军眷，皆声声呼唤'常回家看看'，那只会让军人少了阳刚，多了忧伤，不是吗？"

钱妈："是这么个理！软话说多了，心会碎；泪水洒多了，钢也锈嘛！几十年来，我在府里奶奶们的身上算是看明白了：军眷不同民妇，'常回家看看'之类的软话不能说，再怎么思，怎么念，都要压在心底的！"

大奶奶重重点头。

第二十七集　拱南自杀　长房迁沪

13. 长房佛龛（夜）

大奶奶跪祷："观世音菩萨，大慈大悲啊！我儿拱南来信称，驻防九江，事事顺遂，快乐安康；但我昨夜梦儿鼻血如注，疑为凶兆！救苦救难的观世音菩萨，保佑拱南逢凶化吉，遇难成祥吧！"

14. 长房正院（夜）

木鱼声声从佛龛传出。
月亮西移。

15. 九江江段（日）

江水奔流。
字幕：1935 年　九江

16. 九江锁江楼塔（日）

锁江楼塔远景。
画外音：8 月初，拱北、石峻、雨轩相约各找理由休假，汇聚九江，劝慰拱南，以防过激之举。

17. 九江夏宅外（日）

雨轩引拱北、石峻走进一座两层小洋房。

18. 九江夏宅楼梯口（日）

仆役甘叔端茶点上楼。

19. 九江夏宅二楼小厅（日）

甘叔摆上三杯茶、一碟茶饼："轩少爷、峻少爷、北少爷，请喝茶！这是庐山云雾茶。你们品一品，看看茶味怎么样？"
雨轩等进茶。
甘叔："这云雾茶不错吧，轩少爷？"
雨轩笑答："甘叔，不瞒你说，我喝什么茶都品不出好坏来，比白水有香味就行！"

甘叔一愣，随即顿悟："哦，可也是啊，十二三岁就离家从军的人，怕是没有品茶的雅兴了。"

雨轩望了望窗外："这座小楼里里外外空荡荡的，怎么好像就甘叔一个人在？"

甘叔："轩少爷很少回家，自然不可能去关注老爷的商务。你大概还不知道吧，这座小楼是老爷过去在九江经营茶业时盖的，前年生意转手了，只留下它让我给看着。"

雨轩："生意没了，交际少了，留这小楼何用？"

甘叔："老爷说了，舰船来来去去，指不定哪天靠泊九江，兴许少爷会进门歇歇脚，权当是个家吧。这不，还真给说中了！"

石峻："伯父想得多么周到啊！"

甘叔："可怜天下父母心哪！得，你们先喝口茶，吃块桂花茶饼吧，我备饭去了。"正要走，又问道："午餐还有别人吗？"

雨轩："没有。我们的弟弟，要下午才能到。"

甘叔离去。

雨轩发现拱北正在发愣，遂戏谑地把茶饼重重地往拱北面前一搁，打趣道："喂，蚂蚁精，桂花茶饼甜着呢，还不快吃，打算搬进窝里藏起来吗？"

拱北回过神来："啊？！哦！甜的，当然吃！"

石峻："你发什么呆嘛？"

拱北："我正想着，下午怎样开导拱南才行？你们知道，在南京下关，我已经把他臭骂了一顿，这回……"

雨轩："这回可不兴再骂了！拱南是因为厌恶内战，反对剿共，异常苦闷才向你问路的；你帮不了也就罢了，还恶言暴语的算什么！"

石峻："实际上，拱南是问道于盲，还偏生遇到你这么个盲人；你心中正有气，就把气撒到他头上了。——这才是'薄言往诉，逢彼之怒'啊，我真替他冤！"

拱北："好了，算我错！那你们拿出开导拱南的办法嘛。"

雨轩："我看呀，你、我、石峻——我们仨，比之拱南，实可谓'五十步笑百步'啊！面对内战，我们能有什么作为？只好世故一些，明哲一些。然而，拱南从来就是一个极其正直又极其天真之人，他内心的挣扎因此加倍。老实说，我们谁也无法开导拱南，只能在兄弟相聚中让亲情来抚慰他，舒缓他而已。这就算不是办法的办法吧！"

石峻："我赞成这'不是办法的办法'！因为，面对时局我们同样郁闷万分，很难做到心口不一开导拱南。最近，我更常常想，光今年上半年，日寇就接二连三制造了察东事件、河北事件、张北事件，目标之明确、手段之恶劣、气焰之嚣张，是可忍孰

第二十七集　拱南自杀　长房迁沪

不可忍！而当局竟一如既往，百般地忍。倘若'忍'是为了赢得时间，争取攘外，那没话说；可活生生的事实摆明了，'忍'，无非为了'安内'，为了消灭政敌共产党。这样做，完全背离了孙中山先生'联共'的主张嘛；照此下去，难保共未灭而国已亡啊！"

雨轩："没错！其实，当前，最最该做的是联共而不是剿共。这就好比强盗已然破门而入，兄长万不可将弟弟往死里揍，积怨再深也不可，否则家就全完了！所谓'兄弟阋于墙，外御其侮'是大有道理的！"

拱北："只可惜，两千多年前的古人尚知'兄弟阋于墙，外御其侮'，而今人却不能了悟！这是中华民族的不幸啊，何时望见尽头？！"

石峻："我不像拱南，气质浪漫；但近日却于困惑中每每幻想，有朝一日天降举足轻重之人，登高一呼，众山响应，国家就此走上停止内战，团结抗日的大道！"

拱北："果然好梦成真的话，十一弟必会激情满怀，写诗填词的！"

雨轩笑："那是啊——才子嘛！"

石峻："他才气横溢，汪洋恣肆，哪像我等枯燥之人哟！"

画外音：可叹，这自欺欺人的好梦，当天下午就破灭了！

20．九江岸坡枯木下（日）

一株枯木，形状怪异，兀立于岸坡荒野上。

枯木周遭寂寥无人烟。

画外音：舰队配合陆战队追剿红军徐彦刚部的命令已经下达，拱南陷入绝望的泥淖中。

画外音中，拱南踉踉跄跄朝枯木走去。

21．九江夏宅外（日）

从栅栏外仰视二楼，可见拱北站在敞开的窗前张望着。

22．九江夏宅二楼小厅（日）

拱北正凭窗外望，不耐烦地喃喃自语："等了这么久，拱南怎么还不来？可恶！"

雨轩正和石峻下棋，听了回应道："耐心点嘛！福州人总说'等汤难滚'——越着急水开，水越煮不开，不是吗？"

石峻："兴许有事耽搁了，也不奇怪呀！"

23．九江夏宅外（日）

拱南来到栅栏前，举手向窗内的拱北打招呼。

24．九江夏宅二楼小厅（日）

拱北激动地向外大叫："十一弟！十一弟！"
雨轩、石峻一齐趋近，一面高兴地问："到了吗？"
拱北："到了，到了，在大门口。你们看！"
雨轩、石峻齐探头。

25．九江夏宅外（日）

栅栏外空无一人。

26．九江夏宅二楼小厅（日）

雨轩、石峻面面相觑。

27．九江岸坡枯木下（日）

拱南跟跟跄跄、失魂落魄来到枯木前。
四周一片死寂。
拱南把憎恨的目光久久地投射在枯木上。

28．九江夏宅二楼小厅（日）

雨轩、石峻再次探头窗外，异口同声："没有呀！"
拱北："有！一定是进来了！快，快下楼去！"抬腿便跑出厅去。

29．九江夏宅楼梯（日）

拱北急奔下楼。
拱北踩空，滚下楼梯。
雨轩、石峻赶来："拱北！拱北！"

第二十七集　拱南自杀　长房迁沪

30．九江岸坡枯木下（日）

拱南满头大汗，满脸冲动，向枯木大喊大叫："听着，我是军人！军人的天职是服从，军人的灵魂是爱国！军人可以牺牲爱情，牺牲名利，牺牲一切，唯独不能牺牲灵魂！我才24岁，万不可爱国不成反害国；好在，我的手还是干净的，从未沾过骨肉同胞的血！我，深深牵挂我的大海、我的海军、我的兄弟，生生世世心也相伴，梦也相随，魂也相依——相依啊！"

拱南喊毕，泪如泉涌。

31．九江夏宅楼梯口（日）

雨轩、石峻扶拱北坐在地板上。

拱北靠着雨轩，犹疯狂地大叫一声："十一弟！"

32．九江岸坡枯木下（日）

拱南仰望苍天，大叫一声："大哥！——"

画外一声枪响。

百鸟惊飞。

33．九江岸坡一隅（日）

拱北朝镜头狂奔而来，身后紧跟着雨轩和石峻。

拱北绊了个跟斗。

雨轩、石峻赶上扶起。

拱北挣开雨轩、石峻，继续狂奔。

拱北又摔一跤。

雨轩、石峻再次扶起。

拱北仍继续狂奔，终于第三次重重栽倒，挣扎欲起。

两只脚走近，停在拱北身边。

镜头拉开，是拱南舰上的郑医官。

郑医官俯身，以职业医生的平静招呼一声："纪舰长！"便指向前面的一块岩石："人，就在那块岩石旁边，在担架上。"

34. 九江岸坡岩石旁（日）

担架上，白布蒙着拱南的遗体；担架下，带叶的枝干构成一个绿色的托。

拱北扑到担架上，死死抱住拱南的遗体。

雨轩、石峻拉开拱北的双臂，一左一右支撑着他。

郑医官掀开一截盖布。

特写：拱南的面容依旧英俊，短短的海军发在风中微微抖动。

画外音：这张脸，曾经那样稚嫩，那样可爱，使得离家从军的长兄，恋恋不舍；这张脸，曾经那样英俊，那样开朗，伴着振兴海军的诗情，神采飞扬。然而，这张脸，现在却凝聚着深刻的失望，永远永远地黯淡了。

画外音中闪回（参见第八集《慕达会友　两母赠别》第32节）：

拱南偎在奶妈怀里熟睡，拱北走到拱南跟前，伸手想要刮刮他的小鼻子，却又怕惊醒他。

闪回（参见第二十五集《三场激战　中秋盛宴》第40节）：

大榕乡纪氏的中秋家宴，拱南即兴填词，豪情满怀。

画外音止。

郑医官呈上拱南的遗书。

聚焦拱南的遗书："我爱我海，我爱我军，我不忍爱国不成反害国，故而自杀以告世人。"

画外音：拱北的心因痛苦而焦灼。他真想大哭大喊大骂："什么攘外必先安内！什么古来立国信条！它逼得母亲最爱的小儿子、我正直热情的十一弟，用自己年轻的生命做出死谏！十一弟死了，死了，再也不能复生了！现在，纵使集全世界的声音叫他、全宇宙的力量撼他，也叫不应、撼不醒了！！！"然而，倔强的拱北并未大哭大喊大骂；相反，他既无声又无泪，有的只是酷烈的沉默。

画外音止。

拱北收起拱南的遗书，紧紧压在胸前，痉挛般地抓着；雨轩、石峻皆抛泪；守护的数名水兵神情哀伤。

郑医官又呈上一柄手枪："这是拱南自杀用的手枪。"

拱北握住拱南的手枪，突然咬牙切齿狂奔而去。

第二十七集　拱南自杀　长房迁沪

35．九江岸坡枯木下（日）

在拱南绝命之处，拱北默默跪下，撮起一抔血泥，包在手帕里，藏在身上。

拱北持枪离去，走了一小段，又恋恋不舍地回眸拱南绝命处。

画外夕鸦声起。

拱北仰视那棵形状怪异的枯木，突然举枪狠狠朝它连开三枪。

死寂。

拱北转身，拖着沉重的双腿，一步一步离开了。

枯木的后面，夕阳像一团很大的血球沉了下去。

36．吴淞口（日）

日出。

几艘军舰相继开进吴淞口。

字幕：1936年4月

37．海军江南造船所大门外（日）

大门外两侧彩旗成行。

大门上悬着横幅：第三号船坞竣工典礼

军内外各界嘉宾络绎不绝走向大门。

嘉宾甲："三号坞竣工实在不容易啊！"

嘉宾乙："可不吗？1932年初，刚刚开工就因'一·二八'事变被迫暂停；后来又由于经费短缺，延误了一年半，时至今日总算有了好结果。"

嘉宾丙："这是上海目前最大的船坞了，可修两万吨级的大家伙呢！"

嘉宾丁："陈绍宽部长节衣缩食，也该有回报了！"

嘉宾戊："喜事喜事，海军的喜事啊！走，快点进去，先睹为快！"

拱北、石峻、雨轩身穿海军少校夏装，夹在嘉宾中前进。

雨轩："有人嘲笑三号坞只能养鱼，真是可恶！"

拱北："我们的恩师心心念念振兴海军，又过于耿介，得罪人、受中伤是必然的，否则就不叫陈绍宽了！"

石峻："谁爱讲啥讲啥！重要的是，三号船坞并未变鱼塘；听说修船订单不少，其中还有好几单外国大船呢。'笑得最晚，笑得最美'嘛！"

雨轩:"托三号坞的福,我们有幸做了嘉宾,才能在此碰头。之前,几次会操都没机会凑在一起呢。"

石峻:"是啊,还可以挤点时间去看看安丽。"

雨轩:"好久未见二妹了,连她升总工也没能当面贺一贺。"

拱北:"安丽刚好休假。待庆典一结束,就抓紧时间去一趟吧。"

雨轩:"你俩先行,我得往海军联欢社跑一趟,晚一会儿到。"

拱北、石峻:"好吧!"

38. 海军江南造船所大门内(日)

陈绍宽的勤务兵见拱北等人进来,忙迎上去敬礼。

拱北等回礼。

勤务兵:"纪舰长,典礼后请留下,等候陈绍宽部长召见!"

拱北:"知道了。"

39. 海军江南造船所一间小厅(日)

拱北以标准的军人坐姿等候陈绍宽。

陈绍宽进厅。

拱北起立敬礼:"陈部长!"

陈绍宽趋近,意味深长地赞了一句:"嗯,你依然很有精神!"

拱北:"拱北是军人,不敢以丧弟之痛而懈怠,何况事情已过去七八个月了。"

陈绍宽点头:"令堂大人都好吧?"

拱北:"谢陈部长垂注!母亲身为军眷,虽极悲伤仍能维持军眷风范,从未号啕失态。家人如此,家风如此。"

陈绍宽重重点头。

勤务兵递茶。

陈绍宽:"坐吧,拱北,坐!"

拱北坐下,静候陈绍宽发话。

陈绍宽注视拱北片刻:"早在'通济'练习舰上,我就注意到,你是个善思、寡言而又敢言之人。不过今天我要你多言,所思所想,和盘托出。"

拱北:"学生遵命!"

陈绍宽:"你对时局如何看?"

第二十七集　拱南自杀　长房迁沪

拱北应声答道："毫无疑问，中日全面战争越来越近，但何时开战，主动权完全在日方。至于未来中日海军的较量，同样，主动权也在日方。日本舰队总吨位约近120万吨，中国不及其二十五分之一；日本海军航空兵拥有先进战机1000多架，中国则以零数与之对应，绝无制空可言。不难设想，未来，日方大可放弃甲午海战的模式，而代之以海空大战，用战机炸我舰队，便能充分发挥压倒性优势。中国积贫积弱，长期昧于海权。这么些年来任凭陈部长怎样呼吁，我们的海军经费至今还达不到日本的五百分之一，实力相比能不差天渊地吗?！也因此，直面现状，拱北不敢心存半点侥幸，而是在思考我们应该如何迎战严峻的未来！"

陈绍宽点头："说下去，说具体一些！"

拱北："去年，陈部长在海军部成立六周年纪念会上发表训词，要求全体海军人：'不要流为下流，变为腐化，要十分有精神，以革命的精神来替国家办海军，使民族复兴，国家复兴……'"

陈绍宽脱口而出："你居然能背，那就必有深入的想法了！"

拱北："学生无能，只有肤浅之思。古人教导'因时制宜'，后人受益不尽。我以为，如今面对百倍强势之敌，我们要'替国家办海军'，那就不但应该'因时制宜'，更应该因势制宜才行！"

陈绍宽："好，你且说说你的'因势制宜'吧！"

拱北："中国海军处于绝对劣势，已是不争的事实。假想中日大战，中国舰队出海御敌就等于以卵击石，固守内河又难挡日本战机，因而我军必须未雨绸缪，尽早准备开辟另一条战线以应不测，那便是水雷战线。为此，要秘密组织人力物力，设计、研制并大量生产水雷，同时着手筹建和训练布雷队，使之形成可观的战斗力。——这些就是学生所谓的'因势制宜'办海军。未经深思，妄言而已。"

陈绍宽连声说："并非妄言，并非妄言，你的'因势制宜'正合我的战略构想！今天召你来，就是要交给你两项极其艰巨的任务。都是绝密，不得外泄！"

拱北当即起立："是！"

40．海军江南造船所大门内（日）

雨轩、石峻随着散场的嘉宾朝大门外走去。

雨轩："出了门，我往海军联欢社；你呢，一定要挑点可口的熟食，熏鱼什么的，带到安丽那里；别忘了，还有甜品！"

石峻："你呀，从小到大，一辈子的温存体贴！我和拱北也都36岁了，没有你，还怕饿瘪了不成?!"

雨轩："难得聚一聚，'奢侈'一下，准不准嘛，抠门大管家？"

石峻笑："准准准，准准准！就算不顾你，也得可怜拱北这个饕餮之徒、蚂蚁之精啊！——安丽的厨艺，可实在不敢恭维，不敢恭维！"

雨轩："安丽跟安瑞完全不同，是上得了厅堂却下不了厨房的。她的所谓'招牌腌笃鲜'，整个就是'腌不鲜'！将来嫁了人怎么办？"

石峻："这有什么关系？我倒觉得，不必人人都像安瑞；毕竟，古往今来，中国的贤妻良母比比皆是，而执着的事业女性却很罕见！所以，不要苛求她们怎样辉煌的成就，有奋发精神就可贵。记得有一回，妈数落安丽：'事业终归属于男人。你一个女儿家，一天到晚念着事业，有什么用处？！事业又不是佛，又不是教！'安丽这调皮鬼竟拍着手说：'嘿，你老的话倒真提醒了我！事业在我，正是佛，正是教！妈信佛教，我信事业教！'妈对她又爱又恨，莫可奈何。"

雨轩："你说得对，妈虽时常奚落安丽，心里还是宠着的。三叔、四叔也都十分欣赏她，反而不在意安瑞的贤惠。——这跟三叔他们所受的教育有关，教育不同，眼光自然不同了。其实……"

石峻："其实什么？"

41. 海军江南造船所一间小厅（日）

陈绍宽从沙发上起身，对笔直站在面前的拱北下达指示："现在，我命令你以少校舰长身份，再次进驻海军江南造船所新舰监造室，在监造新舰的名义下，组织力量，秘密进行自制水雷和创建布雷队的各项准备工作。任务艰巨，关系重大，不得有误！"

拱北："是，属下赴汤蹈火不辱使命！"

陈绍宽示意拱北坐下："海军水雷一贯依赖进口，价格非常昂贵，无法大量供应未来的中日大战；所以，国产水雷势在必行，无论如何必须研制成功，批量生产。下面谈三个要点：第一，关于制雷人力。我除了授权你可以从海军江南造船所、海军军械厂选用优秀技术人员和熟练工匠做班底，还将抽调夏雨轩等数名官佐协助启动。雨轩谦和细腻，适合联络交际，与你的善思考、有决断相辅相成。你们本是好兄弟，更容易共事。"

拱北："是。"

陈绍宽："第二，关于雷场选址。上海繁华，雷场极为难设，何况日谍处处张网？你须慎之又慎，否则满盘皆输！"

第二十七集 拱南自杀 长房迁沪

拱北："是。"

陈绍宽："第三，关于筹建布雷队。这必将经历从非正式到正式的过程，你应在初创阶段发挥重要作用。"

拱北："是。"

陈绍宽："我想知道，你对制雷人力和雷场选址是否有点把握？"

拱北："十足的把握不敢说，工作还没开展嘛！但在江南所几年，自然清楚它的技术队伍；而海军军械厂我刚好有熟人，了解情况也不难。至于雷场选址，我看南市又穷又乱，有一两所庙宇倒是可以经过细细观察，判断是否可能作为秘密雷场的。"

陈绍宽连连点头："好，好，好！"

42．海军江南造船所大门口（日）

雨轩："其实，米娜表妹很像安丽，又勇敢事业心又强。可惜，妈妈偏偏欣赏安瑞和思静这一类女子，拱北和米娜也只能劳燕分飞了！"

石峻："可悲呀，这么多年了，拱北虽然嘴上一句没说，但深心的苦楚，如何瞒得了你我？！"

43．上海安丽寓所大门前（日）

石峻拎着大包小包熟食按电铃。

大门开启，安丽出现，左手吊着绷带。

石峻大惊："怎么啦，安丽？！休假休成这副样子？！"

44．上海安丽寓所客厅（日）

石峻扶安丽坐好。

石峻坐下："怎么这样不小心？好容易休个假！"

安丽气咻咻："我没休假，养伤才'休假'，诓你们罢了！"

石峻："到底怎么回事嘛？还气呼呼的！"

安丽："哼，气死我了！"

石峻："快说嘛！"

安丽："半个多月前，我跟两个同事一起下班，在我们洁雅香皂厂附近，遇到一个日本人。他一脸下作地盯着我看，我狠狠瞪了他一眼，我那两个伙伴也怒目以对。不承想，这个日本流氓从此竟时常在这一带出没，弄得我很紧张。知道他不怀好意，男同事们争着陪我上下班；可这也不是长久之计呀，毕竟，我自在惯了，不喜欢给人添麻烦。后来，翠翠出了个点子，结果还真管用……"

（化入）

45．洁雅香皂厂附近（日）

早晨，行人尚少。

安丽朝香皂厂走去。

忽然，有人挡住安丽。

安丽吓了一跳，厉声道："干吗?!"

日本流氓绽出坏笑，说着蹩脚的中文："漂亮小姐，交个朋友吧！"

安丽："无聊！快让开！"便争路。

日本流氓左阻右挡："嘻嘻，这路又不是你的！"

安丽："你再耍赖，我叫警察了！"

日本流氓轻蔑道："警察?！你们军队都怕我们日本人，乖乖交出了东北，警察就更没用了，哈哈！"一面伸出手来拉安丽。

安丽大怒："我叫你知道有没有用！"说时迟那时快，扇了日本流氓一记耳光！

日本流氓一怔，恼羞成怒："巴嘎！"便踹了安丽一脚。

安丽跌出几步摔在地上。

日本流氓扑到安丽跟前。

安丽冷不防抽出一把匕首，咬着牙对准日本流氓，一声不出。

路人围上，一片叫骂："东洋瘪三滚！滚！""日本赤佬寻死啊！""给侬一点颜色看看！""欺侮我伲中国女人，有侬苦头吃！"……

日本流氓傻眼了。

（化出）

46．上海安丽寓所客厅（日）

安丽："路人扶起我的时候，我才发现自己的左臂受伤了。"

石峻激动："安丽，我为你骄傲！"

47．天宇（夜）

缺月在天。

第二十七集　拱南自杀　长房迁沪

48．长房正院前厅（夜）

大奶奶吩咐彩虹："彩虹，你去接大少奶过来！"

彩虹："是。"

49．长房正院（夜）

彩虹提着灯笼引着思静进院。

50．长房正院前厅（夜）

思静进来："妈！"

大奶奶指指身边的椅子，示意思静快过来坐下。

思静快步趋前坐下："妈，什么事，像是很急的样子？"

大奶奶："安丽受了伤，这你已经知道了……"

思静紧张起来："不是说翠翠撂下绣坊的活，正在照顾她吗？怎么的了？！"

大奶奶："别紧张，没什么的！我只是要告诉你一件跟安丽受伤有关联的事。"

思静："妈，你快说呀！"

大奶奶："有翠翠照顾安丽，自然是最放心不过的了。可我这两天一直在想，翠翠也得顾及荣官和定远，两头押着总不是个办法，我的眼皮更跳起没完；所以最后我决定自己去上海，免得日夜牵挂，坐卧不宁。"

思静大惊："啊！你自己去上海？！这不是玩笑话吧？"

大奶奶："怎么会是玩笑话？方才我已经跟你三叔商量过了。"

思静："三叔的意思呢？"

大奶奶："三叔考虑片刻竟就同意了！他说，安丽比他一向认定的还要勇敢许多，真真不枉为海军人家的女儿啊！他本打算日内即赴沪探视的，既然我立意要去，那就先走吧。三叔还说……"

思静："还说什么？"

大奶奶："说安丽单身，可以想见，虽有寓所却谈不上过日子，我在那里怕是很难凑合的。"

思静："三叔所虑极是。——妈好命，舒适惯了嘛！"

大奶奶感叹道："你三叔这个家长真是没说的！明天，他就会电告茜少奶和琦少奶，尽快在安丽住处附近赁一所合适的房子给我。你四叔不是已然退休了吗？过一段时间，他将亲自送安祈去上海待考上海美术专科学校；我们长房在此地安了家，亲人们来来往往就没有漂泊的悽惶了。"

思静："再者说，'伤筋动骨一百天'，安祈也不便住安丽那里的。——谁照应谁呀？"

大奶奶："你三叔还有安排呢，他命你和致远随我同去。致远功课很好，转学不成问题。"

思静不敢相信："真的吗？！三叔当真如此安排？！妈，我没听错吧？"

大奶奶莞尔一笑："你以为你三叔只有严厉，不近人情吗？"

思静慌忙起立："不不不，思静不敢有这意思！……"

大奶奶："好啦，坐下坐下！"

思静："那……那……"

大奶奶："'那'什么？"

思静："那拱北会不会怀疑……是我趁机要求去的？"

大奶奶："别怕，拱北怀疑不着！三叔心中岂能无数？他自会点明的。"

思静："三叔太难能可贵了！一辈子军人，一辈子刚毅，治家竟还如此细致周到；有这样的家长，全家受福，思静受福啊！只是，只是他从不替自己打算，什么都一人扛；三婶仙逝至今，我们做晚辈的竟不知该如何去宽慰他、关注他呢！"

大奶奶："所以，你要教育致远，懂得孝敬三叔公。"

思静："妈，我会的！可喜的是，致远很听他三叔公的话，还说，长大要读军校，当海军呢。"

大奶奶："这就好！这就好！"

51. 纪慕贤书房（日）

大力给慕贤和思静上了茶便退下。

慕贤直奔主题："茜、琦二媳已在上海为长房安置了小家，靠安丽很近。你们可以收拾行李，择日启程了。"

思静："是。"

慕贤呷了口茶："大少奶，你嫁过来有十几年了吧？"

思静："思静是民国十二年，1923年嫁到这里的，不知不觉已历13年了。"

慕贤："13年来，你在纪氏族中谨言慎行，不尚奢华，尊老爱幼，善待下人，口碑很好。"

第二十七集　拱南自杀　长房迁沪

思静忙欠身："三叔过誉了，侄媳妇不敢当。"

慕贤："唯其如此，在你成行之前，三叔更要嘱咐几句。"

思静当即起身："思静恭听三叔教诲！"

慕贤："大少奶，你是军眷。军眷的本分是支持军人坚守责任和荣誉。太平时期，军人身边尚且不宜有安乐窝、富贵宅，更何况'黑云压城城欲摧'的动荡岁月！日本狼子无比贪婪，霸占东北之后又剑指京津。这种形势下，你的上海小家，吃穿用度尤应从简，万不可怀念祖居气派！"

思静："是。"

慕贤："你要少购置，多清理。三叔既不允许在拱北近旁营造大笨窝，也不允许在精神上拖后腿。什么时候他叫你离开，你就得像军人一样及时开拔！明白了吗？"

思静："明白了！思静一定谨守军眷本分！"

慕贤："这就好，那你忙去吧！"

思静："是，侄媳妇告退！"

52．三房正院（日）

思静穿过院子离去。

思静内心独白："三叔的告诫又及时又严厉又中肯，多么可敬的老家长啊！"

慕贤画外音："大少奶！"

思静一怔，转过身来："三叔，还有吩咐？"

慕贤站在檐下："大少奶，我把长房长子交给你了！"

思静震动加感动，眼眶湿了，重重点头承诺："三叔，你放心！"

53．弘毅堂外（日）

天蒙蒙亮。

弘毅堂门开启。

慕贤领着致远入内。

54．弘毅堂（日）

特写：弘毅堂匾额

慕贤指指匾额："致远啊，你可认识匾额上的字？"

致远："认识，认识两年了！致远4岁的时候，妈妈教的。妈妈说，'弘毅堂'这三个字很重要，一定要会认会写会意，因为，这是我们马尾大榕乡纪氏的堂号。"

慕贤喜："致远真聪明，真懂事！堂号就是家族的名号，无论身在何方，子孙都要铭记不忘。23 年前，你父亲 13 岁的时候，远去烟台投考海校；启程那天，天还没亮，他就是在此刻你站着的地方，念过匾额后向家人告别的……"

闪回（参见第八集《慕达会友　两母赠别》第 32 节）：

纪慕贤命拱北："现在，你抬头念一念上面的这块匾额！"

拱北大声念道："弘毅堂。"

纪慕贤："记得这匾额的含义吗？"

拱北："孔子的贤弟子曾参说：'士不可以不弘毅。任重而道远。以仁为己任，不亦重乎？死而后已，不亦远乎？'这就是'弘毅'的内涵了。"

纪慕贤点头认可："联想我们海军人，以兴盛海军为己任，责任也同样重大；为海军奋斗，死而后已，路途也同样遥远啊！是不是？"

闪回止。

致远："三叔公，致远后天也要在弘毅堂这里告别家人吗？"

慕贤："23 年过去了，如今你父亲和你叔叔们都在海军服役，有些长辈也已谢世，府里人很少，不需要在弘毅堂告别；到时候，你母亲会领你向我，向四叔公、四婶婆、安祈姑，还有其他一些家人辞行的。明白吗？"

致远："哦，明白了。"

慕贤："那你现在就先朝匾额行个大礼吧！"

致远便跪下，朝匾额三叩首。

慕贤："好了，起来吧，三叔公还要带你往别处去。得走很多路，你不可以怕累！"

致远："致远不怕累！三叔公说过，海军的后代不怕累！"

慕贤不说话，鼓励地按了按致远的头。

55. 纪端公坟山（日）

满山马尾松。

山坡上坐落着一座明代古墓，普通规制，无牌坊。

碑题仍可辨认，是为"纪端公之墓"。

慕贤身上挂着一串福州最普通的光饼，牵着致远来到墓地。

慕贤："致远啊，你是纪氏的长房长孙，虽然才 6 岁，但即将远离故乡，三叔公还是要在始祖的墓前，跟你讲一点家族的故事。你喜欢听故事吗？"

第二十七集　拱南自杀　长房迁沪

致远："喜欢！可喜欢了！"

慕贤："喜欢就好。不过开讲之前，三叔公先得考你一个问题，你答得对才行。"

致远："三叔公，你考吧，致远不怕考试的！"

慕贤："那我问你，你知道戚继光吗？"

致远："知道！倭寇是坏蛋，戚继光打倭寇，是抗倭大英雄！"

慕贤："你还知道什么？"

致远指了指慕贤身上挂着的光饼串："我还知道，方才我吃的光饼，就是从戚继光的名字里来的。"

慕贤："嗬，你连光饼的来历都知道！你是怎么知道的？"

致远："我很不爱吃光饼，妈妈问我为什么，我说，光饼不甜，我爱吃猪油炒米糕。妈妈又问，知不知道，光饼为什么叫光饼？我说，光饼没有馅，面上不撒芝麻，光光的，所以叫光饼。妈妈哈哈笑，说，不对，光饼是抗倭大英雄戚继光在福建打仗时做的干粮，每块饼饼上都留了个小洞洞，穿起来挂在身上很方便；那以后，福建人就管这种干粮叫光饼，是纪念戚继光的意思。妈妈还说，还说……"

慕贤："还说什么？"

致远有点不好意思："还说，光饼是抗倭英雄的饼，我不应该不爱吃！"

慕贤："致远，你的妈妈是个好妈妈，是她帮你通过了这次考试的！"

致远："那你该讲故事了！"

慕贤："我要讲的家族故事跟戚继光是有关联的……"

致远惊喜："真的？！那，戚继光是我们的亲戚喽？"

慕贤扑哧一笑："谁都愿意英雄是自己的亲戚，可惜戚继光他不是！"

致远失望："哎呀！"

慕贤："不过，他改变了我们纪氏先人的足迹倒是千真万确的。"

致远："纪氏先人的足迹？——致远不懂！"

慕贤："那是将近400年前的事情了。明朝嘉靖皇帝的时候，倭寇大肆侵扰浙江，朝廷派戚继光平倭。戚继光在浙江义乌建立了一支勇敢善战的队伍大破倭寇；但倭寇贼心不死，接着又盯上了福建。戚继光于是率领六千戚家军，在福建一连三年进行扫荡，扫得倭寇从横屿、兴化、仙游狼狈逃窜，最后终于滚出了福建！"

致远："戚家军好厉害呀！"

慕贤："戚家军离开仙游的时候，留下一个奄奄一息的义乌青年，寄在木兰溪畔的江家养伤。江家五口敬之如英雄，爱之如亲人，三儿一女衣不解带日夜守候，终于将他救活。第二年春天，木兰盛开，江家女跟义乌男喜结良缘。远近都来祝贺，说是戚继光抗倭，天降福气！婚后不久，义乌男偕妻移居仙游东北面的马尾，在马尾生根发芽，天长日久成了马尾人；子孙后代就都认马尾是故乡，而不以浙江为原籍了。——这个故事，致远你听得懂吗？"

致远："听得懂，说的是抗倭有福！"

慕贤大喜，一把揽过致远，使劲搓揉致远的头："好家伙，整个故事只用四个字就点透了，聪明过人啊！"

致远："三叔公，故事说完了吗？"

慕贤："说完了。"

致远："可是你还没告诉我，故事里的义乌男叫什么名字呢？"

慕贤："好，现在我就告诉你，那个抗倭得福的义乌男叫纪端。"他指指墓碑："他正是我们马尾纪氏的开山之祖啊！"

56．纪圣公坟山（日）

山腰上，苍松翠柏中一座清代古墓，普通规制，无牌坊，但保存极好。

墓碑正中为碑题"纪圣公之墓"，右侧刻写生卒年月"生于崇祯九年，卒于康熙三十五年"，左侧刻写立碑人"子纪镇涛、纪镇涌"以及立碑时间"康熙三十五年"。

碑头特写：一支海军锚图案。

慕贤深情地拂拭着海军锚石刻。

致远："三叔公，纪圣公也有故事吗？"

慕贤："圣公的经历不如端公传奇，没有脍炙人口的故事，但他对马尾纪氏一族的影响却不可磨灭！"

致远："那他是怎样的一个人呢？"

慕贤："一个普通的人。据《族谱》记载：端公血脉传到圣公时，已是明末清初了。圣公20岁那年，顺治朝建立福建绿营水师；圣公好武又好水，得以入营。自此，纪氏族人多以水师为业，但都是旧式水师；直到二百多年后马尾兴起船政，才有子孙成为第一代新式海军，你爷爷、二叔公、四叔公还有我，便在其中啊。然而，不管旧式也罢，新式也罢，圣公都不愧为我们家族的海军先驱；后人代代为他修缮坟墓，甲午战后更重新立碑，碑头上加刻了这支海军锚，以纪念我们家族的第一位海军，并鼓励子孙接续祖业。"

再次特写海军锚图案。

第二十七集　拱南自杀　长房迁沪

致远大声说:"三叔公,致远也要继承祖业,长大了当海军!"

慕贤:"好孩子,三叔公想听的就是你这句话!来!——"他牵着致远的手,走到墓地外缘,向下指点着一座座绵延的山头和错落的坟茔:"致远,我们是名门望族、海军世家,这一带的风水宝地都是家族的坟山。你是纪氏的长房长孙,你比任何人都该牢牢记住:我们的始祖、高祖、近祖永远在这里守望着海军子孙的祸福。海军兴则福临,海军衰则祸至!海军,是我们的命根子啊!"

第二十八集　海军造雷　石峻割爱

1. 弘毅堂外（夜）

榕梢缺月。

字幕：1936年

画外音：无人能够理解，大奶奶赴沪之前，纪慕贤何以要令稚嫩的长孙登山别祖，承受与年齿极不相称的压力。但他必须这么做，因为不祥之感告诉他，长房离乡预示着望族星散，纪慕贤他有责任让子孙后代即使蓬飞天涯，也要生生世世回望光荣的祖先，永永远远魂牵美丽的故土！

画外音止。

慕贤仰头望月。

画外音：然而，送走长房之后，刚强而执着的纪慕贤仍不免心境苍凉，望月慨叹。纪慕贤深知，1930年的那次中秋家宴只能够追忆，却不可复得了。

画外音止，慕贤回眸。

闪回（参见第二十五集《三场激战　中秋盛宴》第38节）：

圆月升起。

古榕树旁，以第一桌为中心，第二、三、四桌呈扇形布置，30人聚集，其乐融融。

慕贤："来，以茶代酒，大家干一杯吧！"

众人起立："干杯！"

闪回：

拱南掏出一只小盒子：一方印章石

印章石一面特写：尊前要看 儿辈平戎

闪回止。

第二十八集　海军造雷　石峻割爱

慕贤怅然若失。

2. 纪府大池塘（日）

秋天景色，荷花结莲子。

3. 四房偏院（日）

纪慕达正在收拾残花败叶。

胖嫂画外音："四爷！"

慕达抬头，见胖嫂急急走近："什么事？"

胖嫂："电报，四爷，四奶奶请你立马过去拆看！"

慕达一愣，扔下园艺工具，快步离去。

胖嫂拾掇工具。

胖嫂内心独白："四爷退役三几年来，天天在偏院侍花弄草，反复打理姨太的遗物，还给她的一小幅自画像镶了个框，放在桌上千看万看，痴得让人心酸啊！"

4. 四房正院前厅（日）

慕达拆看电报："安祈果然考取上海美术专科学校了！"

四奶奶："真的?！多难考啊，你没蒙我吧，慕达？"

慕达递过电报："你自己看嘛！"

四奶奶接过电报反复看："真的考取了，考取了！之前，松声曾断言安祈必能考取，我只不信，以为不过是嘴上吉利而已呀。"

慕达："松声是行家，他的眼力还有错？他时常指点安祈，还说假以时日，安祈必会考取上海美专，做刘海粟大师的学生，此言到底应验了，哈哈！"

四奶奶语带忧伤："可惜呀，如今远隔千山万水，想给女儿庆祝一下都不可能了。"

胖嫂："咳，四奶奶怎么反倒伤感起来了?！大奶奶不是在上海吗？她也没少疼安祈，自然会张罗的。"

5. 上海纪宅寓所客厅（日）

安丽在打电话："大哥，我是安丽。妈说，安祈考取美专是件喜事，跟中状元也差不了多少，应该好好庆祝一下，鼓励一下。明天是星期天，她要你早点回来，荣官和翠翠也会回来的。……什么?！你没空！挤点时间不行吗？别让大家扫兴了，回来吧！

喂，喂！喂，喂！"

大奶奶："别'喂喂'了，你哥一准不愿意啰唆，挂机了。"

安丽："也不等人家说完就挂断，真是的！"

安祈噘嘴。

大奶奶宠爱地摸摸安祈的头："别恼啦，安祈，你大哥来了也没几句话，由他去吧，谁稀罕！你翠翠姐和荣官哥会来的。翠翠包的油扁最为精巧，只半个拇指长，也不知道那猪油花生甜馅是怎么塞进去的，从未煮破过，连毛大厨都甘拜下风。你大哥以前最爱吃，今天他不来，活该自损口福！"

安丽："油扁费工，翠翠忙绣坊的事，轻易不做的，我们算是沾安祈状元的光啦！"

大奶奶："家里正好有新炒的花生米。安丽、安祈，你俩负责碾花生，给翠翠备料，这就可以包得快些了。"

画外电铃声。

安祈："准是翠翠姐和荣官哥！"便出去开门。

大奶奶："安丽，你去买几样安祈爱吃的回来，明天再带她去量一身漂亮衣裳作为考取奖励。你妹妹在你四婶那里，比公主还公主，17 岁了，惯得跟 7 岁似的，乍一离开，难免多愁善感些，你做姐姐的理应多多照顾才是啊。"

安丽："知道了，你放心吧，安祈挺温良的，好哄着呢。她的相貌、性格、绘画天分都是生母的遗传；如今长大了，活脱脱就是当年的那青姐，好可爱的，翠翠也说，思念那青姐只看安祈便是。"

翠翠和安祈进来。

翠翠："大奶奶！"

大奶奶笑道："正盼你呢，你来我们就有口福了！"

翠翠笑："不就是油扁吗？管够！"

大奶奶："荣官呢？"

翠翠："荣官没来，不知去哪里了，说是有要紧的事要办；问了一句，他却摆摆手不搭理。怪不怪？"

大奶奶："随他吧，许是海军军械厂找他，他得力嘛。"

6. 上海海军江南造船所大门外（日）

职工们向大门走去。

第二十八集 海军造雷 石峻割爱

7. 海军新舰监造室外（日）

陈师傅在监造室门上敲了两下。

拱北画外音："进来！"

8. 海军新舰监造室（日）

陈师傅进来："纪舰长！"

拱北身穿秋季军服，起身相迎："陈师傅坐，坐！"

陈师傅坐定。

拱北："时间紧张，陈师傅，我们长话短说吧！"

陈师傅："纪舰长请说！"

拱北："海军正在准备制造水雷对付日本。陈师傅，你人品可贵，技术拔尖，我们非常需要你去制雷工场的翻砂车间铸造水雷外壳，所以才从江南所把你调了来。雷场的条件很差，工作很险，难免要委屈你了……"

陈师傅："哪儿的话！只要你们看得起我，用得着我，再苦再险我也不怕！"

拱北大为感动："陈师傅，我没看走眼，你是好样的！记得四年前建造'江宁''海宁'炮艇的时候，为了追赶由于'一·二八'事变而延误的工程，争取如期下水，你甚至顾不上回宁波见见病危的儿子！你的爱国精神、敬业精神，无人不钦佩啊！今天，你又一次鼓舞了我，谢谢你，陈师傅！"

9. 海军江南造船所大门外（日）

荣官走进大门。

10. 海军江南造船所厂区（日）

陈师傅走着。

拱北画外音："陈师傅，海军造雷，高度机密，决不可泄露，包括对你最亲的亲人！"

陈师傅画外回应声："放心吧，纪舰长，刀架在脖子上我也不会讲出去的！"

11. 海军新舰监造室（日）

拱北正与荣官谈话。

荣官:"我明白了,在海、空两方面的绝对劣势下,中国海军必须自行造雷,以便将来用水雷阻挡日寇沿江深入我们腹地。"

拱北:"对,唯有自力更生大批量制造出合格的水雷;才能够在广阔的江河港汊上打击敌人,叫他们步步惊心,寸寸见血!不过,要取得骄人的战果,困难却是空前的;原因就在于,我海军一贯使用进口水雷,缺乏造雷实践,所以无论设计也罢,研制也罢,验证也罢,关关都将面临巨大的挑战!荣官,你有信心吗?"

荣官:"'事在人为',信心是干出来的!"

拱北:"好,我们一起干出信心吧!哦,有件事要跟你交个底。你在海军军械厂早已升任工程师,而我这个造雷班子,顶着新舰监造的名义,实际上既无正式编制,又无工程师职称,我和雨轩尚能以少校舰长的头衔履行新职,而你则只得屈就技工长了;降级吃亏且不算,前面等待的更有许许多多的苦,这对你的确很不公平……"

荣官急了,站起来打断道:"言重了,言重了!能够为海军秘密造雷出一份力,是荣官的福分,哪来什么'屈就',什么'吃亏',什么'不公平'啊?!说实在话,苦,那是肯定会有的,但我不怕苦!记得当年,三爷推荐我去海军军械厂学艺,临别时再三叮咛说:'不要怕苦!没有苦哪有甜?甜,是用苦涩的汗水、泪水乃至血水提炼出来的!'我牢记三爷的教诲,终于从过去的山娃子,后来的童仆、艺徒、师父一步步变成了工程师。——这是为自己吃苦,值!而从今往后,我将为国家、为海军、为抗日吃苦,就更值了,百倍千倍的值啊!"

拱北动情地握住荣官的双手,竟说不出一句话。

12. 上海纪宅餐厅(日)

餐厅中央的餐桌上摆了几盘菜肴。思静在摆茶盏,定远、致远帮着摆碗筷。

安祈指点着菜肴:"红烧百叶结、黄鱼鲞焖肉、炒三丝、虾仁炒蛋,还有大伯母爱吃的素烩、荠菜豆腐羹,还有……"

翠翠端着砂锅走来:"还有安丽的招牌腌笃鲜!"

安丽端着盘子走来:"还有翠翠的招牌油扁!"

安祈:"好丰盛啊!口水都要流下来啦!"

大奶奶:"先别流口水了,快把茶斟上,以茶代酒开家宴,庆祝安祈中状元!"

安祈:"大伯母,到了上海,还是严守规矩,不准喝酒哟!"

大奶奶:"那当然!无论何时何地,家风不能改!"

安祈调皮地行了个军礼:"是,遵命!"

第二十八集　海军造雷　石峻割爱

画外门铃声。

定远、致远立马奔出去。

大奶奶："谁这么有口福啊，赶在点子上了！"

荣官画外音："荣官有口福，大奶奶！"

荣官出现。

翠翠："咦，不是说不能来吗？怎么又来了？"

安丽："这还不明白？——荣官哥在外滩就闻到香味了！"

安祈："二姐这么说，那荣官哥岂不是长了狗鼻子？"

众人皆笑。

大奶奶也忍俊不禁："咄，没大没小！"

荣官憨憨地笑了笑："安祈，闭上眼睛！"

安祈有点蒙。

安丽："还不快闭上，荣官哥一准有礼物送给状元！"

安祈："哦。"便闭上眼睛。

荣官："伸出手来！"

安祈伸出双手。

安丽打了一下安祈的手："还两只手！贪不贪心哪，你？"

荣官掏出一个圆形的奖章似的小礼物，放在安祈的巴掌上："睁开眼吧！"

安祈睁眼往巴掌上一看："哇！"

定远、致远跳起来拍着手："哇，像勋章啊！"

小礼物特写：峭壁直立，图案线条刚劲简单，空白处加刻"努力"二字。

大奶奶从安祈手中拿起小礼物端详一会儿，不禁赞叹道："荣官就是心灵手巧啊！这一准是利用下脚料做的吧？"

荣官："是的。"

大奶奶："安祈，考取上海美专不容易，学出成绩更不容易，你可不要辜负了荣官哥的心意啊！"

安祈："谢谢荣官哥！"

荣官把小礼物挂在安祈脖子上。

翠翠举起茶盏："来，为我们的状元干杯！"

众人碰杯。

13．海军江南造船所大门外（夜）

星空。

行人疏落。

14．海军江南造船所厂区（夜）

灯光从海军新舰监造室透出。

15．海军新舰监造室（夜）

拱北、雨轩各自伏案孜孜于业。

雨轩搁笔："明后两天的制雷讲义都完成了！"便起身倒水喝。

拱北随之搁笔："我的两堂课也备好了。说实话，咱俩20年前在海校所学的那些水雷知识，应付这一阶段的制雷培训，还差强人意，但要教授TNT炸药的熔装规程，却力不从心了。事关重大，来不得半点含糊，我考虑派员去汉阳兵工厂学习，你意如何？"

雨轩："当然好！派出两名也就够了，然而必须具备军用化学的底子才行。"

拱北："我看中了两位年轻的技术员，两人都毕业于马尾海校附设的军用化学班。凭借检验军械和化验火药的专业基础，我想他们掌握TNT炸药的操作规程，应该会比较快；学成之后，立即回来传授给培训班，补足该班的结业课程。"

雨轩："好主意！如此，制雷培训班的课程得以完备，日后一期期办下去的话，就变成'种子部队'了。一旦水雷战真的打响，无论战争持续多久，制雷人力的储备都不会山穷水尽的。"

拱北："制雷器材同样急迫，应加紧采购。目前，钢材、炸药、胶木、橡皮、电液瓶等已然十分紧俏，一旦开仗，只怕千金难求啊！未雨绸缪，雨轩，你要监督总务，保证供货渠道的畅通。"

雨轩："好。"

拱北："制雷地点我已考虑好了，你呢？"

雨轩："白天、晚上细细观察的结果，觉得海会寺周边环境相对安全；庙宇后面还有一座独立院落，据守门人说，因为缺钱修缮空置了许久。我想，用作制雷工场，也算得天独厚了。"

拱北："所见略同啊！我们不妨假托民用企业，长期租借。双方互惠，各得其所。

第二十八集　海军造雷　石崚割爱

至于能否达成，就要靠你这个外交家啦！"

雨轩："没问题！不过——"

拱北截断："我知道你想什么。你放心！事先我必通过特殊途径查明海会寺住持和僧众的状况。爱国是最最根本的，否则稍有风吹草动，麻烦就大了。"

雨轩："是啊，日本鬼什么都做得出来，连佛寺也不会放过的，必须防他们一手！"

拱北："顺利的话，培训班一结业，新舰监造室这边即可投入水雷设计，佛寺那边则着手将租得的院落改造成制雷工场。至于其他的事情，我们再找时间商量。现在嘛，好像应该睡觉啦！"

雨轩看了看手表："哟，已然过了12点，我的肚子饿得咕咕叫！"

拱北："怎会这么饿?!"

雨轩："今天一连两餐都没赶上饭点，胡乱塞了些而已。方才喝了一大杯水，反倒更饿了。"

拱北："既如此，便破例出去吃回夜宵也不为过嘛！"

雨轩："上哪儿吃？"

拱北："远在天边，近在眼前。出大门没几步，不就有一个阳春面挑子吗？只不过……"

雨轩："'只不过'什么？"

拱北忽发童心，露出坏笑："我眼见那洗碗水，一用到底，浊如浓汤，脏得很哪，恐怕雨轩少爷要作呕哟，哈哈！"

雨轩不禁笑了，接过拱北的话调侃道："怎么会呢？——越脏越有味道！愿与拱北大少爷分享，不知意下如何呀？嘻嘻！"

拱北："恭敬不如从命！一碗太少，三碗不多！"

雨轩："好，看谁吃得香？"

拱北笑："赖皮，你饿得慌，当然你吃得香喽！罢了罢了，不比输赢了。"便正色道："没有永远的少爷，只有永远的军人。——这就是你我啊！"

雨轩："对，我们是一起从少爷走过来的！"

拱北："不说了，快换上破旧的便装出去填肚子吧！"

16. 阳春面摊（夜）

摊主端上一碗阳春面："第二碗马上就来！"便转身而去。

拱北把碗推到雨轩面前，张望了一下，用英语低声提醒道："Don't be elegant！"

（别绅士派头！）

　　雨轩："I see."（我知道。）

　　摊主端上第二碗。

　　拱北、雨轩故意唏唏作响大吃起来。

　　摊主继续干活。

　　两个路人从摊边走过。

　　摊主瞪着他们的背影狠狠啐了一口。

　　拱北、雨轩彼此对视一眼。

17. 海军江南造船所大门内（夜）

　　雨轩："摊主背后啐那两个路人，定然事出有因，但双方显然并不相识。"

　　拱北："我判断，此二人可能是不止一次出现的日本间谍，他们不屑光顾阳春面，所以跟摊主没有交道；而那摊主阅人无数，看出了破绽，又不敢啐其面，就只得啐其背了，这也正是国人的无奈嘛。"

　　雨轩："日谍肆无忌惮监视江南所已经很久，有关方面却苦于抓不到证据，唯有哑巴吃黄连；而一旦全面开仗，日机、日舰则可随时进行有效打击啊！"

　　拱北："日寇侵华，从大布局到小细节，周密阴险，无不臻于极致。我中华儿女如不同仇敌忾坚决抗争，则难逃亡国绝种的厄运。不幸的是，中华儿女总在上演兄弟阋墙的悲剧！远的且不说，只看1930年至今，6年来一次次剿共吧，萁豆相煎的结果，共未灭而国已破，日本倒成了最大的赢家，不是吗？"

　　雨轩："没错！正是在这6年的剿共中，日本先后发动了'九一八'事变'一·二八'事变，继而更接二连三制造出察东事件、河北事件、张北事件、冀东事变、丰台事件等等，还不遗余力地扶植起伪满洲国。一个弹丸之邦能够如此疯狂地鲸吞东北、蚕食华北，志在必得地一步步推行着征服中华民族的罪恶计划，反躬自问，也是国人内斗所致啊！"

　　拱北："如再不审时度势停止剿共，团结抗日，民族生存危在旦夕啊！我百思不解，国共两党既然有过联手北伐的壮举，何以不能并肩抗日轰轰烈烈夺回山河呢？军人不怕流血，唯愿死得其所啊！"

　　雨轩："好在海军不同陆军，与共军交手的机会很少，你我迄未遇此窝心事。"

　　拱北："唯其如此，更要发奋制雷，准备杀敌！"

第二十八集　海军造雷　石峻割爱

18. 海会寺知客室（日）

小和尚引雨轩入室。

住持："施主请！"

雨轩谦恭做合十礼。

住持："施主请坐！"

雨轩再次合十乃坐，并习惯地保持军人坐姿，双手平放于双腿上，但随即改为常人坐姿。

住持发觉但不露声色。

小和尚上茶。

住持："小寺僻陋，香客不多，老衲还是第一次幸会施主。施主贵姓？"

雨轩："免贵姓梁，全名梁同。敝人的确从未在贵寺进过香，今日特来见长老，乃是受了申鑫金属加工厂的指派，大有'临时抱佛脚'之嫌，惭愧！惭愧！"

住持："施主言重了！'临时抱佛脚'也是心中有佛嘛，但不知贵厂何事下问老衲？"

雨轩："申鑫厂改建厂房，急需谋一处所暂作车间，多方寻觅，迄无当意者；最近，听闻贵寺有院舍闲置，便差我探明是否可以借用。"

住持："小寺确有一座闲置的院舍，求借者不乏其人。但老衲顾虑，乱世之中鱼龙混杂，稍有不慎即招恶果；小寺声誉事小，国家安危事大，断不可贸然出借，故而迁延至今。"

雨轩："长老事佛不忘忧国，梁某由衷钦佩！"

住持："施主谬奖！马犹思救主，犬尚知护家，老衲诞生于中国，剃度于中国，中国罹难，岂能不生忧国之思？佛陀慈悲，普度众生，佛门弟子爱国忧国正合佛教宗旨啊！高僧圆瑛法师在'九一八'事变后即撰联曰'出世犹垂忧国泪，居山恒作感时诗'，还通告全国佛教团体开启护国道场，甚至公开号召日本佛教界制止日军侵华。这才是佛门爱国忧国的楷模啊。"

雨轩："敝人对佛教一向无知，总以为遁入空门必超然物外。今日得仰长老，乃知出世绝非避世，佛教精神是积极的，有担当的，圆瑛法师的忧国护国正彰显佛陀的伟大。多年前，曾在寺庙中见到一副楹联——'大路在前须分明认去，一肩担下当努力将来'，觉得很振奋，便默记于心；然而受教之余又旁生疑惑，何以寺庙中会有如此积极入世的说教呢？今日多亏长老点拨，才明白自己的无知。"

住持："'知之为知之，不知为不知之'，施主坦坦荡荡，是个真君子！"

雨轩欠身："不敢当，不敢当！"

小和尚进来与住持低语几句。

住持便对雨轩说："将近中午了，小寺有斋饭敬客，施主留下用斋如何？"

雨轩："多谢长老赐斋！"乃起身合掌道："长老慈悲！借用之事，恳请斟酌。敝人回去，敬候俯允。"小和尚上前引导："请施主随小僧移步斋堂！"

雨轩随小和尚走出知客室。

住持："施主且慢！"

雨轩转身："长老请赐教！"

住持郑重其言："老衲已决定将空院借予贵厂！"

雨轩动情："长老慷慨，雪中送炭。敝人感激，无以言表！"

19．知客室外（日）

雨轩告别住持："敝人三生有幸，仰承长老垂注，办妥借用事宜且深受启迪。叨扰良久，只得告辞了，长老多多保重！"乃行合掌礼。

住持回礼。

雨轩转身离去。

住持画外音："施主！"

雨轩止步回身面对住持。

住持意味深长："大路在前须分明认去，一肩担下当努力将来！"

20．海军新舰监造室（日）

雨轩摘下便帽，解下围巾。

电话铃响。

雨轩听电话："喂，我刚刚进门，可巧你就来电话了，仿佛长了千里眼。要给你留晚饭？好！就这样吧，我挂了，拱北！"

雨轩挂机。

21．海军新舰监造室（夜）

雨轩递茶给拱北："事情已经办妥了，你先喝口热茶再听我说吧。"

拱北喝茶。

第二十八集　海军造雷　石峻割爱

雨轩在拱北对面坐下："你调查的结果没错，海会寺住持是个爱国僧人。他对高僧圆瑛的爱国义举十分推崇，可见惺惺相惜。我们聊得很好，他留我用斋，并承诺借地方给我们。"

拱北："他没觉察你的身份吗？"

雨轩："好像有点察觉，这是因为我的'演技'不高，军人坐姿所致。"

拱北："也许正因此，他才答应我们呢。'九一八'以来民众抗日情绪不断高涨，宗教界也没有置身事外啊。"

雨轩："备用制雷点有眉目了吗？"

拱北："否了一个又一个，今天下午去枫林桥那边转转，经过海军海道测量局时，忽然想起它占地不小，就借故进去看了看，发现有一个角落可以设制雷工场。"

雨轩："这就叫'踏破铁靴无觅处，得来全不费工夫'啊。"便把两只饭盒从棉套中一一解出，放到拱北面前："快吃吧！"

拱北触摸饭盒："嘀，还是热的！"

雨轩指指棉套："要不是思静缝的棉套，你我少不了吃凉饭！"

拱北："凉饭就凉饭，缝什么棉套嘛！"

雨轩："'狗咬吕洞宾'！你对思静公平一点好不好？想过吗？人家是在点点滴滴中支持你抗日啊！"

拱北正要打开饭盒，听了雨轩的批评，不免一怔。

22．上海街巷之一（日）

报童奔跑叫卖："卖报卖报，西安兵谏，西安兵谏……"

23．上海街巷之二（日）

报童沿街售报："兵谏，兵谏，张学良杨虎城兵谏！……"

24．海军新舰监造室（日）

荣官、陈师傅等二十来个技术人员及工人满满地挤了一屋。

拱北："各位同人：张杨兵谏，大家都从报上读到了。这的确是一次惊天动地的事变，关系到中国能否停止内战一致抗日，人心无不焦虑。不过，冷静下来，我还是要召集诸位，提醒几句。我们是海军的制雷骨干，重任系之，必须百分之百专注于所司之职；我们应该牢牢记住，任何情况下，日本亡我中华的既定国策是绝对不会改变的！

再过十几天，1937 年就到了。我们一定要尽快完成各项准备工作，如期投入试制。时不我待，团结奋进吧！"

众人鼓掌。

25．海军江南造船所外（夜）

阴历十一月十八的月亮依旧明亮。

字幕：1936 年最后一夜

26．海军新舰监造室（夜）

拱北、雨轩头对头各自专注于审阅图纸，身边堆满的也是图纸。

27．海军新舰监造室外（日）

晨光初露

字幕：1937 年

28．海军新舰监造室（日）

拱北卷起图纸。

拱北在窗旁舒展筋骨。

雨轩收起图纸，来到拱北身边："赶了个通宵，车间图纸全部审毕。我没发现问题，你呢？"

拱北："也没有。"

雨轩喜："好开头！1937 年第一天开得好啊！"

拱北："Good beginning is half the battle!（开头好，好一半！）按计划，明天，制雷工场基建破土；阴历年前，制雷材料并设备运输到位；然后，进入试制阶段。只要尚未发生大的变局，我们就能从战云的缝隙中争得些许空间，让国造水雷在今年上半年正式投产。"

雨轩："好在四天之前，张杨兵谏已获和平解决，内战之祸总算止住，而国共两党联手抗战的新时期也终于露出了曙光！"

拱北："曙光在前，抗战有望，民族有望啊！"

窗外天明。

第二十八集　海军造雷　石峻割爱

29．上海纪宅厨房（日）

安丽在剥白煮蛋。

翠翠往卤锅里下料："鸡肉、猪肉、香干、冬笋、香菇还有……"

安丽递上剥好的蛋："还有鸡蛋！"

翠翠正要将剥好的蛋下锅，忽又住手。

安丽："怎么了？"

翠翠："少了一道工序！"

安丽有点蒙："嗯？！"

翠翠："记得吗？！在大榕乡，每当过年的时候，毛大厨照例要备一大锅卤货。他做卤蛋很考究，总是用斜刀在蛋白上割出一道道不深不浅的口子，既能让卤汁充分地渗进去，又不叫散了架招惹不吉祥……"

安丽："是了是了，那种做法蛋白最最入味，百吃不厌！"

翠翠："那咱们就来'偷师'吧，好歹让今天的年夜饭有点家乡的精彩！"

安丽遂递过小刀，揶揄道："翠大厨，请！"

翠翠笑："丽大厨，请！"

30．上海纪宅楼梯（夜）

定远、致远穿着新衣，各持一张卷子从楼梯上奔下。

31．上海纪宅厨房（夜）

安丽和翠翠正在小心地斜刀切蛋白。

定远、致远冲进来。

定远："丽姨，你给我们出的鸡兔同笼题，全都算出来啦！"

安丽："啊！这么快？今天的题相当难，我说过必须独立思考！——你们互相商量了吧？"

定远、致远："没有没有，是各做各的！"

安丽："拿来我看看！"

定远、致远交出答卷。

安丽看完卷子对翠翠说："这两个小鬼头都很有数学脑子，我的题没把他们难倒，解得又快又准！"

翠翠喜："真的吗？"便命定远、致远："快把卷子收好，留给你们父亲看看，算作新年礼物吧！"

定远："不是说，他们赶不上年夜饭吗？"

翠翠："赶不上年夜饭就不兴送年礼啦？傻！"

致远："爹才不稀罕我的礼物呢！"

翠翠、安丽大为错愕："啊？！这怎么讲？"

致远："我早就看出来了，爹不喜欢我，荣叔喜欢我。"

安丽哑然失笑："你还真会看！我怎么没看出来呀？"

翠翠忍笑："我也没看出来。定远你呢？"

定远："我看出来了，拱北叔不但不喜欢致远，也不喜欢我！他总不搭理我们！"

翠翠、安丽哈哈大笑。

翠翠笑罢正色道："其实拱北叔和荣叔一样，是喜欢你们、疼爱你们的，只不过没有点子逗你们玩罢了，三叔公也是这种人。"

安丽："对呀，你们的名字都是三叔公为了纪念甲午战争正儿八经起的，你们的父辈也把复兴海军的希望寄托在你们身上，这就是最最深沉的爱啊！"

思静画外音："定远！致远！"

定远、致远齐回首。

思静在厨房门口招手道："新围巾织好了，上楼试试去吧！"

定远："谢谢静姨！"

致远："谢谢妈！"

32．海军江南造船所餐厅（夜）

一排排长椅上坐着荣官、陈师傅等数十名制雷员工，一张张长桌上摆着各色年夜饭和杯盘。

拱北身穿工作服从主位上站起："列位员工：制雷工场已提前完竣，可用于秘密研制国产水雷。除夕之夜熙熙攘攘，正是潜运 TNT 炸药、雷管、电液瓶等制雷材料的有利时机；年夜饭后，按既定步骤，一部分人先去雷场，由夏雨轩舰长指挥接应工作，另一些人随我押车。海军总司令部还会派出警卫，沿途布暗哨，确保运输安全。明白了吗？"

众人起立："明白了！"

拱北示意众人坐下："诸位都是我和夏舰长从历届水雷培训班中遴选出来的高才。

第二十八集　海军造雷　石峻割爱

你们绝大多数虽并无军籍，却肩负军工重担、严守军事纪律，骨子里可比正规军人。拱北信赖你们，倚重你们，期待与你们一起贡献力量。员工中还有部分现役军人，这些人在今后相当一段时间内，都必须像我一样，脱下军服，隐藏身份。军服不在身，责任却在身，我等仍将坚守军人天职，维护军人荣誉，成功成仁，义无反顾！"乃行军礼，以示决心。

便服军人们随即起立行军礼。

全场鼓掌。

拱北继续道："牛年即刻降临。如非日寇步步进逼，今夕正是'爆竹声中一岁除，春风送暖入屠苏'的团圆之夜、迎春之夜。然而'九一八'以来，东北沦陷、华北残缺，三个月前距北平仅15公里的丰台，也已落入魔爪。苦难同胞如何过年，思之不胜悲怆；但悲也无益，唯有同仇敌忾，抗击侵略，才是正道。铁血男儿们，为了民族重生、海军复兴的那一天，勇敢奋斗吧！"

全场呼号："奋斗！奋斗！奋斗！"

33．上海纪宅餐厅（夜）

墙上挂钟敲响。

围坐于火盆的大奶奶并思静、翠翠、安丽皆抬眼望钟。

时钟指向8点。

大奶奶："看来，拱北、雨轩、荣官没一个赶得上年夜饭了！"

安丽："意料之中的事嘛，他们说过不要等的！最最想不到的却是三叔、四叔、四婶，已然敲定来上海团聚，临行四婶竟被肺炎绊住了。安祈急得哭天抹泪，茜嫂、琦嫂就慌忙带着她和安瑞回了大榕乡。人算不如天算，到底有点扫兴。我挺想四婶的，她能来上海住住多好啊！"

思静："可不吗？没有安祈的那些年，四婶最宠你了！"

大奶奶："都别扫兴啦，一切随缘，知足常乐吧。时局不好，多少北方人妻离子散，我们能够平安过年，便是菩萨赐福了。"

翠翠："是这么个理！我有一位绣工姐妹，她的表侄女便是南下投亲的流亡学生，如今只能将就着跟我们学做针线活，真真委屈她了！"

定远、致远进来："奶奶，我们又饿了！"

思静："怎么又饿了？吃了点心还喊饿？！"

大奶奶："孩子一蹦一跳就饿了，赶紧上菜吧！"

思静："是！"便和安丽、翠翠出去端菜。

大奶奶便命定远、致远："上桌吧！"

思静端上火锅。

大奶奶用勺子捞了捞火锅，对定远、致远说："瞧，锅里有定远爸、致远爹和轩叔都特别爱吃的肉馅鱼丸！他们忙，顾不上年夜饭，你俩就多吃一点吧！"

定远："奶奶，他们为什么这么忙，过年也不放假？"

致远："奶奶，他们忙什么呀？！"

大奶奶："奶奶不知道，也不打听。"

定远、致远："为什么？！"

大奶奶正色："因为，打听军情会招致大祸，这是军眷永远的大忌啊！"

定远、致远："啊？！这么严重！"

大奶奶："当然严重，不得了的严重！你们要牢牢记住啊！"

定远："奶奶，定远记住了！"

致远："奶奶，致远也记住了！"

34．上海海军制雷工场沿途（夜）

远景：一小队大篷卡车在黑暗中鱼贯前进。

拱北坐在最后一辆卡车的车头。

最后一辆卡车内，拱北在驾驶座旁警惕地监视着车窗外面的动静。

35．上海纪宅客厅（夜）

桌面上覆着两块盖布。

安丽把定远、致远推到桌前："奶奶说过，年夜饭后，给你们一个惊喜，一个怎么猜也猜不中的惊喜！"

定远、致远对视一眼，便把期待的目光投向大奶奶。

大奶奶微笑道："揭开盖布吧！"

翠翠："1，2，3，揭！"

两块盖布同时揭开。

特写：两条崭新的玩具军舰并列在两个底座上。

定远、致远："哇，航空母舰！""哇，潜水艇！"

大奶奶等一起鼓掌，七嘴八舌："怎么样？想不到吧？""想不到吧？"

第二十八集　海军造雷　石崚割爱

思静："好好看看，做得多精巧啊！"

定远、致远惊喜地端详着。

致远："定远，你说潜水艇像什么？"

定远："像大鲸鱼。那，航空母舰呢？"

致远："像……像……像大操场……不不不，像机场！机场！"

定远："对对对，是像机场，你看多少架飞机啊，1架、2架、3架、4架、5架……"

安丽："看把你俩给迷得！也不问问这'大鲸鱼''机场'打哪儿来。"

定远、致远："一定是奶奶送的，谢谢奶奶！"

大奶奶："哪里是我？！是定远爸用废木料为你们做的，信不信？"

致远："当然信！荣叔给做的坦克车，同学们都羡慕得不得了，传来传去，结果传丢了。"

翠翠："其实，'大鲸鱼''机场'不是你荣叔一个人做的，设计师正是你轩叔和你爹！"

致远："我爹？！我不信！我爹才不稀罕我呢！"

翠翠："什么话？哪有爹不稀罕儿子的？！不信问你妈！"

致远："妈，爹真的做设计了吗？"

思静："那还有假？致远啊，你爹表面不说，心里是稀罕你的！"

致远似有所悟。

36. 上海海军制雷工场沿途（夜）

远景：车队上了弯道。

最后一辆车内，拱北盯着弯道上移动着的一盏盏车灯，目光犀利。

37. 上海纪宅客厅（夜）

翠翠正在给炭盆加火。

安丽进来："大嫂服侍妈睡下了。妈交代说，世道不太平，定远、致远在外面玩鞭炮别太久了，怕遇见坏人、拐子什么的。"

翠翠："不怕！定远在上海土生土长，丢不了，致远又聪明又懂事，两兄弟虽小，要拐他们哪那么容易？"

安丽："可不是吗，由他们玩吧。他们说了，父亲赶不上年夜饭，也许可以赶守岁，总之是愿意等。两个半大的男孩，怎么肯规规矩矩守着炭盆待着呢？——正好，留了个空当给咱俩说体己话！"

翠翠："我心里也真有好些话呢！就说这日常生活吧，我在上海已然十年有余，吃的、穿的、用的，连口音都变了不少，可不知为什么睡里梦里总是大榕乡的野地、海滩，还有那青和你……"

安丽："我也一样，常梦到儿时的事，可不知为什么醒来竟有些失落呢。"

翠翠："那是因为我们回不到过去了，即使回到大榕乡也回不到小时候啊！"

安丽："或许，这便是说不清道不明的乡愁吧？不过这种乡愁其实是甜蜜的。"

翠翠："对，和东北人相比，人家的乡愁多么苦涩啊！"

安丽："但愿我们的乡愁永远甜蜜！"

38．上海海军制雷工场外（夜）

大门上不挂机构招牌。

车队驶近。

大门开启。

车队鱼贯而入。

39．上海海军制雷工场（夜）

拱北从车内跳下。

雨轩迎上前去。

二人用力击掌。

拱北心情复杂地盯着雨轩，片刻却微笑调侃道："今夕何夕，乔迁至此！"

雨轩反应迅速，也带笑调侃道："今夕何夕？守岁在此！"

两人豪迈地再次用力击掌。

40．街角灯柱下（夜）

定远、致远围着新围巾，来回跺脚生暖，坚持守在灯柱下。

翠翠、安丽急趋而至："都12点了，怎么还不回家？！"

定远不说话，致远欲言又止。

翠翠："致远你说！快说！"

致远："我们在等父亲回家守岁！"

翠翠、安丽百感交集，动情地把定远、致远搂进怀里。

第二十八集　海军造雷　石峻割爱

仰摄柱顶的街灯。

41. 纪府大池塘（日）

荷花绽放。

42. 长桥（日）

安丽拎着手提箱从长桥走下。

43. 四房正院前厅（日）

胖嫂扶四奶奶坐下。

四奶奶："你再去哨探一下，安丽到了没有。"

胖嫂笑："看把你急得！二小姐便是到了，也须先往三爷处请安嘛。"

安丽画外音："四婶，我回来啦！回来啦！"

胖嫂："哟，不承想这么快！"便急忙往外走。

44. 四房正院（日）

胖嫂迎上："二小姐，可把你盼到了！四奶奶一接电报，立马有了精气神，今天胃口也开了，这会儿正在厅里等着呢。"便伸手接安丽的手提箱："我提我提……"

安丽："别别别，胖嫂有年纪啦；再说也不重，尽是带给四婶的补品。"

胖嫂："那好，我沏茶去。"

45. 四房正院前厅（日）

四奶奶慈爱地握着挨坐在她身边的安丽的手，说："我的儿，难为你孝顺，山高水远特地来看我。"

安丽："这还不应该吗?！自打四婶患肺炎以来，我们一直记挂着。前些天，妈说总梦见你，心里不踏实，我也坐不住了，索性请假回家看看。"

胖嫂上茶："回家看看好，看看好，四奶奶可想你们了！说实在的，长房去上海之后，除了看家护院的大勇他们没变，厨房的周嫂、佟妈辞了，大奶奶的丫鬟彩虹嫁了，大少奶的梅香走了，府里空荡荡的，少了许多热气，四奶奶天天惦着大团圆，不料这一病连上海也没去成……"

四奶奶："胖嫂说差啦，'大团圆'那叫奢望！我嫁到纪府40年了，称得上大团圆的，只有民国二年拱北即将报考烟台海校的那个阴历年。当时，尽管二爷和大爷都没了，但子侄们尚小，个个在家，后来随着他们相继投军，就再无齐齐全全的大团圆了；七年前的那个中秋可谓鼎盛，其实，儿辈11人回来的还不及半数。军人大家庭，原是如此，小团圆已然十分知足了。"

胖嫂："四奶奶说得实在啊。"

安丽："大团圆也罢，小团圆也罢，最最重要的是健康。只要四婶把身体调理得好好的，就什么都有了；到时候，你跟四叔欢欢喜喜去上海，住住那边的小家，再去看看安祈就读的上海美术专科学校，该有多惬意啊！哎，说了半天话，怎么不见四叔啊？四叔呢？"

胖嫂："四爷一天到晚都锁在偏院里，吃饭才现身，退役好几年了，一直这样。"

46．四房偏院外（日）

院门紧闭。

安丽来到院门前。

安丽犹疑着想推开门，但又止住。

安丽内心独白："四叔像个养鸟的人，自私地把雀儿关进笼里，宠了它一生，也害了它一生。雀儿至死魂在天上，留下四叔痴守空笼，而这只雀儿又成为我和翠翠不灭的追忆和永远的伤痛。多么纠结啊！"

安丽默默离去。

47．长房正院（夜）

冷冷清清。

一盏孤灯从前厅透出。

48．长房正院前厅（夜）

钱妈端酸梅汤上桌。

钱妈到茶几旁坐下，细细端详着几上的盆花，顺手摘掉枯瓣干叶。

钱妈自言自语："二小姐回来好几天了，日夜陪在四奶奶身边；别看小时候淘得跟男孩似的，长大了还真够体贴孝顺的呢。只是，31岁了还不肯谈婚论嫁，让人操心哪！……"

安丽出现："钱妈，你一个人念叨什么呢？"

第二十八集　海军造雷　石峻割爱

钱妈喜："这么晚了还过来！"

安丽："四婶睡得挺香的，正好来看看你呀。"

钱妈："赶巧了，酸梅汤刚刚端上，我这就盛给你喝。"

安丽忙过来摁钱妈坐下："钱妈，坐下坐下，我自己还不会盛吗？你当我还没长大哪？"便去自盛一杯酸梅汤。

钱妈："晚了，别喝太多，省得老起夜，睡不好。"

安丽一口气喝完，过来挨着钱妈坐下："连喝点酸梅汤你都要操心，看来，我真是长不大哇！"

钱妈："男大当婚，女大当嫁，你不嫁，就长不大！"

安丽起腻："钱妈，饶了我吧！别跟我妈似的，一见面就逼婚嘛！"

钱妈："人哪，总要有个归宿，不结婚哪来归宿啊？"

安丽嬉皮笑脸："嘻嘻，那你自己为啥一辈子不结婚？！"

钱妈忽然正色："其实，我是结了婚的！"

安丽笑："你蒙我！"

钱妈："不蒙你，这是真的！"

安丽大吃一惊："啊？！那我怎么一直不知道？从小到大都没听妈说起过呀！"

钱妈："大奶奶的嘴严着呢，不该说的，便是亲骨肉也不吐半个字。"

安丽："嘿，我妈真绝呀！那你怎么就说了呢？"

钱妈："还不是话赶话赶出来的？都这么多年了，你又是我从小看大的，今天说出来也无大碍呀。"

安丽："那你快告诉我，究竟怎么回事？"

钱妈："当年，我从罗源嫁到连江，不承想，刚入洞房却被蒙着脸堵着嘴扛走了；接着，又漆墨乌黑地给塞进了一乘小轿。一个声音说：'快，去马尾知春苑，到了才能付脚钱！'我又急又怕，拼命挣扎，晕了过去。也不知走到哪里，忽然间一响霹雳惊天动地，轿子重重翻倒，把我颠醒了。这时候四周静得出奇，我清楚地听见一个声音抖抖地问：'兄弟，好端端的怎么劈下一个这样大的干雷，摔了我一大跤？！'对方回应说：'这雷蹊跷啊，只怕是神明的警告吧，不如积德放了她！'后来——"

安丽："后来怎样？"

钱妈："后来下起瓢泼大雨，我摸黑跌跌撞撞走了好些路，来到一处大宅院前，用尽最后一点力气拍门呼救，就又失去了知觉。醒来时，发现眼前居然站着一位新嫁娘，很贵气，我还以为是梦！这位跟我差不多大的新嫁娘支开身边的人，盘问我的来历，嘱我隐姓埋名自称孤女落难投亲不遇，以免再次被骗婚的恶棍算计。从此，我变成了钱姑娘，而那个聪明善良的新嫁娘——你应该猜到了——她正是纪府刚由福州娶来的大奶奶啊！"

安丽："钱妈，想不到你竟有如此离谱的身世，更想不到你和我妈还有如此奇特的缘分啊！"

钱妈不禁叹道："缘分天注定，姻缘更是啊！我没见识，啥也不懂，遭受祸害也就认了，我只替峻少爷不平！何止我一个人不平？峻少爷被骗婚早已不是秘密，府里上上下下无不惋惜。大奶奶不止一次对我说，峻少爷一表人才却被误了青春，她这个义母眼睁睁看着竟奈何不得，只有暗暗心酸罢了。大奶奶还说……还说……"钱妈欲言又止。

安丽："还说什么，快讲嘛！你连自己的身世都不瞒我了，还吞吞吐吐的！"

钱妈叹了一口气："大奶奶说，她早就明白，除了峻少爷，你谁都看不上！其实，在她眼里你俩最最般配，可惜命运弄人，有缘无分，怎么也成不了的。——这些话，大奶奶跟你挑明过吗？"

安丽："没有，从没挑明过。"

钱妈："这就是大奶奶的禀性了。她平和，有理也不与人争；何况你拗，跟你大哥似的，打定了主意便不回头了。"

安丽："钱妈，我不是不知道你们都在为我操心，可婚姻大事我怎能违背自己的意愿呢?!"

钱妈："可钱妈还是希望你有个归宿，像你这样出色的姑娘不该没有归宿啊！"

安丽："钱妈，安丽有归宿的，早就有了！"

钱妈："没有成家，哪来归宿嘛?!"

安丽："钱妈，安丽认为，人最最重要的是心，心在哪里，哪里就是归宿；心不在，即便成了家，也没有归宿。真的！"

49．四房正院前厅（日）

桌上放着制作端午工艺品的原料：五色丝绒、布头、硬纸板、配饰以及几碟艾绒和其他香料，还有已经完工的各种香包并各色彩粽。

胖嫂、钱妈、四奶奶、安丽在折纸模、填香料、缠彩粽、缝香包。

安丽缠好了一小串彩粽，不无得意："瞧，又缠好了一件！"

四奶奶："好快哟，我看看！"便端详起来，一面由衷赞道："这串彩粽一粒比一粒

第二十八集　海军造雷　石峻割爱

艳，一粒比一粒小，最小的仅一小截中指那么大，精巧得很呢。"

胖嫂："记得小时候，二小姐成天淘气，不喜欢女孩的玩具，更不学姑娘家的活计，这怎么就变了呢?!"

安丽："还不是逼出来的！去上海之后，身边没人宠了，要自立就必须改变自己嘛，如今连上海菜我也学到一两样了。莫说我，便是安祈也长进了呢！"

四奶奶："真的?!"

安丽："真的。我妈原本心疼安祈少小离家，惯得厉害。有一天，见她不爱吃上海肉松，就命我特地去福州店买福州油酥肉松；不承想，大哥千日不来，万日不来，偏偏这天来了个蜻蜓点水，知道此事后便很不以为然。可我妈却护短，说什么女儿理应富着养，何况安祈才17岁，是小女儿、小珍珠嘛。大哥不敢当着我们的面顶撞妈，就趁她走开的工夫，拉下脸来，教训我俩说：'物竞天择，适者生存。我告诉你们，中日两国早晚必有大战，战争决不理会谁是女儿，谁是小珍珠！你们必须改变自己，以应不测啊！'过后，我把大哥的意思跟妈一讲，妈当即了悟。安祈虽娇气些，但性格温软，又敬畏大哥，没有人纵容，她很快就长进了，回家还主动学干家务呢！"

四奶奶："长兄如父。拱北这大哥管得好，是个好大哥。"

胖嫂："上海花花世界，四奶奶最怕安祈学坏，所以总想亲眼去看看。"

安丽："这个你们不用担心。我妈在大处是绝不纵容的。她严禁安祈烫头发、抹口红，没了学生的样子，更不许小小年纪瞒着家长谈恋爱；安祈身边有两个比较亲近的女同学，一个是普通职员的女儿，一个是上海警备司令的千金，妈都让安祈带回家来吃过饭的。"

众人："这就好，这就好！"

安丽："安祈是个很可爱很受教的小妹妹，美专校长刘海粟还夸她天分高、肯努力呢。莫说我妈还在身边盯着，便是我妈返回大榕乡，上海那边不还有我管着妹妹吗？"

钱妈："大奶奶什么时候回来呀？原是因你被日本流氓踢伤才去上海暂住的，一晃都一年啦，莫非打算长住？"

安丽："怎么可能长住?! 军人身边本不宜拉家带口，加之时局动荡，军眷更应离去方为上策。我妈他们只待致远念完这学期，就回乡了。"

众人喜："真的？"

安丽："那还有假？三叔很同意，还说他非常想念我大哥，过了端午便会和我同去上海，住上个把月，再把我妈他们带回来。"

四奶奶大喜过望："太好了，我们可有盼头了！"

229

钱妈、胖嫂:"有盼头了,有盼头了!"

50．三房正院（日）

大力朝院门走去,正遇丁管家进来。

大力:"丁管家,这么快就从福州回来啦!"

丁管家:"我先回来的,有点事找三爷。"

大力:"三爷正在书房里喝茶,我去大门口取报,一会儿就回来。"

51．纪慕贤书房（日）

慕贤:"丁管家,坐,坐下再说！相处几十年了,还这般拘礼！你是纪府的大功臣,上上下下全都倚仗你安排生活,劳神劳力熬白了头,不该总站着说话了嘛。坐,快坐下！"

丁管家:"谢三爷！"乃坐。

慕贤:"往后,你也别再事必躬亲了,跑跑颠颠的事放手让底下的人去做,你只须把好账目就行了！"

丁管家:"是,三爷。"

慕贤:"方才你要说什么来着？叫我给打断了。"

丁管家:"三爷,我在福州碰到一件事,觉得很重要,就留下大智他们分送节礼和采办,赶着回来了。"

慕贤:"什么事呢？"

丁管家:"今天一早顺路去福馨茶庄买茶,不料吃了闭门羹——人家暂停营业了。"

慕贤:"暂停营业很正常嘛,盘点什么的……"

丁管家:"不,不是盘点,是丧事！"

慕贤:"丧事？谁的丧事？"

丁管家:"福馨茶庄王老板的傻女儿王珠珠过身了！"

慕贤:"是吗?!"

丁管家:"千真万确！我寻思,这件事关联到我们的峻少爷,很重要啊！"

慕贤:"确实很重要,它影响到石峻今后的命运嘛！石峻自打遭遇骗婚后,愤而斩断一切可憎的关系,枉担着婚姻虚名,孑然一身已然16年,现在总算解脱了吧？我想,应该告诉他本人,还有安丽！"

丁管家会心地重重点头。

第二十八集　海军造雷　石峻割爱

52．纪府大池塘（夜）

萤火闪闪。

安丽站在池边出神。

闪回（参见第二十五集《三场激战　中秋盛宴》第 48 节）：

石峻："……我至今仍保留着儿时母亲给我的两颗龙眼核——那是龙的眼珠，更是故乡的眼珠；无论走向何方，故乡总在看着我，而这全拜母亲所赐啊！"便从怀里掏出两粒龙眼核。特写：石峻掌上的两粒龙眼核。

闪回止。

安丽喃喃："峻哥，安丽想你啊！"

萤火闪闪。

安丽在萤火的包笼中茫然回顾。

忽然，安丽仿佛听到什么声音，迟疑一下，便狂奔起来。

53．长桥下小路（夜）

安丽奔向长桥。

54．长桥（夜）

长桥上出现一个黑影。

55．长桥下小路（夜）

安丽奔到桥头。

56．长桥（夜）

安丽踏上长桥即放慢脚步，小心地朝迎面而来的黑影走去。

安丽与黑影相遇。

安丽将信将疑："是你吗？"

石峻："是我！"

安丽："真的是你吗？我不是做梦吧？"

石峻："当然不是做梦！"便低下脑袋："不信？拍拍我的脑袋，看看还有没有番鬼鬈发？"

安丽按了按石峻的鬈发，禁不住哭了。

石峻："怎么了?! 怎么了?!"

安丽抽泣着："……真的是峻哥！……不是梦！"

石峻激动不已，一把抱住安丽，但旋即恢复自制："二妹，你怎么一个人到这里来了？"

安丽口吃起来："我……我……我好像听见了你……就……"

石峻不待安丽说完，连忙拉起她的手："走，回家再说！我的舰泊靠马尾，明天一早起航，是赶着回家看看的，万料不到你会在这里，太好啦！"便以更加兄长的口吻，推了安丽一把："走喽，走喽！"

安丽失望。

57．纪慕贤书房（夜）

石峻："三叔，二妹说端午节之后你会去上海小住，确定了吗？"

慕贤："确定了。好几年没见拱北，十分想念。当今形势，北平三面已为日本势力所控制，日军还在丰台频频演习滋事，中日大战步步逼近，再不成行，以后恐怕就难了。"

石峻："是的，是的，早去为好。"

慕贤："峻侄，你回来得正是时候，有件要紧的事可以当面告知。"

石峻："三叔请讲！"

慕贤："丁管家上福州，偶然经过福馨茶庄，得知王老板之女王珠珠已于近日作古。人们理当敬逝者而惜生者，所以作为一家之长，三叔认为：你的婚姻障碍已不存在，你若确有心仪之人，应该勇于表白，争取幸福，不要错过啊！"

石峻沉默片刻，坦白回应道："三叔，我舍不得错过，但我的婚姻还有障碍！"

慕贤愕然："什么障碍?!"

石峻："这障碍便是日寇！——日寇啊！"

慕贤："那你如何打算？"

石峻起立："三叔，我深爱我那心仪之人，但我更爱生我养我的故土、多灾多难的民族、屡败屡战的中国海军；所以，所以，眼下除了放弃婚姻，石峻别无选择！"

慕贤肃然起敬，站起身来，动情地说："峻侄，你是真正的军人，好样的男儿！三叔赞赏你，支持你！三叔坚信，总有一天，你的婚姻障碍会在铁血中化为乌有！届时，你回大榕乡来，三叔不仅主婚，还将恳请萨镇冰或陈绍宽为你证婚！"

第二十八集　海军造雷　石峻割爱

石峻："谢三叔厚爱！侄儿石峻敢以军人荣誉立誓，纵然九死也必无愧于这一天！"

58．纪府大池塘（夜）

无月。

天上繁星。

地上萤火。

59．长桥（日）

晨光初露，长桥朦胧。

安丽和石峻上了长桥，停步。

石峻："别送了，二妹，不定哪天，我在上海靠岸，还会去看你的。"

安丽取出两只穿好的彩粽："中国所有节日中，端午节最具爱国内涵；这两只小彩粽是安丽自己缠的，峻哥你信吗？待会儿映着太阳，它看起来非常非常艳丽！"

石峻笑："峻哥信，当然信！二妹之于女红，非不能也，实不为也。这不？一上心，便有得意之作了。"

安丽："临别还来打趣我！"便把彩粽塞到石峻手中："让彩粽一直跟着你走吧！"

石峻："好，峻哥走了！"便转身离去。

安丽看着石峻走了几步，却忍不住叫道："峻哥！"

石峻转过身来。

安丽："峻哥，你多保重！"

石峻："你也是！"略一迟疑，再次离去。

安丽却又在背后叫道："峻哥，别把彩粽弄丢了！"

石峻止步，转过身，用手压着胸口："怎么可能丢?！彩粽和我母亲给的龙眼核，是放在这里的！"

安丽重重点头。

石峻大步离开。

安丽一直站在桥头目送。

石峻走到桥心。

安丽画外音带着欲哭的颤声传来："峻哥——！峻哥——！……"

石峻一顿，再不回头，加紧离去。

第二十九集　智斗日谍　阻塞江阴

1. 纪府大门外（日）

大门开启。

海海和水生喜悦地由门内迈出。

海海："三爷跟二小姐总算成行啦！说了去上海去上海的，偏生好事多磨，一拖拖到今天！"

水生："可不吗？原本过了端午就走，不料四奶奶身体一波未平一波又起，幸亏二小姐在，陪着去了福州就医，这一耽搁就半个多月呢。"

海海："现在总算都过去了。府里人人巴望三爷快去快回，早点把致远孙少爷接回来。"

水生："别看孙少爷闷葫芦似的，没了大少爷小时候的淘气劲，可一旦不在眼皮子底下了，大人们却很不自在呢。"

2. 纪府大门内甬道（日）

仰摄甬道尽头之古榕。

慕贤、安丽在丁管家陪同并众家丁簇拥下朝大门口走去。

丁管家："天气已经很热了，旅程又长，三爷，你一路上可要多加小心哪！六十大几的人，不比壮年啦！"

慕贤："放心吧，还未到古稀嘛，我身体好着呢；再说，身边又有安丽随行，你不用牵挂的。"

钱妈吃力地追来，一面喊着："二小姐，二小姐！……"

安丽止步。

第二十九集　智斗日谍　阻塞江阴

钱妈："二小姐，你千万记得告诉大奶奶，就说钱妈想她，盼她早点回大榕乡啊！"

安丽笑："钱妈呀，你老都唠唠叨叨多少遍了，安丽哪能忘记呢？只管放心吧，妈不喜欢繁华，她身在上海，心向故土，是一定要回来的！你等着啊！"

慕贤行至大门边，即将迈出竟又转身，朝甬道尽头的那棵古榕默默望去。

一阵风起，古榕垂下的气根拂动不止。

丁管家内心独白："三爷当了一辈子军人，出远门司空见惯，从未流露过恋家之情，今日何以反常？而府中的这棵古榕，此时此刻竟频频摇动榕须，仿佛挥手惜别一般。这……这预示着什么呢？……不敢想啊！"

3. 卢沟桥事变影视资料片段

画外音：纪慕贤抵沪后仅数日，七七事变就爆发了。从此，年近古稀的他，怀着深藏的乡恋，以自己独特的方式，融入了中华民族全面抗战的血海中，再也没能回到大榕乡，回到自家的古榕树下了。

4. 上海纪宅客厅（日）

慕贤在读报。

拱北进来："三叔！"

慕贤抬眼，诧异道："咦，怎么回来了？！"

拱北趋前，语带歉意："三叔，侄儿总想来探望你，却总没有时间，这是路过……"

慕贤："路过就很好，坐！"

拱北坐下，依旧带着歉意："拱北最多只能待半小时，就……"

慕贤摆摆手："不用说了，三叔理解的。要知道，军人只有现役与退役之分，本质上并无差异；三叔虽形如平民，但心同军人嘛。三叔深知，忠孝难两全，大忠即大孝；当前，你最该做的就是努力抗战，拼命抗战，别的都不在话下。"

拱北："是。"

慕贤："退役军人仍须保持严守机密的习惯，不该说的不说，不该问的不问。但我凭这几十年的军龄，可以判定你正在做什么。你的工作对日后中国海军抗战必有重大意义，其艰巨和危险自不待言。可以想见，你责任好重，压力好大啊！"

拱北："是这样的，但我必须顶住，也一定能够顶住！"

慕贤："很好！三叔相信你，支持你；你只管全身心投入，家事不用操心，三叔还是家长嘛！"

拱北："是，一切但凭三叔做主！"

5. 上海纪宅客厅（夜）

天花板上吊着的电风扇正在转动。

大奶奶、思静、翠翠、安丽、安祈、茜少奶、琦少奶七人坐听慕贤说话。

慕贤："日寇已于7月29日、8月1日占领了北平和天津，下个目标无疑必是上海。为保一家老少，尤其是定远、致远、安祈的安全，我想安排大家近期内离开上海。不知大嫂意下如何？"

大奶奶："离开好，也免得拖累拱北他们。"

慕贤乃问众人："你们几个怎么想？"

思静："思静听三叔的。"

翠翠："翠翠也听三叔的。"

慕贤："茜少奶、琦少奶，你俩呢？"

茜少奶："爹，我和琦妹前几天议论过时局和我们的出路。虽说只是议了议，但和爹方才的安排委实相去甚远。"

慕贤："你们的意思是，不打算离开上海？！"

茜、琦对视一眼："我们准备留在上海。"

慕贤："理由呢？"

琦少奶："理由再简单也不过了。三伯你想，茜姐和我，一个医生，一个药剂师，一旦上海开仗，无须培训，即可投入战地救护，直接服务于抗日前线；再说了，拱华、拱宇皆为军人，我们这样做，不也等于和丈夫并肩杀敌吗？"

茜少奶："而且，我们无子一身轻，也算一种优势吧？"

慕贤动容："茜少奶、琦少奶，你们真让我这个家长不能不肃然起敬啊！"

茜少奶："爹过奖了！"

琦少奶："三伯，晚辈当不起啊！"

安丽："三叔，安丽也不走！"

慕贤："不，你必须走，非走不可！"

安丽急："为什么？！安丽我也不是弱女子嘛，我大可突击学救护，怎么就必须走呢？！我……"

大奶奶喝止："安丽！怎么跟三叔说话的？！"

安丽收敛："三叔，安丽失礼了！"

第二十九集　智斗日谍　阻塞江阴

慕贤："安丽，少安毋躁，下面自会谈到你的。"便转而对大奶奶说："大嫂，离开上海后三弟要带你们去香港。"

大奶奶："啊?!香港人生地不熟，全无根基，何以不回大榕乡呢?!大榕乡有纪氏那么大的一个望族在，我心里踏实啊！"

慕贤："大嫂的心情，三弟十分理解。但全面战争已经开始，日寇狼子野心妄图鲸吞全中国，魔爪所向，福建也难免遭受荼毒啊！作为一家之主，我曾对子侄辈倾注过许多心血，如今他们都成抗日军人了，而我却深感责任远未了结；这是因为，我等已然有了定远、致远两个聪明懂事的小孙儿，他们必将是海军的传人啊！大嫂，你说对吧？"

大奶奶："三弟说得对！"

慕贤："别看日寇气势汹汹，可我坚信中国不会亡，海军不会死，海校不会绝！我打定主意，要把定远、致远先送往比较安全的香港，好生读书，读到符合报考海校的年龄，再回内地来。"

大奶奶："这办法固然好，但我们在香港毕竟举目无亲，只怕连落脚都难哪！"

慕贤："大嫂莫愁！前些日子我四处找关系，有幸见到了当年天津水师学堂的田学长。田学长之子恰巧在香港走船，本月上旬回港后会帮我们先租下一所房子的，这就方便了许多，不是吗？"

大奶奶："那以后又该怎么生活呢？"

慕贤转向安丽："以后的生活由安丽和翠翠挑起来！三叔绝对相信，你们有能力养家糊口，保证定远、致远读书上进。你们的担子的确很重很重，然而为了这两个未来的海军人才，你们别无选择！明白吗？"

安丽站了起来："明白了，三叔，安丽责无旁贷，一定努力！"

翠翠也站起来："三爷，翠翠会跟安丽一起努力的！"

慕贤连声赞道："好，好，好，这我就更加放心了！你和安丽一处长大，府里无人不知，你读书虽少，但生活能力、吃苦精神却远过于娇生惯养的安丽。有你一起支撑，未来，香港的那个家，是一定会建立和维持下去的。"乃示意安丽和翠翠坐下，随即转向安祈："现在，该安祈说说了！"

安祈吞吞吐吐，欲语又止："三伯，安祈……安祈……那什么……"

大奶奶拍拍挨在身边的安祈催促道："傻孩子，说呀！一家子骨肉有什么开不了口的?!只管说嘛，都等着呢！"

安祈："上海美专千挑万选，只有幸运儿才能考中。所以，我每天跟同学们一起画画，可开心了！而且，老师们也很喜欢我，校长刘海粟更夸我是棵好苗苗呢。你们信不信？"

众人笑："当然信！怎么能不信呢？"

慕贤："三叔实话对你说吧，你的学校，我已经去过了，虽没遇见刘海粟，但还是跟老师聊了聊的。你的确比我想象的更优秀啊。"

安祈："那就让我留下吧，三伯！留在上海，留在美专！"

大奶奶急了："三弟，你可不能依了她！她一个人留下，谁来照应啊?!"

安祈："大伯母，我不是还有安瑞大姐吗？"

大奶奶："糊涂！你忘了？安瑞的孩子体弱多病，四个月前，她婆家就把他们接走了；往后她自然会随婆家行动嘛，怎可能回你身边？"

安祈："那我有事找茜嫂、琦嫂不行吗？"

大奶奶："异想天开呀！你茜嫂、琦嫂都是医护人员，人家忙得脚朝天，哪里顾得上你？你若有什么闪失，可怎么得了啊？首先就会要了你母亲的命，她已然是病恹恹的了！"

安祈失望加委屈："难道就没有别的办法了吗？安祈舍不得上海美专，舍不得这座艺术殿堂啊！……"竟忍不住大哭起来。

大奶奶心疼地急忙哄道："安祈，莫哭，莫哭！大伯母又何尝舍得你离开名校，何尝舍得你失去那么好的教育?! 这都是日本鬼子害的呀！"便为安祈拭泪："好孩子，快擦干眼泪，快！看你，眼睛也红了，鼻子也红了，再美也红出几分丑来了！"

慕贤："安祈啊，你大伯母的话也道出了三伯的心情。其实，让你割舍上海美专，在我，真是一次很艰难的抉择；特别是亲自了解到你的成绩后，更因无计保护你的艺术天分而备感纠结。然而'鱼与熊掌不可兼得'，我只能把你的安危放在第一位。安祈啊，你要明白，我们珍惜你，不单单是为了你健在的父母和已故的生母，更重要的是为了甲午英烈——你的外祖父那旗！毕竟，你是那旗仅存的一点骨血啊！"

安祈低下了头。

慕贤："安祈，三伯不忍心，也不甘心荒废你这块好料子；在香港安顿下来后，定会想方设法为你求师的。也只有当你、你们的生活都上了轨道，我个人才会重返内地来。"

众人："啊?! 重返内地做什么？"

慕贤："天荒地老，我都要追随我们的海军啊！"

第二十九集　智斗日谍　阻塞江阴

6. 上海海军制雷工场外（日）

大门紧闭。

门上无牌号。

7. 制雷工场翻砂车间（日）

车间十分简陋。

熔炉里铁水发出刺眼的红光。

炉前工穿戴粗制的防护衣帽和眼镜在酷热中操作。

翻砂工在检查砂模。

8. 制雷工场场部（日）

临时搭建的斗室仅容两对小桌椅和几张条凳。

拱北指示两名暗哨："开工以来，场部派暗哨轮流值勤，对付日本间谍，大家都很警觉。方才，安插在海会寺中的假和尚报告说，寺里忽然出现几个不安分的香客，蹿来蹿去。现在，我增派你俩去加强工场周围的暗哨，不得有误！"

两名暗哨："是！"

拱北："一旦发现可疑之人窥探我场，你们要随机应变，既不要戳穿对方，也不要过分纠缠，以免暴露自己，而要第一时间禀告场部。今天，夏舰长外出办事；我在各车间检查工作，不会离开工场的。明白吗？"

两名暗哨："明白！"

拱北："值勤去吧！"

两名暗哨："是！"

9. 制雷工场翻砂车间（日）

两位工人将铁水包抬至水雷外壳砂模处。

翻砂工小心地将铁水注入模中。

拱北一旁审视着。

荣官匆匆进来，凑近拱北："纪舰长，TNT 炸药的熔锅又坏了，这回恐怕没治了！"

拱北："维修组在吗？"

荣官："在，在熔药车间等你呢。这唯一的一口熔锅，是工场的命根子啊，大伙都很焦急!"

拱北："我马上去!"

10. 上海海军制雷工场外（日）

两个假香客蹿到大门前，狐疑地对视一眼。

假香客甲四处张望了一下，对假香客乙使了个眼色。

假香客乙上前窥门缝。

假香客甲一旁望风。

11. 制雷工场熔药车间（日）

拱北并荣官一进车间，维修组成员立刻围上来，一片告急声："纪舰长，熔锅没法子再修了!""怎么办?!""怎么办?!""没有熔锅，水雷壳再好，也就是个铁灯笼啊!"……

拱北："别慌，都别慌！这是在预料之中嘛，只不过今天落到头上而已。"

众人："我们惭愧!"

拱北："不，你们很出色！全工场都知道，从开始筹备造雷及至今日，TNT 炸药熔锅一直没货，我们是捡了人家即将报废的装置来解燃眉之急的。为了延长熔锅的使用寿命，工场特地挑选你们，成立了熔锅维修组。在维修组的精心保养和全体员工的百倍努力下，我们的水雷终于试制成功且威力不亚于进口雷！所以，今天我才有理由要求你们，继续保持自信和冷静，切不可让焦虑之情漫延，以致影响整体的士气。记住了!"

众人："是!"

拱北："海军制雷困难重重，现阶段尤以 TNT 炸药的熔药设备最成问题，荣工程师和总务人员东奔西跑，却一锅难求；连日来夏舰长更亲自出马，四处活动，今天有无眉目，尚不得而知。但不管结果如何，我们都不要气馁！我一定会带领大家冲出窘境，完成抗日使命的；至于下一步做什么，怎么做，到时候听我指挥!"

众人："是!"

12. 上海海军制雷工场外（日）

两个假香客正在搭人梯以便窥探墙内。

画外一声断喝："下来!"

第二十九集　智斗日谍　阻塞江阴

假香客甲一惊从假香客乙肩上摔下。

制雷工场暗哨阿发和阿杰出现。

阿发："你们爬墙头做什么？啊?!"

假香客乙："小兄弟，不要误会，我伲要进香！"

假香客甲爬起来，摸着屁股："我伲头一趟来，不认路……"

阿杰："不认路就要爬墙啊？墙上有路吗？啊?!"

假香客乙："你们是干什么的？"

阿发："我们是过路的，看见你们爬墙，怎么的，不能说啊?!"

假香客甲："多管闲事，害得我摔一大跤！摔伤了要你们赔！"

阿发："岂有此理！鬼鬼祟祟爬墙头，还敢耍无赖！我就要管，管定了！"

假香客甲还想无理搅三分，假香客乙急止之："算了算了，跟他们拎不清，我伲快进香去吧！"便拉着他转身就走。

阿发正要挡住假香客，阿杰悄悄拉了他一下。

假香客悻悻而去。

阿杰故意高声喊："进香心要诚！那贼骨头便进一千一万炷香，佛祖也不受！"

假香客甲乙偷偷对视一眼，不约而同从牙缝中恶狠狠地低声骂道："巴嘎！"

阿发瞪着假香客的背影自言自语道："便宜他们了，应该拦住多骂几句！"

阿杰："阿发，你忘啦？纪舰长交代过的，不要跟可疑之人纠缠，免得暴露自己。看得出来，那两个家伙是误以为我们拿他们当贼了，这就很好。别说了，快回去报告吧！"

13. 制雷工场场部（日）

雨轩咕嘟咕嘟喝下一大杯凉水，抹了抹汗坐下："新熔锅还是没着落，我手中的所有关系都派不上用处……"

拱北："上海警备司令杨虎那边呢？"

雨轩："我把陈绍宽都抬出来了，可他依然客气地说：'爱莫能助啊！'"

拱北："新熔锅无望，旧熔锅却赶在今天报废了！"

雨轩："老天逼人哪！"

拱北："委实焦头烂额！试想，那杨虎虽出身陆军，但早年曾被袁世凯任命为代理海军总司令，还参加过'肇和舰'反袁起义，跟海军多少有一些渊源吧；连他都拉不了我们一把，可见近期内新锅无论如何也指望不上了啦！"

雨轩："那该怎么办?！没有熔锅，如何造雷?！没有雷，一旦淞沪开仗，我们拿什么去阻止日舰西溯黄浦江炮轰江南造船所及中国守军的后方？"

拱北略一沉吟，坚决地答道："雨轩，是时候下我们预设的那一着险棋了！"

暗哨阿杰冲进来："纪舰长、夏舰长，有情况！"

14．制雷工场场部外（日）

海会寺小和尚头戴草帽、身穿俗衣匆匆而来，险些与急急外出的暗哨阿杰碰了个满怀。

15．制雷工场场部（日）

小和尚进来脱下草帽，露出光头。

拱北、雨轩便起身接待。

小和尚施礼道："二位施主，小寺今日香火过旺，住持恐斋食不周，特命小僧前来致意。"

拱北、雨轩立即明白住持的暗示，不约而同回应道："多谢关照，多谢关照！"

小和尚："阿弥陀佛，小僧告辞！"便戴上帽匆匆离去。

拱北便对雨轩说："海会寺住持以'香火过旺'暗示有不少日谍冒充香客，这和我们设在寺里以及雷场周边的暗哨所做的报告不谋而合！"

雨轩："如此看来，日谍很可能已经觉察到什么，前来刺探了！"

拱北："这样吧，你跑累了，权且先考虑一下如何迅速而有序地转移制雷工场；我马上去海会寺判明情况，倘若敌情属实，就赶紧组织迁场。此事刻不容缓，完成之后，才能着手解决熔药的问题。"

雨轩："好，你快去吧，我这就给备用点那边打个招呼。"

16．制雷工场场部外（日）

荣官、陈师傅及工场骨干约20人走进场部。

17．制雷工场场部（日）

拱北、雨轩及与会者皆站立开会。

拱北："现在召开紧急会议。七七事变一个月来，日寇气焰日益嚣张，日谍活动更加猖狂。今天豺狼已经把鼻子伸过来了，制雷工场就必须以最快的速度转移，以免遭

第二十九集　智斗日谍　阻塞江阴

受破坏。幸好，我们早已在枫林桥选下备用点。会后你们回到各部门，要立即带领员工通宵达旦进行各项准备工作。迁场时间定在明天晚上9点整，迁场前必须彻底清场，不许留下制雷的任何痕迹！这是命令，不得有误！"

众人："是！"

18. 上海海军制雷工场（夜）

四辆卡车有序地排在一起。

数十名工场员工列队等候出发。

拱北嘱咐雨轩："海军司令部已经派兵布置好警戒线了，可天气奇闷，大雨将至，路上还要多加小心啊！"

雨轩："放心吧，防湿措施非常到位，大雨反而成了迁场的掩护。你一个人留下善后，千万注意安全，切勿大意啊！"

拱北："放心吧。"便掏出双枪交给雨轩："替我把枪收着，这样更安全！"

雨轩略一思索："有道理，如此更能达到我们的目的！"便接了枪。

拱北有力地拍了一下雨轩的肩："明天见！"

雨轩深深望了拱北一眼，转身发出命令："出发！"

大门洞开。

第一辆卡车开始移动。

夜空中忽然电闪雷鸣。

大雨瓢泼而下。

拱北双手叉腰独立雨中良久。

19. 制雷工场场部（夜）

房门敞开。

拱北短裤、汗背心，躺在一张用两条长凳、一块木板支起的简易床上，床边是一张无屉烂桌子。

拱北拿起一把蒲扇，闭着眼睛不紧不慢地扇着。

突然，摇扇动作停止。

特写：拱北眼睛猛然睁开。

20. 上海海军制雷工场（夜）

日谍甲、日谍乙黑巾遮脸，黑衣裹身出现在屋顶，如夜行侠般轻捷腾挪，而后相继跳下。

日谍紧张地东张西望。

日谍甲用日语低声说："好像没人住，阴森森的，看来不是敌人的什么机构……"

日谍乙："没长眼睛！"顺手一指："那间正房有一点点光，仿佛鬼火，你先进去看看！我们分别行动，很快就知道是不是民宅了。"

日谍甲："是！"

21. 制雷工场正房外（夜）

日谍甲在外面侧耳听了又听，相信无碍，乃轻轻推门溜了进去。

22. 制雷工场正房（夜）

日谍甲进来不禁一怔。

正房正面赫然放着诸多亡者牌位。

日谍甲内心独白："这间大屋是供奉祖先牌位的享堂，我生在中国、长在上海，知道得很清楚，闯进来是要吃苦头的！……"

一念未毕，日谍甲的脖子已被绳索勒住了；紧接着，蒙面头巾便被拉下塞进嘴中。

23. 制雷工场场部（夜）

日谍乙潜入屋内。

日谍乙警惕地察看门扇背后。

日谍乙在黑暗中搜索角落。

日谍乙查看床下。

日谍乙翻开草席，一无所获。

日谍乙拿起蒲扇气恼地使劲扇了扇，摔了。

24. 制雷工场正房（日）

日谍甲连脖子带手脚五花大绑侧卧在正房牌位下。

拱北正待跨出门去，恰遇日谍乙进来，拱北一脚将其踢出门外。

第二十九集　智斗日谍　阻塞江阴

25. 制雷工场正房外（夜）

日谍乙从地上迅速翻起。

拱北与日谍乙对峙片刻大打出手。

拱北跌倒，日谍乙扑上。

双方在地上滚打，又互掐脖子。

日谍乙再度得势，拱北几乎窒息。

拱北顽强挣扎反咬日谍乙一口。

日谍乙一松劲，拱北趁机翻起。

日谍乙随之翻起，抽出匕首。

拱北与日谍乙继续搏斗。

拱北最终踢倒日谍乙。

匕首落地。

拱北与日谍乙争夺匕首。

拱北夺得匕首，用上海话喝令："爬起来！"

日谍乙爬起。

拱北喝令："走，贼骨头！"

日谍乙被拱北用匕首指背，朝正房走去。

26. 制雷工场正房（夜）

日谍乙跪在牌位前，旁边侧卧着状如粽子的日谍甲。

拱北持匕首像粗人般破口大骂："你两个赤佬，好死勿死，三更半夜来偷东西！也不看看，这是啥个地方？！不敬，大不敬啊！该死该死！"

日谍乙操上海话求道："是是是是！这位兄弟，勿要动气，勿要动气！阿拉也是没有办法——赌钱输光了嘛！弄得不好，抢就抢了，又怎样？！"

拱北粗暴地按了按日谍乙的头，一面骂道："放你的狗臭屁！你们倒有理了，瘪三！看我怎么收拾你们！"便将匕首往他的喉咙上一横。

日谍乙："别别别别别！人穷志短嘛，兄弟，你不也是穷人吗？"

拱北："没错，我是穷人，可我人穷志不穷，看不起贼骨头、贱骨头！我给人看家护院，尽心尽力，堂堂正正，恨的就是你们这些下流坯！你们落到我的手里，就等着吃不了兜着走吧！"

日谍乙："那你索性把我也绑了，跟他一起送官法办好了！"

拱北："送官法办？哼！那谁来替我看房子？这里是我东家的祖屋，也是享堂，出不得半点差错！干脆我自己，"他又扬了扬匕首，"我自己来给你们每个人手上去掉两截贼骨头吧！"

日谍甲从被堵着的嘴里发出求饶的呜呜声。

日谍乙："兄弟，有话好说，有话好说，千万别残了我们呀！他老母七十，我老母八十啦！"便装模作样哭了起来。

拱北内心独白："日本间谍，你就装吧，号吧！"

日谍甲再次发出呜呜求饶声。

拱北："你们可知道今天是什么日子吗？"

日谍甲直摇头。

日谍乙："什么日子？不晓得啊，实在是不晓得啊！"

拱北指向一个牌位："今天是我东家他曾祖父华老太爷的忌日！你们偏偏赶在今天来偷，还偷到享堂里来了！作孽啊，天打五雷轰啊！"便又举起匕首。

日谍乙："哎呀哎呀，阿拉真的不晓得啊，不是故意冒犯的啊！"

拱北："那你们知罪吗？啊？！"

日谍甲拼命点头。

日谍乙："阿拉罪过，罪过，罪过！对不起，对不起，对不起！"

拱北故作思考，片刻，语气缓和一些："既然你们认罪，那就念在你们老娘的分上，不剁你们的贼手了，也免得污了华家的享堂！"

日谍乙："谢谢兄弟高抬贵手，谢谢谢谢，太谢谢了！"便欲起身。

拱北大喝一声："跪着！不许动！"

日谍乙："是是是，是是是！"

拱北："你们向华老太爷真心请罪吧！"

日谍乙合十而祷："华老太爷，我伲有罪，我伲认罪，今后再不敢冒犯了，求你宽恕吧，宽恕吧！"便又恭恭敬敬叩了三个响头。

拱北乃以居高临下之姿警告道："好，华老太爷暂且饶过你们两个贼骨头；下次再偷，死定了！"

日谍乙在拱北脚下仰头试探着问："我伲可以走了吗？"

拱北："可以。"

日谍乙便伸手为日谍甲解索。

第二十九集　智斗日谍　阻塞江阴

拱北又一声断喝:"住手!"

日谍乙顿生疑惧:"这……这……"

拱北:"谁让你给他松绑的?!"

日谍乙:"那……那……"

拱北:"'那'什么'那'!你跟他是从屋顶上飞进来的,不如背着他从屋顶上飞出去?怎么样?"

日谍乙:"别别别别,弄得不好,两个人都要掼破头的!"

拱北冷冷地掠过一丝坏笑:"嗯,还是走大门安全。你把他拖出去吧!"

日谍乙依旧跪着:"是是是是!"

拱北:"滚!"

27. 上海海军制雷工场外(夜)

日谍乙为日谍甲松绑,扶他吃力地站起来。

日谍甲恨恨不已地指了指工场大门,从牙缝里挤出一句日语:"可恶的家伙,你等着,等我们打进上海,我要亲手劈死你!"

28. 上海枫林桥海军制雷工场(日)

工场院子十分破旧。

员工们正在进行新迁后的收尾工作,搬搬运运,进进出出。

雨轩正和几位负责人站着开短会。

雨轩:"……以上便是最近三天内的工作安排,三天之后再行新的布置。这里的条件比旧址更差,所幸我们的员工非常乐观,我相信大家会干得更好。努力吧!"

众负责人:"是。"乃各自散去。

荣官凑近雨轩道:"他怎么还不回来?叫人心里七上八下的!要不然,我回旧址看看?"

雨轩:"别慌,别慌!就算要去看看,也该派便衣,以应不测;何况,这里还没安顿好,随时需要你啊。"

荣官:"昨晚分手时,拱北居然把两支枪都交给了你,这万一……"

雨轩:"你的担心不无道理,没有枪械防身,的确是在冒险。然而,用上这么个小计策,既容易掩盖军人身份,也有利于制造假象,迷惑日本间谍。——这个险,值得冒!"

荣官："个人安危事小，雷场安危事大。拱北甘冒这样的险，正是军人好品格啊。可日本鬼子蛇蝎一般，他一个人对付，不会……不会有什么闪失吧？"

雨轩："不敢说绝。但，拱北这人你还不了解吗？他自信、机敏、勇敢、好胜，谁要把他怎么的，也不容易哟！咱们都往好处去想，等等，再等等吧！"

突然，画外响起惊喜之声："纪舰长回来啦！回来啦！"

雨轩、荣官齐转头。

员工们纷纷拥向纪拱北。

荣官舒了一大口气。

雨轩高兴地使劲捶了荣官一下，两人争先恐后迎向拱北。

拱北满头大汗疾趋至他们跟前。

雨轩语带揶揄："人家是一日不见如隔三秋，我们是一夜不见如隔九秋啊！荣工都急得要去找你了！"

荣官憨憨地否认："没有没有！"

雨轩笑："还说没有！"便转而对拱北："言归正传，鬼魅出现了吗？"

拱北："果如所料，半夜见鬼！两个鬼都操地道的上海话！"

荣官："门槛精得不得了，假扮土生土长的上海人！"

雨轩："事情怎么样了？"

拱北："按照我们预设的局，我从头到尾拿他们当小偷办：抓捕，斥责，放归。然而，对方是否真的中计，不再锁定雷场，还须等待我们的暗哨送来情报。"

雨轩："但不管怎么说，我们已然成功转移，还制造假象迷惑敌人，为继续制雷抗日赢得了些许宝贵的时间和空间啊！"

众人鼓掌。

一位绰号小不点的工人突然发声："纪舰长讲得好淡，来点惊险的吧！"

工人阿罗从旁按了按小不点的头："小不点，尽做武侠梦！"

拱北、雨轩受到触动，不禁对视一眼。

雨轩忍笑道："小不点，怪不得大家叫你武侠迷！"

拱北："其实，没啥惊险可讲，一共来了两个日本鬼。一个被我趁其不意给捆了，"他从身后抽出一把匕首，"搜出这把匕首。另一个武功也不高，几个回合下来，就夺了他的凶器。"他从身后抽出另一把匕首。

小不点："哇，这就是大侠啦！"

众人哄堂大笑。

第二十九集　智斗日谍　阻塞江阴

29．上海枫林桥海军制雷工场一角（夜）

员工们露天互淋凉水。

一盆凉水兜头而下，阿罗："真爽啊，一身臭汗全没啦！"

小不点凑近："罗叔，今天安完了所有设备，明天可以制雷了吧？"

阿罗："明天恐怕不行。TNT炸药的熔药设备一日没有解决，就不可能造什么雷啊。"

小不点："那可怎么办呢？怎么办呢？！"

阿罗："别急别急！"他指指场部透出的昏灯："有纪舰长、夏舰长在，不怕没办法的。"

30．上海枫林桥海军制雷工场场部（夜）

空间狭窄。

拱北、雨轩隔着简易办公桌议事。

拱北："日军进攻上海迫在眉睫，我们不顾生死，明天下午进行替代锅的熔药试验。试验如获成功，要从速总结所得，从速投入生产，务必抢在敌舰西溯黄浦江之前，于董家渡布雷以待。若不幸失败，我将承担一切责任，生甘受军法，死甘负罪名！"

雨轩："不，我必与你共同承担！明天的试验生死攸关，我来主持！"

拱北："不许感情用事！采用替代锅纯属走投无路先斩后奏的一着险棋，试验根本就是违规之举，稍有疏失，必致大祸。这种胆大包天的事，我不主持谁主持？我不承担谁承担？我不身先谁身先？"

雨轩："总不能让我缩在后面吧？！工场需要你把握全局，你的安危比我重要；我义不容辞，理应一马当先啊！"

拱北："没时间再争了！陈绍宽部长明确指示，在上海制雷工场，你我军阶相等，但你须服从于我。据此，我决定：明天，替代锅熔药试验由我亲自主持，而参试人员的遴选则归你负责。'军人以服从为天职'，雨轩，你没有任何回旋的余地！"

雨轩无奈："好了好了，我依你就是了！遴选工作此刻即行开始，今晚便有结果。我必会如遴选敢死队一般，精选试验人员，力争把可能的损害降到最低！"

拱北："雨轩，替代锅熔药虽万分危险，但若能极度镇定、极度认真、极度细致地进行操作，我想事故并非不可避免的。所以——"

雨轩："所以要以这三种'极度'，作为遴选试验人员的先决条件。"

拱北："对，这是替代锅熔药试验最最重要的先行工作！"他突发童心，露出坏笑："怎么样？你还会说自己是'缩在后面'吗？——勇敢仗义的夏大侠！"

雨轩忍俊不禁："火烧眉头尖了，还有心思寻开心！"

拱北："嘻嘻！"

雨轩："好了，言归正传。遴选并不难，我们的员工本来就是经过严格培训、择优录取的精兵强将嘛，需要好生斟酌的只有一个人！"

拱北："我知道，那人便是荣官。荣官当面要求我们让他参与试验，已经好几次了。"

雨轩："今天下午在随我去检查试验点的路上，他又再次提出同样的要求，态度更加坚决。"

拱北："你怎么考虑？"

雨轩："荣官当然合格。不过，咱们工场的那些正规海军人也都合格。如果有牺牲，毫无疑问，军人应该一马当先！"

拱北："正合我意！"

雨轩："明天上午我给试验小组放半日假，好好休息，留下遗书，迎接下午的战斗。你也该回趟家啦！问过三叔他们定下哪天动身去香港了吗？"

拱北："还顾不上问嘛。按三叔的意思，应该就在这两日了。"

荣官进屋："这么晚了，你俩还不快去冲澡啊？身上都沤臭啦！"

拱北戏谑："难怪屋里这么臭，原来是雨轩的汗臭啊！"

雨轩笑："天知道是谁臭哟！"

荣官也笑："臭到一处了，还分得清谁是谁吗？快去洗吧！"

雨轩："荣官啊，明天试验没你的份。理由只有一个：军人先上！"

荣官："自打我进了上海海军军械所，三爷就在信中教导说：'荣官，从今往后你便是不穿军服的军人了，凡事当以军人标准要求自己。'明天的试验，非常危险，我应该先上才对啊！"

雨轩："三叔的教导有理，你的考虑也有理。然而，这次参试人员的遴选原则，确切地说，是：现役军人必须先上，因为，它关系到军人的职责、荣誉和士气啊！"

荣官顿悟，平静地说："我明白了。"

拱北重重拍了拍荣官的肩，提高嗓门，高兴地说："走，荣官哥，咱们冲澡去！"

第二十九集 智斗日谍 阻塞江阴

31. 上海枫林桥海军制雷工场一角（夜）

拱北、雨轩、荣官互相以水淋头。

拱北："哇，真爽啊！"

32. 上海纪宅客厅（日）

纪慕贤在听电话："多谢田学长关照，那我们就推迟到 8 月 15 日赴香港吧。好的，好的，再见，再见！"

慕贤挂断电话，见拱北站在近旁。

拱北："三叔！"

慕贤示意拱北坐下。

拱北坐下："三叔，赴港日期怎么推迟了？"

慕贤："田学长之子因故耽误了返港，我们自然要随他的方便嘛。"

拱北："哦，是这样！"

慕贤："你有要紧的事吧？"

拱北："侄儿要执行一项极重要的任务，今晚 8 点，如果是雨轩给你电话，那就表明……"

慕贤坚定地截断："不，你一定会亲自给我来电话，一定会的！"

33. 上海纪宅客厅外（日）

思静正欲端茶入厅，听到慕贤叔侄的对话不禁一怔，险些泼了茶水。

34. 上海纪宅客厅（日）

思静递茶给拱北，手微微发颤。

拱北觉察，却问道："今天家里怎么这么静？"

思静："行期推迟，安丽他们带着定远、致远逛公园去了，妈在楼上。"

拱北："三叔，我先上楼去给妈请安。"

慕贤："快上去吧！"

35. 上海纪宅楼梯口（日）

拱北悄声问思静："方才你听见我跟三叔说的话了吧？"

思静点点头:"虽是你们心照不宣的只言片语,但我能感到其中的分量。"

拱北眼中流露出少有的温存:"思静,你多担待!"

思静:"我是军眷,应该的!"

拱北登上楼梯。

思静默然仰视其背。

拱北在楼梯拐角处稍停,回眸俯视思静,歉意地朝她笑了笑,快步上楼。

思静百感交集,咬着嘴唇低下了头。

36．上海纪宅客厅（夜）

慕贤并大奶奶、思静、安丽、安祈、翠翠、定远、致远在吃西瓜。

思静偷偷地朝墙上的挂钟投去一眼,便问定远:"这西瓜甜吗?"

定远:"甜,可甜了!静姨你怎么不吃呢?"

思静:"静姨饱。你多吃点,西瓜消暑解毒,致远也要多吃。"

挂钟指向8点。

电话铃声响起!

思静触电般失控站起,旋即克制坐下。

大奶奶望了思静一眼,露出疑惑的神情。

慕贤去接电话。

思静紧张地盯着慕贤。

慕贤迟疑一下,拿起话筒。

话筒中传出拱北的声音:"三叔,任务完成了!"

慕贤松了一大口气:"太好了,太好了,我挂机了,拱北!"

安丽和翠翠对视一眼:"三叔,大哥他……?"

慕贤喜形于色:"他挺好。我不问,你们也都别问了!"

大奶奶带笑道:"不问不问,只管吃瓜吧,吃瓜吧!"便咬了一口,语带双关:"嗯,好甜啊!"

37．上海枫林桥海军制雷工场（夜）

院子里,几名员工围着一大张临时拼凑的桌子切西瓜。

雨轩目光含笑扫视着列队整齐的部属们:"试验成功了,制雷可行了,喜事一桩啊!穷有穷办法,今晚,我们鼓掌加吃瓜以示庆祝,好不好?"

第二十九集 智斗日谍 阻塞江阴

众人："好！"并热烈鼓掌。

雨轩："那就开吃吧！"

小不点大声道："纪舰长还没来呢！"

雨轩："他有电话，不必等了！大伙放开吃，管够！"

38．上海枫林桥海军制雷工场场部（夜）

拱北对着话筒站得笔直："是！立即动身！"随即挂机。

雨轩进来。

拱北："雨轩，陈部长召我连夜赶赴南京面见。"

雨轩："昨天，日军挑起虹桥事件，淞沪战事进入倒计时了。我估计，陈部长是为了尽快在江阴封锁长江及嗣后布设水雷而急召你去面授机宜的。"

拱北："必是如此啊。我拿了军服立马动身。"

雨轩："快走吧，这里有我！"

39．上海枫林桥海军制雷工场（日）

在紧急集合的哨声中，员工们奔到院子中央，面对雨轩列队。

雨轩："稍息，立正！列位员工：七七事变一个月来，日寇不断增兵淞沪，在沪西加紧军演，日舰则频频游弋于长江口及相关海域；前天，8月9日，日军大山中尉更硬闯虹桥机场，终于酿成事件，为日寇进攻淞沪找到了借口。有鉴于此，今天，8月11日，海军部长陈绍宽命令我海军全部进入一级战备状态。所以，现在我宣布，我海军制雷工场立即进入一级战备状态！所有员工要时刻准备迎接战斗，并以战斗精神生产水雷！明白了吗？"

众人："明白了！"

40．南京至江阴江段（夜）

远景。夜幕下，2400吨级的"平海""宁海"巡洋舰，一前一后灭灯疾驰。

字幕：南京至江阴江段

画外音：1937年8月11日夜，海军部长陈绍宽率"平海""宁海"巡洋舰疾驰江阴，以便次日亲自主持构建江阴阻塞线，阻挡日军西溯长江，危及南京。

41. "平海"舰驾驶台（夜）

海军部长陈绍宽（字幕）、"平海"舰长高宪申（字幕）站在驾驶台上，拱北立于陈绍宽后侧。

陈绍宽直视前方。

通信器的蓝色灯光映着陈绍宽的脸，肃穆而深沉。

拱北深深地望了陈绍宽片刻，眼前浮起陈绍宽在海军部召见他时的情景。

（化入）

42. 南京海军部（日）

海军部正门。

43. 海军部长办公室（日）

陈绍宽嘱咐拱北："总而言之，你的任务就是现场观察江阴阻塞线的构建，为后续的布雷预做准备。切记，这全是绝密！敌特活动猖狂之极，连今晚下驶江阴都要灭灯航行啊！"

拱北起立："是！"

陈绍宽尖锐地盯了拱北一眼："你很抑郁，且形之于色啦！"

拱北："拱北惭愧，难以掩饰；但拱北保证，只在这间办公室里，只当着陈部长一人之面！"

陈绍宽："既如此，那你索性一吐胸中块垒吧！坐，坐下！"

拱北："陈部长，我能理解，以老旧舰船自沉封江是我们弱势海军的窘迫之举，无奈而悲凉，何况这是奉了蒋委员长之命。然而，'自强''大同''德胜''威胜'四舰，全都经过大修和改装，性能已然提高，完全可以用于内河作战，不必自沉嘛！留下它们，即便将来强敌面前鸡蛋碰石头，碎了、烂了，那好歹也爆出了满腔怒火，撞出了一声绝响啊！陈部长，我是心疼我们海军的家当，并非乱发怨气，这你相信吗？"

陈绍宽："我相信，我当然相信！"

拱北："回首民国成立 25 年来，海军节衣缩食，点点滴滴积攒吨位；那种心情，前几年我在江南所监造'江宁'等十艘炮艇时，是深有体会的。我们海军一舰一艇一炮一弹都来之不易啊，倘若那是黄埔的家当，蒋委员长也舍得不加分辨就拿去牺牲吗？！"

第二十九集　智斗日谍　阻塞江阴

陈绍宽："你说完了吗？"

拱北："说完了，陈部长。"

陈绍宽："好，说完就算了，不要再计较谁谁谁的家当了！你只须记住：为了抗日，一切皆可牺牲，一切牺牲皆有价值，军人没有不能承受的痛！"

拱北再次起立："是！"

拱北回忆止。

（化出）

44．"平海"巡洋舰驾驶台（夜）

拱北直视前方。

拱北内心独白："军人没有不能承受的痛，而我们的痛必以敌人最终之败为代价！"

一阵猛烈的江风从驾驶台边门攻入。

拱北等人都拉下了帽带。

45．南京至江阴航段（夜）

"平海""宁海"继续下行。

东方露出最初的一线鱼肚色。

46．江阴长山江面（日）

远景："平海""宁海"两巡洋舰相距400码，"宁海"位于"平海"左舷。

画面一角映出字幕：1937年8月12日 江阴长山江面

47．"平海"舰（日）

主桅冉冉升起海军部长上将旗。

画外音：1937年8月12日，海军部长陈绍宽坐镇"平海"巡洋舰，指挥构筑江阴阻塞线，破釜沉舟阻敌西进。

画外音止。

海军上将旗升至桅顶。

48．江阴长山至靖江罗家港桥江面（日）

远景："通济"练习巡洋舰，"自强""大同""德胜""威胜"四炮舰，"宿字"

"辰字"两鱼雷艇并"武胜"测量舰，以及所征之20艘商船，横列江面。

画面一角映出字幕：江阴段长江咽喉处

画外音：以"通济"练习舰为首的"大同""自强"等8舰并20艘商船，闻义赴难，齐聚江阴长山至靖江罗家港桥之间的长江咽喉处，肃然待命，自沉殉国。

画外音止。

镜头推近"通济"舰。

49．"通济"舰（日）

画外音："通济"舰是北洋海军覆灭的当年下水的，舰龄逾40年，服役逾40年，军内皆敬称、爱称其为"济伯"。"济伯"承载着中华民族重建海军、振兴海军的血泪心愿和不屈意志，年复一年在惊涛恶浪、酷暑严寒中苦练一代又一代的海军传人，其中就包括29年前在"通济"当见习生的现任海军部长陈绍宽，以及和陈绍宽一样优秀的海之子们。无人不说"济伯"鞠躬尽瘁，功不可没啊！

镜头推成舰名特写：通济

50．"平海"舰（日）

画外音：然而此刻，陈绍宽却必须下令弃船了。

画外音中，"平海"舰上升起弃船旗令。

51．江阴长山至靖江罗家港桥江面（日）

汽笛低鸣。

"通济""自强""大同"等8舰官兵在舰上向自己的军旗敬礼。

附近的"海容""海筹""应瑞""逸仙"等舰官兵在各自的甲板上，向自沉舰艇敬礼。

自沉舰艇同时降下军旗。

自沉诸舰官兵登小艇相继离去。

艇上官兵频频回望各自的舰艇。

52．"通济"舰（日）

画外音：下午5点半，"通济"遵命最后一个殉国；此前，它已拆下22门舰炮，以待将来在岸上喷射抗日怒火。

第二十九集 智斗日谍 阻塞江阴

画外音中，镜头缓缓摇过几处拆卸后的炮位，最后在其中一处停留。

画外音止。

53. "通济"舰驾驶台（日）

画外音：陈绍宽，这位当年的"通济"见习生、舰长，亲临"通济"送别。

画外音中，海军部长陈绍宽（字幕）、第二舰队司令曾以鼎（字幕）、"通济"舰长严寿华（字幕），依次进来，神色凝重。纪拱北尾随其后。

陈绍宽深情环视驾驶台，然后走到舵轮前，两手把住舵轮，依依不舍。

曾以鼎、严寿华的目光始终追随着陈绍宽。

画外音止。

54. "通济"舰海底舱（日）

水兵开启海底阀。

55. "通济"舰机舱（日）

海水汩汩涌入机舱。

56. "通济"舰驾驶台（日）

水兵画外音："报告陈部长，舱室进水了，请速返'平海'舰！"

陈绍宽闻声，情不自禁以额紧贴舵轮，难舍难分。

纪拱北泪光闪闪。

57. "平海"舰尾（日）

海军部长陈绍宽（字幕）、"平海"舰长高宪申（字幕）、拱北、三名见习少尉前后分四排肃立，目送第六、第七艘军舰相继沉没，只剩"通济"在渐渐下沉。

镜头推近"通济"。

58. "通济"舰（日）

"通济"正在下沉。

59."平海"舰尾（日）

拱北凝望"通济"。

拱北与"通济"心灵晤对："济伯啊，我忘不了18年前在你身边见习的日日夜夜，艰苦而又快乐的日日夜夜！那时候，我最钦佩的人，除了陈绍宽舰长便是舵工出身的林教习了。记得，有一次在泉州湾突遇狂风，差点翻船，另一次在平潭牛山灯塔附近，与九级以上东北风苦斗三昼夜，险遭不测，而两次都是林教习出招转危为安的。由此，我不但学到什么情况下必须'顶风转舵'，什么情况下采用'泼油破浪法'；而且更懂得，应该像陈舰长一样尊重知识，尊重经验，不要光看地位。——这些事，济伯你还记得吗？"

60."通济"舰（日）

"通济"舰响起苍老的声音："岂止这些？我还清清楚楚记得陈季良、陈绍宽、陈宏泰、高宪申、李世甲、刘德浦、曾国晟、郑天杰等一代又一代见习生当年的模样、个性和成绩呢！"

61."平海"舰尾（日）

拱北内心独白："济伯，你把我们都装在心里了！"

62."通济"舰（日）

"通济"继续下沉。

"通济"声音："是的，你们一直装在我心里，海枯石烂也在我心里！"

"通济"舰尾入水。

63."平海"舰尾（日）

陈绍宽、高宪申、拱北并见习生等皆忍痛注目"通济"。

拱北眼中泪光闪闪。

64."通济"舰（日）

"通济"舰尾继续下沉。

"通济"最后的声音："不必难过！我、我们，就算变成锈、化成末，也要死死拖

第二十九集　智斗日谍　阻塞江阴

住日本狼子，拖一天是一天，拖一月是一月！中国万岁！中国海军万岁！"

"通济"舰首仰天一昂，迅即沉没了。

65．"通济"舰附近江面（日）

"海容""海筹""应瑞""逸仙"等舰官兵犹久立致敬。

66．江阴阻塞线（日）

暮色下烟波迷茫。

寂静中响起苍凉悲壮的《江阴阻塞线之歌》：

　　晓月卢沟照血痕，倭刀又指我东门。
　　不甘甲午随波逝，怎许关山任鬼吞？
　　龙骨尖锚堪布阵，巨流险隘藉图存。
　　江阴沉舰锥心痛，痛悼军前不死魂！

第三十集 女杰入祠 "水鬼"来归

1. "八一三"淞沪抗战影视资料片段(日)

画外音:江阴阻塞线建成的次日,"八一三"淞沪抗战爆发了。

2. 上海枫林桥海军制雷工场(夜)

院落里昏暗寂静。

3. 枫林桥雷场库房(夜)

昏灯下百名员兵工匠列队于拱北前,聆听战争动员。

拱北:"淞沪抗战已然打响,敌势汹汹,直逼南京。为了最大限度拖慢日寇西侵的速度,我陆军将士、空军英雄不惜献身,筑起一道道血肉防线;我海军则破釜沉舟,用老旧舰船配以水雷,构建一条条阻塞线。今天正当民族存亡绝续之秋,处于敌强我弱险恶之境,我工场全体同人务要抖擞精神,鼓足勇气,在上海火线造雷,火速造雷!

"近期,江阴阻塞线以及黄浦江的董家渡、十六铺、烂泥渡三道阻塞线,还有苏州河等水域,乃至淞沪陆军各防区港汊,均亟待水雷。我工场造雷任务因此空前繁重,空前艰巨。然而,抗战所急必须满足,使命所在绝无退路。应对之策就是:百倍忠心、千倍决心加万倍小心,舍此别无他途!我强调'万倍小心',是因为上海正在激战中,海军制雷工场面临的威胁,除了猖狂的间谍、汉奸,更有大量的敌机,'一着不慎,满盘皆输'的危险,并非臆想啊!

"员兵工匠们:建场以来,我等同甘共苦,早已肝胆相照。拱北深知,大家定能秉承一贯的爱国精神,激扬士气,冷静沉着,奋力抗战,抗战到底!"

众人:"抗战到底!抗战到底!"

第三十集 女杰入祠 "水鬼"来归

4. 枫林桥雷场场部（夜）

雨轩把头扎进脸盆泡洗。

拱北进来："嗬，你回来了！"

雨轩胡乱一擦："好爽快！"

拱北倒了杯凉水："快过来坐下，一口气灌进去，就更爽啦！"

雨轩咕嘟咕嘟喝光："哇，胜过琼浆玉液！"

拱北："看样子，你是见到上海警备司令杨虎了！"

雨轩："是的。"

拱北："怎么样？"

雨轩："我开门见山禀报说，奉海军部长陈绍宽上将之命，我们即将在警备司令部防区董家渡布雷，因此特来拜谒并请关照，以便勘察江面，尽快确定水雷型号与布雷密度。我原以为杨虎有可能自恃'孙中山虎将'和'蒋介石盟弟'而摆架子，不承想到底事关抗战，且陈绍宽军阶又高过他，他竟然应得很痛快。"

拱北："好！"

雨轩："得知我们需要一条小篷船，杨虎即命副官去防区港汊找个可靠的船家。"

拱北："太好了，这就更有利我们乔装勘察了！"

雨轩："是啊，警备司令找人哪能没个底呢！"

拱北："我给你留了饭，吃吧！"

雨轩："你这一说，还真饿了！"

拱北坏笑："饿鬼又来了！"

5. 上海纪宅客厅（夜）

大奶奶、慕贤、思静、翠翠、安丽、安祈、定远、致远八人齐聚客厅。

定远："三叔公，打仗了，茜婶婶、琦婶婶怎么还不回来呀？"

致远："三叔公，枪炮会不会打到她们？"

慕贤搂住两个孩子："好孩子，你们婶婶跟我们一样，很安全，枪炮打不到的！"

画外电话铃响。

翠翠扑过去接电话："茜少奶，可盼到你们电话了！等一等，三爷这就来！"

慕贤接过电话："嗯，嗯，明白，明白，好样的！拱华、拱宇早晚知道，也会为你们而骄傲！……我们？'八一三'之前原是定了日子去香港的，现在完全不同了。拱北、荣官他们都在抗战，军眷此时撤离必会影响士气；所以，何时走要看战况再说。有我在，你们放心吧！你们要出发了？那就挂了吧。务必注意安全啊！"

慕贤挂机。

大奶奶："两位少奶跟着救护队走了，是吧？"

慕贤："是的，她们说没时间回来道别了，让家里人多保重，不必牵挂她们。"

大奶奶："茜少奶、琦少奶何等斯文美丽的女子，哪来这么大的勇气去做战地救护啊？"

慕贤："国家危亡，闻义赴难者岂独热血男儿？巾帼英雄古有花木兰，今日之时，更不会少的。"

安丽："三叔，既然暂不赴港，那安丽也要参加战地服务！我们肥皂厂的同人已经行动起来了。"

慕贤坚定地说："不，安丽不可走，翠翠也不可走！家里的男儿们是清一色的军人或实际上的军人，比如荣官；他们理所当然先有国，眼下完全顾不了家。所以，安丽和翠翠，你俩必须合成一根顶梁柱，为定远、致远、安祈撑起一片天，好让他们能在战乱中成长，各自争取自己的前程。别看日本如何嚣张，它侵略成性，天理难容，最后必定淹死在中华民族的血海里，而我们的子孙一定会兴旺。三叔非常非常希望定远、致远将来能以海军为业，而安祈能成画家。安丽啊，翠翠啊，你们的艰难不亚于去战地服务啊！明白吗？"

安丽、翠翠起立："是！"

6. 董家渡江面（日）

远景：黄昏时分，一条篷船在董家渡江面行驶。

7. 篷船（日）

这是一条两舷各有小方窗的篷船。

船尾：四十几岁的大个子船夫徐宝德正在摇橹。

船首：强悍的同龄船夫何咏烈鹰似的望着前方。

8. 篷船内（日）

拱北将视线由窗口转向对窗的雨轩："我心里有数了。"

雨轩："我也是。"

第三十集 女杰入祠 "水鬼"来归

拱北："那就撤吧，天色不早了。"说着钻出舱去。

9. 篷船尾（日）

拱北命徐宝德："兄弟，掉头吧，我们该回去了。"

徐宝德一脸爽朗："好嘞，也该往回走了，太阳快落下了不是？"说着便摇橹掉头。

拱北："兄弟，你说话不带上海腔，听着竟像烟台人。"

徐宝德："先生耳朵真灵！我的确有烟台口音，但不是土生土长的烟台人。"

拱北："那你老家呢？"

徐宝德："老家在福建马尾。19岁的时候，为了给远在烟台的孤身伯父养老送终才去那里的，这一去就去了二十多年。后来，伯父过身了，再后来，老婆也过身了，就跟他——"他指指船头，"我那拜把子兄弟四海为家了。横竖我们水性好，潜水、打捞、捕鱼虾、采海参样样干得，哪儿都饿不着。"

拱北："你在马尾有亲人吗？"

徐宝德："当然有！我最小，父母没了，哥哥们却在；另外，我还有一帮水手兄弟，是以前在'马江'号上结下的。"

拱北一怔："什么号？！"

徐宝德："'马江'号。"

拱北："'马江'号？！——你是说，你在'马江'号上当过水手？！"

徐宝德："是的，去烟台前，我在'马江'号上干过活。先生这样问，倒像知道'马江'号似的。"

拱北强压惊喜："我13岁那年，跟着叔父去福州给老师拜年，搭的正是'马江'号！我淘气，误了登船，一急就从码头蹦到甲板上去了……"

徐宝德眼前浮现出当年的情景。

闪回（参见第四集《过继兼祧 惊险登舟》第53节）：

拱北落下（慢动作）。两只粗壮的胳膊及时抱住了拱北。镜头拉开：是徐宝德！金山走过来，指着徐宝德告诉拱北："小依弟，算你运气，人家已经是辞了工的，今天上船看看，可巧就遇见齐天大圣从天上飞下来了。"徐宝德拍拍拱北的肩："小依弟，这就叫缘分——缘分哪，哈哈！"

闪回（参见第四集《过继兼祧 惊险登舟》第60节）：

徐宝德："小依弟，真勇敢，我算记住你啦！"

拱北："徐大哥，你也很厉害呀！一下子就把我接住了。你的胳膊真有劲，哎，你

263

会武功吗?"

徐宝德哈哈大笑:"武功不会,笑功还行。"

闪回止。

徐宝德盯着拱北的脸端详了好一会儿,大叫道:"原来你就是24年前纪家那个胆大包天的小依弟呀!做梦也梦不到,能在这里遇见你!——真是江海再大,船头也会相碰哟!"

雨轩过来:"说啥呢?这么热闹!"

拱北:"雨轩,他就是我曾经讲过的'马江'号上的徐大哥!"

雨轩:"啊,有这样巧的事!缘分啊,多么大的缘分啊!"

10．枫林桥雷场场部（夜）

黑灯瞎火。拱北、雨轩对坐床沿。

拱北:"就这么定了:明天,你去布雷训练班那边为董家渡挑选布雷人员,我负责组织运雷和警戒;后天,实施布雷。"

雨轩:"好。"

拱北:"我料定董家渡、烂泥渡、姚家渡、苏州河、江阴阻塞线等处布雷之后,陈部长必将下达新的更为艰险的一项任务……"

雨轩:"你是说,陈部长会命我们,用鱼雷袭击日本的'出云'号旗舰吧?"

拱北:"对！'出云'号就停在浦东公和祥码头前面的二号浮筒处,如能炸沉它,那意义太大了！看来,我们应该预估困难,早做准备。"

雨轩:"水雷倒不成问题,用两颗海丙式视发水雷就行。关键是人,只有潜水本领高强的'水鬼'才能胜任袭击啊！"

拱北:"你说到了要害。不过,这也难不倒我们了。"

雨轩:"你有把握?！"

拱北:"没十足的把握,哪敢夸口?不过,回程中我想到了两个天赐的'水鬼'！"

雨轩恍然大悟:"哦,是那条篷船的两个船夫吧?"

拱北:"正是！"

11．黄浦江港汊（夜）

远景:江上渔火。

镜头推近,一条篷船泊在岸边。

第三十集　女杰入祠　"水鬼"来归

12. 篷舱（夜）

徐宝德："咏烈，你知道今天下午搭我们船的那两个客人是谁吗？"

何咏烈："我怎么知道？警备司令部贾副官不是交代过不许打听他们的身份吗？"

徐宝德："我不是指身份。"

何咏烈："那你想说啥？"

徐宝德："告诉你，我遇到一个做梦也梦不到的人！巧得没人信，除了你。"

何咏烈："又来瞎逗乐！日本鬼子就在边上了，还有心思逗乐，你呀，一辈子的'哈哈天'！"

徐宝德："这回不逗乐，真的！我简直没法相信，今天会在自己船上，遇见24年前搭乘'马江'号的那个小依弟！我们谁也不认识谁了，攀话时才发现的。"

何咏烈："哪个小依弟？谁家的人嘛？"

徐宝德："马尾大榕乡纪家的人。"

何咏烈："什么，你真的遇见了纪家的人？！"

徐宝德："真的，巧得不能再巧了！"

何咏烈："那你怎么不早说呀？"

徐宝德："当时你在船头没过来嘛。早说晚说有什么打紧，这会儿吃完了饭，再扯也不迟呀！"

何咏烈："怎么不迟？你早说，我一脚把那个姓纪的家伙踹进黄浦江去！"

徐宝德："咏烈啊，你哪儿哪儿都好，就是心太窄，记死仇。那青已然过身十几年了，你也四十几的人了，就不能想开一点吗？"

何咏烈："没法想开，海枯石烂也想不开！今天真是冤家狭路相逢啊，我要追杀！……"

徐宝德："打住！打住！冤有头债有主，那青的账理当纪四爷偿，何苦恨死他全家，跟武松似的，非来个灭门才痛快！"

何咏烈："我倒真想做武松，可我做了吗？！做了吗？！"

徐宝德："那还不是因为金山伯死也不让你去马尾寻仇！他老人家病中嘱托我们把他遗体，还有你爹和那青爹的牌位，连带他住的小木屋通通烧光，那就是要叫你没了奔头，再也不去马尾了。不承想，这么多年，马尾你是不去了，可心里的仇还埋得那样深！金山伯生前三番五次劝你说：'做人要分清国仇和私仇。大榕乡纪氏，一门海军，是跟西洋人、东洋人结下血仇的，纪三爷还跟你爹一样，参加了甲午海战；就凭

265

这，你也不该对他们咬牙切齿。便是纪四爷，虽然罪过，那也罪不至死，更不该祸及全家嘛！'咏烈啊，金山伯的话句句在理，你怎么就给忘了呢?！我想，那青的在天之灵也不愿意你这样的，你自个好好想想吧！兄弟啊，日本鬼子都打进上海了，你还不放下私仇吗？"

13. 篷船首（夜）

水面映着月光。

咏烈独坐船头。

徐宝德画外音："咏烈，节骨眼上，赶紧放下私仇吧，千万别干傻事啊！记得吗？当年你已然发过誓了！"

闪回（参见第二十三集《咏烈含恨　金山大义》第54节）：

小木屋燃起火来。

咏烈仰视燃烧的小木屋泪流满面。

宝德友爱地把手搭在咏烈的肩上："快跟金山伯说句让他放心的话吧！"

咏烈大喊："叔，咏烈保证不因私恨而忘国仇！叔啊……"他号啕大哭，跪地叩头。

闪回止。

咏烈痛苦地以双拳捶头。

14. 纪府大池塘（日）

中秋景色。

大力和海海在塘边拾掇担中的莲蓬。

大力："今年莲蓬比往年差多了！"

海海："都是日本鬼子的晦气熏的！王八蛋！"

大力："杀千刀的，连北平都占了，现在又打上海！也不知三爷他们怎样了，真叫人担心哪！"

海海："可不是吗？光三爷和大奶奶他们老少就有十口，再加大少爷、雨轩少爷和荣官，那是十三个人的安危呢。这是往小处说，往大处看，上海多少人家，多少命啊！"

大力："上海的仗打了一个多月了，四奶奶牵着这个，挂着那个，人都瘦下一大圈了。"

第三十集　女杰入祠　"水鬼"来归

海海："说得是啊，特别是安祈——四奶奶的命根子，比亲生的还要亲，她能不担忧吗?!"

大力挑起担子："走吧，海海，胖嫂在等新鲜莲蓬给四奶奶做羹，说是可以养心安神呢。"

海海随即挑起担子："走!"

15．四房正院前厅（日）

四奶奶盯了正在看书的慕达一眼："慕达，别看书了好不好？"

慕达："怎么啦？"

四奶奶："一个多月来，我噩梦连连，今天格外不安，仿佛要出什么事似的。"

慕达："别瞎想了，能出什么事？"

四奶奶："慕达，安祈在上海，十几口亲人在上海，炮火连天的，你说可怎么办呢？"

慕达："'怎么办''怎么办'，你每天一遍又一遍地问，好像我有办法似的！日本国强、军强、民强，委实太厉害了。'九一八'以来，吞了东三省，立了'满洲国'，稳住脚跟，又取平津，可谓有谋有略，招招胜算，眼下进攻上海，也是志在必得啊。全世界都干瞪眼，我能怎样？"

四奶奶："中国之大，如何竟奈何不了一个蕞尔小邦？！"

慕达："大，算得什么？大而强，谁也啃不动；大而弱，还不是一大块软肉？这就好比，马之于狼，牛之于虎，都是大的被小的给活撕活咬吃了的！"

胖嫂端着莲子羹进来，听了便放下羹，不无埋怨地说："四爷，瞧你说的！四奶奶原本就睡不好了，还经得起你这些活灵活现的话？！"便安慰四奶奶道："四奶奶，别听四爷的！你只管想，中国不是马，不是牛，而是象。瘦死的骆驼比马大，瘦死的象比狼可就大得没法说了；它要真的发起怒来，还不得把那日本狼给拖死、摔死、踩死才甘心哪！"

慕达忍俊不禁："胖嫂还真能想，我算服了你了。得得得，你们继续牛马狼象吧，我出去遛遛。"

16．四房正院（日）

慕达在院门边险些跟进院的丁管家碰了个满怀。

丁管家："四爷，电报!"

慕达一怔，一把抓过电报，急急打开。

丁管家紧张地问："电报说什么，四爷？"

17. 四房正院前厅（日）

四爷并丁管家进厅。

四爷阴着脸坐下。

四奶奶正要进羹，见状急忙放下碗："怎么了，慕达？"

胖嫂："不是刚出去的吗，怎么就回来了？哪儿不舒服了吧？"

丁管家摆摆手："上海来电报了！"

四奶奶、胖嫂不约而同："啊?!"

慕达："我们的儿媳和三哥的儿媳在战地救护中双双牺牲了！"

四奶奶："什么?! 你说什么?!"

丁管家："拱华少爷的茜少奶、拱宇少爷的琦少奶都牺牲了！"

四奶奶当即泪如雨下。

胖嫂颤声道："真的吗?! 一下子两个?! 不会弄错吧？"

丁管家："不会的，是二小姐发的电报啊！她们是姑嫂加密友，怎么可能错呢?!"

四奶奶抽抽噎噎道："日本鬼子作孽啊，我们失去了两个好媳妇啊！"

慕达长叹一声："真是双重不幸，双重不幸啊！"

丁管家："是双重不幸，但更是双重荣耀！四爷、四奶奶，你们要节哀啊！"

四奶奶："怕只怕，两位少奶奶的遗体不能体体面面归葬纪氏坟山，落得个孤……孤魂……野……"言未尽已泣不成声了。

丁管家："四奶奶莫悲伤！两位少奶奶虽一时难以归葬夫家，但禀报族长招魂迎灵是完全可行的。别看九太公年过九旬，腿脚不便，脑子可还清楚得很呢！"

胖嫂："丁管家说得在理，魂魄归来才是最最重要的啊！四爷、四奶奶，你们看呢？"

四奶奶点头。

慕达："就按丁管家的办法做吧！"

18. 弘毅堂外（日）

大力、海海、大智、大勇等十人站在阶下听候丁管家发话。

丁管家："我随四爷去了九太公那里。九太公传话说，茜少奶、琦少奶为国捐躯，

268

第三十集　女杰入祠　"水鬼"来归

是我们全族之光。她们埋在上海，但英魂理当风风光光回归夫家，回归纪氏列祖列宗膝下。现已决定，三天后全族迎灵。那时，四邻八乡都会前来致敬的，大家要准备好。"

大力："丁管家，没有灵柩，迎灵怎么进行呢？"

丁管家："九太公已经命人给茜少奶和琦少奶做牌位了。到时候牌位由两个维字辈的后生捧着，在大榕乡口等待全族从祠堂出发前来迎接。"

大智："要不要摔盆、撒钱什么的？"

丁管家："不要。"

众人："太简单了吧？"

丁管家："简单，但却很不平常！"

众人："啊？！哪些不平常？！"

丁管家："第一，九太公命十太公领队去大榕乡口恭迎。第二，九太公亲自在祠堂前面恭候。第三，两位少奶的牌位都有名有姓，不同以往有姓无名。第四，九太公亲自撰写了四副挽联。这些都是破天荒的啊！你们说是不是？"

众人："是是是！""到底是为国牺牲！""到底是巾帼英雄！""到底是新派女子啊！"

丁管家："从现在开始，族里就忙起来了。祠堂那边有许多活，家家户户都出力，你们先随我过去吧！这两天，要辛苦一些了。"

海海："应该的！两位少奶舍命抗日，我们为她们尽点心还不应该吗？"

大勇："太应该了！何况还是弘毅堂娶进来的媳妇呢。"

众人："对对对！太应该了，太应该！"

镜头仰摄弘毅堂飞甍。

19．纪氏宗祠外（日）

丁管家指挥大力等人在松柏搭成的迎灵坊上挂起两副挽联。

大力："可以了吗，丁管家？"

丁管家："可以了，可以了！现在，去宗祠大堂看看海海他们做完了没有。整整干了两天，该收尾了。明日迎灵。"

大智："丁管家，你通文墨，先跟我们说说这两副挽联的意思吧！"

丁管家："好！挂了半天还不明白挽联的意思，倒是委屈了你们哪！"

众人："那就快说吧！"

丁管家："你们看，右边这副，上联'淞沪战场献身救护杏林花溅血'，意思是：淞沪战场上，茜、琦两少奶救死扶伤，热血溅成医界之花。'杏林'，指的是医界。其中的典故以后找时间告诉你们，好不好？"

众人："好！那下联呢？"

丁管家："下联'纪家祠堂击鼓焚香贤媳德流芳'，说的是：纪氏祠堂里，人们烧香击鼓，颂扬两位好媳妇流芳百世的爱国品德。明白吧？"

众人："明白明白！还有左边的呢？"

丁管家："左边这副：'黄浦江边巾帼英雄遗爱传千里，罗星塔下乡亲父老感怀怅九秋'，是说：茜、琦两少奶是黄浦江边的女中豪杰，她们遗下的大爱流传深远；我们马尾的父老乡亲因为失去这样的贤媳而平添了悲秋的心情。——大体是这样的意思，没工夫多说了，赶快进大堂吧！"

20．宗祠大堂（日）

大堂前部的两根柱子上悬着两副挽联。

海海迎着丁管家："丁管家，我们都布置好了，还有别的吩咐吗？"

大力等围上来："再给我们解释解释这两副挽联吧！"

海海等人："解释解释吧，我们也想听听！"

丁管家："那就再说几句。右边这副，上联'义胆张扬浩气捐生纾国难'，写的是：两位少奶忠肝义胆，发扬正气，舍命解国难。下联'仁心不惧狂熛冒死救伤员'，意思是：她们满怀医生的仁慈，不管炮火多猛烈，哪怕自己死，也要抢救伤员。——懂了吧？"

众人："懂了懂了。"

丁管家指向左楹："'申江女成马江女两江俱傲'是说，茜少奶和琦少奶原是上海女子，自从嫁给马尾人，就成了马尾女子，如今，两地都引以为傲了。'黄海仇并东海仇四海同仇'，说的是：中国对日本，过去有北洋水师黄海覆灭之仇，现在有东南沿海遭受侵略之恨，五湖四海充满了同样的仇恨啊！——九太公撰写的挽联说出了我们的心里话，海海你觉得是吧？"

海海："是的，是我们全族的心里话。茜少奶、琦少奶冥冥之中必定能够感知的。"

众人："对对对对对对！"

丁管家："时候不早了，辛苦了两天，吃过晚饭好好休息吧，明天会更忙的。对了，有件事还要再交代一下。"

第三十集　女杰入祠　"水鬼"来归

众人："什么事？"

丁管家："明天，从大榕乡口到纪氏宗祠，一路上要摆五张供桌，由大智、大勇、大力、海海、水生守着。你们务必记住：第一，不准任何人燃放鞭炮，妨碍我们的巾帼英雄享用。第二，由头一张供桌开始，迎灵的队伍走完一桌撤一桌，决不叫上海飘来的日寇野魂劫吃劫喝！他们生也好抢，死也好抢，不能不防！"

大智等齐声回应："放心吧，日本饿鬼休想得逞！"

21．纪氏宗祠外（日）

暮色苍茫。

丁管家并大力等凝重地望了迎灵坊片刻，一起离开了。

22．大榕乡口（日）

乡口站着两名维字辈少年，手捧茜少奶、琦少奶的牌位。

茜少奶的牌位特写：巾帼英雄　纪氏贤媳　夏茜之位

琦少奶的牌位特写：巾帼英雄　纪氏贤媳　周琦之位

乡路两边挤满乡亲。

大力守在一张供桌旁。

丁管家走近维字辈两少年："十太公到的时候，你们该怎么做都记住了吧？"

两少年："全都记住了！"

画外响起一个乡亲的声音："来了来了，看见幡了！"

丁管家急回首。

23．乡路上（日）

以幡为前导，十太公等男女长辈的轿子阵肃然前行，其后跟着大队族亲，皆鸦雀无声。

24．大榕乡口（日）

十太公在两位维字辈少年面前下轿。

两少年迎上。

十太公："茜少奶、琦少奶：纪氏合族在此迎接贤媳回家！"

两少年捧着牌位深深鞠躬。

族人齐呼："茜少奶、琦少奶，我们来接你们回家啦！"

25．乡路上（日）

族人呼应声不断："茜少奶、琦少奶回家啦！""回家啦！"……

呼应声中，迎灵队伍走进画面深处。

26．纪氏宗祠外（日）

九太公白发白须端坐迎灵坊下，左右肃立着两排族人。

迎灵队伍走近。

九太公在族人搀扶下起立。

两少年捧着牌位面对九太公。

九太公："茜、琦两贤媳，你们到家了！"

两少年捧着牌位下跪。

九太公点头，随即示意起身。

画外祠堂鼓咚咚响起。

画外鞭炮啪啪大作。

27．上海（夜）

夜空中闪着火光。

街巷中枪声时疏时密。

28．上海纪宅客厅（日）

慕贤正在和大奶奶说话。思静和翠翠一旁缝衣裳。

安丽和安祈在辅导定远、致远做功课。

大奶奶："想不到九太公将近百岁之人，还亲自到祠堂前迎接茜、琦两贤媳，破天荒的大面子啊！"

慕贤："九太公是以此明志，鼓励子孙抗日，用心良苦啊！"

大奶奶："难为丁管家，一大把年纪了还那么周全，办完了事也不忘电告我们，真是路遥知马力啊。"

慕贤："何止丁管家？年深月久，相依相存，大智、大勇、钱妈、胖嫂，他们一个个都变成我们的亲人了。老实说，没有他们的维系，弘毅堂只是大空壳，早就不成其

第三十集　女杰入祠　"水鬼"来归

为弘毅堂啦！"

大奶奶："三弟说得很对，事实正是如此！"又感慨道："我心里一直记着他们的好，但不知哪年哪月才能再见故里和故人啊？"

翠翠："大奶奶，别难过！日本鬼子没天理，长不了，我们总有一天会回乡的！会的！"

思静："一定会的，妈！我们的根长着呢，深着呢，好比大榕树，并非说拔就拔得掉，想撼就撼得动的！"

安丽过来："定远、致远数学天赋非常高。这次测验，十道很难的应用题，都是答得又活又快又准。"

慕贤："好好好！想进海校，数学差是绝对不行的。英文、国文测过了吗？"

安丽："明天测。"

慕贤："定远英文比致远强，要叫他们互学；尤其英文，一起练习口语，最见成效。"

安丽："是！"

大奶奶："安祈还在做什么呢？别把两个孩子逼太狠了，才7岁嘛！"

安丽："三叔要求他们活学地理，安祈想了个教学方法，比我的强多了！"

慕贤："是吗？我看看！"便去安祈那边，思静等亦相随。

安祈麻利地画了一幅中国轮廓图，在图的上方写下"还我河山"四个字，然后圈出八个地点，对定远、致远说："昨天，我们在地图上找到了'九一八'以来，被小日本夺走的东北和华北的一些重镇。现在，我考考你们记没记住。我按沦陷的先后，指一处，你俩同时答一声就可以了，对错我分得清。好，开始吧！"

定远、致远便随着安祈的指向，逐一回答道："沈阳，长春，齐齐哈尔，锦州，哈尔滨，山海关，天津，北平。"又问："对吗？"

安祈满意地鼓掌："对，给你们打满分！满分，就更要记住，这八个地方只是中国的一小部分失地。将来，日本必须还我河山，一寸也不许少！"

定远、致远："对，一寸也不许少！"

慕贤欣慰地拍拍安祈的头鼓励道："安祈，你长进多了！怎样让定远、致远活学地理，三伯有心无计，想不到你竟教得这么好！'后生可畏'，三伯不如你呢！"

安祈稚气未脱，得意道："三伯，安祈打算把失去的美丽国土，松花江啦，山海关啦，卢沟桥啦，给定远、致远画出来，好叫他们牢牢地刻在心里！"

大奶奶不禁一笑："看把你能得！你自己去都没去过，就能画了？！"

安祈:"没去过,还没见过照片吗?"

翠翠:"对呀对呀,没吃过肥猪肉,还没见过肥猪跑吗?"

众人:"可也是,可也是!"

定远:"小姑姑,那你现在就画吧!"

致远:"先画卢沟桥!卢沟桥!"

慕贤:"现在不能画!"

定远、致远:"为什么?!"

慕贤:"因为,你们应该睡觉了!严格遵守作息制度,是军人必需的。你们想当海军,那就赶紧上床去!"

安祈便推着定远、致远走:"快快快,睡觉去,睡觉去!"

29. 上海纪宅楼梯口(夜)

致远:"小姑姑,今天不画卢沟桥,明天画行吗?"

安祈:"行,明天一定画!"

定远:"小姑姑,定远喜欢画画,你能教我们吗?"

安祈:"当然啰!三伯公要你们活学地理,小姑姑就打定主意,不但要为你们画大好河山,还要教你们画大好河山,让你们把她装在心里,记得深深的,牢牢的!"

定远:"那你说话算数!"

安祈:"一定算数!拉钩吧!"

三人拉钩:"拉钩上吊,一百年不许变!"

30. 上海纪宅客厅(夜)

安丽:"安祈悟性好高,三叔主张活学地理,她居然发扬绘画天赋,把地理跟失土给联系起来了,脑袋瓜子真灵!"

思静:"冰雪聪明啊!"

大奶奶:"安祈到哪儿都是全家的明珠,怎么一下子就长大了这么多,仿佛不像18岁,倒像二三十岁了?!"

慕贤:"国难使然嘛!"

画外门铃响起。

众人一怔。

思静不安:"这么晚了,谁会来呀?!"

第三十集 女杰入祠 "水鬼"来归

安丽、翠翠不约而同起身:"我去开门!"

慕贤断喝:"坐下!慌什么?!还轮不到你们!"

慕贤不紧不慢走出客厅。

大奶奶嘟囔:"这三弟!若是汉奸、日谍,凭你一人怎么挡?!"

安丽:"不怕!这些日子三叔总是枪不离身的,再说了,我们哪能一直傻坐着,对吧?"

翠翠:"对呀!去年安丽对付日本流氓的那把匕首,还藏得好好的,现在可以派上用场了嘛!"

思静当即起身:"我上楼去取,有备无患!"便匆匆离去。

安丽:"要是多两把匕首就更好了!"

31. 上海纪宅楼梯口(夜)

思静持匕首走下楼梯。

慕达和雨轩出现。

思静惊喜:"雨轩,原来是你啊!"

雨轩:"你握着匕首?!"

思静:"是的,这么晚了,我们怕是'黄鼠狼给鸡拜年'呢!"

雨轩忍俊不禁:"哈哈,我成黄鼠狼了!"

慕贤也带笑摇头。

32. 上海纪宅客厅(日)

雨轩拎着一只袖珍提箱进厅:"妈!"

大奶奶起身迎上急切地问:"我的儿,这时候回家,莫非……快告诉妈!"

雨轩忙扶大奶奶归座:"妈先坐下,不要着急!"随后将袖珍提箱置于桌上:"我和拱北、荣官都好好的,只是忙得顾不上家罢了。"

大奶奶松了一口气。

雨轩:"我调任驻德国海军武官,明天先得去趟南京,除了今晚再无时间回家里道别了,只好摸黑赶来。——倒让妈不安了!"

大奶奶转忧为喜:"去德国,当武官?!佛祖保佑,这妈就放心多了!"

雨轩便走到慕贤跟前,掏出一纸便笺:"三叔,这是拱北给你的!"

慕贤接过便笺,看了一遍,不禁动容。

大奶奶："三弟，拱北说什么了?!"

慕贤："他说：'山河破碎，倭奴犯沪，两弟媳双双牺牲；女子尚如此，男儿岂惜命?! 拱北之躯，早已许国，生是中国军人，死为中国军魂，绝不辱没炎黄！旅沪家口，三叔之外皆妇孺；端赖荣官技艺，急就两具实用之物，转交翠翠、安丽，以应紧急，以彰坚贞！拱北不孝，无计家国两全，乃致拖累三叔，愧疚交织，情何以堪？唯有努力抗战，痛击敌寇，报答深恩厚泽！'——大嫂啊，这些话，是肺腑之言，也是忠孝之言哪！"

大奶奶："三弟能赞他两句，也算他有些许可取之处了。"便又问雨轩："石峻怎样？人在何处？"

安丽眼中射出热切的期待。

雨轩："暂无消息，想必是在舰队上枕戈待旦吧。"

安丽失望，但旋即振作，指指桌上的袖珍提箱："这就是荣官哥赶制的物件吧？现在可以打开看看吗？"

雨轩："打开吧！"

安丽、翠翠即刻上前打开袖珍提箱。

特写：袖珍提箱内放着两把匕首。

安丽和翠翠会心地对视片刻。

安丽："雨轩哥，你回去告诉大哥和荣官哥，他们的心思，我和翠翠都很明白，我们也断不会辱没炎黄的！"

33. 上海枫林桥海军制雷工场（日）

天蒙蒙亮。

34. 枫林桥雷场场部（日）

雨轩、拱北在窗下对坐话别。

雨轩："我这一走，制雷工场和布雷队的重担都归你挑了。压力倍增，你要挺住啊！"

拱北："放心吧！一年来克服了雷场和布雷队初创阶段的种种困难，即便并无正式编制，我们也已建立起两支热血男儿的队伍，这正是力量之源，信心之本嘛！"

雨轩："可眼下，刚刚接到谋炸日本'出云'号旗舰的艰巨任务，我却要远赴欧洲，不能与你并肩奋战了，心里很不是滋味啊！"

第三十集 女杰入祠 "水鬼"来归

拱北："你又多情了吧！什么'很不是滋味'？！——调任武官，那是命令，无酸甜苦辣可言！我呀，天生的心冷意冷，无情无义；我巴不得你赶紧去德国，趁中德关系尚未破裂，没准能为制雷材料找点门路呢！至于谋炸'出云'嘛，不管日本鬼防卫多么严密，我们都要置之死地而后快。明天，我亲自出马，先去捞两个水鬼上岸，突击训练布雷技术再说。"

雨轩："对，水鬼太重要了！"

拱北凑近窗口，看了看表："嗯，派出的护送人员都已悄悄到达指定地点了。"便起立："该走了，雨轩！"

雨轩站起，在熹微的晨光中望着拱北，欲言又止。

拱北重重拍了雨轩一下："走！"

35. 上海枫林桥海军制雷工场（日）

拱北将手提箱交到雨轩手中："雨轩！"

雨轩："嗯？"

拱北："好久不能穿海军服了。你抵达南京，换上军装后，朝江阴方向敬个礼吧！——算是我俩对守卫江阴阻塞线的袍泽，对结拜兄弟石峻表示同仇敌忾、抗战到底的决心！"

雨轩："我会的！"

两人深深对视一眼，相互致礼。

雨轩转身迅速离开。

拱北抬头望天。

天上早霞初现。

36. 黄浦江河汊（日）

黄昏。一条篷船泊在岸边。

37. 篷船尾（日）

徐宝德正在审视磨好的两柄长刀。

拱北画外音："徐大哥！"

徐宝德抬眼朝岸上望去，惊喜道："巧啊，又见面了，又要搭船吗？"

38. 河汊岸上（日）

拱北："我想请你们两兄弟帮个忙。"

39. 篷船尾（日）

徐宝德一腔豪爽："帮忙？好说好说，都是缘分定下的。快上来吧！"

40. 篷船首（日）

拱北登上船首："何大哥呢？"

徐宝德破口大骂："都怪日本王八蛋！"

拱北："怎么了？何大哥他……"

徐宝德："不不不，何大哥没啥，是我们的朋友阿利遭难了！"

拱北："遭难了？什么时候？"

徐宝德："8月28日。那天，鬼子飞机滥炸上海火车南站，阿利正在站里干活，好惨哪，肩以下都炸飞了！这些日子，我们帮着料理后事，还把他留下的妻儿老小送去苏北老家安顿，完了以后我先回来，咏烈收尾晚半天，这会儿也该到了。你坐，坐下等他！"

拱北坐下："上海正打仗，你们又不是军人，为什么不留在苏北呢？"

徐宝德："你把我们想错了，纪先生！"

拱北："别称纪先生，太生分了！当年，'马江'号上你管我叫小依弟；如今我37岁，就变成纪老弟了嘛。"

徐宝德欣然从命："好好好，那就'纪老弟'，叫着心里也亲切不是？"

拱北："这就对了，原本就是马尾同乡嘛！"

徐宝德："纪老弟，我告诉你，我和咏烈打定主意不躲鬼子！我们虽不是军人，可也是七尺中国男儿啊！"他拿起刀比画了一下："43岁不算老，鬼子来了照样砍死他一堆；更何况……"

拱北："何况什么？"

徐宝德："何况咏烈是甲午遗孤！"

拱北："啊？！真的？！"

徐宝德："那还有假！43年前，他父亲战死在大东沟……"

咏烈画外音："宝德，瞎咧咧什么，你！"

第三十集　女杰入祠　"水鬼"来归

徐宝德抬眼，只见咏烈面有愠色。

拱北："何大哥回来了，我正等你呢！"

咏烈冷若冰霜："什么事？"

拱北："舱里面说吧！"

41．篷舱（日）

拱北："我看两位大哥都挺直爽，那就开门见山吧。我手中有坚决抗日的人马，独缺本领又高又敢杀敌的水鬼，所以非常希望你俩加入。然而，实不相瞒：我那里既无高官，又无厚禄，甚至还没有正式的编制；除了不做亡国奴的意志和行动，谈不上任何光彩。这点，你们心里要有准备啊！怎么样，考虑一下？"

徐宝德脱口而出："不用考虑，我愿意加入，咏烈他也……"

何咏烈立马打断："谁说不用考虑？！当然应该考虑！"

拱北内心独白："何咏烈这位甲午遗孤，目如鹰隼，冷口冷面，颇有几分桀骜不驯的样子，但愿能够为我所用！"

42．篷船首（夜）

何咏烈抱膝独坐。

徐宝德走来给咏烈披上衣服："一个人坐了这么久，该想通了吧？"

何咏烈一把扯下衣服摔到地上："一万年也想不通！"

徐宝德："死脑瓜子，怎么还想不通呢？"

何咏烈："当然想不通！我的那青不明不白落在纪家，才30岁年轻轻的就死了；我守着金山叔的遗言，不'血溅鸳鸯楼'已经很够意思了，凭什么现如今要去跟纪大少一起打日本？！"

徐宝德："咏烈啊，纪家是伤透了你和那青这对同年同月同日同时辰生的甲午遗孤，害得你们一辈子有缘无分，一辈子痛苦不已。但说句公道话，纪老弟……"

何咏烈："打住打住，什么'纪老弟'，我不爱听！他不是什么'老弟'，是大少！"

徐宝德："好好好，'大少'就'大少'。其实，在我心里，他一直是当年从码头直蹦到'马江'号上的那个小侬弟。你如果在场的话，今天也会像我一样待见他的。"

何咏烈："我没你那么好人！"

徐宝德："咏烈啊，日本鬼子正在猛攻上海，分分钟都有中国军民伤亡，包括我们的朋友阿利，可你的心还是那么窄！唉，也怪我，千不该万不该，不该把在董家渡认出纪老弟的事告诉你；否则，这会儿可能我们已经跟他在一起了。我傻啊！"

何咏烈："谁稀罕跟他一起？！不跟他，我们也一样杀鬼子！"

徐宝德："那可不一样！咱们就两个人，两把刀，能支持多久？人多力量大嘛！"

何咏烈受到触动："这倒是。"

徐宝德："我还琢磨……"

何咏烈："琢磨什么？"

徐宝德："我觉得纪老弟没准是海军的人。"

何咏烈："海军的人？！我怎么看不出来？"

徐宝德："你呀，你的眼睛被私仇蒙黑了！你想嘛，海军跟陆军，哪个用得着水鬼？"

何咏烈："自然是海军啰！"

徐宝德："那咱俩就说到一处去了！"

何咏烈："你什么意思？"

徐宝德："想过吗？你我这么些年干得最多的就是水上水下风里浪里的活计，要为抗日出大力气，还是当水鬼最合适。所以，应该投奔纪老弟！"

何咏烈："不行！"

徐宝德："怎么不行？！"

何咏烈："你这个人太天真，如果投奔了纪大少，指不定哪天，一不留神，你就会把我和那青的事吐露给他了！"

徐宝德："我在你这儿已经傻过一次了，还会跟他捅破你们那层窗户纸，傻第二次吗？真是的！"

43．黄浦江河汊（夜）

萤火虫在河畔飞舞。

44．篷船首（夜）

徐宝德拾起被何咏烈摔下的衣服，重又给他披上。

何咏烈拉了拉衣襟。

徐宝德："纪老弟说，明天他还会来，如果我们都同意，就跟他走。"

何咏烈欲言又止。

第三十集　女杰入祠　"水鬼"来归

徐宝德："放下私仇吧，咏烈！想想甲午之耻还没洗雪，你爹和那青爹仍在黄海咬牙切齿，想想阿利有头无身，爬不动走不得，做鬼都寸步难行，你有什么理由执迷不悟呢？！单单为了那青，你也不能再糊涂下去了，否则只会比纪家更对不起她！——她也有甲午恨要报啊！"

何咏烈深深叹了一口气。

45．上海枫林桥海军制雷工场（夜）

小不点李点点手持锤子在夜色中冲向院外。

罗师傅等一堆人又拉又扯拼命阻拦："回来！回来！""不许鲁莽！""你师父荣工程师来了，还不停下！"……

荣官赶上来喝道："快放下锤子，不要惹祸！"

罗师傅趁机夺下李点点的锤子："小不点，荣工的话你还不听吗？"

李点点疯狂夺锤。

荣官："压住他！压住他！这孩子不要命了！"

众人把李点点压在地上。

荣官："小不点，要死要活你都得等纪舰长回来再说！"

拱北画外音："我回来了！"

众人顿时有了主心骨："纪舰长回来了，这就好啦！"便让开。

拱北走近荣官："怎么回事，荣工？！"

荣官："小不点的阿哥是八十八师的一名连长，在闸北阵亡了。别看这孩子才十五六岁，个头还没有长足，血性倒蛮大的；两顿饭不吃不喝，忍到了天黑，一声不吭操起锤子就要去报仇。幸而大伙发现，硬给压地上了！"

拱北听了便蹲下，拉着李点点说："小不点，李连长为国捐躯，是抗日英烈。你的骄傲就是我们的骄傲，你的仇恨也是我们的仇恨！阿哥没了，我们还在啊，起来吧！"

李点点顺从地随拱北站起。

拱北："一会儿要开个会，小不点，你也参加！"便按了按李点点的头。

李点点："是！"

拱北乃吩咐罗师傅："罗师傅，你去通知各车间负责人，还有杨上尉、叶师傅、商技术员，加上你自己，马上去库房开个短会。"

罗师傅："是！"

46. 枫林桥雷场库房（夜）

近30名员工齐聚库房。

拱北："山河破碎，将士牺牲。淞沪会战一个多月来，我制雷工场杨上尉、叶师傅、商技术员、工人李点点的亲人，都先后捐躯战场了。此刻，让我们代表制雷工场全体员工默哀一分钟，以表达对英烈的敬仰之心、痛悼之情和报仇雪恨之坚定意志。"

众人低头默哀。

李点点流下泪来。

拱北："默哀毕！"

众人抬起头。

拱北："下面，我要强调几点：第一，报仇雪恨有各种途径，造雷是有效的选择之一。9月7日，日本海军浦东新三井第三、第四两座码头和趸船以及两艘汽艇均遭炸毁，用的正是我工场制造的海甲式触发水雷！在日寇猛攻上海的凶险形势下，这次水雷攻击尽管规模不大，但意义深远。我相信，它必将载入海军抗战的史册中。我辈当再接再厉，造雷不止，将抗战进行到底！第二，保密工作至关重要，一刻也不许松懈！'八一三'以来，日机不断狂轰滥炸，南京路外滩、杨树浦、闸北、南站、南市一片狼藉，8月25日正在江南造船所修理的'永健'号炮舰也被炸沉了。反观我们这座隐蔽在敌人眼皮底下的军工工场，尽管上有飞机下有间谍，却一直没有暴露；这得益于严格的保密制度和强大的执行力度，今后要坚持下去，才能在生产水雷的同时，创造保密的奇迹！第三，与此相关的是，我安保措施须因时因事加以调整。"他盯了李点点一眼："今天起要增加'严禁个人擅自出击'这生死攸关的一条！"

李点点身边的叶师傅用肘子暗暗顶了他一下。

李点点吐了吐舌头。

拱北："以上三点，各位负责人务必将其要义传达给自己属下！"

众负责人："是！"

拱北便问李点点："点点，我的话你听得明白吗？"

李点点："明白的，点点再不敢擅自行动了，因为那会引起汉奸、间谍的注意，给我们工场招来大祸！"

拱北："好好好，小小年纪既有血性又有悟性！这样的下一代，应该给他鼓掌！"

拱北向李点点鼓掌。

众人热烈鼓掌。

第三十集　女杰入祠　"水鬼"来归

李点点一脸灿烂。

47. 上海枫林桥海军制雷工场（夜）

大半个月亮正在院子的上空，向西移动。

画外音：当拱北巡视完窗户遮得密不透光的车间时，已经是半夜3点了。此时，他想到了雨轩。然而，雨轩如同月亮，遥不可及了。

画外音中，拱北抬头望月。

拱北内心独白："担子好重好重，雨轩，我多么需要你啊！"

48. 枫林桥雷场场部（日）

拱北和荣官端着饭盒边吃边谈。

拱北："'出云'号巡洋舰的有关参数你都知道吧？"

荣官："知道。'出云'号是英国阿姆斯特朗船厂生产的，1899年下水，船龄38，保养得很好。它全长132.28米，全宽20.94米，吃水7.37米，排水量9750吨。装甲厚度是：舷侧175毫米，甲板67毫米，舰桥381毫米，主炮防盾152毫米……"

拱北笑："荣官，你的数字记忆真强！"

荣官："忘什么也不能忘'出云'嘛，尤其是它的装甲厚度！"

拱北："对，'出云'必须挨炸！我看就用咱们新研发的'海丙'式视发水雷轰它两下怎么样？"

荣官："没问题，咱们工场的造雷技术日趋成熟！最早研制的'海甲'式触发水雷，已经炸毁过浦东日本三井海军码头；接下来的'海乙'式触发水雷，多了个触角，加了个保险机，也成功地敷布于黄浦江了。现在的'海丙'式视发水雷，是特地为主动攻击敌舰而设计的，按装药量分为100磅、200磅、300磅三种，质量全都过关。像'出云'这样的大家伙，用300磅的那种，两颗，靠近舰体，是可行的。"

拱北叹道："不容易啊！咱们的制雷工场从无到有，不但造出水雷，最宝贵的是，造出一支由工程师、技术员、绘图员、技工、工人组成的军工骨干；从战略眼光看，这支骨干对海军未来的抗战事业一定很有意义！不过眼下，说回炸'出云'，荣官啊……"

荣官："什么？"

拱北："虽然有了'海丙'，我却不敢讲胜算的概率，不敢讲'一定'之类的话。'谋事在人，成事在天'，你有思想准备吗？"

荣官："有，有思想准备的。谋炸'出云'在我们，能不能成事却在'出云'防卫的'天'捅不捅得破？——人家怎么肯等着挨炸呢？"

拱北："是这个意思！目前，'出云'泊在浦东公和祥码头前二号浮筒处；据可靠情报，它的四周围着一圈铁驳船，驳船之间连着一道道防雷网；加上小汽艇来回巡逻，小炮艇严密警戒，入夜还有探照灯强光照射，防护程度可谓达到了极致。突破这重重障碍，把水雷推到'出云'近旁，才有机会击中要害。但无论如何，我们都要争取，不争取则一线希望都没有。不是吗？"

荣官："当然！"

拱北："有件事要交代你！"

荣官："你说！"

拱北："吃过午饭，我得去布雷培训班挑选人员，组织攻击'出云'的行动队；然后，再赶到徐宝德、何咏烈那里。如果他们答应做我们的水鬼，我立马领进培训班安顿，今晚就不回来了。你仔细照应着，有事找杨上尉商量。"

荣官："放心吧，我会的！"便把自己盒里的一块肉撇到拱北碗里："快吃吧！"

拱北笑道："雨轩一走，我以为再没人撇肉给我了，想不到又来了个雨轩！"便大口扒饭，完了把饭盒推给荣官，起身道："你好人做到底，我走啦！"

荣官："快走吧，但愿能捞到水鬼！"

49．黄浦江河汊（日）

篷船泊岸。

夕阳归鸦。

50．河汊岸上（日）

拱北疾行于暮色苍茫之中。

远处，徐宝德坐在岸边望着篷船发呆。

拱北气喘吁吁跑近大叫："徐大哥！"

徐宝德一怔，一骨碌爬起来。

拱北："徐大哥，怎么一个人坐在岸边发呆呀？！"

徐宝德："等了一整天，还以为你不过随嘴说说而已，多半不来的。"

拱北："对不起对不起！实在是有事绊着了，紧赶慢赶，现在才到，害你等了一天！"

第三十集 女杰入祠 "水鬼"来归

徐宝德宽厚地说:"没事没事,来了就好,免得心里老吊着不是?"
拱北:"怎么样,想定了吗?愿意跟我们一起打鬼子吗?"
徐宝德:"愿意愿意!我昨天就说过了!"
拱北:"何咏烈呢?他在干吗?"

51．篷船首(日)

何咏烈从舱里钻出。

52．河汊岸上(日)

徐宝德大叫:"咏烈!"又指了指拱北。

53．篷船首(日)

何咏烈抬眼瞟了拱北一眼,一声不吭转身钻回篷舱。

54．河汊岸上(日)

拱北和徐宝德面面相觑。

55．黄浦江河汊(日)

天已擦黑。

56．篷舱(日)

何咏烈满舱泼洒。

57．河汊岸上(日)

徐宝德:"纪老弟,你再等一等,我下去问问!"
拱北一把拉住徐宝德:"别急别急!"便向下面指了指:"你看,何咏烈出来了!"

58．篷船首(夜)

何咏烈向舱内投掷火种。

59．篷舱(夜)

篷舱顿时燃起熊熊大火。

60. 河汊岸上（夜）

拱北由衷赞叹："好样的！"

61. 篷船首（夜）

在篷舱大火的映衬下，何咏烈跳上岸去。

62. 黄浦江河汊（夜）

夜幕下篷船全船大火。

63. 河汊岸上（夜）

拱北率何咏烈、徐宝德摸黑鱼贯而行。
何咏烈回眸河汊。

64. 黄浦江河汊（夜）

远景。篷船还在燃烧着。

第三十一集　江阴海战　袭击"出云"

1. 江阴阻塞线（日）

远景。江天一派阴沉。"平海""宁海""应瑞""逸仙"四主力舰并"海容""海筹"等，守卫在阻塞线上。

画外音：正当袭击"出云"的各项准备工作紧张有序地秘密进行之际，江阴阻塞线上却传出断肠的战地之声。极端弱势且毫无空军支援的中国海军，以忠骨为钢、丹心为铁，对抗气焰熏天的日本空军整整40天，惨烈地演绎出一场场震撼中外的海空大喋血。

画外音止。

2. 日本"加贺"号航母（日）

舰载机一架接一架起飞。叠出字幕："加贺"号

3. 上海公大机场（日）

日本第二联合航空队飞行员奔向军机。字幕：上海公大机场

军机一架接一架升空，远去。

4. 江阴阻塞线（日）

画外音：从1884年甲申海战（即马江海战），到10年之后的甲午海战，中国海军注定在血海中死，也在血海中生！时隔43载，我们死而复生的海军，在江阴阻塞线上抵抗绝对优势的日本空军，饱受它大编队、多批次机群重磅炸弹的轮番攻击，又会有怎样的宿命呢？1937年9月22、23日"平海""宁海"两姐妹舰的苦斗就是血的

答案。

画外音止。

江阴阻塞线上，舰队拉响警报，声彻江天。

字幕：1937年9月22日

5. "平海"旗舰（日）

桅杆上悬着海军中将司令旗。

字幕："平海"旗舰

警报声中，中士张郎惠、下士谢道章、列兵王云吉、列兵黄顺忆等（皆实名字幕），急急爬梯登上舱面；

二等兵郑礼湘、帆缆中士严祖冠、枪炮上士张玉成等（皆实名字幕），奔赴舰尾各自的战位；

高炮见习指挥孟汉霖少尉、列兵郑春香等（皆实名字幕），朝舰首奔去，在司令塔前的1号高炮就位；

高炮见习指挥高昌衢少尉、枪炮上士陈得贵等（皆实名字幕），奔向舰中，在烟囱后方的2号高炮就位；

高炮见习指挥刘馥少尉、炮长汪炳炎、一等炮兵周绍发、上士欧阳顺（皆实名字幕），奔赴后望台后方的3号高炮就位；

舰尾，弹药输出口的传送带正在传送炮弹和药包，军需官叶宗亮（实名字幕）正严密审视着。

6. "平海"露天舰桥（日）

第一舰队司令陈季良中将、"平海"舰长高宪申上校、"平海"副长叶可钰少校（皆实名字幕）站在罗经前。

陈季良抬头望了望天空不断飘洒的小雨说："小雨，视野极差！"

高宪申、叶可钰会心地点头。

7. "宁海"巡洋舰（日）

警报声中仰摄桅杆上的高角望远镜。

字幕："宁海"巡洋舰

第三十一集　江阴海战　袭击"出云"

8. "宁海"舰桥指挥室（日）

舰长陈宏泰上校、副长甘礼经少校、航海官林人骥中尉等（皆实名字幕），镇定地面对即刻到来的生死恶战。

陈宏泰舰长："命令，'宁海'立即进入一级战备！"

9. "宁海"舱面（日）

六门76毫米高射炮位进入一级战备，十架7.7毫米高射机枪进入一级战备，枪炮官兵们都在各自的阵位上严阵以待。其中，前段高射炮指挥陈惠中尉、后段高射炮指挥陈嘉梓上尉、枪炮官刘崇瑞中尉、高射机枪见习指挥孔繁均少尉、枪炮军士长林树椿少尉、枪炮副军士长陈耕炳准尉、枪炮上士陈永相、上士陈金魁、下士任积兴、一等兵林桂尧、二等兵董小文、三等兵刘志成12人皆实名字幕。

10. "宁海"轮机舱（日）

轮机长姚法华少尉、一等轮机兵郑迪柏、二等轮机兵何体育、三等轮机兵郑守钰、轮机兵江铿惠等（实名字幕）皆一级战备。

11. "宁海"弹药舱（日）

二等兵叶民南、运药员高景钰、运药员任庆鎏等（实名字幕）皆在一级战备状态中。

12. "宁海"后段高射炮位（日）

中共秘密党员、1924年烟台首个党小组成员、"宁海"舰总枪炮官曾万里（实名字幕）进入镜头。

曾万里见众官兵严阵以待，满意地点头，又问高射炮见习指挥孟汉钟少尉（实名字幕）："你弟弟孟汉霖在'平海'旗舰，是吧？"

孟汉钟："是的。"

曾万里："好啊，打虎亲兄弟！努力抗战！"

孟汉钟："学生一定努力！"

13. 江阴阻塞线（日）

日本机群降低高度到达我舰队上方的攻击阵位。

"平海""宁海""逸仙""应瑞"四主力舰，以十几门高射炮和二十余架高射机枪构成对空火网。

敌机群水平轰炸，投弹二十多颗。

"平海""宁海"之间红光、巨响，水柱成屏，遮住整个"平海"舰。

14. "平海"2号高射炮位（日）

2号高射炮位在烟囱后方。

见习指挥高昌衢少尉、枪炮上士陈得贵（实名字幕）等官兵，正在各自的阵位上对空作战。

火光、巨响，炸弹在炮位上迸裂。

枪炮上士陈得贵当即牺牲，其余炮兵皆受伤。

高昌衢少尉急忙亲自操炮射击。

敌机机头喷出机关枪的火光。

高昌衢中弹牺牲。

15. "平海"3号高射炮位（日）

3号高射炮位在后望台后方。

炸弹飞来，炸开。

一等炮兵周绍发（实名字幕）左半臂炸飞。

周绍发挣扎起来，用半个左臂加右臂搭住瞄准器转柄，痛得痉挛。

见习指挥刘馥少尉（实名字幕）过来："周绍发，坚持一下，等补充兵接替！"

周绍发："我……我痛极了！"

刘馥理解而难过地点点头，但随即便坚定地指指瞄准器，示意继续作战。

周绍发咬着牙把眼睛对准瞄准盘。

特写：鲜血从瞄准盘汩汩流下。

画外音：一等炮兵周绍发献出最后一滴血。他既无遗言也无遗照，留下的只有中国海军士兵的忠诚！

第三十一集　江阴海战　袭击"出云"

16．"平海"右舷（日）

敌机又一波投弹。

高射机枪手头部负伤，鲜血披面。

二等兵郑礼湘（实名字幕）冲向高射机枪，途中中弹。

特写：郑礼湘腿肚被弹片削去，露出白骨。

郑礼湘艰难爬向高射机枪，终于握到枪柄，却中弹捐躯。

帆缆中士严祖冠（实名字幕）冲上来，掰开郑礼湘的手："兄弟，我来打！"

严祖冠手扣扳机，正要击发，中弹牺牲。

严祖冠至死保持着对空射击之姿，俨然一尊雕塑。

画外音：这是中国海军军人前仆后继的形象，屡败屡战的形象，战斗不止的形象，虽死犹生的形象啊！

17．"平海"前左甲板（日）

炸弹落下炸开。

18．"平海"露天舰桥（日）

舰长高宪申上校（实名字幕）腰部受伤倒地。

水兵甲、乙赶来抬他。

高宪申推开水兵："我不下去！快，找绷带来！"

水兵甲飞奔而去。

高宪申命水兵乙："扶我坐起指挥！"

水兵甲拿来绷带，包扎好高宪申的腰部。

高宪申："你们快去打，不用管我！"

水兵甲、乙犹豫。

高宪申喝令："快去！"

水兵甲、乙："是！"

19．"平海"1号高射炮位（日）

日机群继续投弹，投在司令塔前的1号高射炮位。

见习指挥官孟汉霖少尉（实名字幕）等官兵奋勇抵抗。

孟汉霖一面装弹一面高呼："狠狠打！"

一名高射炮手受伤倒地。

孟汉霖亲自操炮。

孟汉霖头部中弹牺牲。

画外音：江阴海战前夕，孟汉霖曾捎信给胞兄孟汉钟说："在此抗战以争民族生存之际，每个人皆应抱定决心为国牺牲……汉霖将以热血遍洒'平海'及江阴。"孟汉霖一言九鼎，说到做到！他才19岁啊，他以如此年轻的生命，如此灿烂地诠释了中国海军军官的品格！

画外音止。

"平海"上空，敌机群被火网驱走。

20．江阴阻塞线（夜）

"平海""宁海""应瑞""逸仙"等舰灯光稀疏，影影绰绰。

21．"平海"舷边（夜）

官兵们肃立致敬。

担架上，孟汉霖、高昌衢、严祖冠、郑礼湘、周绍发的遗体覆着白布，由远而近缓缓走来。

刘馥少尉两眼含泪。

刘馥内心独白："汉霖啊，昌衢啊，你俩和我，还有'宁海'舰的孔繁均并汉霖胞兄汉钟——我们五人当年一道进入马尾海校第五届航海班。从十二三岁起我们同窗八年零四个月，在苦练和淘气中长成以报国为己任的海军军人。记得吗？1934年冬毕业之时，30名学友同去僻静的葫芦岛，眺望闽江五虎礁。众人高唱抗日歌曲，群情悲愤，汉霖和昌衢更激动得两度相拥而泣！今天，你们已经为抗日而牺牲了，你们的未竟之志，我们当仁不让，只要一息尚存，必定杀敌不止，杀敌不止！走好，汉霖！走好，昌衢！走好，严祖冠、郑礼湘、周绍发！"

刘馥内心独白中，五具担架走过刘馥身边，走向舷梯口。

刘馥内心独白止。

刘馥热泪滚滚落下。

第三十一集　江阴海战　袭击"出云"

22．江阴阻塞线（日）

天色渐明。

朦胧的晨曦笼罩着依然停泊在江面上的"平海""宁海""应瑞""逸仙""海容""海筹"等舰。

字幕：1937 年 9 月 23 日

23．"平海"旗舰（日）

桅杆上依旧悬着海军中将司令旗。

指挥室里，第一舰队司令陈季良（实名字幕）通过播音器训话："官兵们，战前我曾说过，军人首先必须忠于职守，勇于从战，在陆上有马革裹尸的雄心，在海上有葬身鱼腹的壮志。昨日长达六小时的海空大战，我将士个个争献一己之命，以延中华民族之年，其义其烈日月可鉴。今天敌机群必会继续集中攻击我'平海''宁海'姐妹舰，战术上也很可能一改水平轰炸为更凶狠有效的俯冲轰炸。我舰队全体将士要坚守气节，不惜战至最后一兵，最后一弹！季良是主帅，头可断，身可裂，决不降下司令旗！季良必与众袍泽同生共死，忠勇效命，迎接新的恶战！"

24．江阴阻塞线（日）

陈季良的训话在舰队上空回荡："忠勇效命，迎接新的恶战！迎接新的恶战！……"

25．"平海"3 号高射炮位（日）

副长叶可钰（实名字幕）指示刘馥少尉并汪炳炎炮长、曾光荣、张国华、郑春香等官兵（实名字幕）："早上，陈季良司令的训话，大家都领会了吧？"

刘馥等："领会了！不惜战至最后一兵，最后一弹！"

叶可钰："很好，舰上各处，我听到的，都是同样的誓言！这是旗舰的誓言，也是我叶可钰的誓言。高宪申舰长伤重，我代行旗舰舰长之职，我必率全体官兵，兑现旗舰的誓言！"

刘馥："副长，昨天战斗，我炮位已耗去一半弹药；今天敌方必然来势更凶，我们能得到足够的补充吗？"

叶可钰："足够的补充？不可能啊！全舰只剩 360 发高射炮弹和少量的高射机枪弹了，新补的空炸榴弹只有 100 枚嘛。"

汪炳炎："一旦打光了怎么办？"

叶可钰："可将空炸榴弹、穿甲弹甚至照明弹混合使用，力求维持火网，不让敌机钻空子。这就算办法了，你们都明白了吗？"

众人："明白了！"

叶可钰注意到刘馥："刘馥，你在想什么？"

刘馥："学生在想，抗战的决心就是最后的炮弹！什么都打光了，拼的正是决心，无论如何也要叫敌人付出代价！"

叶可钰："好样的！"

26. 上海公大机场（日）

字幕：上海公大机场

日本第十二、十三航空队数十架舰爆、舰战、舰攻、陆攻机起飞。

27. 日本"加贺"号航母（日）

字幕：日本"加贺"号航母

数十架舰爆、舰战、舰攻机升空。

28. 江阴阻塞线（日）

画外音：1937年9月23日下午，逾80架日本舰爆、舰战、舰攻、陆攻机，加大力度狂炸江阴阻塞线。我舰队鼓勇决战，击落敌机7架，各舰官兵伤亡近百名，在中国海军抗日史上留下了血写的"九二三"战斗之称。

画外音中，敌机群飞临我舰队上空，声震江天。

空中，敌机群俯冲投弹，机枪向下狂扫。

江上，我舰队高射炮、高射机枪织成密集火网。

一架敌机堕落江中。

29. "平海"旗舰（日）

数十架日机编队围攻"平海"，俯冲轰炸，机枪扫射。

"平海"舰首、舰中、舰尾共三门76毫米高射炮及四架7.7毫米高射机枪对空还击。

日机编队被打散。

第三十一集 江阴海战 袭击"出云"

一架日机在"平海"左前方中弹堕江。

30. "平海"3号高射炮位（日）

又一队日机俯冲投弹攻击炮位，

刘馥指挥官兵击伤其中一架；

日机群再次俯冲轰炸，

又一架日机中弹堕江；

官兵们兴奋得一时忘了射击，

日机趁机连投四枚近失弹于"平海"舰旁江水中；

"平海"舰被震波震离江面又重重落下，

敌机俯冲，机枪狂扫。

一名士兵冒着弹雨冲到刘馥身边，情急大叫："报告刘少尉，左舷1号高射机枪枪管打红了，枪架纵轴震坏，射不了啦！"

31. "平海"左舷1号高射机枪位（日）

上士欧阳顺（实名字幕）正在弹雨中抢修。

刘馥赶到："怎么样？！"

欧阳顺："还没修好！"

高射机枪手："没有枪架怎么办？！"

刘馥不假思索，双手捧起发红的枪身："我就是枪架！"

高射机枪手吃了一惊。

刘馥大叫："快打！快打！不能叫敌机钻进火网缺口！快！"

高射机枪恢复射击。

刘馥咬紧牙关，烫得大汗如雨。

欧阳顺加紧抢修。

刘馥忍痛坚持。

高射机枪手狠狠射击。

欧阳顺画外音："修好了！修好了！刘少尉松开手！松开手！"

刘馥不放心："真的好了？！"

欧阳顺抢到刘馥面前："快松开手！"

刘馥这才松开手。

特写：刘馥的手已经烫得血肉模糊。

32．江阴阻塞线（日）

日机群继续轮番俯冲轰炸。

"平海""宁海""应瑞""逸仙"等舰继续交织火网。

又一架日机堕落。

33．"平海"旗舰（日）

16架舰攻、舰爆机对"平海"发起又一波集中攻击。

"平海"顽强反击，再次击落敌机。

画外音："平海"，这艘出自上海江南造船所的国产优质巡洋舰，这艘1937年4月1日早晨8点才正式升旗入役的中国最新主力舰，这艘任凭翻江倒海天崩地裂依旧傲视倭寇搏杀到底的中国旗舰，在拼光了所有防空炮弹乃至照明弹之后，终于英雄末路，虽败犹胜。它遍体鳞伤的青春之躯慢慢倒下，依偎着它深深爱恋的母亲河，陪葬的是刚刚被击落的又一架敌机。它值了！值了！

画外音中出现以下画面：

"平海"尾部中弹，火光熊熊，黑烟滚滚。

一架敌机中弹，从空中翻滚堕下（慢动作），溅起一团四射的强光。

画外音止。

34．江阴阻塞线（日）

画外音：日本机群主攻的第二大目标就是"平海"的姐妹舰"宁海"。

画外音中出现以下画面：

七十余架日机黑压压地飞临阻塞线，降低高度，抵达攻击阵位。

日机群向"宁海"发起第一波俯冲攻击。

"宁海"以密集火网抗击。

两架日机相继坠落。

十余小队日机发动第二波攻击，低飞俯冲投弹。

35．"宁海"舰桥指挥室（日）

"宁海"上校舰长陈宏泰（实名字幕）："命令，全舰高射炮专射高位日机，高射

第三十一集 江阴海战 袭击"出云"

机枪改为平射，抗击日机低飞俯冲！"

36．"宁海"舱面（日）

前段三门呈品字形布置的高射炮、后段同样布置的三门高射炮，猛射高位日机。

分布舱面各处的10架高射机枪，平射低飞日机。

37．江阴阻塞线（日）

一架高位日机坠下。

一架低飞俯冲日机坠下。

其余日机继续倾泻弹雨。

炸弹激起水柱高过"宁海"桅杆。

38．"宁海"舰首（日）

炸弹落下，炸开。

39．"宁海"舰桥（日）

左右甲板相继中弹，浓烟滚滚。

40．"宁海"舰桥指挥室（日）

航海仪器仪表在舰身剧烈震动中震碎。

中尉航海员林人骥（实名字幕），半个头炸飞，倒在指挥室舱口，血浆满地。

上校舰长陈宏泰、少校副长甘礼经（皆实名字幕）等军官个个镇定自若。

陈宏泰舰长继续指挥："注意，有两个机群分别逼近我舰左、右舷！"

41．江阴阻塞线（日）

两机群夹击"宁海"左、右舷，俯冲轰炸，倾泻弹雨。

42．"宁海"巡洋舰（日）

快动作显示轰炸结果：

水兵甲奔上舰桥指挥室："报告，全舰电话不通！"

水兵乙奔上舰桥指挥室："报告，无线电发报机坏！"

水兵丙奔上舰桥指挥室："报告，机舱进水！"

水兵丁奔上舰桥指挥室："报告，水兵舱大火！"

水兵戊奔上舰桥指挥室："报告，炮弹快用完了！"

43．江阴阻塞线上游江段（日）

画外音：鏖战一个多小时，"宁海"重伤右倾，奉命向上游转移。

画外音中，日机群跟踪轰炸、扫射。

44．"宁海"左舷（日）

高射机枪少尉见习指挥孔繁均（实名字幕）正指挥上士陈永相、二等兵董小文、三等兵刘志成（皆实名字幕）抗敌。

炸弹爆开。

董小文、刘志成当场牺牲。

孔繁均翻身爬起，抓住机枪："上士陈永相继续装弹！"

陈永相满脸披血，带伤坚持："是！"

孔繁均狠狠射击："该死的毒蜂！该死的毒蜂！"

陈永相大呼："拍死他们，拍死他们，为弟兄们报仇啊！"

45．"宁海"前段炮位（日）

枪炮准尉副军士长陈耕炳（实名字幕），号令发炮。

弹片横飞，陈耕炳及炮手阵亡，枪炮兵半数受伤。

一等看护兵韩亨端（实名字幕）赶来给伤员包扎。

韩亨端裹好伤员，起身："弟兄们，我还有伤员要救！"便拾起急救包，冒着机枪弹雨奔跑而去。

前段高射炮中尉指挥陈惠（实名字幕），迎着韩亨端跑来。

韩亨端中弹倒地。

陈惠扑上去："韩看护！韩看护！"

韩亨端微微睁眼，吐出最后几个字："伤员……伤员……"气绝身亡。

陈惠合上韩亨端的双眼，向他敬了个礼，扑向炮位。

第三十一集　江阴海战　袭击"出云"

46. 江阴阻塞线上游江段（日）

日机群咬住行动迟缓的"宁海"舰投弹不止。

"宁海"奋力抵抗。

两架日机相继中弹坠江。

47. "宁海"舱面（日）

少校总枪炮官曾万里奔上舰桥指挥室。

48. "宁海"舰桥指挥室（日）

中士陈秉香（实名字幕）沉着操舰。

曾万里进来："陈舰长，我舰枪炮官兵已死伤过半，前段高射炮指挥陈惠中尉、后段高射炮指挥陈嘉梓上尉均受重伤。"

上校舰长陈宏泰："命令，全体勤杂士兵补入炮位！"

曾万里："是！"

49. "宁海"舱面（日）

曾万里由舰桥指挥室飞快下到舱面。

50. "宁海"舰桥指挥室（日）

指挥室左舱口中弹。

陈宏泰舰长左腿被弹片击伤，血流如注。

左右人等忙来搀扶。

陈宏泰用手支在指挥台上："不要紧！"

少校副长甘礼经（实名字幕）急令士兵："快叫医官来！"

陈宏泰昏迷。

医官赶到："甘副长，陈舰长伤势很重，须立即进救护室！"

甘礼经副长："一等兵施典、二等兵张再裕（皆实名字幕），你们两个抬陈宏泰舰长去救护室！"

施典等："是！"

甘礼经接替指挥："后段炮位注意，舰尾方向还剩三架敌机必须驱散！必须驱散！"

51．"宁海"后段炮位（日）

少尉见习指挥孟汉钟、少尉枪炮军士长林树椿、上士炮手陈金魁、下士任积兴、一等兵林桂尧、二等兵张再裕等（皆实名字幕）与三架敌机周旋。

陈金魁、任积兴、林桂尧阵亡。

孟汉钟咬牙切齿："汉霖的血债还没偿还，又欠三条！"

勤务兵张其标（实名字幕）："报告孟少尉，开花弹、穿甲弹都打光了，只剩两颗照明弹！"

孟汉钟："快去弹药舱报告曾万里少校！"

张其标："是！"

52．"宁海"弹药舱（日）

舱中积水齐腰。

曾万里指挥众水兵搜捞炮弹。

水兵们搜捞无果，朝曾万里投出失望的眼光。

曾万里："大家不要灰心，总会找到一两颗的！"便指示二等兵叶民南（实名字幕）："仔细搜索你身后那个角落！"

叶民南转身在水中摸来摸去，忽然兴奋大叫："有了有了，有一颗炮弹！"

曾万里："好样的，叶民南，你立功了！"

53．江阴阻塞线上游（日）

三架敌机正追杀"宁海"。

其中一架机尾被击中。

两架敌机护着机尾受伤的那架敌机逃逸。

江面归于平静。

夕阳西下。

重伤的"宁海"缓慢地朝火球般的夕阳深处驶去，变成火球中心模糊的一个小影子。

画外音："宁海"不愧为"平海"妹舰，它以血性的抗争和崇高的牺牲相随到力竭，终于化作夕阳的一道余晖，迸射出它最后的灿烂！

画外音止。

第三十一集 江阴海战 袭击"出云"

于无声处，江水悠远。

54. 上海枫林桥海军制雷工场（夜）

拱北匆匆向场部走去。

荣官迎上："这么晚才回来?！吃过饭没？"

55. 枫林桥雷场场部（夜）

拱北在微弱的灯下打开饭盒："哇，好香啊！"便欲开吃。

荣官递上水："别别！先喝口水润润嘛，不渴吗？"

拱北猛喝几口："饿狠了，倒不觉得渴了。"

荣官："怎么不在特别行动队那儿吃一点呢？"

拱北："我去突击检查临战状态，哪能事先通知备饭？完后又去了布雷培训班，人家以为我已经吃过了。——两头都搭不上，只好挨饿。反正，只要你在，我半夜三更也不愁没有热饭吃，何况这才11点多嘛，嘿嘿！"便狼吞虎咽起来。

荣官坐在对面看着，憨憨地笑道："看把你饿得！这要是小时候，大奶奶又该数落了：'什么样子啊，早晚变狼！'"

拱北："还真给说中了！如今，我果然长出狼心，变成狼了！"

荣官："瞧你说的！"

拱北："我不瞎说。日本鬼子只别掉在我手里，否则看怎么活撕了他！9月23日'平海''宁海'完了，25日'逸仙''建康'也完了，虽然击落击伤敌机四十余架，但中国海军再无主力舰可言了。好恨啊！"

荣官："真恨死了，单等炸沉'出云'吐一口恶气！特一、特二号视发水雷造好之后，天天检查保养，时刻待命，巴不得立马运出去炸！"

拱北："特别行动队那边十个队员，也是个个摩拳擦掌的，我对他们很有信心。"

荣官："前不久才来的水鬼何咏烈、徐宝德跟得上吗？"

拱北："岂止跟得上？那可是顶尖的水鬼！尤其何咏烈，天生的军人，天生的海军坯子！我算找对了！"

荣官："前两天他们来这里看特攻一号、特攻二号水雷。哥儿俩一个冷冰冰，一个暖烘烘，正所谓相反相成呢。"

拱北："你呀，厚道人厚道话。石峻就说过，要你学不厚道都难。"

荣官："也不知石峻怎样了？我真不敢多想！"

拱北："我只知道他防守阻塞线，但不在最前沿。"

荣官："果然的话，那石峻大概没有参加22日、23日和25日的战斗，或许不久便可报平安吧？"

拱北若有所思："说不准啊！"

56．上海纪宅客厅（夜）

安丽与翠翠黯然枯坐灯下。

挂钟指向12点。

翠翠："上楼歇息吧，安丽！这几天，你嘴上虽不说什么，可一会儿掉筷子，一会儿磕碗碟的，总是神不守舍。听翠翠一句劝：不管多牵挂石峻，你都该打起精神来！大奶奶疼石峻胜过己出，已经够焦虑的了，你可不要给她添堵啊！"

安丽点头。

57．上海纪宅安丽卧室（夜）

安丽辗转反侧。

安丽喃喃自语："峻哥，你在哪里？你平安吗？"

安丽终于入睡。

58．上海纪宅楼梯口（夜）

石峻身穿海军少校秋装在楼梯口向上喊："安丽！安丽！"

59．上海纪宅安丽卧室（夜）

安丽惊醒，冲出卧室。

60．上海纪宅楼梯（夜）

安丽奔下楼去。

61．上海纪宅客厅（夜）

安丽喊着："峻哥！峻哥！"冲进客厅。

石峻张开双臂："安丽！"

安丽扑向石峻。

第三十一集　江阴海战　袭击"出云"

石峻隐去。

62．上海纪宅安丽卧室（夜）

安丽惊醒。

安丽侧耳听听屋外，满心狐疑和侥幸："也许峻哥真的来了！"

63．上海纪宅楼梯（夜）

安丽打开壁灯下楼。

64．上海纪宅客厅（夜）

安丽打开客厅的灯。

客厅里空空如也。

安丽环顾客厅。

墙上挂钟指向3点。

安丽彻底失望，扑倒在沙发上伤心啜泣。

65．枫林桥雷场场部（日）

拱北擦好第二把手枪，瞄了瞄，一齐收进身边的抽屉里。

唐少尉并李点点出现在门边："纪舰长！"

拱北抬头："你们回来了！进来坐下说！"

唐少尉、李点点坐下。

拱北："侦察结果怎么样？"

唐少尉："'出云'舰仍旧泊在浦东公和祥码头前方的二号浮筒处，没有移防的迹象，我换了三个新面孔继续监视。特一、特二雷秘密下水点，是李点点去的；他人小鬼大，挺机灵，我只在一段距离外戒备。"

拱北："李点点，你说说看！"

李点点："我装作野孩子四处转悠，从外围流动哨的暗示中知道附近无敌特后，才去瑞镕船厂附近'玩'的。我边走边'玩'，最后来到靠'出云'最近的那座小废坞，也就是特一、特二的下水点。我在那里借着抓青蛙，观察得很仔细，没有可疑的动静。"

拱北："好，小不点进侦察组后果然长进了不少，好好干！"

李点点受宠若惊，起立敬礼："是，李点点一定好好干，为国效命，为兄报仇！"

66．上海枫林桥海军制雷工场（日）

霍少尉带领运雷组共 10 人，何咏烈带领水鬼组共 10 人，鱼贯走向场部。

唐少尉并李点点由场部出来与何咏烈等擦肩而过。

李点点一脸崇拜，忍不住碰碰唐少尉："唐少尉，你看那何叔样子多悍，怪道外号叫作'龙王干儿'呢！——可就是不爱搭理人，我有点怵他！"

唐少尉："一人一脾气嘛。别看他年过 40，可水下功夫了得，水鬼们没有不服的。"

李点点："哦，所以来不多久就当头了。"

唐少尉："亏了我们纪舰长慧眼识人，换了个有眼无珠的，真金放在面前也不识啊！"

李点点："纪舰长是挺厉害的，他那双眼睛……"

唐少尉："好了，别说了，快点走，时间不早啦！"

李点点："还回老地方吗？"

唐少尉："刚夸你机灵就犯傻了！——老面孔出现在老地方，容易被敌特识破啊！你跟我去执行新的任务吧，走！"

67．枫林桥雷场场部（日）

20 名特别行动队员站满一屋，前面是运雷组，后面是水鬼组。

拱北行军礼："特别行动队的运雷组和水鬼组今天会合了。现在我宣布：海军部长陈绍宽获悉日本上海派遣军司令官松井石根及第三舰队司令官长谷川清连日在'出云'舰开会的确切情报，随即指示我特别行动队于 9 月 29 日用水雷袭击'出云'。经研究，袭击行动定于 29 日凌晨两点潮水最低时发起。这是命令！"

众人："是！"

拱北示意众人在条凳上坐下："刚才得到情报，'出云'舰仍停泊在浦东公和祥码头前 2 号浮筒处，无移防迹象，而我特一、特二雷的秘密下水点也无异常。据此，我行动队原订的作战方案不变。下面，我要强调几点。霍少尉！"

霍少尉起立："在！"

拱北："今夜 11 点，你率运雷组按既定路线，将特一、特二运达浦东秘密下水点。运雷线路上已布下便衣武装，如遇不测，运雷组要不惜一切护雷、运雷，但不准轻易开火！明白吗？"

第三十一集　江阴海战　袭击"出云"

霍少尉："明白！"

拱北："到达下水点跟水鬼组交接完毕，运雷组必须尽快各自择道分散返回，不得走来时之路；如遇敌特跟踪必须甩掉或秘密除掉，以免暴露我工场！"

霍少尉："是！"

拱北："荣工程师正在特一、特二存放处等候你们，你们这就去吧，他自有安排的。"

霍少尉："是！"遂率运雷组离开。

拱北即唤："何咏烈！"

何咏烈起立："在！"

拱北："何咏烈，你们接过特一、特二后，必须把它们连接起来。下水时，八名水鬼对分，每四人推一雷，剩下的第九名水鬼负责牵引300米长的电缆，直至到达阵位。"

何咏烈："是！"

拱北："假设特一、特二成功通过'出云'的水下防护网，则你们应及时撤离，由我在下水点合闸引爆，这算理想的完胜。假如你们在防护网处被发现，则应将两雷留下，由我提前引爆，这至少能像8月中旬中国海军鱼雷艇攻击'出云'一样，震撼敌人，鼓舞士气。其余设想，早已推演过多次，不再一一强调了。何咏烈，你在水下要大胆指挥，当机立断，一切责任我负！"

何咏烈："是！"

拱北："下面，要从10位接受培训的水鬼之中，确定9名参战者。何咏烈，你认定应该淘汰谁？"

何咏烈不假思索："阿三。"

拱北："为什么？"

何咏烈："阿三的功夫不输给任何兄弟，可动不动就打喷嚏……"

众人哄笑。

何咏烈："今天早上又打开了！"

阿三尴尬，嗫嚅道："我又不是故意的，也没有天天打，一时一时，没个准……"

拱北示意何咏烈坐下："正因为没个准，又忍不住，所以我决定阿三下来！"

阿三一脸懊恼："我弟弟在高昌庙海军警卫营效力，我做哥哥的应该比他强嘛！"

拱北："阿三虽被刷下，但他一贯刻苦训练，艺高胆大，抗日精神同样可嘉。我代表特别行动队向阿三致敬！"遂向阿三郑重敬礼。

阿三受宠若惊，不知所措，邻座水鬼拱他一下，才慌忙起立，结结巴巴表示："阿……阿三……阿三抗战到底！"

众人热烈鼓掌。

68. 上海枫林桥海军制雷工场（夜）

荣官领着便衣沙上士匆匆走向场部。

69. 枫林桥雷场场部（夜）

拱北从抽屉中取出双枪插在衣服里。

沙上士进屋站定，向拱北行军礼："报告纪舰长，我是沙上士，从江阴来。"

拱北立时仿佛被戳了一刀，怔了一下，哑着嗓子道："你是来送遗物的！"

沙上士："石峻少校是9月24日晚，临时从'应瑞'舰调到继任旗舰的'逸仙'号上助战的。9月25日上午，16架敌机猛攻'逸仙'，'逸仙'在击落两架敌机后被炸沉了。石峻少校英勇抗战，腹部中弹，当时我在场……"

化入鏖战中的"逸仙"舰。石峻倒在处处血火的甲板上，眼望着沙上士，吃力地抬手指指胸口便牺牲了。化出。

沙上士："舰队司令陈季良知道石峻少校是纪舰长的结拜兄弟，特地派我把藏在石峻少校胸口的遗物送来。"说着便捧出遗物。

石峻遗物特写：两粒龙眼核、两粒小彩粽。

拱北痛苦得双拳痉挛。

拱北内心独白："石峻啊，我的生死兄弟！我起誓：只要我一息尚存，只要我还能造出一颗雷、派出一个兵，日本鬼子就休想在中国的江河湖海上逍遥自在不付代价！我要他们粉身碎骨，魂飞魄散，以解心头之恨！"

拱北内心独白止。

特写：拱北目露凶光，满脸杀机。

70. 上海枫林桥海军制雷工场（夜）

9名水鬼肃立待命。

拱北一声令下："出发！"

第三十一集　江阴海战　袭击"出云"

71. 黄浦江 2 号浮筒处（夜）

"出云"及环护的重重铁驳船和小火轮，构成一座坚固的水上堡垒，舰上探照灯强光四射，舰旁巡逻艇来回穿梭。

72. 秘密下水点（夜）

拱北轻声发出命令："下水！"

何咏烈、徐宝德等 9 人将业已连为一体的特一、特二雷，从废坞中推放下水。

73. 黄浦江水下（夜）

一名水鬼牵引电缆，其余 8 名各以何咏烈、徐宝德为主，共推特一、特二雷朝"出云"潜去。

74. 黄浦江 2 号浮筒处（夜）

敌巡逻艇驶来。

75. 黄浦江水下（夜）

何咏烈示意停止推雷。

76. 黄浦江 2 号浮筒处（夜）

敌巡逻艇离去。

77. 黄浦江水下（夜）

何咏烈、徐宝德等继续推雷。
电缆不断向"出云"伸去。

78. 上海枫林桥海军制雷工场（夜）

荣官披衣在院中踱来踱去。

陈师傅经过："荣工，怎么还不睡？辛苦了这么久，特一、特二已经上了战场，你也该歇歇嘛，都两点多啦！"

荣官："歇了的，可偏偏睡不着！也不知成功没？"

陈师傅："放心吧，咱们造的雷好着呢！"

荣官："雷，我倒不愁，愁的是鬼子太鬼！"

79．黄浦江水下（夜）

特一、特二受阻于水下防护网。

一把剪子伸过来，张开，钳住网丝。

80．黄浦江2号浮筒处（夜）

"出云"舰哨兵察觉动静："敌人！（日语）"当即开枪。

警笛大鸣。

机枪大作。

巡逻艇、小炮艇纷纷赶来。

81．秘密下水点（夜）

拱北又恨又恼，狠狠合闸引爆。

82．黄浦江2号浮筒处（夜）

火光、巨响。

"出云"舰上乱成一团。

83．枫林桥雷场场部（夜）

荣官不安地寻寻觅觅，多余地平平这，整整那，最后坐到拱北床上自言自语："行动队员都陆陆续续平安回来了，独独拱北不见人影，可别遇到麻烦啊！"

84．上海南市一小街（夜）

三名日特持枪狂奔，经过街边一架垃圾车，一直奔到十字路口。

85．十字路口（夜）

日特甲操日语骂道："巴嘎，上当了，那个狡猾的支那人故意引我们到十字路口！"

日特乙、丙："怎么办？"

日特甲："笨蛋，什么'怎么办？'赶紧给我分头追！"遂指着乙："你，往左！"

第三十一集　江阴海战　袭击"出云"

又指丙："你，往右！"

日特乙、丙："是！"

日特们分头追赶，消失在十字路口。

86．十字路口后方（夜）

街边垃圾车里冒出一个脑袋。

镜头推成拱北头部特写。

拱北张望一下，跳出垃圾车，拼命往回跑。

87．十字路口前方（夜）

日特甲向前追了一小段，突然脚下一顿，急急刹住。

日特甲自言自语："又上当了，那家伙无影无踪，很可能藏在十字路口后方！"

日特甲随即掉头往回追。

88．十字路口后方（夜）

日特甲跑过垃圾车，发现撒落地上的垃圾。

日特甲恍然大悟，咬牙切齿："我一定要抓住他，杀死他！"

日特甲沿回头路狂追。

89．上海南市一陋巷（夜）

拱北在陋巷中东转西拐躲避追踪。

日特甲死死咬住穷追不舍。

拱北隐入一堵残垣。

90．陋巷残垣（夜）

日特甲追至残垣，吼道："出来！出来！"

一只手突然扼住日特甲的脖子，把他拉进残垣。

日特甲在挣扎中手枪落地。

镜头拉开，是拱北反守为攻，将日特甲压倒在地。

日特甲挣扎反抗，与拱北翻来滚去，殊死搏斗。

几个回合后，日特甲终于占了上风，压住拱北并掏出匕首。

匕首特写。

日特甲持匕首对准拱北胸口狠狠扎下。

说时迟那时快，拱北迅疾掐住日特手腕，拼出所有力气，将匕首转向了日特甲的胸口。

日特甲力竭而惧，松手跃起。

拱北持匕首翻起，占了上风。

拱北与日特甲对峙。

画外脚步奔跑声响起。

日特甲狂笑："哈哈哈哈，支那人你完了，快投降吧！"

拱北冷笑："投降？——你做梦吧！"

日特甲疯狂扑向拱北，抢夺匕首。

拱北从容应对，不使得逞。

日特甲第二次夺匕首又遭失败。

日特甲大怒，第三次夺匕首，竟因失去理智，扑在匕首尖上。

日特甲腹插匕首，嘴角流血，双目瞪直慢慢仰天倒下。

拱北直面日特甲的尸体，冷峻而又不失军人风度地说："你居然死于自己的刀下，可谓自作自受啊！带着你的匕首魂归日本吧，这里从来就不是你的家园！"言讫蹲下，伸手合上死者的双眼，然后起身迅速离去。

日特乙、丙探头探脑高度警惕地进来。

日特丙赫然发现日特甲之尸，失声惊叫："啊？！"

日特乙见状一跺脚："追！"

91. 上海南市一弄堂（夜）

东方泛白。

弄堂深处一家小小烧饼店店门开启。

店主出来准备生炉子。

拱北从弄堂口奔跑而来。

店主无意中望见拱北，立即警觉地盯着他的动向。

拱北奔到店主身旁停下。

店主本能地退后一步防范。

拱北："老板，请别误会！我遭日本鬼子追杀才……"

第三十一集　江阴海战　袭击"出云"

店主不等拱北说完，就推他进了门。

92. 烧饼店二楼（夜）

店主拿出一条长索说："先生，赶快从我店后窗逃走吧，天快亮了！"

拱北动情："搭救之恩，没齿难忘！请问尊姓大名？"

店主："千万别这么讲，我也是中国人啊！"

拱北一把握住店主的手："有你这样的中国人，中国不会亡，绝对不会！"

93. 上海枫林桥海军制雷工场（日）

天色全亮了。

94. 枫林桥雷场场部（日）

杨上尉、池中尉、唐少尉（均为工作服）及荣官在开会。

杨上尉："荣工的焦虑我很理解，我也一样忐忑不安。的确，特别行动队员统统回来了，担任指挥的纪舰长反而情况不明，这怎么办？——怎么办？我想，首先，大家要沉住气，再等一等，等一等！"

池中尉："杨上尉说得对，情况不明更要沉住气。但我想，我们不该干等，而要冷静地做些什么才好。该做什么呢？"

杨上尉："池中尉的问题非常积极！我已经考虑过了：第一，炸'出云'是惊天动地的事件，新闻很快就会传遍上海的大街小巷。所以——"他指向唐少尉，"会后，唐少尉，你要派李点点等人出去打听，注意有无相关消息可能牵扯到纪舰长的。"

唐少尉："是！"

杨上尉："第二，请荣工跟工场各班组骨干沟通好，一起稳定员工情绪，照常生产，保质保量加紧造雷。"

荣官："是！"

杨上尉："第三，明天，如果还没有纪舰长的音讯，我们就上报陈绍宽部长。我想，眼下最可行的应该就是这三件事了。"

众人连连点头。

杨上尉："其实，这三项应变措施，正是纪舰长预防不测，事先对我的交代。作为指挥官，他方方面面，无不周密，我们理当坚决服从，认真执行！"

池中尉、唐少尉、荣官一齐站起："我们一定服从！"

杨上尉："好，立即分头行动吧！"

杨上尉等走到门边，恰遇拱北进来。

众人喜出望外："纪舰长你可回来了！""这就好了！"

荣官不禁涌出泪来，又赶紧抹掉。

拱北："行动队的人都回来了吗？"

杨上尉："一个不少，全部安全回来了。我让他们洗热水澡，好好补一觉。——这会儿还没醒呢！"

荣官："纪舰长，想必你是遇到麻烦了吧？"

拱北："是啊，不过总算过去了！这次遭遇，更重要的还有今天下午和晚上的安排，都要等一会儿才能跟你们说。现在，我得先干干净净洗个澡，免得蓬头垢脸影响士气。"

众人："对对对！快去洗，快去洗！"

95．枫林桥雷场库房（日）

特别行动队、侦察组、工场员工依次列队，其中有何咏烈、徐宝德、唐少尉、李点点、陈师傅、叶师傅、商技术员、荣官等60人。

杨上尉："今天下午，攻击'出云'的特别行动队全体官兵、侦察组少数成员，以及我场部分员工在这里开会。现在，请纪舰长训话。"

拱北行军礼："大家辛苦了！从昨晚11点到今日凌晨，特别行动队用我场自制的特一、特二雷，袭击了日本'出云'号旗舰。在战火纷飞、日谍横行的上海，这次行动从运雷到下水到水下袭击，整个过程充满惊险，难以尽述；而此前的日日夜夜，我场员工为造雷克敌，付出多少心血、多少汗水，也非三言两语所能表达。但，这也只是小小的开端而已，更大的生死考验、更多的成败荣辱还在后面，在很长很长的抗战之路上等待我们去经历啊！

"至于此次战果，作为指挥官，我必须承认，尽管我们个个抱定必死的决心，突破了一道又一道封锁，可惜最后在距'出云'不及一百米处被发现了。为防敌人捞取二雷，致我特别行动彻底失败，我唯有就地引爆，别无选择。

"痛心吗？当然！但是绝不颓丧，也不该颓丧！理由很充分，那就是：袭击'出云'虽未克成功，然而，在江阴海战我主力舰悉数沉毁之后，这次行动却明明白白地向敌人，也向全世界宣告，中国海军一定会顽强地存在下去，中国海军军心无论如何都不会死！永远不会死！"

第三十一集 江阴海战 袭击"出云"

众人鼓掌。

拱北:"常言道'不以成败论英雄'。回顾谋炸'出云'的前后过程,我反而比任何时候都更以我们简陋的工场为荣、优秀的人马为傲。借此机会,我要向何咏烈表示敬意!由于他艺高胆大、沉着机敏的水下指挥,我们的水鬼组得以在敌人火力的高压下安全撤离,无一伤亡,这是多么不容易!"

众人鼓掌。

拱北向何咏烈敬礼。

何咏烈回礼。

拱北:"我还要向荣工程师致敬!荣工原是上海海军军械厂破格提拔的工程师,然而在我们这个尚无正式编制,不设工程师的工场,所谓荣工,那只是个没有待遇的空头称呼。但荣工程师却不计得失,甘之如饴,敬业精神,堪为表率啊!"

众人鼓掌。

拱北:"我尤感鼓舞的是小学徒李点点。李点点胞兄前不久牺牲在淞沪战场,但他能够克制悲伤,努力完成侦察任务。李点点还是个未成年的孩子,由此我更加坚信,我们的抗日大业不乏后继!官兵们,员工们,为了民族的尊严、国家的存亡,一起振奋斗志,打击倭寇,争取最后的胜利吧!"

96. 枫林桥雷场场部(夜)

拱北凝视着掌上石峻的遗物——两粒龙眼核、两粒小彩粽。

荣官进来:"两天惊险的连轴转,该歇啦!"

拱北:"你上夜班吗?"

荣官:"是啊,过来看看就走。"便指指遗物:"你是放不下这件事吧?"

拱北:"我很犹豫,不知什么时候把石峻的遗物交给安丽才合适。安丽终究是个女儿家,苦恋石峻那么多年,石峻牺牲对她打击委实太大了!"

荣官:"我已经想过了,为今之计,拖为上策,能拖多久,就拖多久。其实安丽不可能不怀疑,大奶奶他们也一样,只是谁也没有勇气开口追问石峻的音讯而已。我觉得怀疑的时间越长,思想准备就越充分,等你交出遗物时,才不至于晴天霹雳啊!"

拱北:"你的想法有道理,就这么办吧。"

荣官:"我上班去了,你一定要睡啊,明天照样要奋斗的!"

拱北点头。

97．上海枫林桥海军制雷工场（夜）

荣官走了几步回望场部。

场部的昏灯灭了。

荣官吐了一口气。

98．枫林桥雷场场部（夜）

拱北在床上睁着大眼喃喃自语："石峻啊，我千辛万苦谋炸'出云'，实指望报雪甲午旧仇、江阴新恨，结果却功败垂成，让国家失望，海军失望，也让你失望了！"

拱北涌出眼泪，猛地把脸埋进枕头，一只手狠狠捶床泄愤，一直捶到精疲力竭。

99．上海枫林桥海军制雷工场（夜）

下弦月在天边。

100．枫林桥雷场场部（夜）

拱北入眠。

过房娘二奶奶进来，轻轻走到拱北床边坐下，伸手爱怜地摸摸他的脸。

拱北睁眼，万分惊讶，一骨碌坐起："娘，路这么远，你怎么来了?!"

二奶奶："儿啊，娘不放心，多远都要来！"

拱北哽咽："娘，对不起，儿让你操心了！"

二奶奶："我的儿，江阴海战，你失去石峻；袭击'出云'，你功亏一篑；面对部属，你必须昂扬！娘能感觉，你的心在撕裂！儿啊，当着娘，你想哭就大声哭吧，哭出来会舒服些的！"

拱北一把握住二奶奶的手，泪光闪闪，却强压下去："娘，儿没事，真的没事！儿是军人，理应担当。未来也许更艰难，但儿能承受，也必须承受。儿不会让你失望，一定不会！你信吗，娘？"

二奶奶："信，当然信！那，娘这就回去了；你疲惫得很，快接着睡吧！"

拱北："娘，儿送送你！"

101．上海枫林桥海军制雷工场（夜）

二奶奶："儿啊，回屋歇息，不必再送了！"

第三十一集　江阴海战　袭击"出云"

拱北:"娘，山长水阔，你要多多保重啊!"便跪下叩头。

二奶奶画外音:"起来吧，我的儿!"

拱北抬头，只见二奶奶双手捧剑，高高举起。

叠印:1913年拱北过继时二奶奶授剑一幕。(参见第四集《过继兼祧　惊险登舟》第27节)

叠印毕。

二奶奶捧剑升起，越升越高。

剑在天幕下寒光四射。

102. 枫林桥雷场场部(夜)

拱北大叫一声"娘!"遽然坐起。

拱北定了定神，侧望窗外。

熹微的晨光照进场部，烘托出拱北依旧刚毅但却铸进了几分阴沉的脸。

第三十二集　拱北别妻　师俊牺牲

1. 上海纪宅大门内（日）

门铃响。

致远开门。

不速之客甲、乙闯进寓所。

致远追着他们急叫："妈，快来呀，快来呀！……"

2. 上海纪宅客厅（日）

致远拉扯不速之客甲："出去，出去，统统出去，这是我家！这是我家！……"

叶思静赶来，拉过致远，怒斥两名不速之客："你们是谁？不请自来！赶快出去，出去！"

不速之客甲："太太，不要误会，不要误会！阿拉有要紧事……"

叶思静："素不相识，再要紧的事也不该强闯民宅！马上给我出去！"

不速之客乙："太太不用怕！我伲是来看看你家有多少人，好帮你们……"

翠翠、安丽、纪慕贤赶来："什么事?！什么事?！"

致远："这两个人硬是闯进来了！还说要帮我们！"

纪慕贤右手插在口袋里，冷冷地问："你们要帮我们什么，还非得闯进来？"

不速之客乙："我们着急进来，看看你家有什么人特别需要船票！"

不速之客甲："我们有船票——外国轮船公司的船票，可以出手！"

纪慕贤依旧冷冷地说："我们家不需要船票，更没有什么人特别需要！"

不速之客甲："怎么不需要?！你们好糊涂啊，10月23日大场失守，接着，中国军队又放弃了北站到江湾的阵地，往苏州河南岸撤啦；这两天只有谢晋元和杨瑞符留在

第三十二集　拱北别妻　师俊牺牲

北岸四行仓库死守，其实也守不了多久啦！多少人争着搭外国轮船离开上海。怎么，你们不想走?!"

纪慕贤："走不走是我们的家事，不劳他人费心。"

不速之客乙看见正在走近的安祈、定远和大奶奶，便又试探："看你们一家老少妇孺，没有青壮男人，是吧?"

安丽怒形于色："我家有没有青壮男人也跟你们无干，你们到底想干什么?"

不速之客甲："刚才不是说了吗？我们可以帮你们弄船票，价钱嘛好商量……"

安丽："谁要跟你们商量?！莫名其妙嘛！"

不速之客乙："有的商量的！除了船票，你们空下来的房子，也可以商量的。我们先到楼上看看，好不好?"

翠翠大怒："休想！你们还赖上我们了！滚出去！滚！"

不速之客甲："小姐，样子斯斯文文的，怎么这样不客气?"便斜了不速之客乙一眼。

不速之客甲、乙伸手摸口袋。

纪慕贤呵斥："不准动！"

说时迟那时快，翠翠、安丽几乎同时用匕首指向不速之客甲、乙。

不速之客甲、乙大吃一惊。

不速之客乙："哎呀呀，两位小姐这样子防人，太过分了！"

纪慕贤："我们家这两个女儿，从小当男儿养，性子烈，不受欺。如今乱世，什么人都有，不能不防！你们赶紧走吧，这里没有你们想要的东西！"

翠翠、安丽做出威胁的动作："走！"

不速之客甲、乙："好好好，我伲走，我伲走！"

翠翠、安丽押着不速之客甲、乙出客厅。

纪慕贤在她们身后注视着，右手仍插在口袋里。

大奶奶坐下，满腹狐疑："那两个不速之客究竟何许人，如此无理?!"

思静侍立一旁也摸不着头脑："不知是鬼子、汉奸抑或想趁火打劫的瘪三？还说要帮我们！以为我们都是傻瓜！"

纪慕贤返回，从口袋中掏出手枪放到桌上，招呼翠翠等人："大家都坐下吧。"

安丽、翠翠放下匕首犹愤愤不已："无赖！""人渣！"

安祈："三伯，那两个家伙是不是所谓的黄牛党——票贩子?"

纪慕贤："果真是黄牛党，兜售一些票子也就罢了，怎么会死皮赖脸要上楼看房子呢?！我觉得，八成是假冒黄牛党，闯进私宅行探查之实。"

大奶奶紧张："探查谁?！拱北或荣官吗?！"

纪慕贤："大嫂勿忧。我猜测，只是间谍或汉奸针对上海未沦陷城区的抗日力量泛泛摸底而已。"

大奶奶："那该怎么对付呢？再来纠缠如何是好？"

纪慕贤："不必多虑，我们做我们该做的。"

大奶奶："该做什么呢？"

纪慕贤："上海守不了多久了。月初，拱北和荣官不是去了汉口十几天吗，我明白，那无疑是为工场内迁做准备嘛。所以，眼下，我们应该从容打点，整装待发，一旦拱北让我们去香港，即可迅速成行。"

大奶奶："香港落脚没问题吧？"

纪慕贤："田学长非常关照。他儿子的好友在九龙有房舍可以租给我们。落脚之后如何生活，前次已经说过了。安丽、翠翠你们可记得？"

安丽、翠翠会心地对视一眼，坚定地答道："记得！我们会做顶梁柱的！"

纪慕贤："很好！"便叮嘱定远、致远："这段时间，无论门铃怎么响，你俩都不要去开门。开门，由大人来做。知道吗？"

定远、致远："知道了，三叔公！"

3. 枫林桥雷场库房（日）

百十名员工齐聚库房。

拱北："官兵们，员工们：为了保存海军造雷实力，迎接未来的长江水雷战，这些日子，我等争分夺秒完成了内迁的各项准备；汉口那边的新场也已具备了开工条件，剩下的就是确定内迁人数了。可以毫不夸张地讲，我制雷工场人员以及布雷队员全都是精兵强将，最好通通带走。然而，由于经费严重短缺，我们的财务和总务虽百般筹措协调，仍无法满足设备和人员内迁的全部开支，唯有忍痛割爱，留下一些员工，日后再做打算。站在我面前的个个都是忠勇效命、共度时艰的好男儿，取谁舍谁，真是艰难的一次选择啊，希望大家谅解！"

众人或面面相觑或交头接耳。

突然，一个声音问道："自费内迁行吗？"

全场目光聚焦声源——尚未成年的李点点！

李点点："纪舰长，李点点请求自费跟你走！"

第三十二集　拱北别妻　师俊牺牲

一石激起千层浪，呼应之声随之此起彼伏："张力加请求自费！""董德学请求自费！""姜流自费！""韩光明自费！""陈大山自费！""金波自费！""武立吉自费！""倪发自费！""梁通自费！""麦子良自费！"……

拱北感动不已。

在连续不断的报名声中，拱北举手久久敬礼。

4. 上海纪宅客厅（日）

拱北、荣官与全家话别。

安丽："大哥，你们的员工不嫌工场一贫如洗，甘愿自费内迁，实在太深明大义，太让人肃然起敬了！"

拱北："与之为伍，我三生有幸，荣官也非常珍惜他们！"

荣官："是啊，有他们在，我们到哪儿都站得住脚。"

纪慕贤感叹："做人不怕穷，不怕难，怕的是无大义，无志气。你们能率这么好的一帮人马去抗战，亲人便千里话别，心思也不必沉重的。"乃笑对大奶奶："大嫂，你说是吧？"

大奶奶："三弟所言不差，何况我做了一辈子军眷，离离合合也惯了。"

慕贤又问："定远、致远，你们送别父亲会不会哭鼻子啊？！"

定远、致远："不会！"

致远："我们的父亲是去打鬼子的，我们不哭鼻子！"

定远："奶奶说过，送别军人不可以哭！哭，不吉祥！"

慕贤："好，好，这才是军人的后代！"

拱北："三叔、妈，今日一别，天各一方，须待我们在长江建立了自己的抗战基地，一家子才有望重聚。荣官和我想趁话别给两位大人行个大礼，表达我们多年的知恩之心；同时，也感激姐妹和妻儿给我们的安宁与支持。"

纪慕贤和大奶奶都微微颔首。

拱北、荣官于是起立。

思静等也赶紧起立。

拱北和荣官先走到纪慕贤座前跪下三叩头，接着又给大奶奶三叩首。

纪慕贤："好了，坐下吧。其实，你们努力抗战便是感恩长辈了！"

大奶奶点头。

拱北："三叔，侄儿还有些话对你说。"

大奶奶听了即率众人上楼去。

纪慕贤："有话只管说吧！"

拱北："三叔，侄儿深感愧疚，乱世之中不但未能尽孝，反以家小相累！"

纪慕贤："拱北何出此言?！你我既有叔侄之亲，更有袍泽之义，我还有家长之责；你不托家小于我，难道去托别人?！"

拱北："三叔……"

纪慕贤摆摆手："你还有石峻的事要说，对吧？"

拱北重重点头。

纪慕贤："石峻牺牲，我早已知晓；而且跟你一样，至今瞒着家人！"

拱北便掏出两粒龙眼核并两粒彩粽串："这是他贴身的遗物。"

纪慕贤感慨："石峻太可惜了！身世那么坎坷，还那么重情重义重担当！你想啊，他被下流的骗婚误了大好青春，而当绳索断开重获自由后，为了抗日，也为了对安丽负责，他却忍痛辞谢了我这位老家长的主动许婚！如此品格、如此境界、如此用情，难怪你母亲疼他胜于己出，你二妹守他无怨无悔啊！"

拱北："该死的倭寇毁了我们的一对绝配！我都不知道今天该如何将此遗物交给二妹。"

纪慕贤："今天?！——今天交遗物?！"

拱北："三叔觉得今天不合适？"

纪慕贤："当然不合适！要知道，这次举家迁徙，绝非往常之别，而是乱世之别；相聚难卜，本来就情何以堪了，怎禁得再压上石峻的遗物?！毕竟，安丽虽强终归抵不过男儿，更不比军人啊！"

拱北："三叔所虑极是！"

纪慕贤："为了保护你母亲，石峻牺牲之事同样要瞒下去！纪氏家人、族人无不知晓，大奶奶虽富贵生富贵长，却始终以军眷自律，远近多有夸赞；甚至拱南因反内战而自杀，她竟也做到了悲极但并不失态，又实属难能可贵啊！可她总归还是女人，且是年过古稀的一位老母亲；试想，两年之间亲子、义子相继丧失，她能承受这双重之痛踯躅逃难之路而无恙吗?！即便能，我们又于心何忍？所以，只好瞒，瞒到无可再瞒！"

拱北："侄儿愚钝，自以为她们早该猜测到了，因此今天带来了遗物。"

纪慕贤："猜测，那是当然的。——战争年代的军眷嘛！然而，猜测归猜测，证实归证实，二者有天壤之别。我深知，她们都在回避现实。"

第三十二集　拱北别妻　师俊牺牲

拱北："何以见得？"

纪慕贤："明显得很！拱群、拱宁在江阴阻塞线双双负伤，她们问了一次又一次，唯独不打听石峻！我理解，她们承受不了真实，所以不去求证真实。明白了吗？"

拱北："明白了，三叔，那我还是把遗物带走。"

纪慕贤："带走吧，好好珍藏！抗战总有胜利之日，到那时再把石峻的遗物交还安丽，意义更大！"

拱北："是的，意义更大！"

5. 上海纪宅叶思静卧室（日）

叶思静坐在沙发上往行李袋中塞东西："这套厚毛衣裤刚刚织完，可巧你内迁，正好带去。汉口比上海冷，早些穿上吧！"

纪拱北背靠窗户环视简洁的小屋，淡淡地赞道："都快搬走了，还把房间打理得这么干净整洁！不容易呀，在大榕乡的时候，你可是纪府的大少奶啊！"

叶思静莞尔一笑："你不更是大少爷吗？"

纪拱北不禁一笑："反问得好，反问得好！不过，那早就成为我的历史啦。'物竞天择，适者生存'，军人尤应如此。"

叶思静："军眷也该如此，何况困难之时？"

纪拱北："思静，你变了许多！记得你以前很胆小，可方才听三叔说，你对闯进来的两个坏人好凶！"

叶思静："啊?！我真的那么粗鲁吗?！当时，致远就在坏人身边，我好紧张啊！——让你见笑了！"

拱北："哪儿的话？是拱北没有尽到为夫为父的责任，没有保护好你们。对不起啊！"

叶思静："拱北言重了，思静也有为妻为母的责任嘛。你是职业军人，'忠'字当先，天经地义；否则便有负国家，纵使百般经营小窝，对得起的也不过是血脉至亲少数人而已呀。"

拱北眼中顿时涌出一股缠绵之情，随即坐到叶思静身边："'士别三日当刮目相看'。思静，你变得我都快不认识了！"

叶思静含羞道："真的?！——那一定是我变老了，丑了！"

纪拱北握住叶思静的手："不，你依旧是眼睛水水的，皮肤白白的。"

叶思静："青春岂能永葆？你这是在鼓励我呢。放心吧，你最在意的，便是我最在意的，不会放弃！"

纪拱北："你指的是——"

叶思静："当然是定远和致远的学业嘛，三叔不也是念兹在兹的吗？"

拱北："没错！"

叶思静："我早就想过了，我们家庭的师资一点不差。安丽教数理，我包国文，安祈管美术，英语则由她俩共同授课。其实，上海战事一开，我们就这么做了，而且家教效果很好。将来，无论萍踪所寄何方，即便无校可读，定远、致远也能继续学习，一旦时机成熟便可回内地报考海校。"

拱北："难为你们了！"

思静："鬼子横行，国中谁人不难？！"

拱北点头："我还有件事要交代你。"

思静："不必交代了！我和翠翠已经背着妈和安丽定下了，石峻之事，不可捅穿那层窗户纸；定远、致远很乖，我们也叮咛过了。"

拱北："还有——"

思静："关于三叔，是吧？"

拱北："对！三叔说过，待你们在香港一切上了轨道，他便回内地找海军，找我。届时，你们不要强留。三叔一生苦恋海军，就遂了他老人家的心愿吧！"

思静："知道了。现在，我也有件事要交代你！"

拱北："你说你说！"

思静指了指行李袋："毛衣裤下面还有东西……"

拱北："别别别，越带越多，像什么话？！赶快清出来！"便伸手要开启拉链。

思静压住拱北的手："不，一定要带走！这是很重要的东西！"

拱北将信将疑："哪来什么'很重要的东西'？！"

思静："当年订婚的时候，妈给了我一份极其贵重的聘礼：那是她外祖母传下来的嫁妆。今日得知你们工场经费支绌，不少员工自愿筹钱内迁；我想，这匣中的珍宝，可解燃眉之急，也让那些深明大义的人减轻负担。带上吧！"

拱北百感交集，定定地看了思静好一会儿，动情地说："这么些年，我亏欠你太多太多！"

叶思静泪光闪闪但没有哭："你又言重了！其实你不懂，因为有你，我一直觉得很幸福，很幸福，真的！以后再别说这么生分的话了，好吗？"

拱北："好好好，不说不说！"便故作轻松地笑了笑，站起来："我该走了！"

第三十二集　拱北别妻　师俊牺牲

思静忙起身拉住拱北的手，眼里充满恳求："你和荣官就不能留多一会儿，跟全家共进晚餐吗？"

拱北坚定地摇摇头："必须赶回去候命，命令一到立即开拔！"

思静："那，我——我们这头什么时候离开上海？"

拱北："我已经跟三叔禀明了：我工场分三批内迁，我打头，荣官押尾，你——你们要拖到荣官之后。没能安排眷属先走，思静，你不会怪我太不顾家吗？"

思静："不，当然不，一点也不，'先有国后有家'——天经地义啊！更何况，我可看出来了，这回，你不单单是'太不顾家'，你是——，你是——"她欲言又止，甚至有点调皮地望着拱北。

拱北带笑催促道："什么'你是——你是——'，说出来，快说出来嘛，我怎么啦？！"

思静莞尔一笑，然后直视着拱北，非常肯定又非常体谅地答道："你是存心让我留在上海，留到最后！"

拱北："为什么？"

思静："因为部下看你，也看眷属。我走得早，军心会乱！"

拱北一声不吭，突然张开双臂，以空前的热情，把思静紧紧地抱在怀里。

6. 历史影像资料

画外音：神州陆沉。1937年11月12日上海弃守，12月13日南京沦陷。1938年6月武汉会战开始。已无主力舰的中国海军不屈不挠，一面部署以"中山"舰为首的残余舰只参加会战，一面加强武汉下游屏障马当、湖口、田家镇、葛店诸要塞防务，辅以重重雷区阻滞敌军溯江攻取武汉。

画外音中出现以下资料：1937年淞沪会战、五二四团四行仓库保卫战、南京保卫战、南京大屠杀、"中山"舰及舰长萨师俊等历史影像。

画外音止。

7. 汉口街市（日）

汉口旧景。

字幕：1938年 夏

街上随处可见抗战标语、标语牌、横幅："抗战到底！""日寇必亡！""南京屠城终遭天谴，华夏挥剑怒讨血债！""杀尔倭贼，慰吾同胞！""东洋恶鹫堕地落得千年耻辱，中国雄鹰冲天赢来万世英名！""三军同仇守武汉，四海正义归神州！""中华民族万岁，万万岁！"……

街头募捐，民众纷纷解囊。

抗日演讲，人群高呼："消灭鬼子，保卫武汉！""为民族存亡拼死战斗！""四万万同胞团结起来，打倒日本帝国主义！""打倒日本帝国主义！"……

8. 汉口海军总司令部外（日）

纪拱北穿着海军中校夏装来到大门前。

卫兵敬礼。

9. 汉口海军总司令办公室（日）

纪拱北来到办公桌前向陈绍宽敬礼："陈部长，拱北前来述职。"

陈绍宽："海军部已于1月1日裁撤为海军总司令部。半年多了，如何还称'陈部长'？！"

纪拱北："习惯了嘛，没人改！更何况，再怎么艰难，怎么裁撤，军心也是裁撤不了的！"

陈绍宽颇受触动："'军心裁撤不了'——这话好，好得很！"便吩咐："坐吧！"

纪拱北坐下。

陈绍宽打量了一下纪拱北整洁的军容和标准的坐姿，又不经意地瞟了他领口一眼。

纪拱北急忙摸了摸领口的风纪扣。

陈绍宽纾解道："没事，风纪扣好好的！我只不过是见你军容整肃、精神十足，想知道你穿着这身海军服感觉如何罢了。"

纪拱北："在制雷工场，我总穿工作服，这方便出入车间，也拉近跟员工的距离。换上海军装，感觉很珍惜，仿佛回舰队了。"

陈绍宽："你呀，还是那样恋舰恋海！然而，自从八年前我命你以舰长身份驻江南造船所监造炮艇起，你就已经水陆两栖了。后来，'中山'舰舰长空缺，你和萨师俊都希望接任，我再三权衡，选择了师俊。这绝非因你不够格，乃是因你有造船企业的工作经验，必要时可以迅速挑起制雷重担。由此，你失去了回舰队的一次机会。江阴海战后，中央海军的残余舰艇虽重新整编，但迭遭日本空军攻击，不断减损。6月30日，积国人17年期盼之心建成的民国海军第一艘国产舰'咸宁'号，在鏖战中击落两架敌机后殉身长江；你所监造的那十艘'宁'字号炮艇，也先后被炸，或沉或毁，去掉七

第三十二集　拱北别妻　师俊牺牲

艘了。那些失去舰、失去艇的官兵僧多粥少，都上岸补充到要塞和海军炮队里去了，你就更没机会上舰了，不是吗？"

纪拱北："是的。直面现实，拱北已经不再奢望回舰队了，但未来的梦却从未泯灭！"

陈绍宽深深点头，又说："'物竞天择，适者生存'。适应现实，我海军着装也须变化。今后，布雷队员一律陆军装束。至于你，要看场合。"

纪拱北："是！"

陈绍宽："海军落到随陆军着装的地步，是历史的必然，'冰冻三尺非一日之寒'啊。但现在绝不是深究的时候，百年荣辱、千秋功罪自有后世评说。我等只须恪守军人职责，奋力抗战，九死而无悔就可以了。"

纪拱北："陈部长，你放心。哪怕海军不剩一舰一艇、不发一套军服，拱北也会和袍泽们以陆军着装续海军战斗！陆军之形，海军之神；陆军之服，海军之魂。——中国海军还在，永远都在！"

陈绍宽："这真是中国海军不屈的心声啊！"

勤务兵添茶水，旋即退下。

陈绍宽："现在，你述职吧！"

纪拱北："我雷场员工都是海军江南造船所和海军军械所输送来的好手，艺高心齐而又深明大义。在沪期间，我曾铤而走险，以代用锅熔化炸药；当时，置生死于度外，争相参加熔药试验的，何止一二？至于严守机密，与敌特周旋，更是人人尽心，从未有失。财务、总务则克勤克俭、遵法依规，不容鼠窃狗偷发国难财。员工们因此对工场很有感情，内迁时不少人甘愿自筹旅费跟着走。拱北与员工朝夕相处，深知没有他们，我一事无成。"

陈绍宽："说得实在，很中听。"

纪拱北："当然也有缺失，责任在我。"

陈绍宽："什么缺失？"

纪拱北："淞沪会战打了三个月，其间，如果我能跳出海军眼界，多些关注和研判战局变化，预做迁场武汉的准备，就不会出现火烧眉毛般的选址之急了。武汉会战已进行一个多月，这次，我必须未雨绸缪，先行在长沙和常德秘密选址设两间厂，彼此呼应以备急需。"

陈绍宽："很好！你能自省，总结得失，便是在战争中学习战争了。继续努力吧！"

纪拱北："是！"

陈绍宽："汉口制雷工场情况如何？"

纪拱北："去年，上海雷场研制并生产了'海甲''海乙''海丙'式水雷，奠定了海军的造雷基础。今年，汉口雷场的主要任务是供应长江中游布雷，以阻敌西犯武汉。上半年，'海丁'式水雷投产，月产1000具，用于封锁马当以下的长江水道；下半年，生产'海戊'式水雷，满足武汉下游水道及鄱阳湖、洞庭湖布雷所需。另外，'海己''海庚'两种漂雷，也已着手设计。明年还准备研发'海辛'式小型水雷，用于湖沼地区御敌。为了加速造雷，我还在岳阳设立了TNT炸药的熔装工厂，以支持汉口雷场。至于海军制雷如何适应长期抗战，我还另有设想，但是很不成熟……"

陈绍宽："说来听听！"

纪拱北："江阴海战后，海军御敌的主要方式是水雷战，主要武器是水雷。从持久战的角度出发，我认为必须把制雷工场当作军工企业来办，不但要选择隐蔽的、固定的厂址，而且要建立合理的生产线、运雷网和材料供应渠道；这些也还不够，我们还须设置漂雷浮力试验池、熔药工厂、专用无线电台等等。简陋是必然的，但朝着战时军工企业的方向走同样也是必然的。"

陈绍宽赞赏地点点头："你设想的这个'战时军工企业'，我要冠以'特殊的'三个字。"

纪拱北："特殊的？"

陈绍宽："我的设想是，这个战时军工企业的特殊之处就在于，不但要造雷，还要为布雷培训官兵。其实，你们现在已经在这么做了，只不过离正式的编制、建制还有一段距离嘛。后面的发展，我会考虑的。"

勤务兵端来两盘包子，放到屋角的一张桌子上："陈总司令，午饭时间到了，今天只有包子。"

陈绍宽："包子就很好，多少人连包子都吃不上呢！"

10. 汉口海军总司令办公室外（日）

勤务兵端着空盘子从里面出来，一面自言自语："好伺候，吃光光的！"

11. 汉口海军总司令办公室（日）

陈绍宽："你的述职可以。不过你先别走，我还有些话。"

纪拱北："是。"

陈绍宽："马当和湖口相继失守，九江开始吃紧。海军正加强江西防务及鄱阳湖警

第三十二集　拱北别妻　师俊牺牲

戒。萨师俊任'中山'舰舰长已历三年半，颇受官兵爱戴，若调任鄱阳湖警备司令必也称职。不料他竟力辞不就，说什么力有未逮，恐辱使命等等。以往多次差其上岸供职，从未听见这类托词。近来，'中山''永绩''江元''江贞'等八舰都在金口、新堤、岳阳、长沙江面执行任务，你往返岳阳厂有没有见过师俊？"

纪拱北："一直疲于奔命，我甚至没想起师俊学长！不过，他力辞警备司令之职，我倒不以为怪。"

陈绍宽："这怎么讲？"

纪拱北："师俊是我在烟台海校的高班学长，也是我最最敬重的一位学长。他很自尊自爱，从未因自己是萨上将的侄孙而有半点炫耀。江阴之役后，'中山'舰成为中国海军最大舰，也是日本空军头号目标。以师俊学长的'臭硬'，我想，他断不肯离开这最危险的地方，因此才拒绝上岸履新的。"

陈绍宽脱口而出："好角色！"片刻，又说："可惜，眼下顾不上去看看师俊了！"

纪拱北："田家镇要塞、葛店要塞都还在我们手里，武汉再撑两三个月应该没问题吧？这期间，我一定找机会见师俊学长一面！晚上敌机难以肆虐，指不定哪天我跟他来个秉烛夜谈也未可知啊！"

陈绍宽微微一笑："是的，没有理由悲观！"

12. 新堤江面（夜）

黑暗中，"中山"舰的轮廓影影绰绰。字幕：湖北新堤"中山"舰

13. 新堤旅舍二楼（夜）

纪拱北与萨师俊在陋室中靠窗对坐。

透过窗户隐约可见夜幕下新堤江面"中山"舰之轮廓和稀疏的灯光。

纪拱北："'中山'舰巡防岳阳期间，学弟我几次路过，均无法与学长把晤。1937年10月初你等移防金口至新堤一带后，又每每与我擦肩而过。三天前，敌机施虐七里山江面，所幸不曾直接命中'中山'舰，否则我俩恐怕难以在此小聚了。好在，军人常处生死缝隙中，等闲聚散，已成习惯。"

萨师俊："军人聚散于生死缝隙中，自可等闲视之；唯日寇之祸心、狠心、毒心，国人代代不可等闲视之，万万不可等闲视之！"

纪拱北："师俊兄所言精辟之至！日寇贪婪凶残，乃旷世之恶。且不说南京屠城，只看江阴海战后，其空军对我海军的步步追杀，便足见豺狼本性了。"

萨师俊："是啊，日机对我残余舰只，不论大小，搜一艘炸一艘，连几十吨的小艇也不放过。'湖鹏''湖鹗''湖鹰'鱼雷艇和'江贞'炮舰或沉或毁全都完了；但这只是开始，不赶尽杀绝，他们岂会善罢甘休?!"

纪拱北："海军袍泽牺牲惨重啊！我仅从去年10月算起，单单烟台海校一家，就有好几位学长、学弟献出了生命。其中，'义宁'艇长严传经、'江贞'舰长张秉燊出自第十二届，'应瑞'枪炮官赵秉献——第十六届，'应瑞'鱼雷官许仁镐——第十七届，'中山'舰副长张天浤——第十八届。张天浤比学长要晚十届，是吧？"

萨师俊："是的。他是调到葛店要塞监工建造雷区时被敌机炸死的。还不到而立之年啊，太可惜了！"

纪拱北："我恨不得化出万千战机，把日本空军打个稀巴烂，夺回制空权，灭我心头之怒火！"

萨师俊："学弟一向如何？"

纪拱北："长话短说吧。学驾驶的嘛，做梦都在舰上，哪怕划划舢板也过瘾。然而，军人岂有属于自己的喜欢或不喜欢?! 这些年，监造新舰、制造水雷，我大部分时间都是以舰长之衔做岸上之事。淞沪会战末期，水雷工场内迁武汉，才略有发展，前几天又转移到长沙和常德去了。除了制雷，我受命继续以海军监造室名义，组织和指挥尚未正式成立的布雷队。明天晚上我要带领最后一批布雷人员撤出武汉了。"

萨师俊："学弟在岸上抗日一样出成绩，我为你高兴啊！"

纪拱北："既如此，学长却为何力辞上岸就任鄱阳湖警备司令一职呢？"

萨师俊："这件事你是如何知道的?!"

纪拱北："夏天，在武汉向陈部长述职之时，他主动谈起的，还问我怎么看？我回答说，日机追杀，'中山'舰首当其冲；师俊学长'臭硬'，想必是不肯离开危险岗位的。陈部长脱口而出，赞你'好角色！'学长，我猜中了吧？"

萨师俊转头朝黑夜中的"中山"舰望去，沉默片刻道："你只猜中了部分原因。"

纪拱北："莫非更有私衷？如蒙不弃，还望披沥！"

萨师俊："我先问你，20世纪20年代，海军参加军阀混战，你也上过战场，不是吗？"

纪拱北："是的，还不止一次，并且险些送了命！到了30年代，剿共之战，却侥幸不曾供差，否则死得不值。"停了停，又说："胞弟拱南不走运，摊上了，结果自杀抗命。此事烟台海校校友尽人皆知，想必学长也有耳闻。家母痛断肝肠，我从此不提拱南，今日是个例外。"

第三十二集　拱北别妻　师俊牺牲

萨师俊:"拱北,你是位很正直的军人,肺腑之言,句句入心。我也有些话不足与外人道,今日也是个例外。"

纪拱北:"学弟洗耳恭听。"

萨师俊:"说来也巧,以前多次战争,我恰好都在岸上,没有直接参加,内心暗暗庆幸。为什么?因为那都是内战,中国人打中国人,打得再漂亮,也没啥可得意的,丢了性命就更无谓了。如今,全民族一致对外,共同抗倭;这样的战争,我等中国军人正该为之九死而无悔啊,你说是不是?"

纪拱北:"正是!"

萨师俊:"我从不认为岸上抗战危险少。不,岸上、舰上同样危险!6月下旬,日寇陆海空三军外加毒气,强攻马当要塞。驻防马当的海军江防要塞司令部第二总队,一日之内官兵阵亡四分之三,便是一例。学弟张天泫的牺牲又是一例……"

纪拱北截断:"所以,学长大可担任鄱阳湖警备司令嘛!"

萨师俊:"如果此职眼下比'中山'舰长更危险,我必当仁不让;但现实却是,'中山'舰已成敌机头号目标,危险最大。故而,我断不肯上岸就职,哪怕官衔再高也不要。师俊我誓死守住'中山'舰,舰在人在,舰亡人亡!拱北啊,我已预感到会牺牲,遗书都写好了!"

纪拱北动情地站起来:"师俊哥,你真是好角色、真是大英雄,拱北拜服之极,五体投地!"

14. 新堤江面(夜)

接送萨师俊的小舢板朝"中山"舰划去,渐渐消失在黑暗的画面深处。

15. 新堤江面(夜)

纪拱北一直举着手朝"中山"舰的方向久久敬礼。

画外音:难以言喻的不祥之感与悲恨之情煎熬着纪拱北的心,而激战却远比预期来得快得多。仅仅过了五六个时辰,万里长江的伟大儿子、中国近代海军的铁血军魂萨师俊,就率领"中山"舰,在金口江面泼血为浪,驶向光辉的不朽!

画外音止。

16. 金口江段(日)

六架"96舰爆"式轰炸机高空水平投弹。

"中山"舰舰首一门20毫米欧立肯高射炮、舰尾一门20毫米苏罗通高射炮、露天舰桥两翼各一门37毫米维克斯机关炮组成不强的火网,对空射击。

字幕:1938年10月24日金口赤矶山江面

17. "中山"舰舰首(日)

日机俯冲攻击,20毫米欧立肯高炮射击,一架敌机轻伤逃逸。

18. "中山"舰舰尾(日)

日机俯冲攻击,舰尾左舷中弹,舰舵失灵。

19. "中山"舰舰舯(日)

日机俯冲攻击,锅炉舱中弹,大量进水。

20. "中山"舰舰首(日)

日机俯冲攻击,20毫米欧立肯式首炮受损停射,炮位附近上士王祥北、三等兵张奕贵、航海见习生陈智海(皆字幕标志)等阵亡。

21. 露天舰桥(日)

日机俯冲攻击,露天舰桥右翼37毫米维克斯机关炮炸毁,露天舰桥甲板上二等信号兵张育金、三等信号兵李炳麟、下士舵工吴仙水(皆字幕标志)等阵亡,伤者甚众。

22. 金口江段(日)

"中山"舰遍体鳞伤,冒着火焰漂向下游。

23. 露天舰桥(日)

萨师俊右臂钩住护栏偎坐地上,一双断腿和一只手臂鲜血淋漓。

医官为萨师俊包扎完,起身,正遇副长吕叔奋(字幕)赶来:"吕副长,萨舰长两腿炸断,左臂重伤,失血过多,必须上岸救治,否则性命难保!"

吕叔奋:"知道了。"便指指身边的好几个伤员:"你继续救护吧!"

医官:"是!"

吕叔奋蹲下:"萨舰长,你的伤……"

第三十二集　拱北别妻　师俊牺牲

萨师俊："不必管我，快报告最最要紧的！"

吕叔奋："是！我已遵命设法抢滩搁浅，保存舰体。然而，下舱检查后确认：锅炉舱进水汹涌，堵漏无效，锅炉已然熄火、停汽；我舰失去动力，正向下游漂移，舰体倾斜达到30多度了。"

萨师俊："势在必行，要走最后一步了。"

吕叔奋："适逢敌机离去，萨舰长，你看可否放下舢板，先将你和伤员送岸救治，保存抗战实力？"

萨师俊："可以，快去安排吧，但我不走！"

吕叔奋："萨舰长，你为保卫武汉忠勇效命已然尽力！伤成这样了，怎可不走?!"

萨师俊："全舰皆可走，唯独我身为舰长，职责所在，应与舰共存亡，万难离开一步！"

受伤官兵们感动，挣扎着爬向萨师俊，一面喊着："萨舰长不走，我们也不走！""我们要跟萨舰长一起！""我们一起生一起死！""我们与舰共存亡！"……

萨师俊："不，你们必须走！要知道，没有死难，不足以见中华民族之忠义；而没有生还，又怎能杀倭寇争胜利？你们不可以同死！你们必须活下去，活下去为国家报仇，为'中山'舰报仇，为我报仇啊！"

伤员们偎在萨师俊身边，哽咽难言："萨舰长啊，萨舰长啊！……"

萨师俊吃力地摇摇头："你们快上舢板去，快去！这是我的命令！"

伤员们哭："萨舰长，我们不能没有你！不能没有你啊！……"

吕叔奋咬咬嘴唇站起身来："萨舰长，我们真的不能没有你！"便转身招呼："代理航海官魏行健、轮机军事长黄孝春、簿记下士陈恒善、勤务兵黄珠官（皆字幕标志）！"

魏行健等四人敬礼："到！"

吕叔奋："魏行健，你们四个随萨舰长去三号舢板！"

魏行健："吕副长，行健我没受伤啊！"

吕叔奋："是没受伤，然而三号舢板需要健全的人划桨！炸弹命中指挥台的时候，你扑到萨舰长身上保护，忠勇可嘉；现在，护送萨舰长上岸就由你负责了。你们去吧！"

魏行健等："是！"随即随吕叔奋转向萨师俊。

魏行健："萨舰长，我们护送你去治伤！"

萨师俊强挣着喊道："我不去，我要与'中山'舰及袍泽们共存亡！我不去，不去！……"

吕叔奋含泪领头跪下:"萨舰长,我等实在不能从命啊!"

24．金口龙船矶江面（日）

四人划桨的三号舢板和十二人划桨的一号舢板离开"中山"舰向江岸划去。

25．"中山"舰（日）

吕叔奋率舰员向舢板敬礼告别。

26．三号舢板（日）

魏行健搂着昏迷的萨师俊坐在船尾。

萨师俊深色中校军服上,金丝袖章闪闪发光。

27．金口龙床矶江面（日）

六架日机飞临,在舢板上空盘旋。

28．三号舢板（日）

魏行健用身子盖住萨师俊。

萨师俊中校金丝袖章暴露在外。

29．金口龙床矶江面（日）

日机群集中扫射三号舢板。

特写:飞行员面目狰狞。

30．三号舢板（日）

魏行健背上满是弹孔。

特写:萨师俊遗容从魏行健臂弯中露出,坚毅如生。

31．金口龙床矶江面（日）

日机群继续扫射。

两具舢板相继翻沉。

画外一声咏叹迸出,旋律悲壮而悠长:"啊!……"

第三十二集　拱北别妻　师俊牺牲

32. 金口沿江小路（夜）

纪拱北率杨上尉、何咏烈、徐宝德、李点点等 20 名布雷队员向前行进。众人皆为陆军服装。

小路的前方，出现一团团火炬之光。

纪拱北："李点点！"

李点点："在！"

纪拱北："你去前面看看，速去速回！"

李点点："是！"飞奔而去。

33. 金口岸边（夜）

"中山"舰 12 具官兵遗体蒙着白布排列在地上。

镇民们举着火把守护遗体，神色凝重。

勤务兵邱奕殿（字幕）站在岸边朝着江面呼喊："萨舰长，奕殿在这里，你看见了吗？看见了吗？……萨舰长，奕殿在这里等你啊，你快快来呀！……"声音越来越沙哑。

邱奕殿泣不成声："萨舰长啊……"

李点点奔来，止步，听了听邱奕殿的哭喊，又转身飞快离去。

34. 金口沿江小路（夜）

李点点在回头路上狂奔。

纪拱北的队伍迎上。

李点点："报告纪舰长，前面是 12 具'中山'舰官兵的遗体，还有一个水兵朝江上哭喊萨舰长！"

纪拱北一怔，便朝队伍一挥手："跑步前进！"

35. 金口岸边（夜）

纪拱北率队到达现场。

金口镇居民围上。

纪拱北敬礼："各位父老兄弟：我们是海军抗日队伍，刚从武汉调离。方才，得知'中山'舰十二英烈的遗体受到你们保护，便特地赶来，一是聊表感激之情，二是略尽

333

袍泽之义。匆忙之际，不及通报，惊扰之过，还望包涵！"

金口镇居民："长官客气了，太客气了！"

纪拱北再次敬礼，便转向部属，大声说："官兵们，我等中国军人，以保境安民为己任。今晚路过金口，待安葬'中山'舰袍泽后，即有序离开，继续行军。逗留时间虽短，纪律仍须严守，否则军法从事！听见没有？"

众部属齐声回应："听见了！"

邱奕殿飞奔而来投到纪拱北脚下，边哭边喊："纪舰长，我是萨舰长的勤务兵邱奕殿啊！"

纪拱北："我知道你，知道你！昨晚萨舰长在新堤会我，来回接送都是你嘛。你起来，快起来！"便拉起邱奕殿。

邱奕殿："纪舰长，萨舰长他牺牲了！可奕殿偏偏不在身边，奕殿好糊涂，好糊涂啊！"便又呜咽。

纪拱北："怎么不在他身边呢？"

邱奕殿："今天上午9点和11点，敌机两次飞临'中山'舰侦察。午饭后，萨舰长命我搭舰上的小火轮上岸采购，我回来的时候他已经牺牲了！我这才明白，萨舰长是为了保存我这根独苗才故意支开我的！他让我活，自己却为国赴死，连遗体也没找到！纪舰长，奕殿太傻了，太傻了！奕殿不该离开他，不该离开他呀！"禁不住号啕大哭起来。

纪拱北："奕殿，不要哭！不要哭！你年纪很轻，又是独苗，萨舰长望你活下去，就是要你开枝散叶，子子孙孙痛打日寇，报仇雪恨！你明白不明白啊？快擦干眼泪，不准再哭！"

邱奕殿："是！"忙抹去眼泪。

纪拱北："奕殿，快告诉我，你有没有见到'中山'舰幸存的官兵？"

金口镇居民抢答道："有！有！有！""有十几二十个呢！"

纪拱北："他们在哪里？"

金口镇居民又抢答："在邮电代办所！""在刘寿山那里！"

纪拱北有点蒙："分两个地方吗？"

金口镇居民甲："不不不，都在一个地方！"

金口镇居民乙："是这么回事。我们镇的刘寿山先生，在后湾街有座两层的宅子，借给了邮电代办所。了解到'中山'舰吕长官和弟兄们打算办完丧事后连夜奔槐山寺投宿，刘寿山很过意不去，说什么也要请他们留下来。——这会儿，官兵们已经在邮

第三十二集　拱北别妻　师俊牺牲

电代办所歇脚了。"

金口镇居民丙："街坊们还设了百家宴，款待'中山'舰将士呢！"

金口镇居民丁："纪长官，你们也去吃点嘛，只要抗日，百姓都欢迎啊！"

金口镇居民："是啊是啊，你们快去吧，吃点热乎的，有力气！"

纪拱北："谢谢谢谢，我们已经用过餐了，肚子不饿！"

金口镇居民："真的不饿？可别见外啊！"

纪拱北示意部属回应。

部属们齐声答道："真的不饿！"

纪拱北："父老兄弟们，你们的情义，我等唯有努力抗战，坚持抗战，才能回报啊！"便又敬礼。

居民画外音："刘寿山先生赶来了！"

纪拱北立即迎上："刘寿山先生，你慷慨留宿'中山'舰官兵，让人感佩不已啊！"

刘寿山："哪里哪里！将士们为抗日流血牺牲，我们做什么都是应该的，应该的！更何况，敝人曾经是湖北海军学校民国二年驾驶班毕业生呢！"

纪拱北大惊："原来是友校老学长，失敬失敬！"

刘寿山："不敢当，不敢当！"

纪拱北："刘先生，我想打听一下，'中山'舰十二英烈的丧葬，是否已有着落？我和部属们都极愿尽一份袍泽之谊的。"

刘寿山："据我所知，棺木皆由本地保善堂、普济堂捐助；墓地选在凤凰山南麓，前往打圹的已然不少，你们去两三个人就足以表达心意了。"

何咏烈、徐宝德立即报名："纪舰长，我们要去！"

众部属："我们也去！我们也去！"

纪拱北的目光认可地扫过众部属，然后走近杨上尉："杨上尉！"

杨上尉："在！"

纪拱北："你马上分派4个人去凤凰山打圹，12个人接替金口百姓守护英烈；我、何咏烈、徐宝德、李点点，一起去邮电代办所迎回吕副长和幸存官兵。待烈士遗体入殓完毕，我们的人马应该排在'中山'舰将士的队伍后面上山送葬。明白了吗？"

杨上尉："是！"

36. 凤凰山下旷野（夜）

火炬组成的火龙阵，夹护着12具棺木在旷野中无声地行进。

火炬爆出轻微的噼啪声烘托出无边的肃穆。

送葬的队伍按军阶排列，计有幸存的"中山"舰官兵：少校副长吕叔奋、轮机长周锡台、二管轮高飞雄、见习航海官康健乐、见习航海官林鸿炳、见习轮机官陈鸣铮、见习轮机官张奇骏、正电官何承恩、电讯官张嵩龄、书记官叶炳中、枪炮手魏振基、枪炮手张昌金、轮机兵程乃祥、轮机兵董树仁、炊事兵陈宝通、勤务兵邱奕殿等（皆字幕）约20名。

纪拱北、杨上尉、何咏烈、徐宝德、李点点等跟随其后。

金口百姓走在队尾。

送葬的火龙阵背对镜头，远远地蜿蜒而上凤凰山南麓。

37．凤凰山南麓墓地（夜）

12座墓分成两排，每排6座，插以简陋的木头墓碑。

吕叔奋将第12块木碑插到墓前。

木碑特写：中山舰一等兵林逸资之墓。

吕叔奋敬礼："林逸资，你是深受萨师俊舰长推许的一个士兵。去年，你回闽侯成亲才七天，得知卢沟桥事变爆发，就毅然抛妻别家，迅速回舰待命。萨舰长赞赏不已，说：'养兵千日用在一时，这才是军人气概！'逸资啊，你无愧为我海军士兵之典范。今天，你壮烈牺牲，长眠于此。尘土不能掩盖你的英勇忠诚，山川永远颂扬你的军人本色！安息吧，林逸资！"

镜头摇过12座坟。

送葬者们深深鞠躬。

送葬者们擎炬绕行墓地一周，按顺序离去。

38．凤凰山下旷野（夜）

火龙阵从坡上逶迤而下。

火龙阵在旷野上游动。

火炬映着"中山"舰幸存者们一张张肃穆的脸。

39．金口岸边（夜）

天上无月，江上无光。

火龙阵返回岸边。

第三十二集　拱北别妻　师俊牺牲

纪拱北凝望江面。

纪拱北喊:"萨师俊学长,你已用牺牲昭示了忠义,我等活着必会如你所愿为国、为舰、为你报仇雪恨,粉身碎骨在所不惜!"

邱奕殿对着江水大喊:"萨舰长,我们活着报仇!我们在这里,我们在这里啊!"

吕叔奋率众人高呼:"我们在这里,在这里!萨舰长!萨舰长!……"

众人将火炬掷上天空。

画外众人呼唤:"萨舰长!萨舰长!……"

画外众人呼唤声中仰摄满天火炬翻腾。

第三十三集　湘阴阻塞　长沙大火

1. 长沙天心阁（日）

字幕：1938 年 11 月 12 日 长沙

2. 天心阁下街市（日）

难民流在街上茫然移动。

3. 长沙街边（日）

一堆市民议论纷纷。

市民甲："长沙越来越挤了！"

市民乙："都是日本鬼子害的！武汉沦陷前，难民就一波波涌进来了，眼下从临湘和岳阳又拖家带口不断续上，城小人多能不挤吗？"

市民丙："现在的长沙恐怕已经超过 50 万人了吧？这样下去，吃喝拉撒都成问题，有个风吹草动的，那可怎么得了？"

市民丁："唉，这些难民一个个灰头土脸的，也真可怜啊！"

市民戊："可不吗？原本也是有家有业的人，落了难，才失了体面的嘛！"

市民己："小日本造孽啊！"

4. 湘芷旅舍外（日）

伙计甲客气地拒绝收客："各位客人，本店太小，实在接待不了啦。请你们到别处投宿吧！"

旅客们恳求："想想办法嘛，天色不早了，人生地不熟的，上哪儿找地方住啊？"

第三十三集　湘阴阻塞　长沙大火

"我们多付些钱总可以吧？""快放我们进去歇歇吧！"

伙计乙："对不住了，真的没地方了，付再多钱也不管用的！"

旅客们："我们要进去看个明白！"便往里挤。

两位伙计牛高马大，牵手挡住硬闯的人。

一位妇女，拉着个四五岁的男孩，钻了个空子冲进门去了。

5．湘芷旅舍（日）

前堂挤满了客人。

郝掌柜正在劝说冲进店来的那位女客："这位大嫂，你看见了吧？连我这柜台旁边都成了预订的铺位，确实无法安排你啊！"

女客："掌柜的，求求你了，再匀一个位子给我们娘俩吧！"

郝掌柜："真的匀不出来了！你看那个老人——"他指向柜台旁坐在椅子上的纪慕贤，"那个老人进来的时候，还没等张口说话就突然晕倒了。幸亏我多少懂点医，把他弄醒，一摸脑袋，滚烫滚烫的，知道是疲劳加风寒所致。这样，才东挤西挤，给他匀出最后一个位子。现在，就算皇帝来了，我也腾不出地方啦！"

女客："掌柜的，帮帮我吧！你看，我这孩子要是一岁半岁的话，还能抱着、驮着；可他5岁了，我背不动啊！实在没力气再去找旅馆了！"

郝掌柜："那是那是！我也同情着呢！可……我……我也难哪！我能叫谁让你位子呢?！"

纪慕贤画外音："我让我让！"

郝掌柜和女客一齐将目光惊讶地投向来到近旁的纪慕贤身上。

女客："老先生，你这么大岁数了，我……我……我过意不去啊！"

郝掌柜："纪老先生，好不容易才给你匀了个地，你还发着烧……"

纪慕贤打断："没关系，我再怎么也比妇孺容易嘛！"

女客："纪老先生雪中送炭，真是大恩大德啊！"

纪慕贤："言重了，言重了，一个铺位而已，哪里谈得上恩德?！"

女客："节骨眼上，一个铺位比一座金山还贵重啊！"便拉孩子一齐下跪。

纪慕贤正色急止之："万万不可，万万不可，区区小事就受大礼，倒陷我于不义啦！"

郝掌柜："乱世之中，小事更见品格！纪老先生，本店右手边走不多远有一家郝记小吃店，是我兄弟开的。你老不嫌弃的话，我写个便条，你带过去，他必会安排的。

只是店很小，不免要委屈你老人家了。"

纪慕贤："哪儿的话！我给你们添麻烦是真！"

6．郝记小吃店（日）

郝老板看过便条："纪老先生，你上了岁数，旅途疲劳又外感风寒，不妨先喝碗姜汤去去寒气。"便招手吩咐三十多岁的店小二："快去端碗姜汤来！"

店小二："是，老板！"

郝老板指了指角落里的一张双人小桌："那桌刚走一位客人，姜汤就送到那儿，纪老先生这就过去。对了，再交代厨房下一碗清淡点的汤粉。记着，要选易消化易入味的扁粉。"

纪慕贤："多谢郝老板费心！太费心了！"

郝老板引纪慕贤走近双人桌。

座上的那位食客不经意地抬了抬眼，顿时霍地站起来，猛扑到纪慕贤身上，一把抱住了，激动得失了声，半个字也吐不出。

纪慕贤一怔："荣官?!"

荣官惊喜交集，握住纪慕贤的手使劲摇了摇："这不是梦吧?"

郝老板笑道："不是梦，是善有善报啊！"

荣官一脸疑惑望着郝老板。

郝老板："纪老先生不顾病体，执意让出在湘芷旅舍的铺位给一对母子。旅舍郝掌柜深受感动，特地介绍他来本店借宿，不承想，你们在这里巧遇了。我看，你俩是亲人吧？"

纪慕贤："他是我侄儿。"

郝老板："那就再好也不过了！敝人因祖上行医，耳濡目染也略知其道。我看纪老先生并无大碍，喝了热汤睡上一觉便可健旺起来了，放心吧。"

店小二画外音："郝老板！"

郝老板："二位慢慢聊，我走开一会儿。"

纪慕贤："你忙，你忙！"

店小二送上姜汤："纪老先生，本店有间小阁楼，方才已经收拾好了，二位随时可以上去休息了。"

纪慕贤、荣官："多谢，多谢！"

纪慕贤喝了姜汤。

第三十三集　湘阴阻塞　长沙大火

荣官："一肚子话，等你缓过来了，荣官再禀告。"

纪慕贤："好，此处人杂，上阁楼再说。"

7. 郝记小吃店阁楼（日）

两张临时用木板和条凳支起来的小床近距离挨着，中间一张破旧的方几，几上放着一只热水壶、两只水杯。

店小二引纪、荣二人进阁，站在门口客气道："店太小，不带住家，连张床也没有。你们的睡铺是临时凑合搭的，委屈二位了！"

荣官："兵荒马乱的，有个地方落脚就是烧高香了，哪来委屈呢？——兄弟，你太客气了。"

店小二："本店晚上10点才打烊，二位需要的话还可进些小吃的。我下去了，你们休息吧。"便离去。

荣官掩上门："三爷，你躺下睡一会儿吧！发发汗，烧就退了。"便来铺被子。

纪慕贤摆摆手："我体质好，发点烧算什么？两碗热汤下去，人就缓过来了。天还没黑，哪里睡得着？"

荣官摸摸纪慕贤的额："冒汗呢，倒是没那么烫了！"

纪慕贤："快告诉我，你是路过长沙，还是就在长沙？上海分手以来整整一年了，你们怎么样？"

荣官："非常坎坷，但从未气馁！"

纪慕贤："好样的！说细点，让我高兴高兴！"

荣官："江阴血战后，海军以水雷坚持抗日。为保障制雷，支撑水雷战，拱北率领我们随战局变化，一次次秘密设场，又一次次秘密转移。从上海到武汉，从武汉到长沙，从长沙到常德，我们在敌机、敌特眼皮下，不但保存了制雷力量，扩大了生产规模，还组建起精干的布雷队；而这一切都是在没有正式编制的情况下，靠全体员兵工匠肝胆相照、忠勇效命达成的！"

纪慕贤喜形于色："好好好，好好好，听你这么一说，我的疲惫之感顿时消了，全消了！荣官哪，简直是天意啊，我一路跋涉，亲朋戚友谁也没碰到，怎么偏偏一进长沙就遇见了你？——同一家小吃店且不论，居然还同一张餐桌！看来我回内地真是太值了！我就知道，中国海军绝不会屈服，我的子侄也绝不会认输！果然如此啊！果然如此啊！"

荣官："香港那边的家人都好吧？"

341

纪慕贤:"都好,都好!他们牢记自己是军眷,一直很争气。翠翠做工,安丽教书;安祈从师学画,定远、致远成绩甲等;思静包揽家务,大奶奶总理开销,生活清贫而有序。我后顾无忧才回内地找海军的。"

荣官: "这么大的岁数,这么远的路途,又无人陪伴,翠翠、安丽怎么不拦着?——这不是?路上你病了吧!"

纪慕贤:"别怪她们!莫说她们,便大奶奶也没能劝住我呀!要知道,海军是我的魂!回来找海军,哪怕病,哪怕死,我也心甘情愿啊!可喜的是,我巧而又巧地在这家小吃店遇到了你,这就踏实了。"

荣官给纪慕贤递上热水:"再喝杯热水吧,三爷!"

纪慕贤盯了荣官一眼:"这么多年了,还是'三爷三爷'的,叫'三叔'有什么难啊?!"

荣官憨憨地一笑:"习惯了嘛!"

纪慕贤:"你呀!"便喝光热水。

荣官又伸手摸摸纪慕贤的额,再摸摸自己的额:"汗涔涔的,像是烧又退了一些。倘若今晚不再升上去,明日就能和我一起去常德了。常德我已然很熟,当天找间民居,你安安稳稳住下来,立马就有了一个三口之家!往后,我们一有空就回来洗衣做饭孝顺你,多美啊!"

纪慕贤笑:"好,我等着享福,享大福!"

荣官:"更大的福还在后面呢!等我们的制雷事业更发展更稳固不再东移西迁时,寄港的亲人就该和我们重聚,合成一个像样的家了,不是吗?"

纪慕贤又笑:"你想得好乐观、好光明啊!"

荣官:"拱北也这么想!他还说,果然到了那一天,他料定,三叔要办的第一桩家事便是——"

纪慕贤:"是什么?"

荣官:"自然是立马把定远、致远送进海校啰!"

纪慕贤:"看来,拱北倒还没忘记我的心思嘛。对了,他人在哪里?常德吗?"

荣官:"不,不在常德!11月9日临湘失守当天,长沙制雷工场迁往常德的工作还在收尾之中,拱北就被召到长沙卫戍司令部,代表海军方面接受一项紧急任务,今天天不亮就扑到湘阴去了。"

纪慕贤:"湘阴?哦,我明白了,必是去湘阴北面的营田滩构建湘阴阻塞线。"

荣官讶异,脱口赞道:"三爷你真行啊,退役都8年了,怎么还能一说一个准呢?"

第三十三集　湘阴阻塞　长沙大火

纪慕贤："退役8年算什么？！从上舰实习起，我服役海军整整40载，中国版图上的山川地理、江河湖海早已清清楚楚地刻在了我的脑子里，岂是区区8年所能模糊的？就说湘阴吧，"他蘸着杯中水，在桌上边画地图边说，"这是南洞庭湖，这是湘江，这是长沙，这是长沙最后一道屏障湘阴，这是湘阴北面的营田滩；营田滩水域南达长沙、西通常德，在这里沉船阻塞航道并于湘阴下游布设水雷，以此步步为营，竭力阻挡敌舰窜入湘江攻打长沙。——这便是拱北执行紧急任务的意义了。但不知进展顺利与否？"

荣官："一定顺利！拱北是个遇事不乱、行动果断之人。担当起限期建立湘阴阻塞线的任务后，他马上分派人力，带领我们日夜奋战，迅速完成了各方面的准备工作。余下的便是征用堵塞航道所需的旧商船和大盐船了，而这件事归湖南省政府和湘阴县政府负责，还能有差？我估计，下午三四点，营田滩那边就已堵塞完毕了；咱俩聊天这会儿，拱北很可能正从湘阴奔长沙，去向陈绍宽部长交差呢！"

画外音：憨厚的荣官绝想不到，实际上，纪拱北却身陷窘境，狼狈不堪！

8. 湘阴岸坡（日）

百余船民里三圈外三圈围个水泄不通，圈外站着好几个持长枪的警察。

圈内，身穿海军中校冬装的纪拱北，正在和手执文书的湘阴县府杜科长争论不休。

杜科长："纪中校，请你赶快签字吧！从早晨到现在，太阳都偏西了，你还是不肯签！我唇焦口燥肚子饿得咕咕叫，单等跟你交割清楚，好去县府复命啊！"

纪拱北："我还不是跟你一样又燥又饿巴不得赶快交割？！可我一次次问你，期限已到，原定由你们负责征用的6艘商船、20艘大盐船怎么不见踪影？你支支吾吾，让我等了又等；等到此刻，来的尽是些薄板木船，算怎么回事？！"

杜科长："薄板木船不假，可数量多呀！"

纪拱北："杜科长，你究竟是真不明白还是心有成算啊？！我早上、中午已经讲过多少遍了，现在重申一次：薄板木船压上石头，船板必定开裂，绝对不能沉江堵航道，便是1000艘也无用，反而白白损害了船民的生计！"

杜科长："不至于吧？又不是纸糊的，怎么会裂呢？"

纪拱北："你不信，问问船民好了！"

船民们争相回答："会裂的，会裂的，肯定会裂的！"

杜科长脸一沉："说话要负责任，事关抗日啊！你们是不愿为抗日出力吧？！"

纪拱北："杜科长想多了！除了汉奸，中国人哪个不愿为抗日出力？！"便指向前排的船夫甲："兄弟，你说是不是？"

船夫甲："当然是！我们谁个不恨日本鬼子啊，剥皮抽筋都不解气！可是为抗日出力应该实打实，丁是丁、卯是卯，不能含糊；我们的小木船一压石头就碎了，根本沉不了江，抗不了日嘛！"

船夫乙："要是小木船真能锁江抗日，我们倾家荡产也心甘情愿的！可它明明不行，为什么非要拿来充数呢？！"

杜科长耍威风："大胆！什么'拿来充数'！什么'明明不行'！你说不行就不行啦？！我还偏不信这个邪了！"

纪拱北："杜科长，你是县府官员，何必跟小百姓发这么大火呢？你说，你要怎样才能信？"

杜科长报复船夫乙："拿他的船装上石头试一试！"

一时冷场。

何咏烈站在纪拱北身后不远处，一脸鄙夷。

何咏烈内心独白："这个科长，官小威风大，无理搅三分，不顾抗战大事，不理百姓血汗，什么东西！"

杜科长进逼船夫乙："怎么样？试你的船，干不干？！"

船夫乙一咬牙："试就试！"

杜科长又逼纪拱北："纪中校，你看呢？"

纪拱北："我看大可不必！何苦无端压碎一条船？乱世之中，小百姓已然很苦了！"

杜科长："不叫试船，又不肯签字交割，敢问纪中校，到底做何打算？！"

纪拱北："不是'做何打算'，而是采取行动！"

杜科长："什么行动？我不明白你的意思！"

纪拱北："我的意思很清楚：大半天都等过去了，原定必须移交给海军的商船和大盐船一艘也没有，再耗下去，个人获罪事小，贻误军机事大。所以我要立刻赶回长沙禀告上峰，否则，一切就都来不及了！"便向何咏烈招手："何咏烈，我们走！"

杜科长慌忙拦住："纪中校，你不能走！你一走，我把船移交给谁？！"

纪拱北又气又急："移交给谁？！——小木船是你们征用的，我没有义务接收！更没有理由给设计移花接木和金蝉脱壳的什么人当傻瓜耍！"

杜科长继续阻拦。

纪拱北厉声："杜科长，我是海军代表，扣留军方代表是犯法的！"

此时船户中忽然有人喊："海军不肯收船，我们等着干吗？赶紧各走各的吧！"

第三十三集　湘阴阻塞　长沙大火

　　船夫们骚动起来："走喽，走喽！"

　　杜科长一声断喝："站住！不准走！都给我站住，站住！"

　　警察们纷纷从肩上拿下枪来，拉开枪栓。

　　纪拱北止步，转身回到原处。

　　杜科长一脸焦急："怎么办？！怎么办？！纪中校，你看怎么办？！"

　　纪拱北略一思忖，当即大声安抚船夫："船夫们，不要走，都不要走，我也暂时不走！你们放心，问题会解决的，很快会解决的！"

　　杜科长："如何'解决'？！如何很快'解决'？！纪中校啊，除非立马签字交割，别无他途！想想吧，即便我再不敢强留军方代表，可船夫们随着你一哄而散，警察执法万一闹出人命，加上事情还关联到抗战，后果那就太严重、太可怕啦！"

　　纪拱北："杜科长，你的忧虑其实正是我的忧虑，所以我才没不顾一切走掉嘛。当然了，在你的地界上出事，首当其冲的难免不是你，你更焦躁，也在情理之中啊！"

　　杜科长神色稍缓，微微点头。

　　纪拱北："好在事情仍有转圜余地……"

　　杜科长急不可耐："怎样转圜？"

　　纪拱北："延迟交割！"

　　杜科长："由今日交割变更为延迟交割？！这能行吗？"

　　纪拱北："能！这是唯一可行的路子了。"

　　杜科长："事已至此，你说说具体做法吧！"

　　纪拱北："好！第一，我改变态度，同意由你指定一条木船做压石试验。毫无疑问，木船必碎。据此，你就有了充分理由，提请湘阴县府准许延迟交割并等候湖南省府下达相关指示。第二，试验一结束，我立即赶回长沙，向海军总司令具实禀告延迟交割的原因，请求火速采取补救措施。第三，为了体恤百姓，取信于民，你应承诺给献船做试验的船户申请必要的补偿；同时，在交割问题最终解决之前，先放船夫继续他们的生计。否则，必定生乱！'水能载舟，亦能覆舟'的古训，我等为官者，不敢须臾忘记啊；更何况，日寇作孽，戕害同胞，穷人活命尤其艰难哪！"

　　杜科长受到触动："纪中校所言于情于理我都受教，放不下心的还是，你怎么能断言木船必碎呢？"

　　纪拱北："隔行隔山。正如我不懂得县府的运作一样，你也不甚了解水下阻塞线的构筑。然而，作为服役近20年的职业海军军官，眼前的所有木船，我一望而知，没有哪条能够承载石头，完满沉江的。倘若我技术不行，海军总司令也不会指派我来湘阴执行任务了。军事岂同儿戏?! 稍有疏失，即成灾祸！从大处说，于国于民皆罪不可恕；往小里看，牵累家族，也枉为男儿。不是吗？"

杜科长："是是是！说句肺腑之言吧，纪中校，薄板木船何以能拿来充数，我一介小吏全然不知底细，更无权追查。不怕你见笑，我最在乎的便是尽快交割复命，牢牢保住饭碗；毕竟，熬到县府科长，真不容易啊，何况母老子幼！也因此，对纪中校多有冲撞……"

纪拱北忙截断："万料不到征来的尽是小木船，我心急如焚，也多有冒犯嘛！"

杜科长："既然都把话说开了，纪中校，那就请一起验船吧！"

纪拱北："好！请稍候，我跟下属交代几句！"便走向何咏烈。

何咏烈凑近。

纪拱北压低声音："按原定计划，布雷队部分成员必已抵达湘阴下游，开始破坏航标了；徐宝德等人应该正在营田滩，着手安置荣工程师运去的沉船爆破雷。唯独阻塞施工组还留守长沙临时住处，苦苦等待我们。纠缠到现在，事情总算有了转机。我这就跟杜科长去看小木船压石试验。不再度节外生枝的话，试验一过，我们立即赶回海军总司令部，报告交割实情，以便采取对策。但是，战乱岁月，任何突发情况都有可能出现。万一，我是说万一的万一，我又被困住，你赴汤蹈火也要飞车回长沙通风报信，决不能贻误阻塞线的开工啊！明白了吗？"

何咏烈："明白了！"

纪拱北转身而去。

何咏烈目送纪拱北随杜科长穿出人群。

何咏烈内心独白："好一个能屈能伸、当机立断、又刚毅又周密的硬汉子，铁心铁肺里居然还给小百姓留了一块地方！宝德和我也算没有跟错人，只可惜他偏偏是纪府嫡长子、仇家大少爷，否则，我们早成了过命的八拜兄弟啦！"

9. 长沙城外（日）

一辆吉普在公路上飞驰，车尘滚滚。

何咏烈："天黑前赶回长沙没问题，就差一小段路了嘛！"

纪拱北："想来，陈部长听了我的禀报，一定很惊讶，怎么会发生如此荒唐之事！"

10. 长沙海军总司令办公室（日）

陈绍宽："怎么会发生如此荒唐之事？太荒唐了！"

第三十三集　湘阴阻塞　长沙大火

纪拱北恶狠狠："必有大蛀虫作祟！国难之中还敢这样腐败，查出来格杀勿论！"

陈绍宽苦笑一下："这么容易查就好了！你还是赶紧去卫戍司令部报告吧！"

纪拱北："是！"

11．长沙卫戍司令部外（日）

暮色苍茫。

吉普急刹车停在大门口。

纪拱北跳下车疾步趋近。

卫兵甲挡住。

纪拱北："我要见参谋长！"

卫兵甲："参谋长不在！"

纪拱北："不在？！副参谋长呢？"

卫兵甲："没有管事的长官了，大的、小的都没有！"

纪拱北："这绝不可能！参谋长一定在内进办公室，我必须面见他！"

卫兵甲："他真的不在！"

纪拱北："十万火急！我不见到他不行！快让我进去！"

卫兵乙过来，和卫兵甲交叉起长枪阻挡："上面有话不许随便进人！"

纪拱北大声："军务紧急，这不是什么'随便进人'！"

卫兵甲、乙："任何人不得入内！"

纪拱北严厉警告："我是海军总司令陈绍宽特别派来交涉军务的，你们敢延误，军法不容！"

何咏烈突然伸出双手，左右开弓，死死钳住两个卫兵的手臂："榆木脑袋，火烧眉毛了还要拦，到头来你们吃罪不起啊！"

12．长沙卫戍司令部（日）

纪拱北飞奔上楼。

纪拱北推开参谋长办公室："报告参谋长！"

室内人去屋空。

纪拱北推开副参谋长办公室："副参谋长！"

同样无人。

纪拱北飞奔下楼。

347

纪拱北逐屋寻人。

纪拱北奔出。

卫兵甲画外音："我们没骗你吧，海军中校！"

13. 长沙卫戍司令部外（日）

纪拱北跳上吉普："见鬼了，里面空荡荡的，无人理事！"

何咏烈："怎么办？！"

纪拱北："省政府也是湘阴阻塞线的责任方，马上去那里！"

14. 湖南省政府（日）

纪拱北在省政府走廊狂奔。

15. 湖南省政府外（夜）

夜幕降下。

纪拱北跳上吉普："赶快回海军总司令部！"

何咏烈打开大灯。

16. 长沙海军总司令办公室（夜）

陈绍宽在灯下看文件。

纪拱北疾步近前："陈部长！"

陈绍宽："怎么样？"

纪拱北："卫戍司令部和省府都唱'空城计'！陈部长，我看一定有大事秘而不宣！"

陈绍宽："不会的！再怎么'秘而不宣'，海军总司令部在这里，怎么可能连我也'不宣'？！"

纪拱北急了："可这是真的，千真万确的！陈部长，我海军肩负阻塞之责却拿不到阻塞之材，卫戍司令部和省府这两个责任大头竟还神秘消失了；如无应变之策，贻误了阻塞，如何是好啊！"

陈绍宽拨动电话，听了一会儿："卫戍司令部无人接听！"

陈绍宽再拨电话，听了听："省府也无人接听！看来，果然在演'空城计'，我还蒙在鼓里呢，岂有此理！"

第三十三集 湘阴阻塞 长沙大火

纪拱北："陈部长，我们拿什么去建立江阴阻塞线啊?!"

陈绍宽略一沉吟，无奈地说："事到如今，也只能再割我们海军的肉了，就让湘阴江面那艘380吨的'顺胜'炮舰和六只铁驳船一起殉国吧！"

纪拱北一阵心酸，顿时泪盈眼眶又强压下去。

陈绍宽递给纪拱北一张纸："这是我的手令。明天黎明你去湘阴接收这一艇六驳，拖到营田滩炸沉吧！完成之后速回常德，继续制雷、布雷和训练布雷队员，这是海军抗战的主要任务啊！"

纪拱北敬礼："是！"

17．郝记小吃店楼下（夜）

郝老板匆匆上楼梯。

18．郝记小吃店阁楼（夜）

郝老板："纪老先生，适才我去了趟湘芷旅舍我兄弟那里，一路上感到气氛怪怪的……"

纪慕贤："怎么了?!"

郝老板："街头巷尾多了好些长沙警备司令部的兵，三个三个一起，走来走去，神神秘秘的，路边还放了不少汽油桶等易燃物，很是异常；在湘芷旅舍，住客们也惶惶不安，交头接耳，疑心鬼子就要打进来了！所以，我连忙跑回来给你们报个信，千万警醒些才好！毕竟，你们是客人，消息不如当地百姓灵嘛。"

纪慕贤感动："郝老板如此仁厚，真是太可贵了，你自己也该想些应变之策才行啊！"

郝老板："我已经想定了，不管这次会遭遇什么样的劫数，我都选择舍店保家：保自己的家和店员的家。一会儿，我们就各自回去，安排家小，待否极泰来，再从头收拾郝记。"

纪慕贤："危难更显真性情，但愿这是一场虚惊，我们有缘再相见！郝老板，事不宜迟，你们快快回去保护家人吧！"

荣官："郝老板，我送你下楼！"

郝老板对纪慕贤拱手："我看纪老先生绝非俗流，请多多保重，以后再赏光来郝记吃米粉！"

纪慕贤拱手回礼："珍重了！"

19. 郝记小吃店外（夜）

昏灯下，一辆汽车开来，停在路边。

士兵们紧张地从车上卸下汽油桶。

士兵们提起汽油桶泼向民居。

特写：一堵屋墙上白灰写成的一个大大的"焦"字。

20. 郝记小吃店阁楼（夜）

纪慕贤把手枪塞到枕下。

21. 阻塞施工组临时住处（夜）

二十人的大通间、大通铺。

纪拱北、何咏烈一出现，杨上尉、李点点等便一拥而上。

杨上尉："纪舰长，外面情况非常可疑，仿佛要出大事！"

李点点："杨上尉派我去侦察，我越看越不安。最邪行的是，士兵们往一辆辆消防车里灌汽油！消防车灌汽油，那还能救火吗?! 今天是孙中山先生诞生 72 周年纪念日，气氛怎么反而这样怪异，这样紧张呢?!"

纪拱北："你们的感觉，也正是我跟何咏烈的感觉。我判断，长沙正在实施某项绝密计划，而我们和百姓一样不在知情范围内。境遇越是如此，我等越应清醒，即便天崩地裂，湘阴阻塞线明日必须建成！军令如山，不得贻误！"

众人："是！"

纪拱北："现在我宣布：一、今夜由杨上尉值星，全体和衣而卧！任何情况，听我指挥！二、明日凌晨 4 点全体起床，4 点 15 分开赴湘阴。三、湘阴阻塞线完成后，全体前往常德。"

众人："是！"

纪拱北："李点点！"

李点点："在！"

纪拱北："李点点，从现在起你单独行动。任务是：首先侦察距长沙三公里的新河有无敌踪，如有，立即回头报告；如无，北上新墙河侦察敌情，明天清晨在湘阴江边和我们会合。记住了吗？"

李点点："记住了！"

第三十三集　湘阴阻塞　长沙大火

纪拱北："去，带上干粮，立即出发！"

李点点："是！"

22. 郝记小吃店阁楼（夜）

荣官把热姜汤轻轻放到桌上："郝老板临走时对我说，'厨房里的东西，剩也白剩了，不嫌弃的话，只管取用'。我要预付钱，他执意不肯，还说：'街上的情景，兴许只是消防演习什么的，你们在我郝记吃点喝点，也算得太平兆头嘛！'"

纪慕贤："郝老板又达观又慷慨，言谈还挺有意思的，难怪生意红火啊！"

荣官摸了摸碗："不烫手，可以喝了！喝过姜汤，再烧壶热水给你泡泡脚，祛祛寒，睡个好觉，明早咱直奔常德。我估摸，拱北可能比我们先到，冷不丁瞅见三爷，该多么惊喜啊！"

纪慕贤喝下姜汤，接过荣官递来的帕子，擦了擦嘴，感慨道："荣官哪，我生了三个儿子、一个闺女，教养过八个侄子、两个侄女，然而遭逢乱世，床前尽孝的却只有你一人啊！"

荣官："这是天意厚待荣官，特地给个机会尽孝！你想啊，今天一早我往营田滩运送沉船所需的爆破雷，中午没顾上用饭，下午才回长沙填肚子。长沙街边小餐馆可不老少，我怎么会鬼使神差偏偏挑上郝记?! 又怎么会都快吃完了，忽然一抬眼立马发现了你?! 如果早两分钟放下筷子走人，不就生生错过了吗?! 三爷你说，这不是天意是什么?! 不是荣官的福气又是什么?!"

纪慕贤："是你的福气，也更是我的福气啊！知道吗？离散这一年间，我在香港摸不着海军脉搏，日子长得仿佛经历了好几个世纪！多谢天意厚爱，我又能靠近你们，又能通过你们，感知血里火里屡败屡战、不屈不挠的中国海军了！荣官哪，我真是太振奋、太幸福了，连高烧也很快退去。瞧，我好着呢！"

荣官："这就是精神作用啊，我算见识了！说实在的，三爷赴香港前曾经表示，一旦那边上了轨道，自己便返回内地寻找海军。当时，我和拱北都以为这是很难达成的愿望，甚至是奢望；毕竟，岁数这么大了，战乱中独自跋涉，大奶奶他们岂能放行?! 现在，我才明白，三爷跟海军的缘分山高水深，铁了心要去找，那是谁也拦不住的啊！"

纪慕贤："还真叫你给说中了！不论是谁，也不管什么困难，全都挡不住我寻找海军的决心。在粤湘交界处，我就撞上这么件事……"

23. 粤湘交界处（日）

纪慕贤斜挂着挎包走在沿山路上。

土匪甲、乙匿于草丛中。

纪慕贤样子疲累，脚步放缓。

匪甲悄声："来了来了！"

匪乙："走得好慢，蜗牛！"

匪甲："准是个外乡佬，看那只挎包就知道！"

匪乙："有油水，一准有油水！"

纪慕贤靠着山壁坐下休息。

匪甲："还歇下了，不能等！"

匪乙会意地瞟了匪甲一眼。

纪慕贤低头看手表。

画外两土匪断喝声："起来！摘下手表！"

纪慕贤一怔，抬起头。

两匪举着砍刀凶神恶煞："起来！"

纪慕贤侧身手扶山壁慢慢站起。

匪甲、乙："拿来！手表！挎包！"

纪慕贤以迅雷不及掩耳之势拔枪闪电般朝两匪腿部各射一枪。

两匪人倒刀落。

纪慕贤怒骂："败类！有刀不砍日本鬼，反欺中国人，跟汉奸能差几步？啊?！不如除掉的好！"便瞄准匪甲的心脏。

匪甲惊恐万状："别别别，别杀我呀，老伯爷！开恩啊，求求你开恩啊！……"

匪乙："饶命啊，饶命啊！……"叩头如捣蒜。

纪慕贤："听着，这次我且不伤你们的腿骨，下次的话，那就要打头骨了！"

两匪："是是是，是是是！我们不敢了，再也不敢了！""放我们走吧，好痛啊！"

纪慕贤："走吧走吧！"

两匪滴着血走了两步。

纪慕贤："回来！"

两匪无奈转身。

纪慕贤："养好伤，好好反省，有种的去抢日本鬼，才不辱没了祖先。"

第三十三集　湘阴阻塞　长沙大火

纪慕贤回忆止。

24．郝记小吃店阁楼（夜）

荣官："三爷你真行！"

纪慕贤："不行喽，到底老喽！否则，只须打伤一个土匪的腿。——省一颗子弹，少一重危险嘛！"

荣官："瞧你说的！身手那么快，枪法那么准，比年轻人差哪儿啦?！以往，三爷从未有过这类服老的话，必是让香港那些度日如年的日子，把心给熬老啦！往后，挨着海军，立马就变回来了，你不信我信！"

纪慕贤："知我者荣官也，所言一针见血，我的心果然是在香港熬老的！那时候，多少个漫漫长夜，遥想我们悲壮的海军，我感慨万千，难以成眠；回顾自己庸碌的一生，我羞比功名，愧对国家。那份苦闷向谁诉说?！积得好实实实，压得好重重重啊！"

荣官："三爷，看来，香港的日子不但把你的心熬老了，也熬躁了！荣官觉得，'天下兴亡，匹夫有责'，是要求人人皆应有所担当，而不是个个都该深切自责的。比如，千难万险雷击'出云'却功亏一篑，拱北当然最痛；但他痛而不躁，不兴自责，对员兵工匠、行动队员更褒奖有加，我们由此很快就走出了失落，这多好啊！三爷，当年你参加甲午战争，九死一生，后来你继续为海军奋斗，恪尽职守，你的心从未老过、躁过！香港的岁月已成昨天，在海军身边，一切都会复苏的，你不会老，我们也不让你老啊！"

纪慕贤眼里流露出欣慰和赞赏："听君一席话，胜读十年书。荣官，你的成熟再一次让我不能不刮目相看啊！"

荣官："荣官哪有这么好？是三爷25年来如师如父，荣官才敢不遮不掩，实话实说嘛。"

纪慕贤："这就叫缘分，25年的岁月，我们不知不觉变成了亲人！告诉你吧，我一生最失意、最得意、最在意的三件事，它们或多或少都关联到你。"

荣官："真的吗？"

纪慕贤："那还有假？我挨个数来！首先，我最失意者，当然是甲午。甲午战败，国仇家恨外，又牵出四爷先斩后奏私娶甲午遗孤那青的事。此事，我身为家长，有失察之过，累及全族大伤道义，也成了我愧疚不已的心病。"

荣官："事情都过去二十多年了，想不到三爷至今还耿耿于怀！那青的不幸虽然无可挽回，但她从未因此报复过、伤害过任何人，反而同翠翠、安丽交情至深。她的善良纯真已经变成了全家，甚至全族的念想，三爷你的心病也该去掉了！荣官寻思，三爷能够代表亲属为那青做的，也许只有等抗战胜利后回乡为她修坟了吧？"

纪慕贤："正是。到时候，我会请求族长，以宗族的名义，在康山满人墓地把那青墓修葺一新。荣官哪，如果我不在了……"

荣官立即打断："三爷快别说这不祥的话，荣官会难过的！"

纪慕贤："人哪能长生不老？我是说'如果'……"

荣官急了："那也别这么说！荣官不爱听！"

纪慕贤："好好好，那就说，如果届时我力不从心，荣官，你要和拱北把这件事担下来，以此告慰那青和她的父亲——甲午英烈那旗！明白吗？"

荣官："三爷放心，荣官明白！"

纪慕贤："好，下面该说今生我最得意的事了。你先猜猜，是什么？"

荣官："你最得意的？！我怎么没看出来呀？……莫非是……是升了海军中将那件事？"

纪慕贤哈哈大笑："升海军中将就最得意啦？荣官啊，你居然把我当成官迷禄蠹了，这可不是你哟！"

荣官尴尬："我这不是猜不出吗！"

纪慕贤："猜不出便罢了，干脆告诉你吧。今生我最得意的就是：你和拱北并非血亲，却因抗日变成了一对配合默契的生死兄弟！世人多盲目相信血亲必定忠诚，所谓'打虎亲兄弟'之类的谚语便植根于此。事实上，放眼天下，古今中外同心同德打虎者，绝大部分恰恰不是亲兄弟；勇敢上阵的，大多数也并非父子兵。如果都那么狭隘，那真是人伦的不幸了。荣官，你说对吧？"

荣官："对对对，血亲固然重要，心亲才是最最可贵的！"

纪慕贤："你这话正是我要说的！在我看来，血亲而心不亲，无法断金；血不亲而心亲，却可以断金。换言之，同血不同心，血再浓也枉然！这个道理，是我这辈子从多少家国往事，包括自己家事中悟彻参透的啊！也因此，我对所有子侄，不论他们是什么血统，全都一视同仁；对你和拱北，也全都寄予很高的期望。你们要努力，努力，再努力啊！"

荣官："三爷，我们不会辜负你的！一定不会！接着说你最在意的吧！"

纪慕贤："我最在意的是，必须让定远、致远从小接受正规海军教育，将来继承复兴中国海军的大业，与恬不知耻以抢劫为荣的东瀛海盗之邦抗衡到底！"

荣官："三爷，你最失意、最得意、最在意的三件事，都跟日本宿敌有关，荣官铭

第三十三集　湘阴阻塞　长沙大火

刻在心了！子孙后代也会牢记不忘的！"

纪慕贤深深点头："待到洗尽甲午之耻、江阴之恨的那一天，荣官哪，你和拱北要随我回到中国海军的发祥地、第一艘国产千吨炮舰'万年青'号的诞生处——我们的故乡马尾；我要召集倔强的子孙后代，大声宣告：日本还是没能灭亡中国海军，中国海军又一次从血涛中复苏了，而亡国亡军的恰恰是多行不义的日本自己！以后，我们要争气，争气，再争气啊！"

纪慕贤目光如炬。

25．阻塞施工组临时住处（夜）

众人在大通铺上睡觉。

纪拱北和杨上尉在墙角席地而坐，窃窃私语。

纪拱北："李点点没有转回来，说明日军并未打到近在三公里处的新河。那么，市面的异常做何解释呢？总不会无缘无故吧?！"

杨上尉："就算消防演习，也没有任何理由往消防车里灌汽油啊！"

纪拱北："消防演习不可能，那，什么演习如此古怪呢？"

杨上尉："实在猜不透！快到凌晨2点了，纪舰长，白天你累狠了，赶紧睡一会儿吧，天亮还要去湘阴建阻塞线呢。"

纪拱北："睡不着了，我总觉得一定有事！"

26．郝记小吃店阁楼（夜）

纪慕贤和衣入睡。

荣官关切地看着熟睡中的纪慕贤。

荣官内心独白："三爷从未像今天话这么多，掏心掏肺地讲啊讲，亢奋得全然不显多少日子长途跋涉的疲惫。年近古稀之人居然能够这样，只有一种解释：他苦恋海军！回到内地，如同久旱逢甘霖，他所有的精气神都调动起来了，释放出来了！……美美地睡一觉吧，三爷，荣官守着你！"

27．长沙（夜）

黑夜。

字幕：1938年11月13日凌晨2时许

俯摄长沙。

南门方向突发火光，继而又有三处冒火，接着数百条火龙蹿起。

画外一片惊恐声："火！火！起火了！起火了！"惊恐声夹杂着惨痛的哭号声、燃烧的爆裂声，组成了地狱之声。

28．阻塞施工组临时住处（夜）

纪拱北鼻子吸了吸，立即拍了杨上尉一下，跳起来吼叫道："着火了！紧急集合！紧急集合！"

杨上尉："快！快起来！"

组员们翻滚起身。

浓烟攻入。

纪拱北："我命令：全体跟随杨上尉冲出去，往湘江边跑！"

杨上尉做了个手势，组员们立即追随。

纪拱北殿后，在浓烟中奔出屋去。

29．阻塞施工组临时住处小院（夜）

杨上尉等奔到院门前。

刹那间院门燃起大火。

毗连院门的一堵墙同时起火。

纪拱北瞥了东面的矮墙一眼，当机立断："全体跳东墙！"

杨上尉等以特种兵似的身手，相继跃出东墙。

纪拱北最后一个腾空而起（仰摄）。

定格。

30．长沙街巷（夜）

天心阁在燃烧，

店铺在燃烧，

民居在燃烧，

逃难的人流在街上狂奔、痛哭、呼号。

31．郝记小吃店外（夜）

店面在燃烧中。

第三十三集 湘阴阻塞 长沙大火

郝记招牌摇摇欲坠。

32．郝记小吃店（夜）
荣官护着纪慕贤在烟与火中奋力突围。
特写：纪慕贤右手紧握手枪。

33．郝记小吃店外（夜）
荣官护着纪慕贤终于跑出店门口。
不料郝记招牌掉下砸倒纪慕贤。
荣官投到纪慕贤脚下急唤："三爷！三爷！三爷！三爷！……"
郝记小吃店岌岌可危。
荣官忘记生死继续大叫："三爷！三爷！三爷！……"
一个路人用力扯了扯荣官："兄弟，赶快挪开，房子就要烧塌啦！"
另一个路人："快闪开，危险啊！"
荣官这才猛醒，抱起纪慕贤跑开几步。
荣官身后，郝记屋架动摇。
荣官抱着纪慕贤转身向郝记望去。
郝记小吃店全部塌进火海。

34．湘江岸坡（夜）
在长沙市内熊熊大火的映衬下，周身烟熏火燎的阻塞施工人员聚集在纪拱北面前。
杨上尉上前敬礼："报告纪舰长，全体人员到齐，无一伤亡！"
纪拱北回应杨上尉："任务所系，不能休整，不许旁顾，抖擞精神，开赴湘阴。"
杨上尉："是！"
纪拱北走到何咏烈面前："你立即单独行动，如有敌踪，及时报告！"
何咏烈："是！"随即离开队伍。
其余人员成一路纵队前进，纪拱北跟在一侧。
队伍从一棵苦楝树前走过。
画外音：长沙大火中，纪拱北和纪慕贤，一个率领队伍匆匆赶路，一个身负重伤奄奄一息；他俩在这棵苦楝树下失之交臂，留下了永远的痛。"悠悠苍天，此何人哉！"
画外音止。

在大火的背景下，苦楝树枯叶疏果颤颤抖动，无限凄凉。

35．湘江岸坡苦楝树下（日）

纪慕贤枕着挎包仰卧在地。

荣官摸着纪慕贤的额，喃喃道："好烫啊，发高烧了，怎么办?!"

纪慕贤烧得嘴唇变色发皱。

荣官一筹莫展，呆了一会儿，忽然眼光一闪："三爷，荣官去去就回来!"

36．湘江水边（夜）

荣官脱下棉衣，投入水中浸泡。

37．湘江岸坡苦楝树下（日）

纪慕贤高烧发胡梦。

38．纪慕贤梦境（日）

烈日暴晒，沙滩灼人，无边无际；沙粒亮得刺眼，岩石烤出裂缝。

纪慕贤大汗淋漓，气喘吁吁，在沙滩上跋涉，不时向远方眺望。

远方，在沙滩尽头，海面上隐隐约约浮动着一支很大的舰队。

纪慕贤喃喃自语："那是我们新成军的大舰队在巡航，我说什么也要走近前去看个够!"

大舰队若隐若现。

纪慕贤挣扎向前。

纪慕贤内心独白："好累好累，腿有千斤重……怎么老也走不到头?!"

纪慕贤停下脚步，抹抹汗，再次眺望前方，然后步履蹒跚地继续追寻。

纪慕贤内心独白："渴死了，有口水喝该多好啊!"

纪慕贤身体摇晃起来，终于扑倒在地。

沙滩尽头，大舰队更加如梦如幻。

纪慕贤在地上抬起头："好大好大的舰队，我爬也要爬过去!"

纪慕贤挣扎而起，手脚并用，拼命爬。

大舰队闪射耀眼的银光，无比壮美。

纪慕贤唇焦口燥，精疲力竭："水!……水!……"

第三十三集　湘阴阻塞　长沙大火

39．湘江岸坡苦楝树下（夜）

荣官将棉衣里的水，滴进纪慕贤嘴里。

纪慕贤终于睁开了眼睛。

荣官喜极声颤："三爷！三爷你到底醒过来了！"不觉流下泪来。

纪慕贤定了定神："荣官，枪，我的枪呢？"

荣官："一直在你手上握着呢！"

纪慕贤无力地捏了捏枪："有日本鬼子吗？"

荣官："没有，只有大火。"

纪慕贤："我们这是在哪里？"

荣官："还在长沙，在市区外，湘江岸坡上。等你缓过来，我背你去常德跟拱北会合。你再喝点水吧！"

纪慕贤张开嘴，荣官继续喂水，直至纪慕贤闭上嘴。

荣官："三爷，地上太凉，你枕着荣官好不好？"

纪慕贤："嗯。"

荣官挪动身子，把纪慕贤搂在臂弯里。

画外传来嘈杂声，夹着儿童的啼哭。

纪慕贤："什么动静啊，乱哄哄的？"

荣官："是逃离火场的难民的声音，离我们很近。"

纪慕贤叹了一口气。

画外音：纪慕贤悲哀了。他，天津水师学堂毕业生、甲午海战"超勇"舰三副、辛亥革命军官、民国海军中将，今夜竟也沦为难民啦！悲哀中，纪慕贤的心飞向家乡无边的东海、庄严的祖坟、婆娑的古榕、火红的扶桑，飞向那云影悠悠、星光灿灿、山也知情、水也有意的老地方。纪慕贤多么希望熬到胜利那一天，展望华夏强国强军的复兴之路；多么希望重登马尾罗星塔，感受闽江冲入大海的无敌之勇；多么希望再进纪府弘毅堂，笑忆子侄少小从军的轻狂之态；多么希望还能相聚中秋节，共赏清辉映照玉露的空灵之美啊！然而，他明白他等不到这样的日子了。

画外音中，逃难的灾民们在市区火光惨照下，沿着湘江茫然行进。

画外音止。

纪慕贤双眼紧闭。

荣官急叫："三爷！三爷！三爷！"

纪慕贤无反应。

荣官拍打纪慕贤脸颊："三爷醒醒，醒醒，可不能睡啊，不能睡啊！"

纪慕贤依然无反应。

荣官伸手试试纪慕贤的鼻息，稍稍松弛："三爷，你别吓唬荣官啊，快醒醒，醒醒啊！"便掐人中。

纪慕贤这才苏醒。

荣官："三爷，千万别睡啊，听我跟你聊天，好不好？睡着了，寒气侵入体内，很不利的！我们再歇一会儿，就去常德；到了常德，进了医院，就好办了！"

纪慕贤："荣官，我去不成了……"

荣官："快别说这不祥的话！我们一定要去常德，必须去！"

纪慕贤："荣官啊，我有事交代你，你得照办，这是我的遗愿啊！"

荣官强忍眼泪："三爷，荣官照办，一定照办，你只管交代就是了！"

纪慕贤："我棉袄的衬里上有个小兜，里面装着一个小物件，你帮我掏出来！"

荣官掏出物件——一方印章。

闪回（参见第二十五集《三场激战　中秋盛宴》第40节）：

拱南献上一方印章……

拱南："三叔，拱南是军人，不该奢侈，也不敢奢侈；敬赠的只是一方很廉价的练习石，上面刻了几行字。"……

纪慕贤端详印章。

印章特写：尊前要看　儿辈平戎

闪回止。

荣官："这不是1930年中秋节拱南孝敬三爷的印章吗？当时，甲午已过36年，而日寇亡我之心有增无减，三爷报雪之志也从未消歇。8年后的今天，在抗日战争中，纪家除了两个媳妇和义子石峻，又牺牲了三个好男儿；整个民族承受的痛苦更远非'血泪'两字所能概括的啊。对日本这颗大灾星，我们无论多么艰难都要将它摘掉，否则是永无和平，永无安宁的！"

纪慕贤："是的，必须摘掉！荣官，你把印章带给拱北；告诉他，我要看儿辈平戎，不在樽前，也在泉下！你记住了吗？"

荣官含悲："放心吧，三爷，荣官记住了！"便把印章藏进棉袄里。

纪慕贤："还有……"

荣官："还有什么，三爷？"

第三十三集　湘阴阻塞　长沙大火

纪慕贤："枪！"

荣官："枪还在你手里！"

纪慕贤："把我的手拉上来！"

荣官托起纪慕贤握着枪的手。

纪慕贤吃力地把枪放到荣官手里："荣官，你我情同父子，这把枪是个念想。你藏好枪，用好枪，日寇未灭绝不要放下枪！"

荣官："三爷，你交代的，我都牢牢记住了！"终于失声痛哭。

纪慕贤的生命之弦断了，他永远闭上了眼睛。

忽然刮起一阵风，苦楝果纷纷坠落，落在纪慕贤身上。

画外音：纪慕贤一生热爱海军，苦恋海军。他死于谐音"苦恋"的苦楝树下，有苦楝果相伴而行。他的灵魂一如生前，无论海军多穷多弱，都紧紧跟着，跟着……

画外音止。

长沙的火光映衬着苦楝树。

满地苦楝果，荣官抱着纪慕贤站在苦楝树下，状如雕塑。

40．湘阴城外（日）

何咏烈与李点点相遇。

李点点："何叔，你怎么一个人来了？"

何咏烈："纪舰长派我在队伍前面哨探，他们就在后面。"

李点点眼尖："来了来了！"随即飞奔相迎。

纪拱北："李点点，新墙河那边什么情况？"

李点点："报告纪舰长，日军仍在新墙河对岸，离汨罗还有200多里，离湘阴和长沙就更远了。"

纪拱北："日寇距长沙还有好几百里，长沙就失控成这样，焚烧成这样，太不像话了！"

李点点指着长沙方向："这么大的火，什么时候才能灭啊?！"

长沙方向烟尘冲天。

画外音：1938年长沙文夕大火，是"焦土抗战"实施过程中一次仓皇行动引发的，教训深刻，足以警世。然而，当时，绝大多数国人都不知真相。纪拱北唯一能做的是勉励部下临危不惧。

画外音止。

纪拱北训话:"经过惊心动魄的一个夜晚,我看到,你们沉着勇敢、身手敏捷,个个都是好样的;先后派出担任侦察任务的李点点、何咏烈也同样是好角色。尽管长沙大火的真相我等尚无从知晓,但有一点很值得记取,那就是:危机面前,惊慌失措只会陷入深渊,临危不惧却能走向希望!什么叫临危不惧?去年淞沪抗战,八十八师八百勇士坚守四行仓库。团长谢晋元、营长杨瑞符慷慨题词:'余一枪一弹,决与倭寇周旋到底''剩一兵一卒,誓为中华民族求生存'。这,就叫临危不惧。有了它,绝处可能逢生,即便不能,也应死而见其勇。我们大家都要牢牢记住!"

众人:"是!"

纪拱北:"'顺胜'炮舰和六艘铁驳船已经调到营田滩等候沉江了,现在出发!"

第三十四集　荣官殉难　雷棚爆炸

1. 长江中游（日）

冻云无际，江岸覆雪，岸边野梅，随江蜿蜒，如雪上血，诗中魂，画面唯美而冷峻。

字幕：1940年长江中游

画外音：中华民族的岁月之轮，一路溅血，碾过悲恨难诉的20世纪30年代，沉重地碾进了40年代第一个凛冽的早春。

画外音止。降雪。

2. 江西湖口石钟山水域（日）

字幕：湖口石钟山水域

石钟山寂寞地兀立在长江之滨、鄱阳湖口。

飞雪迷蒙。

一艘载重近900吨的日寇大型运输舰行驶在石钟山前。

镜头推近。战犯旗裹着风雪可耻地妖舞魔蹈，"滨田丸"三个字清晰可见。

3. "滨田丸"驾驶台（日）

日寇舰长用望远镜窥望了一会儿，得意扬扬道："大日本帝国胜利地实现了在中国黄海、渤海、东海、南海的自由航行，这是天皇的光荣！中国海军已不复存在，我们在长江已无任何值得一提的对手了；用不了多久，一旦攻下长沙、常德、重庆，整条长江就会变成完全属于日本的水上大通道，供我们永永远远自由航行了！大家努力吧！"

众日寇："是，舰长！"

4. 江西湖口石钟山水域（日）

"滨田丸"拖着尾浪继续航行。

画外音：中国海军果真不复存在了吗?！不，中华民族即便只剩一口气，这口气里也必有中国海军的一丝呼吸！事实是：1937年秘设于上海的海军制雷工场，虽历尽艰险几度转移，却从未中断过设计、研制和生产各型水雷，1939年6月它终于演变成一个位于常德的战时军工系统——正式的海军水雷制造所；这个制造所不但在武陵佛光寺建起自己的TNT熔药工厂、漂雷浮力试验池、无线电台等相关机构，甚至还将办事处开到香港，连转运站也伸进了越南。水雷制造的发展催生了同年11月海军长江中游布雷游击总队的建立，1940年4月更增设了浔鄂区布雷游击队。仅1940年上半年在长江中游三大布雷游击区就炸沉敌船只舰艇60艘，海军上校刘德浦，中校曾国晟，少校叶可钰、林遵、郑天杰、林祥光等一批优秀的制雷、布雷指挥官纷纷脱颖而出，立功受奖。狂妄的日寇，你们消停得了吗?！

画外音中出现如下画面：

多具带伪装物的漂雷正潜在水面下漂来，"滨田丸"朝雷阵驶去；漂雷时隐时现，"滨田丸"驶近雷阵。

5. "滨田丸"驾驶台（日）

日寇舰长惊呼："漂雷！中国海军还在！"

6. 江西湖口石钟山水域（日）

"滨田丸"触雷爆炸。

战犯旗碎片飞天。

画外音：妄言"中国海军已不复存在"的那个日本海盗和他的140多名喽啰连同"滨田丸"，反倒不复存在了，只剩下40个伤员在1940年2月的春寒中，哀哀哭丧；而中国海军却依旧顽强存在，不屈不挠，打击敌人！

画外音中，破裂的战犯旗落到江面。

画外音止。

战犯旗被浪头卷没。

第三十四集　荣官殉难　雷栅爆炸

7. 安徽芜湖螃蟹矶水域（夜）

灯船闪射，指示航路。

字幕：芜湖螃蟹矶水域

大型运输舰"西美丸第三"（字幕），亮着夜航灯朝灯船方向驶去。

"西美丸第三"经过灯船驶进黑暗的前方。

一声巨响，火光熊熊。

画外音：1940年6月，"西美丸第三"满载汽油和大炮，在螃蟹矶变成烧焦的螃蟹，再也无法横行了！该死的日本贼寇，我们伟大的母亲河凭什么让你们横行？！横行必将万劫不复，无论西美丸第几，下场都一样！

画外音中，镜头推近，"西美丸第三"已成浮在江上的一只巨大的火螃蟹。

画外音止。

8. 长江中游（日）

江水中水雷载沉载浮。

画外音：我海军布雷游击战方兴未艾，敌长江舰队司令慌忙通告：禁止舰队集合航行，禁止芜湖至九江夜航；舰队自芜湖上行必须加速度前进，商船自芜湖上行必须扫雷艇开道。但这又岂能改变侵略者注定的结局？！"楚虽三户，亡秦必楚"！日本鬼子，你们等着！

画外音止。

爆炸声中江天火光迸射。

火光中连连打出字幕："西善丸"沉！"凤朝丸"沉！"吉阳丸"沉！"兴洋丸"沉！"山田丸"沉！"村木丸"沉！……

9. 沅江中游山野（日）

丘陵起伏，溪涧飞瀑，林深草茂，山气氤氲。

画外音：为了更好地保护和增强来之不易的制雷能力，1940年7月，海军水雷制造所由常德迁往最后的落脚点——沅水中游的深山中。

画外音止。

字幕：湖南辰溪

10. 辰溪海军水雷制造所外（日）

危岩敲石，蟠木虬枝。

一座竹木搭建的青绿保护色两层楼房，中段内缩，两厢突出，顶视呈规整的凹字形，外沿围以栏杆。

字幕：海军水雷制造所

11. 水雷所会议室（日）

30名海军军官（一律陆军服且无军阶标识）、20名技术人员（一律工装）外加7名便装布雷人员，济济一堂。

前排空一位置。

中排空两位置。

方少校、朱少校悄声议论。

方："通知好了下午4点开会的。此刻，所部官员、所里6个股以及辖下的工厂、电台、水鱼雷营、布雷队的主要骨干都齐了；只剩荣工程师和麻田的人还没来。荣工一向赶早不赶晚，今天怎么了？！"

朱："7月迁所以来，荣工多半都在麻田那边照应TNT熔药厂和漂雷浮力试验池，可能临时遇到什么事必须处理吧？"

12. 水雷所会议室走廊（日）

纪拱北看表。

手表指针：3：45

焦中尉、卜少尉飞奔而来，双双致礼。

焦中尉："纪所长，荣工在回所部的半路上突发急病，我们送他去了海军医院。"

纪拱北："什么病？！"

焦中尉："荣工逼我们赶来开会，所以……"

纪拱北："这个把月，你们常跟荣工一起，没发现他身体有什么不妥吗？"

卜少尉："有，焦中尉和我都见过他肚子痛！因麻田这边尚未配置医护人员，我们就劝他上医院，他却嫌耽误时间；还说，李点点布雷受重伤才进的海军医院，自己偶尔小病小痛算什么？！"

焦中尉："今天半路发作，仍不肯就医，正犟着突然晕倒了，我和卜少尉这才把他

第三十四集　荣官殉难　雷棚爆炸

送去的！"

纪拱北："你们先进去吧，我很快就来！"

13．水雷所所长办公室（日）

纪拱北在通电话。

电话中传来声音："纪所长，荣工程师已确诊为急性化脓性阑尾炎合并阑尾穿孔。手术由我主刀。"

纪拱北松了一口气："多谢吴清淞院长亲自主刀，太谢谢了！荣工积劳成疾，是我的疏失，给你添麻烦了！"

电话中传来声音："不必客气，这是我应该做的！"

纪拱北："布雷队员李点点也是你救治的，我代表水雷所再次感谢你！"

电话中传来声音："见外了，见外了！救治抗日将士是医生的神圣职责，何况我是中校院长啊！"

纪拱北："好，那一切就都拜托了！再见，吴院长！"

纪拱北对着话筒敬了个礼，放下话筒，快步走出。

14．水雷所会议室（日）

纪拱北："今天会议的第一个重点是：防空防奸。由于海军布雷游击战已将长江中游的一段，变成倭寇水上交通线的'溃烂盲肠'，近来，日机不断加大对辰溪一带的空袭力度，妄图在滥炸汉阳兵工厂等重要内迁设施的同时，发现并摧毁我海军水雷制造所，拔除制雷大本营，使布雷游击战无雷而终。为此，所部根据制雷厂、熔药厂、试验池及其他相关机构的特点，厘定了防空防奸细则，明日即全部下达贯彻。并行的安全举措还有，在沅陵桃竹溪、桃源仙人溪、株洲万兴庵加紧挖掘山洞，陆续建立10个规范的炸药库和水雷库，以取代隐患无穷的炸药棚和水雷棚。上述措施攸关海军制雷实力之保存，必须高度重视，不容半点含糊！"

众人起立："是！"随即坐下。

纪拱北："回顾我海军制雷抗日，步步凶险而步步发展，去年居然先后在重庆开设了水雷分厂，在常德正式成立了海军水雷制造所；接着，更以旺盛的士气，为湘北会战日以继夜赶制出2000具水雷，抢布在湘江、沅江及芦林潭水域，配合第九战区司令长官薛岳的部队打出了好成绩；今年7月，我们高效率迁所辰溪，高效率恢复生产，又得到了上峰的嘉许。抚今追昔，拱北在深感鼓舞之余，更加珍爱我们比天大、比命重的水雷所。拱北誓率全体部属，坚定抗日意志，激扬战斗精神，共保海军制雷实力！"

众人起立："是！"

纪拱北："下面谈会议的第二个重点：珍视友军。大家知道，除了制雷，现阶段，我海军水雷所的第二大职能便是培植布雷力量和指挥布雷队伍，而这无不关联到友军。因为，无论本所所辖的布雷特务队，还是受权统领的四支海军布雷分队及浔鄂区布雷游击队，在执行任务时，需要各自配属的战区，派出陆军兄弟，不计生死，进行掩护和支持，其中也包括新四军。所以说，我们应该珍视友军，如兄如弟如父如子！为此，我定下两个'不准'，要求你们牢牢记住！"

众人又起立。

纪拱北："不准因海军和陆军的文化差异而军种相轻！须知，'兄弟同心，其利断金'的道理，国难之中尤具深意！"

众人："是！"

纪拱北："不准因新四军的政治背景而妄生敌意！须知，国共联手抗战的局面来之不易，应该好好保护；实际上，多一支友军就多一分胜利的希望，而必欲灭绝我中华民族者，不是别人，正是万恶的日本！日本！日本啊！"

众人起立："是！"

15. 水雷所会议室外（日）

勤务兵庆升奔来。

纪拱北并方少校、朱少校等走出会议室。

勤务兵庆升满脸喜悦："纪所长，海军医院刚刚来电话说，荣工手术顺利！"

纪拱北："太好了！"

方少校、朱少校："所长，我们抽空去探视一下吧！"

纪拱北："今晚我先去看看再说。明天定了的会，不能改变！你俩，还有岳少校、谭少校都必须参加，好商定荣工那摊暂时由谁兼管，沅陵、桃源、株洲那边谁去加强。——这才是第一位的。"

方少校、朱少校："是！"

纪拱北乃命庆升："你去租一条小划子，晚饭后我过江看荣工！"随即离开。

方少校、朱少校在纪拱北后面停了片刻。

方少校感慨："我调进水雷所半年，见纪所长城府森严且不讲情面，却深受部属拥

第三十四集　荣官殉难　雷棚爆炸

戴，是个很厉害的人。不承想，方才，他竟在会上公开要求部众珍视新四军。我很替他捏一把汗啊！"

朱少校："好在适逢国共合作抗日，所长的那番训示严丝合缝、前后照应，倒也无懈可击。这需要勇敢和智慧啊，我算服了他！"

方少校："想来，只有恨透倭寇的人，才能如此坦荡，如此大气，不避亲共之嫌，渴望友军，善视友军吧？"

朱少校："你想得没错。虽然纪所长深藏不露，但据我所知，由于日寇侵华，纪所长的亲属，包括胜似手足的把兄弟，已然有7人献出了生命；而他正直热情的小弟，则是因反对剿共自杀身亡的。——大爱和大恨造就大胸怀、大胆识，不是吗？"

方少校深深点头。

16. 沅江江边（日）

天色擦黑。

一条小划子泊在江边。

纪拱北："庆升，你不必跟我去医院，回去吧！"

庆升："所长，让我跟去吧，有事可以随时吩咐啊。"

纪拱北："我就是去看看荣工和李点点，没什么杂事的。你该回去休息了，明天还要继续挖防空洞嘛。"

庆升："那，所长你别待得太晚了，深山里是有狼的！虽说这一带没发现狼群，但独狼也够受的了啊！"

纪拱北："放心吧，我防着了！"说着便抽出一把匕首："喏，这把你带上！"

庆升："那你呢？"

纪拱北："我还有一把嘛。"

庆升："怎么不用枪？"

纪拱北："山幽夜静，枪声会传得很远，可能引起麻烦，明白吗？"

庆生："哦，明白了！"

纪拱北："狼很狡猾。听说，这畜生会从夜行者的背后伸出爪子搭住人的肩，等对方一回头就猛咬喉咙……"

庆升紧张："啊？！真的吗？！"

纪拱北："我也不知道是不是真的，不过现在倒宁可信其真。所以，你要记住：进了山，万一被什么东西搭住肩，千万别回头！千万要镇定！一旦感觉肩上不是人手，立马刀尖向后狠狠戳它一刀！"

庆升："是！"

纪拱北："走吧，胆子壮壮的！你那把匕首非常锋利，对付狼绰绰有余！"

17．沅江彼岸（夜）

夜幕下，繁星闪烁。

小划子靠岸。

纪拱北舍舟登岸。

18．辰溪海军医院外（夜）

纪拱北匆匆走进医院。

19．辰溪海军医院走廊（夜）

纪拱北与齐护士长迎面相遇。

齐护士长："纪所长来看荣工程师了？"

纪拱北："是的，顺便也看看李点点。"

齐护士长："荣工状况不错，这会儿睡着呢。"

纪拱北："你们辛苦了！"

齐护士长："哪儿的话？应该的！"

纪拱北："点点怎么样？"

齐护士长："不错！别看他瘦瘦小小，肩上、肚上连中两枪，却愈合得挺快，这两天还吵着要回家去呢！问他家在哪里，回答说队伍就是家！"

纪拱北："好样的，真正长大了，不愧为淞沪抗战英烈李连长的弟弟！"

20．六号病房外（夜）

纪拱北透过门上一方玻璃观察口看见荣官已经入睡。

纪拱北的目光变得十分殷切。

纪拱北内心独白："荣官，你积劳成疾是我之过啊！为什么从来都是你嘘寒问暖，而我却短了这根弦？好兄弟，你生病提醒了我，必须为辖下各厂、队、台、站建立医护点，每个点最起码也该配置一两个看护兵担任急救。这就牵扯到人力的培养，看来得请吴清淞院长帮忙筹划……"

第三十四集 荣官殉难 雷棚爆炸

画外响起李点点激动的声音:"纪所长!"
纪拱北一怔,转过身。
齐护士长扶着李点点出现在纪拱北面前。
纪拱北不禁快步走近。
李点点吃力地敬礼。
纪拱北郑重还礼。
李点点:"所长,点点要求回家!"
纪拱北带笑道:"在这里我可不是长官哦,长官是院长、医官、护士长嘛!"
李点点恳求:"所长,点点想念咏烈叔、宝德叔,想念布雷队!"
纪拱北:"我知道的,知道的!我们大家也想念你,盼着你彻底康复呢!"
一名护士奔来:"齐护士长,六号需要你,快!"
齐护士长:"好!你扶李点点回房吧,他该服睡前的药了!"
李点点:"不用扶,我会扶墙的。"
纪拱北立马扶住李点点:"扶什么墙?我就是墙!"
李点点:"这……"
纪拱北:"走,回去吃药!"

21. 辰溪海军医院走廊(夜)

纪拱北扶着李点点向走廊尽头走去。

22. 六号病房外(夜)

纪拱北再次通过观察口向内窥视。

23. 沅江彼岸(夜)

小划子泊在岸边。

24. 六号病房外(夜)

纪拱北来回踱步。

25. 沅江彼岸(夜)

小划子仍泊在原处。

26．六号病房外（夜）

纪拱北还在观察口向里窥望。

纪拱北沉吟片刻黯然离去。

27．沅江彼岸（夜）

纪拱北握住双桨，若有所思。

画外音：纪拱北习惯了与勤勉、憨厚、温暖、安静的荣官共度时艰。此刻，一向冷峻的他忽然感到失落了什么。失落了什么呢？！

28．沅江江心（夜）

下弦月如钩。

纪拱北划着小舟，行驶在黑暗的江面上。

画外音：纪拱北的思绪依然绕着荣官。荣官没有火的轰轰烈烈、水的浩浩荡荡，他像淡淡的空气，存在时你不觉得，缺少时却备感彷徨。——对，这就是荣官！

画外音止。

纪拱北的背影继续划着船。

船桨拨浪，声音清晰而寂寞。

桨声止。

幽暗的江面空空如也。

一首骊歌轻轻响起，暗示着永别。

29．辰溪山谷坡道（夜）

流萤点点，磷火闪闪，石影幢幢，鸦声啾啾。

纪拱北警惕地在缓坡上走着。

手电筒的光束晃来晃去。

纪拱北走到坡道尽头。

纪拱北正欲下坡，突然觉察身后有动静。

说时迟那时快，纪拱北的双肩已被两只毛爪搭上了。

纪拱北没有回头，立即朝后面猛刺两刀。

一只狼滚下坡去。

第三十四集　荣官殉难　雷棚爆炸

坡下传来一声人的惊叫："啊！"

30．坡道下（夜）

勤务兵庆升手执匕首正遇野狼滚落脚边。

31．辰溪山谷坡道（夜）

纪拱北手执血刀冲下坡去。

32．坡道下（夜）

庆升朝着奔来的纪拱北大叫："纪所长！"

纪拱北奔到老狼旁："它死了？"

庆升点头："好险啊，纪所长，还真叫你碰到了！"

纪拱北："你怎么不睡觉？"

庆升："所长没回来，我放不下心，怕有意外……"

纪拱北笑了笑："看来传言不虚，老狼果然狡猾啊！"

庆升踢了死狼一脚："老狼不白死！"

纪拱北："怎么说？"

庆升："它的皮有用啊，冬天给你铺床多好！"

纪拱北扑哧一笑："我成猎户了！"

庆升："那……那给谁呀？"

纪拱北："给立功的布雷队作为奖励嘛！"

庆升悟了："奖励？哦哦哦！总指挥杀辰溪狼，奖励布雷队杀日本狼，这份奖励比勋章还实惠呢！"

纪拱北哈哈大笑。

33．辰溪海军医院走廊（日）

荣官、李点点与齐护士长道别。

荣官："齐护士长，多谢你们这些日子的精心照顾，你们受累了！"

齐护士长："外道了不是？你们努力抗战，我们救死扶伤，一家子的事嘛！"

荣官、李点点："对对对，一家子的事，一家子的事！"

齐护士长："我们是拗不过你们才让提前出院的，你们一定坚持服药啊！"

荣官、李点点:"一定一定!"

齐护士长:"好,那你们走吧!"

荣官、李点点敬礼:"齐护士长,再见!"转身离去。

李点点走了几步又转过身来:"齐护士长,今天早晨有一群敌机,在辰溪县城内外低空盘旋了两大圈后又全部飞走了。我听说,一共27架!这么多敌机,既不轰炸,也不扫射,谁知道肚子里都装的是什么祸水?!辰溪有电厂、学校,还有内迁的兵工厂、医院什么的,鬼子怎么肯绕了两圈就白白放过呢?!你们可要警惕啊!"

齐护士长深深点头,又赞叹道:"点点才18岁,就这么机灵,这么懂事,这么爱护同胞,真是抗日英烈的好子弟啊!"

荣官抚了抚李点点的头,像父亲一样,又自豪又怜爱地回应道:"人小鬼大!淞沪会战哥哥牺牲时,他虚数才15,都是战争炼的、鬼子逼的呀!"

34. 沅江(日)

荣官、李点点并肩坐船头,船夫在后面摇橹。

荣官美滋滋地望着蓝天白云,自言自语:"真好!"

李点点笑:"出院了,看把你美得!"

荣官:"我怎么觉得这蓝天白云比平日格外耐看呢!"

李点点:"因为心里美嘛!我也是的,连饭菜也分外香,中午我都吃撑了,嘻嘻!"

荣官:"胃口大开就好!多整点滋养的喂你,用不多久便容光焕发了。"

李点点:"我年轻,不用滋养,自然会焕发的。"

荣官:"有无滋养,可不一样!你等着,山里有的是野禽,我给你弄点……"

李点点:"快别!弄出动静来,触犯安全条例,处罚事小,招惹敌机轰炸,祸事可就大啦!"

荣官:"这我哪能不知道!你忘了?我是海边的山娃子出身嘛。告诉你,我不用打枪爆响,也能做出山珍补品来!"

李点点:"真的?!怎么做?"

荣官:"简单得很哪。我先诱捕山鸡,开膛破肚,掏空洗净;再抓几只蜈蚣……"

李点点:"蜈蚣?!你说的是有毒的蜈蚣吗?蜈蚣也能补人?!"

荣官:"当然!把活蜈蚣塞进鸡肚子里,缝合起来,放进瓦罐清炖,就做成蜈蚣大补汤了,非常养人的!"

李点点:"蜈蚣大补汤?!——荣工蒙我逗乐呢!"

第三十四集　荣官殉难　雷棚爆炸

荣官："我什么时候蒙过你?!"

李点点："那太好了，咱俩一起喝吧。"

荣官："傻孩子，蜈蚣大补汤我可不能喝，我呀，现在只有喝米汤的福分。医生不是说了吗？盲肠手术后，米汤最养人！"

李点点："那你什么时候才能喝蜈蚣大补汤？"

荣官："别操心啦，我会养得好好的，继续抗战不是？再者说，我还有件喜事在前面等着呢！"

李点点："什么喜事，快告诉我！"

荣官："纪所长托杨上尉转告我，我们的家人要从香港过来了！我得强强壮壮地见他们不是？尤其不能让儿子觉得爹像个病包嘛！"

李点点："那是，那是！荣工，你儿子多大了？"

荣官："10岁。分开三年，不知长高了多少？"

李点点："很想他吧？"

荣官："住院期间，闲，想得很，当然还有他妈！想着想着就联上故土，联上年轻的时光了。点点啊，等打跑了鬼子，我一定领你去马尾走走，看看我生活过的大榕乡、我出生的小山庄和我熟悉的海滩……"

荣官的目光满含乡愁，越过水面，恋恋地投向远方。

李点点被荣官的样子深深打动。

片刻沉默。

突然，李点点似有所闻，抬头仰望天空大叫："天上有动静！"

35．辰溪县城（日）

天空出现18架日机。

日机投弹。

字幕：辰溪县城

县城连连中弹，居民四散奔逃。日机低空扫射，居民纷纷中弹。满城火，满街尸。

36．辰溪渡口（日）

日机扫射岸边旅客，日机扫射渡口船只。

37. 沅江江心（日）

两架日机飞近，船夫拼命摇橹。

李点点大喊："来不及了，赶快跳水，赶快跳水！"

船夫、荣官、李点点同时跃入水中，日机绕着小渡船向水中来回扫射。江心泛出血水。日机扬长而去。

38. 水雷所楼前（日）

建筑物一角被炸塌，

余烬上还冒着青烟。

纪拱北额头裹伤站在断壁下冷静指挥百余名部属善后："此次轰炸，本所虽遭损失，幸而电话、电台无恙，联络不致中断。现在，大火扑灭了，伤员安置了，遗体搬开了，接下来的安排首先是：救治伤员。由于海军医院被炸，吴清淞院长等医护人员殉难，接诊能力严重不足，本所伤员除送往常德救治，余者只能住进会议室隔成的医疗间，靠自己的医官、医员疗伤。从现在开始，未经医官许可，任何人不得擅入医疗间。小伤口则由看护兵及时处理，以免引发致命的破伤风。大家都记住了吗？"

众人："记住了！"

纪拱北："其次是：解决膳食。厨房炸毁了，炊事兵牺牲了，好在附近的水雷装配厂无损，可供借火借面做光饼。光饼是戚继光在福建追击倭寇时军中制作的干粮，后来成了传统食品。本所闽人甚多，总务股林少尉也是老乡。今晚和明早的应急伙食，就由林少尉挑选人手前往装配厂，制作后连同大蒜、咸菜一并运回，供我们就生水进餐。伤员膳食已委托装配厂遵医嘱调制。听明白了吗？"

众人："明白了！"

纪拱北："接着要安排的是：特殊葬礼。25位袍泽牺牲了，他们都是失去舰队后上岸的官兵，心底深藏着中华民族无比壮美的江河湖海和新颖强大的未来舰队，就让我们用青枝绿叶编成25艘舰船，载着他们的英魂去巡航万里海疆吧！钦少尉负责采枝叶，做舰形棺；倪少尉组织打圹穴，入殓封土。墓地就定在水雷所山谷里。有朝一日，抗战胜利，今天在场的人，谁活着，谁为他们申请建陵。你们同意吗？"

众人："同意！"

纪拱北举拳如立誓："好，一言为定！"

众人："一言为定！"

第三十四集 荣官殉难 雷棚爆炸

纪拱北:"这些日子,方、朱、谭、岳四少校分别去了麻田、沅陵、桃源、株洲,所里人手的确紧了一些,今天又遭逢突发事件;但我坚信,我各级官兵必会勇挑重担,经住考验。林少尉、钦少尉、倪少尉!——"

林、钦、倪三少尉出列。

纪拱北:"自从海军以水雷参加淞沪抗战起,日寇就从未停止过侦破和铲除水雷之源的种种图谋,近来更疯狂加大空袭力度,妄想在未能判定海军水雷所精确位置的情况下,通过滥炸达到目的。今天,我所首次被炸。从此,你们指挥任何行动,更须牢牢记住,最大限度隐蔽,最大限度保密,防止暴露水雷所的地点或方位!"

林、钦、倪:"是!"

纪拱北:"你们行动吧!"

林、钦、倪敬礼。

林、钦、倪各自点将:"甘霖、薛春申、汪子谦、章健、凌霄、富裕、赵从龙、孙振邦、马奔、付国宁……""周全、牛强、李兴华、郑重、蒋浩、姜涛、戚贵生、谢飞鸿、郝志奇、钟国强……""黄海涛、江波、夏卫国、李保国、余爱华……"

点名声中纪拱北向勤务兵庆升招手。

庆升连忙趋近。

纪拱北小声道:"荣工、李点点怎么还没回来?!你去江边看看!"

庆升:"是!"拔腿就走。

39. 沅江(日)

远望可见漂浮物。

镜头推近。李点点与船夫合力护着荣官的遗体游向江岸。

40. 水雷所楼前(日)

地上堆满采下的枝叶。

纪拱北并余下的数十名官兵缄默地编织着。

41. 沅江(日)

李点点吃力地游着,渐渐不支。

船夫觉察:"小兄弟,你……"

李点点:"我没事,大哥!"

船夫:"不急,慢慢游!"

42.水雷所楼前(日)

暮色初起。

地上摆着已编成的若干具舰形棺。

纪拱北与众官兵继续编织。

纪拱北抬头望天。

纪拱北内心独白:"天色已暮,荣官、点点仍无踪影,派去的庆升也未回来,发生了什么呢?……在长达一小时的空袭期间,荣官他俩究竟离开医院了,还是没有?"

内心独白止。

纪拱北霍地站起来,朝楼内疾步而去。

43.沅江(日)

李点点等浮现在离岸不远处。

44.沅江岸坡(日)

庆升奔上岸坡。

45.沅江(日)

李点点精疲力竭开始下沉。

船夫焦急万分大叫:"小兄弟!小兄弟!……"

46.沅江岸坡(日)

庆升发现李点点等。

庆升翻滚下坡。

庆升跃入江中。

47.水雷所所长办公室(日)

纪拱北拿起话筒,拨号,听了听,狠狠放下话筒,自言自语:"海军医院电话还没恢复!"

第三十四集　荣官殉难　雷棚爆炸

48．水雷所楼前（日）

纪拱北："一等兵戈锋！"

戈锋放下编织起立："到！"

纪拱北："你腿脚最快，马上去江边！如果不见荣工和李点点，就过江直奔海军医院，问明他俩是否已经出院，何时出院的？然后立即返回！听明白了吗？"

戈锋："明白了！"当即转身。

纪拱北："慢着！"

戈锋转回身。

纪拱北从身上抽出匕首："拿着！回程天黑，防奸防狼！"

戈锋敬礼，跑步离去，但跑了几步却突然止步。

何咏烈、徐宝德抱着荣官的遗体，李点点、庆升紧随其后走向纪拱北。

全体官兵暂停编织起立。

李点点上前哽咽道："纪所长，荣工和我还有船夫，跳进沅江躲避敌机追杀，荣工牺牲了。后来，庆升赶到，我们三个合力送荣工的遗体上了岸。这时，恰巧何叔、徐叔回布雷队驻地路过江边，就……就……"他伤心落泪。

官兵们皆悲不自胜。

纪拱北强忍眼泪："你们全都尽了袍泽之谊，不要太难过了！荣工平日积劳太深，先让他到我床上歇一歇吧！"

何咏烈、徐宝德有点愕然地对视了一眼："是！"

纪拱北："钦少尉！"

钦少尉："到！"

纪拱北："也给荣工编艘军舰吧！荣工虽不曾服役舰队，不曾参加海战，不曾亲历布雷，但自从27年前进入海军军械所当学徒起，他的心就完完全全献给海军了。他是孜孜不倦服务中国海军的技术人员，他是战场后方的无名英雄，他代表了另一种忠诚啊！"

钦少尉："是！"

纪拱北："给我留一份编织量吧，我先去陪陪荣工！"

钦少尉："是，纪所长！"

49. 水雷所所长办公室（日）

在布帘隔开的里间，荣官躺在纪拱北床上。

纪拱北对肃立床边的何咏烈、徐宝德、李点点、庆升说："你们都去休息一会儿吧！"

何咏烈等："是！"遂鱼贯而出。

纪拱北在床沿轻轻坐下。

50. 水雷所所长办公室外（日）

庆升随何咏烈等离去，但走了几步又折了回来。

庆升在办公室门口欲进又止。

帘内传出纪拱北压抑的哭声。

51. 水雷所楼前（夜）

地上摆放着26具枝叶编成的舰形棺和抬棺用的竹杠。

纪拱北站在荣官的棺旁："倪少尉！"

倪少尉近前："到！"

纪拱北："就快凌晨4点了，准备启航吧！"

倪少尉："是！荣工排在第一艘吗？"

纪拱北："不！荣工一辈子都是在后面踏踏实实做事，就让他跟队尾那艘去远航吧！"

倪少尉："是！"遂递上手电筒："按你的指示，不燃火把，不吹军号，最大限度减少动静！"

纪拱北点点头，发出命令："启航！"

52. 水雷所山谷（夜）

远景：下弦月。26具舰形棺在肃穆中鱼贯而行。

镜头推近。纪拱北执手电筒，钦、倪二少尉随行两侧，引领棺阵。

纪拱北的目光穿过凌晨的黑暗，坚定地望向远方。

前闪：画面骤然亮彻，蓝天、白云、大海，无比灿烂；一支庞大的新式舰队，破浪向前；一大群舰载机蔽天而来。

第三十四集　荣官殉难　雷棚爆炸

画外传出纪拱北与英烈（实名）的生死呼应。

纪拱北："枪炮上士张洪祥、帆缆下士张振海、一等兵史金城、二等兵林连科、三等兵郑瑞安……全体英烈，你们望见我海军的未来舰队了吗？"

众英烈："望见啦！望见啦！望——见——啦！——"

前闪止。

纪拱北咬牙："总有这一天！"

53. 麻田山洼（日）

林木中隐蔽着一座装着数十具水雷的雷棚。字幕：数日后

54. 雷棚前沿（日）

两名士兵身着陆军服，持长枪站岗。

灌木下放着一桶水。

55. 雷棚附近崖边（日）

湖南老乡模样的日谍藤原中尉和石原下士，躲在草丛中向下窥视雷棚。

藤原："石原下士，看见那桶水了吗？"

石原："看见了，藤原中尉，不就是喝的水吗？雷棚严禁烟火，支那穷鬼只能啃干粮，喝生水嘛。自从前天你发现雷棚起，我天天监视，清清楚楚看到那六个支那兵三班倒，喝的都是这桶里的水，没什么新鲜的！"

藤原："很快就有新鲜的了！"

石原："什么新鲜的？"

藤原："小心巡逻队！回洞里再说！"

56. 小山洞（日）

小山洞系兽穴扩成之土穴，可容两人躬身，角落里整齐地放着电线、电台、炸药包等。

藤原："支那海军造雷系统一直未能侦破，严重阻碍我军长江交通。我在麻田这里发现雷棚，毫不夸张地讲，是一个破天荒的突破……"

石原："那是！那是！"

藤原："抓住雷棚，顺藤摸瓜，必能挖到造雷之源。届时，我大日本空军的炸弹就

会长出神鹰之眼，精确定位，彻底摧毁它！立功勋、扬皇威的机会来啦，努力吧，石原下士！"

石原兴奋跃起称是，却重重碰到穴顶，遂急忙跪地："一定努力，一定努力！可是，怎样顺藤摸瓜呢？"

藤原："首先，抓活口！"

石原："活口?！藤原中尉是说要抓守棚的支那兵吧？"

藤原："正是！"

石原："那很容易，只须在那桶水里偷偷放些安眠药就行了！"

藤原一个耳光扇过去："浮躁！——动不动就'容易''容易'！这是你的大毛病，弄不好要出大事！想过吗？安眠药下肚，呼呼大睡，活口跟死口有多少区别?！自以为是的笨蛋！"

石原挺胸："是！"

藤原："听好了，今天下半夜开始行动！下半夜值班人员最困。我观察到，下半夜站岗的支那兵，解困的办法就是喝水、撒尿，我们有多次机会下手。你不许浮躁，认真按我的指示做，我们起码可以捉到一个活口！"

石原："是！"

藤原："如果活口供出制雷源头，或者，哪怕一星半点可能有用的信息，我们都必须立即回来，迅速给上级发报！"

石原："那，炸雷棚呢？"

藤原："记住，炸雷棚不是目的，而是手段！如果活口不招，就炸。炸，是为了逼迫敌人赶来善后，我们借此观察和跟踪，获取情报。这在支那就叫'引蛇出洞'，明白吗？"

石原："明白了！"

藤原："好，现在把药物、器材以及各项准备工作细细检查一遍，并且推演一次，力求今夜行动随机应变，万无一失！"

石原："是！"

57. 雷棚附近（夜）

半个月亮升起。

巡逻队由远而近。

藤原、石原伏于深草中。

第三十四集　荣官殉难　雷棚爆炸

巡逻队由藤原、石原身边走过。

藤原目示石原勿躁。

巡逻队远去。

58．雷棚前沿（夜）

老少两守兵鹄立棚前。

59．雷棚附近（夜）

石原悄声嘀咕："支那兵今夜偏偏不困，天都快亮了还是不喝不尿，巴嘎！"

藤原："不必往水桶里投放泻药了，立即实施第二套方案！"

石原："是！"便抱起一只捆住嘴和脚的山鸡。

藤原："出发！"

60．雷棚外围（夜）

石原松开鸡脚，但鸡嘴仍是捆住的。

藤原朝雷棚前沿一指。

石原立马扔出山鸡。

61．雷棚前沿（夜）

两守兵听到动静，双双拉开枪栓。

山鸡飞过。

两守兵不禁仰头观望。

62．雷棚外围（夜）

藤原、石原从隐身处一跃而起。

63．雷棚前沿（夜）

石原从小守兵背后扑上去，往他颈上抹了一刀。

小守兵长枪落地。

石原扫了一眼落地的枪，扬扬自得："容易！"便拔腿欲助藤原。

石原刚迈出一步就动不了了。

特写：石原的小腿被一双手死死抱住。

镜头拉开：小守兵拼尽最后一口气，咬下石原一块小腿肉！

石原失声惨叫："啊！"

小守兵气绝，牙齿仍死死咬着石原的小腿肉！

藤原这边，双方为夺枪与反夺枪、鸣枪与反鸣枪死缠烂打。

老守兵猛踢藤原，藤原将老守兵连人带枪绊倒；藤原与老守兵相继翻起，藤原一脚把长枪踢远；老守兵腾身飞腿正中藤原嘴鼻，藤原鼻破唇烂喷出四颗上牙；老守兵趁势扑倒藤原，双方在地上翻滚缠斗；老守兵掐住藤原脖子，藤原窒息直翻白眼。石原赶来骑在老守兵背上用绳子猛勒其喉，藤原长长舒出一口气抽出身来；石原死死压住老守兵，藤原捆绑老守兵。

64．雷棚附近（夜）

巡逻队再次经过。

65．雷棚前沿（夜）

藤原悄声命令石原："时间紧迫，立即去放置炸药！"

石原："是！"飞奔而去。

藤原一脚踏在老守兵胸口上，一脸狠毒："说！你们水雷是哪里制造的？哪里运来的？哪里使用的？快说！通通说出来！"

老守兵还以极恨的目光。

藤原："你说出来，我放了你，还给钱！"

老守兵咬牙切齿。

藤原："给很多很多钱！你会活得像贵族！"

老守兵啐了一口。

藤原："你一定不说？那我只好——"他抽出尖刀，对准老守兵胸膛。

老守兵冷笑。

藤原："还敢冷笑?！你笑什么?！"

老守兵开口了："笑你蠢货！"

藤原："我是帝国军人，贵族血统，你竟敢笑我！你是谁?！"

老守兵："我是谁?！——我是一位中国父亲！"

藤原："中国父亲怎么了?！很了不起吗?！"

第三十四集　荣官殉难　雷棚爆炸

老守兵："当然！"

藤原："什么'当然'?！"

老守兵："9月4日，你们飞机炸死了多少辰溪孩子，啊?！啊?！告诉你，我，就是其中一个孩子的父亲！你听明白了吗？啊?！明白了吗?！"

藤原突然冷静，而且绝望："我明白了，你是中国父亲，有种！"

老守兵卧对明月，露出冷傲的笑容。

藤原的刀狠狠地扎了下去。

老守兵的血溅了藤原满脸、瞒眼。

石原奔来："报告，炸药放好了！"

藤原抹了抹一脸血污的脸，揉了揉被血迷住的眼，无奈道："我们制服不了中国父亲的仇恨和尊严，那就立即炸毁雷棚吧！"

66．雷棚现场（夜）

雷棚大爆炸。

火光中，藤原、石原的黑影逃之夭夭。

67．小山洞外（夜）

雷棚的火光映着山洞外的夜空。

藤原和跛着脚的石原窜回山洞前。

藤原："天快亮了，石原下士，赶紧发报吧！"

石原："是，藤原中尉！"

藤原："电文：'湖南辰溪上游麻田发现一处露天雷棚，已彻底炸毁，敬候指示'。进去发报吧！"

石原压抑着内心的喜悦，诡笑中带着试探，望着藤原轻声说："发报，这很容易啊！"

藤原皮笑肉不笑，权当鼓励部下。

石原彻底释放，双手握拳，纵情高喊："很容易！——"

画外响起纪拱北的一声断喝："没那么容易！"

石原一怔，笑容凝固。

石原与藤原面面相觑。

枝叶野草掩盖的小山洞里伸出两支枪管。

藤原、石原懊恼地转过身来。

纪拱北双手叉腰冷冷地、尖锐地注视着藤原。

纪拱北的两边站着方少校、焦中尉、卜少尉和勤务兵庆升等一群官兵，形成一个半圆。

士兵们皆持长枪对准藤原和石原。

藤原无法忍受拱北的目光，怒吼道："你怎可如此无礼地注视我?! 告诉你，我是贵族——日本贵族！"

纪拱北嘴角掠过一丝不屑的笑意，平静地说："哦，你是贵族！据我所知，真正的贵族不重贫富，只崇尚人格追求、心灵境界、社会担当，以此而代代相传，造就出贵族精神。你——你们日本贵族有贵族精神吗？"

藤原："有，当然有！举世闻名的武士道精神不就是贵族精神的顶峰吗？"

纪拱北："大言不惭！武士道是无道，是野蛮，是弱肉强食，是灭绝人性！南京大屠杀便是一例罪恶的体现，必将为全世界所唾弃，而你的今天就预示着武士道的明天！"

藤原："哼，这是你的妄断！现实是，你们的贵族精神已经被我们的武士道精神踩在脚下；不久，还会完全被征服，被消灭！"

纪拱北："你才是在妄说、妄想、妄断！中国的贵族精神，尚自律，求情操，重恩义，扶贫弱。古训'谦谦君子，卑以自牧'讲的是自律，'滴水之恩，涌泉相报'说的是恩义，'君子爱财，取之有道'教的是道德——这在中国家喻户晓，妇孺皆知，你们灭得了吗?!"

藤原歇斯底里："不，一定要灭，一定能灭！我大日本帝国早已痛下决心，不但要灭你们国家社稷，更要灭你们贵族精神，把你们通通变得甘之如饴当汉奸，扬扬得意做奴才，好让我们的贵族精神千年万年统治中国，统治全球！"

纪拱北斩钉截铁："你们办不到！"

藤原："为什么?!"

纪拱北辛辣而严正："因为，你们无论怎样钻研西方科学技术、模仿西方穿着打扮、学习西方贵族礼仪，你们却根本不愿意，也刮不掉骨子里的倭寇本性！你们从来就不是真正的贵族，而是卑劣的刽族——刽子手之族、人类公敌之族！你们的武士道精神是战争的温床、灾难的源头，只有除恶务尽，才能永绝后患；一代除不尽，后代接着除，子子孙孙除下去，直到孽根灰飞烟灭！"

藤原气得浑身痉挛，石原则不知所措。

第三十四集　荣官殉难　雷棚爆炸

藤原抽出短刀，对着纪拱北和众官兵指来指去，声嘶力竭喊道："你——你们这些中国贵族，我跟你们拼了！"

石原跟着抽刀。

藤原举刀做最后的冲锋，一面发出困兽的吼叫："啊！——"

石原亦步亦趋："啊！——"

68．雷棚现场（日）

火光未灭。

画外传来一阵长枪的声音。

第三十五集　放下仇恨　相聚"伴庐"

1. 通往辰溪的半山公路（日）

画外音：总结完雷棚爆炸的严重教训，纪拱北并方少校等立即分工分片对辖下所有单位进行安全突击检查；直至中秋当天，纪拱北才调来上士何咏烈驾车，风尘仆仆驶上归途。

画外音中出现如下画面：

半山公路九曲十八弯逶迤伸展。

一辆吉普远望小如火柴盒沿山而行，渐渐消失在拐角。

画外音止。

2. 半山公路另一段（日）

晴空澹澹，白云悠悠；黄叶飞飞，茅草摇摇。

吉普从拐角驶来。挡风玻璃后面坐着纪拱北与何咏烈。

3. 吉普车内（日）

纪拱北瞟了满面尘灰的何咏烈一眼："三天连轴转，前面还有个把钟头的路，我换你一下吧！"

何咏烈："不用，我行！"

纪拱北："最迟5点半要赶回所部的！"

何咏烈："没问题！"

纪拱北："今晚，所部召集邻近的厂、队、台、站一起过中秋，让大伙儿找回一点家的感觉。抗战期间，多少人抛妻别子，不是吗？"

第三十五集 放下仇恨 相聚 "伴庐"

何咏烈："是的。"

纪拱北："你的眷属在哪里？"

何咏烈默然。

特写：何咏烈把住方向盘的双手痉挛地抓了抓。

特写：何咏烈双眼喷出怨恨的毒火。

何咏烈迸发式的内心独白："纪所长，不，纪家大少爷！我还有眷属吗？！有吗？！16 年前的中秋，与我同年同月同日同时辰诞生的未婚妻——我至亲至爱的那青，在你们纪家抑郁而死了！今天，正是她的忌日！——忌日啊！我恨你，恨你们全家，生生世世恨难消！"

何咏烈内心独白止。

何咏烈愤无可泄驾车径直驶近一处大凹凸。

纪拱北大声警告："小心！绕开！"

何咏烈却在积怨中忘乎所以发泄般地狠狠地踩了一下油门。

4．路面大凹凸处（日）

吉普高速碾来，一阵颠簸，几乎翻车。

5．吉普车内（日）

纪拱北终于恢复了平衡，大喝一声："停车！"

何咏烈把住方向盘，不停车。

纪拱北气急败坏："还不快停车！你已经迷糊了，我来开！"

何咏烈不理。

纪拱北一声断喝："何咏烈！上士何咏烈！我命令你停车。听见没有？！这是长官的命令！"

何咏烈陡然醒悟，立马刹车。

纪拱北、何咏烈各自跨下车去。

6．半山公路又一段（日）

纪拱北、何咏烈各自下了吉普，准备交换位子。

几乎同时，二人突觉有异，不约而同抬眼望天。

一架敌机正在高空盘旋。

纪拱北急命:"快上车!"

何咏烈跳上吉普。

纪拱北也一跃而上:"不要往回开!没有用!直接往前冲!冲过前面的急弯,就是一个很隐蔽的路段了!沉着点,冲!"

何咏烈把油门踩到最大,敌机降低高度;吉普向前冲,敌机开始俯冲扫射;吉普继续向前冲,敌机紧追扫射;吉普接近急弯,敌机疯狂扫射;吉普冲上急弯,敌机射中吉普轮胎;吉普甩出急弯翻下山崖,敌机扬长而去。

7. 半崖土台(夜)

半崖上突出一块天然土台,土台与半山公路的垂直距离不大。

土台外缘有一棵被砸断的老树,露出鲜白的里层。

霞光暗淡,暮色苍茫。

满身血污的何咏烈在草丛中渐渐苏醒。

何咏烈终于睁开双眼,完全恢复了意识。何咏烈再三挣扎欲起皆不成功,无奈地依旧仰卧草上。

宿鸟从土台上方的半山公路飞过,

暮色加重。

何咏烈内心独白:"群鸟归巢,天快全黑了。荒山野岭,少不了豺狗野狼。我必须自救,尽快离开!"

何咏烈几经努力,终于够到一截树干,抱着树干坐起身来。

何咏烈歇了一口气,透过暮色环顾周围。

土台外缘那棵被砸断的树突显出白色的内里。

何咏烈眼望断树喃喃自语:"吉普必是撞折那棵树后摔到崖底去了。老天有眼啊,我落在这土台上,没怎么样,而纪家大少爷肯定没命了!……嗯?!断树下面好像有一堆东西……"

8. 断树下(夜)

纪拱北摔趴在断树下,没有声息。

何咏烈爬到纪拱北身旁,推了推。

纪拱北毫无反应。

何咏烈吃力地把纪拱北翻过来。

第三十五集　放下仇恨　相聚"伴庐"

纪拱北双目紧闭无知觉。

何咏烈伸手探了探纪拱北的鼻子，自言自语："还没断气，兴许可以救。——上了公路再说！"

何咏烈抬眼向半山公路望去。

远景：半山公路绕着山岭笼罩在黑暗与静谧中。

画外音：山影重重，夜色朦朦，没有鬼子，没有敌机。世界在短暂的和平中缩小到只剩两个人，两个原本隔着鸿沟生活悬殊、命运各异的陌路人，那便是：海军世家子弟纪拱北、甲午战争遗孤何咏烈。

画外音止。

何咏烈的眼神变了，变得凶狠而逼人。

何咏烈把狠毒的目光转向奄奄一息的纪拱北，嘶声吼出他对纪氏家族半生的积怨："拉倒吧，纪家大少爷，我没必要救你！为啥救你？！想当年，我对金山叔违心承诺过不追杀纪四爷、不纵火烧纪家，已够得上仁至义尽了；现在，凭什么还要救你？！你是纪家嫡长子，你就代表纪家，我恨你有错吗？！有错吗？！嗯？！"他又鄙夷地从头到脚扫了血淋淋的对手一遍："纪家大少爷，就你这样，我大可以神不知鬼不觉把你推下崖去，死得不明不白！但我何咏烈明人不做暗事，你自己个儿死在这里吧，这就叫报应！"

何咏烈最后狠狠地盯了纪拱北一眼，断然爬开。

9. 半崖土台（夜）

何咏烈朝土台内侧爬去。

何咏烈内心独白："那青啊，可怜的那青！你就是太善良、太善良，善良得呆了、傻了，一点心眼都没有；连夺走你亲生女儿的纪四奶奶，你都不忌恨，更不伤害，宁可变成马尾郊外的孤魂野鬼！今天是你16周年忌日，陪伴你的也只有坟上的一轮中秋冷月，我心好痛好痛好痛好痛啊！"

何咏烈泪流满面。

10. 断树下（夜）

纪拱北的嘴微微动了动。

11. 半崖土台（夜）

何咏烈背靠一丛灌木，闭着眼睛默祷："那青啊，都怪咏烈无用，没能在你生前找到你，为你出一口气！今晚，就让纪家大少爷替纪四爷、替他们全家赎罪吧！——这是咏烈能为你做的唯一的一件事了，愿你的在天之灵从此安宁！等到抗战胜利，我生要给你上坟，死要与你相会！等着我，那青，等着抗战胜利！抗战……"

何咏烈的默祷戛然而止。

何咏烈突然睁开双眼。

12. 断树下（夜）

纪拱北终于睁开眼睛。

13. 半崖土台（夜）

何咏烈痛捆自己一记耳光："该死！我忘了抗战！"

何咏烈挣扎站起："该死！我忘了倭寇！忘了鬼子！"

何咏烈朝着断树跟跟跄跄跑了几步就摔倒了。

何咏烈再次站起，再次跟跄，再次摔倒。

何咏烈咬咬牙拼命爬向断树。

14. 断树下（夜）

纪拱北恢复了意识却动弹不得。

何咏烈爬到纪拱北身旁。

纪拱北微微转头，声音微弱："太好了，你也活着！"

何咏烈："吉普摔没影了，我们竟然还活着！"

纪拱北："天助我们抗战到底！"

何咏烈："可不？连上天都跟日寇过不去！"

纪拱北："你骨折了吗？"

何咏烈："没！刚才还站起来走了两步，可惜就两步。想是元气摔泄了，腿撑不起身子，好比车胎漏了气。"

纪拱北吃力地瞄了瞄何咏烈："不是漏了气，而是饿了！"

何咏烈："不觉得饿呀！"

第三十五集 放下仇恨 相聚"伴庐"

纪拱北："那是饿过头了。你翻翻我的两只裤兜！"

何咏烈："裤兜？！"

纪拱北："几天连轴转，半饥半饱。今日趁便，我装了两裤兜烧饼。"

何咏烈："早摔没了，哪还能有！"

纪拱北："掏掏看！"

何咏烈犹豫。

纪拱北："怎么了？！"

何咏烈："你浑身是血，我怕碰到伤口……"

纪拱北："上士何咏烈！"

何咏烈一震，伸手掏兜。

纪拱北忍痛。

何咏烈："这只兜没有！"

纪拱北："另一只！"

何咏烈掏另一只兜。

纪拱北忍痛。

何咏烈掏出饼来："还真有一块！"

纪拱北："一块也顶用啊！吃吧！"

何咏烈托着浸透鲜血的烧饼，不禁嗫嚅起来："这……这哪是烧饼？！是血饼啊！"

纪拱北冷冷地、无情地说："血饼更好！快吃吧！"

何咏烈为难。

纪拱北威严依旧："上士何咏烈！"

何咏烈："在！"

纪拱北："马上吃下去！这是命令！"

何咏烈："是！"

15. 半山公路（夜）

巡逻队走过。

16. 断树下（夜）

何咏烈："所长，我又有劲了，立马背你爬公路！这条公路巡逻很密，咱们很快就能获救的。"

纪拱北:"背着我不好爬,何况你也有伤。你先上去,等巡逻队来救我。"

何咏烈:"背你没问题的,爬得慢些而已。你流血太多了,一个人留下很危险。让我试试,行吗?"

纪拱北:"那好吧!"

17. 半崖土台（夜）

何咏烈背着纪拱北借助露出地面的草木根茎、石块,沿着土台内侧,爬向通往半山公路的一处天然斜坡。

他们的身后留下了融在一起的斑斑血迹。

纪拱北:"再歇一歇吧,何咏烈!"

何咏烈喘着粗气:"已经歇过三次了。前面是个平缓的斜坡,通向半山公路,爬到那儿再说!"

18. 斜坡（夜）

何咏烈精疲力竭伏在斜坡上喘气。

纪拱北:"何咏烈,别再背我了!你一个人爬上去吧,会快些的。"

何咏烈:"不行不行,绝对不行!"

纪拱北:"怎么不行?!"

何咏烈:"你浑身血腥,太招惹野兽啦!"

纪拱北:"没事!"

何咏烈:"没事?!——你听听!"

远处狼嚎隐约。

纪拱北细细听了听,赞道:"何咏烈,你不单单是龙王爷的干儿子,你还是侦察兵的好料子!"

19. 半山公路（夜）

纪拱北卧在公路崖壁下,何咏烈靠坐一旁审视着他。

纪拱北眼皮沉重,几次欲睁又闭。

何咏烈:"千万别睡啊,纪所长,一睡就醒不过来了!"

纪拱北强睁着眼:"知道的,知道的!"

何咏烈:"那就聊聊天吧,聊天不困!"

第三十五集 放下仇恨 相聚 "伴庐"

纪拱北："好！"

何咏烈："纪所长，我想，这会儿，弟兄们应该还在所部热闹呢。"

纪拱北："不过，方少校他们……可能心里正打鼓……寻思……我们……"他的眼皮不听使唤，往下闭。

何咏烈："纪所长！纪所长！"

纪拱北微微睁眼："嗯嗯。"眼皮又合。

何咏烈："纪所长，别睡别睡！想想，今夜，多少人含恨过中秋啊！"

纪拱北眼睛一下子睁开了。

何咏烈："多少人含恨过中秋啊，纪所长！"

纪拱北："是的，甲午战争46年来，多少灾难，多少仇恨啊！"

何咏烈："明天，9月17日，正是黄海海战之祭！"

纪拱北："没错，正是大东沟海战46年祭！"

何咏烈："纪所长，听说，你是北洋海军的后人。"

纪拱北："是的。当年，我三叔纪慕贤在北洋海军'超勇'舰参战，伤重舰沉；多亏英雄炮手那旗、何满相救，得以幸存。其实，那旗、何满的子嗣也是北洋海军后人啊！只是……"

何咏烈："'只是'什么？"

纪拱北："只是，我三叔除了知道那旗、何满是满人，其余一无所知，战后虽多方查找他们的遗属，却始终未能如愿。直到30年后，才意外发现……"

何咏烈："发现什么？！"

纪拱北："家丑啊！万料不到，那旗的女儿那青竟然沦落在我们纪家！三叔气极羞杀狠狠捆了我四叔一记耳光，可惜呀……"

何咏烈："怎么了？"

纪拱北："可惜真相来得太晚！那青已然故去，纪氏家族对她认可也罢，为她修葺坟墓也罢，全部无补于事了。好在……"

何咏烈："什么？"

纪拱北："好在那青生前与舍妹安丽、义妹翠翠情同手足，总算有些许安慰吧！"

何咏烈释怀落泪，却哽咽着掩饰道："你说得很实在，连我这个不相干的外人都感动啊！"

纪拱北："生死袍泽，我信任你，才……"又合起眼。

何咏烈急得对纪拱北又拍脸又扒眼，一声声呼唤："继续说，继续说！不要睡，不要睡！醒醒，快醒醒啊！"

纪拱北吃力地睁开眼。

何咏烈："纪所长，你千万要坚持，不能睡着啊！巡逻队一定会发现我们的，一定会的！"

纪拱北："好，我坚持，坚持到底！"

何咏烈："纪所长，咱俩一起看月亮吧！月光清冷，看着就不犯困了！"

圆月破云而出，光照群山！

月光勾勒出何咏烈托着纪拱北的头一起望月的灿烂轮廓，画面深情而悲壮。

20. 辰溪海军医院走廊（日）

护士们来来去去，忙忙碌碌。

21. 三号病房（日）

窗外秋阳，

窗台上摆着一瓶黄澄澄的野菊花。

纪拱北在昏迷中。

22. 辰溪海军医院走廊（日）

夏雨轩一身海军中校秋装，在齐护士长陪同下，走向三号病房。

齐护士长："纪中校失血过多，更兼伤口感染，高烧昏迷，昨天一度危急，好不容易才脱险的。所以，这段时间，除水雷所个别长官，一概谢绝探视。夏中校是特许的，但只限一刻钟，还请谅解！"

夏雨轩："多谢通融！一定遵守，一定遵守！齐护士长，我想冒昧打听一下，纪所长生存的可能性有多大？"

齐护士长："我不是医生，更不是院长，不敢乱说。前任院长吴清淞的医德医术，连海军总司令陈绍宽都推崇备至；可惜，9月4日大轰炸时在病房光荣殉职了。所幸，新任的何院长也是高手，昨天抢救纪中校的正是他。我想，他不会轻言放弃的！"

23. 三号病房外（日）

夏雨轩："齐护士长，我可以跟昏迷的纪中校说话吗？听说有些患者就是被亲人说醒的。"

第三十五集　放下仇恨　相聚"伴庐"

齐护士长："你不妨试试！"

24．三号病房（日）

夏雨轩心急如焚，站在床前不断呼唤："拱北，我是雨轩，我是雨轩，我是雨轩啊！你听见吗？！我是雨轩！雨轩！！！……"

纪拱北毫无反应。

夏雨轩哽咽："拱北，我武官届满回国抗战，第一个想见的就是你啊！你醒醒，快醒醒……"他的眼角渗出泪水。

纪拱北没有知觉。

夏雨轩抹了抹眼，坐下："听我说，打起精神听我说嘛！陈部长召我回重庆，命我去海军总司令部报到，暂时留在他身边效力。我暗暗盼着捞一趟美差跟你会面，不承想，天上真的掉下一块大馅饼，而且刚好砸在我头上！原来，陈部长竟然指派我下辰溪查看敌机、敌特施虐后的海军水雷所！我都快乐疯了，你可不许扫兴啊，听见没？！"

纪拱北依旧无声无息。

夏雨轩忍不住一阵饮泣。

25．辰溪海军医院走廊（日）

方少校正在跟护士说话。

26．三号病房（日）

夏雨轩："拱北，你醒醒，快醒醒！我是你裹着尿布就相识相知的发小、胜于手足的兄弟呀！咱俩40年的缘分不该就这么断了，不该呀！石峻已然殉国，你再有个好歹，我的心往哪里搁嘛？！你总笑我温情，我天生温情，怎么了？！谁像你啊，怎么叫也叫不应！"

纪拱北继续昏迷。

夏雨轩："拱北，你别这般冷漠好不好？'一日不见，如隔三秋'，何况三年？——悲壮的三年啊！难道，你不想了解，我在德国的任务，跟采购潜艇有多大关联吗？难道，你不愿打听，我在莱茵河畔，跟我表妹——你曾经深爱的米娜，有多少对你的共同回忆吗？……"

纪拱北的手指微微动了动。

夏雨轩未发觉。

护士进来："夏中校，水雷所的方少校来了，就在房门外！"

夏雨轩："好，我这就出去！"

27．三号病房外（日）

方少校："夏中校，纪所长和荣工的家眷从香港来，已经到了。"

夏雨轩："太好了，赶巧我在！"

方少校："他们本该中秋前到的，不想路上耽误些时日，反而让你赶巧了。"

夏雨轩："住处安排了吧？"

方少校："总务股已打点妥当，连炉灶都砌好了。"

夏雨轩："住处在哪里？"

方少校："没有地址。从水雷所出来，沿半山公路向西步行约半小时，在公路下方的山腰上，围着一圈竹篱，那就是了。前天，岳少校随口起名'伴庐'——伴山之庐，大家觉得很贴切，一下子就叫开了。"

夏雨轩："岳少校很有才思啊，我这就去！"

方少校："勤务兵庆升正在医院门口等你。到了'伴庐'，太阳也快下山了。今晚你们就住那边吧，从容一点，房间也还够。"

夏雨轩："好。"

方少校："所长和荣工的事，我们决定暂时瞒一瞒，就说出差去了。你看……"

夏雨轩："除了这个权宜之计，也没有更好的办法了。你们如此干练、周密，让我印象深刻啊！"

方少校："夏中校过奖了，我们只不过在纪所长身上学了些皮毛而已！"

方少校、夏雨轩互致敬礼。

28．半山公路"伴庐"段（日）

黄昏。

夕阳照着路边密密的茅草。

茅草下方，山腰上露出一架屋顶。

庆升陪同夏雨轩走来。

庆升俯瞰山腰，指指点点："夏中校，你往下面看，看到了吗？那就是'伴庐'！"

第三十五集　放下仇恨　相聚"伴庐"

29."伴庐"篱门外（日）

大奶奶居中，左首为定远、翠翠、安丽，右首为致远、思静、安祈，合共七人，长幼有序，伫望夏雨轩。

大奶奶等皆身穿低衩布料旗袍，直头发。定远兄弟着学生装。

大奶奶满头银丝映着夕阳，更显得气质不俗，母仪依旧，在定远、致远左右搀扶下，殷切地望着上通半山公路的土阶。

夏雨轩率庆升奔下土阶。

大奶奶喃喃道："总算盼到一个儿子！"

夏雨轩奔到大奶奶跟前，摘下军帽交给庆升，激动地叫了一声："妈！"随即跪下三叩："妈，雨轩不孝，乱世中未能替母亲分忧！"

大奶奶含着欣喜之泪答："儿啊，为国分忧便是为母分忧，何言不孝？！快起来！"又命定远、致远："快把你们轩叔扶起来！"

30."伴庐"大奶奶居室（夜）

叶思静服侍大奶奶洗脸毕。

夏雨轩进屋："妈，雨轩来请晚安！"

大奶奶赞道："轩儿孝顺啊，出洋好几年，也没忘了自家的规矩！"

雨轩："妈，你年事已高，旅途劳顿，早点安歇吧！明天，我没工夫回家，后天一早还得赶回重庆去，你们先好好休息，家事等过些日子商量也不迟的！妈，抗战艰难，我们往后的生活也还会有许多坎坷，你一定要好好保重啊！"

大奶奶："儿啊，公事要紧，你只管去忙，不必担心妈！战乱之中，妈能过海穿山安抵我们海军地盘，可见佛祖保佑、上天眷顾，妈会知福、惜福的！再者说，国难之秋，多少人妻离子散，多少家惨遭灭门，我虽已失去拱南，失去峻儿，失去侄子、侄媳，失去全家的主心骨，但我还有你们这一大帮亲人；我得硬硬朗朗地活着，在辰溪再建一个家，比上海的家、香港的家更为整肃，等雨过天晴了，我们一起回大榕乡去！"

夏雨轩越听越惊讶："妈，你变了！"

大奶奶："我？！"

夏雨轩："是的，你居然生出几分豪气来了！"

叶思静扑哧一笑："瞧你说的，妈成女侠了！"

夏雨轩："那还没到这份上，不过……反正，反正是变了，雨轩从小到大从未见过妈这样！"

大奶奶："要说变，那就全拜日本鬼子所赐了。轩儿，你是知道的，我大半辈子锦衣玉食，即便吃斋也很精细。好在先母生前常常教诲说：'人，有福时不可过福，无福时不可过激。'我恪守母训，从不敢过福，困厄之中就少了些天渊之憾；心无妄念，一步步走，一步步适应下去，如此而已啊！"

夏雨轩："妈，儿子受教了！"

叶思静："雨轩，你老家那边怎么样了？"

夏雨轩："父亲生意大，国内外跑，一向很少联系，这几年杳无音信了。母亲是我刚接任武官不久病故的，我没能见她最后一面，也没能送她最后一程，想来很愧疚！"

大奶奶轻轻摇头："这不是你的错！"

叶思静："那依栏和小花呢？"

夏雨轩："她们原本一直随我岳家，我也很放心。可是，不知为什么，我在德国两年后，她们竟下落不明了。"

大奶奶："我的儿，难为你了！"便叹息。

夏雨轩："妈，别难过，我不是还有你，还有这边的家吗？我是男儿，更是军人，军人应该承受更多嘛，这是天经地义的！"

定远、致远画外音："轩叔！"

夏雨轩回眸。

定远、致远站在门口，后面跟着翠翠、安丽、安祈。

定远、致远："轩叔，我们是未来的军人，我们跟你一起承受！"

31. "伴庐"篱门外（日）

天色微明。

夏雨轩并庆升快步走向土阶。

镜头透过篱格摇进篱内。

定远、致远正在晨练。

32. 半山公路"伴庐"段（日）

夏雨轩并庆升急急踏上返程。

夏雨轩走了几步又恋恋地回望"伴庐"。

第三十五集 放下仇恨 相聚"伴庐"

"伴庐"上升起袅袅炊烟。

33. 辰溪海军医院走廊（日）

齐护士长："夏中校，你快去吧！"

夏雨轩抬腿就走。

34. 三号病房（日）

几名医护人员围在纪拱北床边。

医官："纪所长，你的生命力了得！我们还担心你过不来呢，想不到昨晚，你却给了我们巨大的惊喜！"

纪拱北："谢谢你们赐予我第二次生命！"

夏雨轩冲进来。

医官、护士皆闪开。

夏雨轩激动地摊开双臂做拥抱状："嘿！"

纪拱北靠在床头打趣道："别别别，把我伤口抱裂了！"

夏雨轩："抱？！——我掐死你的心都有！"

众人失声大笑。

医官："好，准许你们说会儿话，不超过半小时！"便招呼护士们一起退出了。

夏雨轩："拱北，你养精蓄锐，不要讲话；我简单告诉你三件事，完了就走！"

拱北点头。

夏雨轩："昨天我见到妈妈他们七个，感触最深的是，不但军眷风范犹存，而且更亮了：安丽等人全都遵循陈部长不成文的约束，抗战期间不烫头发、不涂脂粉、不着艳装。定远、致远也非常争气，超年龄的懂事。哥儿俩数学拔尖，英语流利，门门全优。最令我高兴的是10岁的孩子，就以'未来军人'自许；如此好苗，一年半载即可报读海校了。而我为了这很难想象，为了这两个孩子，咱家五位军眷'润物细无声'，在香港将近四年，有过怎样的自强和付出啊？"

纪拱北点头："不愧为军眷！"

"现在告诉你第二件事。这件事很无奈，它发生在我任职武官期间。长话短说。1937年6月，陈部长向德国订购了五艘潜艇和一艘潜艇母舰，为此还派出80名海军官兵前往受训。不料，七七事变爆发后，德国迫于日本的压力，对中国的军购态度开始转化。今年4月和5月，有两艘潜艇虽已竣工，却不办移交。我从中做了许多工作，也都无效。9月27日，德日意三国同盟条约正式签订，陈部长的潜艇梦，连同我的努力，还有80名受训官兵的奋斗，全部化为泡影，只留下陈部长那一声长叹，让我心碎啊！"

纪拱北："可恨！"

夏雨轩："最后，我有一句话要问你，你必须回答！"

纪拱北："你问吧！"

夏雨轩："小二十年了，你还记得米娜吗？"

纪拱北："化成灰也忘不了！"

夏雨轩："我在德国探望过米娜，她是个出色的外科医生。米娜的母亲早已仙逝。1938年底，她安葬完父亲，就回国参加中国红十字会救护总队，投身抗日大业了。辞行那天，米娜交代我，如有机会，替她送份礼物给你。"

纪拱北两眼放光："礼物呢？带来了吗？带来了吗？"

夏雨轩："我吃不准你记不记得米娜，所以……"

纪拱北顿时失望："所以没带来！"

夏雨轩："带来了！"

纪拱北："在哪儿啊？！"

夏雨轩："暂存齐护士长那儿了。"

纪拱北："快去拿呀！"

35. 辰溪海军医院走廊（日）

齐护士长在走廊那头走着。

夏雨轩追赶齐护士长。

36. 三号病房（日）

纪拱北凝眸窗外。

纪拱北内心独白："米娜，你在哪个战区抗日？据我所知，中国红十字会救护总队是中国当下最大的医疗救护和军医培训组织。你属于哪一支医疗队？哪一支医防队？哪一支卫生队？哪一支手术队？跟随哪一支部队出入战场呢？……记得去年秋天，湘北会战打得正酣，9月20日我从常德来长沙第九战区司令长官部接洽工作，归途中经过一座伤兵医院，和一位女军医擦肩而过，不知何故，我的心怦然而动！……那会是你吗？！会是你吗？！……"

第三十五集　放下仇恨　相聚"伴庐"

纪拱北内心独白中出现以下场景：

一辆救护车在简陋的伤兵医院前停下，纪拱北正好走过来挡了道。司机按喇叭，副座上的一位女军医盯了纪拱北一眼，挥手驱之。救护车开进院里，女军医跳下车来。纪拱北目光追随女军医，女军医指挥担架抬进诊室去。纪拱北怅然若失。

纪拱北内心独白止。

夏雨轩抱着一只长方形的纸盒进来："你猜，盒子里装着什么？"

纪拱北脱口而出："画！米娜的画！"

夏雨轩："画的是啥？给你两分钟猜！猜对了，算我没白白小心翼翼由德国带到重庆，又由重庆带来辰溪；猜错了，看我怎么收拾你！"

纪拱北："根本用不着猜，米娜画的必定是无头英雄刑天！"

夏雨轩："也算心有灵犀！米娜告诉我，1921 年泛舟闽江时，你说过，在后羿、夸父、刑天三位神话英雄中，最让你惊心动魄的是无头英雄刑天！……"

纪拱北："打住打住，快递给我看！"

夏雨轩却将画盒置于靠墙的一张椅上，和纪拱北相隔一段距离。

纪拱北："干吗放那么远？"

夏雨轩："愚钝啊，油画能贴近看吗？！这面墙上刚好有颗钉子，可以挂画！"

纪拱北："嘻嘻，你聪明！"

夏雨轩挂上油画，调整好位置："行了，慢慢欣赏吧！我得办事去了，明天要赶回重庆。"他跳下椅子："你赶快养好伤！"便走出门去。

37．三号病房外（日）

夏雨轩伸出巴掌恋恋地在门上按了一会儿，欣欣然自言自语："拱北，你这块摔不烂的顽石啊！可惜，连我也不知道米娜现在置身何方，否则一定让你俩见面，唉！"

38．三号病房（日）

一小幅色彩强烈的油画令人震撼。

刑天无头，却一手高高举斧，一手高高举盾，双目大睁，射出电光，龇牙咧嘴，怒不可遏！

纪拱北耳边响起当年米娜和他的一段对话。

米娜："拱北哥哥，为什么刑天最让你惊心动魄？"

纪拱北："因为，刑天虽说战败被砍去脑袋，但他就不服输，竟以双乳为眼，肚脐为嘴，高举斧头和盾牌，继续战斗不止！"

米娜："刑天继续战斗，结果怎样？"

纪拱北："刑天的故事是没有完结篇的！"

米娜："为什么呀？！"

纪拱北："以前我也不懂，可后来我明白了，刑天的故事是永远的，只有接续，没有结尾。因为，这个无头英雄已将不屈的精神、不朽的灵魂，附在了一代又一代中华儿女的丹心上，那些可歌可泣的甲午英烈、抗日勇士，不就是刑天无穷无尽的后身吗？"

回忆对话止。

39．三号病房窗外（日）

晴空万里，白云冉冉。

纪拱北画外音："米娜，亲爱的米娜，无论你在哪个战区、哪片战场，你永远都是我生死相依的抗日袍泽、始终不渝的精神契友、珍藏心底的唯一恋人！米娜，你听见了吗？听见了吗？……"

拱北画外音止。

白云飘向远处。

40．"伴庐"篱门内（日）

一面自制的膏药旗靶子竖在院子的一角。

定远、致远正在比赛弹弓射击，一面喊着："中了！中了！""哎呀，飞了！"……

脚边堆着弹射用的小石子，地上画着用以记录比赛结果的"正"字。

安丽从前厅出来，在廊上调侃道："别射了，回来洗洗手，准备吃饭吧，'未来军人'！"

41．"伴庐"篱门外（日）

纪拱北陆军戎装，稍稍扫视了一下环境，正了正军帽，推开篱门。

42．"伴庐"篱门内（日）

定远、致远一起朝纪拱北望去，又彼此对视一眼，不知所措。

安丽从木阶上飞奔下来扑向纪拱北。

第三十五集　放下仇恨　相聚 "伴庐"

纪拱北却立即示意安丽噤声。

安丽一怔。

纪拱北疾步趋近安丽，随即低声说了些话。

安丽迸泪，颤声道："怎么办?!"

纪拱北："你们来了，还能瞒多久?! 你和翠翠感情深厚，这层窗户纸，你来捅破吧！"

定远、致远手握弹弓，不解地望着纪拱北和安丽。

纪拱北快步走近定远，一声不响突然伸手钩住定远："前进！"

致远飞奔回屋。

43. "伴庐" 前厅（日）

大奶奶正襟危坐，叶思静等待立左右，两边依次为：致远、安祈、思静；翠翠、安丽、定远。

纪拱北摘下军帽。

致远赶紧接了。

纪拱北跪下三叩首："妈，你长途跋涉，儿未能远迎，反致久候，实在惭愧！"

大奶奶："军务所系，妈能理解。起来吧！" 又回头吩咐："坐下，都坐下！"

众人就座。

叶思静奉茶给拱北。

纪拱北呷了口茶，问叶思静："两个孩子复课了吗？"

叶思静："复了复了！因为成绩特好，不但插班，还直接跳到六年级呢！"

纪拱北又对安祈说："小妹啊，你雨轩哥回国了，正在重庆。重庆有不少内迁的名校，可供你报考，深造美术。等你拿定主意后，他会在那边照应的。"

安祈："大哥，我不去重庆深造。"

拱北："不去重庆谋深造?! ——是怕不够格吧?!"

安祈："大哥误会了，不是怕不够格！不止一个老师和画家说过，只要我不断努力，继续深造，将来定能成为很有前途的职业画家！"

拱北："那你有什么理由不往这条路上奔呢?!"

安祈："在香港的岁月，都是翠翠姐和安丽姐辛苦挣钱供我拜师的。如今我已经21岁了，理应分担一份养家的义务；至少，定远、致远的学费，帮衬些许也好嘛！国难时期，日子清苦，为了省钱，大伯母用刨花水代替头油，我看着心里很不落忍的……"

大奶奶感动，眼睛湿湿的："孝顺的孩子啊，不许胡思乱想！你是天才，不深造可惜了啦！赶快去重庆，进名校，拜名师！……"

安祈："我不，我要跟二姐去县里教中学！她教高中数理化，我教初中美术总可以吧？薪水少些而已，那也比没有强！"

大奶奶："不行，我们还没穷到这份上！鬼子闹得家家难，不懂得节俭，就等于过福啊！用刨花水怎么啦？！天然的香味，挺好的！"

纪拱北："什么水？！"

翠翠："刨花水！就是用榆木、桃木或者桐木的刨花，泡出黏黏的水来抹头发，发鬓可以很光亮很服帖的。"

安丽递上一小碟刨花水："喏，这就是！"

纪拱北歉疚道："妈，是儿没顾上你！儿还是买得起头油的……"

大奶奶正色："不是买得起买不起的问题！"她重重叹了一口气："从香港一路过来，多少难民？多少乞丐？惨不忍睹啊！我们没有流离失所，是因为还有海军可以投靠！身为军眷应该永远知足，永不过福；有福时做无福打算，无福时做正道打算，才是为人处世之理！——刨花水可算无福时做正道打算之例吧？"

纪拱北："妈，你还是那么平和、明理、有定力啊！"

大奶奶："对了，我还没问你呢，荣官几时回来呀？雨轩我已经见着了，单等荣官呢！"

定远："我也好想我爸的！我爸在哪里呀？"

纪拱北："你爸的去处保密，不过你有什么话要禀告他，我完全可以代转。"

致远："我也有话禀告！"

纪拱北："那就一起说说吧，定远先来！"

翠翠垂下眼睛，大奶奶若有所思，叶思静偷眼观察纪拱北。

定远："我想禀告父亲：我和致远跳班上六年级了，尽管我们不太懂辰溪土语，但老师们多讲国语或长沙话，所以学习没问题。还有，我们会听空袭警报了。"

纪拱北："嗯，这非常非常重要！还有吗？"

致远："有！我们每天早上升国旗、唱国歌，都是中国的，跟香港完全不同！"

纪拱北："你们高兴吗？"

定远、致远："非常高兴，因为我们是中国人，当然喜欢自己的国歌、国旗嘛！"

纪拱北："那，你们喜欢辰溪不？"

定远、致远："喜欢，一来就喜欢上了！"

第三十五集　放下仇恨　相聚"伴庐"

纪拱北:"好,那就说说喜欢些什么,我会一一转告的。"

致远:"我喜欢辰溪的山,山上有好多野生野长的好东西!同学说,金银花可以泡水喝,酸味草、野笋、野蒜、芥菜什么的,都可以吃,以后一定教我们认识!"

定远:"我喜欢我们的新家,它虽简陋但比香港那个拥挤的旧家宽畅许多,还有前、后两个院子!我妈说了,明年清明前后要在前院种瓜种豆;后院嘛,现在就准备养鸡了,我跟致远已经搭了个结实的鸡笼,不叫黄鼠狼钻进来!奶奶说,有我妈在,全家不愁没的吃!"

纪拱北:"好,这些话我保证带到!"

致远:"还有没说的呢!"

纪拱北:"什么?"

致远:"我和定远还跟同学一起捉虱子、掐虱子……"一面做出样子来。

纪拱北哭笑不得:"这也值得禀告?!"

叶思静:"他俩上学没几天就长虱子了,同学们都长,过来过去的,我索性给哥俩剃了光头。"

纪拱北:"剃光头好,更方便游泳。对了,定远、致远,你们两个都给我听好了!"

定远、致远连忙起立。

纪拱北:"这一带,山头的柑、橘、梨、栗,地里的凉薯、红薯,全是农民所种,你们不准动!否则,严惩不贷!"

定远、致远:"是!"

纪拱北:"辰溪没有香港那样的海滨浴场,但你们不能荒了游泳!沅江水凉,不比香港,可你们必须坚持,一直游到12月初。马尾海校已于1938年10月迁往贵州桐梓,你们要在学业上、体魄上打下坚实的基础,才能够择机应考,将来成为优秀的海军人才。明白吗?"

定远、致远:"明白了!"

纪拱北:"翠翠、安丽,你俩要跟去保护,一是躲警报,二是防溺水。具体办法,自己商量!"

翠翠、安丽:"好,你放心吧!"

纪拱北:"可以开晚饭了吗?好久没吃家里的饭菜了!"

安祈得意:"已经放在灶台上啦!赶巧,是我掌厨,嘿嘿!"

纪拱北拍拍安祈的头:"小妹长进了!"

44．"伴庐"厨房（日）

翠翠、安丽盛饭端菜。

翠翠："安丽，我有一种不祥的感觉，几次梦见荣官湿淋淋地滴着血水，方才听拱北教导孩子……"她哽咽难言。

安丽："别这样！别这样！晚上咱俩聊聊，心就宽了……"

定远、致远进来拿筷子羹勺。

翠翠赶紧抹去眼角上的泪。

45．"伴庐"翠翠居室（夜）

安丽："……荣官哥就这样被鬼子炸死在沅江里了……"她哽咽难言。

翠翠捂着胸口喃喃道："果然不是梦……不是梦……荣官他真的遇难了……"

安丽："翠翠！翠翠……"

翠翠绝望地摇摇头，摸着荣官的枕头，柔肠寸断却克制地诉说道："这些天，我常常盼着，荣官睡在这枕头上，我对他说：'荣官哪，我不止一次梦见你滴着血水，身上湿淋淋的，心里不知多担忧！可这会儿，你却睡得香着呢！所以，梦果然是反的，没错，是反的呀！……"她终于泣不成声："现在……我没的盼了，没的盼了……安丽啊，你明白吗？我的心空了，全空了！"

安丽泪流满面："我明白的，明白的！那年，当三叔终于把石峻已然牺牲半载多的消息告知我时，跟你此刻一样，我的心没了等待，一下子全空了！但我今天更加明白，是邪恶之极的日本鬼子害你重复我的痛苦，就算将他们撕成碎片，也难解我们的恨啊！"

翠翠、安丽抱头痛哭。

定远画外音："妈、丽姨，我们来请晚安！"

翠翠、安丽急忙收泪："睡下啦，你们去吧！"

46．"伴庐"翠翠居室外（夜）

定远："我妈她们一向睡得很晚，今天怎么啦？"

致远："今天晚饭吃得早呗！"

第三十五集 放下仇恨 相聚"伴庐"

47．"伴庐"翠翠居室（夜）

安丽："定远、致远刚开始适应新环境，我想，对他们应该瞒些日子才好。翠翠，你说是吧？"

翠翠忍泪重重点头。

安丽："定远已经不是三岁的小娃娃了，要瞒过他只好心里哭脸上笑，这太难了，但也没有办法，只能咬着牙扛！我会跟你一起扛，家人也会和你一起坚持的。你可要挺住啊！定远需要你！"

翠翠又重重点头。

安丽："其实，何止定远需要你，全家都离不开你！别看妈人老，心却跟明镜似的。妈说'有翠翠在，全家不愁没的吃！'——这句话多么中肯！真的，无论在香港还是在什么地方，若论挨苦日子，除了你，谁也没法让一大家子过得像模像样啊！"

翠翠："我哪有这么能干？这是她老人家待见我！"

安丽："岂止是待见？！妈早就拿你当女儿了！妈虽然老派，守着'辈分、礼数'不放，为了那句'姨太好姐姐'，小时候我不知挨过多少回训斥。可是，作为母亲，她既爱自己身上掉下来的肉——拱北、拱南和我，也疼石峻、雨轩、荣官、安祈这些从别人肚里爬出来的孩子。她的大气、慈爱、公正，不是所有母亲都做得到的！只不过你'大奶奶大奶奶'地叫惯了，不觉察她的心思罢了。"

翠翠："哪能不觉察？！——人心都是肉长的嘛！"

安丽："那就去妈身边坐坐吧，会好受些的！"

48．"伴庐"佛龛间（日）

大奶奶在帘子隔成的佛龛间向观世音祷求。

大奶奶："南无大慈大悲观世音菩萨啊，弟子年迈体僵，难以跪拜，但虔诚之心不改，还求宽恕和庇佑。弟子家中妇孺七口，千辛万苦来到辰溪，实指望重聚天伦；谁知晴天霹雳，荣官牺牲，翠翠母子情何以堪？眼见儿孙劫难，弟子忧心如焚，唯祈观世音菩萨大慈大悲，护此孤儿寡母，永享安康！"

49．"伴庐"大奶奶居室（夜）

叶思静闭上纸窗。

大奶奶从佛龛间出来："思静，你怎么还不回屋？几年不见，夫妻俩还能没话吗？

快回去，回去！"

叶思静："妈，念了半天经，要不要再喝点水？"

大奶奶："这不刚喝过吗？去吧！"

50．"伴庐"大奶奶居室外（夜）

翠翠推开虚掩的门，只见大奶奶呆呆地坐在床沿。

翠翠、安丽对视一眼，朝大奶奶走去。

51．"伴庐"大奶奶居室（夜）

大奶奶沉静地望着翠翠："翠翠，不怕，妈陪你过这道坎！"

翠翠失控扑到大奶奶膝下："妈！……"号啕大哭。

大奶奶摸着翠翠的头，老泪纵横。

52．辰溪山野（日）

苍穹高远。

在致远的陪伴下，定远高举一束菊花，站在山巅大喊："爸，看见了吗？'未来军人'在这里——在这里！——在这里！……"

致远加入，两人一起喊：" '未来军人'在——这——里！——"

第三十六集　上峰视察　敌后布雷

1．辰溪海军水雷制造所外（日）

一辆小轿车，后面跟着一辆军用卡车在门卫前停下。

岗哨甲走上前来。

2．小轿车内（日）

夏雨轩在副驾座上摇下车窗玻璃。

3．辰溪海军水雷制造所外（日）

岗哨甲："什么事？"

夏雨轩在窗内回答："海军总司令陈绍宽由重庆下来巡视。"

岗哨甲高度警惕："巡视？那，卡车内装着什么？"

夏雨轩："装着三个随员和一架手摇电台。——放行吧！"

岗哨甲铁青着脸："不可以！"

夏雨轩："为什么？！"

岗哨甲："我们没接到通知！"

夏雨轩："陈总司令故意不下通知，是故意不下的！"

4．小轿车内（日）

陈绍宽摇下车窗。

5. 辰溪海军水雷制造所外（日）

夏雨轩："这位就是海军总司令陈绍宽，赶快放行吧！"

岗哨甲依然警惕，瞟了陈绍宽一眼："我不认得陈总司令，只认定通知，通知就是命令！"

夏雨轩："我跟你们所长是好兄弟，这总可以了吧？"

岗哨甲固执："怎么证明是'好兄弟'？！"

夏雨轩语塞："这……"

岗哨甲又补上一句："莫说好兄弟，没有通知，老子爹也不许进！"

6. 小轿车内（日）

司机不耐烦："死脑筋！"便欲下车理论。

陈绍宽阻止："别，他很对！"

7. 辰溪海军水雷制造所外（日）

岗哨甲："长官，不是我们难为你。水雷所一直有安全规则管着，'九四'大轰炸后更细更严了。岗哨虽小，责任重大，防特防奸是不能含糊的！"

岗哨乙见换岗的走来便向车内喊道："长官，换岗啦！"

岗哨甲："长官，请稍候，我们一下岗，立马就去报告所长！"

岗哨们互相敬礼换岗。

岗哨甲、乙飞奔进所。

8. 小轿车内（日）

陈绍宽微微点头。

9. 辰溪海军水雷制造所外（日）

纪拱北匆匆奔到轿车旁，向窗内的陈绍宽敬礼："陈部长，真对不起！"

陈绍宽目露赞许："没有对不起，而是对得起！"

10. 水雷所客厅（日）

陈设简陋，木桌、木椅而已。

第三十六集　上峰视察　敌后布雷

勤务兵庆升给陈绍宽等人一一上茶。

陈绍宽："这是什么茶？"

庆升："报告陈司令，这是碎茶中最最便宜的一种；用开水沏了，再过滤一下，蛮好喝的。"

陈绍宽："你们平时就用这样的碎茶待客吗？"

庆升："是的。纪所长说，有茶已经不错了，穷日子穷招待嘛。明白人不怪，糊涂人要怪就让他怪去！"

陈绍宽颇有感触："'明白人不怪，糊涂人要怪就让他怪去！'——此言见性格，只有不讨好的人才能说出这么不讨好的话。"

纪拱北："陈部长，拱北直，庆升说话更直……"

陈绍宽："直来直去很好嘛，庆升只管说，我不介意！"

庆升："是！"

陈绍宽瞄了瞄台面："你们连烟灰缸都省了！"

庆升："纪所长讨厌抽烟，也从不喝酒，所以没烟酒招待。我们不知道陈总司令会突然下来，就……就只有碎茶！"

陈绍宽："很好，我要的正是这'不知道'！"他喝干了茶："味道相当清。看来，我还是有福气做明白人——做大明白人哪！"

众人皆笑。

陈绍宽起身吩咐三随员："你们跟我先去各处看看！"

夏雨轩即起身跟随。

陈绍宽："你留下，留下！"又命庆升："你带路！"

庆升喜出望外："是！"

11. 水雷所客厅外（日）

庆升："陈总司令想去哪里？"

陈绍宽："先去伙房，看看你们吃得怎样。"

庆升："吃得不错。纪所长严禁侵害百姓，包括打猎。他让我们种菜、养鸡、养兔，很快就起圈养猪了！"

陈绍宽："看来，'九四'大轰炸没能炸掉你们的精气神嘛！"

庆升得意："那是！纪所长硬着呢，四位少校强着呢，上下抱团紧着呢，哪能炸得掉？！纪所长说，只要我们精神不垮，胜利就有希望，水雷所二十九位兄弟也就不会白死！"

陈绍宽连连点头。

12．水雷所客厅（日）

纪拱北："雨轩，陈部长这次巡阅，时间大约不短吧，卡车都跟来了嘛。"

夏雨轩："没错。他要辗转贵州、湖南、湖北、江西四省，深入海校、水雷所、布雷队等二十多处海军力量集结地，以鼓舞士气并面授作战机宜，没个把月怕是下不来的。"

纪拱北："我们水雷所眼下有八支布雷队伍，我很关心这八支队伍是否有幸列入陈部长此次的巡阅范围？"

夏雨轩："可以透露一点给你。陈部长会巡视你们驻沅江县，还有驻湘阴和长沙的三支布雷队。"

纪拱北："才三支啊！"

夏雨轩笑："'贪心不足蛇吞象'啊！除了这三支布雷队，你们水雷所和水雷所常德办事处、长沙办事处、株洲转运站，也在巡视线路上，合共七处，占本次巡阅的三分之一呢，你还嫌少！"

众人皆笑。

朱少校："虽然有点'蛇吞象'之嫌，到底还是陈部长深得军心所致啊！"

岳少校："言之有理，我也是非常仰慕陈部长的！我仰慕他能够从一个普通的水兵之子，历练成显赫的海军上将和继萨镇冰之后公认的海军领袖。纪所长、夏中校，你们和陈绍宽有超过20年的师生之缘、袍泽之谊、上下级之属，你们钦佩他什么？"

纪拱北应声回答："我拜服陈绍宽清晰深刻的海权意识和夺回祖国海权的苦苦追求。早在1928年12月刚刚升任海军署中将署长时，陈绍宽就以一颗充满忧患的赤子之心发表讲话，痛陈壮大中国海军、捍卫中国海权的必要性、紧迫性并疾言警告，若是再不发展海军，不但失地难复，将来还不免会把整个国土断送完了！他的慷慨激烈深深打动了我。可叹啊，国家积贫积弱太久太深，内战内耗无休无止，陈绍宽虽节衣缩食经营十载，到1937年，中国海军还没能恢复到甲午战争时的水平。"

夏雨轩："是啊。回首甲午战争，北洋海军还有些老底子，能够在海上和日本进行轰动世界的大海战。而1937年的中国海军却弱势到连北洋海军都不如，完全无法制敌于海上，唯有靠阻塞线、水雷战、要塞战等牵制敌人。1937年9月江阴阻塞线大血战后，中国海军已无主力舰可言，次年元旦连海军部都被裁撤并入军政部了。陈绍宽振

第三十六集　上峰视察　敌后布雷

海军、复海权的奋斗遭此重挫，真叫人扼腕叹息啊！"

纪拱北："好在陈绍宽绝不崩溃，反而引领我等以陆军之形作海军之战，继续抗日大业。我深感，他心似黄连苦，志比磐石坚。"

13. 水雷所客厅外（日）

陈绍宽等走回客厅。

14. 水雷所客厅（日）

纪拱北等见陈绍宽返回立即起立。

陈绍宽示意坐下，自己也归座："湘北会战后，日军退回新墙河北岸，但战略意图并未改变。为继续保卫长沙，我制雷、布雷丝毫不能松懈！"

众人回应："是！"

陈绍宽："当前，日军正加强长江运输，准备再次攻打长沙，我们要努力寻找战机，遏制敌人。"

众人："是！"

陈绍宽："你们有新的筹划吗？"

纪拱北："有，目标指向湖北阳新半壁山江段。"

陈绍宽："理由呢？"

纪拱北："理由之一，半壁山距北岸田家镇仅约500米，扼控大江上下，与南岸富池口又互为掎角，地理位置极其重要。理由之二，1938年8月日机滥炸阳新县城，1400多平民丧生；9—10月间又出动海、空军加毒气强攻半壁山要塞，致我守军牺牲惨烈；占领后更在半壁山水域和阳新县城肆意抢掠船户，糟蹋居民，百姓无不切齿，纷纷组织抗日武装，我海军敌后布雷因而容易得到帮助。理由之三，阳新有一支整编后的抗日队伍，番号湘鄂赣边区挺进军第十九支队，这个支队曾配合我水雷所督率的浔鄂区布雷游击队，在半壁山至沙村江面成功布雷，如有机会再度合作，可望更加默契。"

陈绍宽："准备工作开始了吗？"

纪拱北："谍报人员已在阳新执行先遣任务了。明日我启程去和他们会合，确有战机的话，水雷所这边即请求第九战区，尽可能派上述的第十九支队，再次为海军布雷担负运雷和掩护工作。得到战区应允后，岳少校才能率本所特务队前往布雷。"

陈绍宽点头。

15. 水雷所楼前（日）

纪拱北和夏雨轩在陈绍宽座驾旁匆匆话别。

夏雨轩："这次来辰溪可惜没法回家，挺惦着的。妈衰老多了，前些日子我托人捎去的补品，也不知她进得怎样了？若是好，我会继续买的。"

纪拱北："我已多日不曾回家了。今晚见到妈，替你问问。"

夏雨轩："布雷艰险，拱北你千万要当心啊！"

纪拱北："放心吧，我会平安回来的——老手嘛！"

陈绍宽偕随员们走来。

陈绍宽向伫立的百十名员工挥手告别。

夏雨轩随陈绍宽上车。

车子发动。

纪拱北站在欢送的队列前领先举手敬礼。

众人目送陈绍宽座驾及随行卡车离去。

16. 半山公路（夜）

远处有一束手电筒的光在晃动。

17. "伴庐"篱门内（夜）

大奶奶居室的一盏昏灯透过窗户纸映照着一片寂静。

18. "伴庐"大奶奶居室（夜）

大奶奶靠在床头。

叶思静坐在床沿："妈，这会儿还晕吗？"

大奶奶："不晕了，没关系的。"

叶思静："妈，你近来不时犯晕，还是听我们的劝，上县医院看看吧！"

大奶奶："太麻烦了，先得把我抬到渡口，过了江还得抬！若是大病也罢了，犯这么点晕就兴师动众的，不值啊！"

叶思静："可惜定远、致远两个半大小子还不济事，膀大腰圆的话，我们才不愁呢。翠翠本想雇几个山民来帮忙，转念又觉不妥，因为拱北交代过，军眷切勿随便带人进家，免得被汉奸、日谍钻空子！"

第三十六集　上峰视察　敌后布雷

大奶奶："是啊，不怕一万，只怕万一嘛！"

叶思静："拱北有日子没回来了，我盼着他回来，问问能不能请水雷所派几个勤务兵……"

大奶奶正色："思静，你好糊涂啊！一丁点小事就麻烦公家，像什么话?！勤务兵是公家的，不是纪家的！"

叶思静被点醒："妈教训得是！思静真是太糊涂了！"

大奶奶："再者说，拱北忙着抗战，妈帮不上，反倒拖累他，心里会很纠结的；况且又不是什么大病，一惊一乍的干什么?！你明白不？"

叶思静："明白了，思静明白了，妈你可别生气啊！"

大奶奶："妈不生气，妈知道你孝顺！"

叶思静："妈既然暂不问医，那就好好补养一下吧。雨轩托人捎来的那些银耳什么的，足够用好一阵子呢。果然有效的话，可见头晕乃体虚所致，雨轩必会再送来的。——重庆是陪都，好药材谅不难找，妈安心调理便是。"

大奶奶："你又糊涂了不是？你以为就拱北四脚朝天，雨轩跟着陈部长吃闲饭吗?！"

叶思静："妈，思静不是这意思，思静是说雨轩孝顺。"

大奶奶："雨轩可贵啊，生于大富之家却不以大富为意，更不染富家少爷的习性。他温存细致，糯糯的，哪像拱北不问冷暖，铁铁的。你们一个一个包括拱北，大事小事就都赖上雨轩了，连安祈去重庆深造美术，也指着他来安排，现在还要加上药材！"

叶思静："妈心里跟明镜似的！雨轩好说话，有求必应，我们还真是总爱烦扰他。安丽更说，不赖上轩哥，难道能赖上大哥吗？"

大奶奶："不许再去烦扰雨轩了，听见没？"

叶思静："听见了，妈！"

大奶奶："雨轩当了几年武官，回来连妻儿都丢了！这样的苦情，他说着也还是糯糯的，淡淡的。你们大家就都不上心了，不知体恤了！你们疼疼他行不行啊?！"

叶思静："妈，是我忽略了。"

大奶奶："雨轩小拱北两个月，诞生时父亲不在家，是我看着他出世的，如今竟落得孑然一身，我心疼啊，心疼啊！"

叶思静："妈，你是个'幼吾幼以及人之幼'的好母亲，你对石峻、雨轩、荣官、翠翠都视如己出。其实，你的心思我们都明白，这不，今晚赶制寒衣，最先缝好的必是雨轩的棉背心呢！"

19. "伴庐"前厅（夜）

翠翠、安丽、安祈在做冬衣。

安丽咬断线头："你们看，轩哥的棉背心大功告成啦，怎么样？"

安祈拿过来看了看，打趣道："当然好啦，大部分都是翠翠姐的针线，嘻嘻！"

安丽："能续上她的活计，也得有一定水平嘛，对不对？"

安祈："不致开线露出棉絮就是二姐的水平啦，哈哈！"

安丽："咄！"

翠翠："别闹了，快缝吧，听说辰溪冬天很冷，积雪尺把深，水缸结满冰呢！把妈冻着了，就怪你们误工！"

20. "伴庐"大奶奶居室（夜）

叶思静："妈，你乏了，躺下睡吧！你的贴身小棉袄只差半条边了，我这就去缝完它。"

大奶奶："别走，你我婆媳20年，这会儿我有精神，很想说些体己话。"

叶思静："妈，日子长着呢，明天说也不迟啊！"

大奶奶摇摇头："近来，我连连梦见大榕乡，梦见四婶、那青、钱妈她们，也不知亲族如何了？弘毅堂如何了？我已七十好几，倘或等不到天下太平，重返故园……"

叶思静急止之："妈，千万别说这不吉祥的话！哪来什么'倘或'，你一定能硬硬朗朗回归大榕乡的！头晕嘛，只要你肯求医服药，很快就没事了。你不去看病，净瞎想！"

大奶奶从右腕褪下一副翡翠镯子："这副镯子你认识吗？"

叶思静："妈天天戴着的，我哪能不认识？"

大奶奶："你认识，但并不知道，这是纪府老祖奶奶一代一代传给长房长媳的一种念想！"

叶思静："啊？太珍贵了！"

大奶奶随即把镯子放到叶思静掌上："现在传给你！"

叶思静："妈，传得太早了！"

大奶奶："不早！趁我脑子还不糊涂，赶紧传给你！想着将来……"

叶思静："妈，你又东想西想了，往常你从不这样啊！"

大奶奶："听我说！将来，天下太平了，倘若我已作古，你回乡时一定要戴上这副

第三十六集 上峰视察 敌后布雷

翡翠镯子！这副镯子就代表我的灵魂从遥远的湖南辰溪，回到了日思夜想的马尾故居，继续恪守媳妇本分，侍奉列祖列宗。"

叶思静垂泪，颤声道："镯子传得太早了，思静……思静难受……"

大奶奶非常平静："不要哭，哭不吉祥！祖奶奶们都是如此做，如此传的嘛。我还有别的事提前交代你，你好好听着！"

叶思静连忙拭泪："妈，我听着，听着呢！"

21．半山公路（夜）

手电筒的光束由远而近，渐渐清晰。

22．"伴庐"大奶奶居室（夜）

大奶奶："思静啊，假如，我是说假如，假如我不在世了，你们回大榕乡的时候，千万记得带走供奉在'伴庐'里面的所有牌位，好让你三叔纪慕贤领着拱南、石峻、荣官以及其他为抗战牺牲的拱字辈兄弟，齐齐团聚弘毅堂。这件事顶顶重要，你必须牢牢记住啊！"

叶思静："妈，你放心，我会牢牢记住的！"

大奶奶："安祈是甲午英烈的后代，又是那青唯一的骨肉，同时也是纪家的血脉，你们兄嫂姐妹要好好珍惜她的绘画天分，把她逼进大学去深造。"

叶思静："妈，我们一定照你的话做！"

大奶奶："钱妈服侍我几十年，辛辛苦苦带大我的三个儿女，到了还是孤苦伶仃一辈子！当初去上海，原以为一年半载就会回来的，所以没有带上她；谁承想，小日本害得我们从此天各一方，我常觉得不落忍。你回乡之后，可要格外善待她呀！"

叶思静："妈，我一定会的！"

23．"伴庐"前厅（夜）

安丽："大嫂还在妈屋里，看来她没能说动她老人家就医。"

翠翠："老人头晕，万一摔一跤，麻烦可就大啦！"

安祈："轩哥在就好了，他说什么，大伯母都爱听。"

安丽："大哥给个主意也好啊，偏偏成天不着家。"

24．"伴庐"大奶奶居室（夜）

大奶奶："思静啊，马尾海蓝天青，是块福地；大榕乡四邻和睦，又蕴含着很大的福气。妈盼着早日把鬼子赶回东洋，儿孙们齐聚故里，中兴家道。你是长房长媳，到时候你可要懂得旺家啊！"

叶思静："妈，怎样才能旺家？"

大奶奶："我的三位先人，留下三句关于'旺家'的话。婆母说，先贤'老吾老以及人之老，幼吾幼以及人之幼'的训诲，可以旺家；外祖母说，妒忌生恶，宽厚旺家；母亲说，过福败家，不过福方能旺家。我认为，力行三位先人的母教，旺家是能够实现的。你觉得有没有道理？"

叶思静："大有道理！思静想，若能做到爱自家老少而爱及别家老少，则内得以治家，外得以睦邻，家道便会兴旺。对吧？"

大奶奶点头。

叶思静："思静又想，若要做到'以及人之老''以及人之幼'，必须胸怀宽厚，切忌刻薄善妒！比方一家子骨肉，兄弟阋墙，姐妹相妒，自己先没了爱，又岂会爱及他人？如此，即便再怎么血浓于水，兴旺家道也是枉然啊！"

大奶奶重重点头。

叶思静："思静娘家有个亲戚善妒，为防丈夫花心，丫鬟婆子不丑不用，仕女图画一律不挂。一个歪鼻子女孩冬天进府，原本无事，谁知夏天显出了水蛇腰，从此饱受刁难，终遭驱逐。后来，仿佛神话，这个主妇生下一对龙凤胎，居然奇丑无比！亲朋戚友议论纷纷，说，必是神明误会了，以为这夫人生性好丑，便送了一对丑儿丑女给她。那时我不过10岁，母亲却拿我当作大人，引此事为戒，说，妒才、妒貌、妒富、妒贵、妒恩、妒宠是损人伤己的'六大妒'，要牢记不犯才是；否则，即便皇帝女，也难以旺家，难以快乐！"

大奶奶连连点头。

叶思静："至于'过福败家'，例子无数，令人唏嘘。妈，你放心，思静定当谨遵训诫，决不过福，以期旺家！"

大奶奶："思静啊，你远比妈所看到的更有内涵，更有悟性啊！"

叶思静："过誉了，妈，一切都是妈长年累月苦心调教的，思静感恩！"

大奶奶："好，我完全放心了！我想好好睡一觉，你去吧！"

叶思静："是！我这就吹了灯，你甜甜地睡吧。"

第三十六集　上峰视察　敌后布雷

大奶奶："不要吹，不要吹！没准拱北能抽空回来问安呢！留着我的灯，给儿指点家的方向吧！"

25．半山公路（夜）

大奶奶的灯在半山公路崖下的山洼洼里闪烁着一星微光。

26．"伴庐"前厅（夜）

叶思静从大奶奶处出来。

翠翠："妈睡着了？"

叶思静："刚睡着。不知何故，妈今晚忽然来神了，非跟我讲一大堆体己话不可！主要是想念大榕乡，还把手上那副镯子交给我，将来代表她回去。"

翠翠："老人有点病，难免东想西想，生啊死啊的，咱以后把话岔开就是了。"

安丽："没错。我看妈眼睛还很亮，能活一百岁！"

27．半山公路（夜）

纪拱北出现在拐角处。

28．"伴庐"前厅（夜）

叶思静忽然停止编织毛袜，压低声音："听，篱门外有动静！"

29．篱门外（夜）

纪拱北推开篱门。

30．篱门内（夜）

纪拱北一眼望见叶思静等站在檐下候着他。

31．"伴庐"前厅（夜）

安祈等簇拥着纪拱北进厅。

纪拱北："妈呢？"

安丽："在里屋，你先坐下喝口热的嘛！"便推拱北坐下："妈吩咐我们每天备一碗红糖姜汤候着你！"

翠翠："你不回来，就都便宜了跟你一样好甜的安祈啦！"

安祈做怪脸："嘻嘻！"

翠翠："我去给你端来。"

安祈："我去我去！"

纪拱北瞥了大奶奶房门一眼："今天雨轩陪着陈部长下来，没工夫回家，让我问问，带来的补品，妈用得怎么样了？前次，他见妈满头白发苍老了许多，一直不放心。"

叶思静："妈心疼雨轩，不准他再买药了。"

安祈送上糖水："可巧，今天的糖水是我熬的，特别甜！"

翠翠："你再熬几次，家里的糖就该叫你给熬光了！"

纪拱北喝了一口："好喝！太好喝啦！"

安丽："一口糖水就美成这样，难怪轩哥总说你是蚂蚁精！"

众人皆笑。

纪拱北喝完："好了，该去见妈了！"

叶思静："你晚到一步——妈刚刚睡着！"

纪拱北："睡着？！她的灯不是还亮着呢吗？——我在公路上看到了，一直亮着呀！"

叶思静："那是妈特意为你留的，不让吹灭！"

纪拱北受到触动，有点黯然："妈的确是苍老了不少啊！"

安丽："她最近偶尔会头晕。"

纪拱北："啊？！厉害吗？"

叶思静："不厉害不厉害，七十好几的人了，难免这儿那儿有点不适嘛。"

安祈："依我看，是吃长斋太久了，营养不良，应该开荤！"

安丽："做梦吧，妈哪里肯？！"

翠翠："劝妈去看医生，硬是劝不动。"

叶思静："定远、致远半大小子不济事，家里没人力，妈不愿意麻烦别人，这才是真的！"

纪拱北："等我执行任务回来，自己背她去医院，不就解决了吗？到时候叫定远、致远左右两边护着，她还能不愿意？！"

叶思静："那你几时回来呀？"

纪拱北："说不准，你们等着就是了。如果——"他顿了一下，"如果一时回不来，

第三十六集　上峰视察　敌后布雷

就叫雨轩背！"

叶思静感觉到什么，偷偷瞟了丈夫一眼。

纪拱北："哦，定远、致远呢？"

翠翠："他俩严格遵守作息时间，晚上9点一定睡觉的。"

纪拱北站起来："那我走了——明天从所里出发。"

叶思静："哦，走吧，军务要紧！"

纪拱北走到大奶奶房间前，挨在门上侧耳听了听，自言自语道："睡熟了。"便在房门上摸了一把，毅然离去。

32．半山公路（夜）

纪拱北在拐弯处渐渐放慢脚步。

一阵寒风吹过，草木瑟瑟。

纪拱北驻足，恋恋地转身回望"伴庐"方向。

大奶奶的灯远远地在山洼洼里闪着朦胧的微光。

群山环绕着这点微弱的光亮。

"伴庐"上空，在群山之巅，回荡起一阵悠远的呼唤："妈，等儿回来背你——等儿回来背你——等儿回来背你啊！……"

33．湖北阳新半壁山长江段（日）

半壁山江景。

日军汽艇悬着战犯旗在江面巡逻。

镜头推近。巡逻艇上架着机关枪。

34．阳新网湖偏僻小湖汊（夜）

湖畔泊着一条小篷船。

湖水浸着下弦月。

35．小篷船舱内（夜）

无灯。下弦月从篷船小窗口照进来。

纪拱北、何咏烈、李点点在低声说话。

纪拱北："这两天，我选取你们侦察过的一段路线，对南起富池，北达沣源口一带的水域，特别是其中半壁山至沙村江段进行了再侦察，结果证实你们的先遣工作做得很细。综合你们的情报可知，如今在半壁山水域布雷会比以往更艰难。主要原因是：今年5月，阳新地方抗日武装湘鄂赣边区挺进军第十九支队攻打阳新县城，一度占领了城外桃花庵高地；7月，我浔鄂区海军布雷游击队恰好得到这支地方武装的鼎力相助，在半壁山至沙村江面成功布雷。日寇于是立即加强阳新各据点的警戒，对路人加强盘查；同时，还推出江上通行证等措施，加大力度控制船户，以断绝我布雷队所需的船只，这对我们当然很不利。"

何咏烈、李点点重重点头。

纪拱北继续说："但另一方面，日寇战线过长，兵力不足，在阳新，就连富池口这么重要的据点，驻军也才一个排，势力难以覆盖广大乡村；沸源口、黄颡口、陶港、白沙、木港、三溪等镇情况都不相上下。这会给海军并地方抗日武装及共产党游击队，留出一些合作的空间。此外，我们身边还有一种巨大的力量，那就是湖北人的血性：阳新柯家湾九位妇女坚决不从日本兽兵，宁可活活熏死山洞中；三溪樊家七汉子，誓死不为日军带路，全部壮烈牺牲！从他们身上我看到了半壁山布雷的希望，等见过你们结交的船民兴哥，感觉可靠的话，下一步行动就可以进行了。"

李点点按捺不住，摩拳擦掌。

何咏烈压了压李点点的脑袋。

36．小篷船舱面（夜）

两个人影弯腰进舱。

37．小篷船舱内（夜）

纪拱北等五人席地坐谈。

何咏烈向纪拱北介绍道："这位就是富池张家湾的兴哥，本地的许多情况都是他提供的。"

纪拱北："多谢兴哥，你帮大忙了！"

兴哥："谢什么？应该的！再者说，也算我跟海军有那么点缘分吧。"

纪拱北："怎么回事呢？"

兴哥："去年春天，武汉战事快要打响的时候，有一支百十来人的海军队伍，带着十门舰炮，在我们富池张家湾驻扎了半个月。他们纪律好，文化高，教村民唱抗日歌曲，还会讲外国话，模样也帅，把我们那群后生给迷得哟！无人知道这支海军队伍从

第三十六集　上峰视察　敌后布雷

哪里来，又去了哪里；但大家都相信，一准是上战场打鬼子了，有朝一日'班师回朝'，还会路过张家湾的！——盼着就是了！"

李点点："盼到了吗?!"

兴哥："可惜呀，盼了小半年，海军没回来，日军却打来了！9月底富池口沦陷，10月初半壁山沦陷，10月中阳新县城沦陷。中国军队牺牲太多了，半壁山一个营的守军，只剩下60人，张家湾背后大岭山的守军也战死100多。我跟村民们哭着埋葬英烈，心里那个恨啊！那以后全是憋气的日子了。每天，看见日军舰船在半壁山江面横冲直撞，我就暗暗诅咒它们，渴望哪天自己的海军回来，把鬼子炸碎炸飞！后来，跟做梦似的，海军竟然在敌人眼皮子底下布雷了，我的船还参加过一次运雷呢！——这不是缘分吗?"

纪拱北："对，是缘分，是抗日的缘分！我知道路过你们张家湾的那支队伍，他们是1938年3月海军上校方莹率领的武汉区海军炮队！"

兴哥："哦，原来如此！"便指指旁边的那个汉子："今晚我急着带宏哥来，正是为着抗日的缘分啊！"

纪拱北脱口赞道："可贵啊！"

兴哥："宏哥前一阵在江西，今天才回阳新的，所以你们都没见过。宏哥是我们八个结拜兄弟中的大哥，又是我的连襟，他也痛恨鬼子，愿意为布雷出力。其实，你们住的这条小船就是他的。"

纪拱北："宏哥雪中送炭啊，只是，我们委屈你的家小了！"

宏哥："别客气，你们继续住吧，这湖汊鱼少人稀，比较安全，而且，说实在的，我已经没有家小了。"

纪拱北、何咏烈、李点点："啊?!"

宏哥："我的家小在赣北瑞昌，离富池很近。前年7月底，日寇进攻九江，瑞昌吃紧；我急忙过富池这边，为妻儿避难做准备。不承想，有事耽误了几天，还没等去接他们，瑞昌就沦陷了。我老婆带着一对10岁的龙凤胎，跟着几个熟人往山上逃，结果半道上全被鬼子杀掉了！我老婆非常非常贤惠啊，我那龙凤胎又聪明又漂亮人见人爱啊！……"

纪拱北在宏哥肩上拍了两下以示安慰。

宏哥重重咽下苦水："不说了，讲正事吧！北哥——我就这么叫你了……"

纪拱北："这么叫我，我太高兴了！"

宏哥："北哥，你有什么要帮忙的直接说吧，只要是打鬼子，我们一定尽力！"

兴哥："一定尽力！"

纪拱北："我们需要八条船，装上雷，趁月黑划到江面指定位置投放。行动中随时可能在江上或岸上遭遇敌军攻击，所以挑选船户绝不可含糊啊！"

宏哥："放心吧，胆小的、不可靠的，一概不找。我们这八个结拜兄弟的船，恰巧够数，怎么样？"

纪拱北："再合适也不过了！何况，兴哥已经参加过一次行动了嘛。"

宏哥："那就一言为定！什么时候你们准备好了，随时联络我们吧！"

纪拱北伸出手，压在宏哥的手上："好，一言为定！"

38. 小篷船舱面（夜）

纪拱北向宏哥、兴哥行军礼："谢谢你们！再见！"

宏哥还以军礼。

兴哥还以抱拳礼。

39. 小篷船舱内（夜）

纪拱北："咏烈、点点，你俩结交兴哥，立了一功！兴哥引来的宏哥，我看不一般，你们呢？"

何咏烈："我也觉得不一般。"

纪拱北："为什么？"

何咏烈："我注意到，分手时，所长你行军礼致谢，宏哥回的也是军礼。"

李点点："对呀对呀，兴哥不同，回的是抱拳礼。"

纪拱北打趣："嚄，黑黢黢的，看得还挺真。——夜猫子眼！"

李点点得意："嘻嘻，不算黑黢黢，还有大半个月亮呢！"

何咏烈："纪所长，宏哥会不会属于你时常告诫部下要善待的某一类陆上友军？"

纪拱北："湘鄂赣边区多山，适合游击。抗战以来，除了国军游击队、地方抗日武装、民众自发的抗日武装组织，还有合法的共产党抗日游击队、武工队。他们都是我们的友军。至于宏哥属于哪一支，刚刚接触，我还无法判断。反正，不管哪一支，只要真抗日，我们都求之不得，对不对？"

何咏烈、李点点："对对对！"

纪拱北："睡觉吧，明天还要工作！李点点，你警戒，就在舱里！"

李点点："是！"

第三十六集　上峰视察　敌后布雷

40．阳新网湖偏僻小湖汊（夜）

下弦月西行。

41．沅江中游山野（日）

大雪纷飞。

42．辰溪海军水雷制造所外（日）

哨兵笔直地在风雪中站岗。

43．水雷所楼前（日）

30名布雷官兵在风雪中待发，其中有老兵徐宝德。

岳少校："别动队员们：纪所长安排好布雷所需的民船及其他准备工作后，第九战区即转令湘鄂赣边区挺进军第十九支队，负责陆路运雷并掩护布雷。今天，万事俱备，只待我们去和纪所长会合了。谁都知道，敌后布雷有多艰险，一旦进入沦陷区，就必须昼伏夜行，风餐露宿，不仅要忍受酷暑严寒、饥渴疲劳，更要突破日军重重封锁、围堵截击；纵使完成任务后，也时常会遭遇敌人，付出牺牲。然而勇者无畏，在绵长的布雷游击战线上，中国海军官兵从未停止抗争。各位袍泽，你们都是本所遴选的布雷健儿。你们留下遗书，奔向战场，激昂慷慨，令人敬仰。能和你们共赴国难，我无比骄傲。时间已到，出发！"

岳少校向方少校、朱少校等敬礼。

方少校等回礼。

别动队出发。

风雪大作。

44．半壁山至沙村江段（夜）

半壁山影突兀在黑暗的江面。

字幕：半壁山至沙村江段

江水涌起不大的波浪。

45. 半壁山至沙村江边（夜）

江边枯草灌木影影绰绰。

纪拱北守望江边。

纪拱北内心独白："半夜起浪了，好在不大，不会影响兴哥八兄弟的船按时向我们集结。"

李点点轻捷如猫，跑过来悄声道："报告纪所长，江边这一段尚未发现敌踪。如果有，宏叔他们会对付的，是吧？"

纪拱北点头。

李点点："那我继续侦察去了。"

纪拱北摆摆手："不必了。估计，岳少校率别动队已经趁黑进入阳新了，有咏烈的接应，抵达时间可能会提前一些的。"

李点点不无担忧，问："纪所长，湘鄂赣边区挺进军第十九支队能够按时到吗？"

纪拱北："怎么了？！"

李点点："你想啊，一颗雷百十来斤重，四人抬，一人扶，跋涉数百里，夜晚本来就看不清，还要翻山越岭，该有多难哪！再者说，30颗雷，起码150人，这么大的运雷阵仗，一路上还要经过那么多据点、那么多封锁线，真真是千难万险啊！就算进了阳新境内，还有龙角山、赤马山、筠山等等都要一座座上上下下的。这两天得亏没下霰，不然的话，那冰珠铺地比雪还滑十倍呢！"

纪拱北："你小小年纪，思虑竟然这般细密，的确是块侦察的好料子！你的那些担忧不无道理，但我跟第十九支队打过交道，见过支队长、支队副，对他们还是有所了解的。这支地方武装熟悉湖北山川地理、民情敌情，执行任务一丝不苟，我们的浔鄂区布雷游击队曾经在他们协同下创造过很好的战例。所以，今天我最最在意的只是兴哥八兄弟的船，明白吧？"

李点点："明白了，纪所长！"

纪拱北："好，从现在起，你盯着江面，我盯着滩头！"

李点点："是！"

46. 半壁山至沙村江段（夜）

江水依旧涌着不大的浪。

李点点画外内心独白："怎么还没来船？！可疑啊！难道是宏叔、兴叔出了问题？！

第三十六集 上峰视察 敌后布雷

不，不可能！我相信他们是抗日的，尤其宏叔，妻子和一双龙凤胎儿女的血仇，不报誓不为人啊！……"

47. 半壁山至沙村滩头（夜）

何咏烈引着岳少校的大队人马出现。

纪拱北立即迎上。

岳少校一挥手，全队跑步向前。

岳少校跑到纪拱北跟前敬礼："报告纪所长，别动队全体到齐，行程七日，无伤亡！"

纪拱北回礼："辛苦了！"

何咏烈凑近："第十九支队出现了！"他指向不远处："你们看！——"

担架队四人抬一雷，一人扶持，向前行进。

纪拱北："岳少校，你们跟着何咏烈去江边吧！"

岳少校："是！"

纪拱北疾步趋近运雷队伍。

第十九支队支队副瞥见纪拱北立即赶上前敬礼："纪中校，30 颗漂雷如数运达。行军 12 日，有一晚飞霰铺地，幸无摔损，请查验！另外，掩护队已设下警戒线，接应布雷队回程。"

纪拱北回礼："你们了不起！历尽险阻，多次协同海军布雷却从未失手，坚毅勇敢细致周密令人钦佩之极！有如此忠诚得力的友军，我们庆幸不已，骄傲不已！"遂再次敬礼。

48. 半壁山至沙村江边（夜）

运雷及布雷人马齐集江边。

漂雷已整齐摆放在地。

岳少校对纪拱北耳语："时间过了，船只还没来此集结，怎么办？！"

纪拱北："跟我来！"便走向支队副："支队副，船只过时未到，江边人马越多危险越大。你们的运雷任务已圆满完成，赶紧撤离吧！"

支队副："那你们？……"

纪拱北："我们没有退路，不管有船无船，必须完成布雷！否则，不但有辱使命，而且敌人在岸边发现水雷，定会清乡扫荡，害我百姓。你们快走吧！"

429

支队副:"那好,运雷队立即撤出,留下掩护队策应你们。掩护队配有一挺机枪,在你们布雷后的归途中,将主动出击,吸引附近各据点的交叉火力,以便你们迂回通过。直到你们抵达警戒线,他们的任务才算完成。"

纪拱北:"好兄弟,我们海军一定对得起陆军的支持!"

支队副率队离去。

岳少校:"纪所长,我们怎么做?"

纪拱北:"立即准备接力式泗水布雷!你指挥别动队每四人一组,以最快速度给漂雷安雷管,去触角罩,装电液瓶,任何步骤不许慌乱出错!接力名单由我安排。执行吧!"

岳少校:"是!"

49. 半壁山至沙村滩头（夜）

一个黑影由远而近狂奔而来。

黑影摔了一跤,爬起来,继续狂奔。

黑影又摔一跤,继续狂奔。

黑影再摔一跤,站起身：是兴哥!

50. 半壁山至沙村江边（夜）

别动队各组摸黑给漂雷安装引爆器材。

纪拱北告知岳少校:"我这样安排接力布雷：李点点年方18,也瘦弱些,他和项东的战位定在离岸最近之处。由他们开始,两人一组接力推雷,最后交给我跟何咏烈布放。你的战位在岸边。你须指挥漂雷逐一下水,各组游回后暖身,还有,必要时人员的替补等等。总之,布雷期间,岸上一切由你负责。有问题吗?"

岳少校:"有!你跟何咏烈前几个月车祸重伤,我请求让我跟徐宝德代替你俩,毕竟,你的战位最远,在水中浸泡的时间最长……"

纪拱北:"不行!天寒地冻,泗水布雷,我身先士卒,责无旁贷!至于你,就算我冻僵冻死需要替换,也轮不到你!你应坚守岸边,否则会导致布雷行动的失败!这是我的命令,你要好好执行,不准感情用事!"

岳少校:"是!"

纪拱北:"现在,我把接力小组其余的人员配置交代于你,你可以便宜行事。今夜有浪,布雷耗时起码一个多小时,甚至更长,你要随机应变啊!……"

第三十六集　上峰视察　敌后布雷

兴哥狂奔而来，气喘吁吁："北哥，不好了！"

纪拱北："不要慌，轻声说！"

兴哥："都怪我糊涂，也没跟宏哥商量，就叫店家往我们八条船上抬酒，想着集结时顺便捎给布雷兄弟们暖身；不料引起鬼子怀疑，扣船查问。幸亏宏哥急中生智，说是三哥、六哥结亲家要摆酒，我们赶紧附和，编得有鼻子有眼，这才免了大祸。可恨鬼子抢走了酒，还扣船检查通行证，扬言明天再考虑放行。我和宏哥好容易才趁黑脱身的。"

纪拱北："宏哥呢？"

兴哥："宏哥知道我给你们惹了大麻烦，赶着去加派人手，做些补救。咳，都怪我，都怪我！"

纪拱北："不怪你，你没经验嘛！"

兴哥："那我奔宏哥去了！"

纪拱北："快去！"

51．半壁山至沙村江段（夜）

画外机关枪声。

一艘日军巡逻艇驶近。

52．半壁山至沙村江边（夜）

纪拱北急打手势，全体卧倒。

53．半壁山至沙村江段（夜）

日军巡逻艇在胡乱扫射中驶远。

54．半壁山至沙村江边（夜）

纪拱北等迅速爬起。

岳少校对纪拱北说："万幸啊，没有射中人和雷。"

纪拱北："立即行动！"

岳少校一个手势，纪拱北一组打头，徐宝德一组随后，别动队各组迅速排成接力队列。

纪拱北、何咏烈首先脱下袄裤，赤膊纵身跃入江中。

55．半壁山至沙村江段（夜）

纪拱北、何咏烈向战位游去。

56．半壁山至沙村江边（夜）

徐宝德二人组脱下袄裤，跃入水中。

57．半壁山至沙村江段（夜）

徐宝德二人组游向战位。

58．半壁山至沙村江边（夜）

后续的二人组相继入水。

59．半壁山至沙村江段（夜）

纪拱北、何咏烈继续游向战位。

60．半壁山至沙村江边（夜）

李点点、项东二人组准备下水。

岳少校："你们把雷推给下一组后，立即往回游，开始第二轮接力！"

李点点二人："是！"

61．半壁山至沙村江段（夜）

李点点二人组推雷至下一组。

下一组接力。

江波中涌出一条接力线，向前延伸。

纪拱北、何咏烈接过雷推向布雷点。

62．半壁山至沙村江边小路（夜）

路旁灌木杂草中藏着数个大麻袋。

宏哥、兴哥等十人在往麻袋里装石头。

第三十六集　上峰视察　敌后布雷

63．半壁山至沙村江段（夜）

纪拱北、何咏烈继续布雷。

64．半壁山至沙村江边（夜）

漂雷已布去一大半，剩下6颗。

65．半壁山至沙村江边小路（夜）

宏哥逐一检查麻袋："分量够了，你们耐心等候战机！"

66．半壁山至沙村江段（夜）

接力布雷线继续在浪中起伏。

67．半壁山至沙村江边（夜）

漂雷仅剩两颗。

68．半壁山至沙村江边小路（夜）

小路一头出现手电筒光束。

69．半壁山至沙村江段（夜）

纪拱北、何咏烈吃力地推雷。

70．半壁山至沙村江边小路（夜）

六名鬼子在手电的指引下走近灌木丛。
六条黑影轻捷跃出，无声无息割断六个鬼子的喉咙。

71．半壁山至沙村江边（夜）

先上岸的别动队员们有的扶助后来者，有的抱团取暖，徐宝德、李点点在岳少校身后盯着江上，一脸紧张。

岳少校内心独白："浪越来越大了，好在已经布完，只要不冻僵，纪所长他俩可以游回的。否则，必须实施救援啊。"

72. 半壁山至沙村江边小路（夜）

灌木丛中，兴哥扎紧最后一个麻袋口。

宏哥："快，统统沉到江里去，毁尸灭迹！"

73. 半壁山至沙村江段（夜）

纪拱北、何咏烈往回游。

他们肢体渐渐冻僵，不听使唤。

大浪把他们推来涌去。

纪拱北挣扎着拼命靠拢何咏烈。

何咏烈也竭力靠拢纪拱北。

两人终于靠近一些了。

纪拱北用僵硬的舌头，对何咏烈挣出一句话："坚持！"

何咏烈吃力地回应："坚持！"

一个浪头打来，把他们推开。

他们又努力靠近彼此。

又一个浪头打来，再次推开他们。

74. 半壁山至沙村江边（夜）

岳少校下令："立即救援！"

徐宝德、李点点等八人应声跳下去。

75. 半壁山至沙村江段（夜）

徐宝德等八人拼命游向纪、何二人。

何咏烈失去意识开始下沉。

八人继续拼命游向纪、何。

纪拱北也开始下沉。

八人眼看贴近。

一个大浪劈下。

定格。

第三十六集　上峰视察　敌后布雷

76. 阳新网湖偏僻小湖汊（夜）

一艘小篷船靠在岸边。

77. 小篷船舱内（夜）

纪拱北仰卧无知觉。

兴哥拿着筷子，宏哥端着一碗热水实施抢救。

兴哥："我用筷子撬开他的牙关，你就赶紧灌热水！"

宏哥："好，来吧！"

兴哥、宏哥开始操作。

纪拱北未醒。

兴哥："再来！"

宏哥继续灌。

78. 阳新网湖偏僻小湖汊（夜）

天上飘起雪花。

79. 小篷船舱内（夜）

纪拱北睁开眼。

兴哥与宏哥欣然对视："醒了，醒了！"

纪拱北第一句话："何咏烈，咏烈呢？"

兴哥、宏哥皆摇头。

纪拱北急欲起身。

兴哥忙按住："别动别动，歇一会儿歇一会儿！"

纪拱北："咏烈怎么了？！"

宏哥："咏哥没怎么，哦不，是这样的：我的人马干掉鬼子巡逻队后，急忙赶到你们那里，看看你们安不安全。没承想，海军官兵已完成布雷正要撤离，而你却躺在担架上，失去知觉。这对撤离行动当然很不利，所以我就自告奋勇把你留下来。那位长官……"

兴哥："是岳长官！"

宏哥："对，是岳长官。岳长官感谢我们雪中送炭，我们立马接手，把你抬走，其他的都顾不上了，完全没注意咏哥。"

兴哥："咏哥应该没事，否则必定僵在担架上了，不是吗？"

纪拱北："但愿吧！也不知他们撤离得怎样了？"

80．阳新日军据点附近（夜）

湘鄂赣挺进军第十九支队副，从埋伏处开了一枪。

据点当即发射机枪。

邻近据点马上响应，交叉发射机枪。

海军布雷别动队岳少校即在另一埋伏处，指挥部属迅速撤离。

一班鬼子由据点出来搜查。

第十九支队机枪从暗处射出。

鬼子悉数丧命。

81．小篷船舱内（夜）

兴哥："我去熬红糖姜水，北哥喝下，蒙头睡一大觉，就缓过来了！"

纪拱北："不必麻烦，我已经缓过来了！"

兴哥："不，还差点事！"便径自去了。

纪拱北感触良深："患难方知，百姓才是真正的护身符啊！"

宏哥："这话说进我心坎里了，没有百姓，神仙也活不成！"

纪拱北："海军布雷，缺了百姓不行，缺了友军照样不行。这次任务，没有湘鄂赣边区挺进军第十九支队和你们队伍的协同，是完不成的！我对各方友军满怀谢忱，但不知宏哥你属于哪一方？可以告诉我吗？"

宏哥："当然可以，我属于中共湘鄂赣边区抗日游击队！国共合作抗战以来，我们的队伍有了合法地位，发展很快。"

纪拱北喃喃道："原来，今日与我并肩战斗的还有中共的游击队啊！——拱南他值了！"

宏哥："谁值了？！北哥，我没听明白。"

纪拱北："哦，我是说，我的十一弟拱南，他值了！"

宏哥："你的十一弟？他怎么了？"

纪拱北："我的十一弟，是个热情而有理想的海军青年军官。1935年，他留学归来，一心抗日救国，不料却奉命配合陆军赴江西'剿共'，因此忧愤自杀。发人深省的

第三十六集　上峰视察　敌后布雷

是，5年后的今天，共产党的武装，不仅协助海军布雷，还营救了我。我想，十一弟生前不惜以死反对'剿共'，是值得的！"

宏哥动情："北哥，难得你这么深明大义！往后，还有机会在这一带抗日的话，一定要让兴哥通知我啊！"

纪拱北情不自禁紧紧握住宏哥的手："我会的！有你们这样的友军，我们很幸运啊！"

兴哥端来三大碗红糖姜水："来，每人一碗，喝得血热热的，一起打鬼子，把鬼子打出中国去！"

纪拱北、宏哥、兴哥端起大碗，如同喝酒誓师："把鬼子打出中国去！彻底打出中国去！"

大结局

1. 沅江（日）

沅江夕照。

2. 沅江岸坡（日）

纪拱北风尘仆仆迎着凛冽的冬风在赶路。

纪拱北望了望夕阳，自言自语："天黑之前可以赶回水雷所了。"

李点点、徐宝德自远处狂奔而来。

李点点抢先奔到，向纪拱北敬礼："报告纪所长，布雷别动队是昨天到家的。岳少校不放心你，命宝叔和我出来探一探。我这就赶回去禀报！"

纪拱北："去吧！"

李点点敬礼，转身奔回。

纪拱北立即问徐宝德："何咏烈呢？"

徐宝德哽咽："那天半夜，一个大浪压下来，咏烈就不见了，我们抓住的只有你一个人啊！"

纪拱北仰天长叹。

徐宝德泪流满面："纪所长，我跟咏烈由18岁相识，28年间风里浪里从未分开过，缘分比亲人还深啊！"

纪拱北："我知道的，知道的！我要上报海军总司令部，按战时阵亡条例，为何咏烈呈请优恤。"

徐宝德："不必了，纪所长！"

纪拱北："啊?！为什么?！"

大结局

徐宝德略一迟疑："因为咏烈已无亲人了。他，他是甲午遗孤啊！"

纪拱北："啊?！咏烈是甲午遗孤?！他的父亲是谁？"

徐宝德："咏烈的父亲叫何满，北洋海军'超勇'舰的炮手——何满！"

纪拱北失声大叫："是何满?！真的是何满?！"

徐宝德："一点没错！"

纪拱北："天哪，世上竟有如此凑巧又如此遗憾的事！甲午年大东沟海战时，'超勇'舰三副——我三叔纪慕贤——身负重伤，奄奄一息。正当'超勇'全舰大火即将翻沉的最后关头，是炮手何满、那旗给他套上救生圈，他才得以生还的。战后，我三叔曾多方寻找何满、那旗的遗属，却都没能如愿。再后来，万料不到，'远在天边近在眼前'，那旗的女儿那青，居然就是我四叔纪慕达违背祖训私娶的关姨太！由于关姨太已经作古，我三叔痛恨之余狠狠掴了四叔一记耳光，但已完全无补于事，终生引以为憾！"

徐宝德激动："纪所长，你信任我，把话都说到这个份上了，有件事，多少年一直藏在宝德心里，今天不妨告诉你，你可千万别介意啊！"

纪拱北："我不介意，你快说！"

徐宝德："那旗的女儿那青跟何满的儿子何咏烈同年同月同日同时辰出生，他俩是娘胎里的小夫妻啊！"

纪拱北犹如五雷轰顶，交集着惊愕与痛苦，失态大叫："啊?！不可能！这是戏，不是真的！"

徐宝德："是真的！真的就是真的！纪所长，我不会编戏，我何苦编戏啊?！"

纪拱北冷静下来，喃喃道："这太残酷了，太残酷了！"

徐宝德憨厚地安慰道："别难过，别难过，这不是你的错，完全不是你的错啊！"

纪拱北沉吟片刻："这件事，你为什么要埋得这么久、这么深呢？"

徐宝德："咏烈不让说嘛！咏烈先是怀着私仇想伺机杀死纪家人，这当然不能说；后来，我逼他进海军跟着你抗日，私仇小于国仇，私仇只得埋着；再后来，由于车祸，咏烈无意中发现你很同情那青，你妹妹又与她知心，你们纪家也已深感愧疚，这私仇还能不化吗？既然化了，提它干什么呢？这会儿，若不是你要为咏烈申请抚恤，话赶话说到了，我是不会把他的痛苦挖出来的！你明白吗？"

纪拱北："明白，明白，我全都明白了！咏烈真是条好汉啊，我佩服他！"

徐宝德："有咏烈这样的兄弟，宝德一辈子都觉得光彩！"

纪拱北："何满、咏烈两父子是两代抗日英雄，他们未竟的大业，我们来继续，再苦再难，无怨无悔！"

徐宝德："纪所长，如果需要宝德的命，拿去就是！"

纪拱北："好样的！我以你们为荣！"

3．辰溪海军水雷制造所外（日）

岗哨肃立。

纪拱北与徐宝德出现。

纪拱北认真拍掉身上的尘土，用双手抹净自己的脸，又下意识地摸了摸领口，这才走近岗哨。

哨兵敬礼。

4．水雷所楼前（日）

岳、方、谭、朱四少校率布雷别动队并水雷所官兵列队等候。

纪拱北行近队列。

全体官兵敬礼。

纪拱北回礼："我一直强调友军的意义，这次又毫不含糊地得到了证实。如果没有湘鄂赣边区挺进军，没有中共游击队，我们在半壁山的布雷行动就不可能完成。同样，缺少百姓支持，也难免功败垂成。所以，我等千万要重视友军，重视百姓啊！"

众部属："是！"

纪拱北："抗战必然付出牺牲。我们业已牺牲了许多，现在又加上何咏烈；下一个可能是我，也可能是你，时刻准备吧！何咏烈是甲午遗孤，父子两代皆为抗日英勇献身，令人痛惜不已！然而，为了驱除日寇，收复失地，任何牺牲都是崇高的、光荣的、值得的！"他从怀里掏出一小包东西，解开帕子。

特写：帕子里兜着一抔泥土。

纪拱北："这是我从沦陷区带回的一小包泥土！勇敢的袍泽们，让我们以中国军人的荣誉起誓：收复失地，还我河山！收复失地，还我河山！"

众官兵高呼："还我河山！还我河山！还我河山！"

仰摄天空。

天空中回荡着"还我河山"的誓言。

大结局

5. 半山公路"伴庐"段（夜）

纪拱北在公路上狂奔。

纪拱北奔过拐角。

公路下方，"伴庐"闪烁着一星微弱的灯光。

纪拱北向下大喊："妈，儿回来啦，儿回来啦！回来背你去看病，背你去看病！妈！——"

6. "伴庐"篱门内（夜）

纪拱北扑向上房，一下子推开前厅的门。

7. "伴庐"前厅（夜）

条案上燃着一对白蜡烛，

香炉里插着香火，

大奶奶的遗像温和地注视着纪拱北。

纪拱北震惊之余，几疑是梦，喃喃道："这是梦，是梦！……"

大奶奶的灵魂之声："儿啊，你回来啦！"

纪拱北扑倒在遗像前，爆发出撕心裂肺的一声哭喊："妈！——"

叶思静、安丽、安祈、翠翠、定远、致远闻声而来。

定远和致远扶起纪拱北。

安丽扑到纪拱北肩上哭道："大哥，那天晚上你刚离开家，大嫂就去照看妈，连叫几声都听不到回应，发现妈……"遂泣不成声了。

叶思静哽咽："妈跟睡着一样。她生也平和，死也平和，是个有福之人啊，可是我们舍不得她！……"便垂泪不止。

翠翠："我们按照妈的习惯，晚上把她屋里的灯留给你！"

纪拱北扑进大奶奶屋里。

8. "伴庐"篱门内（夜）

大奶奶屋里的灯依旧亮着柔和的光。

大奶奶屋里传出纪拱北的伤心叫声："妈，拱北回来了，'子欲养而亲不在'，儿对不住你啊！……"

鹅毛雪纷纷飘下。

9. 半山公路"伴庐"段（夜）

大奶奶的灯仍在飞雪中闪烁着一星微光。

10. 辰溪山野（日）

远景：春花浪漫。

11. 无名山坡（日）

纪拱北坐在坡上，环视群山。

夏雨轩画外音："拱北，我打听到米娜的消息了！1938年底米娜从德国回来后，即加入中国红十字会救护总队第九大队随军进退。1939年秋，长沙会战期间，她服务于第九战区，跟你同属一个战区啊！9月20日，米娜和四位助手送伤员去长沙伤兵医院，回程中遭遇一小股日军；他们奋勇抵抗，全体殉国，米娜在弹尽之后还把枪摔碎了！她的结局跟她的气质一样令我无比骄傲！拱北啊，当你我得知这件痛心之事时，米娜已然捐躯一年多了。米娜曾在莱茵河畔对我说，她今生只爱你一个，来生也一样！今天，我可以把她的话告诉你了！"

夏雨轩画外音止。

纪拱北痛苦得双手捂脸蜷成一团。

闪回（参见第三十五集《放下仇恨　相聚"伴庐"》第36节）：

一辆救护车在简陋的伤兵医院前停下，纪拱北正好走过来挡了道。司机按喇叭，副座上的一位女军医盯了纪拱北一眼，挥手驱之。救护车开进院里，女军医跳下车来。纪拱北目光追随女军医，女军医指挥担架抬进诊室去。纪拱北怅然若失。

闪回止。

纪拱北站起来，极目远方：

白云浮去，山峦缥缈。

纪拱北画外音在悠悠呼喊："米娜！1939年9月20日，在长沙伤兵医院门口，挡道的那个人，就是我！——就是我呀！……"

12. 无名岩石前（日）

岩石前有一个新挖的方形浅坑。

拱北小心翼翼将米娜所画之刑天放入坑中，接着又置入一枚云麾勋章。

拱北："米娜，你我无缘长相守，就让你画的刑天和我得的勋章，相伴在这千古不化的岩石之前吧！"

仰摄岩石。

13. 无名山坡下（日）

思静手捧红杜鹃走上山坡。

14. 无名岩石前（日）

思静献上杜鹃，轻声说："米娜，你是抗日女英雄，你值得拱北生死不渝地爱着。当年，倘若思静知道你俩本是一对绝配，那就不会有后来我们三人终身的遗憾了。可惜，没有'倘若'，时光也永不倒流。所幸，我等皆能默默承受遗憾，因而避免了更大的遗憾。米娜，思静仰慕你。何止思静？千山万壑都在守候你啊！我会常来看你的。"

15. 辰溪山野（日）

秋叶萧瑟。

16. 无名岩石前（日）

一篮菊花，黄灿灿地供奉在岩石前。

17. 无名山坡下（日）

思静的背影慢慢离去，渐渐消失在山色中。

18. 辰溪山野（夜）

满天星斗。

画外音：十四载炼狱煎熬，三千万同胞绝灭。但中华民族顽强的信念，却如同不倦的星辰，夜夜照临着祖国破碎的山河、失去大海的家族和为自由苦斗的健儿。历史因此含泪揭开一个奇异的夜晚，它圣洁的光辉拥抱着我们苦难民族的新生；而当时，幼小的我，正在星空下依偎着大人，像往常那样，念着两句熟悉的顺口溜……

画外音止。

19．"伴庐"篱门内（夜）

流萤闪闪。

翠翠抱着膝上的纪胜儿，把住她的两只食指，轻轻地对碰四下，又分开，一面念道："点点虫虫飞，日本崽化灰！点点虫虫飞，日本崽化灰！……"

胜儿："翠姨，日本崽是虫虫吗？"

翠翠："对，是虫虫，最毒最毒的虫虫，比蟑螂、蜈蚣、七步蛇还要坏一千倍、一万倍！"

安丽、安祈给胜儿两只装满萤火虫的小纸球。

胜儿左右两手托着两只发光的小纸球。

翠翠："好看吗，胜儿？"

胜儿："好看，亮亮的！"

翠翠将胜儿的两手并拢："小球球靠在一起就更亮啦！"

特写：两只小纸球连在一起发光。

翠翠："胜儿，跟翠姨对着亮光一齐念'日本崽化灰'好吗？"

胜儿："好！"

翠翠、胜儿："点点虫虫飞，日本崽化灰！点点虫虫飞，日本崽化灰！……"

20．"伴庐"篱门外（夜）

纪拱北扑向篱门，冲了进去。

21．"伴庐"篱门内（夜）

纪拱北狂奔而进，激动万分地掏出手枪，朝着夜空连开三枪，嘶声大喊："胜利啦，胜利啦，抗战胜利啦！"便扑进了前厅。

22．"伴庐"前厅（夜）

拱北左手撑在桌上，右手压在枪上，胸膛剧烈地起伏着，终于爆发出一阵痛哭。

拱北的背后，思静、翠翠、安丽、安祈挤在厅门口，全都掉泪了。

翠翠搂着胜儿边哭边说："胜儿，日本崽化灰了，化灰了！……"

画外远处、近处，鞭炮声、锣鼓声大作。

大结局

23. 辰溪山野（夜）

火炬、篝火、灯笼在千峰万谷间竞放光彩。

鞭炮震耳，锣鼓喧天，人声鼎沸，一片欢呼："日本鬼子投降啦！""日本无条件投降啦！""抗战胜利啦！""中国胜利啦！"……

欢呼声在山野久久回荡。

24. 半山公路（夜）

远景：一条火龙缓缓地蜿蜒向前。

镜头推近。纪拱北率水雷所官兵身穿海军夏装，做火炬巡游。

火炬阵中气氛既热烈又严肃。

卜少尉领头喊口号："庆祝抗战胜利！""缅怀先烈事迹！""努力复兴中国！""奋起重建海军！"

部众一句一句齐声呼应。

李点点、徐宝德并行于队伍中间，徐宝德肩上骑着胜儿。

部众口号止。

一轮鞭炮起。

李点点内心独白："哥，我是你的弟弟李点点啊！你的英魂守着淞沪战场已经8年了。8年间，点点在战斗中长大成人，变了许多，你能认出来吗？"

李点点挥手。

李点点内心独白："哥，我向你挥手，你望见了吗？望见了吗？"

李点点内心独白止。

李点点泪流满面。

又一轮鞭炮响起。

徐宝德内心独白："咏烈啊，鬼子完蛋了，你的牺牲，值！下辈子，宝德我还要做你的兄弟，再下辈子也一样，生生世世都不变！"

徐宝德内心独白止。

火炬阵金星迸溅，啪啪作响。

徐宝德："胜儿，火炬迸出那么多小星星，漂亮不？"

胜儿："漂亮！"

徐宝德："胜儿，日本崽化灰，开心不？"

胜儿："开心！"遂大喊："点点虫虫飞，日本崽化灰！点点虫虫飞……"
李点点打断："胜儿，不喊'点点虫虫飞'，要喊'万点金星飞！''万点金星飞！'"
胜儿再次大喊："万点金星飞，日本崽化灰！万点金星飞，日本崽化灰！……"
再一轮鞭炮响起。
岳中校问身边的纪拱北："所长，能告诉属下，此时此刻，你在想什么吗？"
纪拱北一反常态，深情地、喃喃地回答："我在想故乡、故乡的大海，还有那儿时的伙伴啊！"

25．罗星塔水域（日）

罗星塔远眺。

26．纪府废墟（日）

远景。百年古榕炸剩半截，突兀于一大片瓦砾之上。
拱北、雨轩对视一眼，默默向古榕走去。

27．半截古榕（日）

拱北、雨轩来到古榕前。
古榕仍以断枝残丫托住幸存的绿叶和稀疏的榕挂。
拱北情不自禁扑上去爱怜地抚摸着遍体鳞伤的古榕，赞道："老英雄啊！"
雨轩在拱北背后突然疾呼："拱北拱北！"
拱北转身："怎么了？一惊一乍的！"
雨轩往地上指了指："你看你看！"
拱北的目光顺着雨轩的指示扫去。
特写：在古榕拱出地面的老根之间，插着一炷烧剩一小截的香。
雨轩："这是把古榕当神明供奉啊！"
拱北："如此看来，还有家人在！没错，一定有！"
他俩不约而同环顾周遭。
一位老人手握一炷新香走来。
拱北、雨轩立即奔过去。
拱北盯着老人只看了几秒便叫道："海海叔！海海叔！你还认得我们吗？"
海海揉了揉那双昏花老眼，开始辨认。

雨轩忍不住叫道:"海海叔,他是拱北,我是雨轩啊!"

海海又使劲眨了好几下眼睛,一一端详拱北和雨轩后,颤声道:"是了,是了!你俩活着回来了!"左右看看,又问:"峻少爷呢?"

拱北、雨轩默默摇头。

海海叹息。

拱北:"海海叔,宅子没了,家人们呢?"

海海:"1941年4月18日,日本飞机滥炸闽江口两岸,弘毅堂连带四座大宅院都被夷平了。四奶奶跟胖嫂,在四房正院同时遇难;四爷只管护着安祈小姐生母遗下的物件,没能逃出偏院;三房的大力、二房的蓉妈也完了。"

拱北:"丁管家呢?"

海海:"丁管家虽老却还很精明,府里有他,乱世中竟能维持得十分整肃,可惜呀,他……唉!"

拱北:"那,钱妈呢?"

海海又叹气:"这么多年来,钱妈天天守着长房,盼望大奶奶。日本飞机作孽那天,是我把她从塌下的屋角里抱出来的。她断气前还在哼哼:'大奶奶回来了吗?'"海海说到这里,已是老泪纵横。

雨轩:"别难过,海海叔,日本鬼子到底投降了,不是吗?"

拱北:"还有,我们虽然家破人亡,但精气神并没有亡,对不对?"

海海收泪:"对,宅子毁了,古榕还在!我们活下来的人,从未让它断过香火,它是有神、有灵的!"

海海续上香火。

拱北、雨轩向古榕行军礼。

28. 大榕乡海滩(日)

拱北、雨轩沿海滩散步。

雨轩感慨:"从1913年就读烟台海校起,32个春秋似水而去。其间,我们参加过军阀混战、北伐战争、抗日战争,如今45岁,早已人到中年了。这次还乡,可谓'少小离家老大回'啊。"

拱北:"回乡的感觉如何?"

雨轩:"14年抗战,我们失去袍泽,失去亲人,失去家园,感觉当然是很痛的。你呢?"

拱北:"14年间,拱南没了,三叔没了,妈也没了;石峻、荣官、六个弟弟、两个弟媳，还有我至爱的米娜，全都牺牲了。我原以为，我的心已然越变越硬，越变越冷，麻木如石。然而，回到阔别的家乡，当我拨开瓦砾，寻觅儿时的痕迹，当我抚摸古榕，怀想往昔的繁茂，我才明白，我的心依然会痛！但比这更痛的还是……"

雨轩："还是什么？"

拱北指指雨轩的袖章："咱俩少将军衔倒是有了，但像样的舰船呢？——拿不出手啊，应该加封'无舰将军'才般配。"

雨轩摇头发笑。

拱北："笑什么嘛，'无舰将军'！"

雨轩："我笑，你这辈子少的就是文才，不承想胡诌的这么个封号，居然五味杂陈，很能催人痛定思痛呢。"

拱北："14年抗战，多少牺牲，多少痛苦！如今，也该痛定思痛了，不是吗？"

雨轩："当然是。14年抗战，中国固然赢了，但根深蒂固的日本军国主义，难保不会死灰复燃。国人若不痛定思痛，反而继续漠视海权，热衷内斗，则亡军之耻、家国之恨很可能再现。这，就是我痛定思痛的结论。"

拱北："你的结论，正是我的结论。我认为，胜利后的当务之急应该是，发愤图强，团结建国。只有这样，才有望兴海军，振海权，变'无舰将军'为'大舰将军'；只有这样，才是中华民族的沧桑正道！"

雨轩："无奈呀，当局并不作如是观！"

拱北："种种迹象表明，内战之弓越拉越紧了，大有一触即发之势。一生醉心海军的陈绍宽，已然忧愤到在你我面前毫不掩饰他对反共内战的厌恶了！"

雨轩："倘若内战再起，你我将何去何从？"

拱北："具体的，现在还想不到，但有一点可以肯定……"

雨轩："什么？"

拱北："我坚决不打曾与我们并肩抗日的共产党！更何况，10年前，拱南已因反对剿共而自杀，我怎能愧对于他？"

雨轩激动道："我珍惜来之不易的胜利、来之不易的振兴海军之机，我也将不服从内战的命令！"

拱北："还记得吕教官当年的训诲吗？"

雨轩："当然！"

拱北、雨轩："军人的天职是服从，高于服从的是爱国。"

雨轩："石峻若是活着，必与我俩一致……"

大结局

拱北："糊涂！什么'石峻若是活着'！——石峻一直活着，我们永永远远都是三位一体的好兄弟啊！"

石峻画外音悠悠传来："兄弟！——"

拱北、雨轩惊回首。

拱北、雨轩的后面，石峻挥动双手的模糊身影，出现在海滩的远处。

拱北、雨轩立马转身向石峻飞奔而去。

片尾歌《海军兄弟》响起：

江海恩仇路艰险，
飞镖激浪蔽云天。
一声兄弟生和死，
千句誓言国在先。
共列中华大族谱，
同怀始祖古轩辕。
天为宗庙海为姓，
万里长河是血缘！

片尾歌中，拱北、雨轩继续朝着石峻，奔向画面深处，身影随之越变越小。

片尾歌止。

拱北、雨轩、石峻三者融成一点，身影完全消失。

海滩一片寂寞。

29. 大海（日）

大海波涌。

画外音：我先辈的人生航程，已化作中国近代海军的泪涛血浪；但他们渴盼的目光，却从未离开前方。前方，中国现代海军正驶向大洋；前方，太阳托起了金色梦想。啊，中国海军，你是一代代海之子生死依恋的归宿，你是一批批爱国者创造明天的地方。中国海军万岁！

画外音中日出，中国航母编队赴西太平洋训练，画面宏伟而壮丽。

画外音止。

太阳金光万丈，照耀着无边无际的深蓝。

后记　偏僻的小路

1939年6月28日我诞生在香港,那一天骄阳似火。也许正因此,四季中我最爱的不是春之天真、秋之成熟、冬之凛然,而是夏之狂热。

夏,骑着红鬃烈马,穿过炎炎赤日,飞驰在云气蒸腾的绿色中。不过,我的生涯却并无半点剑光侠影。小学、中学、大学,17载面壁,换来1962年北京外国语学院德语系的一纸毕业证书。此后的岁月历经"四清""文革""清队""下放",16个寒暑伴随一场场稀里糊涂的批判倏然而逝,只留下给密友的一首《百字令·惜一代人(原名"追梦")》:

少年抱负,驾高鹏凌碧、撷星拿月。九万里风云怒卷,一笑犹驱飞越。舞雪弓刀,生春笔墨,意气倾人杰。胸腾沧海,巨涛狂涌崩裂!

不信梦去无踪,万般寻觅,唯有秋声咽。起看芳林寥落甚,满眼红枫如血。梦兮归来,归来伴我,不与青春别。一腔心志,岂甘从此消歇?!

然而,正是这首涂鸦之作,却带来了一次富有人情味的际遇。1978年《百字令》传到素不相识的广东省作协主席周钢鸣、散文家秦牧手里,后来又传回北京,被人民文学出版社总编屠岸推荐给《诗刊》,由此开始了我人生的大转折、大幸运。1979年《诗刊》邀请顾城、徐城北等青年诗人还有我,参加了一次座谈会。那以后,在文坛偏僻的一小角,渐渐伸出一条偏僻的小路;小路花疏草杂,露珠上凝着淡淡的梦。

是花城出版社拾起露珠,才有1986年长篇小说《海军世家》的问世。《海军世家》从未大红大紫,因为它本来就是草叶上的一滴露珠;即使31年后露珠未晞,被下载为电子书,其本真依然如故,这是当年资讯条件和作者自身水平所决定的。

我很想在偏僻小路上继续踯躅一小段。2006年,发小蔡小丽寄来数册海军文史资

后记

料；2008年，中国海军史研究会会长陈悦以其多部著作慷慨相赠。此后，在文艺界精英屠岸、洪洋、苏伟光诸师的勖勉与扶助下，2016年12月31日《回首烟波往事长》电视连续剧文学本脱稿；这部近六十万字的作品，无论追怀屡败屡战的中国近代海军，还是欢呼奋进深蓝的中国现代海军，皆出于我与生俱来的海军情结。

最后，我想说：人，不能没有恩义感。

我感恩《诗刊》。

我感恩花城出版社。

我感恩所有以心照临偏僻小路不令荒芜的人。——无须列名，自有默契。风朝雨夕，长相思忆。

曾兆惠

2017年5月26日